新譯古文辭類纂(四)

黃鈞
彭丙成
葉幼明 注譯
劉上生
饒東原

三民書局

國家圖書館出版品預行編目資料

新譯古文辭類纂（四）／黃鈞;彭丙成;葉幼明;劉上生;饒東原注譯.——初版二刷.——臺北市：三民，2023
面；　公分.——(古籍今注新譯叢書)

ISBN 978-957-14-4500-7（平裝）

830　　95004082

古籍今注新譯叢書

新譯古文辭類纂（四）

注譯者	黃鈞　彭丙成　葉幼明 劉上生　饒東原
發行人	劉振強
出版者	三民書局股份有限公司
地址	臺北市復興北路 386 號 (復北門市) 臺北市重慶南路一段 61 號 (重南門市)
電話	(02)25006600
網址	三民網路書店 https://www.sanmin.com.tw
出版日期	初版一刷 2006 年 4 月 初版二刷 2023 年 3 月
書籍編號	S032940
ISBN	978-957-14-4500-7

新譯古文辭類纂　目次

第四冊

傳狀類

卷三十八　傳狀類　一

卷三十九　傳狀類　二

碑誌類

卷四十　碑誌類上編　一

卷四十一　碑誌類上編　二

卷四十二　碑誌類下編　一

卷四十三 碑誌類下編 二

卷四十四 碑誌類下編 三

卷四十五 碑誌類下編 四

卷四十六 碑誌類下編 五

卷四十七 碑誌類下編 六

卷五十一　碑誌類下編　十

傳狀類

文體介紹

傳狀類包括「傳」、「狀」兩種文體，都以記述人物生平事跡為主要內容，就是今天所說的「人物傳記」或「傳記文」。《文體明辨序說》引字書說：「傳者，傳（平聲）也，紀載事迹以傳於後世也。」而「狀」全稱為「行狀」，又有「行述」、「行略」、「事略」等異名。《文心雕龍・書記》稱：「狀者，貌也。體貌本原，取其事實，先賢表謚，並有行狀，狀之大者也。」古代有地位、名望的人死後，要請朝廷須賜諡號，還要請史官立傳，須先由親人或了解死者生平之人，將死者世系、名諱、爵里、年壽和生平事跡、道德品行整理成文，作為議定謚號或立傳的依據，這就是行狀，即「狀之大者也」。後來墓葬誌銘之風盛行，請文人作家寫墓誌，也要先提交行狀，於是行狀便逐漸增多。因為要供他人作選擇依據，故篇幅較長，敘述較詳，有關一切基本情況必須面面俱到，不應缺少。這類行狀多數不以自身流傳為目的，故不像寫傳記文那麼精心剪裁，注重文彩。今存行狀之最早者為《文選》中任彥昇所作〈齊竟陵王行狀〉，此後行狀，作者雖眾，但能流傳的不多。至於行述、行略、事略諸體，因不以議謚立銘為目的，故事簡文約，但「體貌本原」之意則同，應屬「狀」之小者。總之，「狀」無論大小，篇幅無論長短，都是傳記文的一體。

傳記文既是文，又是史；既有文學價值，又有史學價值。因而寫作時既要遵守歷史規則，又要富於文彩。它不能像小說傳奇那樣臆造人物，虛構境地，這是對傳記文最基本的要求。而一篇好的傳記文還必須把作者對人物的認識評價和褒貶愛憎之情一併加以表達，而不是純客觀地記事。這種對人物的認識和評價，既可以直接說出，一般綴於篇末；但更多的乃是寓褒貶於敘述之中，因此對素材的選擇、提煉和剪裁就顯得特別重要。好的傳記文不單純記錄人物的一生經歷或主要事實，主要還在於通過人物言行的描述以刻畫出人物形象，特別是他的個性特徵和精神風貌，使讀者如聞其聲，如見其人，這才能成為傳世之作。

我國傳記文有著悠久的傳統，古代歷史家似乎很早就認識到歷史是以人物活動為中心而展開的。春秋戰國時期的《左傳》、《國語》、《戰國策》等歷史著作，其中就有一些表現人物的精采片斷，《左傳》中的〈晉公子重耳之亡〉（見僖公二十三、二十四年），《國語》的〈句踐滅吳〉，《戰國策》的〈馮諼客孟嘗君〉都是。像〈晉公子重耳之亡〉就通過重耳十九年的流亡生活，寫他由一個貪圖安逸的貴公子成長為一個老練的政治人物，在一定程度上反映了人物性格的發展和演變。重耳和《國語》中的句踐、《國策》中的馮諼，都可視為傳記文的雛型。傳記文作為一種獨立的散文體裁，則開始於兩漢時期，司馬遷的《史記》開創的「紀傳體」成為後代正史獨一無二的體制，其中的「列傳」用以記述人物的生平，標誌著古代傳記文體的正式確立。《史記》一書包含了大量優秀的人物傳記，七十篇「列傳」就包括了二百多人。在漢以前，「傳」之一詞「凡古書及說經皆名之，非專以敘一人之事也。其專以之敘事而人各一傳，則自史遷始，而班史以後皆用之」（趙翼《陔餘叢考》）。從此，「傳」便從除「經」以外一般古書的泛稱一變而成為記錄人物事跡特定文體的專稱了。《史記》所開創的紀傳散文體制，本身就是對人的地位與價值的認識和肯定。司馬遷把上自帝王將相、下至平民百姓，各個階層、各種類型的人物作為歷史的主體來表現。他寫人物，不僅秉承史家「不虛美，不隱惡」的「實錄」傳統，而且還能深入人物靈魂，貫注自己的愛憎，抒憤懣，寓感慨，寄真情，使這些傳記不是片斷歷史事件的堆積，而能夠通過對有關史料的選擇提煉，從而尋求其內在聯繫，以表現人物的性格和精神。這正如梁啟超所說，他「大都從全社會著眼，用人物來做一種現象的反影，並不是專替一人作起居注」，因此，「每敘一人，能將其面目活現」（《要籍解題及其讀法》）。所以，《史記》中的「列傳」，不僅是古代傳記文奠基之作，而且以其文、史兼美的成就成為後代史傳無法企及的巔峰。

《史記》中傳記文之所以能取得如此巨大的成就，人物形象之所以能栩栩如生，呼之欲出，在於史家修史除了史才之外，還如錢鍾書所認為的還有「詩心」和「文心」。因為，「史家追敘真人實事，每須遙體人情，懸想事勢，設身局中，潛心腔內，忖之度之，以揣以摩，庶幾入情入理。」（《管錐編》第一冊）這正是《史記》寫人成功奧祕所在。故魯迅亦稱其「不拘於史法，不囿於字句，發於情，肆於心而為文」（《漢文學史綱要》）。這也就是在不違背基本史實框架的條件之下充分發揮出作者的藝術想像力，這種藝術想像力乃是一種能把素材和原型消化加工而熔鑄出嶄新的足以體現出作者某種意圖的人物形象的能力。但從班固《漢書》以下，由於文史分流，這種能力就逐漸被削弱、淡化以至消亡，後來的一些官修正史儘管在形式上都繼承了《史記》的紀傳體，但不過是襲其貌而遺其神，只能成為單純的歷史著作而不再兼具文學性了；其中的「傳」雖然仍是史書中的主要部分，但也不再是有性格有特色的傳記文學了。

《史記》、《漢書》以後，具有文學價值的傳記文，既然不能在正史得到表現，就只能由某些文人所作的野史雜傳中得以承續。特別是雜傳一類，由於文史分途，漢以後得到很大的發展。作者既眾，名稱亦繁，因其有別於正史，亦稱別傳，還有外傳、內傳、小傳諸名。《文體明辨序說》稱傳「其品有四：一曰史傳（有正、變二體），二曰家傳，三曰托傳，四曰假傳」。子孫述其父祖事略稱為「家傳」，而「托傳」乃自傳之變體，古人寫作自傳，有直敘其名的，如唐陸羽作〈陸文學自傳〉，劉禹錫作〈子劉子自傳〉；亦有托之以他名者，如陶淵明〈五柳先生傳〉、白居易〈醉吟先生傳〉、歐陽修〈六一居士傳〉、蘇轍〈潁濱遺老傳〉，皆可稱為托傳。至於假傳，則如本書所選韓愈的〈毛穎傳〉及本書未錄之柳宗元的〈蝜蝂傳〉之類，名雖為「傳」，實乃寓言。此外尚有總傳（亦稱類傳），《四庫全書・史部傳記類》稱之為「總錄」，如劉向《列女傳》、晉皇甫謐《高士傳》、宋王當《春秋列國諸臣傳》、元辛文房《唐才子傳》之類。還有以收輯軼聞瑣事為主以補史傳之不足或供史傳採摘的逸事狀，如柳宗元的〈段太尉逸事狀〉、方苞的〈左忠毅公逸事〉。所有這些不是由史官而是由文人撰寫的傳記，由於受到正史的排斥，大多散失不傳。儘管這樣，但為數仍然不少。僅就《四庫全書總目・史部傳記類》就收錄六十部，計四九四卷，存目尚有四百十部。梁阮孝緒《七錄》「雜傳類」收錄二百四十一種。《隋書・經籍志》「史部雜傳類」著錄的僅六朝人所作亦有一百四五十種。《太平御覽》引書綱目所列別傳一項，亦達一百十篇。這些雜傳大都出自文士所撰，正如史學家章學誠所說：「文士撰文，惟恐不自己出；史家之文，惟恐出之於己。」（《章氏遺書》卷十四）因為，漢以後的正史，完全拒絕自我感情的投入，而此時文人的傳記，自我感情的投入被視為首要條件。即使是歐陽修私修的《新五代史》，也因滲有個人感情，故而被章學誠譏之為「一部弔祭哀挽文集」（《章氏遺書》外編卷一）。至於文人所撰的各種雜傳，大多借以寄寓自己的政治理想或抒發個人愛憎之情，並非著意於修史，故不必斤斤於史實，不拘泥於史法，不重實錄而尚新奇，大量採用傳聞逸事以便充分表現出作者的藝術想像力。故述事則具體生動，神采飛揚；寫人則性格鮮明，鬚眉畢具。我們不妨對照一下陳壽的《三國志》和裴松之注，裴注引書多達一百五十餘種，今存者不足十一，其中所引以「傳」、「別傳」、「家傳」為名者不下三十種。這些文士雜傳無論述事寫人都比《三國志》正文更為具體生動，豐富傳神。其文學價值，乃是正史望塵莫及。

我國古代的傳記文，無論正史或雜傳，幾乎是各類文體之中從來沒有受到過駢文侵入的唯一品類。從兩漢到明清，它的發展一直沒有中斷，特別是明清，宋濂、全祖望等都以寫人物傳記擅長，《宋文憲集》和《鮚埼亭集》中的人物傳記，不僅篇目較多，技術也更加成熟。然而，本書「傳狀」類，不過二卷，文僅十八篇。其中「狀」類五篇，韓愈〈贈太傅董公行狀〉、王安石〈兵部員外郎知制誥謝公行狀〉、歸有光〈通議大夫都察院左副都御史李公行狀〉雖繁簡不一，但都是行狀中優秀之作。歸有光〈先妣事略〉、劉大櫆〈章大家行略〉寫的是親屬，不以定謚立銘為旨，故未冠以「狀」名，但體貌寫形，實屬行狀變體，都寫得感情充沛。這五篇雖不算多，但大體上足以代表行狀這一文體的各種類型。而傳記文一體，實際上只有十三篇。其中〈毛穎傳〉一篇應為「假傳」，尚有六篇寫的是孝子節婦，其主旨不過是通過傳人以宣揚封建倫理。真正以寫人立傳為其終極目標的只剩下區區六篇，這六篇如韓愈〈圬者王承福傳〉寫的是一個貧窮但安命自足的泥瓦匠，柳宗元〈種樹郭橐駝傳〉寫的是一個順應客觀規律種樹的殘疾人，蘇軾〈方山子傳〉寫的是一個卓異豪俠的隱士，歸有光〈筠溪翁傳〉寫的是一個樂於助人的農村老者，這些都屬於傳記文中優秀之作，但僅僅根據這六篇來反映古代傳記文這一重要而又龐大的品類，那是遠遠不夠的。

姚鼐在〈序目〉中引劉大櫆的話說：「古之為達官名人傳者，史官職之。文士作傳，凡為圬者、種樹之流而已。其人既稍顯，即不當為之傳。為之行狀，上史氏而已。」這大約是本書傳記文收錄甚少，且限於小人物的主要原因。一方面他把為達官名人立傳之權，全都拱手讓給了史官；另方面他又固守桐城派門戶之見，遵從其所謂「文統」之說，將目光鎖定在八家及歸、方、劉這幾個作家之內，可選者自然不多。其實，劉氏說法並不準確。唐李翱有〈東川節度使盧坦傳〉，李翰有〈張巡傳〉（已佚，見韓愈〈張中丞傳後敘〉）。即令八家中，韓愈有〈陸贄傳〉、〈陽城傳〉（收入《順宗實錄》中），蘇軾有〈太常少卿贈工部侍郎陳希亮傳〉，歸有光也有〈京兆尹王公傳〉，寫的都是當代達官名人。其他各朝作者所寫的別傳，數量就更多了。李元度曾批駁此說曰：「別傳者，明其別於史傳也。既別於史傳，何不可作之有？」（《天岳山館文鈔》卷五）

卷三十八 傳狀類 一

贈太傅董公行狀

韓退之

【題解】本文為貞元十五年（西元七九九年）韓愈三十二歲時所作。韓愈於貞元八年（西元七九二年）中進士，以後三次應博學宏詞科試，均不入選，未能授官。至貞元十二年（西元七九六年）七月，才受宣武軍節度使董晉（西元七二四—七九九年）之徵辟，以試祕書省校書郎身分任宣武軍觀察推官。三年之後，即貞元十五年春董晉死於軍中，韓愈參與護喪從汴州抵達徐州，居於符離睢上，本文即作於此時。《唐書・董晉傳》就是用這篇行狀略加改動而成。《昌黎先生集》正文題目寫作「故金紫光祿大夫、檢校尚書左僕射、同中書門下平章事、兼汴州刺史、充宣武軍節度副大使、知節度事、管內支度營田、汴宋亳潁等州觀察處置等使、上柱國、隴西郡開國公、贈太傅董公行狀」，列舉了董晉之官階、官職、勳級及死後朝廷封贈的榮銜。題後單列「曾祖仁琬皇任梁州博士、祖大禮皇贈右散騎常侍、父伯良皇贈尚書左僕射」一行文字，記述董晉曾祖以下三代先人任職贈官情況。文後另行低格署：「貞元十五年五月十八日故汴宋亳潁等州觀察推官、將仕郎、試祕書省校書郎韓愈狀」。

公諱晉，字混成，河中虞鄉❶萬歲里人，少以明經上第。宣皇帝❷居原州❸，公在原州。宰相以公善為文，任翰林之選聞。召見，拜祕書省校書郎❹，入翰林❺為學士。三年，出入左右，天子以為謹愿，賜緋❻，魚袋❼。累升為衛尉寺丞❽，出翰林，以疾辭，拜汾州❾司馬。崔圓❿為揚州，詔以公為圓節度判官，攝殿中侍御史。以軍事如京師朝，天子識之，拜殿中侍御史⓫內供奉，由殿中為侍御史⓬。入尚書省⓭，為主客員外郎，由主客為祠部郎中⓮。

【章旨】本段介紹董晉姓名、籍貫及早期出身任職之簡歷。

【注釋】❶河中虞鄉　河中府虞鄉縣，唐屬河東道，即今山西永濟東。❷宣皇帝　唐肅宗諡號。❸原州　今寧夏固原。至德元年十月肅宗至原州平涼郡，董晉於此時謁見肅宗。❹祕書省校書郎　官名，正九品，掌校讎典籍。❺翰林　指翰林院，官署名，唐玄宗開元初置，掌宮內文書。至德以後，參與草擬詔敕，翰林院始有學士之名。❻緋　紅，此指官員服色。唐制四品官服深緋，五品淺緋。也可特賜五品以下官員著緋。❼魚袋　唐制五品以上官賜以魚符，盛以袋，隨身佩之。服緋者，魚袋以銀為飾。❽衛尉寺丞　掌軍器、儀仗、帳幕之官署，寺丞從六品上。❾汾州　州治在今山西汾陽，司馬為刺史的屬官。❿崔圓　字有裕，肅宗上元二年（西元七六一年）二月，以前汾州刺史崔圓升任淮南節度使，治所在揚州，崔奏董晉以本官攝御史，充判官。⓫殿中侍御史　掌殿廷供奉之儀式。內供奉，為正員之外加設之官。⓬侍御史　掌糾察百僚、推審獄訟。⓭尚書省　唐中央行政機構，下分吏、戶、禮、兵、刑、工六部，各有尚書、侍郎、郎中、員外郎等官職。⓮為主客員外郎二句　主客員外郎、祠部郎中均禮部屬官。

【語譯】董公名晉，字混成，河中府虞鄉縣萬歲里人，年輕時參加明經科考試名列前茅。肅宗皇帝駐軍原州時，董公正在原州。宰相認為董公文筆甚佳，作為可擔任翰林學士之人選報告皇上。皇上召見董公，任為祕書省校書郎，進入翰林院，成為翰林學士。在翰林院三年，經常陪侍在皇帝身邊，皇上認為他誠實可靠，提前賞他五品官服，佩魚袋。連續升遷為衛尉寺丞，離開翰林院，董公用身有疾病為由推辭，改授為汾州司馬。原汾州刺史崔圓調揚州升任淮南節度使，天子下詔用董公以代理殿中侍御史身分充任崔圓的節度判官。此期間董公因為軍事方面之原因到京城朝見天子，天子了解他，留他在朝廷任殿中侍御史內供奉，由殿中侍御史內供奉轉為侍御史。進入尚書省，擔任禮部主客司員外郎，再由主客司員外郎提升為祠部郎中。

先皇帝❶時，兵部侍郎李涵如回紇立可敦❷，詔公兼侍御史，賜紫，金魚袋，為涵判官。回紇之人來曰：「唐之復土疆，取回紇力❸焉。約我為市，馬既入，而歸我賄不足。我於使人乎取之。」涵懼不敢對，視公。公與之言曰：「我之復土疆，爾信有力焉；吾非無馬，而與爾為市，為賜不既多乎？爾之馬歲至，吾數皮而歸貲❹。邊吏請致詰也，天子念爾有勞，故下詔禁侵犯。諸戎畏我大國之爾與❺也，莫敢校焉，爾之父子寧而畜馬蕃者，非我誰使之？」於是其眾皆環公拜，既又相率南面序拜，皆兩舉手曰：「不敢復有意❻大國。」自回紇歸，拜司勳郎中❼，未嘗言回紇之事。

【章　旨】本段寫董晉出使回紇能不辱使命。

【注　釋】❶先皇帝　指唐代宗。❷可敦　回紇稱其君曰可汗，君之妻曰可敦。代宗大曆四年（西元七六九年），遣李涵為使送崇徽公主（實為僕固懷恩之女，代宗養以為女）與回紇可汗成親。❸回紇力　指唐朝借助回紇軍力平定安史之亂，恢復長安。❹貲　通「資」。財貨。❺與　友好親近。❻有意　此指圖謀、打主意。❼司勳郎中　吏部屬官，主功賞事務，從五品。

【語譯】代宗皇帝時，兵部侍郎李涵出使到回紇冊立可敦，詔書命董公兼侍御史，賜其衣紫，佩金飾魚袋，作為李涵之判官。回紇人來對使者宣稱：「唐朝之所以能恢復疆土，是借助我回紇之兵力。約定與我方進行貿易，我方馬匹已經輸入唐朝，而返回我方之財貨往往不足數。我們到時將派人自己去取！」李涵恐懼不敢回答，拿眼睛望著董公。董公對回紇人說：「我大唐恢復國土，你等確曾出過力量；但我方本不缺馬，仍同你方買馬作交易，這對你等的回賜不是已經很多了嗎？你方馬每年到來，我方均按數量回付給你方財貨。邊關官吏曾對此項交易提出責問，天子想到你等有功勞苦，特為下詔嚴禁侵擾破壞。西方諸國畏懼我大唐國與你方交好，沒有誰敢同你等校量，你等今日所以能老少安寧而且牲畜馬匹蕃盛，不是我方又是誰所促成的呢？」於是回紇民眾都環繞董公拜伏在地，接著又互相帶領著依次遠向南方拜謝，都高舉兩手說：「不敢再有圖謀大國之念頭。」自回紇返歸朝廷，被升任為司勳郎中，但他從來未曾誇耀過在回紇之表現。

遷祕書少監❶，歷太府、太常二寺亞卿❷，為左金吾衛將軍❸。今上❹即位，以大行皇帝❺山陵❻出財賦，拜太府卿。由太府為左散騎常侍❼，兼御史中丞❽，知臺事，三司使❾。選擢才俊，有威風。始公為金吾，未盡一月，拜太府；九日，又為中丞，朝夕入議事。於是宰相請以公為華州❿刺史，拜華州刺史潼關防禦鎮國軍使⓫。朱泚⓬之亂，加御史大夫，詔至於上所⓭，又拜國子祭酒⓮，兼御史大夫，宣慰恆州⓯。於是朱滔⓰自范陽⓱以回紇之師助亂，人大恐。公既至恆州，恆州即日奉詔出兵，與滔戰，大破走之。

【章　旨】本段寫董晉在德宗即位前後之經歷及在朱泚之亂中之功績。

【注　釋】❶祕書少監　祕書監掌典籍圖書之事，少監為其副職。❷太府太常二寺亞卿　太府，掌邦國財貨庫藏。太常，掌禮儀祭祀。長官為寺卿，亞卿即少卿，為副職。❸金吾衛將軍　唐設左右金吾衛大將軍、將軍，掌宮中及京城晝夜巡警。❹今上　指唐德宗李适。❺大行皇帝　始崩不久之皇帝，以指代宗。❻山陵　天子墓冢。❼散騎常侍　左右散騎常侍，分屬門下省及中書省，掌侍從規諫。❽御史中丞　御史臺為糾察官吏之官署，長官為御史大夫，中丞為副職。❾三司使　以御史中丞、中書舍人、給事中各一人充任，受理冤滯獄訟。❿華州　唐華州治鄭縣，今陝西華縣治。⓫潼關防禦鎮國軍使　潼關在今陝西潼關，西薄華山，南臨商嶺，北距黃河，東接桃林，為京城長安門戶，故設置鎮國軍節度使，以華州刺史兼之。⓬朱泚　幽州昌平人。德宗建中四年（西元七八三年）十月，涇原節度使姚令言領兵赴襄陽路過京師，兵士不滿飲食粗劣作亂。泚時為太尉，住京師，亂兵擁之為帝，國號秦。德宗逃往奉天（今陝西乾縣）。⓭上所　猶言行在所，皇帝臨時駐地，指奉天。⓮國子祭酒　國子監之長官，掌儒學訓導之政令。建中四年十二月，以董晉為國子祭酒、河北宣慰使。⓯恆州　今河北正定。恆冀團練使王武俊駐軍於此。⓰朱滔　朱泚之弟，為幽州盧龍軍節度使。⓱范陽　唐幽州范陽郡治薊縣，今北京大興西南。朱滔以燕薊之眾及回紇兵圍攻貝州，為王武俊所破。

【語　譯】董公被提升為祕書少監，歷任太府寺太常寺二寺少卿，作左金吾衛將軍。當今皇上德宗即位，因為徵集財賦替大行皇帝肅宗營造陵墓之功，被封為太府卿。繼由太府卿充任左散騎常侍，兼御史中丞，主持御史臺政務，任三司使。能揀擇提拔英俊有才之士，威嚴而有風裁。當初董公任金吾衛將軍，不滿一個月，即受命為太府卿；九天，又當了御史中丞，早晚入宮商議國事。在此種情勢下宰相提議用公充任華州刺史，因而被封為華州刺史、潼關防禦鎮國軍使。朱泚叛亂後，提升為御史大夫，奉皇命趕赴行在所，又封為國子祭酒，兼御史大夫、恆州宣慰使。這時，朱滔從范陽用回紇之兵助朱泚之亂，人心十分惶恐。董公既已到達恆州，恆州將領當天就接受詔命出兵平亂，同朱滔作戰，朱滔大敗奔逃。

還至河中❶，李懷光❷反，上如梁州❸。懷光所率皆朔方兵❹，公知其謀與朱泚合也，患之。造❺懷光言曰：「公之功，天下無與敵；公之過，未有聞於人。某至上所，言公之情，上寬明，將無不赦宥焉。乃能為朱泚臣乎？彼為臣而背其君，苟得志，於公何有？且公既為太尉矣，彼雖寵公，何以加此？彼不能事君，能以臣事公乎？公能事彼，而有不能事君乎？彼知天下之怒，朝夕戮死者也，故求其同罪而與之比，公何所利焉？公之敵彼有餘力，不如明告之絕，而起兵襲取之，清宮❻而迎天子，庶人服而請罪有司，雖有大過，猶將揜❼焉，如公則誰敢議？」語已，懷光拜曰：「天賜公活懷光之命。」喜且泣，公亦泣。則又語其將卒，如語懷光者。將卒呼曰：「天賜公活吾三軍之命。」拜且泣，公亦泣。故懷光卒不與❽朱泚。當是時，懷光幾不反。公氣仁，語若不能出口，及當事，乃更疏亮捷給❾。其詞忠，其容貌溫然，故有言於人，無不信。

【章旨】本段詳記董晉勸說李懷光歸順朝廷之經過。

【注釋】❶河中　唐河東道河中府治河東縣，今山西永濟治。❷李懷光　渤海靺鞨人，本郭子儀部將，德宗時為朔方節度使，以破朱泚有功，封副元帥、中書令，興元元年（西元七八四年）三月反，德宗自奉天奔梁州。後李懷光為部將所殺。❸如梁州　如，往。梁州，屬山南西道，治南鄭，今陝西漢中。❹朔方兵　朔方，唐藩鎮名，朔方節度使治靈州，今寧夏靈武南。朔方兵與朱泚所率涇原兵地域接近。❺造　往見。❻清宮　收復京師掃除宮室。❼揜　同「掩」。猶今言「抵銷」。❽卒不與最後沒有幫助。卒，終。與，助。❾疏亮捷給　通達明晰應對敏捷。

【語　譯】董公回到河中府，李懷光叛變，皇上避往梁州。李懷光所率領的都是朔方節度使所轄數郡之兵，董公知道他將企圖與朱泚聯合，對此頗為擔心。往見李懷光說：「您的功勞，普天下沒有誰能同您相比；您的過失，並未被人所聞知。我到皇上身邊，說明您所處之不得已的情境，皇上寬厚明察，定然不會不加赦免寬恕的。難道能去作朱泚之臣下嗎？他作為人臣而背叛君主，如果野心得逞，對您有什麼好處？況且您已經官做到高為太尉，他即使優禮尊寵您，還有什麼辦法可以超過太尉？他既不能侍奉君主，能用作臣下的態度侍奉您嗎？您既能侍奉他，還會不能侍奉君主嗎？他明知天下人怒恨他背叛朝廷，早晚要受刑而死，故而尋求與他罪惡相同之人來同他並列，這對您有什麼好處可言？您對抗他兵力有餘，不如明白宣告與之斷絕交往，而起兵攻打消滅他，清掃宮廷來迎接天子，身著平民衣服向朝廷表示認罪，縱然有大過大惡，還會被抵銷掉，像您這樣功高位重，誰還敢妄議是非？」說完，李懷光躬身施禮說：「真是上天賜您來挽救我懷光的性命。」欣喜激動得抽泣流淚，董公也流下淚來。於是又同那些將領和士卒談話，同說服李懷光所談一樣。將士們喊道：「上天賜您來挽救我三軍將士的性命。」紛紛拜揖哭泣流淚，董公也為之落淚。所以李懷光最後沒有幫助朱泚。在這時，李懷光是幾乎要放棄反叛念頭的。董公心地仁厚，說起話來似乎難以出口，及至遇到大事，卻反顯通達明辨言辭敏捷。他的言語誠篤實在，他的容貌是溫和的樣子，因此對人說了什麼話，沒有人不相信的。

明年❶，上❷復京師，拜左金吾衛大將軍。由大金吾為尚書左丞❸，又為太常卿，由太常拜門下侍郎平章事❹。在宰相位凡五年，所奏於上前者，皆二帝三王❺之道，由秦漢以降，未嘗言。退歸，未嘗言所言於上者於人。子弟有私問者，公曰：「宰相所職繫天下，天下安危，宰相之能與否可見；欲知宰相之能與否，如此視之其可。凡所謀議於上前者，不足道也。」故其事卒不聞。以疾病辭於上前者不記，退以表❻辭者八，方許之。拜禮部尚書❼，制❽曰：「事上盡大臣之節。」又曰：「一心奉公。」於是天下知公之有言於上也。

【章　旨】本段記董晉為相能盡大臣之節。

【注　釋】❶明年　此指董晉拜國子祭酒兼御史大夫之第二年，即德宗興元元年（西元七八四年）。❷上　指唐德宗。興元元年六月朱泚亂平，七月，德宗回京師。❸尚書左丞　唐尚書省設左右丞各一人，左丞管轄吏、戶、禮三部十二司事務，右丞管轄兵、刑、工三部十二司事務。貞元二年（西元七八六年）七月，以晉為尚書左丞，被黜，復拜太常卿。❹門下侍郎平章事　指以門下侍郎之本職，加同平章事，即同中書門下平章事之簡稱。在唐代相當於宰相。貞元五年（西元七八九年）正月，以晉為門下侍郎平章事。❺二帝三王　堯、舜為二帝，夏禹、商湯、周文王武王為三王。❻表　臣子向皇上呈送的報告、書信。❼禮部尚書　禮部長官，正三品，掌禮儀祭祀、科舉考試。董晉罷相為禮部尚書在德宗貞元九年（西元七九三年）五月。❽制　皇帝的命令。

【語　譯】第二年，皇上返回京城，封董公為左金吾衛大將軍。由金吾大將軍轉為尚書左丞，又復為太常卿，由太常卿晉升為門下侍郎平章事。在宰相之位總共五年，他在皇上面前所進言的，都是關於二帝三王治國之道，從秦漢以下，不曾談到。退朝歸家，從不對人談及他向皇上議論的事情。子弟中有人私下打聽，董公說：「宰相所職掌的是關乎天下之大勢，天下是安定還是危亂，宰相之有能力與無能就可以看得清楚；想要知道宰相能與不能，這樣去觀察就可以了。所有那些在皇上面前進的謀略、發的議論，都是不值得一提的。」所以他那些獻計進言之事，始終不為人所知。他以身患疾病為由在皇上面前要求辭職不知多少次，退朝後正式上表章請求辭職八次，才被允許離開相位。被任為禮部尚書，皇上在任免令中稱他：「侍奉君上能盡到一個大臣應有之操守。」又說他：「一心奉公。」於是天下人都知道董公對皇上是進過許多謀議的。

初，公為宰相時，五月朔❶，會朝❷，天子在位，公卿百執事在廷，侍中❸贊，百僚賀。中書侍郎平章事竇參❹攝中書令，當傳詔，疾作不能事。凡將大朝會，當事者既受命，皆先日習儀。於時未有詔，公卿相顧。公逡巡❺進，北面❻言曰：「攝中書令臣某，病不能事，臣請代某事。」於是南面宣致詔詞，事已復位，進退甚詳❼。

【章　旨】本段補記董晉任宰相時之一細節，以明其沉穩安詳之大臣風度。

【注　釋】❶朔　農曆每月初一日。❷會朝　百官齊集朝見天子的儀式。唐德宗貞元七年以後一段時間，每年五月初一，天子在宣政殿接見文武百官。❸侍中　門下省長官，宰相之一。❹竇參　字時中，岐州平陸人，與董晉同為宰相，而中書侍郎則是他的本職。❺逡巡　徐徐而進。❻北面　面朝北方。君主坐位在北。❼詳　安詳。

【語　譯】當初，董公任宰相的時候，五月初一日，群臣大會朝拜天子，天子端坐君位，公卿百官肅立在殿廷，侍中贊禮，百官祝賀天子。中書侍郎平章事竇參代理中書令，應當宣讀傳達詔書，臨時疾病發作不能履行職責。大凡將要舉行盛大的朝拜典禮，擔當事務的人已經接受命令，都得在前一天預習儀式。這時沒有詔令指定誰替代竇參，公卿們你望著我我望著你。董公徐徐前行，面向北方說：「代中書令某臣，因病不能理事，為臣請求代他執行。」於是面朝南邊宣讀詔詞，事情完畢，復歸原位，進退舉動甚是安詳從容。

為禮部四年，拜兵部尚書❶，入謝，上語問日晏。復有入謝者，上喜曰：「董某疾且損❷矣。」出語人曰：「董公且復相。」既二日，拜東都❸留守，判東都尚書省事，充東都畿❹汝州❺都防禦使，兼御史大夫❻，仍為兵部尚書。由留守未盡五月，拜檢校尚書左僕射❼，同中書門下平章事，汴州刺史❽，宣武軍❾節度副大使，知節度事❿，管內支度⓫營田⓬，汴、宋、亳、潁⓭等州觀察處置等使⓮。

【章旨】本段敘德宗對董晉的寵愛並記董晉最後所任職務。

【注釋】❶兵部尚書　兵部長官，掌天下軍衛及武官選授。貞元十二年（西元七九六年），以晉守兵部尚書。❷損　減輕。❸東都　洛陽。唐代在東都洛陽也設有一套名義上的中央行政機構。❹東都畿　洛陽周圍地區，設有都畿道。京城管轄地區稱「畿」。❺汝州　今河南臨汝。東都畿汝州原設節度使，貞元二年改為防禦使，照例由東都留守兼任，後稱「都防禦使」，下面另設防禦使。❻御史大夫　御史臺長官。❼左僕射　唐代自太宗以後不設尚書令，而以左右僕射為尚書省長官，一般均加「同中書門下平章事」為宰相。前冠「檢校」二字，則表示只是詔除的頭銜，並非實授職務。❽汴州刺史　汴州，唐屬河南道，治浚儀縣，今河南開封。刺史為一州軍政長官。❾宣武軍　唐方鎮名，治所在汴州，轄汴、宋、濮、潁、曹、陳等州。❿知節度事　知，主持。唐代一些重要地方的節度使，由親王掛名遙領，不到職，副使知節度事，即為正節度使。節度使為掌握一道或數州軍事民政用人理財大權之長官。⓫支度　財政開支。⓬營田　農墾生產。節度使一般兼支度使、營田使等頭銜。⓭宋亳潁　宋州，治宋縣，今河南商丘。亳州，治譙縣，今安徽亳縣。潁州，治汝陰縣，今安徽阜陽。⓮觀察處置等使　掌察所部之善惡。

【語譯】任禮部尚書四年，封兵部尚書，入宮向皇上謝恩，皇上同他談話問詢直到天黑。有人再進去謝恩，皇上欣喜地對那人說：「董晉的病有所好轉了。」那人出來對別人說：「董公可能又要當宰相。」過了兩天，董公被任為東都留守，主管東都尚書省事，並任東都畿汝州都防禦使，兼御史大夫，仍舊作兵部尚書。任東都留守不滿五個月，又封為檢校尚書左僕射，同中書門下平章事，汴州刺史，宣武軍節度副大使，知節度事，管轄區內之支度使、營田使，汴、宋、亳、潁等州之觀察處置等使。

汴州自大曆❶來，多兵事。劉玄佐❷益其師至十萬。玄佐死，子士寧代之，畋遊❸無度。其將李萬榮❹乘其畋也逐之。萬榮為節度一年，其將韓惟清、張彥林作亂，求殺萬榮不克。三年，萬榮病風，昏不知事，其子迺，復欲為士寧之故❺。監軍使俱文珍❻與其將鄧惟恭執之，歸京師，而萬榮死。詔未至，惟恭權軍事。公既受命，遂行，劉宗經、韋弘景❼、韓愈實從，不以兵衛。及鄭州，逆❽者不至。鄭州人為公懼，或勸公止以待。有自汴州出者，言於公曰：「不可入。」公不對，遂行，宿圃田❾。明日，食中牟❿，逆者至。宿八角⓫，明日，惟恭及諸將至，遂逆以入。及郛⓬，三軍緣道讙聲，庶人壯者呼，老者泣，婦人啼，遂入以居。初，玄佐死，吳湊⓭代之，及鞏⓮，聞亂歸。士寧、萬榮皆自為而後命，軍士將以為常，故惟恭亦有志。以公之速也，不及謀，遂出逆。既而私其人，觀公之所為以告，曰：「公無為。」惟恭喜，知公之無害己也，委心⓯焉。進見公者，退皆曰：「公仁人也。」聞公言者，皆曰：「公仁人也。」環以相告，故大和。

【章　旨】本段記董晉至宣武軍上任經過，以顯其見識膽略。

【注　釋】❶大曆　唐代宗年號，西元七六六年至七七九年。❷劉玄佐　本名洽，滑州匡城人，任節度使後賜名玄佐。❸畋遊　打獵。❹李萬榮　劉玄佐之大將，亦同鄉好友。❺故　故事；老辦法。劉玄佐死，劉士寧乘亂自立為留後，迫使朝廷任命為節度使。李萬榮之子李迺也想重演劉士寧之故事。❻俱文珍　貞元末宦官，原名劉貞亮。監軍徐州時，韓愈曾作序送他。❼韋弘景　京兆人，貞元年間進士。❽逆　迎接。❾圃田　澤名，在今河南中牟西。❿中牟　故城在今河南中牟東，唐屬鄭州。⓫八角　鎮名，今名八角店，在河南開封西南。⓬郛　城廓；外城。⓭吳湊　肅宗章敬皇后之弟。劉玄佐死，朝廷曾以吳湊為檢校兵部尚書汴州刺史御史大夫、宣武軍節度使。時汴州軍亂，縣令李邁謀立劉士寧，朝廷恐軍中拒命，因召回吳湊。⓮鞏　縣名，今河南鞏縣。一說吳湊所到之地為汜水縣。⓯委心　傾心。

【語　譯】汴州從大曆年間以來，多次經歷戰事。劉玄佐擴充他的軍隊達到十萬之眾。玄佐死，其子劉士寧代替父親作了節度使，而他沉於遊獵毫無節制。他的大將李萬榮乘他出獵的機會將他驅逐。李萬榮作節度使一年，其部將韓惟清、張彥林作亂，想殺掉李萬榮，未能成功。三年後，李萬榮患了風疾，昏迷不能理事，他的兒子李迺也想重演劉士寧的故事自立為節度使。監軍使俱文珍與萬榮部將鄧惟恭逮捕李迺送回京城，而李萬榮也在此時死去。新任節度使的詔書沒有到，鄧惟恭暫時主持汴州軍事。董公既已接受任命，立即就啟程，劉宗經、韋弘景、韓愈等人隨從，不用兵馬護衛。到達鄭州，迎接的人員不來。鄭州之人替董公感到害怕，有的勸他停下來等待。有從汴州出來的人對董公說：「您不可入汴州。」董公不回答，隨即出發，歇宿在圃田。第二天，在中牟縣進餐，歡迎的人到了。這天在八角鎮歇宿，次日，鄧惟恭同各將領都到了，於是迎接進入汴州。抵達外城，三軍夾道歡聲雷動，百姓們壯年的呼喊，老年人抽泣，婦女啼哭，於是進入軍府安頓下來。當初，劉玄佐死，吳湊來代替他，只到鞏縣，聞聽得軍中動亂便中途返歸。劉士寧、李萬榮都是自立為主將然後迫使朝廷任命，軍士們差不多以此為正常現象，所以鄧惟恭也懷有此種心思。只因董公如此迅速赴任，來不及具體謀劃，於是出城迎接。接著便暗中指使他親信之人，觀察董公的行事然後向他報告，那人說：「董公沒有做什麼不利您的事。」鄧惟恭歡喜，知道董公沒有加害自己之意，傾心待董公。進去拜會過董公之人，出來都說：「董公是個寬仁之人。」聽過董公談話之人，都說：「董公是個寬仁之人。」上下左右互相傳告，因此軍中出現極其和洽的局面。

初，玄佐遇軍士厚，士寧懼，復加厚焉。至萬榮，如士寧志，及韓、張亂，又加厚以懷之。至於惟恭，每加厚焉。故士卒驕不能禦。則置腹心之士，幕於公庭廡❶下，挾弓執劍以須❷。日出而入，前者去；日入而出，後者至。寒暑時至，則加勞賜酒肉。公至之明日，皆罷之。貞元❸十二年七月也。

【章　旨】本段寫董晉在卒悍兵驕的情況下敢於撤走晝夜守衛主帥的親兵。

【注　釋】❶廡　房屋四周之走廊、廊屋。❷須　等待。❸貞元　德宗年號。貞元十二年為西元七九六年。

【語　譯】當初，劉玄佐對軍士待遇優厚，劉士寧怕士兵不親附，又加優厚些。到李萬榮，也同劉士寧一個意思，遇上韓惟清、張彥林之亂，再加優厚以安撫他們。直到鄧惟恭，都是每次更加優厚。所以士卒驕悍不能制止。就安排一些心腹親信，在節度使廳堂下的走廊張設帷幕，持弓握劍等待以防不測。清晨進入，前一天的人才離開；傍晚出來，後一批又進入。嚴寒酷暑季節來臨，就加賜酒肉以示慰勞。董公到達的第二天，便下令全部撤掉。這是貞元十二年七月的事情。

八月，上命汝州刺史陸長源為御史大夫、行軍司馬❶，楊凝自左司郎中為檢校吏部郎中、觀察判官，杜倫自前殿中侍御史為檢校工部員外郎、節度判官，孟叔度自殿中侍御史為檢校金部員外郎❷、支度營田判官。職事修，人俗化，嘉禾❸生，白鵲集，蒼烏來巢，嘉瓜同蒂聯實。四方至者，歸以告其帥，小大威懷。有所疑，輒使來問；有交惡者，公與平之。

【章旨】本段讚美董晉任宣武軍節度使的政績。

【注釋】❶行軍司馬　掌軍中法令。唐制，節度使下設行軍司馬、節度判官，兼觀察使、支度營田使銜的，另設觀察判官、支度營田判官。❷金部員外郎　戶部屬官，掌庫藏出納度量等，位次於郎中。❸嘉禾　與下之白鵲、蒼烏、嘉瓜等都是傳說所謂祥瑞之物，政治修明時才會出現。

【語譯】八月，皇上任命汝州刺史陸長源以御史大夫身分充當宣武軍行軍司馬，楊凝從左司郎中加檢校吏部郎中銜作為觀察判官，杜倫從原殿中侍御史加檢校工部員外郎銜任節度判官，孟叔度自殿中侍御史升為檢校金部員外郎任支度營田判官。分管的政事修明，人民的風俗淳化，田土長出嘉禾，白鵲來此停息，蒼烏來此築巢，一個瓜蒂結出多個好瓜。四方來到汴州的人，回去把所見所聞報告他們的統領，大小官吏都敬畏董公威儀，感懷董公厚德。遇有疑難之事，便派使者前來請示；有互相仇視關係緊張的，董公就替他們緩解平息。

累請朝，不許。及有疾，又請之，且曰：「人心易動，軍旅多虞❶。及臣之生，計不先定，至於他日，事或難期。」猶不許。十五年二月三日，薨❷於位。上三日罷朝，贈太傅❸，使吏部員外郎楊於陵來祭，弔其子，贈布帛米有加。公之將薨也，命其子三日斂❹，既斂而行。於行之四日，汴州亂❺，故君子以公為知人。公之薨也，汴州人歌之曰：「濁流洋洋，有闢❻其郛。闐❼道讙呼，公來之初。今公之歸，公在喪車。」又歌曰：「公既來止❽，東人以完❾；今公歿矣，人誰與安？」始公為華州，亦有惠愛，人思之。

【章　旨】本段寫董晉之死及皇上的哀弔、汴人的悲思。

【注　釋】❶虞　憂慮。❷薨　諸侯之死曰薨，節度使相當古之方伯，故言。❸太傅　官名，正一品。唐代以太師、太傅、太保為三師，意為天子所師法，地位尊高。後多用為死後贈封。❹斂　為死者更衣入棺。更衣稱小斂，入棺稱大斂。斂，今作「殮」。❺汴州亂　董晉死後，朝廷以陸長源為宣武軍節度使，一改董晉之保守寬和，想以峻法制驕兵，加以判官孟叔度等縱情聲色，剋扣士兵，引起兵變，陸長源、孟叔度等被殺。❻闢　開。前「有」字為助詞，無義。❼闐　同「填」。滿。闐道即塞滿道路。❽止　助詞。❾完　保全。

【語　譯】董公多次請求離職回京朝見天子，不批准。到有了病，又請求，並且說：「人心容易浮動，軍隊中多令人擔憂之事。趁在我還活著，不先定下對策，到了那麼一天，事情恐怕難以預料。」可還是不批准。貞元十五年二月三日，董公死於節度使任上。皇上罷朝三天，追贈董公為太傅，派吏部員外郎楊於陵為使臣來汴州致祭，慰問董公的兒子，餽贈布帛米等甚多。董公臨終之前，命令兒子在他死後三天就要成斂，入棺後立即動身送回故里。在董公靈柩動身第四天，汴州就發生了兵亂。因此有見識的人認為董公有知人之明。董公的去世，汴州人在歌中唱道：「黃河濁浪滾滾，汴州城門大開。歡呼的人群塞滿道路，迎接董公到來。而今董公將歸，卻長眠在靈車上。」又歌唱道：「董公到來啊，東方人民得以保全；而今董公死去，人民靠誰來獲得平安？」當初董公任華州刺史，也有恩惠慈愛施於人民，那兒的人民至今想念他。

公居處恭，無妾媵❶，不飲酒，不諂笑，好惡無所偏。與友人交，泊如❷也。未嘗言兵，有問者，曰：「吾志於教化。」享年七十六。階❸，累升為金紫光祿大夫❹；勳，累升為上柱國❺；爵，累升為隴西郡開國公❻。娶南陽張氏夫人，後娶京兆韋氏夫人，皆先公終。四子：全道、溪、全素、澥。全道、全素，皆上所賜名。全道為祕書省著作郎❼，溪為祕書省祕書郎❽，全素為大理評事❾，澥為太常寺太祝❿，皆善士，有學行。

【章旨】本段總括董晉的為人、結局並交代其親屬子女情況。

【注釋】❶媵　古指貴族女子出嫁時陪嫁的妹妹或侄女，後通稱侍妾為妾媵。❷泊如　澹泊的樣子。如，然；樣子。❸階　官階。唐代官員除擔任的職務表示一定的級別外，還有階、勳、爵。階主要反映資歷，勳與爵為積累功勞封賞而逐漸提高。官階二十九品，勳為十二級，爵凡九等。❹金紫光祿大夫　正三品。❺上柱國　勳級中之最高級。❻隴西郡開國公　隴西為封地，開國郡公是封爵中的第四等。❼著作郎　從五品上，掌修撰碑誌祝文祭文等。❽祕書郎　從六品上，掌管圖書典籍。❾大理評事　大理寺屬官，從八品下，掌出使推審案件。❿太祝　正九品上，負責祭祀時的具體事務。

【語譯】董公生活起居嚴謹有禮，沒有侍妾，不飲酒，沒有諂媚的笑容，愛好和憎惡沒有不正當的。與朋友交往，常是澹泊的樣子。不曾談論軍事，有人問他，他說：「我的志向在於教育感化。」享年七十六歲。官階，累積升遷為金紫光祿大夫；勳級，累積升到上柱國；爵位，累積升到隴西郡開國公。先娶了南陽的張氏夫人，後又娶了京兆韋氏夫人，都先於公而去世。董公有四個兒子：全道、溪、全素、澥。全道、全素，都是皇上賜的名字。全道任祕書省著作郎，溪任祕書省祕書郎，全素任大理評事，澥任太常寺太祝，都是優秀人才，有學問有德行。

謹具❶歷官行事狀，伏請牒❷考功❸，并牒太常，議所謚❹；牒史館❺，請垂❻編錄。謹狀。

【章　旨】本段最後申述寫狀之目的，並請求朝廷賜謚、立傳。

【注　釋】❶具　陳述；開列。❷牒　文件。❸考功　考功郎中，吏部屬官，有核實已死官吏履歷的責任。❹謚　帝王及貴族、大臣死後按其生平事跡議定給予某一稱號。董晉後來謚曰「恭惠」。❺史館　屬中書省，史官掌修國史。❻垂　留傳。

【語　譯】茲特恭敬地開列董公歷任官職及生平事跡，拜請行文考功郎中，並轉文太常寺，議定董公謚號；行文史館，請加編撰記載以便留傳史冊。謹狀。

【研　析】本文是韓愈的一篇力作。韓愈中進士之後，三試博學宏詞、三上宰相書，均無結果，等候四年，由於董晉的徵辟才得以步入仕途，對董晉心存感激。本文不僅在其所作行狀中篇幅最長，而且筆端感情流注，董晉作為大臣之風采展示得相當充分。但董晉為人偏於謹愿因循，一生經歷雖多而實無特殊建樹，故而韓愈行文頗注重詳略之變化。於不少歷官任職無明顯政績可言處，不過點到而已。全文側重所寫，是出使回紇、曉諭李懷光及入汴州三件大事。於此等處則不惜筆墨，務求感人。不僅正面寫出董晉的慷慨言辭，果決行事，而且善於借助其他人的情狀加以烘托。如寫正使李涵「懼不敢對」、「視公」，寫回紇君臣之先倨而後恭，寫李懷光等之拜服涕泣，寫鄧惟恭從遲不出迎、暗中伺探到傾心相待之心理變化，都足以使董晉光彩四溢，形象豐滿。曾國藩說「惟有所略，故詳者震聳異常」，道出了本文特色。然而略寫處也並非空洞無物，全無深意。如董晉任宰相五年，政事都取決於竇參，本無可寫，但韓愈先則說「所奏於上前者，皆二帝三王之道」，次又說其「退歸，未嘗言所言於上者於人」，「故其事卒不聞」，最後又由詔書中的斷語引出「於是天下知公之有言於上也」。虛虛實實，讀來似覺有無數關乎國計民生的宏圖大計隱含其中，足見韓愈文章用筆之奇妙。

圬者王承福傳

韓退之

【題解】圬者，圬人，今稱泥瓦匠。圬，字亦寫作「杇」，也叫作鏝，此處用作動詞，即塗飾粉刷牆壁之意。為普通百姓寫傳，本文是較早的一篇。寫作年代不詳，據文中說王承福天寶末年被徵入伍，持弓矢十三年，則為唐代宗李豫大曆三年（西元七六八年），又作圬者三十餘年，則已至唐德宗貞元十四年（西元七九八年）以後，因而本文可能是貞元十七年韓愈回長安候職或任四門博士期間所作。

圬之為技，賤且勞者也。有業之，其色若自得者。聽其言，約而盡。問之，王其姓，承福其名，世為京兆長安❶農夫。天寶之亂❷，發人為兵，持弓矢十三年，有官勳❸，棄之來歸。喪其土田，手❹鏝衣食，餘三十年，舍於市之主人，而歸其屋食❺之當❻焉。視時屋食之貴賤，而上下其圬之傭❼以償之。有餘，則以與道路之廢疾餓者焉。

【章旨】本段敘寫王承福之姓名、籍貫及生平經歷。

【注釋】❶京兆長安　京兆，府名。治所在長安縣，即在今西安，唐時屬京兆府。❷天寶之亂　天寶十四年（西元七五五年），邊將安祿山、史思明起兵反叛，唐朝曾在京師募兵十一萬討伐安祿山。天寶，唐玄宗李隆基年號。❸官勳　官家授給的勳級，自武騎衛至上柱國，凡十二轉（級），並無實職。❹手　操。❺屋食　房租和伙食費。❻當　相當之價值。❼傭　受僱為人作工，此處指傭金、工價。

【語　譯】粉刷牆壁作為一種手藝，是既低賤又很辛苦的。有個人以此作為職業，他的樣子卻像是自在滿意的。聽他講的話，言辭簡約，意思卻很透徹。問他，他姓王，承福是他的名字，祖祖輩輩是京兆府長安縣的農民。天寶末年安史亂起，朝廷徵調百姓當兵，他手持弓箭轉戰十三年，有官家授予的勳級，他卻放棄官職與勳級回到家鄉。因為喪失了原有的田地，便靠操鏝粉牆以維持衣食，過了三十餘年，寄居在街市上的房主人家，付給房主相當的房租和伙食費。他看當時房租伙食價格的高低，來提高或降低他粉刷牆壁的酬金去償付房主人。倘有多餘的錢，便拿來散給流落街頭的殘廢、疾病和飢餓的人們。

又曰：「粟，稼❶而生者也，若布與帛，必蠶績❷而後成者也。其他所以養生之具，皆待人力而後完也，吾皆賴之。然人不可徧為，宜乎各致其能以相生也。故君者，理❸我所以生者也。而百官者，承君之化者也。任有大小，惟其所能，若器皿焉。食焉而怠其事，必有天殃。故吾不敢一日舍鏝以嬉。夫鏝易能，可力焉，又誠有功，取其直❹，雖勞無愧，吾心安焉。夫力，易強❺而有功也；心，難強而有智也。用力者使於人，用心者使人，亦其宜也。吾特擇其易為而無愧者取焉。

【章　旨】本段記王承福關於所操職業的議論，寄寓作者對社會分工的看法。

【注釋】❶稼　種植。❷績　緝麻。❸理　治。因唐高宗名治，唐人避諱，行文時常用「理」代「治」。❹直　同「值」。價值，此指報酬。❺強　勉強；勉力。

【語譯】他又說：「糧食，是人們種植才生長出來的，至如布匹和絲綢，必須經過養蠶緝麻然後才能織成。其他用來維持生活的物品，都得依賴人的勞力然後才能完備，我都離不開它們。但是一個人不可能所有的事都親手去做，合適的辦法是各盡自己的能力來相互幫助以圖生存。所以君主，是治理我們使我們獲得生存條件的。各級官吏，則是輔佐君主進行教化的。責任有大有小，只要各盡自己的能力，正如盛物的器皿一般大小方圓各有用途。如果光吃飯而懶得做事，一定會得到天降的災禍。所以我不敢哪一天丟下泥鏝而去嬉戲遊玩。粉刷牆壁是比較容易學會的技能，可以靠力氣去做，還的確有成效，得到用這分力氣的報酬，雖則辛勞卻問心無愧，所以我心裡十分坦然。力氣，容易努力使出來並取得成效；心思，卻難以勉強而使它變得聰明。這樣，幹體力活的被人驅使，勞心的人驅使他人，也就是應該的了。我只不過是選擇容易做而問心無愧的事來獲取衣食啊。

「嘻！吾操鏝以入貴富之家有年矣。有一至者焉，又往過之，則為墟❶矣。有再至、三至者焉，而往過之，則為墟矣。問之其鄰，或曰：『噫！刑戮也。』或曰：『身既死而其子孫不能有也。』或曰：『死而歸之官也。』吾以是觀之，非所謂食焉而怠其事而得天殃者耶？非強心以智而不足，不擇其才之稱❷否而冒❸之者耶？非多行可愧，知其不可而強為之者耶？將富貴難守，薄功而厚饗❹之者耶！抑豐悴❺有時，一去一來而不可常者耶？吾之心憫焉，是故擇其力之可能者行焉。樂富貴而悲貧賤，我豈異於人哉？」

【章　旨】本段記述王承福談他所見富貴家庭不斷衰敗的情景，進一步申述他選擇圬鏝為業的原因。

【注　釋】❶墟　廢墟。❷稱　相當；符合。❸冒　假冒；欺蒙而得到。❹饗　通「享」。❺豐悴　意同「盈虛」。豐指富足、興盛。悴指貧窮、衰敗。

【語　譯】「唉！我拿著鏝子去到富貴人家做工多年了。有的人家去過一次，再從那裡經過，當年的房屋就成為一片廢墟了。有的去過兩次三次，而後從那兒經過，也成為廢墟了。向他們的鄰居打聽，有的說：『唉！這家主人被判刑處死了。』有的說：『家主本人已經死去，而他的子孫不能保住家產。』有的說：『人死了，財產歸了公。』我從這些情況來看，不正是所謂光吃飯不願做事而遭到了天降災禍的嗎？不正是勉強自己的心思使它變得聰明卻達不到，而不顧及自己才智是否相稱，反靠欺蒙而獲取富貴的結果嗎？不正是多做了於心有愧之事，明知不行卻要勉強去做的結果嗎？也可能是富貴難以長保，功勞少而享受太多的結果吧！還是盛衰本有一定時運，盛去衰來，不能經常保持興盛嗎？我內心憐憫這些人，因此只選擇自己力所及的事情來做。喜愛富貴而悲歎貧窮，我難道與別人有什麼不同嗎？」

又曰：「功大者，其所以自奉也博，妻與子，皆養於我❶者也。吾能薄而功小，不有之可也。又吾所謂勞力者，若立吾家而力不足，則心又勞也。一身而二任❷焉，雖聖者不可能也。」

【章　旨】本段記王承福談他不願有家室的理由。

【注釋】❶我 指功大者，非王承福自指。❷二任 既要勞力，又要勞心。

【語譯】他又說：「功勞大的人，他用來奉養自己的東西也多，妻子兒女，都可由自己來養活。我能力薄弱貢獻也小，沒有妻室兒女是可以的。再則我是所謂幹體力活的人，如果建立家室而能力不足以贍養妻小，那麼我的心思也要操勞了。一個人既要勞力又要勞心，即使聖人也不能做到啊！」

愈始聞而惑之，又從而思之，蓋賢者也。蓋所謂獨善其身❶者也。然吾有譏❷焉，謂其自為也過多，其為人也過少，其學楊朱❸之道者耶？楊之道，不肯拔我一毛而利天下。而夫人❹以有家為勞心，不肯一動其心以畜其妻子，其肯勞其心以為人乎哉？雖然，其賢於世之患❺不得之而患失之，以濟其生之欲，貪邪而亡❻道以喪其身者，其亦遠矣。又其言，有可以警余者，故余為之傳而自鑒焉。

【章旨】本段為作者韓愈對王承福的認識和評價。

【注釋】❶獨善其身 《孟子・盡心上》有「達則兼善天下，窮則獨善其身」的話，後來許多人奉為人生準則。通達順利，就要做有益社會的事；處境困難，則力求潔身自好。❷譏 指責；批評。❸楊朱 戰國時人，其道主「為我」，《列子》、《莊子》、《孟子》、《韓非子》都曾言及。《孟子・盡心上》曰：「楊子取為我，拔一毛而利天下，不為也。」❹夫人 彼人，指王承福。❺患 憂；擔心。「患不得之而患失之」語出《論語・陽貨》。原文為：「其未得之也，患得之；既得之，患失之。」其中「患得之」應為「患不得之」，「不」字脫落。❻亡 通「無」。

【語譯】我當初聽到這些話感到迷惑不解，接著又想想它，覺得此人大概是個有德行的人。大概是人們所說的「獨善其身」的人吧。然而我對他也有不滿，認為他替自己想得太多，為他人想得太少，可能是個學「楊朱之道」的人吧？楊朱的學說，是不肯拔去自己一根毫毛來造福天下。那王承福認為有家室是勞心的事，不肯勞動一下心思來養活妻室兒女，還會肯勞動心思去為別人嗎？即便如此，他還是比世上那些患得患失，只求滿足自己的生活慾望，貪婪邪惡不講道義以至丟掉性命的人，好得多了。況且他的話，有些足以使我警惕，所以我為他作傳記，並且作為自己的鑑戒。

【研　析】本文在傳記體文章中稱得上別開生面。其一，傳主不是帝王將相，也不是學者名流，而是一個地位低賤的下層人物，這在傳記的寫作中，表示著一種進步；其二，通篇以記言為主，寫法獨特，正如《古文觀止》的編選者吳楚材、吳調侯叔侄所言：「前略敘一段，後略斷數語，中間都是借他自家說話，點成無限煙波。」其三，名為傳記，體似莊周之寓言，或如近代所謂雜文。作者立意，主要不在為王承福描畫形象，而是借王承福代己立言，通過王氏之口，吐露作者之生活見解與不平情緒，故韓愈思想之複雜性在文中頗多表現。一方面，他讚揚勞動者之自食其力，不愧於心，肯定王承福「不敢一日舍鏝以嬉」之生活態度，認為王承福「食焉而怠其事，必有天殃」等語值得自警，與此鮮明對比，批評富貴之家「薄功而厚饗」「多行可愧」，必致繼踵衰亡，可見韓愈對社會不平不公頗多感觸。另一方面，把專制社會君主、官吏、百姓間的關係看作合理的一種社會分工，認為這是人們能力差別造成的，提倡「勞心者治人，勞力者治於人」，不管王承福不蓄妻小是否出於無奈，硬指其為楊朱之道而予以譏評，這些又反映了韓愈作為相當正統的儒家傳道者的思想特徵。

種樹郭橐駝傳

柳子厚

【題　解】橐駝，駝字也寫作它、佗、駞，即駱駝。橐本為盛物的袋子，《文選・上林賦》李善注引韋昭曰：「橐駝背上有肉似橐，故曰橐駝也。」本文借以指駝背之人。可能是柳宗元在長安時所寫，當時他正積極提倡並參與政治上的改良活動，文中批評官吏煩政擾民，使民不得安生，似是為其改良政治張目。

郭橐駝，不知始何名。病僂❶，隆然伏行，有類橐駝者，故鄉人號之駝。駝聞之曰：「甚善，名我固當。」因捨其名，亦自謂橐駝云。其鄉曰豐樂鄉，在長安西。

【章旨】本段交代郭橐駝籍貫及名稱的由來。

【注釋】❶僂　曲背。世綵堂本《柳河東集》作「瘻」。

【語譯】郭橐駝，不知他原來叫什麼名字。他患了痀僂病，脊背高高凸起，俯著身子走路，有如駱駝一般，因此鄉親們給他取個綽號叫「駱駝」。駱駝聽了說：「很好，用這個名字稱呼我的確很合適。」於是放棄了原來的名字，也就自己叫作駱駝了。他的家鄉叫豐樂鄉，在長安城的西邊。

駝業種樹，凡長安豪富人為觀游，及賣果者，皆爭迎取養。視駝所種樹，或移徙，無不活，且碩茂蚤❶實以蕃❷。他植者雖窺伺傚慕，莫能如也。

【章旨】本段寫郭橐駝的職業，不尋常的植樹技能。

【注釋】❶蚤　同「早」。❷蕃　多。

【語譯】郭橐駝以種樹為職業，所有長安城的有錢有勢人家要修建觀賞遊玩的園林，以及那些經營果園的，都爭著接他到家供養。只見他所種的樹，或者移栽的樹木，沒有活不成的，而且樹幹高大，枝葉茂盛，果實結得又早又多。別的種樹人即使暗中觀察，效法模仿，也沒有誰能比得上他。

有問之，對曰：「橐駝非能使木壽且孳❶也，能順木之天❷，以致其性焉耳。凡植木之性：其本❸欲舒，其培❹欲平，其土欲故❺，其築欲密。既然已，勿動勿慮，去不復顧。其蒔❻也若子，其置也若棄，則其天者全，而其性得矣。故吾不害其長而已，非有能碩茂之也；不抑耗其實而已，非有能蚤而蕃之也。他植者則不然，根拳❼而土易，其培之也，若不過焉，則不及焉。有能反是者，則又愛之太恩❽，憂之太勤❾，旦視而暮撫，已去而復顧，甚者，爪❿其膚以驗其生枯，搖其本以觀其疏密，而木之性日以離矣。雖曰愛之，其實害之；雖曰憂之，其實讎⓫之。故不我若也，吾又何能為哉？」

【章旨】本段記郭橐駝談其種樹成功之經驗。

【注釋】❶孳　繁殖得多。❷天　此指天性、自然生長的規律。❸本　根。❹培　培土。❺故　舊；原有的。許多樹木在移植的時候都要保留適量原土。❻蒔　移栽植物。❼拳　卷曲。❽恩　感情深厚。❾勤　盡力。❿爪　用指甲掐。⓫讎　同「仇」。

【語譯】有人問他種樹的訣竅，他回答說：「我橐駝並非有什麼特殊能耐使樹木活得長久而且繁殖得多，不過是能順應樹木自然生長的要求，做到讓它們充分按自己的習性生長罷了。大凡被移植樹木的天性是：樹根要舒展，培土要適當，填的土要是原土，築土要緊密。已經這樣做過了，就不要再動，再操心，放心離開不要再管它。移栽的時候呢，像撫育小孩一樣細心，栽好擺在那裡呢，就像拋棄了它一樣，這樣樹木自然生長的要求不受損害，它就能夠按照本性生長了。所以我只是不妨害樹木的自然生長罷了，並不是有能力使它長得高大茂盛；只是不壓抑不損耗它的果實罷了，不是有能力使它果實結得又早又多啊。別的種樹人卻不是這樣，栽種時樹根被卷曲，原土被改變，培土時不是超過了限度，就是達不到要求。有能與上述情況相反的，卻又愛護得太過分，擔心得太多，早上去看看，晚上去摸摸，已經離開又回頭搬弄一番，甚至用指甲摳樹皮來驗證它們是活著還是枯死了，搖動樹根來檢查土的鬆緊，因而一天天逐漸背離了樹木自然生長的規律。雖說是愛護它，其實是害了它；雖說是關心它，其實是折磨它。因此他們種樹不如我，我又有什麼能耐呢？」

問者曰：「以子之道，移之官理❶，可乎？」駝曰：「我知種樹而已，理，非吾業也。然吾居鄉，見長人者❷，好煩❸其令，若甚憐焉，而卒以禍。旦暮吏來而呼曰：官命促爾耕，勗❹爾植，督爾穫。蚤繅❺爾緒❻，蚤織爾縷❼。字❽而幼孩，遂❾而雞豚❿。鳴鼓而聚之，擊木而召之。吾小人輟⓫飧⓬饔⓭以勞吏者，且不得暇，又何以蕃吾生而安吾性耶？故病且怠⓮。若是，則與吾業者，其亦有類乎！」問者嘻曰：「不亦善夫！吾問養樹，得養人術。」傳其事，以為官戒也。

【章　旨】本段寫問者與郭橐駝問答，將種樹之道推廣到為官治民。

【注　釋】❶理　治理。唐人為避高宗諱，改「治」為「理」。❷長人者　為民之官長者。唐人為避太宗諱，改「民」為「人」。❸煩　多而亂。❹勗　勉勵。❺繅　同「繰」。煮繭抽絲。❻緒　本指絲頭，此處即指絲。❼縷　紗；布。❽字　撫育。❾遂　生長。❿豚　小豬。⓫輟　停止。⓬飧　晚飯。⓭饔　早飯。⓮怠　疲乏。

【語　譯】問的人說：「把你種樹的方法，推廣去當官治理老百姓可以嗎？」橐駝說：「我只知道種樹罷了，當官治理百姓不是我的職業。但是我住在鄉村裡，看見那些管人的官長，喜歡胡亂地發號施令，似乎很憐惜老百姓，結果卻給人民帶來禍害。不分早晚派差役來大喊大叫：官府命令，催促你們快耕田，鼓勵你們快種植，督促你們快收穫。早些抽好你們的絲，快些織好你們的布。撫養好你們的小孩，餵養好你們的牲口。一會兒擊鼓命百姓集合，一會兒敲梆把大家招來。我們小百姓往往放下碗筷去招待差吏，連吃頓飯也不得閒空，又怎麼能使我們人口興旺、生活安定呢？所以弄得困苦不堪疲乏已極。照這樣看來，那就與我的職業種樹，大概也有類似之處吧！」問的人讚歎說：「這不是太好了嗎！我問種樹的方法，卻得到了治理人民的道理。」因此把郭橐駝的事記錄下來，作為官吏們的鑑戒。

【研　析】本文名為傳記，實則較之韓愈〈圬者王承福傳〉更像一篇寓言，故多數選本都將本文作為柳宗元的寓言選錄。文章雖依照傳記的要求，對郭橐駝的姓名、籍貫、職業及高超技藝，一一作了交代，但從整體來看，更體現了寓言以小喻大、從平凡見深奧的寫作特色。作者從橐駝之名說起，瑣瑣述來，涉筆成趣，生動詼諧，寫得比〈王承福傳〉更富生活情趣。接著寫郭橐駝種樹成功之道，提出「順木之天以致其性」這樣一個哲理問題，以「他植者」種種行為作為對比，一順一逆，一正一反，一成一敗，其理甚明，其意漸深。最後從「他植者」類推至「長人者」，由「種樹」類推至「理人」，引發出一篇如何治理國計民生的絕大議論。正如前人所言，讀其前文，竟是一篇遊戲小文章，讀其後文，純是上聖至理，又是一篇治人大文章，足可令為官者深省。今日之領導者，與古代之官雖然本質不同，但違背客觀規律，「好煩其令」、瞎指揮，「雖曰愛之，其實害之」的情況仍時有所見，那麼可以說本文至今並未完全喪失其針砭時弊的積極意義，讀者仍可從中得到有益的啟發。

兵部員外郎知制誥謝公行狀

王介甫

【題　解】謝公，即謝絳（西元九九四—一〇三九年），字希深，生活於北宋真宗、仁宗時期。在當時有文名，善議論，喜談時事；在地方官任上，頗能注意興辦學校，興修水利，《宋史》卷二九五有傳。這篇行狀作於仁宗慶曆八年（西元一〇四八年）前後，其時王安石調知鄞縣（今浙江寧波），謝絳之子景溫、景初也在浙江境內任職，王安石與景初等要好，加以王安石父王益與謝絳為進士同年，謝絳之女後嫁王安石之弟王安禮，王、謝兩家為世交，所以景初等請王安石寫了這篇行狀。在此之前，歐陽修已寫有〈知制誥謝公絳墓誌銘〉，本文中「入哭其室，椸無新衣」等語，即從歐陽修墓誌中引來。另原本題目兵部下少「員外郎」三字，今據王安石《臨川集》補上。

公諱絳，字希深，其先陳郡陽夏❶人。以試祕書省校書郎❷起家，中進士甲科❸，守太常寺奉禮郎❹，七遷，至尚書兵部員外郎❺，以卒。嘗知汝之潁陰縣❻，校理祕書❼，直集賢院❽，通判❾常州❿、河南府⓫，為開封府⓬、三司度支判官⓭，與修真宗史，知制誥⓮，判⓯吏部流內銓⓰，最後，以請知鄧州⓱遂葬於鄧。年四十六，其卒以寶元二年⓲。

【章　旨】本段總敘謝絳生平為官經歷。

【注　釋】❶陳郡陽夏　故城即今河南太康治，宋時屬開封府。❷祕書省校書郎　掌校讎典籍，刊正訛謬，從八品。謝絳十五歲時因父親謝濤為官按條例而試用為校書郎。❸甲科　此指進士及第。宋代進士，初不分科，太平興國五年（西元九八〇年）分甲乙二等。八年又分為三等，或稱甲、乙、丙三科，甲科賜及第，乙科賜出身，丙科賜同出身。❹守太常寺奉禮郎　守，官品較低者署理較高職務曰「守」。太常寺，主管禮樂祭祀方面的事務。奉禮郎四人，從八品。❺兵部員外郎　兵部主管兵衛及武官選拔等，員外郎位次於尚書、侍郎及郎中，正七品。❻潁陰縣　文字有誤，據歐陽修所撰謝絳墓誌，應為「潁之汝陰縣」，今安徽阜陽。❼校理祕書　即任祕閣校理。祕閣是宋朝廷藏書機構。❽直集賢院　官名，集賢院置有大學士，常由宰相充任，直集賢院為其屬官。宋代文史方面的機構有史館、昭文館、集賢院，稱為三館。❾通判　官名，宋代置州、府通判，與知州、知府共同處理政事，目的是防止權力過分集中。❿常州　治所在今江蘇武進。⓫河南府　治所在今河南洛陽。⓬開封府　宋代屬京畿路，管轄汴京及附近地方。設有判官、推官。⓭三司度支判官　宋代三司使通管鹽鐵、度支、戶部，亦即總管國家財富出入，稱為計省或計相。其中度支掌財富數量、出入，計畫國家用度，下有判官三人。⓮知制誥　負責起草皇帝詔令的官。謝絳在仁宗景祐三年任此職。⓯判　職位高的人負責本為職位低的人所任的事稱判某事。⓰吏部流內銓　負責銓選有品級的官吏。宋代官員九品至一品稱流內，不入九品的稱流外。⓱鄧州　宋屬京西南路，治穰縣，今河南鄧縣東南。⓲寶元二年　西元一〇三九年。寶元，宋仁宗年號。

【語　譯】謝公名絳，字希深，祖先是陳郡陽夏縣人。謝公由試用為祕書省校書郎起家，然後又中了進士高等，署理太常寺奉禮郎，經七次升遷，官升到尚書省兵部員外郎才去世。曾做過潁州汝陰縣知縣，祕閣校理，直集賢院，做過常州通判、河南府通判，開封府判官和三司使度支判官，參與撰修真宗史，做過知制誥，主持過吏部流內銓，最後，由於自己的請求而任鄧州知州，因而就安葬在鄧州，死時年四十六歲，他是在仁宗皇帝寶元二年去世的。

公以文章貴朝廷，藏於家凡八十卷。其制誥，世所謂「常、楊、元、白❶」，不足多也。而又有政事材，遇事尤劇，尤若簡而有餘。所至，輒大興學舍。莊懿、明肅太后❷，起二陵❸於河南，不取一物於民而足，皆公力也。後河南聞公喪，有出涕者。諸生至今祠公像於學。鄧州有僧某，誘民男女數百人，以昏夜聚為妖，積六七年不發❹。公至，立殺其首，弛其餘不問。又欲破美陽堰❺，廢職田，復召信臣❻故渠，以水與民而罷其歲役，以卒故，不就。於吏部所施置為後法。

【章　旨】本段敘謝絳的文才和政績。

【注　釋】❶常楊元白　指常袞、楊炎、元稹、白居易，四人在唐代均曾為翰林，以工於制誥聞名。史稱楊炎「與常袞並掌綸誥。袞長於除書，炎善為德音。自開元以來，言制誥之美者，時稱常楊矣。」而史亦稱「元之制策，白之奏議，極文章之壼奧，盡治亂之根荄。」故四人並稱。❷莊懿明肅太后　明肅為真宗劉皇后謚號，莊懿為仁宗生母李宸妃謚號。劉后死後，仁宗始知自己為李宸妃所生，乃追尊李氏為皇太后，位在劉后之上。❸二陵　兩太后祔葬真宗永定陵，在河南鞏縣西南。❹發　一本作「廢」。歐陽修撰墓誌也作「六七年不廢」。❺美陽堰　水利工程，據《宋史》稱距鄧州城百二十里，水來遠而少，利不及民。❻召信臣　字翁卿，西漢人，元帝時曾任南陽太守，在南陽利用水泉，開通溝瀆，以利灌溉，其中以鉗盧陂最為有名。鉗盧陂在鄧州城西三里。

【語　譯】謝公以文章寫得好而在朝廷受到推重，所寫文章收藏在家者共八十卷。他所草擬的詔令，就是世人所說的擅長此道的「常、楊、元、白」等人所作，也不足以超過他。而謝公又富有處理政事的才幹，每遇到事務特別繁多，他更顯得得像是簡單而有餘力。所到之處，就大力興建學舍。莊懿、明肅兩位太后的兩座陵墓修建在河南府，不需要從民間徵用一磚一木而材料就已充足，就是靠謝公的努力。後來河南的人聽到謝公去世的消息，有些人痛哭流淚。府學裡的生員直到今天還把謝公的遺像供奉在學舍祭祀。鄧州有一個和尚，誘騙男女百姓幾百人，利用夜晚聚集在一起興妖作怪，經歷六七年之久沒有得到揭發處置。謝公一到，立即處死首犯，而對其餘盲從附和的則從寬不予追究。還想要推平不起作用的美陽堰，廢掉部分官吏的祿米田，恢復西漢召信臣所修的舊渠道，把水引來給百姓而且免除百姓當年的勞役。因為謝公辭世之故，沒能完成。謝公在吏部任職期間的一些作法和措施也為後來者所效法。

其在朝，大事或諫，小事或以其職言。郭皇后❶失位，稱詩〈白華〉❷以諷。爭者❸貶，公又救之。嘗上書，論四民❹失業，獻〈大寶箴〉議昭武皇帝❺不宜配上帝。請罷內作諸奇巧。因災異，推天所以譴告之意。言時政，又論方士不宜入宮，請追所賜詔。又以為詔令不宜偏出❻數易，請由中書密院❼然後下。其所嘗言甚眾，不可悉數。及知制誥，自以其近臣，上一有所不聞，其責令豫❽我，愈慷慨，欲以論諫為己事。故其葬也，盧陵歐陽公銘其墓，尤歎其不壽，用不極其材云。

【章　旨】本段列述謝絳勇於進言議論時政方面的事實。

【注　釋】❶郭皇后　宋仁宗皇后，明道二年（西元一〇三三年）因與仁宗寵妃尚、楊二美人不和被廢。❷白華　《詩經·小雅》篇名，有目無詩，舊解以為周幽王娶申女為后，後又寵愛褒姒廢黜申后，申后作此詩諷幽王。❸爭者　指孔道輔、范仲淹等，因反對廢郭皇后而遭到貶斥。❹四民　指士、農、工、商。❺昭武皇帝　疑為「武昭皇帝」之誤。名弘殷，宋太祖之父。❻偏出　即歐陽修〈墓誌銘〉「上旨從中出」，指詔令不通過正常途徑，而由皇帝直接下達。❼中書密院　中書省和樞密院，宋代中央機關以中書省掌政事，樞密院掌軍事，同為最高國務機構。❽豫　與；參與其內。豫我即與我有關係。

【語　譯】謝公在朝廷，遇到大事往往上書勸諫，小事情有時就利用自己的職務提出意見。郭皇后被廢，他引用《詩經・白華》的故事進行勸阻。一些反對廢后的大臣受到貶斥，謝公又援救他們。他曾經上書論述士、農、工、商之民喪失本業的問題，向天子進獻所作的〈大寶箴〉。又議論昭武皇帝並未受命統治天下，不應該陪祭上帝。他曾請求停止宮內織造的各種新奇精巧的物品。就水、旱、蝗等災害，推論上天對政治的缺失表示不滿、提出警告的深意。談論當時政事，又提出妖人術士不應該出入皇宮，請求追回那些賜給他們種種名號的詔書。又認為皇上的詔令不應由皇宮中直接發出，並且多次修改，請求先經過中書省、樞密院斟酌，然後下達。謝公所議論過的事情很多，不可能全部羅列。到他擔任知制誥的時候，自己意識到他已成為近侍之臣，皇上萬一有什麼聽不到的意見，那責任今後就與自己不言有關，所以更加慷慨，想以發表看法進行勸諫為己任。因此在謝公安葬的時候，盧陵歐陽公為他寫墓誌銘，特別歎惜謝公死得太早，以致他的才能沒能全部得到運用。

　　卒之日，歐陽公入哭其室，椸❶無新衣；出視其家，庫無餘財。蓋食者數十人，三從❷孤弟妷❸皆在；而治衣櫛❹纔二婢。平居寬然，貌不自持，至其敢言自守，矯然❺壯者也。

【章　旨】本段簡述謝絳的清廉生活和為人性格。

【注　釋】❶椸　衣架。❷三從　同一宗族次於至親者叫「從」，又次者叫「再從」、「三從」。❸妷　同「姪」。❹櫛　梳的總稱。❺矯然　勇武的樣子。矯，通「趫」。

【語　譯】謝公死的那日，歐陽公到他的內室哭弔，見他衣架上找不到新衣服；出來環視他的全家，倉庫裡沒有剩餘的財物。大概在他家裡吃飯的有幾十人，宗族中疏遠的失去父親的堂弟堂姪也都在；可是負責衣服梳洗的只不過兩個婢女。謝公平常生活中顯得寬和的樣子，容貌中無半點自作矜持的感覺，但一到他勇敢起來發表議論、堅持自己看法的時候，他的樣子卻像是勇武的壯士一樣。

謝氏，本姓任，自受氏至漢魏，無顯者，而盛於晉、宋之間。至公再世❶有名爵於朝，而四人❷皆以材稱於世。先人❸與公，皆祥符八年進士，而公子景初等❹，以歷官行事來曰：願有述也，將獻之太史。謹撰次如右，謹狀。

【章旨】本段敘述謝絳的家世並申明作狀之意。

【注釋】❶再世　兩代，謝絳父名濤，官至太子賓客，當時亦有名，故說「至公再世」。❷四人　指謝絳及其弟維、繹、縝。「四人」上似脫「兄弟」二字。❸先人　王安石之父王益。❹景初等　指景初、景溫、景平、景回。景初，字師厚，詩人黃庭堅的岳父。

【語譯】謝氏本來姓任，自從獲得謝氏這個姓直到漢魏，沒有出現顯赫的人物，繼而在晉、宋之間興盛起來。到謝公就父子兩代連續在朝廷有官職有名聲，而且謝公的兄弟四人都以才器不凡著稱於當代。我的先父與謝公，在真宗皇帝祥符八年一同中進士，因而謝公的兒子景初兄弟，把謝公歷任官職平生事跡拿來說：希望能寫點什麼，打算呈獻給太史。我謹敘述編排成上面這篇文字，謹狀。

【研析】本文的寫作，距謝絳之死已有數年，已有歐陽修較詳盡的墓誌寫在前面。景初等這時請王安石作狀，除兩家友誼之外，更多是出於仰慕王安石的文名，至於「將獻之太史」，恐怕只是說說而已。所以王安石寫這篇行狀，已不太考慮修史的需要，雖求全面，更重簡潔。文章沒有採用按時間順序歷敘任職情況的寫法，而是按內容分條概括。首段敘歷官任職，先以「七遷」二字盡之，下面列舉官名，已不分時之先後，任之短長，省卻了許多文字。二、三兩段敘文章政績、諫官風采是全文重點，也惜墨如金，一句一事，或一句數事，只求事實清楚，點到而已，至於時間背景、前因後果等等，從略而已。所以全文不過七百餘字，而人物的生卒、科第、官爵、文才、政績、性情、言論以及生活的清廉，家世的顯晦，都能一一寫出，還能將諸生百姓的懷念、歐陽修的哭弔等細節穿插其間而從容有餘，這正如前人所言，王安石得到了「簡」字的要訣。

方山子傳

蘇子瞻

【題解】 方山子是陳慥隱居時的綽號。陳慥字季常，永嘉人。早年勇武好俠，懷報國之志，後來看破世情，拋家別業、隱姓埋名遁入光、黃一帶山中作了隱士，自稱龍丘先生。陳慥是蘇軾多年的好友。宋仁宗嘉祐七年（西元一〇六二年）蘇軾任鳳翔府簽判，陳慥的父親陳希亮正任鳳翔知府。其時蘇軾二十六歲，陳慥也年輕氣盛，兩人交往頻繁，結下深厚友誼。本文寫於此後十九年的宋神宗元豐四年（西元一〇八一年）。這期間，兩人的生活均發生了巨大變化。陳慥唾棄功名富貴作了隱士。蘇軾則在官場經歷了種種風波，由少年得志，名震一時，官職不斷升遷，到與王安石政見不合，被排斥在外輾轉作了多年地方官，又因涉嫌寫詩攻擊王安石新政下獄審問，幾乎被殺，最後於元豐二年（西元一〇七九年）十二月貶作黃州團練副使，押送至黃州安置，接受看管。這樣，兩人又在黃州不期而遇，開始新的交往，而心情自然與十九年前迥然不同。蘇軾在讚揚陳慥大徹大悟、遁世隱居，稱他為「異人」時，是隱含著很深的關於自身宦海浮沉的感慨的。

方山子，光、黃❶間隱人也。少時慕朱家、郭解❷為人，閭里之俠皆宗之。稍壯，折節❸讀書，欲以此馳騁當世，然終不遇。晚乃遯❹於光、黃間，曰岐亭❺。

庵❻居蔬食，不與世相聞。棄車馬，毀冠服，徒步往來山中，人莫識也。見其所著帽，方聳而高，曰：「此豈古方山冠❼之遺像乎？」因謂之方山子。

【章　旨】本段總敘方山子生平及得名的由來。

【注　釋】❶光黃　光州和黃州。光州治定城縣，今河南潢川治。黃州治黃岡縣，今湖北黃岡治。兩地鄰近，宋時均屬淮南西路。❷朱家郭解　都是西漢時的俠客，事見《史記・游俠列傳》。❸折節　改變平日的志節、行為。❹遯　同「遁」。❺岐亭　宋鎮名，在今湖北麻城西南。陳慥安家於此。❻庵　小草屋。❼方山冠　一種前高後低的帽子，漢代祭宗廟時樂師所戴，唐宋時隱士多戴此帽。

【語　譯】方山子，是光州、黃州一帶的隱士。他少年時候羨慕古代俠客朱家、郭解的為人，鄉里的遊俠都推崇、歸附他。年紀稍大以後，改變志向認真讀書，想憑這在世上縱橫馳騁幹一番事業，可是始終不能得志。晚年於是隱居在光州、黃州之間，一個叫做岐亭的地方。住茅草小屋，吃粗茶淡飯，不和世人通音信。拋棄了高車大馬，毀掉了原先的華冠麗服，徒步在山中來往，山裡人沒有誰認識他。只是看見他戴的帽子，方形高聳，說：「這難道不是古代方山冠傳留下來的老樣子麼？」因此就稱他方山子。

余謫❶居於黃，過岐亭，適見焉。曰：「嗚虖❷！此吾故人陳慥季常也，何為而在此？」方山子亦矍然❸，問余所以至此者。余告之故，俯而不答，仰而笑。呼余宿其家。環堵❹蕭然，而妻子奴婢皆有自得之意。余既聳然❺異之。

【章　旨】本段敘與方山子岐亭相遇，交代陳慥的姓名和兩人的交情。

【注　釋】❶讁　同「謫」。降職。蘇軾於元豐三年（西元一〇八〇年）春貶職到達黃州。❷虖　同「呼」。❸矍然　張目驚視的樣子。❹堵　牆。❺聳然　震驚的樣子。

【語　譯】我被貶謫到黃州，路過岐亭，恰好遇見了他。我說：「啊呀！這是我的老朋友陳慥陳季常啊，你為什麼住在這裡？」方山子也張著雙眼驚奇地望著，問我到這裡來的緣故。我把原因告訴他，他低著頭不回答，又仰起頭來笑了笑。請我到他家去住宿。他家四壁蕭條，空無一物，可是妻子兒女和僕人們都顯出一種心滿意得的神態。我已為他們這種奇異的現象感到震驚了。

獨念方山子少時，使酒❶好劍，用財如糞土。前十有九年，余在岐山❷，見方山子從兩騎，挾二矢，游西山。鵲起於前，使騎逐而射之，不獲；方山子怒馬❸獨出，一發得之。因與余馬上論用兵及古今成敗，自謂一世豪士。今幾日耳，精悍之色，猶見於眉間，而豈山中之人哉？

【章　旨】本段追敘方山子年輕時的精神氣概。

【注　釋】❶使酒　酗酒任性。❷岐山　亦稱天柱山，在今陝西鳳翔境。寫此文前十九年即宋仁宗嘉祐七年（西元一〇六二年），蘇軾在鳳翔府任職。❸怒馬　使馬怒，即縱馬向前。

【語　譯】我只記得方山子年輕的時候，喝酒任性，喜歡玩劍，花錢時看作糞土一般。十九年之前，我在岐山，看見方山子由兩個騎馬的人跟著，帶著兩支箭，在西山遊獵。有隻喜鵲在前邊飛起，方山子叫騎馬的隨從追趕上去射，沒有射中；方山子縱馬向前，只一箭便射中了。接著跟我在馬背上議論用兵的方法和古往今來成功失敗的道理，自己認為是一代英雄豪傑。當時的情景好像才過去沒幾天啊，那精明強悍的神色，還從他的眉宇間透射出來，難道會是山林裡的隱士麼？

然方山子世有勛閥❶，當得官；使從事於其間，今已顯聞。而其家在洛陽，園宅壯麗，與公侯等；河北❷有田，歲得帛❸千匹，亦足以富樂。皆棄不取，獨來窮山中，此豈無得❹而然哉？

【章　旨】本段補敘方山子家世的富盛，以見其選擇隱逸之難能，內心必經過深思熟慮。

【注　釋】❶勛閥　積累的功勳。❷河北　宋代路名，治所在今河北大名。❸帛　絲織品的總稱。❹得　指心得體會。

【語　譯】然而方山子家世代積累有功勳，他可以得到官職；如果他在這方面努力，現在已經顯赫聞名了。而且他的家在洛陽，園林房屋雄偉壯麗，與公侯府第相同；河北地方有田莊，每年可得絲綢千匹，也完全可以樂享富貴。而他全都拋棄不要，偏偏來到這深山窮谷之中，這難道是沒有深刻體會就肯作出這種選擇的麼？

余聞光、黃間多異人❶，往往佯狂❷垢汙，不可得而見；方山子儻❸見之與？

【章　旨】本段由方山子而聯想到眾多隱逸「異人」，將方山子歸入其類，含蘊表達讚揚欣羨的深意。

【注　釋】❶異人　指才能品行特出的人。❷佯狂　假裝癲狂。❸儻　或許。

【語　譯】我聽說光州、黃州這帶地方，有許多才行特異的人，常常假作癲狂之態汙辱自己，人們沒有辦法接觸到他們；方山子也許能見到他們吧？

【研析】傳狀一類文章，自韓愈之後，寫法漸多變化，到宋代，更趨靈活。本文寫陳慥，不全面介紹生平事跡，只選擇幾個動作、幾個細節來表現人物的精神風貌；也打破了時間的先後順序，而採用倒敘、插敘的方法。而且前人已經指出，「若論傳體，只前一段敘事處是傳」，以下都屬於作者的論贊，即有敘事，也是從作者的觀感、回憶中穿插出之。這固然如沈德潛所說是為人「生前作傳」，「故別於尋常傳體」，「通篇只敘其游俠隱淪而不及世系與生平行事」，但也反映了傳記文寫法日益靈活多樣的傾向。正因其寫法富於變化，所以更顯得姿態橫生，煙波不盡。開篇只從當地人眼中寫出方山子奇特形象，有意不點出姓名，避順取逆，增加了岐亭相遇的意外感。寫方山子聽完作者遭遇，「俯而不答，仰而笑」，至其家，「環堵蕭然」而家人皆有「自得之意」，用筆實中帶虛，內容實質待讀者思而得之。「獨念」以下，寫方山子射鵲談兵的細節，寫方山子富類公侯的家世，卻又窮盡筆力，寫得慷慨淋漓。這兩段就傳而言，是倒敘生平家世，就論贊而言，都在為前文之「自得」二字提供注腳。而作者當時與方山子並馬出遊，談古論今，又何嘗不是雄姿英發，對比眼前情景，無窮感慨，盡在不言之中。所以茅坤評價本文：「煙波生色處，能令人涕洟。」

卷三十九　傳狀類　二

通議大夫都察院左副都御史李公行狀

歸熙甫

【題解】李公，指李憲卿（西元一五〇六—一五六二年）。通議大夫，明代文官階正三品先授嘉議大夫，再升通議大夫。都察院為明代創設的監察機關，掌彈劾建言之權，參與官吏考核升降及重大案件審理，以左右都御史為長官，左右副都御史次之。李憲卿死於明世宗朱厚熜嘉靖四十一年，本文應是此後不久所作。這時明朝已進入中後期，社會問題嚴重，西北俺答內逼，東方倭寇侵擾，民眾賦役沉重，地方反叛暴動時有發生，本文中均可見其蛛絲馬跡。原本題目後正文前低格排有：「曾祖茂、祖聰贈通議大夫、都察院左副都御史，父玉贈承德郎、吏部驗封司主事，再贈奉政大夫、吏部驗封司郎中，三贈通議大夫、都察院左副都御史」一段文字，敘述上三代所獲榮銜。

公諱憲卿，字廉甫，世居蘇州崑山❶之羅巷村，以耕農為業。通議❷始入居縣城。獨生公一子，今從博士❸學。山陰蕭御史鳴鳳❹奇其姿貌，曰：「是子他日必貴，吾無事閱其卷矣。」先輩吳中英❺有知人鑑，每稱之以為「瑚璉❻之器」。

公雅自修飭，好交名俊，視庸輩不屑也。舉應天❼鄉試❽。試禮部，不第。丁通議憂❾。服闋❿，再試，中式，賜進士出身⓫。明年，選南京吏部驗封司⓬主事，歷遷郎中。吏在司者，莫不懷其恩。

【章旨】本段敘述李憲卿少年時代及仕宦初期的情況。

【注釋】❶崑山 今江蘇崑山。❷通議 通議大夫，此指李憲卿父李玉，卒贈通議大夫、左副都御史。❸博士 當時對縣學教諭之雅稱。❹山陰蕭御史鳴鳳 山陰，今浙江紹興。蕭御史鳴鳳，即蕭鳴鳳，字子雝，王守仁弟子，授御史督南畿學政，廉正無私。❺吳中英 字秀甫，一字純甫，崑山人。❻瑚璉 古代宗廟中盛黍稷之器，夏朝叫瑚，商朝叫璉。這裡以瑚璉之器比喻朝廷大臣的材器。❼應天 明南京應天府治江寧，今江蘇南京。❽鄉試 科舉時代每三年各省集士子於省城及南北兩京，由朝廷派官主考，稱為鄉試，中式者稱舉人，可以參加由禮部主持的進士考試。❾丁通議憂 遭遇父母喪事。丁，當；遇上。❿服闋 服喪期滿。闋，事畢。⓫賜進士出身 鄉試之次年，舉子會集京城由禮部主考，稱會試，中式者經天子殿試分為三甲，一甲三人賜進士及第，二甲若干名，賜進士出身，三甲賜同進士出身。⓬驗封司 吏部四司之一，掌封贈襲廕等事。主事、員外郎為司的官員，郎中為長官。

【語譯】李公名憲卿，字廉甫，世代居住在蘇州府崑山縣的羅巷村，以種田務農為生。李公之父通議大夫才遷入縣城居住。通議大夫只生了李公一個兒子，叫他入縣學跟隨教諭讀書求學。山陰蕭鳴鳳御史認為李公姿容相貌生得奇特，說：「這個孩子將來必定顯貴，我用不著看他的文卷了。」先輩吳中英有識別人才的明鑑，常常稱讚李公是朝堂宗廟的「瑚璉之器」。李公很注意自我修養約束，喜歡結交英俊之士，而對那些庸劣之輩不屑一顧。參加應天府鄉試中了舉人。到禮部參加會試，沒有錄取。接著遇上父親通議公的喪事。服喪期滿，再參加會試，考中了，被賜予進士出身。第二年，選為南京吏部驗封司的主事，經歷升遷作了郎中。吏員凡在驗封司作過事的，沒有人不懷念李公的恩德。

居九年，冢宰❶鄞聞公❷、奉新宋公❸皆當世名卿，咸賞識之。陞江西布政司❹左參議❺。江右田土不相懸，而稅入多寡殊絕。如南昌、新建❻二縣，僅百里，多山湖，稅糧十六萬。廣信❼縣六，贛州❽縣十，糧皆六萬。南安❾四縣，糧二萬。三郡二十縣之糧，不及兩縣。巡撫傅都御史❿議均之。公在糧儲道⓫，為法均派折衷，最為簡易。蓋國初以次削平僭偽⓬，田賦往往因其舊貫。論者謂蘇州田不及淮安半，而吳⓭賦十倍淮陰⓮；松江二縣⓯糧，與畿內八府百十七縣埒。其不均如此。吳郡異時嘗均田，而均止於一郡，且破壞兩稅⓰，陰⓱有增羨⓲，民病之，不若江右⓳之善，而惜不及行也。

【章旨】本段敘述李憲卿在江西均平田賦的事跡，並論及當時田賦嚴重不均的現象。

【注釋】❶冢宰　周代官名，六卿之首，亦稱大宰。後世用以尊稱吏部尚書。❷聞公　名淵，字靜中，鄞縣人。❸宋公　宋景，字以賢，奉新人。與聞淵均作過南京吏部尚書。❹布政司　明代改元代行省為承宣布政使司，以左右布政使為一省最高行政長官。❺左參議　布政使下有左右參議，分管諸道。❻新建　縣名，與南昌縣均屬南昌府。❼廣信　府名，轄上饒、玉山等六縣。❽贛州　府名，治所在今江西贛州。轄贛縣、興國等十縣。❾南安　府名，治所在大庾（今江西大余）。轄大庾、南康、上猶、崇義四縣。❿傅都御史　傅鳳翱，字德輝。⓫糧儲道　布政司下諸道之一，相當於今之糧食廳。⓬僭偽　對割據的敵對政權的稱呼，此指張士誠等。⓭吳　蘇州古為吳地。明太祖恨吳民助張士誠堅守，特加重其賦稅。⓮淮陰　隋、唐時郡名，轄今江蘇東起濱海、射陽，西至洪澤湖一帶地區。明代改為淮安府。⓯二縣　明松江府轄華亭、上海二縣。⓰兩稅　春、秋兩稅。⓱陰　暗中。⓲羨　餘。⓳江右　即江西。

【語　譯】在南京吏部過了九年，任南京吏部尚書的鄞縣聞公、奉新宋公都是當時的名臣，都很賞識李公。提升為江西布政司的左參議。江西各地田土相差不大，可是租稅交納的多少天差地別。例如南昌、新建兩個縣，方圓僅僅百里之地，又多山嶺湖泊，田賦糧食達到十六萬石。廣信府六個縣，贛州府十個縣，田糧都是六萬石。南安府四個縣，交糧只二萬石。上述三郡二十個縣的租稅糧，總數還趕不上南昌、新建兩縣之多。巡撫傳都御史討論過要平衡田賦。李公在主管糧儲道的時候，制訂過一個平衡分配公正合理的辦法，最是簡便易行。大致說來，明朝初年依次除滅平定割據集團，田賦收繳方面往往是承襲那地方的舊例。有論者認為蘇州田趕不上淮安府的一半，而蘇州的田賦相當於淮安的十倍；松江府華亭、上海兩縣的租稅，同南京城附近地區八府一百一十七個縣的數量相等。田賦的不平衡達到了這種程度！吳郡地方往日曾經實行過平均田賦，但平均只限於一郡之內，而且破壞了兩稅，暗中有所增多，老百姓不滿意這種辦法，不如李公在江西所實行的辦法好，只是可惜來不及推行啊。

陞山東按察司❶副使，兵備臨清❷。先是虜❸薄京城，又數聲言從井陘口❹入掠臨清。臨清綰❺漕道❻，商賈所湊，人情恇懼。公處之宴然。或為公地，欲移任，公曰：「詎至於此？」境上屯兵數萬，調度有方，虜亦竟不至。師尚詔❼反河南，至五河❽，兵敗散，獨與數騎走莘縣❾，擒獲之。在鎮三年，商民稱其簡靜。甌寧李尚書❿自吏部罷還，所過頗懈慢；公勞送，禮有加。李公甚喜，歎曰：「李君非世人情，吾因以是識其人。」會召還，即日薦陞湖廣⓫布政司右參政⓬。

【章 旨】本段記述李憲卿在臨清任兵備道的表現。

【注 釋】❶按察司 全名提刑按察使司，掌地方刑獄。❷臨清 今山東臨清，明為州，設兵備道。❸虜 指「俺答」，也作「諳達」，明韃靼部首領，嘉靖二十九年（西元一五五〇年）八月進逼京師。❹井陘口 河北井陘陘山土門關。❺綰 控扼。❻漕道 運糧水道。臨清在運河東岸，故言。❼師尚詔 河南柘城民，嘉靖三十二年七月聚眾反叛，一度占領歸德、鹿邑等地，兩月後在山東莘縣兵敗被殺。❽五河 縣名，明屬鳳陽府，今安徽五河治。❾莘縣 今山東莘縣治。❿李尚書 指李默，字時言，福建甌寧人。曾因事被削職為民。⓫湖廣 明代省名，轄今湖南湖北兩地。⓬參政 官名。明代於布政使下置左右參政。

【語 譯】李公晉升為山東提刑按察司副使，擔任臨清兵備道。在此之前俺答曾經迫近京師，又多次揚言要從井陘口進來寇掠臨清。臨清控扼著運糧的水路，是商賈聚集之地，人心恐懼。而李公卻能處之泰然。有人替他設身處地考慮，想要他調到別處去任職，李公說：「何至於這樣？」臨清境內有駐軍數萬，而且李公調度有方，敵兵也終於沒有來。師尚詔在河南聚眾反叛，到達五河縣，打了敗仗士兵逃散，只同幾個騎兵逃跑到莘縣，李公將他抓獲。李公在此鎮守三年，商人們都稱頌他為政簡約清靜。甌寧的李尚書自吏部罷官還鄉，沿途經過地方的官吏接待他都相當怠慢；而李公慰勞迎送，禮節非常周到。李尚書很高興，感歎道：「李君沒有世上一般人的炎涼之態，我於是從這裡了解了他的為人。」恰好尚書不久被召回朝廷，他當天就推薦李公升任了湖廣布政司右參政。

景王❶封在漢東❷，未之國，詔命德安❸造王府，公董其役。又以承天❹修祾恩殿❺，陞河南按察司按察使。受命四月，尋擢巡撫❻湖廣、右僉都御史❼。奏水災，乞蠲貸。親行鄂渚❽、雲夢❾間拊循之。東南用兵禦日本，軍府檄至，調保靖⑩、容美⑪、桑植⑫、麻寮⑬、鎮溪⑭、大剌⑮土兵三萬二千，所過牢廩⑯無缺。公因奏：土司各有分守，兵不可多調，且無益，徒糜糧廩。其後土兵還，輒掠內地人口。公檄所至搜閱，悉送歸鄉里。顯陵⑰大水，衝壞二紅門黃河便橋，而故邸龍飛、慶雲⑱宮殿多隳撓。奏加修理，建立元祐宮碑亭。是時奉天殿⑲災，敕命大臣開府江陵⑳，總督湖廣、川、貴，採辦大木。工部劉侍郎㉑方受命，以憂去。上特旨陞公左副都御史，代其任。

【章旨】本段敘述李憲卿任職湖廣期間的一般政績。

【注釋】❶景王　明世宗第四子載圳。❷漢東　古郡名，唐曾一度改隨州為漢東郡，郡治在今湖北隨州。❸德安　明為府，治所在今湖北安陸。隨縣隸屬德安府。❹承天　湖廣府名，嘉靖十年置。治所在今湖北鍾祥。❺祾恩殿　明世宗父母陵墓之祭殿。❻巡撫　明中葉以後派大臣到地方任總督、巡撫，位在布政使、按察使及都指揮使之上。❼右僉都御史　都察院長官之一。為便於約束地方官，明代督、撫一般都帶都御史銜。❽鄂渚　古澤名，相傳在今湖北武昌西長江中。❾雲夢　古澤名，包含湖北安陸以南，武昌以西，湖南益陽以北地區，明時早已湮。❿保靖　明為軍，今湖南保靖。⓫容美　今湖北鶴峰。⓬桑植　今湖南桑植。⓭麻寮　麻寮廳，在今湖南臨澧西北。⓮鎮溪　明鎮溪千戶所，在今湘西吉首境內。⓯大剌　舊為彭氏土司地，在今湖南龍山東南。⓰牢廩　公家發給的糧食。⓱顯陵　明世宗生父興獻王陵，在鍾祥縣。⓲龍飛慶雲　慶雲宮、龍飛殿均在鍾祥縣興獻王舊邸。⓳奉天殿　明朝宮殿。據史載，嘉靖三十六年四月奉天、華蓋、謹身三殿同時受火災。⓴江陵　明荊州府治，今湖北荊州。㉑劉侍郎　劉伯躍，以工部右侍郎兼左僉都御史，總督湖廣川貴採辦木材。

【語譯】景王封藩在漢東，沒有到藩國去，皇上下詔要在德安為景王營造王府，李公主持了這一建造工程。還因為在承天府修建祾恩殿的功勞，李公被提升為河南按察司按察使。接受任命才四個月，接著又提升為湖廣巡撫兼右僉都御史。李公即上奏章陳述湖廣遭受水災的情況，請求免除這帶地方的田賦。並且親自到鄂渚、雲夢一帶巡視，撫慰百姓。東南沿海各地用兵防禦日本倭寇，兵部的文書下來，抽調保靖、容美、桑植、麻寮、鎮溪、大剌等地土兵三萬二千赴東南，土兵所經過的地方，由於李公安排周密，供應的軍糧都很充足。李公就此上書進言：土司各有分管鎮守的地方，兵力不可抽調太多，而且抽調也沒有好處，徒然耗費公家的糧食。後來土兵返回，往往搶掠內地居民。李公行文所到之處，搜索核實，將搶掠的士兵全部送回家鄉。顯陵發生洪水，衝壞二紅門黃河便橋，而皇上故居的龍飛殿、慶雲宮建築物大多毀壞。李公進言請加修理，並修建一個元祐宮碑亭。這時北京城的奉天殿等宮殿也遭遇火災，皇上命大臣在江陵設置官府，總督湖廣、四川、貴州等地，採辦大木材。工部劉侍郎剛接受這項任命不久，因為適逢父喪離職。皇上特別降旨升李公為左副都御史，代替劉侍郎為採辦大臣。

先是天子稽古制，建九廟❶，而西苑穆清之居，歲有興造，頗寫❷蜀、荊之材。公至，則近水無復峻榦❸。乃行巴、庸、僰道❹，轉荊、岳，至東南川，往來督責，鉤之荒裔中，於是萬山之木稍出。然帝室紫宮❺，舊制瓌瑰，於永樂❻金柱圍長終不能合。公奏言：「臣督率郎中張國珍、李佑、副使張正和、盧孝達，各該守巡，參政游震得，副使周鎬，僉事于錦，先後深入永順❼卯峒❽、梭梭江❾；參政徐霈，僉事崔都入容美；副使黃宗器入施州❿金峒⓫；參政靳學顏入永寧⓬、迤東⓭、蘭州⓮、儒溪⓯；副使劉斯潔入黎州⓰、天全⓱、建昌⓲；董策入烏蒙⓳；

參政繆文龍入播州[20]、真州[21]、酉陽[22]；僉事吳仲禮入永寧、迤西[23]、落洪、班鳩井、鎮雄[24]；程嗣功入龍州[25]；參政張定入銅仁[26]、省溪[27]；參議王重光入赤水猴峒[28]；僉事顧炳入思南、潮底[29]；汪集入永寧、順崖[30]。而湖廣巡撫右僉都御史趙炳然，巡按御史吳百朋，各先後親歷荊、岳、辰、常[31]。四川巡撫右副都御史黃光昇，歷敘、馬、重、夔[32]。巡按御史郭民敬，歷邛、雅[33]。貴州巡撫右副都御史高翀，歷思、石、鎮、黎[34]。巡按御史朱賢，歷永寧、赤水[35]。臣自趨涪州[36]，六月上瀘[37]、敘。而巨材所生，必於深林窮壑、崇岡絕箐[38]、人跡不到之地，經數百年而後至合抱，又鮮不空灌[39]。昔尚書宋禮及近時尚書樊繼祖、侍郎潘鑑，採得逾尋丈者數株而已。今三省見採文圍以上楠、杉二千餘，丈四五以上亦一百一十七，視前亦已超絕矣。第所派長巨非常，故圍圓難合。臣奉命初，恐搜索未徧；今則深入窮搜，知不可得。而先年營建，亦必別有所處。伏望皇上敕下該部計議，量材取用，庶臣等專心採辦，而大工早集矣。」上允其奏，命求其次者。其後木亦益出，自江淮至於京師，簰筏相接。而天子猶以皇祖[40]時殿災，後十年始成，今未六七載，欲待得巨材，故建殿未有期，而西工[41]騶興。漕下之木，多取以為用。三省吏民，暴露三年，無有休息期。大臣以為言，天子亦自憐之。將作大匠㊷又能規削膠附，極般、爾㊸之巧，而見材度已足用。公懇乞興工罷採，以休荊、蜀民。使者相望於道，詞旨甚哀。而工部大臣力任其事，天子從之。考卜興工有日矣。其後漕數，比先所下，多有奇羨。凡得木一萬一千二百八十九章㊹。公上最㊺，推功於三巡撫，下至小官，莫不錄其勞。今不載。

【章　旨】本段集中寫李憲卿督辦木材盡職盡責，並能體恤下情。

【注　釋】❶九廟　明世宗嘉靖十五年建成，分別供奉明太祖以下歷代皇帝靈位。❷寫　移用。❸峻幹　大木。❹巴庸僰道　巴，今四川巴中。庸，今湖北竹山東南。僰道，在今四川宜賓境。❺紫宮　皇宮。❻永樂　明成祖年號。❼永順　明永順軍民宣慰司，治今湖南永順。❽卯峒　明卯峒巡司，在今湖北來鳳境內。❾梭梭江　不詳。高步瀛疑為白水河一段之俗名。❿施州　明施州衛，設軍民指揮使司，治今湖北恩施。⓫金峒　屬施州衛，在今湖北咸豐境。明代設有金峒安撫司。⓬永寧　明為衛，設宣撫司，治今四川敘永。⓭迤東　地名，在今雲南尋甸境。⓮蘭州　疑為「藺州」，今四川古藺，在敘永東。⓯儒溪　儒溪驛，在今貴州仁懷南。⓰黎州　明黎州安撫司，治今四川漢源。⓱天全　明天全六番招討使司，治今四川天全。⓲建昌　明建昌衛，治今四川西昌。⓳烏蒙　明四川烏蒙軍民府，在今雲南昭通東。⓴播州　今貴州遵義。明設播州宣慰司。㉑真州　今貴州正安。㉒酉陽　今四川酉陽，明設有宣府司。㉓迤西　地名，在今雲南大理境內。㉔落洪斑鳩井鎮雄　明四川鎮雄府，今雲南鎮雄西南。㉕龍州　今四川平武治，明設龍州宣撫司。㉖銅仁　明貴州銅仁府，治今貴州銅仁。㉗省溪　在今銅仁西，明設有省溪長官司。㉘赤水猴峒　明屬永寧宣撫司，今貴州畢節境內，明代於此置赤水衛。猴峒，疑即今貴州紫雲南之猴場。㉙思南潮底　明貴州思南府，今思南治。潮底在思南北。㉚永寧順崖　此指貴州永寧州，今貴州關嶺。㉛荊岳辰常　荊州府治江陵；岳州府治巴陵，今岳陽；辰州府治沅陵，今湖南沅陵治；常德府治武陵，今湖南常德。㉜敘馬重夔　四府並屬四川，敘州府治宜賓，馬湖府治屏山，重慶府治巴縣，夔州府治奉節。㉝邛雅　明邛州治大邑，雅州治名山，並屬四川。㉞思石鎮黎　四府並屬貴州。思州府，今岑鞏；石阡府，今石阡；鎮遠府，今鎮遠；黎平府，今黎平。㉟赤水　即今貴州赤水，在遵義北，城瀕赤水河，明洪武二十二年所築。㊱涪州　今重慶涪陵，明屬重慶府。㊲瀘　瀘州府，今四川瀘州。㊳絕箐　深邃林薄。箐，細竹。㊴灌　樹木叢生。㊵皇祖　此指明成祖。㊶西工　西苑興造穆清之居。㊷將作大匠　掌管營造宮室的官。㊸般爾　般指公輸般，爾指王爾，均為古代之能工巧匠。㊹章　大材曰章。㊺最　上功曰最，官吏考課高者曰最。

【語譯】在此之前天子稽考古代禮制，要將原天子七廟擴建成九廟，而且西苑名為穆清的宮室，每年都有修造任務，移用四川兩湖的木材已相當多。到李公來督辦木材，則靠近水路的地方，已經不再有大木。於是巡行巴、庸、僰道，輾轉荊州、岳州，到四川之東南，奔走往來督促催辦，搜尋於荒遠偏僻的邊地，這樣，眾山的木材才漸漸出來。但是帝室皇宮，原有的規模體制奇偉壯麗，新採之木同永樂年間立的金柱周長始終合不上。李公上章進言說：「我督促率領郎中張國珍、李佑、副使張正和、盧孝達，分管各地的守令和巡按人員，參政游震得、副使周鎬、僉事于錦，先後深入到永順、卯峒、梭梭江；參政徐霈，僉事崔都進入容美；副使黃宗器進入施州、金峒；參政靳學顏進入永寧、迤東、藺州、儒溪；副使劉斯潔進入黎州、天全、建昌；董策進入烏蒙；參政繆文龍進入播州、真州、酉陽；僉事吳仲禮進入永寧、迤西、落洪、班鳩井、鎮雄；程嗣功進入龍州；參政張定進入銅仁、省溪；參議王重光進入赤水、猴峒；僉事顧炳進入思南、潮底；汪集進入永寧、順崖。而且湖廣巡府、右僉都御史趙炳然，巡按御史吳百朋，分別先後親自到過荊州、岳州、辰州、常德各府；四川巡撫、右副都御史黃光昇，到過敘州、馬湖、重慶、夔州各府；巡按御史郭民敬，到過卭州、雅州各府；貴州巡撫、右副都御史高翀，到過思州、石阡、鎮遠、黎平各府；巡按御史朱賢，到過永寧、赤水。我自己也趕赴涪州，六月間溯江而上到達瀘州、敘州一帶。可是特大的樹木長生之地，一定在深林絕谷、高山峻嶺、人跡不到之處，經歷幾百年然後才長到合抱大小，況且又很少有不空心或枝椏叢生的。因而往年工部尚書宋禮及近年工部尚書樊繼祖、工部侍郎潘鑑採辦木材，採到的圍長超過八尺一丈的大樹不過幾株罷了。現在湖廣、四川、貴州三省已採到圍長一丈以上的楠木、杉樹二千餘株，圍長一丈四五以上的特大樹木也多達一百一十七株，比以前宋禮等所採已是超過很多了。只是此次分派要採辦的木材長和大要求特別高，所以圍長仍難以全合上。我接受任命的初期，還怕是尋找的地方不廣；今天卻已經深入徹底地搜尋過，才知道實在無法得到。而往年建造施工的時候，想必也有其他處理辦法。拜求皇上下達聖旨叫工部討論研究，根據材的大小而定其用途，希望我等能專心採辦，而大功早日完成。」皇上批准了他的奏章，下令可以採辦圍長稍差一點的樹木。而那以後木材也更多地採伐出來，從江淮到京城，木簰木筏接連不斷。可是天子仍然認為成祖皇帝時宮殿發生火災，過後十年才修建完成，現在還不到六、七年，想等訪尋到了特大型木材再考慮，所以建殿開工時間無法定下來，然而西苑穆清之居的工程多次興工，水運來的木材，不少已被拿去用了。三省的官民，日曬雨淋三年之久，沒有休息的時間。大臣以此作為進言的話題，天子也還是可憐他們。況且將作大匠有的還能按繩墨切削，用膠黏合起來，充分發揮魯班、王爾的技巧，因而現今已採辦的木材估計已經夠用了。李公懇切地請求開工營造，停止採伐，以便休整荊蜀的民眾。派往京城陳述困難的使者一批接一批奔走在通往京城的大路上，李公奏章裡的話語也說得沉痛感人。而且工部大臣極力承擔這件事，天子聽從了他們的意見。查考、占卜之後動工終於選定日子了。以後水運到的木材數量，比原先下達的採辦數量，還有不少剩餘。一共採得木材一萬一千二百八十九株。李公向上呈報立功最多的人員，將功勞推讓給三省的巡撫，下到地方最低的官吏，沒有不記錄他們的功勞的。這裡不一一載明。

獨載其所奏兩司❶涉歷採取之地，曰：「四川守巡❷督儒溪之木，播州之木，建昌、天全之木，鎮雄、烏蒙之木，龍州、藺州之木，湖廣督容美之木，施州之木，永順、卯峒之木，靖州之木，及督行湖南購木於九嶷，荊南購木於陝西階州，武昌、漢陽、黃州購木於施州、永順。貴州則於赤水、猴峒、思南、潮底、永寧、順崖，其南出雲南金沙江❸云。」大抵荊楚雖廣，山木少，採伐險遠，必俟雨水而出。而施州石坡亂灘，迂迴千里。貴陽窮險，山嶺深峭，由川、辰大河以達城陵磯❹。蜀山懸隔千里，排巖批谷，灘急漩險，經時歷月，始達會河。而吏民冒犯瘴毒，林木蒙籠，與虺蛇虎豹錯行。萬人邪許❺，摧軋崩崒，鳥獸哀鳴，震天岌地。蓋出入百蠻❻之中，窮南紀❼之地，其艱如此，故附著之，俾後有考焉。

昔稱雍州南山❽檀柘，而天水隴西多材木，故叢臺❾、阿房❿、建章、朝陽⓫之作，皆因其所有。金源氏⓬營汴⓭新宮，採青峰山⓮巨木，猶以為漢唐之所不能致。公乃獲之山童木遁之時，發天地之藏，助成國家億萬年之丕圖，其勤至矣。

【章旨】本段敘李憲卿採木之廣、運行之難，以見其勤勞、功績。

【注釋】❶兩司　指尚書省所設之左司郎中、右司郎中，掌都省事務。元至元中「定為兩司」（《元史・百官志》）。明承元制，亦作此稱。❷守巡　指各州守令、巡按御史等地方官員。❸金沙江　源出青海巴顏喀喇山，經川西南流入雲南西北，經麗江縣北叫麗江，俗稱金沙江。❹城陵磯　在湖南岳陽北長江邊。❺邪許　眾人一齊用力時的吆喝聲。❻百蠻　古代泛指南方各少數民族。❼南紀　南方。❽南山　陝西西安南之終南山。古代陝甘一帶曾稱為雍州。❾叢臺　楚靈王所建，故址在今河南商水縣北。❿阿房　阿房宮，秦始皇建。⓫建章朝陽　均漢代宮殿名。⓬金源氏　金朝完顏女真。金源水即今吉林之阿計河，為金之舊土，故稱金源氏。⓭汴　今河南開封。金後以之為南京，修造宮室，極為奢華。據稱運一木之費至二千萬，牽一車之力至五百人。⓮青峰山　不詳。今湖北房縣南神農架有青峰鎮，青峰山可能在青峰鎮附近。

【語譯】只選錄下他所上報給尚書省主管各省事務的左右司這次採辦木材經歷的地方，他說：「四川各地的官員督辦儒溪的木材，播州的木材，建昌、天全的木材，鎮雄、烏蒙的木材，龍州、藺州的木材。湖廣各地官員督辦容美的木材，施州的木材，永順、卯峒的木材，靖州的木材，以及督運湖南在九嶷所購的木材，荊南在陝西階州所購木材，武昌、漢陽、黃州在施州、永順採購的木材。貴州則在赤水、猴峒、思南、潮底、永寧、順崖，那南端已遠出到雲南金沙江一帶。」大致說來，荊楚土地雖然廣大，山中木材卻少，採伐木材要到艱險荒遠之地，必須等待下雨漲水才能運送出來。而施州多石坡亂灘，要迂迴曲折繞道千里之遠。貴陽荒涼險阻，山高嶺陡，要經由四川、辰州的大河才能達到城陵磯。蜀山遠隔千里，要穿越山巖，衝開狹谷，越過湍急的石灘，險惡的渦流，經過漫長時日，才能抵達合流的河口。官吏民夫們冒著山間毒霧的侵蝕，被樹木包圍籠罩，與毒蛇虎豹交錯而行。成千上萬人口喊著號子，簡直地裂山崩，鳥獸也為之發出哀鳴，驚天動地。因為出入諸蠻族居住的地方，到達極遠的南方邊境，艱苦到了這種程度，所以附帶記錄下來，讓後來的人可以參考借證。古代說雍州南山盛產檀木柘樹，天水隴西多出木材，所以楚築叢臺，秦修阿房，漢代建章、朝陽等宮殿的建造，都利用附近地區的材料。金王朝營造汴京的新宮，採伐到青峰山的大樹，還認為是做了漢、唐無法做到的事。李公卻是在到處山嶺光禿、大木蹤影難尋的今時進行採伐，發掘天地的寶藏，助成國家億萬年的宏圖大計，他的勤苦勞累真是達到了極點。

是歲冬，徵還內臺❶。明年，考察天下官。已而病作，請告。病益侵，乞還鄉。天子許之。行至東平安山驛❷而薨。嘉靖四十一年四月乙亥也。年五十有七。

【章　旨】本段簡述李憲卿調回朝廷及病逝。

【注　釋】❶內臺　御史臺。即指明代都察院。❷安山驛　在山東東平西南。

【語　譯】這年冬天，調回都察院。第二年，主持考察天下官吏。不久疾病發作，請求休假。病更見侵迫，請求回歸鄉里。天子同意了他的請求。走到東平安山驛就去世了。這時是嘉靖四十一年四月乙亥。享年五十七歲。

公仕宦二十餘年，未嘗一日居家。山東獲賊，湖廣營建，東南平倭❶，累有白金文綺之賜。而提督採運之擢，旨從中下，蓋上所自簡也。祖考妣皆受誥贈❷。母杜氏，封太淑人❸。所之官，必迎養，世以為榮。公事太淑人孝謹。每巡行，日遣人問安。還，輒拜堂下。太淑人茹素，公跽以請者數，太淑人不得已，為之進羞膳。

【章旨】本段寫李憲卿能使親人得到榮耀和孝養。

【注釋】❶倭　我國古代對日本人的稱呼。❷誥贈　帝王的封贈命令。對已故者稱為誥贈，尚存者稱為誥封。❸太淑人　明制命婦三品叫淑人，因其子孫而獲封贈的加太字。

【語譯】李公做官二十多年，不曾在家閒居一天。山東捕獲叛賊，湖廣修建陵墓宮室，東南平定倭寇，多次得到皇上銀錢、華貴絲綢的賞賜。至於總督三省木材採辦運輸職務的提拔，更是從宮中下達的旨意，估計是皇上所親自選擇的。祖父母都得到皇上的誥贈。母親杜氏，封為太淑人。他到哪裡做官，一定把太淑人迎接來奉養，世人都覺得是榮耀的美事。李公侍奉太淑人孝順恭謹。每次外出巡視，天天派人向太淑人問安。回家，就要在堂前向母親行跪拜禮。太淑人原來吃素，李公跪著請求多次，太淑人不得已，才為他而改吃美味葷腥。

平生未嘗言人過，其所敬愛，與之甚親。至其所不屑，然亦無所假借❶。在江陵，有所使吏遲至。公問其故，言：「方食市肆中，又無馬騎。」故事，臺所使吏廩食與馬，為荊州奪之。公曰：「彼少年，欲立名耳。」竟不復問。周太僕❷還自滇南，公不出候，蓋不知也。周公，鄉里前輩，以禮相責誚。公置酒仲宣樓❸，深自遜謝而已。

【章　旨】本段評說李憲卿待人處世的原則。

【注　釋】❶假借　寬容。❷周太僕　名復俊，字子龥，由雲南左布政使調為南京太僕卿。一說名廣，字充之。❸仲宣樓　湖北當陽之城樓，因王粲曾登此樓作〈登樓賦〉而有名，粲字仲宣。但舊說襄陽、江陵均有仲宣樓。李憲卿官署在江陵，此處可能指江陵仲宣樓。

【語　譯】李公一生不曾議論過他人的過錯，他所敬愛的人，同他們十分親近。至於那些他看不起的人或事，他也不會加以寬容。在江陵，有個他派出辦事的吏員遲到。李公問他遲到的原因，吏員說：「剛才在街頭飯店裡吃飯，又沒有馬騎。」按舊例，御史臺派出的吏員由公家招待飯食提供馬匹，被荊州地方長官改變取消了。李公說：「那長官年輕，想要建立名聲罷了。」竟然不再追查荊州的長官。周太僕卿從滇南北還，到江陵時李公沒有出城迎候，原因是不知道有這回事。周公是李公的同鄉長輩，用待同鄉前輩的禮節來責備李公。李公在仲宣樓設宴招待周公，只是自己謙遜地深表認錯而已。

為人美姿容，自少衣服鮮好，及貴，益稱其志。至京師，大學士嚴公❶迎謂之曰：「公不獨才望逾人，丰采亦足羽儀❷朝廷矣。」所居官，廉潔不苛。採辦銀無慮數百萬，先時堆積堂中，公絕不使入臺門，第貯荊州府。募召商胡，賞購過當，人皆懷之。故總督三年，地窮邊裔，而民虜不驚。以是為難。是歲❸奉天殿文武樓告成，上製名曰皇極殿，門曰皇極門，而西宮亦不日而就。天子方加恩臣下，敘任事者之勞績，而公不逮矣。

【章　旨】本段言李憲卿為官能廉潔自律。

【注　釋】❶嚴公　指嚴嵩，字維中，嘉靖時權臣，曾拜武英殿大學士。❷羽儀　羽飾，羽毛可用為儀飾。引申為表率。❸是歲　嘉靖四十一年九月三殿修成，改奉天曰皇極、華蓋曰中極、謹身曰建極。

【語　譯】李公為人相貌俊美，從小衣著鮮明華美，待到富貴了，更加修飾得稱心如意。到京城，大學士嚴公迎接他對他說：「李公你不只是才能聲望超過他人，你的丰采也足夠作為朝廷的表率了。」做官任職，廉潔而不苛刻。採辦木材的銀兩不下數百萬，起先堆積在辦公的廳堂中，李公堅決不讓進御史臺的門，只貯存在荊州府的衙署。召募邊地的商人，賞付的貨款往往超過所購物品的價格，人們都感激他。所以他任總督採辦大木共三年，採辦的地區直到邊境的盡頭，而境內之民境外之敵都不發生驚擾動亂。做到這樣是難能可貴的。這年，奉天殿文武樓宣告完成，皇上取名叫皇極殿，門叫皇極門，而且西宮也沒幾天就建好了。天子正要對臣下施加恩德，分等獎勵負責營建者的功勞成績，可是李公卻趕不上了。

娶顧氏，封淑人。子男五：延植，國子生。延節、延芳、延英、延實，縣學生。女四：適❶孟紹顏、管夢周、王世訓，其一尚幼。孫男七：世彥、官生、世良、世顯、世達，餘未名。孫女六。余與公少相知，諸子來請撰述，因就其家得所遺文字，參以所見聞，稍加論次，上之史館。謹狀。

【章旨】本段交代李憲卿妻室子孫的情況並申述寫狀之由。

【注釋】❶適　女子出嫁。

【語譯】李公娶顧姓女為妻，誥封為淑人。有五個兒子：延植，國子監的生員。延節、延芳、延英、延賓，縣學生員。四個女兒：嫁給了孟紹顏、管夢周、王世訓，另一個還小。七個孫兒：世彥、官生、世良、世顯、世達，其餘兩個還未取名。六個孫女。我同李公從小作朋友，他的孩子們來請我撰寫行狀，因此利用李公家裡所見到的李公遺留下來的文字，加上自己所見所聞，略加編排論述，呈獻給史館。謹狀。

【研析】歸有光的文章向以簡潔著稱，而這篇行狀卻寫得頗為詳盡。內容厚重，篇幅也宏偉，姚鼐曾指為歸有光集中之「傑構」。細察作者的旨意，似不單要為故人立傳，使李憲卿一生為人行事完整地呈露出來，而且欲借此發抒個人對當時社會問題的見解。所以凡李憲卿政績涉及當時政治經濟、關乎國計民生等處，往往不願三言兩語打發了去。如江西田賦，不僅詳載江西各郡的具體數額及均賦中的弊病，而且廣引畿內、松江、淮安等地情況，自出議論，對賦稅不公深加歎息。寫李憲卿總督湖廣川貴採辦大木，用了全文篇幅之一半，精確載明所有涉及的郡縣名稱、木材發運路線，吏民的艱苦，李憲卿與朝廷之反覆交涉，並引證史實論述木材日益減少，採辦日益艱難。其意義有三。一，李憲卿才能的卓越，採辦的深入，以及關心吏民病苦的曲折用心，於此可見。二，皇帝追求豪華，工役繁重，百姓病苦難堪，於側面顯示出來。「萬人邪許」「鳥獸哀鳴」，顯然是怨聲載道的圖畫。三，作者所述木材日益減少的情況，所發「山童木遁」的驚呼，從今日研究環境保護的角度，也是彌足珍貴的史料。作者在文中曾說：「故附著之，俾後有考焉。」顯然有不僅為李氏作狀，也有為社會寫歷史的意識。但總的說來，這只能是本文的客觀意義了。

歸氏二孝子傳

歸熙甫

【題解】二孝子為歸鉞字汝威、歸繡字華伯，《明史》列入〈孝義傳〉，就是採用歸有光這篇傳記。本文沒有載明人物的籍貫，《明史》注明歸鉞為嘉定縣人，《崑山縣志》也有作崑山人的。

歸氏二孝子，予既列之家乘❶矣，以其行之卓而身微賤，獨其宗親鄰里知之，於是思以廣其傳焉。

【章旨】本段總言寫傳的宗旨是為推廣二孝子的卓行。

【注釋】❶家乘　家譜。

【語譯】姓歸的兩個孝子，我已經將他們列進歸氏家譜中了，因為他們品行卓異身分卻很低賤，只有他們的宗族親友和鄰居們才知道他們，在這種情形下我便想起寫這篇傳記來擴大他們事跡的傳播範圍。

孝子諱鉞，字汝威。早喪母，父更娶後妻，生子。孝子由是失愛。父提❶孝子，輒索大杖與之，曰：「毋徒手，傷乃力也！」家貧，食不足以贍。炊將熟，即譏譏❷罪過孝子。父大怒，逐之。於是母子得以飽食。孝子數困，匍匐道中。比歸，父母相與言曰：「有子不居家，在外作賊耳！」又復杖之。屢瀕於死。方孝子依依戶外，欲入不敢，俯首竊淚下，鄰里莫不憐也。父卒，母獨與其子居。孝子擯不見。因販鹽市中。時私其弟，問母飲食，致甘鮮焉。正德❸庚午，大饑，母不能自活，孝子往，涕泣奉迎。母內自慙，終感孝子誠懇，從之。孝子得食，先母、弟，而己有飢色。弟尋死，終身怡然。孝子少飢餓，面黃而體瘠小，族人呼為「菜大人」。嘉靖壬辰❹，孝子鉞無疾而卒。孝子既老且死，終不言其後母事也。

【章　旨】本段敘歸鉞不記後母過惡，盡心供養，終於感動後母的故事。

【注　釋】❶提　擊打。《明史·孝義傳》作「撻」。❷譏譏　巧言善辯的樣子。❸正德　明武宗朱厚照年號。庚午為正德五年，西元一五一〇年。❹嘉靖壬辰　明世宗嘉靖十一年，西元一五三二年。

【語　譯】孝子名鉞，字汝威。很早就死了母親，父親又娶了後妻，生了兒子。孝子因此失去了父母之愛。每當父親要打孝子的時候，他的後母就尋來一根大棒交給父親，說：「莫用空手打他，那樣會損傷你的力氣呢！」他們家裡貧窮，飯食不夠養活全家。每當飯菜將要煮熟，後母就會找出許多花言巧語數落孝子的罪過，父親於是非常生氣，把孝子趕出門去。這樣後母和她的兒子就能飽飽地吃一頓。孝子多次陷入飢餓的困境，伏在路上爬行。等他返回家門，父母卻又互相說道：「有兒子卻不好好待在家裡，只在外面做賊！」還又拿棍棒打他。孝子一次又一次瀕於死亡。當孝子依依不捨地徘徊在窗戶外面，想要進屋又不敢進屋，低著頭暗自掉淚，鄰居們沒有誰不可憐他。父親死去，後母便只同自己的兒子一起生活，孝子被趕逐不許見面。於是他便在集市上販鹽謀生。他不時暗中關照他的弟弟，探問母親飲食起居的情況，送上一些新鮮美味的食品。正德庚午年，發生了大饑荒，後母不能養活自己，孝子前去，哭泣流淚迎請後母。後母內心自覺有愧，但終於為孝子的誠懇態度所感動，還是聽從孝子的意見來同孝子一起生活。孝子得到食物，總是先給後母和弟弟，儘管自己臉上有飢餓的容色。弟弟不久死去，孝子對後母終生態度和悅。孝子從小忍飢挨餓，臉色蠟黃而且身體瘦小，同族的人都喊他叫作「菜大人」。嘉靖壬辰年，孝子歸鉞未病而老死。孝子直到年歲已老將要死去，始終沒有說過他後母曾虐待他的事情。

繡，字華伯，孝子之族子，亦販鹽以養母。已又坐市舍中賣麻。與弟紋、緯友愛無間。緯以事坐繫❶，華伯力為營救。緯又不自檢，犯者數四。華伯所轉賣者，計常終歲無他故，才給蔬食，一經吏卒過門輒耗，終始無慍❷容。華伯妻朱氏，每製衣必三襲❸，令兄弟均平。曰：「二叔無室，豈可使君獨被完潔耶？」叔某亡，妻有遺子，撫愛之如己出。然華伯人見之以為市人也。

【章旨】本段敘歸繡的事跡，從友愛兄弟顯現其孝親之心。

【注釋】❶坐繫　犯罪被逮捕下獄。❷慍　怨怒。❸襲　上衣下裳各一合稱一襲。

【語譯】歸繡字華伯，是歸鉞同族兄弟的兒子，也靠販鹽來供養母親。後來又坐在集市店房中賣麻。歸繡與弟弟歸紋、歸緯友愛無比，親密無間。歸緯因事犯罪被捕，歸繡竭力為他奔走，營救他。歸緯又不能約束自己，犯罪的事再三再四發生。華伯所轉手買賣東西所得，計算常要整年不發生其他事故，才能為全家提供粗茶淡飯，一遇上官府的差役進門打擾就要耗費不少，但他始終沒有怨怒的臉色。華伯的妻子朱氏，每次做衣服一定同時做三套，讓華伯三兄弟平均。說：「兩個叔叔沒有家室，怎麼可以讓你一個人單獨穿得完好潔淨呢？」有個弟弟死了，他的妻子生下一個遺腹子，華伯撫養愛護侄兒如同親生一樣。然而別人見了華伯只把他看成一般市井小販呢。

贊❶曰：二孝子出沒市販之間，生平不識《詩》、《書》，而能以純懿之行，自飭於無人之地；遭罹❷屯❸變，無恆產以自潤而不困折，斯亦難矣。華伯夫婦如鼓瑟❹，汝威卒變頑嚚❺，考其終，皆有以自達。由是言之，士之獨行❻而憂寡和者，視此可愧也。

【章　旨】本段指出二孝子行為難能可貴，值得士大夫效法。

【注　釋】❶贊　作者對傳中人物的評論、稱讚。❷罹　遇，與「遭」義同。❸屯　同「迍」。苦難。❹鼓瑟　彈瑟。比喻夫妻同心。《詩經・棠棣》：「妻子好合，如鼓瑟琴。」❺頑嚚　頑固而愚蠢。《尚書・堯典》言舜「父頑母嚚」，而舜終能感化之。❻獨行　指志節高尚，不隨俗沉浮。《後漢書》有〈獨行傳〉，列操行高尚之人。

【語　譯】贊曰：兩位孝子生活在市井商販中間，一生不懂有什麼《詩經》《尚書》，卻能按照高尚美好的德行，在無人監督的情況下努力自我修養；遭遇到困難和變故，沒有固定產業補充接濟自己，卻能不因困難而放棄自己的責任，這也夠難的了。華伯夫妻同心如琴瑟和諧，汝威最終感化了冥頑不靈的後母，考察他們的最後結果，他們都有能力自己實現道德的完善。由此說來，知識之士志節高尚而超越世俗卻憂慮無人與之相應和，面對這兩位孝子應該感到慚愧呀！

【研　析】這篇傳記旨在表彰孝道，但沒有多少抽象的道德評說，作者不加褒貶，只是客觀地再現出人物的言行，突出表達了人物在極端困難情境下保有的強烈的親情。這是傳記感人的主要所在。在寫法上有兩點值得借鑑：一、這是一篇合傳，前後各有側重，寫法富於變化。寫歸鉞，主要寫對後母的態度，寫他在後母屢加迫害的情況下不變其愛心，寫他終生一貫不變其心，特別是寫他「既老且死，終不言其後母事」，他的行為不是給別人看的，不是為換來孝子的名譽，他只是按照他的內心要求行事，這和封建時代許多所謂孝子是不同的。林紓評論說「結語淡而有味」，其味恐怕就在這裡。寫歸繡，主要寫他對兄弟的態度，間接反映對父母的體恤；寫他夫妻的和諧一致，間接顯示他品德感染的力量，都是「淡宕中有含蓄」，可以見出歸有光文章的特色。二、敘述富於生活情味。如寫後母的心態和排斥孝子的手法，生活中常能見到，使人感到真實。此外，作者還借助鄰里族人的反應來豐富人物的形象，增添文章的氣氛。如「方孝子依依戶外，欲入不敢，俯首竊淚下，鄰里莫不憐也」，「然華伯人見之以為市人也」，都使文章生色不少。

筠溪翁傳

歸熙甫

【題　解】筠溪翁姓名不詳，大約只是作者家鄉的一位普通老者。從文中提示之線索，可以推斷本文寫作之大致時間。作者說他拜訪筠溪翁返家，一二年妻兒皆亡。作者長子死於嘉靖二十七年（西元一五四八年）冬，繼妻王孺人死於嘉靖三十年五月，知作者見筠溪翁當在嘉靖二十五六年。文又說「今年春，張西卿從江上來」，「狀翁貌，如余十年前所見加少」，則知本文當作於嘉靖三十五六年（西元一五五六或一五五七年），作者五十歲前後。

余居安亭❶。一日，有來告云：「北五六里溪上，草舍三四楹❷，有筠溪翁居其間。日吟哦，數童子侍側，足未嘗出戶外。」余往省之。見翁頎❸然晳❹白，延余坐，瀹❺茗以進，舉架上書，悉以相贈，殆數百卷。余謝而還。久之，遂不相聞。然余逢人輒問筠溪翁所在。有見之者，皆云翁無恙。每展所予書，未嘗不思翁也。今年春，張西卿從江上來，言翁居南瀨浦❻，年已七十，神氣益清，編摩殆不去手。侍婢生子，方呱呱。西卿狀翁貌，如余十年前所見加少，亦異矣哉！

【章　旨】本段敘與筠溪翁的交往及所見所聞筠溪翁的情況。

【注　釋】❶安亭　原屬崑山縣，今屬嘉定縣。歸有光於嘉靖二十一年（西元一五四二年）遷居於此。❷楹　堂屋前的明柱，此處指「間」。❸頎　長。❹晳　通「皙」。膚色白。❺瀹　煮。❻南瀨浦　不詳。崑山縣永安鄉有北瀨浦，可能在此附近。

【語　譯】我住在安亭。一天，有人來告訴我說：「往北五六里的溪邊，茅屋三四間，有個叫筠溪翁的人住在那兒。每天吟詩讀文，幾個少年陪侍在旁，筠溪翁腳不曾跨出門外。」我去探訪筠溪翁。看到老翁身材高高的，皮膚白白淨淨，他請我坐下來，煮茶請喝，拿起架子上的書全都送給我，大概好幾百卷。我感謝了他便回家。日子久了，便不再聽到他的音信。但我碰到人就打聽筠溪翁在什麼地方。所有見到過他的人，都說他康健沒有病痛。每當我打開筠溪翁送給我的那些書，沒有哪次不想念他呢。今年春天，張西卿從吳淞江來，說老翁現住南瀨浦，年已七十，精神更見清朗，閱讀編寫幾乎從不離手。侍候他的婢妾生了兒子，才呱呱哭泣。西卿形容筠溪翁的樣子，要比我十年前所見到的更加年輕，真是怪事啊！

噫，余見翁時，歲暮，天風憭慄❶，野草枯黃。日時晡❷，余循去徑還家。嫗❸、兒子以遠客❹至，具酒。見余挾書還，則皆喜。一、二年，妻兒皆亡；而翁與余別，每勞人問死生。余雖不見翁，而獨念翁常在宇宙間，視吾家之溘然❺而盡者，翁殆如千歲人！昔東坡先生為〈方山子傳〉，其事多奇。余以為古之得道者，常遊行人間，不必有異，而人自不之見。若筠溪翁，固在吳淞❻烟水間，豈方山子之謂哉？或曰：「筠溪翁非神僊家者流，抑巖處之高士也與？」

【章旨】本段結合自身的遭遇抒寫對筠溪翁的懷念和讚歎。

【注釋】❶憭慄　寒冷。❷晡　申時，下午三時至五時。本句《震川集》作「日將晡」。❸嫗　老婦。作者指其妻子。❹客　指作者自己。❺溘然　迅忽地。❻吳淞　江名，太湖支流，經吳縣、崑山，匯入黃浦江注海。

【語譯】唉，我會見筠溪翁的時候，正是一年將盡，寒風凜冽，野草枯黃。當太陽偏西，我順著去時的路徑回家。老太婆、兒子因為我遠處作客而歸，準備好了酒。看見我攜帶圖書回來，便都很歡喜。一兩年時光，老妻和兒子都亡故；而筠溪翁與我分離，每每託人探問筠溪翁是否還活著。雖然見不到老翁，但我特別想到他能長久存活在宇宙之間，對比我的家人突然間死亡將盡的情況，此翁大概稱得上千歲人了。昔時東坡先生寫過一篇〈方山子傳〉，其中的事情十分奇特。我認為古代那些得道的人，時常在人間遊動行走，並非一定有何特異之處，不過是常人自己見不到他們。像筠溪翁，本來就生活在吳淞江的煙水迷濛之間，難道是方山子一流人物嗎？有人說：「筠溪翁不是神仙家一流人物，或者是隱居巖穴的高人吧？」

【研析】歸有光善於在文章中敘寫家庭及朋友間的瑣細事，寫得極具情致，十分感人。這是歸有光稱為大家，在文學史上占有地位的一個重要原因。林紓在評價此文時說道：「筠溪翁一野老耳，耳震川名，贈書結納，亦屬常事。此在尋常文家，必无可著筆，而震川偏有一段停頓夷猶之筆，如『每展所予書，未嘗不思翁也』，情韻天成。至於別後追維，更屬常事；忽用陡筆，驀然想到贈書時候，關係及其妻子，妻子亡後，復牽觸到翁以七十而存，而己之妻兒悉罹不幸，思翁如為千歲之人，是悲梗無聊中，作撫今追昔之語，情景如繪。」細想當日作者從筠溪翁處挾書而歸，野外是寒風刺骨，景象蕭疏，而到家則妻兒已熱酒以待，見書皆喜，親人的溫馨，家庭的暖意，將外界的嚴寒盡行驅散，如今追思起來，有多少感慨！不管是由追思筠溪翁而觸發對妻兒早逝的痛惜，還是由思念早死的親人而觸發對筠溪翁七十尚健的歎羨，總之是不孤立寫筠溪翁，故顯得文意更為開拓，文情更為綿邈。

陶節婦傳

歸熙甫

【題　解】節婦原本指有高尚節操的婦女，《樂府詩集》卷三十六晉傅玄〈秋胡行〉有「美此節婦，高行巍峩」之語，讚美秋胡之妻不屈於邪惡的品行。後來則專指那些死了丈夫以後長期守寡甚至以身相殉的女子。這種節婦是封建社會禮教壓迫和毒害婦女的產物。封建禮教以「三從四德」束縛女性，認為丈夫死後女子再嫁就是「失節」，失節就是莫大的罪惡。本文所寫的陶節婦就是一個受毒害的典型。丈夫死時，她還只十九歲，年紀輕輕，就抱定必死之心，因為婆婆需人照顧，她陪伴婆婆生活了九年，婆婆死之日，她也投水自盡。而且如文中所寫，她的這種行為似乎全出於她內心的自發。這不僅反映了封建禮教毒害人的靈魂之深，而且折射出作者思想中的陳腐一面。作者在贊語中甚至不贊成旁人同情此女的「不幸」，認為她成就了門戶之光，是「吉祥」的結局，起了維護和宣揚封建禮教的作用。歸有光文集中這類作品不少，在思想方面是不足為訓的。

陶節婦，方氏，崑山人，陶子舸之妻。歸陶氏期年，而子舸死。婦悲哀欲自經❶。或責以姑在，因俛❷默久之，遂不復言死。而事姑日謹。姑亦寡居，同處一室，夜則同衾而寢。姑婦相憐甚。然欲死其夫，不能一日忘也。

【章旨】本段總敘陶節婦的出身及不幸遭遇。

【注釋】❶自經 自縊。❷俛 同「俯」。

【語譯】陶節婦，姓方，崑山縣人，是陶子舸的妻子。嫁到陶家一週年，陶子舸便死了。女子悲痛哀傷想要自殺。有人拿婆婆還在需要照料的理由責備她，她俯首沉默很久，於是不再說死的事，而每天恭謹地侍奉婆婆。她的婆婆也是寡婦，她們便同住一間房子，夜晚就同床共被而臥。婆婆媳婦相愛非常。然而這個女子想要為她的丈夫而死的決心，是沒有哪一天淡忘的。

為子舸卜❶葬，地名清水灣。術者言其不利。婦曰：「清水名美，何為不可以葬？」時夫弟之西山買石，議獨為子舸穴。婦即自買甎❷穴其旁。

【章旨】本段敘陶節婦自己預備墓穴，以見其必死之心。

【注釋】❶卜 本為通過占卜決定某事可否。引申有選擇之義。❷甎 即磚字。

【語譯】替子舸選擇安葬之處，那地方名叫清水灣。風水先生說這地方不好。陶節婦說：「清水名字很美，為什麼不能用來安葬？」當時她丈夫的弟弟到西山購買石料，商議定只給子舸修築墓穴。陶節婦就自己買磚在子舸墓穴旁邊再修一個墓穴。

已而姑病痢，六十餘日，晝夜不去側。時尚秋暑，穢不可聞。常取中帬廁牏❶，自浣洒之。家人有顧而吐，婦曰：「果臭耶？吾日在側，誠不自覺！然聞病人溺臭可得生。」因自喜。

【章旨】本段敘陶節婦不嫌穢臭精心護理婆婆，表現其善良的本性和不尋常的孝行。

【注釋】❶廁牏　內衣。

【語譯】不久婆婆染上痢疾，六十多天，不論早晚陶節婦不離婆婆身邊。這時雖已交秋，暑氣未退，臭得人受不了。節婦經常拿婆婆的裡裙、內衣親自去洗滌。家裡人有的看了就嘔吐，節婦說：「真的很臭嗎？我每天在旁邊，實在自己感覺不到！可是聽說病人的便溺發臭，這病人就有可能活下去。」因而自己在心裡感到歡喜。

及姑病日殆，度不可起，先悲哭不食者五日。姑死，含殮❶畢。先是子舸兄弟三人，仲弟子舫亦前死，尚有少弟。於是諸婦在喪次，子舫妻言：「姑亡，不知所以為身計？」婦曰：「吾與若❷易處耳。獨小嬸共叔❸主祭，持陶氏門戶，歲月遙遙不可知，此可念也！」因相向悲泣。

【章　旨】本段記妯娌間的對話，表現節婦死前仍掛念著活著的親人。

【注　釋】❶含殮　喪事的儀節。含指將珠玉貝米安放在死者口中，殮指給死者穿上衣服放入棺中。❷若　你。❸叔　此指丈夫的弟弟。婦女稱丈夫的弟弟為叔，弟婦為嬸。

【語　譯】到了婆婆的病一天比一天危急，估計無法好轉時，節婦先就悲傷哭泣五天未進飲食。婆婆死去，裝點穿著安放入棺完畢。當初子舸兄弟三個，二弟子舫也在母死之前死去，還剩下小弟弟。這時幾個媳婦在辦理喪事的地方，子舫的妻子說：「婆婆已經亡故，不知道我自身今後怎樣安排？」節婦說：「我同你是容易處理的。只是小嬸和叔叔主持祭祀，支撐陶家門戶，時間還很長很長難以預料，這才令人掛念呢！」因而互相對著悲傷哭泣。

頃之，入室，屑金和水服之，不死。欲投井，井口隘，不能下。夜二鼓，呼小婢隨行，至舍西，紿❶婢還。自投水，水淺，乍沉乍浮。月明中，婢從草間望見之。既死，家人得其屍，以面沒水，色如生，兩手持茭❷根，牢甚不可解。

【章　旨】本段敘陶節婦自殺的經過，表現其內心的平靜，死志的堅決。

【注　釋】❶紿　哄騙。❷茭　一種蔬類植物。

【語　譯】一會兒，節婦進到房子裡，把金搗成屑和水吞下，沒有死。想要跳井，井口狹窄，下不去。夜裡二更時分，節婦叫小丫頭跟隨，來到房屋西邊，她將小丫頭哄騙回去。自己投水自盡，水不深，節婦在水中忽沉忽浮。月光下，丫頭從草叢中望見這一情景。死以後，家中人找到了她的屍體，她是把臉浸入水中而死的，臉色還同活著時一樣，兩隻手抓住茭草根，抓得十分堅牢，難以解開。

婦年十八嫁子舸，十九喪夫，事姑九年，而與其姑同日死。卒葬之清水灣，在縣南千墩浦❶上。

【章　旨】本段交代節婦簡短一生幾個重要時間與其葬地。

【注　釋】❶千墩浦　在崑山縣南四十里。

【語　譯】陶節婦十八歲嫁給陶子舸，十九歲死了丈夫，侍奉婆婆九年，而同她的婆婆同一天死。死後安葬在清水灣，清水灣在崑山縣南的千墩浦上。

贊曰：婦以從夫為義。假令節婦遂從子舸死，而世猶將賢之。獨濡忍❶以俟其母之終，其誠孝槩❷之於古人，何媿哉！初，婦父玉崗為蘄水❸令，將之官。時子舸已病，卜嫁之，大吉，遂歸焉。人特以婦為不幸。卒其所成為門戶之光，豈非所謂吉祥者耶？

【章　旨】本段為作者對陶節婦的認識和評價。

【注　釋】❶濡忍　柔順、容忍。❷槩　量穀物時刮平斗斛的器具。引申有衡量、比較之義。❸蘄水　縣名，今屬湖北。

【語　譯】贊曰：婦人以服從丈夫為其生活的意義。假使節婦當時就跟從丈夫子舸而死，那麼世人尚且會認為她是賢女。何況孤獨地含忍下來等待著婆婆死去，她的真誠孝道同古人比較起來，有什麼可愧呢！起先，節婦的父親方玉崗任蘄水縣令，將要去上任。當時子舸已經害病，卜卦問將節婦嫁子舸的事，結果是很吉利，於是把她嫁了過來。一般人只是認為節婦是不幸的。最終她所成就的家族的榮耀，難道不是卜卦所說的吉祥之事嗎？

【研　析】本篇之後姚氏原注說：「歸熙甫與人書云：『班孟堅云：太史公質而不俚，人亦易曉。柳子厚稱馬遷之峻，峻字不易知。近作〈陶節婦傳〉，懋儉甚聰明，可並觀之。』又云：『昨為〈陶節婦傳〉，李習之自謂為不在班孟堅、蔡伯喈下也。得求郡中善書者入石，可摹百本，送連城，使海內知有此奇節，亦知有此文也。』又云：『近於舟中作〈陶節婦傳〉，風雪中讀之，一似嚼冰雪也。』」可見歸有光對這篇傳記是相當重視的，正如林紓所言：「熙甫此作，是其專家本領，故自鳴得意，至累舉以示人。」若純就文章寫作的角度討論，則本文確有其值得稱道之處。第一是質樸的寫實手法，第二是簡潔雅正的語言。「贊曰」以上的文字，作者都沒有直接表露自己的傾向，也沒有過多的闡釋發揮，更沒有渲染誇飾，只是如實地記錄下陶節婦的行事和話語，而文筆極為省淨，一二句或幾個字，陶節婦的內心活動、精神品德自在其中，讀者可思而得之。如首段「俛默久之」四字，陶節婦死夫的決心與事姑的責任，死夫的徑捷易了與事姑的歲月漫長前景難知，在內心權衡爭鬥，種種波瀾，都在其中。陶節婦最終選擇了責任更重、更需要時間與耐心的難的一端，「不復言死」，則其人通達情理、先人後己的美德便不言自明了。又如寫陶節婦投水，「以面沒水」，「兩手持茭根」，是唯恐因水淺再浮起來，鐵心堅持，死志的堅定可想而知。所有這些，構成了本文質樸簡潔而富於感染力量的特色。

王烈婦傳

歸熙甫

【題　解】烈婦、貞婦與節婦意同，如何運用則視具體情境而定。本文陸氏與上文陶節婦同為殉夫而死，但沒有陶氏守節寡居侍奉婆婆一段經歷，所以以烈婦稱之。本文思想的陳腐也如同上文，而宣揚芝草呈瑞、精氣通神則更嫌牽強附會。

王烈婦陸氏，其夫王土，家崑山之西盆瀆村。崑故有薛烈婦❶、彭節婦❷，嘗居其地，舍旁今有薛冢焉。百六十年❸間，三烈婦相望也。自烈婦入王土門，其墓園枯竹更青，三年，三生芝，皆雙莖。比四年，芝已不生，而烈婦死。世謂芝為瑞草。芝之應恆於貴富壽考康寧，而於烈婦以死，是可以觀天道也已！

【章　旨】本段概敘王烈婦的簡歷，並引該地的歷史和傳說顯示王烈婦行為的意義。

【注　釋】❶薛烈婦　據高步瀛引《崑新志・列女傳》說，薛氏嫁小吏邵某，邵犯法當死，差役欲霸占薛氏，薛氏自縊而死。❷彭節婦　姓鄭名慶字宜君，嫁書生彭餘璋，兩年後夫亡，鄭氏自沉。出處同上。❸百六十年　據《崑新志》所載，薛烈婦死在明太祖洪武初，下數一百六十年，則王烈婦之事應在世宗嘉靖八年（西元一五二九年）前後。

【語　譯】王烈婦娘家姓陸，她的丈夫名叫王土，家住崑山縣西鄉之盆瀆村。崑山原來有薛烈婦、彭節婦，曾經居住在這個地方，房屋旁邊現在還有薛烈婦的墳墓哩。一百六十年間，三個烈婦前仆後繼啊。自從烈婦嫁進王土家來，那墓地裡本已枯黃的竹林再一次長葉轉青，三年之內，三度長出靈芝草，且都是雙莖並生。到了第四年，靈芝已不再生長，而王烈婦便在這時死了。世上認為靈芝是代表祥瑞的草。靈芝的應驗常常是針對富貴長壽康寧這些好事，可是對於王烈婦則是應驗她的死亡，從這裡可以看出天理了啊。

時王土病且死，自憐貧無子，難為其婦計。烈婦指心以誓。土目瞑，為絕水漿。家人作糜❶強進之。烈婦不得已一舉，輒顰蹙❷曰：「視吾如此，能食否？」俯視地，喀喀吐出。每涕泣呼天，欲與俱去。家人頗目屬私語，然謂新死悲甚，不深疑。更八日，其舅❸他出，家無人，諸婦女在竈下。烈婦焚楮❹作禮，俛首竊淚下，闇然向夫語。見漆工塗棺，曰：「善為之！」徐步入房，聞闔戶聲，縊死矣。麻葛❺重襲，面士尸也。

【章　旨】本段詳敘王烈婦丈夫死後的哀傷和自縊的經過，正面表現王烈婦的節烈。

【注　釋】❶糜　粥。❷顰蹙　皺眉頭。❸舅　此指丈夫的父親。❹楮　舊時迷信焚化用的紙錢。❺麻葛　麻布葛布。葛是一種藤蔓，以其纖維織成的布稱葛布。作喪服用麻布葛布。

【語　譯】當時王士病重將死，自己可憐家境貧寒又沒有孩子，難以為他的妻子將來的生活作出安排。烈婦指著自己的心發誓。王士的眼睛閉上了，烈婦因此絕食，湯水不進。家裡人熬了粥強要她進食。烈婦推辭不得只好起來吃一點，就皺眉頭說：「看我這樣子，能吃下去嗎？」低頭看著地，喀喀幾聲就吐了出來。每每淚流滿面哭地喊天，要與丈夫同去。家裡人已在用眼睛互相提示，私下議論，但還以為她只是丈夫剛死悲哀過度，未作更深一層的猜想。又過了八天，她公公到別的地方去了，婦女們都在竈房裡，家中沒有人。烈婦燒紙行禮，低頭暗自流淚，悽慘地向著已死的丈夫說話。見到漆匠正在塗漆棺材，烈婦說：「好好漆吧！」緩步走進臥房，聽到關門的響聲，自縊死了。她身穿多套麻布葛布的喪服，面朝著丈夫王士的屍體。

歸子曰：王士之祖父，舊為吾家比鄰，世通遊好。予髫年❶從師，士亦來，長與案等耳。不謂其後迺有賢婦。異哉！一女子感慨自決，精通於鬼神！其舅云：「新婦❷，故淑婉仁孝人也。」嗟乎！是固然無疑。然予不暇論，論其大者。

【章　旨】本段表達作者對王烈婦的評價和讚揚。

【注　釋】❶髫年　少年。古稱兒童頭上下垂的短髮為髫，故以垂髫喻童年。❷新婦　舊時習俗尊輩稱晚輩的媳婦為新婦，與今天所謂新郎、新娘不同。

【語　譯】歸有光說：王士的祖、父輩，從前是我家的近鄰，世代往來，相交極好的。我少年時請老師在家教學，王士也來了，身體不過書案那麼高罷了。不料他後來竟然有這麼賢慧的媳婦。奇怪啊！一個女子慷慨自殺，精神能與神明相通！她的公公說：「兒媳本來是個賢良、溫順、仁愛、孝敬的人。」唉！這是確定無疑的。只是我來不及一一論述，只說說她的大節。

【研　析】本文寫王烈婦的死，作者也採用了寫實的手法。她趁家裡無人，焚燒紙錢，在丈夫靈前行禮，低頭暗自垂淚，默默向丈夫訴說心曲。然後交代漆工好好地漆棺材，從從容容步入房中，穿戴整齊，關好門戶，面向丈夫自縊而死。一切都是主意既定，早設計好的。王烈婦的話語不多，一切都是默默進行，從容沉著。唯其如此，更顯出她內心的痛楚和性格的剛烈。但本文情節單純，王烈婦的事實止於此，所以作者的匠心更表現在前後兩段的引述和聯想上。由王烈婦而聯想三烈婦相望，不僅暗示王烈婦的行為非偶然，而且可與古人並駕齊驅，載入地方史冊。引述關於芝草的傳說，則意在暗示烈婦的事跡不僅流傳人口，而且具有感天地泣鬼神的力量。後一段回憶兒時的情景，一是使文章更覺可信；二是增強文章的感情色彩，「不謂其後迺有賢婦」一語，讚美中情意盎然。引述烈婦公公的話語，表達了家人對死者的懷思，也有意告訴讀者，文章寫到的實少，未曾寫到的還多。所有這些引述、聯想，在文中的意義都非止一端。前後的兩段，對於中間正面寫王烈婦的文字，起著烘雲托月的作用，使這篇短小文章顯得完整而豐滿。我們在指明作者觀念陳舊的同時，更應當肯定其高超的寫作藝術。

韋節婦傳

歸熙甫

【題解】節婦傳、烈婦傳這類文章，雖都有共同的主旨，但客觀效果並不能一概而論。這是因為：一、同屬節烈行為，具體情境卻千差萬別；二、作者在文中的說教有多少、顯晦不同。如本文寫韋節婦，表現作者陳腐觀念的議論極少，作者堅持寫實的態度，比較客觀地記載了韋節婦在丈夫死去以後因年年悲思哭泣而過早衰老的情景，寫了她如何在艱難困頓中百折不回，教養兒子成材的事跡。所以作者雖意在表現其節烈的觀念，讀者卻可以從中較多地感受到舊時代寡居生活的艱辛和一個母親的堅毅的意志。在歸有光的節婦傳中，這是比較優秀的作品。

韋節婦，九江德化❶人，姓許氏，為同縣韋起妻。節婦歸韋氏八年，夫死，生子甫八月。父母憐之，意欲令改適❷。然見其悲哀，終不敢言也。夫亡後，有所遺貲❸，復失之，貧甚，幾無以自存。而節操愈厲。尤善哭其夫，哭必極哀，蓋二十餘年，其哭如初喪之日。以故年四十而衰，髮盡白，口中無齒，如七十餘歲人。

【章旨】本段簡述韋節婦的生平，描寫她因貧困生活和長年悲哭而早衰的外貌。

【注釋】❶德化　縣名，明為九江府治，民國初改為九江市。❷改適　改嫁。❸貲　財產。

【語　譯】韋節婦，九江府德化縣人，娘家姓許，是本縣韋起的妻子。節婦嫁到韋家八年，丈夫死去，所生的兒子才八個月。父母同情她，想要教她改嫁。但看到她悲哀的樣子，最終不敢明說。丈夫死後，本有些遺留下來的財產，又失去了，貧困到了極點，幾乎沒法活下去。可是韋節婦的節操更加貞烈。尤其會哭她的丈夫，每次哭必定極度悲痛，大致二十多年後，她哭起來還像丈夫剛死時一樣。因此她年剛四十就衰老了，頭髮全部變白，牙齒全都脫落，好像是七十多歲的老人。

初，所生八月兒，多病，死者數矣。節婦謂其姑曰：「兒病如此，奈何？吾所以不死，乃以此兒。今如是，悔不從死！」因仰天呼曰：「天乎！不能為韋氏延此一息❶乎？」兒不食，即節婦亦不食，歲歲如是。至六七歲猶病，後乃得無恙。

【章　旨】本段敘述韋節婦撫養兒子的艱辛。

【注　釋】❶一息　猶言「一口氣」。喻指單傳的嬰兒。一曰：息，子息。「一息」即僅有的一個孩子。

【語　譯】當初，節婦所生的八個月的兒子，經常生病，瀕臨死亡好多次了。節婦對她的婆婆說：「兒子病得像這樣，怎麼辦？我不死的原因，就是因為有這個小孩。如今像這個樣子，後悔沒有跟隨韋起一同死去！」於是抬頭對著蒼天喊道：「天啊！難道就不能夠替韋家延續這個子嗣嗎？」兒子不吃東西，則節婦也不吃，年年都是這樣，到六七歲還生病，後來才能夠不再生病。

既長，教之學，名曰「必榮」。已而為郡學❶弟子員❷，始有廩米❸之養。自未入郡學，無廩米之養，非紡績不給食也。議者以謂節婦之所處，視他婦人守節者，艱難蓋百倍之。至於終身而毀❹，其誠蓋出於天性，尤所難者。節婦既沒，必榮以貢❺廷試，選為蘇州嘉定❻學官❼。

【章旨】本段敘節婦含辛茹苦培養兒子讀書成材。

【注釋】❶郡學 府學。❷弟子員 生員。即秀才。❸廩米 國家供給的口糧。明洪武二年令府、州、縣皆置學。府學生員四十人，州三十人，縣二十人。每人月給廩米六斗，稱廩膳生員，簡稱廩生。❹毀 舊指居喪過於哀戚。《禮記・檀弓下》：「毀不危身。」❺貢 廩生可依次升為國子監學生，稱歲貢。貢生可以應廷試，考中者派作知縣或學官。❻嘉定 明蘇州府嘉定縣，今江蘇嘉定治。❼學官 明代縣的學官有教諭一人、訓導二人。訓導協助教諭教誨所屬生員。

【語譯】兒子已經長大，節婦教他學習，給他取名為「必榮」。兒子不久成為府學的生員，開始有了國家糧米的供養。從未入府學以前，沒有官府糧米的供養，不是靠節婦紡紗績麻便無法獲得食物。議論的人認為韋節婦生活的狀況，比起其他守節的婦女，艱難大概要百倍超過她們。至於她終身哀戚過度，那真情大概是出於天性，尤其是一般人難以做到的。節婦去世之後，必榮以貢生資格參加廷試，考中被選拔當了蘇州府嘉定縣的學官。

贊曰：予嘗從韋先生❶遊，問洞庭❷、彭蠡❸江水所匯處，及廬山白鹿洞❹，想見昔賢❺之遺迹。而後乃聞韋夫人之節。然先生恂恂❻儒者，其夫人之教耶？

【章旨】本段敘作者和韋必榮的交往，由兒子反觀其母親的風範。

【注釋】❶韋先生 即韋必榮。❷洞庭 湖名，在湖南岳陽，與長江相通。❸彭蠡 湖名，又稱鄱陽湖，在江西九江東南，水通長江。❹白鹿洞 廬山在九江南，白鹿洞在廬山東南，唐李渤與兄涉讀書於此，宋初建白鹿書院，朱熹曾在此講學。❺昔賢 指朱熹、李渤等。❻恂恂 恭順謹慎的樣子。

【語譯】贊曰：我曾經跟隨韋先生遊歷，探訪洞庭湖、彭蠡湖和長江水匯合之處，以及廬山的白鹿洞，想像古代賢人留下的蹤跡。然後才聽說韋夫人的高節。但韋先生溫順恭謹，一派學者氣度，是夫人教誨使然嗎？

【研析】本文在韋節婦丈夫死後，並未正面寫她如何痛不欲生，卻寫她父母憐之，欲令改嫁而不敢言，節婦悲痛的程度、守節的意志，均從父母的感覺、思慮中道出。寫她長年哭夫的慘痛，又純以早衰的外貌襯托。「以故年四十而衰，髮盡白，口中無齒，如七十餘歲人。」可知她為悲思哭泣以至早衰三十餘年，這又是何等筆力。寫節婦因兒子幼年多病所受的身心煎熬，記錄下她對婆婆說的話，似是解釋她當初何以不死的原因，但「悔不從死」四字卻道出她在極端難處之際一種生不如死的真實心態。寫節婦教子的艱難，則轉述議者的言論，從旁人的比較權衡中道出，令人信服。文章末尾「贊曰」，不直接評論，而以敘述出之，寫作者與韋先生交遊幾句，看似閒筆，與主旨無關，實則此處地靈人傑，傳統深遠，夫人的高節、兒子的儒雅其來有自。從韋先生的恂恂然，反觀夫人的教導之功，不從夫人著筆，而夫人的形象更覺高大，文章也顯得餘韻悠長。凡此種種，都可以說明，本文具有看似平淡，其實頗費斟酌、質樸寫實，而用筆比較含蘊的特點。同時因多從他人落筆，故能以節婦為軸心而旁涉父母、公婆、兒子、旁人乃至地理環境、人文歷史，使文章姿態橫生。

先妣事略

歸熙甫

【題解】先妣是兒女對已故母親的稱呼。這是歸有光為自己母親所寫的一篇傳記。歸有光的母親周氏夫人死時，他還只有八歲，不能很詳細地知道母親的事情，故僅就兒時記憶所及，略述其事而已。歸有光的母親十六歲結婚，二十六歲死去，不足十年的婚後生活中，連懷七胎，七個子女成活五個，不僅身體連受損傷，而且遭受兒女夭折的慘痛。「吾為多子苦」是文中記下的母親唯一的話，是她對自己生活很沉痛的總結。為了擺脫多子之苦，她聽信老嫗之言，生吞下兩個田螺。終因這種愚昧的行為，葬送了她年輕的生命。在這篇小傳中，作者以回憶的方式，著重寫了母親生兒育女的辛苦、持家的勤儉和對自己的慈愛，表達了對早逝慈母的深深悼念。

先妣周孺人❶，弘治❷元年二月十一日生。年十六來歸。踰年生女淑靜。淑靜者，大姊也。期而生有光。又期而生女、子，殤一人。期而不育者一人。又踰年生有尚，妊十二月。踰年生淑順。一歲又生有功。有功之生也，孺人比乳他子加健，然數顰蹙顧諸婢曰：「吾為多子苦！」老嫗以杯水盛二螺進曰：「飲此，後妊不數矣！」孺人舉之盡，喑❸不能言。正德❹八年五月二十三日，孺人卒。諸兒見家人泣，則隨之泣，然猶以為母寢也。傷哉！於是家人延畫工畫，出二子命之曰：「鼻以上畫有光，鼻以下畫大姊。」以二子肖母也。

【章　旨】本段敘母親的簡歷，側重寫母親為多子所苦並間接為多子而亡的經過。

【注　釋】❶孺人　古代貴族、官吏之母或妻的封號。明代制度，命婦七品曰孺人。❷弘治　明孝宗年號。弘治元年為西曆一四八八年。❸喑　啞；不能出聲。❹正德　明武宗年號，八年為西元一五一三年。

【語　譯】先母周孺人，弘治元年二月十一日出生。十六歲嫁來我家。過了一年生下女兒淑靜。淑靜，就是我的大姐姐。隔一週年生下有光。又一週年生兒女二人，夭折一人。再過一週年懷孕而流產未能育養的一人。又過一年生了有尚，孕期達十二個月。過一年生了淑順。淑順一歲又生下有功。有功出生的時候，孺人比餵其他子女奶時身體更加健康，但還是多次皺眉頭對丫環們說：「我被生育子女太多害苦了！」一個老媽子用一杯水盛著兩個田螺遞給母親，說：「喝了這杯水，以後就不會多次懷孕了！」孺人端起喝光了水和田螺，喉嚨就啞了不能說話。正德八年五月二十三日，孺人去世。孩子們看到家人們哭泣，就跟著哭起來，但還以為母親是睡覺了呢。令人痛心啊！於是家裡人請來畫工畫像，叫出兩個子女，交代畫工說：「鼻子以上部分畫上有光的相貌，鼻子以下的部分畫上大姐的樣子。」因為這兩個子女很像他們的母親。

孺人諱桂，外曾祖諱明，外祖諱行，太學生。母何氏。世居吳家橋，去縣城東南三十里。由千墩浦而南，直❶橋，並❷小港以東，居人環聚，盡周氏也。外祖與其三兄，皆以貲雄❸，敦尚簡實，與人姁姁❹說村中語。見子弟甥姪，無不愛。孺人之吳家橋則治木綿❺，入城則緝纑❻，燈火熒熒❼，每至夜分。外祖不二日使人問遺。孺人不憂米鹽，乃勞苦若不謀夕。冬月鑪火炭屑，使婢子為團，累累暴❽階下。室靡棄物，家無閒人。兒女大者攀衣，小者乳抱，手中紉綴不輟，戶內灑❾然。遇僮奴有恩，雖至箠楚❿，皆不忍有後言。吳家橋歲致魚蟹餅餌，率人人得食。家中人聞吳家橋人至，皆喜。

【章旨】本段從母親的家世入手，追溯敘述母親勤儉寬仁的性格。

【注釋】❶直　正對著。❷並　傍；緊挨。❸貲雄　富有之意。❹姁姁　謙和友好的樣子。❺木綿　此指棉花。自元代黃道婆從崖州帶回新式織機與織法，蘇州一帶棉紡業發展很快，獲利甚多，故有人以為歸有光外祖家可能以棉紡致富者。❻緝纑　搓捻麻線。纑，縷也。❼熒熒　燈火微光閃爍。晉潘岳〈悼亡賦〉：「燈熒熒兮如故，帷飄飄兮若存。」❽暴　同「曝」。曬乾。❾灑　瀟灑脫俗。此引申為整潔大方。❿箠楚　打人的木棍荊條。

【語譯】孺人名桂，外曾祖父叫周明，外祖父名周行，是太學生，外祖母娘家姓何。外祖家世世代代住在吳家橋，在縣城東南距縣城三十里。由千墩浦往南，正對著橋，挨著小港以東這一帶，居民環繞聚集，都是姓周的哩。外祖父同他的三位兄長，都以家財富裕聞名，卻崇尚節儉樸實，同人們謙和友善地說著村裡的土話。遇到子弟外甥姪兒們，沒有不喜愛的。孺人到吳家橋就紡棉花，回到城裡就搓捻麻線，燈光昏暗閃爍，每每勞作到更深半夜。外祖父隔不了兩天便派人來我家探問送東西，孺人不用擔心缺鹽少米，但還是勤勞辛苦，好像有了早飯還不知道晚飯在哪裡似的。冬天生爐火用剩的炭屑，她都叫丫環做成團子，一堆堆在階基下曬乾。房子裡沒有可丟棄的物品，家裡見不到閒著不做事的人。兒女大的牽著衣服，小的抱在懷裡餵奶，孺人手中還是揮針走線縫補不停，房子裡呈現出整潔的樣子。孺人對待僕人有恩惠，即使罰重到受了鞭打，他們都不忍心背後發怨言。吳家橋每年送來魚蝦螃蟹米麵點心，人人全都可以吃到。家裡人聽到吳家橋人來了，便都興高采烈。

有光七歲，與從兄有嘉入學，每陰風細雨，從兄輒留。有光意戀戀不得留也。

孺人中夜覺寢，促有光暗誦《孝經》❶，即熟讀無一字齟齬❷，乃喜。孺人卒，母何孺人亦卒。周氏家有羊狗之痾❸。舅母卒，四姨歸顧氏，又卒。死三十人而定，惟外祖與二舅存。

【章　旨】本段主要寫孺人對作者的愛和期望。

【注　釋】❶孝經　宣揚孝道和孝治思想的儒家經典，十三經之一。❷齟齬　牙齒不齊，相互抵觸不合。此指生疏不順口。❸痾　同「疴」。病也。羊狗之痾不詳，可能是一種羊狗傳染的病。

【語　譯】有光七歲的時候，同堂兄有嘉一道入學讀書，每次遇上陰風細雨天氣，堂兄總是相留在他家住宿。可是有光心中戀戀不捨母親不能夠留下來。孺人半夜睡醒過來，督促有光低聲誦讀《孝經》，即刻熟練地讀得沒有一個字顛倒錯亂，孺人才歡喜。孺人死時，外祖母何孺人也死了。周氏家族染上了傳染病，舅母死了，四姨媽嫁到顧家，又死了。死了三十個人才平靜下來，只有外祖父和二舅活了下來。

孺人死十一年，大姊歸王三接❶，孺人所許聘者也。十二年，有光補學官弟子❷；十六年而有婦❸，孺人所聘者也。期而抱女，撫愛之，益念孺人。中夜與其婦泣，追惟一二，彷彿如昨，餘則茫然矣！世乃有無母之人，天乎，痛哉！

【章　旨】本段寫大姐出嫁、本人進學結婚生子，孺人期望之事逐步實現，以抒發對母親的懷念。

【注　釋】❶王三接　字汝康，嘉靖十四年進士，曾任南京禮部主事，柳州知府，河東部轉運使。❷學官弟子　此指府學生員。嘉靖四年歸有光二十歲以第一名補蘇州府學生員。❸婦　歸有光初娶魏氏，光祿寺典簿魏庠之女。

【語　譯】孺人死後十一年，大姐嫁給了王三接，是孺人生前同意訂婚的。十二年，有光遞補成了府學生員，十六年而成婚有了妻子，也是孺人所聘定的。一年後便抱了女兒，撫愛她，更加想念孺人。深夜與自己妻子相對啼泣，追憶起孺人的一二件往事，彷彿就發生在昨天一樣，其餘的就感到迷茫了！世上竟然有沒有母親的人，天哪，痛心啊！

【研　析】歸有光為親人所寫的傳記和回憶性的文章，是他文集中的精品。也可以說，歸氏在文學史上的崇高地位，主要是由這些作品而奠定的。這些文章，講傳記的以之為傳記，講散文的以之為散文，講小品的視之為小品，因為這些文章都具有情意綿長的意境，語淺情深，辭約義豐，特別是善於在家庭瑣事的敘述中嵌入不經意的細節，喚起深情的回憶和廣泛的共鳴，或如聞一多所說「采取了小說的以尋常人物的日常生活為描寫對象和刻劃景物的技巧」，故題材雖小，卻有歷久彌新的感人力量。本文寫周孺人，「吾為多子苦」，五個字道盡生兒育女的艱難；「諸兒見家人泣，則隨之泣，然猶以為母寢也」，以當日的年幼無知反襯今日之深沉愴痛，看似不經意的一個細節，其實概括了天下多少幼年喪母者的共同感受；「兒女大者攀衣，小者乳抱，手中紉綴不輟」，母親勤勞而慈愛的形象呼之欲出，感人肺腑；「有光意戀戀不得留」，兒子的依戀正由於母親平日的慈愛，一句將母子雙雙寫出，其間流注著多麼深厚的親情；「期而抱女，撫愛之，益念孺人」，由己之愛女，觸動引發，追憶母之撫我，往事歷歷，倍增思念，人事滄桑，感慨無窮。這些敘述，情文並茂，是家庭瑣事，也是天下至文。應該指出，這並非單純作文的技巧問題。歸有光八歲喪母，先後娶妻室三人，元配魏夫人結婚不到六年死去，長子十六歲夭折，兩個女兒也早亡。這多起家庭的變故使他悲傷哀戚，發為文字所以感人。正如前人所言：「此非聰明人語，是有至性人語。」

白雲先生傳

方靈皋

【題　解】白雲先生，張怡（西元一六〇八—一六九五年），字瑤星，明朝末年的遺老，事跡見傳中。傳文提到乾隆三年詔修三禮，求遺書的事。乾隆三年（西元一七三八年），方苞七十一歲。可知這篇傳記是方苞晚年所作，寫於他七十一歲到八十二歲死前這段時間。此時距張怡之死已過四十年。有人認為，乾隆七年方苞七十五歲，請求解職回原籍，實際乃是返回江蘇上元，即今之南京市，疑本文為返回上元後所作。因為傳主張怡是上元人，這固然很有可能，但方氏定居上元，始於明末避戰亂，方苞自幼即對江南一帶前輩遺老事跡，耳聞目睹，久蓄於心。故此說亦未必如此。方苞生平不輕易替人寫傳作志，卻在垂暮之年寫了這篇傳記，突出寫到白雲先生隱居山林不入城市，潛心著書卻不願流傳，似乎方苞直到晚年內心深處仍有著對清廷的不滿情緒。但據《清史列傳》載：張怡著書甚多，有詩文集二十餘卷，《志林》二卷，《謏聞隨筆》八卷，《金陵私乘》八卷，《讀易私鈔》二十卷，《白雲言詩》十二卷，《史絜》二十四卷等多種，大多未能流傳。

張怡，字瑤星，初名鹿徵，上元人也。父可大❶，明季總兵登萊❷。會毛文龍❸將卒反，誘執巡撫❹孫元化，可大死之。事聞，怡以諸生授錦衣衛千戶❺。甲申❻，流賊❼陷京師。遇賊將，不屈，械繫將肆掠。其黨或義而逸之❽。久之，始歸故里。其妻已前死，獨身寄攝山❾僧舍，不入城市。鄉人稱白雲先生。

【章　旨】本段總敘生平大概，點明白雲先生名稱由來。

【注　釋】❶可大　字觀甫，崇禎元年（西元一六二八年）出任登萊總兵官。《明史》卷二七〇有傳。❷登萊　登州、萊州。明登州府治今蓬萊，萊州府治今掖縣。均屬山東渤海沿岸。❸毛文龍　明末武將，曾駐軍皮島。崇禎元年袁崇煥以兵部尚書兼右副都御史身分督師薊遼，兼督登萊、天津軍務，次年，登皮島視察，數列毛文龍罪狀十二條而殺之。崇禎五年正月，毛文龍部將孔有德等反叛，攻陷登州。四月，圍萊州。八月，解圍去。❹巡撫　指登萊巡撫。孔有德反時，張可大曾建議堅決出擊，巡撫孫元化不許。後來作戰，孫元化所部又無鬥志，兵卒半數降敵，被孔有德遣還作內應，夜半攻城，登州因此陷落。

張可大自縊而死。❺錦衣衛千戶　宮廷禁衛軍之一，千戶所千戶，正五品。❻甲申　崇禎十七年，清順治元年，西曆一六四四年。❼流賊　指闖王李自成。❽逸之　令其逃走。❾攝山　即今南京的棲霞山。

【語　譯】張怡，字瑤星，原名鹿徵，是上元縣人。父親張可大，是明朝末年登萊地區的總兵官。遇上毛文龍部下將士反叛，設計俘擄了登萊巡撫孫元化，張可大因丟失所守城池自殺身亡。事情報告給朝廷，張怡從一般生員任命為錦衣衛千戶所千戶。甲申年，流寇攻破京城。張怡遭遇上叛軍將領，他不肯屈服，被加上鐐銬拘禁起來準備拷打。叛將的同黨中有人認為他是個義士而放了他讓他逃走。過了很久，張怡才回到家鄉。他的妻子已在他回家前死去，他便獨自一人寄居在攝山的僧廟裡，不踏足城市。鄉裡人稱他為白雲先生。

當是時，三楚❶、吳越❷耆舊，多立名義，以文術相高。惟吳中❸徐昭發❹、宣城❺沈眉生❻，躬耕窮鄉，雖賢士大夫，不得一見其面。然尚有楮墨❼流傳人間。先生則躬樵汲，口不言《詩》、《書》，學士詞人，無所求取。四方冠蓋往來，日至茲山，而不知山中有是人也。

【章　旨】本段寫張怡與其他明末遺老不同，無心求名，更覺高尚。

【注　釋】❶三楚　地名，戰國時楚國的土地，包括今黃、淮到湖南一帶，舊有東楚、西楚、南楚之分，說法不一。❷吳越　今江浙一帶。❸吳中　今江蘇吳縣。❹徐昭發　名枋，崇禎十五年舉人，明亡後隱居著書，山水畫、草書為世所重。❺宣城　屬安徽。❻沈眉生　名壽民，明末講學姑山，從遊者數百人，明亡後不復出，人稱耕巖先生。❼楮墨　紙和墨。代指書畫、文字。

【語　譯】在這時候，三楚、吳越一帶的老師宿儒，大多樹立名聲節操，以文章學術互相推崇。只有吳縣徐昭發、宣城沈眉生，親自耕種在窮鄉僻壤，即使有賢名的士大夫，也不能夠見他們一面。但他們還是有著述和書畫在世上流傳。白雲先生卻是親自打柴挑水，絕口不談《詩》、《書》，文人學士，不能從他那裡請求得到什麼。四方達官貴人們來來往往，每天有人來到此山，卻不知道山裡面有這麼一個人呢。

先君子❶與余處士❷公佩歲時問起居。入其室，架上書數十百卷，皆所著經說及論述史事。請貳之，弗許，曰：「吾以盡吾年耳。已市二甕，下棺則并藏焉。」卒年八十有八。平生親故夙市良材，為具棺槨。疾將革❸，聞而泣曰：「昔先將軍致命危城，無親屬視含殮，雖改葬，親身之櫬❹，弗能易也，吾忍乎？」顧視從孫某，趣易棺，定附身衾衣，乃卒。時先君子適歸皖桐❺，反則已渴葬❻矣。或曰：「書已入壙❼。」或曰：「經說有貳，尚存其家。」

【章旨】本段寫張怡死前後情況，從著書不留副本及易棺等表現遺民的心理。

【注釋】❶先君子　方苞之父名仲舒，字南董，號逸巢，亦明末遺老，有詩名。❷余處士　有人認為處士名鉦字震埏，江西臨江人。恐不確。❸革　通「亟」。急。❹櫬　最裡面的一層棺。❺皖桐　安徽桐城。❻渴葬　未到禮俗規定的葬期而提前下葬。渴比喻「急」。❼壙　墓穴。

【語譯】先父在時同鄉居不仕的余先生公佩逢年過節去探訪問安，進入白雲先生的居室，只見書架上的書有幾十上百卷，都是他所著的解說經典和論述歷史的著作。先父等請求將這些著作抄寫出副本，白雲先生不同意，說：「我寫書不過是用來消磨我的歲月罷了。已經買下兩個甕罐，死了下棺的時候，就裝上書一起埋藏在地下了。」先生死時年八十八。生前親戚朋友早為他買好了上等棺木，為他置辦了內棺外椁。在疾病將要危急的時候，他聽說準備了上等棺材便流著眼淚說：「先父將軍在即將陷落的城裡獻出生命，根本沒有親屬到場裝點入棺，後來雖說經過改葬，貼身的內棺，是無法改換的，我能安心享受上好棺木嗎？」用眼睛注視著一個侄孫，催促他改換棺材，選定貼身的衣被，才閉目去世。當時先父恰巧回桐城老家去了，待他返回，白雲先生已經提前匆忙安葬完畢了。有人說：「白雲先生著的書已經埋入墓穴。」有人說：「說經的著作有副本，還保存在先生家裡。」

乾隆三年❶，詔修《三禮》❷，求遺書。其從孫某以書詣郡，太守命學官集諸生繕寫，久之未就。先生之書，余心嚮之，而懼其無傳也久矣。幸其家人自出之，而終不得一寓目焉。故并著於篇，俾鄉之後進有所感發，守藏而傳布之，毋使遂沉沒也。

【章旨】本段補敘張怡死後其書的下落，說明作傳的用意。

【注釋】❶乾隆三年　西曆一七三八年。❷三禮　儒家經典《周禮》《儀禮》《禮記》的合稱。此處實指修撰《三禮義疏》一書。乾隆元年方苞任三禮義疏館副總裁，可見召修三禮並非乾隆三年事，只是為此而下詔徵求遺書。又：張怡所著《三禮合纂》二十八卷，見《四庫全書總目》卷二十五，收入「禮類存目」中。乃張怡於康熙初年所作。

【語譯】乾隆三年，為修《三禮義疏》一書而下詔搜求前人的遺著。先生的某個侄孫把書呈送到郡，太守命令學官召集學生們抄寫，很久沒有完成。先生的書，我心中嚮往而擔心它不能流傳已很久了。幸喜他的家人自己貢獻出來，可是始終不能有機會目睹一遍。所以一并在這篇文章裡載明，使家鄉的後輩有所感動激發，珍藏它而且刊印它，不要讓這樣的書終於被埋沒了。

【研　析】本文首段概敘生平，寫其父以身殉國，以見張氏家族重節操之傳統，就行文而言，則已為張怡堅持改棺之慷慨言辭預設鋪墊。又由父死事聞，朝廷恩蔭子弟，自然地接寫張怡的出身經歷。語言簡潔而法度井然。次段寫其遺民本色，作三層推進。首寫一般遺民，肯定的評價中含蓄地道出這些人難免刻意求名的不足，接著突出表彰徐、沈二人，先稱揚到極點，而後一個「然」字，帶出些許遺憾。然後再寫張怡的行事，故雖著墨不多，而高標迥出。三種人同中見異，相互映襯，作者縱不明言，讀者自能感受：「如此才是遺民本色」。第二段稱其「口不言《詩》、《書》」，第三段則見其「架上書數十百卷」，可見張怡之避世並非棄世，實際仍有所作為。這一段主要寫兩件事：著書而不望流傳、改棺而求速葬。妙在都以周圍親友的關愛與遺民的痛苦心理相互烘托。親友的關心引發遺民的痛苦，說出一些話來；周圍的人則深知其言的後面還有許多話語。作者在當時環境下不可能完全吐露遺民的心聲，只能寫張怡對抄寫副本、用上等棺木表示否定態度。唯其含而不盡，愈覺深厚沉痛。大學者王夫之在抗清失敗後避居深山，艱苦著書，寫成之後卻隨手送人，不存底稿。黃宗羲死前自營墓穴，墓中設一石床，不用棺槨。他的再傳弟子全祖望解釋說：「蓋自以遺家國之變，期於速朽，而不欲顯言其故也。」本文所寫正是曲折地道出了當日明代遺民這種共同的痛苦心情。文的末尾一段就其遺著立言，而寄望於後進。作者深情流注，而旨歸在宏揚前人氣節，宏揚經義學術。意旨甚高。方苞為桐城文派祖師，提倡義法，注重雅潔。讀者於此可以窺見一斑。

二貞婦傳

方靈皋

【題　解】這是一篇二人的合傳。據文中提示，作者得知兩個貞女事跡的時間，前後相隔二十餘年。得知方氏的事跡在康熙乙亥，即康熙三十四年（西元一六九五年），其時作者二十八歲。得知任氏的事跡在戊戌秋，戊戌為康熙五十七年（西元一七一八年），這時作者已年過五十。本文可能就在此後不久所作，因任氏而聯想到方氏，故一併敘述。且兩人的事都是聽旁人間接轉述所得。顯然作者寫傳的目的，並非為立碑撰志所需。表彰人物的高節美行，更多是為了諷世。文章末尾，作者批評那些士大夫，生活無憂，而不知自檢，對自己的缺點、過失「苟於自恕」，與兩位女子相比，真是相差太遠了。這正是道出了作者寫作這篇傳記的真正用意。

康熙乙亥，余客涿州❶，館❷於滕氏。見僮某，獨自異於群奴，怪之。主人曰：「其母方氏，歙❸人也，美姿容。自入吾家，即涕泣請於主婦曰：『某良家子，不幸夫無藉❹。凡役之賤且勞者，不敢避也。但使與男子雜居同役，則不能一日以生。』會孺子疾，使存視❺，兼旬睫不交。所養孺子凡六人，忠勤如始至。自其夫自鬻❻，即誓不與同寢處。而夫死，疏食終其身。家人重其義，故於其子亦體貌❼焉。」

【章　旨】本段敘方氏自愛自立的事跡。

【注　釋】❶涿州　今河北涿州。❷館　在人家教書。❸歙　今安徽歙縣。❹無藉　無所倚藉。即無可依靠之意。❺存視　看顧照料。❻自鬻　賣身。❼體貌　以禮相待。

【語　譯】康熙乙亥年，我寄居在涿州，在姓滕的人家教書。見有一個小僕人，只有他不同於一般奴僕，感到奇怪。主人說：「他的母親方氏，是歙縣人，容貌美麗。自從來到我家，就流著眼淚向主人的妻子請求道：『我本是好人家子女，不幸丈夫無賴沒法依靠。一切低賤而且勞累的事務，我都不敢逃避。但要是叫我同男子一塊生活做事，就一天也活不下去。』恰好碰上我家小孩生病，派她照料，她二十天不曾合眼。她所照看撫育的小孩共六人，而她忠誠勤懇如同初來時一樣。從她丈夫逼迫她自己賣身時起，就發誓不同他丈夫一起生活睡眠。丈夫死了，她終身粗茶淡飯度日。我家的人敬重她的節義，所以對她的兒子也就特別加以禮待了。」

戊戌秋，天津朱乾御言：里中節婦任氏，年十七，歸符鍾奇。踰歲而鍾奇死。姑楊氏，故孀也，閱六月又死。時任氏僅遺腹一女子，而鍾奇弟妹四人皆孩提。任氏保抱攜持，為之母，為之師，又以其閒修業❶而息❷之。凡二十年，各授室有家❸，而節婦死。族婣❹皆曰：「亡者而有知也，楊氏可無懟於其死，鍾奇可無憾於其親矣！」

【章　旨】本段敘任氏艱苦操持、代丈夫盡責的情況。

【注　釋】❶業　產業。❷息　生息。❸授室有家　指為弟娶妻，為妹出嫁。古代女以夫家為家。❹婣　同「姻」。因婚姻關係而結成的親戚。

【語　譯】戊戌年秋天，天津朱乾御說：同村人中有一節婦姓任，十七歲嫁給符鍾奇為妻。過了一年鍾奇死去。婆母楊氏，原來也是寡婦，經過六個月又死了。這時任氏僅有一個遺腹女兒，而符鍾奇的弟弟妹妹四人都還是小孩子。任氏呵護、懷抱、牽引、扶持，作他們的母親，作他們的老師，又利用閒空時間修治產業來養活他們。總計二十年時間，各自男婚女嫁，立室成家，而後節婦死去。符家的宗族和姻親們都說：「死去的人如果有知覺的話，那麼她婆婆楊氏可以無須怨恨自己的早死，符鍾奇也可不用對自己的親人感到遺憾了。」

夫嫠❶之苦身以勤家，多為其子也。自有任氏，而承夫之義始備焉。婦人委身於夫，而方氏非生絕其夫，不能守其身以芘❷其子。是皆遭事之變，而曲得其時義，雖聖賢處此，其道亦無以加焉者也。凡士之安常履順，而自檢❸其身，與所以施於家者，其事未若二婦人之艱難也；而乃苟於自恕，非所謂失其本心者與？

【章　旨】本段評述二貞婦行為的意義，並對照批評了某些士大夫的作風。

【注　釋】❶嫠　寡婦。❷芘　通「庇」。❸檢　約束。

【語　譯】寡婦之所以情願自己吃苦來勤勞家業，多數是為了自己的兒子。自從出現了任氏這樣的女子，妻子承繼丈夫志業的意義才算完備了。婦女把自己的身體託付給丈夫，然而方氏若不是在生時就與丈夫斷絕關係，就不能守住自己的貞潔和庇護自己的兒子。這兩個女子都是遭遇事情的變故，而委曲地選擇了在當時情境下最為合適的行為，即使是聖賢處在這樣的情境下，他們的辦法也不可能比這更好的了。大凡讀書人中那些生活正常、經歷順利的人，來自己約束自己，以及施加給家庭的努力，那事情不會像兩位婦人這樣的艱難；但他們卻輕易地原諒自己，這不是所謂迷失了自己的本性嗎？

【研　析】本文所寫兩個女子的事實，都是聽旁人轉述得知，作者只是原原本本地敘述事情的梗概，簡潔而平實。但寫方氏，先從發現一個異於常奴的小僮提出疑問，主人的回答，是解釋所以特別禮待小僮的原因，方氏的事跡及其在人心中喚起的尊敬之感都從這種解釋中自然帶出，顯得可信。寫任氏，「保抱攜持，為之母，為之師」，簡單幾筆，說盡人物二十年艱辛，引用族人和姻親的評說，亦有說服力。本文第三段是作者的評論，林紓曾說：「此文敘事平平，而議論特佳。」這段議論佳在何處？第一是角度頗新，作者並非重複「三從四德」的老調，而從兩女子的遭遇引出在遭逢變故時如何行事的一般原則；第二是立意頗深，文章結尾，詠歎中寓諷世之意，以兩個普通女子的所為作典範，觀照出士大夫們修身持家的弊病，與純為表彰節烈者不同；第三是行文亦頗有力，層層推進，步步深入。先分說二女遭遇的特殊之處，然後抽象出二者的共同點：是皆「遭事之變而曲得其時義」，進而以「聖賢處此，其道亦無以加」對兩個女子的表現作出崇高的評價，在此基礎上諷世，故能高屋建瓴。

樵髯傳

劉才甫

【題解】髯，古時對多鬚者的稱呼，「樵髯」猶言大鬍子樵夫，是程駿為自己取的別號。姚鼐在本文末原注云：「寫出鄙野之態如在目前，而文之高情遠韻自見於筆墨蹊徑之外。」本文描寫的程駿，聰穎特出而無奢望，通脫率真而無文飾。在上層人物虛偽做作，爾虞我詐的風氣濃重的時代，這樣一個人物使人覺得超凡脫俗，有耳目一新之感。作者的諷世之意見於言外。而篇末說：「余悲之，而作〈樵髯傳〉」，似乎對這樣一個人物終於老死鄉野之間懷著深厚的同情。這些也許就是姚氏所指的「高情遠韻」吧。

樵髯翁，姓程氏，名駿。世居桐城縣之西鄙❶。性疏放，無文飾，而多髭鬒❷，因自號曰「樵髯」云。

【章旨】本段概敘樵髯的生平、性格及樵髯名稱的來由。

【注釋】❶鄙　郊外之地。❷鬒　同「鬚」。

【語　譯】樵髯老翁，姓程，名駿。世世代代居住在桐城縣西邊鄉裡。老翁性情通脫闊略，真樸自然沒有做作之態，又多鬍鬚，因而自己取別號叫做「樵髯」。

少讀書，聰穎拔出凡輩。於藝術❶匠巧❷嬉遊❸之事，靡不涉獵，然皆不肯窮竟其學，曰：「吾以自娛而已。」尤嗜弈棋。常與里人弈，翁不任苦思，里人或注局凝神，翁輒顰顣❹曰：「我等豈真知弈者？聊用為戲耳！乃復效小兒輩強為解事❺？」

【章　旨】本段敘樵髯聰明穎悟多才多藝及不願苦思竟學的性格。

【注　釋】❶藝術　指書、畫、醫術之類。❷匠巧　指製作器物的技巧。❸嬉遊　指弈棋彈唱之類技藝。❹顰顣　同「顰蹙」。緊皺眉頭。❺解事　此指內行。

【語　譯】翁少年時候讀書，聰明敏悟超過一般常人。對各項藝術、製作工藝、娛樂技能方面的事，他沒有不粗略學習的，但都不肯窮盡心力學到底，他說：「我只是用來自己娛樂罷了。」尤其愛好下棋。常與村裡人對弈，翁不耐苦思苦想，村裡人有時注視著棋盤聚精會神冥思苦索，翁就會眉頭緊皺，說：「我們哪裡是真懂棋的人？姑且用它作為遊戲罷了！竟還學那些小青年們假充內行？」

時時為人治病，亦不用以為意。諸富家嘗與往來者病作，欲得翁診視，使僮奴候之，翁方據棋局嘵嘵❶然，竟不往也。

【章　旨】本段敘樵髯為人治病，卻不以此來結交富貴。

【注　釋】❶嘵嘵　爭辯聲。

【語　譯】樵髯常常替人治病，也不把此事很放在心上。一些有錢人家曾經同他往來過的發了病，想要他去看病，派奴僕來等候他，有時翁正靠著棋盤同人爭辯得起勁，竟然不去診病呢。

翁季父官建寧❶，翁隨至建寧官廨，得以恣情山水，其言武夷九曲❷幽絕可愛，今人遺棄世事，欲往遊焉。

【章　旨】本段敘樵髯酷愛山水，且言之動人。

【注　釋】❶建寧　府名，今福建建陽、建甌，清為建寧府。❷武夷九曲　武夷，山名，在福建西北部，是我國久負盛名之風景區。九曲，溪名，九曲溪為武夷山水最奇絕處，奇峰依水，碧水繞山，溪流九曲，峰勢萬千，素稱「碧水丹山」，宋朱熹曾隱居於此。

【語　譯】樵髯翁的叔父在建寧做官，翁跟著叔父到了建寧官署，有機會能縱情遊山玩水，他說起武夷山九曲溪的絕頂幽奇，使人想拋開世間事務，到武夷山去遊玩哩。

劉子❶曰：「余寓居張氏勺園❷中，翁亦以醫至。余久與翁處，識其性情。翁見余為文，亟求余書其名氏，以傳於無窮。余悲之，而作〈樵髯傳〉。」

【章　旨】本段敘作者與樵髯的交往並述作傳因由。

【注　釋】❶劉子　作者自指。❷勺園　在桐城內西南隅。

【語　譯】劉大櫆說：「我寄居在張氏勺園中教書，樵髯翁也由於行醫而來到這裡，我與翁相處很久，了解翁的性情。翁見到我寫文章，屢次要求我把他的生平名姓寫下來，以便永遠流傳下去。我同情他，因而寫了這篇〈樵髯傳〉。」

【研　析】本文寫樵髯，只二百餘字，而其個性卻頗鮮明。前人或言其「鄙野之態」，或以其「無塵俗氣」，總之是作者於開篇提出的「性疏放無文飾」的綱領，在下文得到了生動的印證。在寫法上，作者既有簡括有力的一般敘述，又能抓住個別細節突出刻劃，做到一般和個別的結合，而尤其得力於細節的表現。如先敘述他對各種技藝興趣廣泛、無不涉獵，卻不屑苦思，只以自娛，然後突出寫他如何斥責那些注局凝神的對弈者。這是寫其言，而其言出自肺腑，全無忌諱，不僅有力表達了只以自娛的主張，而且使其真率的村野之態生動呈現如在目前。又如先敘其「時時為人治病，亦不用以為意」，即重點寫富家派人傳喚，而他「方據棋局嘵嘵然，竟不往也」。這是寫其行。而這一具體行為，一方面承上補寫他嗜棋如命，一方面表現他的「不以為意」，沒有把行醫作為追名求利手段的意思，一方面也可見出他沒有因對方是富貴而改變心態的世俗媚氣，一個細節，從多方面豐富了人物的形象。

胡孝子傳

劉才甫

【題　解】胡孝子名其愛，字汝彩，桐城人。文中寫到胡其愛卒於乾隆二十八年癸未，即西曆一七六三年，此時劉大櫆已年近七旬。故知此文為作者晚年在家鄉桐城授徒講學期間所寫。胡其愛是一個孤苦貧窮的雇工，傳記中所敘述他對殘疾老母的種種體貼奉養，純然是一種至深至愛的親情的表現，並無多少道學氣味。特別是作者將其與士大夫相對比，感慨篤行深愛之德，存在於鄉里傭雇之間，更使這篇傳記具有啟人深思的意義。

孝子胡其愛者，桐城人也。生不識詩書。時時為人力傭，而以其傭之直❶奉母。母中歲遘罷癃❷之疾，長臥牀褥，而孝子常左右❸之無違。自臥起以至飲食、溲❹便，皆孝子躬自扶抱，一身而百役，靡不為也。

【章旨】本段概述胡其愛生平及孝養有病母親的情況。

【注釋】❶直　同「值」。謂工錢。❷罷癃　殘廢。❸左右　此指幫扶照料。韓愈〈與孟東野書〉：「事親左右無違。」❹溲　小便。

【語譯】孝子胡其愛，是桐城縣的人。一生沒有讀過書，常常替別人出力作雇工，而用那作雇工所得的報酬奉養母親。他的母親中年時候遭遇了殘廢的疾病，長期睡臥床上，孝子經常幫扶照料母親，處處順從母親的心意。從睡臥起床以至於飲食、大小便等等，都是孝子親自扶著抱著，一個人卻應付百種事務，沒有什麼事不做的。

孝子家無升斗之儲。每晨起，為母盥沐，烹飪進朝饌，乃敢出傭。其傭地稍遠不及炊，則出勺米付鄰媼，而叩首以祈其代爨❶。媼辭叩，則行數里外，遙致其拜焉。至夜必歸。歸則取母中裙❷穢汙自浣滌之。孝子衣履皆敝垢，而時致鮮肥供母。其在與傭者❸之家，遇肉食，即不食，而請歸以遺其母。同列見其然，而分以餉之，輒不受。平生無所取於人，有與之者，必報。

【章旨】本段具體敘述胡其愛傭工養母的艱難及其盡心細緻的表現。

【注釋】❶爨 炊；做飯。❷中裙 內衣。❸與傭者 雇主。

【語譯】孝子家裡沒有一升半斗的儲存。每天早晨起來，替母親洗漱完畢，就燒飯做菜，給母親送上早餐，才敢出外打工。要是打工地比較遠來不及做飯，就拿出一勺米託付給鄰家的老太太，便叩頭來求她代為做飯。老太太推辭不許叩頭，就走到幾里路之外，遠遠地下拜表達出感謝之意。到夜晚一定回家。回家就拿出母親弄髒發臭的內衣親自漿洗。孝子自己的衣服鞋襪都是又爛又髒，卻時常得來鮮魚肥肉供養母親。他在雇主家裡，遇到肉食就不吃，而請求帶回家來留給母親。同作傭工的人看到他這樣孝順，便把自己那份分一些給他吃，他每每不肯接受。他平生不向別人索取什麼，有給與他好處的，他一定要報答。

母又喜出觀遊。村鄰有伶優❶之劇，孝子每負母以趨，為藉❷草安坐，候至夜分人散，乃復負而還。時其和霽，母欲往宗親里黨之家，亦如之。

【章旨】本段敘胡其愛不辭辛苦滿足母親外出觀遊的心理要求。

【注釋】❶伶優 藝人。❷藉 以草作坐墊。

【語譯】他的母親又喜歡出外觀賞遊玩。村裡鄰里家中有請了戲班子來演戲的，孝子每次都背著母親趕去，替母親墊上草安頓她坐穩，等到夜半人們散去，才又背著母親回家。逢到那天氣溫和晴朗，母親想要到親戚朋友家走訪，孝子也像看戲一樣背來背去。

孝子以生業之微，遂不娶。惟單獨一人，竭力以養終其身。母陳氏，以雍正八年❶病，至乾隆二十七年❷，乃以天年終。蓋前後三十餘年，而孝子奉之如一日也。母既沒，負土成墳，即墳旁挂片席而居，悽傷成疾，逾年癸未❸，孝子胡其愛卒。

【章　旨】本段總括胡其愛行孝的終始，交代母子兩人的結局。

【注　釋】❶雍正八年　西曆一七三〇年。❷乾隆二十七年　西曆一七六二年。❸癸未　紀年的干支。乾隆二十七年為壬午，二十八年為癸未。

【語　譯】孝子因為謀生職業收入的微薄，始終沒有娶妻。只是單獨一個人，竭盡全力來奉養母親一輩子。母親陳氏，在雍正八年得病，到乾隆二十七年，才由於天年已盡而死去。前後共三十多年，然而孝子奉養母親三十年如一日。母親死去以後，孝子背土築成墳堆，就近墳邊掛上一張席子作成棚屋，住在裡面守孝，悲悽憂傷成病，過了一年即癸未年，孝子胡其愛去世。

贊曰：今之士大夫遊宦數千里外，父母沒❶於家，而不知其時日；豈意鄉里傭雇之間，懷篤行❷深愛之德，有不忍一夕離其親宿於外，如胡君者哉？胡君，字汝彩，父曰志賢。又同里有潘元生者，入自外，而其家方火，其母閉在火中。元生奮身入火，取其母以出，頭面皆灼爛。此亦人之至情無足異，然愚夫或怯懦不進，則抱終身之痛無及矣！勇如元生，蓋亦有足多❸者。余故為附著之。

【章　旨】本段讚美胡其愛孝養母親的深情美德，並附記潘元生奮身救母的事跡。

【注　釋】❶沒　同「歿」。死亡。❷篤行　敦厚的品行。❸多　讚美；推重。

【語　譯】贊曰：現今士大夫離家做官到幾千里以外，父母死在家中，卻弄不清死在何日何時；哪裡想到在鄉村的雇農幫工中間，卻有懷抱著敦厚的品行、愛親至深的美德，不忍心一個晚上遠離親人留宿在外，像胡君這樣的人呢？胡君，字汝彩，父親名志賢。又同村有個叫潘元生的，從外面回家，他家卻正遭火災，他的母親困在火場中間。元生奮不顧身闖進火海，搶救母親出來，他的頭臉都被燒爛了。這也是人的至情不值得奇怪，但是愚昧的人有時膽怯軟弱不敢向前，就將終生懷抱傷痛，追悔也來不及了！勇敢像潘元生這樣，當也有值得讚美之處。我所以將他附記下來。

【研　析】本文開篇概略介紹胡孝子，只寥寥幾句，便能給人一個完整印象。以「一身而百役，靡不為也」作結，簡括有力而包舉下文。以下的具體敘述，從在家的供養寫到外出觀遊，從晨起寫到夜歸，從一年的事實推廣到三十年如一日，法度井然而語極簡潔。往宗親里黨之家，只「亦如之」三字，惜墨如金。不記孝子的言談，只寫其默默行事，而其用心之細緻周到體貼入微自然流溢。寫孝子出勺米叩首請鄰媼代炊，負母觀戲為藉草安坐，遇肉食不食而請歸以遺其母，都是質樸而感人的敘述。姚鼐在本文後原注云：「摹寫極真，質而不俚，直逼《史記》。」如前所述，前兩句當沒有疑問，讀者會產生同感。至於「直逼《史記》」的說法，則可能包含著作為學生的姚氏對老師劉大櫆的某些溢美。誠然，劉大櫆是有心效法司馬遷的，本文「贊曰」一段，夾敘夾議，在評論胡孝子時雜寫潘元生的事實，就是吸取了《史記》「太史公曰」在評論中穿插敘述逸聞瑣事的方法。但我們從劉大櫆的文章裡很難感受到太史公那樣飛揚的神采和氣概。劉大櫆的文學成就不但不能同司馬遷相提並論，也趕不上在前的方苞和在後的姚鼐。但方、姚二人或因同鄉之情，或以師生之義，對劉氏都特為推重，極力鼓吹。這本無可厚非，只是不必把他們的每一句話都當作確評來理解罷了。

章大家行略

劉才甫

【題　解】大家，此處讀同「大姑」，是舊時對婦女的敬稱。東漢班昭博學高才，曾續成她的哥哥班固未寫完的《漢書》八表及〈天文志〉。東漢和帝數次召她入宮，命皇后及眾妃嬪以她作老師，稱呼她為大家。這是「大家」作為女子敬稱的由來。章大家為劉大櫆祖父的妾，按封建名分不能稱為祖母，但又有敬愛之情，所以採取了這一稱呼。

先大父側室，姓章氏，明崇禎丙子❶十一月二十七日生。年十八來歸。踰年，生女子一人，不育。又十餘年而大父卒。先大母錢氏。大母早歲無子，大父因娶章大家。三年，大母生吾父，而章大家卒無出。大家生寒族，年少，又無出。及大父卒，家人趣❷之使行，大家則慷慨號慟不食。時吾父纔八歲，童然在側。大家挽吾父跪大母前，泣曰：「妾即去，如此小弱何？」大母曰：「若能志夫子❸之志，亦吾所荷❹也。」於是與大母同處四十餘年，年八十一而卒。

【章　旨】本段總敘章氏生平及不幸遭遇。

【注　釋】❶崇禎丙子　崇禎九年，西曆一六三六年。❷趣　同「促」。❸夫子　此處指丈夫。❹荷　承受。

【語　譯】已故祖父的妾，姓章，明崇禎九年丙子十一月二十七日出生。十八歲嫁到我們劉家。過了一年，生下一個女孩，沒能長大成人。又過了十多年我的祖父死了。我已故祖母姓錢。祖母早年沒生兒子，祖父因而又娶了章大姑。但三年之後，祖母生下我的父親，而章大姑終於沒有生養。大姑出身於貧寒家庭，年紀輕，又沒有生下兒女。等到祖父死去，家裡人就催促她改嫁出門，大姑卻萬分激動，號啕痛哭，不肯進食。當時我的父親才八歲，孩子氣十足地站在旁邊。大姑手挽著我的父親跪在祖母面前，哭著說道：「我就這樣離開，把這幼小孤弱的孩子怎麼辦呢？」祖母說：「你能夠以丈夫的心意為心意的話，那也是我所承擔的呢。」就這樣大姑與祖母共同生活四十多年，八十一歲才死去。

大家事大母盡禮，大母亦善遇之，終身無間❶言。櫆幼時，猶及事大母。值清夜，大母倚簾帷坐，櫆侍在側。大母念往事，忽淚落。櫆見大母垂淚，問何故？大母歎曰：「予不幸，汝祖中道棄予。汝祖沒時，汝父纔八歲。」回首見章大家在室，因指謂櫆曰：「汝父幼孤，以養以誨，俾至成人，以得有今日，章大家之力為多。汝年及長，則必無忘章大家！」櫆時雖穉昧❷，見言之哀，亦知從旁泣。

【章旨】本段敘大姑與祖母親密無間，共同盡心撫育了作者的父親。

【注釋】❶間　嫌隙。❷穉昧　年幼無知。

【語譯】大姑侍奉祖母十分有禮，祖母也很好地對待她，終身沒有發生過嫌言隙語。大櫆小時候，還趕上了侍奉祖母。在一個夜深人靜的時候，祖母靠著簾子帷幔坐著，大櫆陪伴在旁邊。祖母想起往事，忽然掉下眼淚。我見祖母流淚，問是什麼原因？祖母歎息說：「我不幸，你的祖父半路上丟下我先走了。你的祖父死時，你父親才八歲。」祖母回頭見章大姑在房內，於是指著大姑對我說：「你父親幼年就成了孤兒，又撫養他又教育他，使他得以長大成人，而能有今天，章大姑出力是最多的。等到你年歲長大，就一定不要忘記章大姑！」大櫆當時雖然幼稚愚昧，看見祖母話說得很哀傷，也知道在一旁哭泣。

大家自大父卒，遂喪明。目雖無見，而操作不輟。櫆七歲與伯兄仲兄從塾師在外庭讀書。每隆冬，陰風積雪，或夜分始歸。僮奴皆睡去，獨大家煨❶鑪火以待。聞叩門，即應聲，策杖、扶壁行，啟門，且執手問曰：「若書熟否？先生曾撲責否？」即應以書熟，未曾撲責，乃喜。大家垂白❷，吾家益貧，衣食不足以養，而大家之晚節更苦。嗚呼！其可痛也夫！

【章旨】本段敘章大姑晚年的不幸及其對作者本人的關心愛護。

【注釋】❶煨　蓄火，用熱灰稍加掩蓋，不使盡燃。❷垂白　白髮下垂，形容年老。

【語譯】大姑自從祖父死後，就眼睛瞎了。眼睛雖說看不見，但操持勞作卻不停止。大櫆七歲時便同大哥二哥跟隨私塾的老師在外面學舍裡讀書。每到深冬臘月，風寒雪厚，有時半夜才回來。奴僕們都已入睡，只有大姑蓄著爐火等著我們。聽到敲門聲，大姑即刻在裡面答應，扶著手杖、摸著牆壁行走，打開門，並且握著我的手問道：「你的書讀熟了沒有？先生曾經鞭打過你沒有？」若回答書熟了，先生不曾鞭責，大姑就歡喜。大姑白髮滿頭時，我們家更加貧困，衣食都不夠用來維持生活，而大姑的晚年是更加悽苦。唉！實在令人痛心啊！

【研　析】章大家是一個出身寒微、心地善良而一生遭遇不幸的女子。作者在這篇行狀裡，記錄了她痛苦勞碌的一生，對她表示了真摯的同情和敬意。章大家一生侍奉了劉家的祖孫三代。三段文章的主要內容，也就是以祖父、父親、作者自己三個不同的時期為線索而安排的，敘述的方法也富於變化。第一段除作一般介紹外，主要正面敘述祖父死時章大家的行動和語言。第二段則純由大母之口側面道出，既增加了內容的可信度，也反映了大母和大家之間的親密無間。第三段雖然也寫大家的動作、語言，但都是從作者的親身感受中寫出，所以更覺得真切感人。姚鼐在文末原注：「真氣淋漓，《史記》之文。」這後一段文章字裡行間的確有作者的真情流注。又本文的某些細節，對歸有光〈先妣事略〉等頗多吸取和借鑑。如「櫆時雖稺昧，見言之哀，亦知從旁泣」，與歸文中「諸兒見家人泣，則隨之泣，然猶以為母寢也」；「即應以書熟，未曾撲責，乃喜」，與歸文中「即熟讀無一字齟齬，乃喜」等等，都可以見到其意象之間有相通之處。至於孰優孰劣，則讀者於玩味體會中自可得之。

毛穎傳

韓退之

【題　解】這是一篇帶有小說、寓言性質的傳記文。題中所謂毛穎，並非實際的人物，「毛」指兔毛，「穎」意為尖端，「毛穎」，指寫字用的毛筆頭，故文章以之為毛筆的姓名。韓愈採摘古代有關於兔和毛筆的典故、傳說，經過想像加工，用擬人的手法，仿效司馬遷作列傳的形式，寫成了這樣一篇奇文。這篇文章流傳以後，引起過很大的爭議。非之者以之為「戲謔之言」，甚至認為「譏戲不近人情」，是「文章之甚紕繆者」，是之者則認為「其文尤高，不下史遷」。柳宗元為了駁斥世人的非議，還特為寫了數百字的〈讀韓愈所著毛穎傳後題〉，指出文章寫作不應排斥詼諧戲謔，因為人們的審美需要是多方面的，並認為韓愈寫作此文是為了「發其鬱積」，學者也能從中得到激勵，因而是「有益於世」的。這些意見是非常中肯的。柳宗元在文中說：「自吾居夷，不與中州人通書。有來南者，時言韓愈為〈毛穎傳〉，不能舉其辭，而獨大笑以為怪，而吾久不克見。楊子誨之來，始持其書，索而讀之。」楊誨之到永州看望柳宗元在唐憲宗元和四年，即西曆八〇九年，這時柳宗元已不止一次聽人說起〈毛穎傳〉，且「久不克見」，所以〈毛穎傳〉的寫作時間應是元和二年左右。當時韓愈正作「權知國子博士」，沉淪下僚，且遭受流言蜚語，心情頗為抑鬱，所以文中有一些譏戲之言，是很自然的事情。

毛穎者，中山❶人也。其先明眎❷，佐禹治東方❸土，養萬物有功，因封於卯地，死為十二神❹。嘗曰：「吾子孫神明之後，不可與物同，當吐❺而生。」已而果然。明眎八世孫䨲❻，世傳當殷時居中山，得神僊之術，能匿光使物，竊姮娥❼，騎蟾蜍❽入月，其後代遂隱不仕云。居東郭者曰㕙❾，狡而善走，與韓盧❿爭能，盧不及。盧怒，與宋鵲⓫謀而殺之，醢⓬其家。

【章　旨】本段敘述毛穎的先世，運用了上古有關兔的記載和傳說。

【注　釋】❶中山　今河北定縣一帶，古為中山國，戰國後期為趙所并。相傳趙國兔肥，毛長而銳，宋廣陵馬永卿認為：此「蓋出於《右軍經》云『唯趙國毫中用』。」作筆特佳，唐時以「中山毫」為良筆。錢基博據文中「南伐楚，次中山」之語，認為當是唐宣州之中山。宣州自唐以來也多產名筆。但此文實寓言小說，不必字字有據，且宣州中山名氣遠不如趙之中山，故此處仍以指古中山國為佳。❷眎　古「視」字。《禮記・曲禮》曰：「兔曰明視。」以明視為祭宗廟所用兔的特稱，後因以為兔的別名。❸東方　卯屬兔，其位在東方，故言治東方土。❹十二神　子丑寅卯辰巳午未申酉戌亥之神，兔為卯神。王充《論衡・物勢》：「卯，兔也。」是此說之最先見於文字者。❺吐　《博物志》卷二：「兔舐毫望月而孕，口中吐之。」古代以為雌兔舐雄兔毛而受孕，生子則從口吐而出。《本草》云：「當吐而生。」故有此說。朱駿聲《說文通訓定聲》：「以兔為吐，聲訓之法，必非實事。兔生子極易，人不見其生，但見其舐，故有是說。」❻䨲　小兔。「八世孫」云云係由呼初生小兔為䨲想像而出。❼姮娥　即嫦娥。《淮南子．覽冥》：「羿請不死之葯於西王母，姮娥竊之以奔月。」❽蟾蜍　即癩蝦蟆。古代神話說月中有玉兔和蟾蜍。❾㕙　善走之兔。《新序》載宋玉說：「昔者齊有良兔曰東郭㕙，蓋一旦而走五百里。」❿韓盧　良犬名。《戰國策．齊策三》：「韓子盧，天下之疾犬也。韓子盧逐東郭逡，環山者三，騰山者五，兔極（殛）於前，犬廢於後。」當為此所據。⓫宋鵲　良犬。《博物志》：「宋有駿犬曰鵲。」⓬醢　肉醬。

【語譯】毛穎，是中山地方的人。他的祖先明視，輔佐大禹治理東方土地，養育萬物有功勞，因而賜封在卯地，死後便成為十二神之一。他曾經說：「我的子孫是神明的後代，不可以與其他物種一樣，將會以口吐的方式生子。」之後果真如此。明視的八代孫名䨲，世間傳說䨲在殷朝時居住於中山，他得到了神仙的法術，能夠避光隱形攝取物品，欺騙了嫦娥，騎著蟾蜍飛入了月宮，他的後代們於是過起隱居生活不出來做官。住在東郭地方的名叫㕙，身形矯健善於奔跑，曾同韓盧比較技能，韓盧趕不上㕙。韓盧惱羞成怒，同宋鵲合謀殺死了㕙，並把他的全家剁成了肉醬。

秦始皇時，蒙將軍恬❶南伐楚，次中山，將大獵以懼楚。召左右庶長❷與軍尉❸，以《連山》❹筮之，得天與人文之兆。筮者賀曰：「今日之獲，不角不牙❺，衣褐❻之徒，缺口❼而長鬚，八竅❽而趺居❾，獨取其髦❿，簡牘是資，天下其同書⓫。秦其遂兼諸侯乎！」遂獵，圍毛氏之族，拔其豪⓬，載穎而歸，獻俘於章臺宮⓭，聚其族而加束縛焉。秦皇帝使恬賜之湯沐⓮，而封諸管城⓯。號曰管城子，日見親寵任事。

【章　旨】本段述毛穎由被俘而被任用，暗含取兔毛製筆之經過。

【注　釋】❶蒙將軍恬　蒙恬，秦始皇時大將，曾率兵三十萬北築長城，伐匈奴。伐楚者為蒙恬之父蒙武，此文採寓言小說筆法，故意錯亂行文。古代相傳蒙恬是最早造筆的人。❷左右庶長　秦爵共二十級，左庶長為第十級，右庶長為第十一級。❸軍尉　官名，即護軍都尉。❹連山　相傳為《周易》以前古代占卦之書。與《周易》、《歸藏》合稱「三易」。《周禮・春官・太卜》：「掌三易之法，一曰《連山》。」《連山》為夏代易法，早已不傳，春秋時卜筮都用《周易》。此處故作迷離之詞，以示其為虛構。❺不牙　意謂兔沒有牙齒。其實兔有牙，只是很短，人不易見。❻褐　粗毛織成的短衣，比喻兔全身有毛。❼缺口　兔唇看似有缺，故今稱人之口唇有缺者為「兔唇」。❽八竅　八孔。《埤雅》卷三曰：「咀嚼者九竅而胎，獨兔雌雄八竅。」「九竅」指眼耳口鼻七竅加上大小便處。古人以為兔口吐而生子，故少一竅。❾趺居　蹲坐。趺同「跗」。足背。居同「踞」。坐。❿髦　才俊之士曰髦，毛中的長毫也叫髦，此處語意雙關。⓫同書　書同文，統一文字。⓬豪　豪傑，又指毫毛，也是雙關。《爾雅・釋言》注：「士中之俊，如毛中之髦。」⓭章臺宮　秦宮觀名。⓮湯沐　熱水洗滌。古代君王賜給功臣封邑叫湯沐邑，以其地賦稅作湯沐費用。此處雙關，製筆時先用水洗淨兔毛。⓯管城　暗指筆管。今河南鄭州，為開封府管城故城。

【語　譯】秦始皇時，將軍蒙恬南下征伐楚國，駐軍於中山，將要舉行盛大的圍獵來使楚國懼怕。他召集了左、右庶長及護軍都尉等，用《連山》易法就圍獵之事占卦，得到了上天賜與發展人類文化的吉兆。占卦的人祝賀道：「今天將要獵得的，是既不生角也不長牙，穿粗毛短衣的一流人物，口唇缺裂而鬍鬚很長，全身只有八孔而經常盤腿蹲坐，只需要獲取其中的豪俊者，竹簡木牘借助他來書寫，天下文字將會統一。秦皇可能終要兼併所有的諸侯吧！」蒙恬於是進行圍獵，包圍了毛姓的家族，選擇其中的豪俊，用車載了毛穎歸來，在章臺宮向秦皇獻俘，集中了毛穎的家族並把他們綑綁起來。秦始皇帝派蒙恬賞賜給他們湯沐之邑，將他們分封在管城。給以爵名叫管城子，一天比一天被親近寵愛並起用辦事。

穎為人強記而便敏，自結繩之代以及秦事，無不纂❶錄。陰陽、卜筮、占相、醫方、族氏、山經、地志、字書、圖畫、九流、百家、天人❷之書，及至浮圖、老子、外國之說，皆所詳悉。又通於當代之務，官府簿書，市井貨錢注記，惟上所使。自秦皇帝及太子扶蘇、胡亥，丞相斯、中車府令高，下及國人，無不愛重。又善隨人意，正直邪曲巧拙，一隨其人。雖見廢棄，終默不洩。惟不喜武士，然見請亦時往。

【章　旨】本段述毛穎的才能、性格，實即毛筆的功用、特徵。

【注　釋】❶纂　撰述。❷天人　指有道高人。

【語　譯】毛穎的為人記憶力強而且能言善辯應對敏捷，從結繩記事的時代一直到秦朝的事情，沒有不被他撰述記載的。陰陽五行之說、卜卦占筮之法、看相算命、醫藥丹方、族系姓氏、山海經、地理志、字書、圖畫、三教九流、諸子百家、有道高人的書籍，直到佛教、道家、外國的學說，他都完全熟悉。又了解當代的事務，官府的簿籍文書，市場的貨物銀錢紀錄，只看掌握他的人如何支使。從秦始皇帝到太子扶蘇、次子胡亥、丞相李斯、中車府令趙高，下到一般民眾，沒有誰不喜愛他看重他。他又善於順隨人的意願，正直與邪曲、乖巧與樸拙，一切聽從掌握他的那個人的意思。即使被廢置拋棄，也能始終保持沉默不洩露有關內情。惟一的一點是不喜歡武士，但如果被武士邀請，也還是隨時前去。

累拜中書令❶，與上益狎，上嘗呼為中書君❷。上親決事，以衡石❸自程，雖宮人不得立左右，獨穎與執燭者常侍，上休乃罷。穎與絳人陳玄❹、弘農❺陶泓❻，及會稽⑦褚先生友善，相推致，其出處必偕。上召穎，三人者不待詔輒俱往，上未嘗怪焉。

【章　旨】本段敘毛穎與皇帝的親近，兼及與之共事的人，即紙、墨和硯。

【注　釋】❶中書令　官名。漢武帝設中書謁者令，以宦官為之，成帝以後改用士人，負責起草詔令，為後世中書省的由來。又：中，適合。書，寫字。實指毛筆適合書寫，下文多用此意。❷中書君　後世以「中書君」作為筆的別名即源於此。❸衡石　衡，秤。石，漢制以百二十斤為一石。《史記・秦始皇本紀》：「天下之事，無小大皆決於上。上至以衡石量書，日夜有呈（程），不中呈不得休息。」❹絳人陳玄　絳，今山西新絳。唐時每歲貢墨。玄為黑色，墨可久存，故以「陳玄」為絳人之名。❺弘農　唐虢州治在弘農縣，今河南靈寶。唐時歲貢硯瓦。❻陶泓　硯瓦為陶製，又有穴蓄水，故名。❼會稽　今浙江紹興，唐為越州，出貢紙。「褚」與「楮」諧音，楮樹皮是造紙原料，故以褚先生稱紙。

【語　譯】毛穎官職不斷升遷最後封為中書令，同皇上更加親近隨便，皇上曾叫他為中書君。皇上親自決定政事，批閱文書用秤量自己規定每天讀完一百二十斤為定額，即使是宮人也不得站在旁邊，只有毛穎和捧燭的人經常陪侍，皇上休息才得停止。毛穎同新絳人陳玄、弘農人陶泓，以及會稽郡的褚先生關係友好，互相推崇促進，他們進退一定同時。皇上召見毛穎，其他三個人不等詔令就會一起都去，皇上也不曾責怪他們！

後因進見，上將有任使，拂拭之，因免冠謝。上見其髮禿，又所摹❶畫不能稱上意，上嘻笑曰：「中書君老而禿，不任吾用。吾嘗謂君中❷書，君今不中書耶？」對曰：「臣所謂盡心者。」因不復召，歸封邑，終於管城。

【章旨】本段寫毛穎因年老而被廢棄不用的結局。

【注釋】❶摹　謀劃。❷中　合；適合。

【語譯】以後因為進宮朝見，皇上打算要任用他，用手撫摸他，毛穎於是脫帽謝恩。皇上見他頭髮光禿了，加以他所作的摹畫不能符合皇上的心意，皇上嘻笑著說：「中書君年老而且禿頂，不能承當我的任用。我曾經叫你中書，你現在是不適合書了？」毛穎回答說：「臣是平常所說的那種竭盡心力的人。」皇上於是不再召見，毛穎回到封賞給他的城邑，在管城過完了他的一生。

其子孫甚多，散處中國夷狄，皆冒管城，惟居中山者，能繼父祖業。

【章旨】本段述毛穎子孫後代，是傳記應有的交代。

【語譯】毛穎的子孫很多，分散居住在中原和四周的少數族地區，他們都冒充是管城的支脈，只有住在中山的，能夠繼承父輩祖輩的事業。

太史公曰：毛氏有兩族，其一姬姓，文王之子，封於毛❶，所謂魯、衛、毛、聃❷者也，戰國時有毛公❸、毛遂❹。獨中山之族，不知其本所出，子孫最為蕃昌。《春秋》之成，見絕於孔子❺而非其罪。及蒙將軍拔中山之豪，始皇封諸管城，世遂有名，而姬姓之毛無聞。穎始以俘見，卒見任使，秦之滅諸侯，穎與有功，賞不酬勞，以老見疏，秦真少恩哉！

【章　旨】本段仿效《史記》以「太史公曰」的形式作出論贊，對毛穎老而見疏、秦皇刻薄少恩頗多感慨。

【注　釋】❶毛　周文王姬昌的第八個兒子名鄭，封於毛。即今河南宜陽界。❷魯衛毛聃　《左傳・僖公二十四年》：「魯、衛、毛、聃……文之昭也」，意即文王的子孫，所以都屬於姬姓。❸毛公　戰國時趙國的隱士，信陵君居留趙國時曾和他交往。❹毛遂　趙國平原君門客。❺見絕於孔子　暗用孔子修《春秋》「絕筆於獲麟」的典故。「絕」指停止寫作，不再用筆。

【語　譯】太史公說：毛姓有兩族：其中一族出自姬姓，是周文王的兒子，分封在河南毛邑，就是古書所說的魯、衛、毛、聃的「毛」，戰國時候出過毛公、毛遂。獨有中山的毛族，不知道他的本根從哪裡出來，子孫最是繁榮昌盛。《春秋》修成，此毛氏曾經被孔子斷絕關係，但那並不是他的罪過。等到蒙恬將軍擇取了中山的豪俊，秦始皇封他在管城，在社會上就有了名聲，反而姬姓的毛氏默默無聞。毛穎最初以俘虜的身分被召見，終於被重用，秦國攻滅諸侯，毛穎參與其事立有功勳，得的獎賞報答不了他的勞績，因為年老而被疏遠，秦始皇真是刻薄少恩啊！

【研　析】本文反映了韓愈為文尚奇求新的一個側面，其奇思妙想在文中展露無遺，值得總結的地方很多，重要的有以下幾點：一、構思新巧，傳奇色彩濃厚。通篇採用擬人手法，以虛擬的人物，寫實物的毛筆，處處在寫人，而又處處在說筆，筆與人妙合無間，二而為一。而毛穎這個人物被寫得出神入化、奇異神祕。其祖先偉大，死而為神，其家族神異，嬰兒由母親口吐而出，能匿光使物，白日飛升，有的先人又因身懷異能而遭遇悲慘，被剁為肉醬。毛穎本人的遭遇也很不一般，以俘虜而見召，因才能傑特、為人忠謹而倍受寵幸，到年老髮禿卻被無情拋棄。這樣一個合工具性、人性、神性、動物性為一體的形象，以其新穎獨特而在古文天地裡放射出光彩。二、寄寓深沉，戲謔中包藏感慨。本文雖屬詼諧戲謔的文字，但諧中寓莊，反映了作者對社會人生的體驗、認識。毛穎的朝為俘虜，暮為上卿，轉瞬之間，又由上卿而為逐臣，折射著榮枯貴賤，瞬息多變，禍福喜憂，變化無常，使人深思。「吾嘗謂君中書，君今不中書耶？」「對曰：臣所謂盡心者。」

以及結尾之「賞不酬勞，以老見疏，秦真少恩哉」等處，都寫得文筆澹蕩，感喟無端，可謂墨光四射，令讀之者產生廣泛的聯想。前人以本文進入了太史公的神境，這些地方是最為明顯的。三、語意雙關，用詞精切。文中「髦」字「豪」字，既指豪俊，也指兔毛，其他如「束縛」、「湯沐」、「管城」等，都有雙關之妙，人物的遭遇既明，擇毛、束緊、洗滌、封嚴於竹管的製筆過程也一一寫到。又如「盡心」二字，明說人盡心竭力，暗指筆心之長毛耗盡，何等精切。本文筆與人之所以能妙合無間，固然得力於整體上的比擬妥貼，而用詞的精切，尤其是雙關詞語的大量運用，也起了不小的粘合作用。韓愈是中國古代的語言大師，作文追求「務去陳言」，表現出很大的創造性，細心研讀本文，定能從中得到許多教益。

碑誌類

文體介紹

碑誌或稱碑銘，即是碑文。碑乃豎石，銘為銘刻，誌或作「志」，是記的意思。碑文就是在石碑上刻字以紀功記事的文體。上古時代碑原本不用來記事，那時的碑一是立於宮室前面觀測日影、分別早晚，一是立在宗廟大門內祭祀時繫牲口用。《儀禮・士婚禮》：「入門當碑揖。」《禮記・祭義》：「牲入麗于碑。」（麗就是繫的意思）賈逵注說：「宮廟皆有碑，以識日影，以知早晚。」《說文》段注也說：「古宗廟立碑繫牲，後人因於上紀功德。」另外還有一種碑是立在墓穴四角，安上轆轤，穿以繩索，作引棺入土之用的，卿、大夫、士分別有不同規格。《禮記・檀弓》所謂「公室視豐碑」，指的就是這種。這種碑先是用木柱，後來改用石頭。本來古代帝王紀功記事，主要用在金屬器皿上刻上銘文，後來金屬器皿用得少了，改用石頭代替金器。用石頭比鑄金方便得多，同樣可傳之久遠。正如劉勰在《文心雕龍・誄碑》中所言：「以石代金，同乎不朽。」這樣，幾種不同功用的碑石都來參與紀功記事，碑文這個龐大的文體就產生了。

碑文的產生既與金器銘文有關係，於是最早的碑文也就與銘文在內容方面差別不大，一般用韻文，篇幅短小。李斯的幾篇秦刻石文就都如此。東漢立碑之風很盛，魏晉間曾一度禁止立碑，於是埋於地下的墓誌銘興盛起來，到唐代而蔚成風氣。在這一漫長的發展過程中，碑誌逐漸形成了自己的文體特色。在結構形式方面，碑文一般前面用散文敘述，稱為序，後面用韻文歌頌，稱為銘。李斯〈秦琅邪臺刻石文〉在四言碑文之後列參與立碑大臣姓名，敘述立碑經過，姚鼐認為這是碑文有「序」的開始，在本類「序目」中說：「漢人作碑又加以序，序之體，蓋秦琅邪具之矣。」絕大多數碑文序、銘兼具，但也有有序無銘、有銘無序的情況。而且到後來，許多碑文是以序為主，銘不過是重複全文大意的點綴罷了。在語言風格方面，碑文要求寫得質樸凝重、條理清晰，用語典雅，具有古色斑斕、渾厚雅健的獨特風格。劉勰稱讚東漢蔡邕的碑文「敘事也該而要，其綴采也雅而澤，清詞轉而不窮，巧義出而卓立。」林紓說：「大抵碑版文字，造語必純古，結響必堅騫，賦色必雅樸。往往宜長句者必節為短句，不多用虛字，則句句落紙，始見凝重。」這些體現了前人對碑誌的一般標準。因為碑石可以長久保存，所以碑文在保存歷史資料方面具有重要作用。碑誌和傳狀一樣身兼史學與文學兩種價值。但在「真實」「傳信」方面，碑誌又不及傳狀，前人的要求也沒有那麼嚴格。姚鼐就強調「碑誌類者，其體本於《詩》，歌頌功德」，「金石之文自與史家異體」。《詩》主要指〈頌〉，這是碑誌類最早的源頭。既然為歌頌其功德而立碑，欲其永垂不朽，自然只能說好話，而且要說夠分量。這種傾向既為文體的性質所決定，更是請人撰碑作誌的孝子慈孫的普遍要求。所以碑文中歌頌失真的情況往往有，特別是墓誌銘中更為突出。我們還是要求盡可能客觀真實。吳訥《文章辨體序說》中說：「大抵碑銘所以論列德善功烈，雖銘之義稱美弗稱惡，以盡孝子慈孫之心，然無其美而稱之謂之誣，有其美而弗稱謂之蔽，誣與蔽，君子之所弗由也歟！」不誣不蔽，這應是碑誌文寫作的最起碼的要求。

在古代，碑誌文用途極廣，除歌頌帝王將相的功業，國家軍事政治的重大勝利外，建宮室，修廟宇，開山築路，浚河架橋等地方上的大事，凡有紀念意義的，往往刻石立碑，垂於後世，此外還有名稱各異的墓碑文，所以說碑誌文是古代散文領域一個龐大的家族。本書碑誌類所選錄，計十二卷共一百零六篇。除九篇紀功碑、七篇神廟碑作為上編之外，其餘為下編，十卷九十篇全是墓碑文，基本上反映了古代碑誌文的實際成就和發展脈絡。以下分別作一簡要說明：

紀功碑文是用來記述某人或某一次重大歷史事件和功業的。劉勰認為碑從識日影、拴牲口發展到紀功業，約起於周穆王。《穆天子傳》載穆王巡遊天下，登上弇山，「乃記名迹於弇山之石」，並在石上題「西王母之山」字樣，這大概是樹碑紀功的開始。「周之時，有石鼓刻文」，頌宣王大狩。秦始皇二十八年，巡行各地，所到之處，都刻石歌頌秦的功德。本書所選〈泰山刻石文〉等六篇最為有名。這些碑文傳為李斯所作，都用四言寫成，但不講究用韻，這是現存的最早的刻石碑文。其渾樸挺拔的風格對後世碑誌影響很大。魯迅在《漢文學史綱要》中評論這些碑文「質而能壯，實漢晉碑銘所從出也」。東漢班固〈封燕然山銘〉也是有影響的碑文，銘前已有散序，而且序已占了重要地位。銘文不用《詩經》雅頌的四言體，而用中間夾「兮」字的楚辭句法，也為後代作者開了先路。唐代元結的〈大唐中興頌〉、韓愈的〈平淮西碑〉都是紀功碑中的名作。兩文都高歌統一，反對割據，浩氣磅礴，峻偉雄剛。特別是韓愈之作，雅樸中不失酣暢，凝重中富有生氣，作為碑文而具有較強的藝術感染力。

宮室神廟碑文數量不少，廣為傳誦的佳作卻不多。因為碑文牽於情勢，必然要寫到興起的緣起、經過、建築的規模，負責主持或發起或主要捐贈人的情況等等，往往流於一般化。本書所選篇章，有的寫神而意在治人，有的記廟而著眼在稱揚政績，或者詞語出新，雄奇瑰怪，各有優長。其中影響最大首推韓愈〈柳州羅池廟碑〉，被譽為神廟碑中的妙文。柳州民眾為紀念在任刺史時為他們做了好事而又病死在任上的柳宗元，在城東羅池修建了柳侯廟，韓愈為此寫了碑文。這篇碑文既不是歌頌羅池，也不是歌頌神靈，而是借廟碑的形式對柳宗元的政績作出評價，對柳宗元被貶斥的遭遇表示同情，抒發不平。所以朱熹在《楚辭後語》引晁補之的話說：「此非銘羅池神之文，愈弔宗元之文也。」

墓碑文是記述死者生前事跡，表達對死者悼念稱頌之情的文章，有兩類：一是立於地面的，有神道碑、墓碣、墓表、阡表、神道表等。墓前道路稱神道，碑立在這裡，所以稱神道碑。碣是專供五品以下官員用的墓碑，碑和碣的形狀高矮有規定。也有人說方者謂之碑，圓者謂之碣。阡即墓道，阡表亦即神道表。這些都是墓碑的別稱。另一是埋進墓穴地下的，稱為墓誌銘，還有「埋銘」、「墓記」、「葬志」、「壙銘」、「壙誌」等多種異名。埋墓誌銘的目的首先是為了在陵谷改變之後還能識別葬者身分，同時也有歌頌德業以垂不朽的用意。一般用兩塊方石，一底一蓋，底刻誌銘，蓋刻標題，安葬時埋在墓壙裡。立於地面的墓碑自古有之，墓誌銘興起於何時則說法不一，一般認為兩漢即間或有之，東晉之後，才逐漸興盛，到了唐代，便蔚然成風。社會有需要，許多文章家也就把墓誌銘作為施展才華、巧運匠心的創造園地，大量寫作墓誌銘。本書碑誌類下篇十卷所收都是墓碑文，其中以墓誌銘為題者占絕大多數。都是唐以後的作品，其中又主要是韓愈、歐陽修、王安石三家的作品。韓愈一生寫墓誌七十餘篇，本書錄入其三分之一。這些文章，雖同為墓誌，但決不千篇一律，正如吳訥所言：「古今作者，惟昌黎最高。行文敘事，面目首尾，不再蹈襲。」〈柳子厚墓誌銘〉是韓愈墓誌的代表作。全文選材都經過精心安排，有詳有略，夾敘夾議，生動刻畫出一個才高學富、品德高尚而遭受迫害的正直官員形象。特別敘述柳宗元因劉禹錫母老難行而自動請求「以柳易播」以後，作者真情迸射，有一段精彩議論。作者以旺盛氣勢驅使文辭，慷慨淋漓指斥見利忘義的社會風氣。讀來令人拍案叫絕。其他如〈殿中少監馬君墓誌銘〉、〈試大理評事王君墓誌銘〉也都是很優秀的散文。歐陽修以平易自然的文筆寫作墓誌，而字裡行間深情流注，他為石介、尹洙等同時代文人寫的墓誌，他為父親寫的〈瀧岡阡表〉，都因為洋溢著友情親情以及個人今昔之感，而具有感人至深的力量。

卷四十　碑誌類上編　一

秦始皇二十八年泰山刻石文

李斯

【題解】秦之刻石，有泰山、琅邪臺、之罘、東觀、碣石、會稽、嶧山七處，字體皆為小篆，相傳出自李斯之手。原石大都磨滅，其文字除嶧山石刻外，其餘六篇都見於《史記》之〈秦始皇本紀〉。關於本篇，《史記》記載秦始皇二十八年東巡郡縣，先上了鄒嶧山，立石碑，與魯地的儒生們商議，刻石歌頌秦朝的功德，討論祭祀天地山川的事情。而後登上泰山，立石碑，築土壇，舉行祭天大典，下山時忽遇風雨，始皇在一棵松樹下休息，於是封那棵松樹為「五大夫」。接著到梁父祭地，鐫刻所立的石碑。本篇就是這石碑上的文辭。文中頌揚了秦始皇統一中國的功績以及統一後治理的成就，雖多溢美之辭，但也在一定程度上反映出當時社會的巨大變化。

皇帝臨位，作制明法，臣下修飭。二十有六年❶，初并天下，罔不賓服。親巡遠方黎民❷，登茲泰山，周覽東極。從臣思迹，本原事業，祗誦功德。治道運行，諸產得宜，皆有法式。大義休明，垂於後世，順承勿革。皇帝躬聖，既平天下，不懈於治。夙興夜寐，建設長利，專隆教誨。訓經宣達，遠近畢理，咸承聖志。貴賤分明，男女禮順，慎遵職事。昭隔內外，靡不清淨，施❸於後嗣。化及無窮，遵奉遺詔❹，永承重戒。

【注　釋】❶二十有六年　秦始皇二十六年為西曆前二二一年。陳直曰：秦漢人書「二十」皆作「廿」，原文當作「廿有六年」。是。本文皆四字句，此句亦當為四字。洪邁《容齋隨筆》疑其為後人傳寫之誤，以下幾篇亦有此種情況。❷遠方黎民　前人疑此句當為「親巡遠黎」，「方」、「民」疑為旁注誤入。❸施　延續。❹遺詔　碑文最後三句為秦二世加刻的，故稱始皇的訓戒為遺詔。《史記・秦始皇本紀》：「二世元年春，二世東行郡縣，李斯從。到碣石，並海，東至會稽，而盡刻始皇所立石，石旁著大臣從者名，以章先帝成功盛德焉。」

【語　譯】皇帝登上皇位，創立制度宣明法規，臣民修治恭謹。二十又六年，開始一統天下，四方無不臣服。皇帝親自巡視遠方民人，登此泰山，遍覽東方邊境。從臣思念偉大業績，推原事業，敬頌功德。治國之道付諸實行，各項產業處置得當，都有法度規格。偉大道義美好光明，流傳後代，遵順繼承，永不改變。皇帝自身英明聖哲，已經平定天下，治理更不鬆懈。早起晚睡，辛勤建設長遠利益，專力振興教誨。古訓法典宣講周到，遠近四方臻於太平，都承聖意。貴賤分明，男女順禮，謹慎遵守本職事務。明白劃分內外，無不清淨，傳於後世。皇帝教化所及，無窮無盡，遵奉遺詔，永遠牢記皇帝深切告誡。

【研　析】這篇碑文從秦始皇統一中國起筆，說到登泰山，群臣頌德，點明樹碑之意。以下主要頌揚秦始皇躬親政事，創造了太平一統的新氣象，希望後代繼承發揚。繼承了《詩經》「雅」、「頌」歌功頌德的傳統，全用四字句的韻文，但又有所變化，最顯著的是三句一組，三句一韻，這大概如李兆洛所說，反映了當時秦始皇突破傳統「自作古始」的心態。這種格式，對後代的某些詩文有一定影響，唐代岑參的〈走馬川行〉、元結的〈大唐中興頌〉都是如此。碑文的風格與李斯在〈諫逐客書〉等文中排偶瑰麗的作風完全不同，不重詞藻，不用虛詞，單句相承，表現為渾樸凝重，莊嚴肅穆。這正與封禪大典刻石紀功的氣氛相協調。

秦始皇琅邪臺立石刻文

李　斯

【題　解】琅邪字亦作「琅玡」、「瑯琊」。琅邪臺在今山東諸城東南琅邪山上。自來說法不一，一說琅邪海濱有山像臺，一說為越王句踐所建臺觀，一說秦始皇在琅邪山築臺以望東海。《史記・秦始皇本紀》載：秦始皇二十八年，「南登琅邪，大樂之，留三月，乃徙黔首三萬戶琅邪臺下，復（免除賦役）十二歲。作琅邪臺，立石刻，頌秦德，明得意。」石高一丈五尺，上寬二尺三寸，下寬六尺。殘碑現存北京中國歷史博物館，文辭磨滅，僅存二世詔書及從臣姓名。琅邪臺刻石在秦刻石中文字為最多，比較全面地頌揚了秦始皇統一中國後推行的各項措施，如端平法度、重農抑末、統一度量衡、統一文字以及廢分封、立郡縣等，均可與史籍相印證，見出統一帝國的新氣象，也反映了秦始皇上卑視三皇五帝、下以為傳之無窮的得意之情。

維❶二十六年❷，皇帝作始。端平法度，萬物之紀。以明人事，合同父子。聖智仁義，顯白道理。東撫東土，以省卒士。事已大畢，乃臨於海。

【章　旨】本段敘述秦始皇登琅邪山的時間及背景。

【注　釋】❶維　助詞，在句首加強語氣。❷二十六年　中華書局校點本《史記》作二十八年。

【語　譯】時在二十八年，皇帝稱帝初始。法度端正公平，萬事皆有綱紀。進而修明人事，父子同心合力。皇帝明智仁義，道理宣示明白。往東安撫東土，而且視察士卒。諸事全都完畢，於是駕臨濱海。

皇帝之功，勤勞本事。上❶農除末❷，黔首❸是富。普天之下，摶❹心揖❺志。器械一量，同書文字。日月所照，舟輿所載，皆終其命，莫不得意。

【章旨】本段敘秦始皇的功績，頌揚秦始皇推行一系列有利社會發展的根本措施。

【注釋】❶上　同「尚」。崇尚；重視。❷末　古代以農為本，稱工、商為末業。❸黔首　庶民；平民。一說因以黑巾裹頭，故稱。❹摶　古「專」字。專一。❺揖　通「輯」。會集。

【語譯】皇帝豐功偉績，勤勞根本大事。重農抑止工商，百姓因此富裕。普天之下，專心一志。器械統一度量，書寫統一文字。日月光照之物，舟車所載之人，都能終其天命，無不稱心如意。

應時動事，是維皇帝。匡飭異俗，陵❶水經地。憂恤黔首，朝夕不懈。除疑定法，咸知所辟❷。方伯❸分職，諸治經易。舉錯❹必當，莫不如畫❺。

【章旨】本段敘秦始皇勤於政事，頌揚秦始皇體恤百姓、治理地方的政績。

【注釋】❶陵　經過；超越。❷辟　同「避」。❸方伯　一方諸侯之長，此指地方長官。❹錯　通「措」。❺畫　謀議。

【語譯】按時興事，自有皇帝。整頓各地風俗，不惜跋山涉水。哀憐體恤百姓，晝夜不敢懈怠。定法消除疑惑，百姓都知規避。地方長官職責分明，各項治理容易實現。措施必定妥當。無不如所謀議。

皇帝之明，臨察四方。尊卑貴賤，不踰次行❶。姦邪不容，皆務貞良。細大盡力，莫敢怠荒。遠邇辟❷隱，專務肅莊。端直敦忠，事業有常。

【章　旨】本段敘秦始皇的明察，頌揚秦始皇燭照幽隱，確立良好的社會秩序。

【注　釋】❶次行　等級。❷辟　同「僻」。偏僻。

【語　譯】皇帝英明，巡察四方。尊卑貴賤，不越等級排行。姦巧邪惡不能容許，都要力求忠貞善良。事無巨細都要盡力，無人敢於荒廢怠慢。遠方近處，偏僻隱蔽，一心做到，嚴肅端莊。正直忠厚之民，事業安穩有常。

皇帝之德，存定四極。誅亂除害，興利致福。節事以時，諸產繁殖。黔首安寧，不用兵革。六親❶相保，終無寇賊。驩欣奉教，盡知法式。六合❷之內，皇帝之土。西涉流沙❸，南盡北戶❹，東有東海❺，北過大夏❻。人迹所至，無不臣者。功蓋五帝，澤及牛馬。莫不受德，各安其宇❼。

【章　旨】本段敘秦始皇之大德，頌揚秦始皇興利除害、開疆拓土，創造了超越五帝的太平盛世。

【注　釋】❶六親　古代說法不一，一說指父子兄弟夫婦，一說還包括叔伯翁婿及兒女親家。❷六合　天、地及東、西、南、北四方。❸流沙　指流沙澤，後稱居延澤、居延海，在今內蒙額濟納旗東北境。❹北戶　漢時的日南郡，約今越南廣治省。❺東海　先秦時指黃海，秦漢以後包黃海和東海而言。❻大夏　太原晉陽。❼宇　房屋。

【語　譯】皇帝大恩大德，撫安極遠四方。除亂去害，興利致福。節制勞役，按依時令，各項產業，繁衍增殖。

百姓安寧，不用兵革。六親相互連保，盜賊永遠絕跡。歡欣承受教化，百姓都知法度儀式。天地四方之內，都是皇帝疆土：西邊越過流沙，南邊直到北戶，東方擁有東海，北方遠過大夏。人跡所到之處，無不稱臣服貼。皇帝功勳超越五帝，皇帝恩澤及於牛馬。人人承受恩德，各個安居樂業。

維秦王兼有天下，立名為皇帝，乃撫東土，至於琅邪。列侯❶武城侯王離、列侯通武侯王賁、倫侯❷建成侯趙亥、倫侯昌武侯成、倫侯武信侯馮毋擇、丞相隗林❸、丞相王綰、卿李斯、卿王戊、五大夫趙嬰、五大夫楊樛從，與議於海上。曰：古之帝者，地不過千里，諸侯各守其封域，或朝或否，相侵暴亂，殘伐不止，猶刻金石，以自為紀。古之五帝三王，知教不同，法度不明，假威鬼神，以欺遠方，實不稱名，故不久長。其身未歿，諸侯倍❹叛，法令不行。今皇帝并一海內，以為郡縣，天下和平。昭明宗廟，體道行德，尊號大成。群臣相與誦皇帝功德，刻於金石，以為表經❺。

【章　旨】本段敘從臣姓名及議論，點明立碑的原由，實為碑文的序言。

【注　釋】❶列侯　爵位名，秦二十等爵的最高一級，漢初稱「徹侯」，後避武帝名諱改「通侯」。❷倫侯　爵位名，位次於列侯。❸隗林　一本作「隗狀」，是。❹倍　通「背」。❺經　典範。

【語　譯】秦王兼并天下，建立名號為皇帝，於是安撫東方疆土，到達琅邪。列侯武城侯王離、列侯通武侯王賁、倫侯建成侯趙亥、倫侯昌武侯成、倫侯武信侯馮毋擇、丞相隗林、丞相王綰、卿李斯、卿王戊、五大夫趙嬰、五大夫楊樛等陪從，在海上參與議論皇帝功德。都說：古代的帝王，土地不過方圓千里，諸侯分封，各自守其疆域，有的朝見，有的不朝，互相侵凌，暴虐為亂，殘殺攻伐，永無止息，還鑄金刻石，來自為銘記。古代五帝三王，知識教育各不相同，法度不明，憑藉鬼神的威力，來欺騙遠方，實際與名聲不相稱，所以不能久長。他們身體未死，諸侯已然背叛，法令不得施行。當今皇帝一統天下，而分郡設縣，天下和平。明白昭告宗廟，體現道義，恭行大德，皇帝尊號，名實完備。群臣一齊稱頌皇帝功德，刻於金石，作為表率，垂為典範。

【研　析】本文和其他幾篇秦刻石文比較，有幾點明顯不同：一是另幾篇都是三句一組，三句一韻，本文卻是兩句一韻；二是本文前半稱頌秦始皇功德，後半敘寫所以刻石的原因，並開列參與議定刻石的諸大臣名單，前半整齊有韻，後半為散文，這類似於碑文的序言。只不過為突出對皇帝的歌功頌德，把這段文字擺到了碑文的後面，成了「後序」。前人認為這是開碑文有「序」的先河。姚鼐在原序中說：「漢人做碑文又加以序。序之體，蓋秦刻琅邪具之矣。」三是始皇登琅邪而大樂之，留三月。在這種氛圍下產生的這篇碑文，頌秦德，鳴得意，行文也一改泰山石刻的渾樸凝重，變為鋪張盡致。全文以「皇帝之功」「皇帝之明」「皇帝之德」排比成文，反覆頌美，各章也時以排偶誇飾之辭突顯其氣概。所以王文濡批評此文「誇今耀古」「獻媚貢諛」，「鋪張功德，有頌無戒，已失三代訓誥之旨。」

秦始皇二十九年之罘刻石文

李　斯

【題　解】之罘，山名，在今山東煙台芝罘島上。據《史記》所載，秦始皇二十八年封泰山、禪梁父之後，經過黃縣（今山東黃縣）、腄縣（今山東文登西）、成山，登上之罘，「立石頌秦德焉而去」。二十九年，始皇再次東遊，「登之罘，刻石」。也許二十八年立石而未刻，二十九年即刻所立之石也。這篇碑文比較集中地歌頌秦始皇兼併六國是誅滅強暴、拯救百姓，是正義和進步的事業，這種歌功頌德的文字，是不能完全當作歷史事實的。

維二十九年，時在中春❶，陽和方起。皇帝東遊，巡登之罘，臨照於海。從臣嘉觀，原念休烈❷，追誦本始。大聖作治，建定法度，顯著綱紀。外教諸侯，光施文惠❸，明以義理。六國回辟❹，貪戾無厭，虐殺不已。皇帝哀眾，遂發討師，奮揚武德。義誅信行，威燀❺旁達，莫不賓服。烹滅彊暴，振救黔首，周定四極。普施明法，經緯天下，永為儀則。大矣哉！宇縣❻之中，承順聖意。群臣誦功，請刻於石，表垂於常式！

【注釋】❶中春　同「仲春」。農曆二月。❷休烈　偉大的功業。休，美。烈，功業。❸文惠　文指禮樂制度。惠，恩賜。❹回辟　回，邪。辟，通「僻」。邪曲。❺燀　光烈。❻宇縣　猶言天下。宇，宇宙。縣，赤縣，古稱中國為赤縣神州。

【語　譯】皇帝二十九年，時當仲春二月，陽和春氣開始升起。皇帝巡行東土，登遊之罘，觀覽大海。隨從諸臣讚美景觀，推原偉大業績，追頌創始豐功。偉大聖君興創治道，制定法度，目張綱舉。教育四方諸侯，給以光明，賜以文采，曉以義理。而六國君主，奸惡邪僻，貪暴無厭，殘殺不止。皇帝哀憐民眾，於是興兵討伐，奮力發揚武威。仗義誅殺，遵信行事，威武光烈，四方遠播，普天之下，無不臣服。消滅強暴，拯救百姓，遍安四方。普施明法，治理天下，永為準則。偉大啊！宇宙之內，赤縣之中，奉承遵順，聖皇意志。群臣歌頌功德，請求刊刻於石，使表率流傳，長為楷範。

【研　析】這篇碑文比泰山刻石還短，但開篇先說時令風光，次說皇帝東遊，登臨之罘，再說臣子追原事業本始，九句之後，才轉到歌頌正文，行文從容不迫。結尾三句，點明刻石之意，章法也頗嚴密。「光施文惠」「義誅信行」之類，語句濃縮，含意豐厚，能收言簡意深的效果。中間歌功頌德的文字，線索分明，先說秦王作治，外教諸侯，強調的是「文德」，再說六國之君倒行逆施，然後秦王不得已用兵，借助於「武德」，這樣的邏輯，有力地顯示了秦始皇兼併戰爭的正義性，實現了文章的最大說服力。

秦始皇東觀刻石文

李　斯

【題　解】東觀是之罘山上的一處臺觀，秦始皇登之以望日出，此文與之罘刻石為同時所作。文中除歌頌秦始皇擒滅六王一統天下的歷史外，還提到了秦始皇新近的一些施為，如設置器物，確立標誌，設官分職，明定職分等，前人所謂「按時事言之」，這是本文在內容上的一個特點。

維二十九年，皇帝春遊，覽省遠方。逮於海隅，遂登之罘，昭臨朝陽。觀望廣麗，從臣咸念，原道至明。聖法初興，清理疆內，外誅暴彊。武威旁暢，振動四極，禽❶滅六王。闡❷并天下，災害絕息，永偃❸戎兵。皇帝明德，經理宇內，視聽不怠。作立大義，昭設備器，咸有章旗❹。職臣遵分，各知所行，事無嫌疑。黔首改化，遠邇同度，臨古❺絕尤❻。常職既定，後嗣循業，長承聖治。群臣嘉德，祗誦聖烈，請刻之罘。

【注釋】❶禽　古「擒」字。❷闡　大；廣。❸偃　停止。❹章旗　用以表示貴賤等級的服裝、旗幟。《左傳・閔公二年》：「衣，身之章也；服衷之旗也。」章、旗均有「標記」之意。❺古　古稀。指老年。一說古，古代；往昔。❻尤　罪過。一說尤，異也。則此句意為民之風氣改變，視往昔迥異。

【語譯】二十九年，皇帝春遊，視察遠方。到達海濱，登上之罘，欣賞朝陽。觀賞眺望所及，景色壯闊絢麗，隨從之臣，全都思念，推原治道，萬分明顯。聖君法度初立，清理疆域之內，對外討伐強暴。軍威遠遠播揚，振動四面八方，擒滅六國君王。大并天下，災害全消，永息征戰。皇帝深明大德，治理整頓天下，操勞從不懈怠。創立大義，設置器械，完備周全，都有鮮明標記。任職之臣各守本分，各知己所當行，政事不致疑惑難明。百姓變風化俗，遠近法度一致，到老終無罪過。經常職事既已確定，後代子孫依循守業，永遠承繼聖人所治。群臣讚美聖人大德，敬頌聖人偉業，請求刻石立於之罘。

【研析】本文與之罘刻石為同時之作，開頭結尾寫法也相同，前九句從始皇春遊，觀賞日出，以壯闊絢麗之景引發，推原治道，轉入歌頌。中間則略有不同，分作兩層，一層頌始皇武功，從誅暴而達至息兵。一層頌始皇文治，從立大義、備器械、明職事、化風俗幾方面讚美秦始皇在統一以後的治績。與上文可說是同中見異。

秦始皇三十二年刻碣石門

李　斯

【題解】碣石，山名，在今河北昌黎北。據《史記・秦始皇本紀》載，秦始皇三十二年到碣石，「使燕人盧生求羨門、高誓（傳說中的仙人）。刻碣石門。壞城郭，決通隄防。其辭曰……」。有人認為其中「壞城郭，決通隄防」兩句與上下文不連貫，並與碑文中的話重複，當是衍文。有人則認為，這兩句非但不是衍文，而且是特意標出這次刻石的具體起因。這篇碑文就是為頌揚秦始皇毀城決堤的舉動而作，開後世「因事立碑」的先河。可供參考。

遂興師旅，誅戮無道，為逆❶滅息。武殄❷暴逆，文復❸無罪，庶心咸服。惠論功勞，賞及牛馬，恩肥土域。皇帝奮威，德并諸侯，初一泰❹平。墮❺壞城郭，決通川防，夷去險阻。地勢既定，黎庶無繇❻，天下咸撫。男樂其疇，女修其業，事各有序。惠被諸產，久❼竝❽來田❾，莫不安所。群臣誦烈，請刻此石，垂著儀矩。

【注　釋】❶逆　違背；背叛。此句徐鉉摹本作「大逆滅息」。❷殄　滅盡。❸復　指免除賦役。❹泰　同「太」。泰平即「太平」。❺墮　同「隳」。毀壞。❻繇　同「徭」。徭役。❼久　一作「分」。指單人耕作。❽竝　指兩人共同耕作。❾來田　麥田。「來」是小麥。

【語　譯】於是動員軍隊，誅殺無道之君，進行反叛者完全消滅。武功能盡滅殘暴之叛逆，文治能免除無罪者重負，廣大民眾都心悅誠服。加恩評獎功勞，賞賜直到牛馬，恩德澆肥全國土地。皇帝奮揚神威，至德合併諸侯，初成一統，實現天下太平。拆毀城牆，決通河防，鏟平險阻。地勢既已平坦，百姓不用再服勞役，普天之下都受安撫。男子歡樂於田間，女子理好家務事，事事都有條不亂。恩惠所及，遍於百業，或單或雙，耕種麥田，無不安居，無不樂業。群臣頌揚皇帝功績，請求刻此石碑，垂留作為典範，作為準則。

【研　析】《史記》所載這篇碑刻，文字有殘缺。開頭即言「遂興師旅」，前面應當還有內容。徐鉉摹拓本前面還有「皇帝建國，德併諸侯，初平泰一。卅有二年，巡登碣石，照臨四極。從臣群作，上頌高號，爰念休烈。戎臣奮威」等句，意思較《史記》所載為完備。而《史記》現有的「皇帝奮威」以下三句，徐本移至篇首，文字也略有不同。附記於此，讀者留意。

秦始皇三十七年會稽立石刻文

李　斯

【題　解】會稽，山名，在今浙江紹興南。《史記》記載，秦始皇三十七年出遊，左丞相李斯和秦始皇少子胡亥隨從。先到雲夢望祭虞舜，然後浮江而下，上會稽，祭大禹，望於南海，而立石刻頌秦德。這篇碑文在秦統一十年以後，已經過焚書坑儒大定法制，加以古代楚越風俗，與中原地區差別很大，所以其中具體宣講了許多法規條例。這是其他秦刻石所沒有的。就在這次出遊返回途中，秦始皇得病而死，他的帝位也未能傳之無窮。立在會稽山上的石刻，到南朝宋、齊時還存在，以後也就蹤跡無尋了。

皇帝休烈，平一宇內，德惠修長。三十有七年，親巡天下，周覽遠方。遂登會稽，宣省習俗，黔首齋莊❶。群臣誦功，本原事迹，追道高明。

【章　旨】本段敘述始皇登會稽的時間、目的，說明群臣頌德的原由。

【注　釋】❶齋莊　恭敬。齋一本作「齊」。

【語　譯】皇帝功業偉大，平定統一天下，恩德久遠綿長。三十又七年，親自巡視天下，遍覽遠方。於是登上會稽，廣泛考察風俗，百姓十分恭敬。群臣稱頌功業，推原皇帝事跡，追溯治道的高明。

秦聖臨國，始定刑名，顯陳舊章。初平法式，審別職任，以立恆常。六王專倍❶，貪戾傲❷猛，率眾自彊。暴虐恣行，負力而驕，數動甲兵。陰通間使❸，以事合從❹，行為辟方❺。內飾詐謀，外來侵邊，遂起禍殃。義威誅之，殄熄暴悖❻，亂賊滅亡。聖德廣密，六合之中，被澤無疆。

【章旨】本段追述秦始皇堅行法治、消滅六國的歷史，歌頌秦始皇統一天下的業績。

【注釋】❶專倍 專橫背理。倍，通「背」。❷傲 同「傲」。❸間使 進行反間活動的使者。❹合從 即「合縱」。實行南北連合。戰國時蘇秦遊說六國聯合抗秦，秦在西方，六國土地南北相連，故稱合縱。❺辟方 乖僻違拗。❻悖 違背。

【語譯】秦聖登位治國，先定刑法名稱，明白公布舊有律章。整頓法律制度，慎重區分職責，以便樹立久長。六王專橫，違天背理，貪殘傲猛，挾眾逞強。凶暴酷虐，任意橫行，依仗武力，態度猖狂，屢動甲兵。暗中派遣間諜，圖謀實行合縱，行為違拗乖張。內裡掩藏奸謀，外來侵我邊土，因此挑起禍殃。義軍揚威討伐，誅滅暴逆，亂賊滅亡。秦聖恩德深廣，四海之內，普天之下，受福無疆。

皇帝并宇，兼聽萬事，遠近畢清。運理群物，考驗事實，各載其名。貴賤並通，善否陳前，靡有隱情。飾省❶宣❷義，有子而嫁，倍死不貞。防隔內外，禁止淫泆❸，男女絜❹誠。夫為寄豭❺，殺之無罪，男秉義程❻。妻為逃嫁，子不得母，咸化廉清。大治濯俗，天下承風，蒙被休經。皆遵度軌，安和敦勉，莫不順令。黔首修潔，人樂同則❼，嘉保太平。

【章　旨】本段敘述秦始皇在統一後加強法治、整齊風俗方面的措施和效果。

【注　釋】❶省　同「眚」。過失。❷宣　頭髮黑白相雜，引申為混淆的意思。❸泆　荒淫；放蕩。❹絜　同「潔」。❺寄豭　比喻有妻室而在外淫亂的男子。豭為公豬。❻義程　義，適宜的；合理的；應當做的。程，規程。❼則　規則；法度。

【語　譯】皇帝統一天下，同時體察千頭萬緒，遠近地方，都已清平。駕馭萬物，考核事實，分別設置名分。無論貴賤，都通實情，善惡公開，沒有隱情。掩飾過錯，淆亂道義，夫死有子，而嫁他人，背棄亡夫，這是不貞。預為防範，隔離內外，禁止荒淫，無論男女，都要潔誠。丈夫淫亂，行似公豬，將其殺死，不算罪過，男子應持正確規程。妻子如果逃嫁，兒子不認母親，都應感化，一律歸於清正。實行大治大理，洗滌舊風惡俗，天下承受風教，沐浴美好的法度。共同遵循法軌，安定祥和，互相勸勉，人人聽從政令。百姓美好純潔，都樂共同守法，善保太平世界。

後敬奉法，常治無極，輿舟❶不傾。從臣誦烈，請刻此石，光垂休銘❷。

【章　旨】本段告誡後世子孫，點明刻石頌德之意。

【注　釋】❶輿舟　比喻政權。❷銘　永記不忘。

【語　譯】後代子孫恭敬守法，長享太平永無終極，舟車永不傾覆。群臣頌揚功業，請求刻此石碑，光輝垂耀，永遠珍記。

【研　析】這篇碑文在句式和整體布局上與秦刻石的多數篇章一致，但文字稍長，表述得更加具體，如第二段的「陰通間使」等語和第三段關於男女關係的一些法律規定。這後一部分文字，如果單純從歌功頌德的角度考察，似乎沒有必要說得這麼詳細。前人認為這是因為楚越之地風俗澆薄，所以特地詳言之。體會文中語氣，這些話更多是對百姓講的，是向百姓宣講法規，進行教誡，統一是非觀念。如果沒有較強的現實的必要性，是不好解釋的。

封燕然山銘

班孟堅

【題解】本文原載范曄《後漢書》的〈竇憲傳〉。燕然山即今蒙古境內的杭愛山。東漢和帝劉肇永元元年（西元八十九年），車騎將軍竇憲、執金吾耿秉率領漢軍並聯合南匈奴等部共同攻伐北匈奴，北匈奴連連敗退，漢軍一直追到燕然山一帶，大獲全勝。「憲、秉遂登燕然山，去塞三千餘里，刻石勒功，紀漢威德，令班固作銘」。班固是東漢著名歷史學家，此時以中護軍身分隨竇憲北伐，奉命寫此銘文，真實生動地記錄下這一歷史事件的全部過程，並準確地概括了此次戰爭對漢朝邊防具有「一勞而久逸，暫費而永寧」的意義，表現出相當的歷史眼光。

惟永元元年秋七月，有漢元舅❶曰車騎將軍竇憲❷，寅亮❸聖皇，登翼王室，納於大麓❹，惟清緝熙❺。乃與執金吾❻耿秉，述職巡禦，治兵於朔方。

【章旨】本段敘戰事發生的時間、地域，頌揚作為漢軍統帥的竇憲。

【注釋】❶元舅　長舅。竇憲之妹是漢章帝皇后，章帝死，和帝即位，被尊為太后。和帝年幼，太后臨朝，竇憲及其兩個弟弟都掌握重權。❷竇憲　字伯度，平陵人。竇太后臨朝，憲官居侍中，獲罪懼誅，自請擊匈奴以贖死，拜為車騎將軍，大勝而歸，拜大將軍。和帝長大後，恐竇憲專橫，迫令其自殺。❸寅亮　寅，敬。亮，信也。❹大麓　語出《尚書・堯典》，堯將舜「納于大麓，烈風雷雨弗迷」，歷來解說極多，班固此處以大麓為「大錄」，即總領天下大事。竇憲以侍中內參機務，出宣誥命，故以「納于大麓」稱之。❺惟清緝熙　希望大漢宏業清明、長久、光大。清，清明。緝，續；久長。熙，廣。❻執金吾　官名，漢代京城駐軍首領之一，任宮外之警戒。

【語　譯】永元元年秋七月，大漢皇帝之長舅車騎將軍竇憲，為聖明君主所敬重與信賴，被升用以輔佐王室，選入而任總領天下大事之要職，希望大漢宏業清明、長久、光大。於是與執金吾耿秉到職巡邊禦敵，領兵出征到北方。

鷹揚❶之校，螭❷虎之士，爰該六師，暨南單于❸、東胡烏桓❹、西戎❺氐羌侯王君長之群，驍騎十萬，元戎❻輕武，長轂❼四分，雷輜❽蔽路，萬有三千餘乘。勒以八陣❾，蒞以威神，玄甲❿耀日，朱旗絳⓫天。遂陵高闕⓬，下雞鹿⓭，經磧鹵⓮，絕大漠，斬溫禺⓯以釁鼓⓰，血尸逐⓱以染鍔。然後四校⓲橫徂，星流彗埽，蕭條萬里，野無遺寇。於是域滅區殫，反旆而旋，考傳驗圖，窮覽其山川。

【章　旨】本段敘戰爭取勝的經過，盛讚漢軍的神威。

【注　釋】❶鷹揚　如鷹之飛揚。❷螭　傳說中無角的龍。❸南單于　南匈奴之君長。漢時匈奴稱其君長為單于。這次征討北匈奴的戰爭是應南單于的請求而發動的。❹烏桓　東胡的一支，秦末為匈奴所滅，餘眾避徙至烏桓山以自保，因以為名。烏桓山即今內蒙阿魯科爾沁旗西北之烏聯山。❺西戎　古代對西部少數族的稱呼，氐族、羌族都是西部民族。❻元戎　大車。《詩經・六月》：「元戎十乘。」傳：「元，大也。夏后氏曰鉤車，殷曰寅車，周曰元戎。」❼長轂　兵車。❽雷輜　輜，車。《後漢書》作「雲輜」，《文選》則作「雷輜蔽野」。李善注：「兵車之聲如雷也。」❾八陣 古兵法有八陣。《文選》注引《雜兵書》，八陣為方陣、圓陣、牝陣、牡陣、衝陣、輪陣、浮沮陣和雁行陣。❿玄甲 鐵甲。玄，黑色。⓫絳 紅色。⓬高闕 塞名，在今內蒙古杭錦後旗北，兩山相對如闕，甚高。⓭雞鹿 塞名，在今內蒙古境內磴口西北。⓮磧鹵 鹹鹵沙石之地。磧，石地。鹵，含鹹之地。⓯溫禺 匈奴王號，以單于子弟為之。⓰釁鼓 以血塗鼓。⓱尸逐 匈奴大臣官號。⓲校 營壘之稱，軍之一部為一校。

【語 譯】將校似雄鷹展翅，戰士如虎躍龍騰，於是齊集王師之六軍，以及南單于、東胡烏桓、西戎氐羌各族侯王君長之部眾，有健勇善戰之騎兵十萬，元戎車輕裝疾進，長轂車四路分馳，車聲如雷，布滿道路，計一萬三千餘輛。按八陣之圖布成陣勢，借天神之威指揮士兵，鐵甲與日光輝映，赤旗染紅天空。於是穿過高闕，攻克雞鹿，行經磧鹵，縱貫大漠，斬溫禺以血塗鼓，殺尸逐血凝刀鋒，然後四營齊出，縱橫馳騁，有如星馳電掣，一掃而空。萬里沙漠空闊廣遠，強敵盡殲不曾遺漏。匈奴既已地盡國滅，於是戰旗高揚奏凱而還，考察書傳，驗證圖籍，盡情流覽匈奴之山川。

遂踰涿邪❶，跨安侯❷，乘燕然。躡冒頓❸之區落，焚老上❹之龍庭❺。將上以攄高文❻之宿憤，光祖宗之玄靈；下以安固後嗣，恢拓境宇，振大漢之天聲。茲可謂一勞而久逸，暫費而永寧也。乃遂封山刊石，昭銘盛德，其辭曰：

鑠❼王師兮征荒裔，勦凶虐兮截❽海外，敻其邈兮亙地界，封神丘❾兮建隆嵑❿，熙帝載⓫兮振萬世！

【章 旨】本段揭示此次戰爭勝利的意義，歌頌漢朝的聲威功德。

【注　釋】❶涿邪　山名，在高闕塞北千餘里，今蒙古人民共和國境內。❷安侯　水名。❸冒頓　秦末漢初時匈奴單于，他滅東胡，破月氏，進占河套，對漢朝構成威脅。❹老上　冒頓之子稽粥號老上單于。❺龍庭　匈奴舉行大會祭祀天地神靈的地方，是其政治的中心。❻高文　漢高祖和漢文帝。高祖曾被匈奴圍困於白登，文帝亦多次受到匈奴侵擾。❼鑠　美；輝煌。❽截　至。❾神丘　指燕然山。❿嵑　同「碣」。碑。⓫載　事。

【語　譯】於是翻越涿邪山，橫渡安侯水，登上了燕然山。足踐冒頓單于之部落，焚燒老上單于之龍庭。將要用此大勝對上則一吐高祖文帝受辱多年之憤懣，光耀祖宗之神靈；對下則使後代君王邊境安定穩固，開拓擴展漢室疆土，振起大漢天朝之聲威。此可說是一勞永逸、以短時耗費而換得長久安寧。因此便祭祀山川刻石立碑，頌揚大漢美好之大德。碑文說：

美哉天子之師啊，出征荒涼之邊地，剿滅凶殘暴虐之敵啊，遠至海外，何其邈遠啊，直到大地之邊界，祭祀神山啊，樹立豐碑，光大漢帝之事業啊，流傳萬代！

【研　析】這篇碑銘文辭簡潔，敘事凝練，全文只四百餘字就寫清了大戰前後情況和戰爭的過程，多用三字和四字短句，健勁有力，如「陵高闕，下雞鹿，經磧鹵，絕大漠」，連用陵、下、經、絕幾個動詞，漢軍推進神速，所向披靡的氣勢如在目前。其體式前有「序」，後有「銘」，如姚鼐原注所云：「序亦用韻，即琅邪刻石體」，行文也仍不失秦刻石的凝重端莊，但漢代潤色鴻業的辭賦的發展，顯然已影響到碑誌文的寫作。這篇碑文的序言頗富聲色，且往往以偶句鋪陳渲染氣勢，諸如「勒以八陣，莅以威神，玄甲耀日，朱旗絳天」以及「躡冒頓之區落，焚老上之龍庭」、「斬溫禺以釁鼓」、「血尸逐以染鍔」之類，同漢代散體賦的作風已很接近。後之銘文用夾「兮」字的整齊句式，又近似於騷體。由此可以見出文體隨時代推移而演進，互相影響而變化的軌跡。

大唐中興頌有序

元次山

【題解】「安史之亂」中，唐玄宗匆忙逃入蜀中，肅宗李亨即位於靈武，組織抵抗，進而收復一度陷落的西京長安和東京洛陽，把已作為太上皇的唐玄宗從逃難地四川迎回京城。這篇碑文頌揚的就是唐肅宗的這一中興業績。文章寫在肅宗上元二年（西元七六一年），作者元結時任荊南節度判官，寓居在今屬湖南的祁陽縣浯溪。十年之後，由著名書法家顏真卿書寫，刻在浯溪崖岸的石壁上。浯溪景色優美，元結之文，顏真卿之字相映生輝，至今吸引著人們遊賞。

【作者】元次山（西元七一三—七七二年），名結，號漫叟、聱叟、猗玗子，魯縣（今河南魯山）人，先世為鮮卑族拓跋氏。天寶十三年（西元七五四年）進士，因抗擊安史叛軍有戰功，升任監察御史裡行，以水部員外郎充荊南節度判官。廣德二年（西元七六三年）任道州刺史，招撫流亡，減免租稅，頗有政績。後授容管經略使，年五十而卒。元結是有心濟時、有才治世的有志之士，也是著名的詩人和作家。其詩受大詩人杜甫高度稱賞，散文對韓愈柳宗元也有先導的作用。有《元次山集》十卷傳世。

天寶十四載❶，安祿山❷陷洛陽。明年，陷長安。天子❸幸蜀。太子❹即位於靈武❺。明年，皇帝❻移軍鳳翔❼，其年復兩京，上皇還京師。於戲❽前代帝王，有盛德大業者，必見於歌頌。若今歌頌大業，刻之金石，非老於文學，其誰宜為？頌曰：

【章　旨】本段為序言，簡明敘述長安由失陷到收復的經過，申明作頌的原由。

【注　釋】❶天寶十四載　西元七五五年。天寶，唐玄宗年號。❷安祿山　奚族人，唐玄宗時邊將，官平盧、范陽、河東三鎮節度使。天寶十四年冬在范陽起兵叛亂，占領洛陽，次年破長安，稱雄武皇帝，國號燕。兩年後為其子安慶緒所殺。❸天子　唐玄宗李隆基。❹太子　李亨，玄宗第三子，立為太子，即位後為肅宗。❺靈武　今寧夏靈武。❻皇帝　此指肅宗。❼鳳翔　今陝西鳳翔。❽於戲　同「嗚呼」。

【語　譯】天寶十四年，安祿山攻陷洛陽，第二年，攻陷長安，天子駕臨蜀郡。太子在靈武登上皇位。次年，皇帝移動軍隊駐進鳳翔府，就在這一年收復東西兩京，太上皇從蜀中回歸京城長安。啊！以前各代帝王，有大德建立了豐功偉業的，一定會在頌歌中反映出來。如今歌頌皇帝中興大業，刻於金石之上，不是久歷文場深通文學的高手，又會有誰適合做呢？頌歌說：

噫嘻前朝❶，孽臣❷姦驕，為惛為妖。邊將❸騁兵，毒亂國經，群生失寧。大駕南巡❹，百寮❺竄身，奉賊稱臣❻。天將昌唐，緊睨❼我皇，匹馬北方❽。獨立一呼，千麾萬旟，戎卒❾前驅。我師其東，儲皇❿撫戎，蕩攘群兇。復服⓫指期，曾不踰時，有國無之。事有至難，宗廟再安，二聖⓬重歡。地闢天開，蠲除祅災，瑞慶大來。兇徒逆儔，涵濡天休，死生堪羞。功勞位尊，忠烈名存，澤流子孫。盛德之興，山高日昇，萬福是膺。能令大君⓭，聲容沄沄⓮，不在⓯斯文。湘江東西，中直浯溪⓰，石崖天齊。可磨可鐫，刊此頌焉，何千萬年。

【章　旨】本段為頌的正文，歌頌肅宗收復兩京，斥責叛亂者和附逆者，表現了維護統一的思想。

【注　釋】❶前朝　指玄宗朝。❷孽臣　指李林甫、楊國忠等。❸邊將　指安祿山、史思明等。❹大駕南巡　天寶十五載六月，潼關失守，唐玄宗匆忙離開長安逃往四川，跟隨的只有宰相楊國忠、韋見素、宦官高力士及太子等，其他人大都未能跟上。❺百寮　百官。寮，通「僚」。《新唐書・逆臣傳》曰：「祿山未至長安，士人皆逃入山谷，東西絡繹二百里，宮嬪散匿行哭，將相第家委寶貨不貲，群不逞爭取之，累日不能盡。」❻稱臣　陳希烈、張均、張垍等大臣及許多官吏都投降安祿山，接受安祿山的官職。❼繄睨　繄，句首語氣詞，猶「是」。睨，視。❽北方　指靈武。玄宗行至馬嵬，隨行士兵騷亂，請留下太子討伐叛賊，於是肅宗北走，即位於靈武。❾戎卒　指回紇兵。❿儲皇　副君，指肅宗長子李俶，即後來的唐代宗李豫，此時為廣平郡王，任天下兵馬元帥。⓫服　九服，相傳古代天子所住京都以外土地按遠近分為九等，稱為九服，後用以泛指全國土地。⓬二聖　玄宗、肅宗。⓭大君　天子。⓮沄沄　傳播；遠揚。⓯不在　豈不在。⓰浯溪　在祁陽縣境湘江之南，北入湘江。本無名，浯溪之名即為元結所取。

【語　譯】啊！前皇在位之朝，亂臣賊子奸驕，擾亂作惡為妖。邊將逞凶縱兵，破壞國家章程，百姓不得安寧。皇帝大駕南行，百官四處逃奔，有的降賊稱臣。天要振興大唐，惟有寄望我皇，我皇匹馬奔赴北方。獨立一聲高呼，喚起遍地義旗，萬馬千軍，回紇士卒，勇作前驅。我軍麾師向東，太子統帥軍戎，掃蕩頑敵群兇。限期收復國土，竟能按時完成，有國以來無此情。事情最為困難，國家再得平安，二聖天倫重歡。開闢嶄新天地，消除禍害災殃，吉慶祥端紛呈。凶頑劣徒叛黨，滋潤雨露恩光，無論是生是死，都應羞愧難當。有功有勞，官高位尊，忠臣烈士，英名長存，恩澤流傳，直到子孫。我皇大德，事業隆興，山岳崇高，旭日東升，千福萬澤，享受不盡。能使天子，聲音容貌，遠遠播揚，豈不就在，這篇文章。滾滾湘江，由西向東，中遇浯溪，崖石高聳，上與天齊。可以磨平，可以鐫刻，刻上頌文，永遠流傳，千年萬年！

【研　析】此頌前有序，後有銘，序用散體，銘文三句一韻，繼承了古代石刻的一般傳統。前人對於此頌評價頗高，《唐才子傳》的作者辛文房稱：「〈中興頌〉一文，燦爛金石，清奪湘流。」姚鼐說：「峻偉雄剛，詞與事稱，宋人無此興象。」林紓評曰：「將天寶亂離，肅宗繼統，並收京回鑾事，於數行中敘盡。力量極偉，聲響亦堅切動人。」前人評語，有些未免抽象。綜合各家之意，具體說來，本文的優長，突出的有如下幾點：一、敘事簡括。特別是其序文，四十五個字，將三年內所發生的天翻地覆的動亂變化概括無餘，而時間、地點、人物及事件之性質清楚明白，簡括而嚴謹的作風，體現了金石文字的要求。二、氣象宏大。元結是盛唐成長起來的作者，具有盛唐人所有的精神氣概，此時雖然經歷了安史之亂，但還意識不到這場動亂已使李唐王朝永遠失落昔日的光輝，所以仍然豪邁樂觀地歌頌唐室的中興。「匹馬北方」、「獨立一呼，千麾萬旟」，都以宏闊的背景襯托著獨立的主體，「山高日昇」、「石崖天齊」，壯麗雄偉的景象也與盛唐大業相為表裡，這即是前人所謂詞與事稱吧。三、聲韻鏗鏘。銘文三句一韻，句句用韻，全用平聲字作韻腳，流暢而響亮，讀來琅琅上口。

卷四十一 碑誌類上編 二

平淮西碑

韓退之

【題解】淮西，唐方鎮名，全稱淮南西道。治所轄境屢有變化，大曆後領有申、光、蔡諸州，相當於今河南東南部一帶地區，唐朝設淮西節度使，後改彰義軍節度使，治所在蔡州，即今之河南汝南。唐代自安史亂後，王朝力量削弱，地方軍閥擁兵自強，一些節度使視自己管轄地區為國中之國，與朝廷分庭抗禮，稍不如意，便兵戈相向，必欲滿足私欲而後止。憲宗元和九年（西元八一四年），淮西節度使吳少陽死，子吳元濟匿喪自為留後，朝廷沒有應允，吳元濟便發動叛亂，悉兵四出，焚燒舞陽、葉縣，劫掠襄城等地，東都為之震動。當時朝臣大多認為只能安撫，只有裴度等少數人主張用兵平亂。唐憲宗不顧多數人的反對，決意出兵征討。經過三年，至元和十二年冬，唐隨鄧節度使李愬乘雪夜奇襲蔡州，活捉了吳元濟，淮西終於平定。本文即是平淮西的紀功碑文。作者韓愈支持武力平亂，被統帥裴度辟為行軍司馬，平定後隨裴度還朝，奉命撰寫此碑。他在碑文最後說：「凡此蔡功，惟斷乃成。」認為平定淮西，是決策的勝利。所以行文中突出了憲宗的決斷以及裴度的統帥作用，而對李愬破城擒敵的戰功沒有大力渲染表彰。李愬之妻為唐安公主之女，向憲宗控訴韓愈碑文不實，憲宗下令削去，命學士段文昌重寫。晚唐羅隱〈說石烈士〉也寫到有李愬的部下石孝忠因此碑未能如實記載李愬的戰功，憤而將石碑推倒。但不少人認為，從全局考慮，特別是針對當時武將往往居功自傲的實際，韓愈這樣寫自有其深意。

天以唐克肖其德，聖子神孫，繼繼承承，於千萬年，敬戒不怠，全付所覆，四海九州，罔有內外，悉主悉臣。高祖、太宗，既除❶既治，高宗、中、睿，休養生息。至於玄宗，受報收功，極熾而豐，物眾地大，蘖牙❷其間。肅宗、代宗，德祖、順考，以勤以容，大憝適去❸，稂莠❹不薅。相臣將臣，文恬武嬉，習熟見聞，以為當然。

【章　旨】本段回顧唐朝歷代帝王的情況，批評對不臣藩鎮採取寬容姑息的態度。

【注　釋】❶除　指除亂。❷牙　通「芽」。萌芽。❸大憝適去　大憝，大惡，指安祿山、史思明及朱泚等發動大規模叛亂者。適，僅；只。❹稂莠　兩種危害禾苗的雜草，比喻一般擁兵不服的藩鎮。

【語　譯】上天認為唐王室能夠效法上天的大德，聖明神武的子孫，世世代代相繼相承，直到千年萬年，都恭謹戒懼不敢懈怠，於是上天把所覆蓋的土地全部託付給唐室，四海九州，不分內外，全都以唐為君主，全都臣服於唐。高祖、太宗，剷除禍亂，創建了太平，高宗、中宗和睿宗，天下因休養而繁榮。到了玄宗，得到回報，收到成功，昌盛已極，富庶已極，物產眾多，土地拓展，而妖孽也於此時萌芽生長。肅宗、代宗，皇祖德宗，皇父順宗，治國憂勤而馭下寬容，只剷除大惡，雜草未能拔盡。將相大臣，文的安逸，武的嬉遊，對不臣的言行見得多了，聽得慣了，至以為有雜草是當然的事情。

睿聖文武皇帝❶，既受群臣朝，乃考圖❷數貢❸曰：「嗚呼！天既全付予有家，今傳次在予，予不能事事，其何以見於郊廟❹？」群臣震懾，奔走率職。明年平夏❺，又明年平蜀❻，又明年平江東❼，又明年平澤潞❽，遂定易、定❾，致魏、博、貝、衛、澶、相❿，無不從志。皇帝曰：「不可究武，予其少息。」

【章　旨】本段敘憲宗平淮西以前的武功，說明決心伐蔡非盲目衝動。

【注　釋】❶睿聖文武皇帝　唐憲宗李純的尊號，元和三年所上。❷考圖　考按地圖。《唐會要》：「諸州圖，每三年一送職方。建中元年，改五年一造送。」❸數貢　檢查貢賦之多少，缺與不缺。當時割據藩鎮不向朝廷上交賦稅。❹郊廟　郊指祭天，廟指祭祖。❺夏　夏州，為鹽夏銀綏節度使治所，地在今陝西橫山縣西。元和元年鹽夏銀綏節度使韓全義死前令其甥楊惠琳知留後，朝廷派李演為節度，楊惠琳據城反叛，憲宗使夏州兵馬使張承金擊斬之。❻平蜀　劍南西川節度使韋皋卒，行軍司馬劉闢自為留後。憲宗使東川節度使高崇文討之，克成都，劉闢伏誅。事亦在元和元年。❼平江東　元和二年鎮海軍節度使李錡據潤州（今江蘇鎮江）反，憲宗使王鍔等討之，潤州大將張子良等執錡以獻，斬之。❽平澤潞　唐昭義軍節度領澤、潞二州。澤州今山西晉城。潞州今山西長治。元和五年，命吐突承璀執昭義軍節度使盧從史載送京師，賜死。❾易定　易州今河北易縣治。定州今河北定縣治。元和五年，義武軍節度張茂昭舉族入朝，以二州歸於有司。❿魏博貝衛澶相　均州名，地分別在今河北、山東、河南境內。元和七年，魏博節度使田弘正以此六州歸於有司，輸賦稅，受朝廷節制。

【語　譯】睿聖文武皇帝在登位受群臣朝拜之後，就考按當年上報地圖，稽查賦稅繳納情況，說：「上天既已把天下全部託付我家，現在依次傳遞於我，我如果不能做好帝王之事，將憑什麼面對天地祖先呢？」臣子們感到震動驚懼，都辛勤奔走奉行職事。第二年平定夏州，又第二年平定蜀中之亂，又第二年平江東，再過一年平澤潞，乘勢平定易州和定州，造成魏、博、貝、衛、澶、相六州的歸附，無不稱心如意。皇帝卻說：「不可以窮兵黷武，我將稍事休息。」

九年❶，蔡將❷死，蔡人立其子元濟以請，不許。遂燒舞陽❸，犯葉、襄城，以動東都，放兵四劫。皇帝歷問於朝，一二臣❹外皆曰：「蔡帥之不廷授，於今五十年，傳三姓四將❺，其樹本堅，兵利卒頑，不與他等。因撫而有，順且無事。」大官臆決唱聲，萬口和附，并為一談，牢不可破。皇帝曰：「惟天惟祖宗所以付任予者，庶其在此！予何敢不力？況一二臣同，不為無助。」

【章　旨】本段述憲宗不顧群臣反對作出伐蔡的正確決策。

【注　釋】❶九年　憲宗元和九年（西元八一四年）。❷蔡將　彰義軍（淮西）節度使吳少陽。❸舞陽　與下之葉、襄城均今河南屬縣。❹一二臣　朱熹以為指武元衡、裴度。❺三姓四將　廣德元年（西元七六三年）以後，淮西節度使為李忠臣，大曆十四年（西元七七九年），被部將李希烈所逐，李希烈自為節度使。貞元二年（西元七八六年）二月陳仙奇使人毒殺李希烈，同年七月，吳少誠又殺陳仙奇。元和九年，吳少陽又殺少誠之子元慶而自為留後。故三姓指李、陳、吳，四將指忠臣、希烈、少誠、少陽。

【語　譯】元和九年，蔡州鎮將病死，蔡州兵將擁立他的兒子元濟繼承父職請求朝廷認可，不被允許，就焚燒舞陽，侵犯葉縣、襄城，使東都震動，放縱士兵四出劫掠。皇帝在朝堂遍問群臣，除一兩個臣子外其餘都說：「蔡州軍之統帥不由朝廷任命，至今已五十年，傳了三姓四將，真是樹大根深，兵卒銳利強橫，與其他州不一樣。通過安撫來保有他，會順利而且不會出亂子。」大官們憑臆斷首先發聲，下面便萬口附和，合成一個腔調，牢不可破。皇帝說：「上天和祖宗所交給我的重任，恐怕就在這裡！我怎敢不努力？況且有一兩個大臣贊同，並非孤立無助。」

曰：「光顏❶！汝為陳許帥，維是河東❷、魏博、郃陽❸三軍之在行者，汝皆將之。」曰：「重胤❹！汝故有河陽❺、懷❻，今益以汝❼，維是朔方❽、義成❾、陝❿、益⑪、鳳翔⑫、延⑬、慶⑭七軍之在行者，汝皆將之。」曰：「弘⑮！汝以卒萬二千，屬而子公武往討之。」曰：「文通⑯！汝守壽⑰，維是宣武⑱、淮南⑲、宣歙⑳、浙西四軍之行於壽者，汝皆將之。」曰：「道古㉑！汝其觀察鄂岳㉒。」曰：「愬㉓！汝帥唐㉔、鄧㉕、隨㉖，各以其兵進戰。」曰：「度㉗！汝長御史，其往視師。」曰：「度！惟汝予同，汝遂相㉘予，以賞罰用命不用命。」曰：「弘！汝其以節都統㉙諸軍。」曰：「守謙㉚！汝出入左右，汝惟近臣，其往撫師。」曰：「度！汝其往㉛衣服飲食予士，無寒無飢，以既厥事，遂生蔡人。賜汝節斧，通天㉜御帶，衛卒三百㉝。凡茲廷臣，汝擇㉞自從，惟其賢能，無憚大吏。庚申㉟，予其臨門送汝。」曰：「御史，予閔士大夫戰甚苦，自今以往，非郊廟祠祀，其無用樂。」

【章　旨】本段敘遣將發兵，作戰爭部署，點明與平淮西有關的武將文臣。

【注　釋】❶光顏　李光顏，本洺州刺史，元和九年九月任為陳州刺史，十月為許州刺史、忠武軍節度使。陳州，今河南淮陽治。許州，今許昌。❷河東　唐河東節度使治所在太原。❸郃陽　今屬陝西。❹重胤　烏重胤，河陽節度使，懷州刺史，元和九年八月兼汝州刺史。❺河陽　縣名，在黃河北岸，今河南孟縣。❻懷　州名，今河南沁陽。❼汝　州名，今河南臨汝。❽朔方　唐方鎮名，朔方節度使治靈州，今寧夏靈武西南。❾義成　鄭滑節度使貞元元年改稱義成軍。❿陝　州名，今河南陝縣，為陝虢節度使治所。⑪益　蜀地。⑫鳳翔　府名，今陝西鳳翔。⑬延　州名，在今陝西膚施東。屬鄜坊節度使轄。⑭慶　州名，今甘肅慶陽，邠寧節度使所轄。⑮弘　韓弘，宣武軍節度使，命其子韓公武領精卒一萬三千參與平蔡。⑯文通　左金吾大將軍李文通，元和十年二月被任為壽州團練使。⑰壽　州名，今安徽壽縣。⑱宣武　方鎮名，宣武軍節度使治所在汴州。⑲淮南　淮南節度使，治所在揚州。⑳宣歙　宣歙觀察使，治宣州，今安徽宣城。歙，歙州，今安徽歙縣。㉑道古　指黔州觀察使李道古，元和十一年任鄂岳觀察使。㉒鄂岳　鄂州，今湖北武昌。岳，今湖南岳陽。㉓愬　指太子詹事李愬，字元直，元和十一年任鄧州刺史，充唐鄧隨節度使。㉔唐　唐州，今河南唐河。㉕鄧　鄧州，今河南鄧縣。㉖隨　隨州，今湖北隨州。㉗度　裴度，字中立，元和九年十月任御史中丞，兼刑部侍郎，赴蔡州行營宣慰諸軍。㉘相　元和十年六月裴度以刑部侍郎同中書門下平章事，其地位相當宰相。㉙都統　元和十年九月韓弘充淮西行營兵馬都統，統帥各路人馬。㉚守謙　太監梁守謙，元和十一年奉命宣慰諸軍，並留作監軍。㉛往　指赴前線。討蔡久不下，大臣議論罷兵，裴度請求親往督戰，於是以裴度為門下侍郎，同平章事，使持節蔡州諸軍事，蔡州刺史，充彰義軍節度，申光蔡觀察處置等使，仍充淮西宣慰處置使，實際履行元帥的職責。㉜通天　指犀牛犀角中的紋理貫通者。㉝衛卒三百　憲宗從神策軍調三百騎護衛裴度。㉞擇　選拔。裴度以馬總為副使，韓愈為行軍司馬，以李正封、馮宿、李宗閔為判官、書記，跟隨出征。㉟庚申　元和十二年八月三日。

【語　譯】皇帝說：「李光顏！你做陳州許州主帥，只這河東、魏博、郃陽三軍中抽調出征的部分，都由你率領他們。」說：「烏重胤！你原有河陽、懷州，現給加上汝州，只是這朔方、義成、陝州、益州、鳳翔、延州、慶州等七軍的出征部分，你都要統率起來。」說：「韓弘！你把一萬二千兵卒，撥歸你的兒子公武率領前去討賊。」說：「李文通！你守住壽州，只這宣武、淮南、宣歙、浙西諸軍的出征將士在壽州境內的，你都統率起來。」說：「李道古！你去任鄂岳觀察使吧。」說：「李愬！你任唐、鄧、隨等州主帥，以各州所有兵力投入戰鬥。」說：「裴度！你做御史中丞，前去慰問部隊、考察用兵形勢。」說：「裴度！惟有你贊同我的決定，你就做我的宰相，對努力作戰的給以獎勵，對不努力的給以處罰。」說：「韓弘！你憑符節統一指揮所有各路人馬。」說：「梁守謙！你出入我身邊，你是近臣，前去安撫部隊。」說：「裴度！你前去關心我的士兵的衣服飲食，莫讓他們受凍，莫讓他們挨餓，以便順利完成征討任務，最後解救蔡州人民。賜給你符節、斧鉞、御用的通天犀帶，給神策軍三百騎做你的衛兵。所有這滿朝的臣子，你自己選擇隨從的人員，只求其賢明能幹，不要害怕他是高官大臣。庚申那天，我將親到城門為你送行。」說：「御史！我憐惜士大夫行軍作戰異常艱苦，從今以後，如果不是宗廟天地祭祀典禮，不得演奏音樂。」

顏、胤、武合攻其北，大戰十六，得柵❶城縣二十三，降人卒四萬。道古攻其東南，八戰，降萬三千，再入申❷，破其外城。文通戰其東，十餘遇，降萬二千。愬入其西，得賊將，輒釋不殺，用其策，戰比有功。十二年八月，丞相度至師，都統弘責戰益急，顏、胤、武合戰益用命。元濟盡并其眾洄曲❸以備。十月壬申，愬用所得賊將，自文城❹，因天大雪，疾馳百二十里，用夜半到蔡，破其門，取元濟以獻，盡得其屬人卒。辛巳❺，丞相度入蔡，以皇帝命赦其人。淮西平，大饗賚功。師還之日，因以其食賜蔡人。凡蔡卒三萬五千，其不樂為兵願歸為農者十九，悉縱之。斬元濟京師。

【章　旨】本段敘平淮西戰爭經過及輝煌戰績。

【注　釋】❶柵　柵欄。結木圍成，作禦敵之用。❷申　唐申州治義陽縣，在今河南信陽南。❸洄曲　地名，一作時曲，在河南商水西南，溵水於此迴曲，故名。吳元濟精兵均集於此。❹文城　文城柵，在河南遂平西南。❺辛巳　元和十二年十月十七日。李愬入蔡在壬申為十六日。

【語　譯】李光顏、烏重胤、韓公武合力進攻淮西之北，大戰十六次，奪得修有柵欄的城邑和縣城二十三座，招降其人口和兵卒四萬。李道古進攻淮西東南面，戰鬥八次，迫降一萬三千人，兩次攻入申州，攻破了申州外層城牆。李文通在淮西東邊作戰，與賊遭遇十多次，降敵一萬二千。李愬攻入淮西西部，俘擄了敵軍將領，每次釋放，不殺死，用他們的計謀，作戰屢次成功。元和十二年八月，丞相裴度親到軍中，淮西諸軍行營都統韓弘督促作戰更加緊急，李光顏、烏重胤、韓公武聯合作戰更為努力。吳元濟集結他全部的部下在洄曲來進行防備。十月壬申日，李愬使用俘獲的敵將開路，從文城柵出發，利用天下大雪；迅疾奔馳一百二十里，半夜趕到了蔡州城，攻破蔡州城門，生擒吳元濟獻給朝廷，全部得到吳元濟所統屬的人口兵卒。辛巳日，裴度丞相進入蔡州，用皇帝的命令赦免了蔡州人。淮西平定，大宴賞賜有功人員。軍隊凱旋的時候，就將所餘的軍糧賜給蔡州人民。總計蔡州兵卒三萬五千，其中不樂意繼續當兵自願回家務農的占十分之九，全放他們回去。斬吳元濟之首於京師。

冊❶功，弘加侍中，愬為左僕射，帥山南東道，顏、胤皆加司空，公武以散騎常侍帥鄜、坊、丹、延，道古進大夫，文通加散騎常侍。丞相度朝京師，道封晉國公，進階金紫光祿大夫，以舊官相，而以其副總為工部尚書，領蔡任。既還奏，群臣請紀聖功，被之金石。皇帝以命臣愈，臣愈再拜稽首而獻文曰：

【章　旨】本段敘冊封功臣官爵，並點明立碑紀功之意。

【注　釋】❶冊　封贈官爵的策書。唐制三品以上大官由皇帝當面冊封，稱冊授。

【語　譯】冊授功臣官爵，韓弘升侍中，李愬任左僕射，充山南東道節度使，李光顏、烏重胤都加司空銜，韓公武以散騎常侍榮銜任鄜、坊、丹、延節度使，李道古進封御史大夫，李文通加散騎常侍銜。丞相裴度回京師朝見，還在路上就封為晉國公，提升官階為金紫光祿大夫，按原有官職繼續為宰相，而用他的副使馬總為工部尚書，擔任蔡州刺史、彰義軍節度使。已經回朝奏見過，臣子們請求記錄聖上功德加於金石之上。皇帝將撰寫碑文之事交付臣子韓愈，臣愈再拜叩首而敬獻碑文說：

唐承天命，遂臣萬邦。孰居近土，襲盜以狂？往在玄宗，崇極而圮。河北❶悍驕，河南❷附起。四聖❸不宥，屢興師征。有不能克，益戍以兵。夫耕不食，婦織不裳。輸之以車，為卒賜糧。外多失朝，曠不岳狩。百隸怠官，事亡❹其舊。

【章　旨】本段言安史亂後，唐朝地方軍閥多有反叛行為，影響朝廷政治和人民生活。

【注　釋】❶河北　河北地區的節度使如盧龍朱滔、魏博田承嗣、田悅、成德王武俊都曾有反叛。❷河南　指淮西李希烈、吳少誠及當時屬河南的淄青李惟岳等。❸四聖　肅宗、代宗、德宗、順宗四帝。❹亡　同「忘」。

【語　譯】唐朝順承上天旨意，因而臣服四面八方。有誰住在京師附近，敢於侵盜而逞凶狂？往昔玄宗皇帝時代，昌盛至極走向分裂。河北諸將凶悍驕橫，河南方鎮跟著叛逆。四位聖主不予寬容，多次興兵征伐叛臣。有的未能即時克服，加強防守便得增兵。男子種田食不果腹，女子織布沒有衣裳。都需車載輸送前方，賜給士卒作為軍糧。外官不得進京朝見，皇帝久不巡祭四岳，各種吏役懈怠官事，忘了舊時所定準則。

帝❶時繼位，顧瞻咨嗟。惟汝文武，孰恤予家？既斬吳、蜀❷，旋取山東❸。

魏將❹首義，六州降從。淮蔡不順，自以為彊。提兵叫讙，欲事故常❺。始命討之，遂連姦鄰❻。陰遣刺客，來賊相臣❼。方戰未利，內驚京師。群公上言，莫若惠來。帝為不聞，與神為謀。乃相同德，以訖天誅。

【章旨】本段重敘憲宗與宰相同謀討賊。

【注釋】❶帝　指唐憲宗。❷斬吳蜀　即平江東李錡、蜀中劉闢。❸取山東　指平澤潞。山東，謂華山以東。❹魏將　即指田弘正以魏、博等六州歸於朝廷。❺故常　指走吳少誠、少陽老路，自為節度使。❻姦鄰　指鄆州李師道、恆州王承宗。他們支持吳元濟，阻撓朝廷討伐。❼相臣　武元衡和裴度。元和十年六月李師道派遣刺客殺死武元衡，裴度也受傷。

【語譯】皇帝當時繼承大位，瞻前顧後歎息咨嗟。請問你們文臣武將，誰來憂恤我們皇家？已經斬殺吳、蜀叛臣，立即收復山東州郡。魏博將領率先歸正，統率六州歸順朝廷。淮西蔡州冥頑不服，自己以為力量雄強。帶領軍隊叫囂喧嘩，想要效法前人老樣。開始下令討伐他們，於是勾結鄰郡奸黨。陰謀派遣刺客殺手，進京殺害當朝宰相。當初戰爭尚未取勝，京城裡面也被震驚。群臣紛紛上書進言，最好施惠安撫招徠。皇帝對此不予聽取，獨與神明深謀遠慮。只有宰相同心同德，一定實現上天懲罰。

乃敕顏、胤、愬、武、古、通，咸統於弘，各奏汝功。三方分攻，五萬其師。大軍北乘，厥數倍之。常❶兵時曲❷，軍士蠢蠢，既翦陵雲❸，蔡卒大窘。勝之邵陵❹，郾城❺來降。自夏入秋，復屯相望。兵頓不勵，告功不時。帝哀征夫，命相往釐。士飽而歌，馬騰於槽。試之新城❻，賊遇敗逃。盡抽其有，聚以防我。

西師躍入，道無留者。

【章　旨】本段重敘破蔡的過程。

【注　釋】❶常　猶「嘗」。試。❷時曲　地名，即洄曲。❸陵雲　柵城名，在河南郾城東。元和十一年，李光顏敗吳元濟之眾，攻拔陵雲柵。❹邵陵　在郾城東。❺郾城　今屬河南。元和十二年，李光顏敗淮西兵於郾城，守將鄧懷金以城降。❻新城　郾城有新寨鎮。

【語　譯】於是詔令光顏、重胤、李愬、公武、道古、文通，都歸韓弘統一指揮，各自貢獻自己功績。從東南西分軍進擊，總共部署五萬兵力。朝廷大軍北面逼淩，兵馬數量倍於敵人。初步接觸戰於時曲，淮西軍士蠢蠢欲動，自從拔掉陵雲柵城，蔡軍陷入十分困窘。邵陵一役大勝敵人，郾城守將率城投誠。自從夏天轉入秋天，重又駐軍兩相對峙，進軍受挫戰局不利，不能及時宣告成功。皇帝哀憐出征將士，特命宰相前往調理。兵士吃飽唱起歡歌，槽邊戰馬嘶鳴躍起。初試鋒芒戰於新城，賊軍相遇望風逃奔。全部抽調所有兵力，集中一處防我攻擊。西面王師突入蔡州，一路順利無人阻擋。

頟頟❶蔡城，其疆千里。既入而有莫不順俟。帝有恩言，相度來宣。誅止其魁，釋其下人。蔡之卒夫，投甲呼舞。蔡之婦女，迎門笑語。蔡人告飢，船粟往哺。蔡人告寒，賜以繒布。始時蔡人，禁不往來。今相從戲，里門夜開。始時蔡人，進戰退戮。今旰❷而起，左飧右粥。為之擇人❸，以收餘憊。選吏賜牛，教而不稅。蔡人有言：始迷不知。今乃大覺，羞前之為。蔡人有言：天子明聖。不順族誅，順保性命。汝不吾信，視此蔡方。孰為不順，往斧其吭。凡叛有數，聲勢相倚。吾強不支，汝弱奚恃？其告而長，而父、而兄，奔走偕來，同我太平。

【章旨】本段敘進入蔡州以後對蔡州人的安撫、救助以及蔡州人受到感化的效果。

【注釋】❶頷頷　高大堅固的樣子。❷旰　晚；遲。❸擇人　指以馬總任蔡州刺史等。

【語譯】蔡州城池高大堅固，管轄土地方圓千里。已經進入重新保有，人人服從靜候處理。皇帝已有恩德詔書，宰相裴度前來宣示。誅殺限於元凶首惡，部下脅從均為開脫。蔡州滿城兵卒役夫，拋掉鎧甲舞蹈歡呼。蔡州城內家家婦女，站在門前歡聲笑語。蔡人報告飢餓缺糧，船載粟米前去供養。蔡人報告天寒無衣，賜給他們繒帛布匹。當初叛賊統治蔡人，禁絕交遊不准往來。如今互相追隨遊樂，白天黑夜里門大開。當初逆賊統治蔡人，進則戰死退則殺戮。如今酣睡遲遲而起，要飯有飯要粥有粥。又給蔡州選派賢臣，以便消除尚存困頓。選派官吏賜民耕牛，教民耕種不徵稅收。蔡州之人這樣說道：當初糊塗不明是非。如今真是大徹大悟，悔恨當初所作所為。蔡州之人這樣言說：當今天子英明聖哲。倘不歸順擔心滅族，歸順朝廷得保性命。你們如果不信我講，今日蔡州即是榜樣。誰敢作出叛逆之行，持斧前去斷其喉頸。參與反叛共有數州，聲息相通相互倚仗。我州強大不能堅持，你們力弱憑何頑抗？快去告訴你們官長，你們父母、你們弟兄，快走快跑一起都來，同我一起樂享太平。

淮蔡為亂，天子伐之。既伐而飢，天子活之。始議伐蔡，卿士❶莫隨。既伐四年，小大並疑。不赦不疑，由天子明。凡此蔡功，惟斷乃成。既定淮蔡，四夷畢來。遂開明堂❷，坐以治之。

【章　旨】本段就平淮西的勝利歌頌唐憲宗的英明，總結取勝原因主要是決策的果斷。

【注　釋】❶卿士　此泛指官僚、士大夫。❷明堂　古代天子宣明政教、舉行重大典禮的場所。

【語　譯】淮西蔡州發動叛亂，天子出兵討伐他們。已經討平而遇飢荒，天子哀憐救活他們。最初議論征伐淮蔡，士大夫們無人贊同。已經出兵將近四年，大官小官仍都懷疑。既不赦免也不動搖，這是由於天子英明。總之此次平蔡建功，只因果斷才得完成。淮西蔡州既已平定，四方諸侯都來歸順。天子於是大開明堂，坐而聽政治理四方。

【研　析】正如本文之傾向鮮明、人們各有是非一樣，本文的寫法也特色突出，頗引起爭議。本文的特色是有意在碑誌的寫作中效法《尚書》、《詩經》的文體。前人已經指出，本文「序」似《尚書》文誥，「銘」似《詩經》雅頌，正如李商隱〈韓碑〉一詩所說：「點竄〈堯典〉〈舜典〉字，塗改〈清廟〉〈生民〉詩。」但韓愈為文追求務去陳言，詞必己出，有自己的面目、個性。故本文雖有意效法，卻自出新意，在一片古色古香中浩氣流轉，酣暢而恣肆。文之開篇，先不言淮西平亂，而遠從「天以唐克肖其德」「全付所覆」起筆，歌頌中見箴諫，高屋建瓴，使割據稱雄者處於逆天而行之勢，以見正義所在，淮蔡必伐，伐蔡必勝。接下來歌頌憲宗平淮西以前的武功，以簡潔的文字縷述憲宗平夏、平蜀、平江東、平澤潞諸役，有意模糊其具體年月，只以「明年」「又明年」排比成文，氣勢洶湧，如滔滔巨浪，接連而至。然而達到極點忽出一頓挫之筆，以憲宗的口吻說：「不可究武，予其少息。」充分表現了憲宗的神文聖武。寫命將出師一節，文中所述李光顏、烏重胤等的任命，實為四五年間陸續發生之事，作者將它們作為一時之事集中起來，構成一個莊嚴雄壯的點將出兵場面，全由天子當庭宣布指派，文氣挺拔異常，為整篇碑文增添無限色彩。這種寫法有點像小說、戲劇的提煉情節，結構場面，塑造典型，有人認為，作為碑誌，這有損於歷史真實，有人認為這有類俳詞，不夠嚴肅，有人則不滿其與《尚書》、《詩經》不全相似。這都是過於拘泥之論。其實，正因為不全似《詩》《書》，正因為運用了類似小說的手法寫碑誌，才顯出韓愈自己的胸襟氣概，韓文自己的獨特風格，才得以流傳千古。蘇軾〈臨江驛小詩〉說：「淮西功業冠吾唐，吏部文章日月光。千載斷碑人膾炙，不知世有段文昌。」雖是別有所感而發，實可作為對本文的千古定論。

處州孔子廟碑

韓退之

【題解】處州唐時屬江南道，治所在麗水，即今浙江麗水。這篇碑文有記載為元和十五年（西元八二〇年）韓愈任國子祭酒時所作。孔子廟和各州各縣的學校實為一體，碑文通過記載處州刺史李繁修建孔廟的事實，表彰了他振興教育的精神。

自天子至郡邑守長，通得祀而徧天下者，惟社、稷❶與孔子為然。而社祭土，稷祭穀，句龍❷與棄❸，乃其佐享，非其專主，又其位所，不屋而壇，豈如孔子用王者事❹，巍然當座，以門人為配，自天子而下，北面跪祭，進退誠敬，禮如親弟子者？句龍、棄以功，孔子以德，固自有次第哉！自古多有以功德得其位者，不得常祀。句龍、棄、孔子，皆不得位而得常祀，然其祀事，皆不如孔子之盛。所謂生人❺以來，未有如孔子者，其賢過於堯舜遠矣！此其效歟？

【章　旨】本段由議論祭祀入手頌揚孔子的大德，揭示建廟的重大意義。

【注　釋】❶社稷　社，土地之神，祭土神之所也叫社。稷，五穀之神，亦指祭穀神之所。❷句龍　相傳能平九州，辨土地之宜，祀為后土之神。❸棄　帝嚳之子，周的祖先，在舜時官后稷，播種百穀，後世祀為先農。❹王者事　唐開元二十七年，追謚孔子為文宣王，南面而坐，以弟子顏回配享。❺生人　生民，避唐太宗諱改。語見《孟子·公孫丑上》。

【語　譯】從天子到州郡縣邑的守令官長，全都得祭拜而且普天下一律，只有社稷和孔子是這樣。可是社實是祭祀后土，稷實是祭祀五穀，句龍與棄，僅僅是作為輔佐來接受祭祀，並不是獨立受祭的主神，並且他們受祭的處所，不建宮廟只設祭壇，哪能像孔子這樣用帝王的禮儀，高高地正對南面而坐，以學生作為陪祭，從天子以下，全都面朝北方跪拜祭祀，一進一退一舉一動都誠心恭敬，像自己親自傳授的弟子一樣有禮？句龍、棄是憑藉事功受到祭祀，孔子則是憑藉大德而受祭祀，兩者原本就有差別啊！自古以來有很多人憑藉著功績和美德獲得他們的地位，卻不能長久享受祭祀。句龍、棄和孔子，都是生前得不到高位死後卻能長享祭祀的，但他們受到的祭祀禮儀，都不如孔子的隆重。前人所說自人類產生以來，沒有誰比得上孔子，孔子的賢德遠遠超過了堯舜，這受祭的隆盛就是這話的效驗嗎？

郡邑皆有孔子廟，或不能修事❶，雖設博士弟子❷，或役於有司，名存實亡，失其所業。獨處州刺史鄴侯李繁❸至官，能以為先。既新作孔子廟，又令工改為顏子至子夏十人像❹。其餘六十子❺，及後大儒公羊高❻、左丘明❼、孟軻、荀況、伏生❽、毛公❾、韓生❿、董生⓫、高堂生⓬、揚雄⓭、鄭玄⓮等數十人，皆圖之壁。選博士弟子，必皆其人。又為置講堂，教之行禮，肄習其中。置本錢廩米，令可繼處以守。廟成，躬率吏及博士弟子入學行釋菜禮⑮。耆老歎嗟，其子弟皆興於學。鄴侯尚文，其於古記無不貫達，故其為政，知所先後，可歌也已！乃作詩曰：

【章　旨】本段記述李繁修廟興學的事跡，讚揚他為政懂得把辦學放在首位。

【注　釋】❶修事　即修治，避唐高宗李治諱改「治」為「事」。❷博士弟子　生員。❸李繁　李泌之子，李泌封為鄴侯，繁襲父爵，故亦稱鄴侯。李繁任處州刺史在元和十三年（西元八一八年）。❹十人像　指顏回、閔子騫、冉伯牛、仲弓、宰我、子貢、冉有、季路、子游、子夏。❺六十子　孔子弟子中賢人七十二，減去上述顏回等十人的略數。❻公羊高　《公羊傳》作者。❼左丘明　相傳作《春秋左氏傳》。❽伏生　名勝，傳《尚書》。❾毛公　毛萇，傳《詩經》。❿韓生　韓嬰，傳《詩經》。⓫董生　董仲舒。⓬高堂生　能言《禮》，名不詳。⓭揚雄　漢代學者、辭賦家。⓮鄭玄　字康成，東漢經學大師，遍注群經。⓯釋菜禮　生員始入學時祭拜孔子所行之禮，陳設芹藻之類菜蔬而拜祭之。

【語　譯】州縣都有孔子廟，有的不能修治好，即使設置了在學的生員，有時只成為官府的僕役，名存實亡，喪失了他們應鑽研的學業。只有處州刺史鄴侯李繁到處州上任，就能把建廟興學放在首位。已經重新修建了孔子廟，又命令工匠重新雕塑顏子到子夏十個人的像，其餘六十子，以及後代的大儒公羊高、左丘明、孟軻、荀況、伏生、毛公、韓生、董生、高堂生、揚雄、鄭玄等幾十人，都把他們的像畫在壁上。選拔生員，一定要選合適的對象。又給安排講堂，教他們行使禮儀，在裡面進修學習。又設置本金提供口糧，讓他們可以繼續生活堅持學業。孔廟修成那天，他親自率領官吏及生員們入學舉行拜祭先師的釋菜禮。地方上有身分的老人們都很感歎，他們的子弟都起而向學。鄴侯推重文學，對古代的典籍，他沒有不融會貫通的，所以他處理政事，知道區分先後緩急，值得歌頌啊！於是寫詩讚道：

惟此廟學，鄴侯所作。厥初庳❶下，神不以宇。生師所處，亦窘寒暑。乃新斯宮，神降其獻。講讀有常，不誡用勸。揭揭元哲，有師之尊。群聖嚴嚴，大法以存。像圖孔肖，咸在斯堂。以瞻以儀，俾不或忘。後之君子，無廢成美。琢詞碑石，以贊攸始。

【章　旨】本段以韻文形式概述前文內容，加以歌頌。

【注　釋】❶庳　同「卑」。

【語　譯】這個孔廟學舍，刺史鄴侯所建。原先又矮又小，神靈不來居住。生員師長住室，不敵嚴寒酷暑。於是重修這座宮廟，神靈降臨享用祭品。師生講讀走上正軌，不用訓誡便知努力。高高坐著偉大聖人，象徵師道無比尊榮。眾多聖賢肅穆莊嚴，基本規範他們承傳。聖賢圖像維妙維肖，全都展現廟學廳堂，供人瞻仰效法，令人時刻不忘。希望後來君子，不得荒廢已成美事。故此刻文碑石，讚美事情起始。

【研　析】本文稱頌李鄴侯建廟興學，作者之重心尤在於興學，但既為孔廟，就不得不從孔子說起，既為孔廟，就「不泛作孔子頌」，「切定祀事」，以句龍、棄作為陪襯，借賓定主，通過祭祀的優隆，反推孔子的大德，以揭示建廟興學的意義。首段寫到孔子巍然當坐，以門人為配，第二段寫新廟修成，詳述所畫門人後學的圖像。韻文部分再進一步揭示這些圖像的象徵意義和示範作用。這樣全文就成了一個有機的整體。

南海神廟碑

韓退之

【題　解】南海神廟在廣東番禺東南，此碑仍在廟中，據原碑後云：「元和十五年十月一日建。」碑首云：「使持節袁州諸軍事、守袁州刺史韓愈撰，使持節循州諸軍事、守循州刺史陳諫書字并篆額。」韓愈在這篇碑文中借祭祀南海神廟之事表彰了當時的嶺南節度使孔戣。孔戣是韓愈的朋友，韓愈被貶謫潮州時對韓愈關照頗多，也是一位辦事認真，關心民生疾苦的官吏。韓愈在文中記述了孔戣一改以往刺史祭祀南海神多不親致恭敬的敷衍態度，不憚艱險，親自前往，嚴肅恭敬；也記述了孔戣在嶺南的一些政績，如廢除雜稅，減免欠款，設置廣恩館用來安置貶謫到嶺南官吏子孫中無力自存的人等，都是史有明載的。文章以祀神與治人並舉，而祀神的目的，也是使神能福佑一方之民，所以本文是韓碑中較有意義的優秀之作。

海於天地間，為物最鉅。自三代聖王莫不祀事。考於傳記，而南海神次最貴，在北東西三神、河伯之上，號為祝融❶。天寶中，天子以為古爵莫貴於公侯，故海岳之祝❷、犧幣之數，放而依之，所以致崇極於大神。今王亦爵也，而禮海岳尚循公侯之事，虛王儀而不用，非致崇極之意也，由是冊尊南海神為廣利王❸。祝號祭式，與次俱升。因其故廟，易而新之。在今廣州治之東南，海道八十里，扶胥之口，黃木之灣❹，常以立夏氣至，命廣州刺史行事祠下，事訖驛聞。

【章旨】本段述南海神廟的所在及祭祀南海神規模等級的規定。

【注釋】❶祝融　太公〈金匱〉云：「南海之神曰祝融，東海之神曰勾芒，北海之神曰顓頊，西海之神曰蓐收。」故上文言「南海神次最貴。」❷祝　或作「祀」。❸廣利王　天寶十年正月，以東海為廣德王，南海為廣利王，西海為廣潤王，北海為廣澤王。❹黃木之灣　扶胥口、黃木灣在廣東番禺波羅江上。

【語譯】海在天地之間，是最大的事物。從夏、商、周三代以來聖明君主沒有不祭祀供奉的。考查古傳所記，而南海神位次最為尊貴，在北海、東海、西海三神和河伯之上，名號叫作祝融。天寶年間，天子認為古代的爵位沒有比公侯更尊貴的，所以對四海五岳的祝辭、犧牲幣帛的數量，都仿照公爵侯爵的規矩照樣辦理，以此來對大神表達最為崇高的敬意。現在王也是一級爵位，而向四海五岳行禮還遵循著向公侯行禮的規矩，空著王爵的儀式不用，這不是給予最崇高待遇的意思。因此下詔推尊南海神為廣利王。祝頌的名號和祭祀的儀式，都按次序提高等級。利用南海舊神廟，改建成新廟。廟在今廣州治所的東南，海路八十里，名為扶胥口，黃木灣的地方。通常在立夏節氣到來的時候，命令廣州刺史在祠廟前舉行祭祀典禮，祭祀完畢要派人騎馬經驛站報告朝廷。

而刺史常節度五嶺❶諸軍，仍觀察❷其郡邑，於南方事，無所不統。地大以遠，故常選用重人。既貴而富，且不習海事，又當祀時，海常多大風，將往皆憂慼。既進，觀顧怖悸。故常以疾為解，而委事於其副❸。其來已久。故明宮❹齋廬❺，上雨旁風，無所蓋障。牲酒瘠酸，取具臨時，水陸之品，狼籍籩豆❻，薦❼祼❽興俯，不中儀式。吏滋不供，神不顧享。盲風❾怪雨，發作無節，人蒙其害。

【章　旨】本段敘以往刺史祭祀多不親往，故此神不庇佑。

【注　釋】❶五嶺　大庾嶺、騎田嶺、都龐嶺、萌渚嶺、越城嶺。綿亙於江西、湖南與廣東、廣西之間。此處即借指兩廣地區。廣州刺史即為嶺南節度使，統率嶺南五府軍隊。❷觀察　嶺南節度使任廣州刺史並為其餘四府的觀察使。❸副　指節度副使。❹明宮　神宮。❺齋廬　祀神前齋戒之所。❻籩豆　祭祀時盛供品的器皿，竹做的叫籩，木做的叫豆。❼薦　進，進獻祭品。❽祼　以酒澆地。❾盲風　疾風。

【語譯】可是廣州刺史作為嶺南節度常統率五府各軍，並兼任其他各府的觀察使，對南方的軍政事務，無所不統。所管的地方廣大遼遠，所以常常選派很有分量的人物。這些人往往地位尊貴而且家庭豪富，同時不熟悉海上的情況，加以每逢祭祀時，海面常常颳起大風，所以刺史臨到要去祭神，都憂思不樂。已經出發，觀望到海上情景便恐懼心驚。所以常常借助於身體有病來求解脫，而把事情交付給節度副使。這樣的事由來已經很久了。因此南海神廟及官吏祭祀前齋戒沐浴的房舍，天上下雨四方起風，沒有什麼可以遮蓋屏障。祭祀時牲瘦酒酸，都是臨時採辦的，水上陸上所產祭品，散亂不整地堆放在祭器裡，進獻祭品、澆酒灌祭、跪拜起立、俯首默祝，不合儀式。吏役們益發不用心供奉，神明不來看視不來享用。疾風暴雨，時而發生沒有節制，南海人民遭受它們的禍害。

元和十二年，始詔用前尚書右丞❶國子祭酒❷魯國❸孔公為廣州刺史，兼御史大夫，以殿南服。公正直方嚴，中心樂易，祗慎所職，治人以明，事神以誠，內外單❹盡，不為表襮❺。至州之明年，將夏，祝冊自京師至，吏以時告。公乃齋祓視冊，誓群有司曰：「冊有皇帝名，乃上所自署。其文曰：『嗣天子某，謹遣官某敬祭。』其恭且嚴如是，敢有不承？明日，吾將宿廟下，以供晨事。」明日，吏以風雨白，不聽。於是州府文武吏士凡百數，交謁更諫，皆揖而退。公遂升舟，風雨少弛，櫂夫❻奏功，雲陰解駮❼，日光穿漏，波伏不興。省牲❽之夕，載暘❾載陰。將事之夜，天地開除，月星明概❿。五鼓既作，牽牛⓫正中。公乃盛服執笏⑫，以入即事。文武賓屬，俯首聽位，各執其職。牲肥酒香，罇爵靜潔。降登有數，神具醉飽。海之百靈祕怪，慌惚畢出，蜿蜿虵虵⑬，來享飲食。闔廟旋艫⑭，祥飇送颿⑮，旗纛⑯旄⑰麾⑱，飛揚晻藹⑲。鐃鼓嘲轟，高管噭譟⑳，武夫奮櫂，工師唱和。穹龜長魚，踊躍後先。乾端坤倪㉑，軒豁呈露。祀之之歲，風災熄滅，人厭魚蟹，五穀胥熟。明年祀歸，又廣廟宮而大之。治其庭壇，改作東西兩序㉒，齋庖之房，百用具修。明年其時，公又固往，不懈益虔。歲仍大和，耋艾㉓歌詠。

【章　旨】本段詳述孔戣不畏艱險親往祭祀海神及其效果。

【注　釋】❶前尚書右丞　孔戣於元和二年拜尚書右丞。唐尚書省左、右丞，位在左、右僕射之下。❷祭酒　國子監長官。❸魯國　孔戣為孔子三十八世孫，故稱魯國孔公。❹單　通「殫」。盡也。❺表襮　自我表白於外。❻櫂夫　船工。❼解駁　謂雲色斑駁。駁，通「駮」。❽省牲　視牲，祭祀前檢視犧牲祭品。❾暘　日出。❿概　稠密。⓫牽牛　星名。《禮記・月令》：「季春之月旦，牽牛中。」上文言立夏行事，正此時也。⓬笏　古代朝會時所執的手板，有事則書於上，以備遺忘。⓭蜿蜿虵虵　龍蛇行走屈曲之貌。虵虵亦作「蜒蜒」。虵，俗之「蛇」字。⓮艫　船頭刺篙之處。此處代指船。⓯颿　與「帆」同。⓰纛　儀仗隊中的大旗。⓱旄　竿頂用旄牛尾為飾的旗。⓲麾　指揮用的旌旗。⓳晻藹　遮天蔽日的樣子。⓴噭譟　眾聲雜作。㉑乾端坤倪　即「乾坤」、「端倪」。乾坤，天地。端倪，邊際。㉒序　東西兩序即指東西廂。㉓耋艾　年老人。八十曰耋，五十曰艾。

【語　譯】元和十二年，才降詔起用前任尚書右丞現任國子祭酒的魯國孔公作為廣州刺史，兼任御史大夫，來威鎮南方土地。孔公為人正直，端方嚴肅，內心和善，平易近人，恭敬謹慎地對待自己的職責，用明察治理人民，用誠信事奉鬼神，從內到外盡心盡意，不作外表的炫耀。到廣州上任的第二年，將近立夏，祭祀南海神的祝版從京城送來廣州，屬吏把祭祀的時間報告孔公。孔公於是齋戒沐浴開讀祝冊，告誡有關部門的官吏們說：「祝版上有皇帝的名字，是聖上御筆親自署名。上面的文字說：『繼位的天子某，謹派某官恭敬地致祭。』恭敬嚴肅到這種程度，豈敢有不親自承辦的道理？明天，我將歇宿在海神廟裡，以便參與早晨的祭典。」第二天，官吏把海上起了風雨的情況稟告孔公，孔公不管。於是州府兩級文官武將辦事吏員共上百人，輪番進見紛紛勸阻，孔公都作揖辭退他們。孔公於是登船，這時風雨就有所緩解，船夫用力駕船，天氣漸開，雲色斑駁，日光從雲隙下透海面，海水平伏，波瀾不起。檢看犧牲祭品的那晚，天空忽明忽暗，舉行祭典的前夕，天地開朗明淨，月光明亮，繁星密布。五更鼓敲過，牽牛星正當天中，孔公隆重地穿上禮服，拿著手板，進入神殿參與祭事。文武官員賓客部屬，全都在自己的位上低頭恭聽，各人堅守自己的職責。供祭的豬牛肥壯，醴酒清香，樽爵之類器皿，清明潔淨。尊卑上下，規矩井然，神明都來，喝醉吃飽。海中各種靈異，神祕怪物，隱隱約約全都出來，綿延屈曲前來，享用飲食。祭典結束合上廟門掉轉船頭，和煦的海風吹送著歸帆，五顏六色的旌旗迎風飄展，遮天蔽日。鑼鼓鐃鈸錯雜轟響，高亮的管樂萬竅齊鳴，武士們奮力搖槳，船工們你唱我和，臣龜大魚，在船前船後歡欣跳躍，天地開霽，邊際分明，開朗顯豁，呈露眼前。祭神的當年，風災就絕跡了，人們吃足了魚蝦螃蟹，田裡五穀也都能順利成熟。第二年祭祀歸來，又擴修宮殿加大神廟規模，修整了庭院殿堂，改建了東西兩邊廂房，齋宮廚房，各樣用房全都修好。次年祭祀時節，孔公又堅決親自前往，毫不懈怠，更加誠敬。這年又是大好年成，老年人都唱起了快樂的歌聲。

始公之至，盡除他名之稅，罷衣食於官之可去者。四方之使，不以資交，以身為帥。燕享有時，賞與以節，公藏私蓄，上下與足。於是免屬州負逋之緡❶錢廿有四萬，米三萬二千斛。賦金❷之州，耗金一歲八百，困不能償，皆以丐❸之。

加西南守長之俸，誅其尤無良不聽令者，由是皆自重慎法。人士之落❹南不能歸者，與流徙之胄❺百廿八族，用其才良，而廩其無告者。其女子可嫁，與之錢財，令無失時。刑德並流。方地數千里，不識盜賊。山行海宿，不擇處所。事神治人，其可謂備至耳矣。咸願刻廟石，以著厥美，而繫以詩，乃作詩曰：

【章　旨】本段述孔戣在廣州的一些政績，以說明他在事神治人兩方面都值得讚美。

【注　釋】❶緡　錢串。古代一千文為緡。❷賦金　似是說金之產地課賦金額。一本作「賦重」。❸丐　與；給。猶言豁免。❹落　流落。❺胄　後裔。

【語　譯】孔公起初到廣州，全部免去一些另立名目的苛捐雜稅，斥退一批靠官府提供衣食而可有可無的人。對四方來經廣州的使者，不拿財物去結交他們，用自身的行為作出表率。舉行宴會有一定的時節，獎勵賞賜有一定限度，因而公私庫存積蓄，從上到下都比較充足。在這種情況下便免去所屬州縣欠交的錢廿四萬串，米三萬二千斛。課賦黃金的產金州郡，一年要補收八百金，困難無法支付，都因而豁免之。增加西南州縣長官的薪俸，懲罰其中最不好不服從命令的，因此州縣長官都能自重謹遵法令。流落到嶺南不能歸鄉的士大夫，以及遷謫流放官吏的後代一百二十八族，孔公錄用其中才德突出的，而由公家出糧養活那些孤苦無告的。那些家有女兒可以出嫁的，給他們錢財，使他們不至錯過出嫁的年齡。威刑和恩德同時傳播。嶺南數千方里地面，不知盜賊為何物。山間行走，海上歇宿，不用選擇安全處所。侍奉神明，治理人民，真可說是周詳到頂點啊！人們都想要在廟中刻石立碑，以此褒揚孔公的美德，而附詩於其後，於是作詩說：

南海陰墟，祝融之宅。即祀於旁，帝命南伯❶。吏惰不躬，正自今公。明用享錫❷，右❸我家邦。惟明天子，惟慎厥使。我公在官，神人致喜。海嶺之陬❹，既足既濡。胡不均弘，俾執事樞❺？公行勿遲，公無遽歸❻。匪我私公，神人具依。

【章　旨】本段用韻語讚美孔戣，寫人民希望他升遷又不願他離開的感情。

【注　釋】❶南伯　南方諸侯之長，指廣州刺史。❷錫　賜。❸右　同「祐」。助。❹陬　山腳。❺事樞　政府。❻公行勿遲二句　上句就全國人言，下句就廣州人言。

【語　譯】南海北邊背陽山丘，海神祝融所住之處。就近在旁邊祭祀，皇帝指定南方主帥。官吏怠惰不願親臨，糾正此風今日孔公。神明因此享受祭品，保祐我們土地人民。英明聖哲大唐天子，慎重選擇他的使臣。我們孔公在此做官，神靈人民全都喜悅。五嶺山腳南海之濱，已變豐足已得滋潤。為何不平衡擴展，讓孔公到朝廷執政？孔公不要來得太慢，孔公何必急著北歸。不是我們偏愛於您，神明百姓依賴孔公。

【研　析】這篇碑文首先敘述了南海神的祀典以及神廟所在，又談到昔年刺史祭海神時畏難怕險多不親致恭敬，欲揚先抑，為下文寫孔公張本。孔公任刺史以後的描寫，作者不惜筆墨，一段詳盡地再現了孔公親祭海神的全過程，一段扼要地表彰了孔公治人的政績。文章始以「神不顧享」「人蒙其害」，中間事神治人並提，而以「神人具依」作結，文理清晰，氣固神完。正如浦起龍所言：「通篇總以事神縮到治人，作頌辭關鍵。斂巨麗於肅括，現森羅於凝厚。」韓愈的碑文，有的取法《詩經》、《尚書》，有的可見司馬遷《史記》的神髓，這篇〈南海神廟碑〉則明顯從漢大賦汲取了營養。曾國藩說：「四字句，凡百二十句，漢賦之氣體也。」沈德潛說：「此篇似漢賦」，「奇光異采，令人心目俱眩。」這一特色突出地表現在寫祀神的一節，往往變敘述為描繪，「藻繪三才，刻劃萬態」，寫天氣，則忽而雲陰解駮，日光穿漏，忽而載暘載陰，忽而天地開除，月星明概，乾端坤倪，軒豁呈露；寫祭禮，則牲肥酒香，罇爵靜潔，降登有數，神具醉飽；尤其寫海之百靈秘怪，來享飲食；穹龜長魚，踴躍後先，似真似幻，光怪陸離，波瀾壯闊，行文有排山倒海之力。這些，明顯可以看到漢大賦鋪張揚厲、潤色鴻業的遺意。

衢州徐偃王廟碑

韓退之

【題　解】衢州，今浙江衢縣。徐偃王廟在衢州屬縣龍游縣西四十里的靈山下。徐偃王相傳為西周穆王時古徐國的國君，徐國本在今安徽泗縣附近。周穆王巡遊天下，諸侯擁戴徐偃王，穆王聞之，令楚文王出兵攻滅徐國。按周穆王時無楚文王，春秋時無徐偃王，此事應在稗史小說之間，但徐之子孫可能散落在江浙一帶，故衢州有祭祀偃王的廟宇。本文是韓愈為元和十年（西元八一五年）衢州刺史徐放重修偃王廟而作，這時韓愈在朝廷任考功郎中知制誥。他在這篇碑文中主要就有關徐偃王行仁義的記載抒發評論，指出與徐同出一源的秦因為「專用武勝」，所以敗國亡宗，後嗣無聞；而徐偃王「文德為治」，後嗣中「名公巨人，繼跡史書」，徐偃王廟香火不絕，從而把一篇野廟的碑文，插上了捍衛儒家仁義學說的大旗。

徐與秦俱出柏翳❶，為嬴姓，國於夏殷周世，咸有大功。秦處西偏，專用武勝，遭世衰，無明天子，遂虎吞諸國為雄。諸國既皆入秦為臣屬，秦無所取利，上下相賊害，卒僨❷其國而沉❸其宗。徐處得地中，文德為治。及偃王誕❹當國，益除去刑爭末事，凡所以君國子民待四方，一出於仁義。

【章　旨】本段敘徐姓的來源及其與同源的秦所走的不同道路。

【注　釋】❶柏翳　一作「伯翳」。舜的臣子，舜賜姓嬴氏，為秦的始祖。柏翳生二子，一曰大廉，一曰若木，秦為大廉之後，徐為若木之後，見《史記・秦本紀》。❷儥　僵斃，猶言滅亡。❸沉　滅。❹偃王誕　《竹書紀年》曰：「穆王六年春，徐子誕來朝，錫命為伯。」則「誕」亦為徐偃王之名。

【語　譯】徐與秦都是從柏翳派生出來的，是嬴姓，立國在夏、商、周三代，都建立過很大的功勞。秦處在西方偏遠之地，專一依仗武力取勝，恰好遇上周朝衰落的時代，沒有聖明的天子，於是像猛虎般吞吃掉各諸侯國而稱雄天下。各國全都併入秦國成為秦國的臣子之後，秦國在外再沒有什麼地方可以得利，因而上下互相殘害，終於使國家滅亡而且宗族滅絕。徐國所處在大地中心，依靠文德來治理。到偃王誕執政，更加拋棄刑罰爭訟之類次要之事，所有用來治理國家愛護百姓接待四方諸侯的措施，一切都從仁義出發。

當此之時，周天子穆王❶無道，意不在天下。好道士說，得八龍❷，騎之西遊，同王母❸宴於瑤池之上，歌謳❹忘歸。四方諸侯之爭辯者無所質正，咸賓祭於徐，贄玉帛死生之物於徐之庭者，三十六國。得朱弓赤矢❺之瑞。穆王聞之恐，遂稱受命，命造父❻御，長驅而歸。與楚連謀伐徐。徐不忍鬬其民，北走彭城❼武原山❽下，百姓隨而從之萬有餘家。偃王死，民號其山為徐山。鑿石為室，以祠偃王。偃王雖走死失國，民戴其嗣為君如初。駒王❾、章禹❿，祖孫相望。自秦至今，名公巨人，繼跡史書。徐氏十望⓫，其九皆本於偃王。而秦後迄茲無聞家。天於柏翳之緒，非偏有厚薄，施仁與暴之報，自然異也。

【章　旨】本段具體敘述偃王仁德受到諸侯擁戴、百姓歸附並且後嗣繁昌。

【注　釋】❶周天子穆王　名滿。《左傳・昭公十二年》：「穆王欲肆其心，周行天下，將皆必有車轍馬迹焉。」❷八龍　指八匹駿馬。《列子》載「周穆王駕八駿之乘，西征崑崙。」八駿的名稱為：驊騮、綠耳、赤驥、白義、渠黃、踰輪、盜驪、山子。❸王母　又稱西王母，神話中的女神。❹歌謠　《穆天子傳》說：「穆王見西王母，觴于瑤池之上，西王母為天子謠曰：『白雲在天，山陵自出，道里悠遠，山川間之，將子無死，尚能一來？』天子答曰：『予歸東土，和理諸夏。萬民均平，吾顧見汝。比及三年，將復而野。』」❺朱弓赤矢　《博物志》載：「偃王欲舟行上國，乃通溝陳蔡之間，得朱弓赤矢，以為得天瑞，遂因名為弓，自稱『偃王』。江淮諸侯服從者三十六國。」❻造父　飛廉的玄孫，為穆王駕車。《史記・秦本紀》：「徐偃王作亂，造父為穆王御，長驅歸周，與楚熊勝連謀伐徐。」❼彭城　郡名，治今江蘇徐州。❽武原山　一名徐山，在今邳縣西南。❾駒王　徐國的一個國君。《禮記・檀弓》曾記載他渡過黃河，西征周室。❿章禹　《左傳・昭公三十年》說，吳國伐徐，徐君章禹斷其髮以奔楚。⓫望　郡望，一郡中顯貴的姓氏。

【語　譯】正在這個時候，周天子穆王沒有德行，不把心用在治理天下方面。喜好道士的學說，得到了八匹高大的馬，就騎著牠們往西方巡遊，同西王母在瑤池上面飲宴，歌唱和答，不記得回來了。四方諸侯中有相互間發生了爭執的，不好找誰請求作出評判，都以客人身分參加徐國的祭禮，帶著進見的禮物珠玉幣帛死物活物到徐國公庭朝聘的，共有三十六國。徐偃王又得到了朱弓赤矢的祥瑞之物。穆王聽到消息感到恐慌，於是聲稱受到上天命令，叫造父駕車，不停地奔馳趕回西周。與楚王連絡一同謀劃討伐徐國。徐偃王不忍心讓自己的百姓陷入爭鬥，向北奔逃到彭城武原山下，百姓追隨他跟著到彭城的有一萬多家。偃王死，百姓稱武原山叫做徐山。鑿開山上石頭做成宮室，來祭祀徐偃王。偃王雖然逃跑而死喪失了國家，人民還是像當初一樣擁戴他的後代作為君主。駒王、章禹，祖先子孫前後相繼。從秦朝到現在，著名傑出人物，不斷在史書上留下痕跡。徐姓十個顯貴的支派，其中九支是從偃王繁衍而來的。可是秦嬴的後嗣直到今天沒有出現有名的家族。上天對於柏翳的後代，並不是有厚此而薄彼的偏向，施行仁義和倚仗武力所得的回報，自然不同啊。

衢州，故會稽太末❶也。民多姓徐氏。支縣龍邱❷，有偃王遺廟。或曰：偃王之逃戰，不之彭城，之越城之隅，棄玉几❸研❹於會稽之水。或曰：徐子章禹既執於吳，徐之公族子弟散之徐揚二州間，即其居立先王廟云。

【章旨】本段逐漸敘述到衢州徐偃王廟的來由。

【注釋】❶太末　衢州在漢時為會稽郡太末縣地。漢獻帝時，分太末立新安縣，晉太康時改為信安，唐武德四年，於信安置衢州。❷龍邱　縣名，唐貞觀中分信安、金華二縣地置龍邱縣，吳越改為龍游縣，均為衢州支縣。今已撤銷。其故治在今衢州東龍游鎮。❸玉几　玉飾的小桌，可供憑倚，帝王所用。❹研　與「硯」同。

【語譯】衢州，是原先會稽郡的太末縣地。人民姓徐的很多。所屬縣龍邱，有古代留下的徐偃王廟。有人說：徐君偃王逃避戰爭時，不是到彭城，是到越城的角落，曾把玉飾小桌和寶硯丟棄在會稽的水下面。有人說：徐君章禹被吳國俘擄之後，徐的宗族子弟散落在徐、揚兩州之間，就在他們所居住的地方建起紀念他們先王的廟宇。

開元初，徐姓二人❶相屬為刺史，帥其部之同姓，改作廟屋，載事於碑。後九十年，當元和九年，而徐氏放復為刺史。放，字達夫，前碑所謂今戶部侍郎，其大父也。春行視農，至於龍邱，有事於廟。思惟本原，曰：「故制觕❷樸下窄，不足以揭虔妥靈，而又梁桷❸赤白，陊❹剝不治。圖像之威，黖昧❺就滅。藩拔級夷，庭木禿缺❻。祈甿❼日慢，祥慶弗下。州之群支，不獲蔭庥❽。余惟遺紹而尸其土，不即不圖，以有資聚，罰其可辭？」乃命因故為新，眾工齊事，惟月若日，工告訖功。大祠於廟，宗卿咸序。應是歲，州無怪風劇雨，民不夭厲❾，穀果完實。民皆曰：「耿耿祉哉，其不可誣！」乃相與請辭京師，歸而鑱之於石。辭曰：

【章旨】本段敘述衢州刺史徐放在前人基礎上再次維修徐偃王廟的經過。

【注釋】❶徐姓二人　徐堅字元固，徐嶠字巨山。❷觕　通「粗」。粗疏；粗略。❸桷　方形的椽子。❹陊　壞落。❺黖昧　深黑色。❻缺　同「缺」。❼甿　同「氓」。❽庥　庇蔭。❾厲　疫病。

【語譯】開元初年，徐姓有兩人相繼在衢州作刺史，帶領他們部下的同姓徐的人員，改建廟屋，並把改建的事記載在石碑上。九十年之後，正當元和九年，徐放又來衢州任刺史。放，字達夫，九十年前那碑上所說的「今戶部侍郎」，就是徐放的祖父。徐放春天巡視農事，來到龍邱，到偃王廟裡進行祭拜。追懷徐姓最初的本根，說：「舊廟的規模粗疏簡樸低矮窄小，不足以表示後人的虔誠，使神靈安妥，而且加上屋樑椽子紅紅白白，漆繪壞落開裂沒加修治。神像、壁畫的威儀，因顏色深暗而行將消失。廟外的籬笆拔落不全，臺階因侵蝕而磨平，庭院中樹木光禿裂損。來祈禱的人因之一天比一天隨便，神靈更不降吉祥瑞慶。衢州所屬的各支徐姓子孫，得不到祖先的庇蔭。我是祖先留下的後裔而來主管這塊土地，不作事不謀劃，卻聚有資財，難道可以推辭不受責罰？」於是下令利用舊有基礎翻新廟宇，各工匠一齊用力，某月某日，工匠報告大功告成。在新廟舉行盛大的祭祀典禮，宗族中有身分的人都到來分別出尊卑長幼。應驗就在當年，衢州全境沒有發生怪風暴雨，百姓沒有夭折沒有疫病，五穀瓜果飽滿壯實。老百姓都說：「明明白白神降的福祉啊，神靈真是不可欺騙的！」於是相隨到京城請人寫作文辭，回去刻在石上。那文辭說道：

秦傑以顛，徐由遜❶緜。秦鬼久飢，徐有廟存。婉婉❷偃王，惟道之耽。以國易仁，為笑於頑。自初擅❸命，其實幾姓。歷短詈❹長，有不償亡。課其利害，孰與王當？姑蔑❺之墟，太末之里，誰思王恩，立廟以祀？王之聞孫❻，世世多有。唯臨茲邦，廟土是守；堅、嶠之後，達夫廟之。王歿萬年，如始祔❼時。王孫多孝，世奉王廟。達夫之來，先慎詔教。盡惠廟民，不主於神。維是達夫，知孝之元。太末之里，姑蔑之城，廟事時修，仁孝振聲。宜寵其人，以及後生。嗟嗟維王，雖古誰亢❽？王死於仁，彼以暴喪。文追作誄❾，刻示茫茫。

【章旨】本段用韻語總括前文大意，讚美徐偃王的仁德和其子孫，特別是徐放的孝道。

【注釋】❶遜　和順，意指仁義。一本作「邈」。❷婉婉　柔美貌。❸擅　通「禪」。《荀子》：「堯舜擅讓」。❹詈　罵；責備。❺姑蔑　今龍游縣北有姑蔑故城。❻聞孫　距先祖遙遠的後世子孫，只能耳聞先祖之名，故曰聞孫。❼祔　祭，後死者附祭於先祖。❽亢　通「抗」。匹敵。❾誄　累述死者功德以示哀悼。即今之悼辭。

【語譯】秦因雄傑而被顛覆，徐由柔順綿延不絕。秦的鬼神早已飢餓，徐的祖先還有廟宇。仁厚柔和的徐偃王，只知行道作為快樂。用整個國家換取仁義，被愚昧者嘲諷譏笑。自從最初禪讓以來，實已多次改換姓氏。經歷時短挨罵時長，雖然有得但不償失。考查他們的利和害，誰能與王相提並論？姑蔑城的舊址，太末縣的鄉里，是誰思念王的恩德，建起廟宇來恭行祭祀？徐偃王的遠裔子孫，世世代代數量多多。親自光臨這個地方，鎮守建有祖廟之處；徐堅徐嶠後代兒孫，徐放達夫擴大廟宇。偃王死後已千萬年，還像開始祭祀一樣。偃王子孫多行孝道，世代尊奉王的祠廟。徐放達夫到來之時，首先謹遵詔書教誡。普遍施惠廟地人民，不光用心侍奉神靈。就是這個徐放達夫，懂得孝道治國根本。太末縣的鄉里，姑蔑地的舊城，祭祀王廟經常進行，揚起仁孝美好聲名。應該褒獎這樣的人，用此以作激勵後生。唉唉唯有徐偃王啊，即使古代誰能匹敵？偃王死於施行仁德，他們喪滅迷信暴力。補上本文作為誄辭，刻於石上流傳無窮。

【研　析】古書上關於徐偃王的記載，頗多矛盾之處，如說徐偃王與周穆王同時，又為楚文王所滅，而楚文王後於周穆王約二百五十年；又如有說徐偃王作亂，有說徐偃王行仁義，諸侯歸之者三十六國。至於徐偃王逃死彭城，而與彭城相距甚遠的衢州何以有徐偃王廟，則更如曾國藩所言，其事本「支離誕謾」。這都意味著寫這篇碑文確有難以措辭、難以落筆之處。而作者高明之處是巧妙地抓住徐、秦同源，「俱出柏翳」這一點作為自己的立足處，從而啟動聯想，從秦之以武力征服六國統一天下而「仁義不施」短促滅亡，想到偃王雖以仁喪國卻能長享祭祀，今日仍有人為之修廟。如果略去時間的差距，便儼然構成暴政與仁政、短促與永恆的鮮明對立，因而生出許多議論來。前人所說「借秦抒論」「工於創意」便是本文最突出的優點。同這種「創意」相聯繫，行文也便遠從秦、徐的歷史起筆，再寫到徐偃王行仁喪國而子孫昌盛，再寫衢州偃王廟的來由，直到序文的最後，才落到徐放的重修廟宇，請辭立碑，點出作此文的真實目的，形成本文寫法上由遠及近的特色。這又是閱讀本文值得留意的一個地方。

柳州羅池廟碑

韓退之

【題　解】柳州即今廣西柳州，羅池在柳州城東，羅池廟是柳州人為紀念柳宗元而修建的，今日仍為柳州一處風景名勝。柳宗元在參與王叔文集團革新失敗後，貶為永州司馬，十年後即元和十年（西元八一五年）應召回京，又外放為柳州刺史。柳州當時屬荒遠州郡，但柳宗元以為既有土有民，就可以在政治上有所作為，兢兢業業，為柳州人民做了不少好事，並在元和十四年死於任上。死後三年柳州人為之立廟，廟成的次年韓愈寫了這篇碑文。時為唐穆宗長慶三年（西元八二三年），韓愈五十六歲，任吏部侍郎。《舊唐書》的作者在〈韓愈傳〉中說：「南人妄以柳宗元為羅池神，而愈撰碑以實之」，是「恃才肆意，有戾孔孟之旨」（《舊唐書・韓愈傳》）。其實韓愈所以作文詳敘柳侯為神之事，是深惜其「死於窮裔」，「才不為世用」，代柳宗元作不平之鳴。篇中「棄於時」「擯不用」「北方之人兮，為侯是非」等語，反覆致意，就出於這種深刻的用心。南方人以柳宗元為羅池神，當然包含迷信的成分，但其深層也體現著對柳宗元的愛戴，對其受壓抑的不幸遭遇的同情。韓愈在文中傳達的正是這樣一種感情，與一般的宣揚怪力亂神有區別，歷史家對他的指摘是不公正的。

羅池廟者，故刺史柳侯❶廟也。柳侯為州，不鄙夷其民，動以禮法。三年，民各自矜奮：「茲土雖遠京師，吾等亦天氓❷，今天幸惠仁侯，若不化服，我則非人。」於是老少相教語，莫違侯令。凡有所為於其鄉閭❸及於其家，皆曰：「吾侯聞之，得無不可於意否？」莫不忖度而後從事。凡令之期，民勸趨之，無有後先，必以其時。於是民業有經，公無負租，流逋四歸，樂生興事。宅有新屋，步❹有新船，池園潔修，豬牛鴨雞，肥大蕃息。子嚴父詔，婦順夫指，嫁娶葬送，各有條法。出相弟長，入相慈孝。先時民貧，以男女相質，久不得贖，盡沒為隸。我侯之至，按國之故，以傭除本❺，悉奪歸之。大修孔子廟。城郭巷道，皆治使端正，樹以名木。柳民既皆悅喜。

【章　旨】本段寫柳宗元在柳州的政績，亦即「生能澤其民」的情況。

【注　釋】❶柳侯　柳宗元為刺史，職位約略可和古之諸侯比擬，因而尊稱為柳侯。❷天氓　同在天子治理下的人民。氓，同「民」。❸閭　里門。古時二十五家為里，每里必設一門，因此稱里作「閭」。❹步　渡口泊船處，字今作「埠」。❺以傭除本　〈柳子厚墓誌銘〉載柳州「其俗以男女質錢，約不時贖，子本相侔，則沒為奴婢。子厚與設方計，悉令贖歸。其尤貧力不能者，令書其傭，足相當，則使歸其質。」

【語　譯】羅池廟，是已故刺史柳侯的祠廟。柳侯治理柳州，不鄙薄輕視那兒的人民，而憑禮法來規範他們的行動。經過三年，人民各自都能自尊奮發，說：「柳州這地方雖然遠離京城，我們也是天子治理下的人民，現在天賜予我們這樣有仁心行仁政的柳刺史，假如我們還不感化歸服，我們就太沒有人味了。」於是老老少少互相教誡提醒，不要違背柳刺史的命令。凡是在鄉閭以及在自己家裡想要做什麼，都說：「我們柳刺史聽說了，能夠不至於不高興吧？」沒有不事先考慮好然後才做的。每逢州府命令規定了什麼期限，人民都會互相鼓勵加緊進行，沒有很早或很晚的，一定按規定時間完成。在這種情況下，人民的生產生活有了常軌，公家沒有拖欠的租賦，流亡逃散的民眾從四方歸來，安居樂業，百廢俱興。居住有新的房屋，渡口有新的渡船，池塘園地修整乾淨，豬牛鴨雞，長得又壯又多。兒子謹遵父親的告誡，妻子不違丈夫的意旨。嫁娶婚喪之事，各有一定的儀式規矩。出外友愛同輩尊敬長者，在家愛護兒女孝敬父母。以前百姓貧困，以男孩女孩作抵押借錢，長期不能贖回，全被沒收做了奴隸。我們的刺史來到，按照國家的慣例，以被質的兒女為主家作工應得的工錢抵銷所借的本金，全部把他們解救歸家。大舉修建孔子廟。內城外城小街大道，都修治得平平整整，栽上好的樹木。柳州人民全都高興起來。

嘗與其部將❶魏忠、謝寧、歐陽翼飲酒驛亭❷，謂曰：「吾棄於時，而寄於此，與若等好也。明年，吾將死，死而為神。後三年，為廟祀我。」及期而死。三年孟秋辛卯❸，侯降於州之後堂，歐陽翼等見而拜之。其夕，夢翼而告曰：「館我於羅池。」其月景辰❹，廟成，大祭，過客李儀醉酒，慢侮堂上，得疾，扶出廟門即死。

【章　旨】本段記述柳人所傳柳宗元死後顯靈的情況，即下文所謂「死能驚動禍福之」。

【注　釋】❶部將　刺史兼理軍事，其部下有司馬、司兵、參軍等屬官，所以稱作部將。❷驛亭　即柳州城南之東亭，西與驛站相連，柳宗元有〈柳州東亭記〉。❸三年孟秋辛卯　指柳宗元死後三年，時為穆宗長慶二年（西元八二二年）七月三日。❹景辰　即丙辰，唐人避李淵之父李昞諱而改「丙」為「景」。丙辰為七月二十八日。

【語　譯】柳侯曾經同他的部下將領魏忠、謝寧、歐陽翼等在驛亭喝酒，對他們說：「我被當朝所棄置，而寄身在這裡，與你們交好。明年，我將會死去，死後成為神。三年之後，你們建座廟祭祀我。」到時果真死了。死後三年七月初三日，刺史的英靈降臨在州府的後堂，歐陽翼等看到並拜見了他。那天晚上，託夢給歐陽翼告訴他說：「建館於羅池讓我居住。」那個月的丙辰日，羅池廟修成，舉行盛大祭典，路過的客人李儀喝醉了酒，在大堂上出言侮慢了柳侯，得了病，扶出廟門就死了。

明年春，魏忠、歐陽翼使謝寧來京師，請書其事於石。余謂柳侯生能澤其民，死能驚動禍福之，以食其土，可謂靈也已。作迎享送神詩，遺柳民，俾歌以祀焉，而并刻之。柳侯，河東❶人，諱宗元，字子厚。賢而有文章。嘗位於朝❷，光顯矣，已而擯不用。其辭曰：

【章旨】本段敘述書寫碑銘的原委，並簡明交代柳宗元的生平。

【注釋】❶河東　今山西永濟。❷位於朝　唐順宗時柳宗元由監察御史拜禮部員外郎。旋即被貶。

【語譯】第二年春天，魏忠、歐陽翼派謝寧來京城，請求把柳刺史的事跡寫下來刻在石上。我以為柳刺史生前能潤澤那裡的人民，死後還能震動他們給他們帶來禍福，從而享受這片地方的祭祀，可說是有靈啊。於是寫了這首祭祀時迎送神的詩，送給柳州人民，讓他們歌唱著來祭祀柳侯。柳侯，河東人，名宗元，字子厚。賢良而富有文才。曾經在朝做官，光輝顯赫過，不久被棄置不用。那迎送神歌辭說：

荔子丹兮蕉黃，雜肴蔬兮進侯堂。侯之船兮兩旗，度中流兮風泊之。待侯不來兮，不知我悲。侯乘駒兮入廟，慰我民兮不嚬❶以笑。鵝之山❷兮柳之水❸，桂樹團團兮，白石齒齒。侯朝出游兮暮來歸，春與猨吟兮，秋鶴與飛。北方之人兮，為❹侯是非。千秋萬歲兮，侯無我違。福我兮壽我，驅厲鬼兮山之左。下無苦溼兮高無乾，秔稌❺充羨兮，蛇蛟結蟠。我民報事❻兮無怠，其始自今兮欽於世世。

【章旨】本段抒發柳州人民對刺史的深情，祝頌刺史神靈永遠福佑柳州人民。

【注釋】❶嚬　同「顰」。皺眉。❷鵝之山　即峨山，在柳州城西四十里。❸柳之水　即柳江，在柳州城南門外經過。❹為同「調」。調侯是非即議論柳宗元的是非。方苞以為這個「為」是「惟」的聲訛，上句北方之人應為「此方之人」，兩句意為：此處人以侯為是非標準，與下句「千秋萬歲兮，侯無我違」文意一貫，可備一說。❺秔稌　秔，同「粳」。沒有粘性的稻。稌，有粘性的稻。❻報事　舉行祀神典禮，答謝神之功德。

【語譯】荔枝紅紅啊香蕉黃，各種菜肴擺列在一起啊進呈侯的廟堂。侯乘坐的船兒啊飄著兩面旌旗，渡過中流啊被風阻擋。等待侯而侯不來啊，不知我心多麼悲傷。侯乘著小馬啊進入祠廟，百姓得到安慰啊全都破涕為笑。鵝之山啊柳之水，圓圓的茂密的桂樹啊，整齊潔白的卵石。侯早晨外出遊玩啊傍晚歸來，從春到秋與猿同吟啊與鶴同飛。北方的那些人啊，妄論侯的是非。千年萬載啊，侯不要離開我們。帶給我們幸福啊，保佑我們長壽，趕走惡鬼啊，到山的左邊。低地不愁水澇啊，高田沒有旱災，五穀堆滿充實有餘啊，毒蛇猛蛟盤伏不出。我們舉行祭典答謝侯恩啊永不鬆懈，從今天開始啊敬仰到世世代代。

【研析】「柳侯生能澤其民，死能驚動禍福之，以食其土」幾句，是這篇碑文的綱領。文章第一段，詳敘柳宗元治柳政績，即所謂「生能澤其民」。但作者並不呆板地羅列柳宗元所做的事情，而是真切地描繪出柳州民情風俗、環境面貌的巨大變化，特別是傳神地摹寫柳州人民互相勸勉、遇事關切柳宗元是否滿意的口吻，已經傳達出柳州人民對柳宗元的深厚感情。這正是「死能驚動禍福之」，產生許許多多神話的現實基礎。所以這一段比後一段更長，寫得更為詳盡，也是更主要的。文章的用心往往於其詳略處見出。本文正是以此顯現韓愈並非真相信神異，而是為了揭示柳宗元與柳州百姓之間的血肉聯繫，證明他將長期活在柳人心中。正如晁補之所說：「此非銘羅池神之文，愈弔宗元之文也。」那些攻擊本文的史學家，也許沒有完全讀懂這篇文章。

本文的銘文部分也極具特色。首先它不像一般銘文用四字句，而是採用帶「兮」字的楚辭句式，營造了濃厚的抒情氣氛和地方特色，使全文顯得感情沉鬱纏綿。其次它不像一般銘文重複前文大意，讚揚歌頌，而是宛然〈九歌〉的迎送神辭，雖然也寫到荔子香蕉等現實的祭品，更多的是超現實的想像之辭，「侯之船兮兩旗，度中流兮風泊之」，「侯朝出游兮暮來歸，春與猨吟兮，秋鶴與飛」。這種抒情的浪漫的風格，可以看到〈九歌〉

的明顯影響。

袁氏先廟碑

韓退之

【題　解】本篇和下篇〈烏氏廟碑〉都是韓愈應藩鎮請託為他們的家廟所作的碑銘，性質接近於所謂「諛墓之文」。本篇作於元和十一年（西元八一六年），請託者袁滋，字德深，蔡州朗山人，元和九年九月為荊南節度使，元和十年在京城建家廟，次年從荊南回京，請韓愈寫了這篇碑文。文中歷敘袁氏的淵源，簡介歷史上的重要人物，最終歸美於袁滋，對於增強歷史的認識，具有一定的意義。

袁公滋既成廟。明歲二月，自荊南❶以旂❷節朝京師。留六日，得壬子春分❸，率宗親子屬，用少牢❹於三室❺。既事，退言曰：「嗚呼，遠哉！維世傳德襲訓集余，乃今有濟。今祭既不薦金石音聲，使工歌詩載烈象容，其奚以飭稚昧於長久！唯敬繫羊豕幸有石❻，如具著先人名跡，因為詩繫之語下，於義其可。雖然，余不敢，必屬篤古而達於詞者。」遂以命愈。愈謝非其人，不獲命，則謹條袁氏本所以出，與其世系里居，起周歷漢、魏、晉、拓拔魏、周、隋入國家以來，高曾祖考所以劬躬壽後，委祉於公，公之所以逢將承應者，有既有詳，而綴以詩。

【章　旨】本段敘袁滋廟成祭祖請託為文，是寫作的緣起。

【注　釋】❶荊南　荊南節度使治所在江陵府，今湖北荊州。❷旂　此處同「旗」。❸王子春分　元和十一年二月十六日為王子日恰逢春分。❹少牢　古代祭祀時僅用豬、羊稱為少牢。❺三室　供奉曾祖父、祖父、父親神主的屋子。❻石　碑石最初本為祭祀時繫牲口用的石頭。

【語　譯】袁公滋已經修成家廟。次年二月，從荊南用旂旗符節作儀仗回京城朝見天子。在京城留住六天，遇到王子日春分節，帶領同族親屬和子侄輩，用豬和羊享祭曾祖、祖父、父親的靈位。祭祀完畢，退下來說道：「唉，渺遠啊！世代傳留功德、承繼教誡集中到我身上，才有今日之成就。今天祭祀祖先既不進獻鍾磬之類的音樂，不讓樂工唱詩來表現先人功業描繪他們的形象，將憑什麼來教育幼稚蒙昧的後人到長久呢！惟有致祭時繫豬羊的石碑在，如能具體標明先人的名諱業跡，同時寫作詩歌將它附在文字後面，按道理應當可以。雖說這樣適當，但我不敢，一定得託付深知古事並且精通文詞的人。」於是把任務交給韓愈。我辭謝自己不算篤古達詞之人，得不到許可，就恭謹地逐一寫出袁氏最初從哪裡出來，與其世代相承的統系、居住地點，從周朝起，經歷漢、魏、晉、拓拔魏、北周、隋進入我唐朝以來，高祖、曾祖、祖父、父親是如何勞苦自身庇蔭後人，而把幸福交給您袁公，而您又是怎樣逢迎操持繼承報答的，有的簡括有的詳盡，而把詩歌連綴在後面。

其語曰：周樹舜後❶陳，陳公子有為大夫食國之地❷袁鄉者，其子孫世守不失，因自別為袁氏。春秋世，陳常壓於楚，與中國相加尤疏。袁氏猶班班見，可譜。常居陽夏❸。陽夏至晉屬陳郡，故號陳郡袁氏。博士固❹，申儒遏黃，唱❺業於前，至司徒安❻，懷德於身，袁氏遂大顯。連世有人，終漢連魏晉，分仕南北。

始居華陰❼，為拓拔魏鴻臚❽。鴻臚諱恭，生周梁州❾刺史新縣孝侯諱穎，孝侯生隋左衛大將軍諱溫，去官居華陰。武德❿九年，以大耋⓫薨，始葬華州。左衛生南州⓬刺史諱士政。南州生當陽⓭令諱倫，於公為曾祖。當陽生朝散大夫石州⓮司馬諱知玄。司馬生贈工部尚書咸寧⓯令諱曄，是為皇考。袁氏舊族，而當陽以通經為儒，位止縣令。石州用《春秋》持身治事，為州司馬以終。咸寧備學而貫以一，文武隨用，謀行功從，出入有立，不爵於朝。比三世宜達而窒，歸成後人，數當於公。

【章旨】本段敘袁姓的來歷、演變情況及祖先中的有名人物。

【注釋】❶舜後　指胡公滿。周武王封之於陳國。❷食國之地　即指食邑，又稱采邑，卿大夫的封地，收其賦稅而食，故名食邑。此處說袁姓來源於食邑的名字，一說胡公的後代諸子伯袁的孫濤塗以其祖父的字為氏才有袁姓。袁也寫作「爰」、「轅」。❸陽夏　今河南太康治。❹固　轅固，漢朝齊人，以治《詩》為博士。❺唱　通「倡」。倡導。❻司徒安　袁安，東漢汝陽人，漢章帝時官至司徒。❼華陰　今陝西華陰治。❽鴻臚　主管接待賓客外交禮儀的官。❾梁州　今陝西漢中一帶。❿武德　唐高祖李淵年號，九年即西元六二六年。⓫耋　六十歲以上曰耋，百年曰期頤，大耋指高壽。耋一本作「耄」，八十、九十曰耄。⓬南州　唐南州治南川縣，今四川綦江縣南。⓭當陽　今湖北當陽。⓮石州　今山西離石。⓯咸寧　隋大興縣，唐改名咸寧，明清皆為西安府治，在今陝西西安。

【語譯】那話語是這麼說：周朝立虞舜的後嗣為陳國，陳國公子中有做大夫並以國中的地方袁鄉作食邑的，他的子孫世代保有這塊領地不喪失，於是自己另立為袁氏。春秋時代，陳國常常被楚國欺壓，同中原各國的交往更見疏遠，但袁氏人物還是明明白白可見，可以詳知其譜系。袁氏經常住在陽夏，陽夏到晉時屬於陳郡，所以稱為陳郡袁氏。博士轅固，申述儒家主張抨擊黃老之學，首倡事業在前，到司徒袁安，身懷大德，袁氏於是乎非常顯赫。連續數代都有名人，直到漢朝結束，魏晉相連，分別做官於南朝北朝。開始居住在華陰的，是拓拔魏的鴻臚卿。鴻臚卿名恭，生了在北周任梁州刺史封為新縣侯死後諡為孝侯的袁穎，孝侯生了隋朝左衛大將軍名溫，袁溫離職住在華陰，唐高祖武德九年，在很高的年歲去世，最先開始安葬在華州。左衛大將軍生下南州刺史名士政的，南州刺史生當陽縣令名倫，對於袁滋來說是他的曾祖父了。當陽令生朝散大夫、石州司馬名知玄。司馬袁知玄生死後贈封工部尚書的咸寧縣令名曄，這就是袁公的父親。袁氏是歷史悠久的家族，可是當陽令袁倫憑藉精通經籍成為學者，官位止於縣令。石州司馬袁知玄用《春秋》修身理事，一生只做到州司馬。咸寧令袁曄學識全面而有始終一貫的主張，能文能武隨時所用，計謀施行功勳立至，在外在家都有所樹立，在朝廷卻沒有爵位。連續這三代都是應當顯達卻受到阻塞，是把成功歸給後人，按定數恰在袁公的身上了。

公惟曾大父、大父、皇考比三世，存不大夫食；歿祭在子孫。惟將相能致備物。世彌遠，禮則益不及。在慎德行業治，圖功載名，以待上可。無細大，無敢不敬畏。無早夜，無敢不思。成於家，進於外，以立於朝。自侍御史❶，歷工部員外郎❷、祠部郎中❸、諫議大夫❹、尚書右丞❺、華州刺史❻、金吾大將軍❼，由卑而鉅，莫不官稱。遂為宰相❽，以贊辨章❾。仍持節將蜀❿、滑⓫、襄⓬、荊⓭。略苞⓮河山，秩登祿富，以有廟祀，具如其志。又垂顯刻，以教無忘，可謂大孝。

詩曰：

【章旨】本段讚揚袁滋努力修德立功，終於位至宰相，使祖先增添榮光，有廟祭祀。

【注釋】❶侍御史　掌管糾察百官推審獄訟的官員，從六品下。❷工部員外郎　掌工匠營造事務，從六品上。❸祠部郎中　禮部的屬官，分管祭祀佛道醫藥等事務，從五品上。❹諫議大夫　門下省屬官，負責侍從規諫，正五品上。❺尚書右丞　尚書省有左右丞各一人分管各部事務。正四品下。❻華州刺史　唐華州刺史往往兼潼關防禦使，負有守衛京城的責任，地位重要。袁滋於貞元十六年（西元八〇〇年）二月，自尚書右丞出刺華州。❼金吾大將軍　正三品，掌宮中及京城晝夜巡警。《舊唐書．袁滋傳》記載袁滋在華州為政寬易清簡，以慈惠為本，人甚愛之，徵拜入朝為金吾衛大將軍時，百姓遮道不肯放行。❽遂為宰相　貞元二十一年（西元八〇五年）三月，袁滋從左金吾衛大將軍拜中書侍郎同中書門下平章事。❾辨章　即平章，辨別明白之意，古以「辨章百姓」作為宰相的職責。❿蜀　指西川，袁滋永貞元年（西元八〇五年）十月出為西川節度使。⓫滑　袁滋元和元年（西元八〇六年）十月，徙義成軍節度使，治滑州，在今河南滑縣東。⓬襄　襄州，今湖北襄陽。元和八年（西元八一四年）正月，袁滋為山南東道節度使，治襄州。⓭荊　指荊南。⓮苞　同「包」。

【語譯】袁公想到曾祖父、祖父、父親接連三代，活著時不曾得到大夫的食邑；死後的祭品則在於子孫成就如何。只有位至將相才能得到最齊備的祭物祭祀先人。而世代相隔越遠，禮數就會越跟不上。要在本人謹慎增進道德品行功業治績，圖寫記載下功業名聲，來等待皇上的認可。所以事不分大小，無不小心謹慎，時不論早夜，都在認真思考。在家中養成，在社會得到增進，從而有所樹立於朝廷。從侍御史，經歷工部員外郎、祠部郎中、諫議大夫、尚書右丞、華州刺史、金吾大將軍，由小官做到顯宦，沒有不與職位相稱的，於是拜為宰相，而協助皇上明治百官。還曾手持符節統帥過蜀、滑、襄、荊等州府。謀略籠罩山河，品級升遷，俸祿豐厚，因而建有家廟能行祭禮，都實現了他的志向。又留下顯赫的碑刻，來教育後人永不忘記，可以稱得上大孝了。詩歌寫道：

袁自陳分，初尚蹇連。越秦造漢，博士發論。司徒任德，忍不錮人❶。收功厥後，五公❷重尊。晉氏於南，來處華下。鴻臚孝侯，用適操舍。南州勤治，取最❸不懈。當陽耽經，唯義之畏。石州烈烈，學專《春秋》。懿哉咸寧，不名一休。趨難避成，與時泛浮。是生孝子，天子之宰。出把將符，群州承楷。數以立廟，祿以備器。由曾及考，同堂異置。柏版松楹，其筵肆肆。維袁之廟，孝孫之為。順執即宜，以諏以龜。以平其巇，屋牆持持。孝孫來享，來拜廟廷。陟堂進室，親登籩鉶❹。肩臑胉骼❺，其尊玄清。降登受胙❻，於慶爾成。維曾維祖，維考之施。於汝孝嗣，以報以祗。凡我有今，非本曷思？刻詩牲繫，維以告之。

【章旨】本段以韻語的形式歌頌袁氏先人的才德學識和袁氏廟成祭祀的盛況。

【注釋】❶忍不錮人　漢明帝時，袁安為河南尹，未嘗以臧罪鞠人，曾說：「凡學仕者，高則望宰相，下則希牧守，錮人於聖世，所不忍為。」❷五公　袁安之子袁京、袁敞，袁京之子袁湯，袁湯之子袁逢、袁隗，四世凡五人在東漢後期都做到三公之職。❸最　官吏考績特異稱為最。❹籩鉶　籩，古代祭祀時盛食品的竹器。鉶，古代盛羹湯的器皿。❺肩臑胉骼　臑為動物前肢；胉為腋下腰部之肉；骼為禽獸骨頭。❻胙　祭肉。祭祀完畢則分賜眾人。

【語譯】袁氏從古陳姓分出，最初還頗艱難困窘。經過秦朝到了漢朝，博士轅固發表宏論。司徒為人一憑仁德，不用刑罰禁錮才俊。他的後人收穫成功，五位三公重重尊榮。晉室遷徙來到江南，袁氏一支華州安家。鴻臚袁恭孝侯袁穎，適宜處理用舍行藏。南州刺史勤於治理，不懈追求最佳考績。當陽縣令醉心經籍，一生敬畏唯有仁義。石州司馬威武英發，學有專攻研治《春秋》。多麼美好咸寧縣令，稱揚不限某一美德。奔赴艱危遠離功名，與時俯仰隨意飄流。咸寧縣令生下孝子，在朝成為天子宰輔。出外手握統帥符節，州郡長官奉為楷模。他按禮數建起廟堂，他用俸祿置辦祭器。由曾祖父直到父親，一廟同祭分室安置。柏木為牆松木作柱，鋪設竹蓆方方正正。只有這座袁氏家廟，乃是孝孫一手修建。順著地勢就其所宜，斟酌問卜選定吉日。剷平高危險峻之處，屋牆憑靠高高聳峙。孝孫前來祭祀先人，先來拜謁祠廟前庭。再登殿堂進入內室，親手獻上美食好羹。左肩前肢胕肉股骨，酒尊滿溢美酒清清。依次進退分享祭肉，共來慶祝祭典完成。這是曾祖這是祖父，也是父親所賜福祉，對於你們孝順後嗣，努力報效恭敬祭祀。所有我們今日成就，不是祖先從何想起？將詩刻在繫牲名碑，用此辦法告誡子孫。

【研　析】為袁氏的先人之廟撰碑，而文章的主旨並不在表彰袁氏的先人，重心是仍然活著的修廟者。這在作者韓愈是十分明確的，他在首段即提出「有槩有詳」作為原則，而且全文都忠實遵守了。首段不必說，是以敘說撰碑原委的形式其實是詳敘袁滋成功立廟，其成功者瞻前顧後的心態躍然紙上。第三段是專寫袁滋的，最後一段詩歌的大部分和落腳點也是歌頌袁滋。這樣的詳略安排恐怕正是請求撰碑者的心意吧。同時，寫這樣的文章，與〈羅池廟碑〉不同，作者並沒有真摯濃烈的感情，因而不得不在語言文字上有所包裝。此文散體部分效法《尚書》，韻文部分效法《詩經》，如劉大櫆所言「昌黎為瑰怪雄奇之語，以追〈盤〉〈誥〉」，「銘亦極追〈雅〉〈頌〉」。這樣不僅使碑文具有古色古香的風格，而且似乎在一定程度上增添了耐人咀嚼的味道。

烏氏廟碑

韓退之

【題　解】此文題目《文苑英華》作〈河陽軍節度使烏氏廟碑〉，《唐文粹》作〈唐河陽軍節度使烏公先廟碑銘〉，烏公指烏重胤，碑文主要記載其父烏承玼（西元七〇〇—七九五年）的事跡。烏重胤事跡已見〈平淮西碑〉，可以參讀。

元和五年，天子❶曰：「盧從史始立議用師於恆❷，乃陰與寇連，夸謾兇驕，出不遜言，其執以來！」其四月，中貴人❸承璀❹，即誘而縛之。其下皆甲以出，操兵趨譁。牙門❺都將❻烏公重胤當軍門叱曰：「天子有命，從有賞！敢違者斬！」於是士皆斂兵還營。卒致從史京師。壬辰，詔用烏公為銀青光祿大夫，河陽軍節度使，兼御史大夫❼，封張掖郡開國公。

【章旨】首段先敘烏重胤立功封爵，為賜修祖廟張本。

【注釋】❶天子 指唐憲宗李純。❷用師於恆 出兵討伐王承宗。成德軍節度使王士真死，其子王承宗自立為留後。盧從史當時為昭義軍節度使，請發本軍討承宗。恆，恆州，今河北正定。當時為成德軍節度使治所。❸中貴人 宦官。❹承璀 吐突承璀，時為鎮州行營招討使。所統的神策軍軍營與盧從史軍相近。憲宗密令承璀利用盧從史來軍營時拘捕之。❺牙門 營門。❻都將 烏重胤時為昭義軍都知兵馬使。❼壬辰四句 壬辰，即當年四月二十三日，烏重胤拜銀青光祿大夫、懷州刺史、河陽三城懷州節度使，兼御史大夫。

【語譯】元和五年，天子說：「盧從史首先建議對恆州用兵，卻暗中同叛賊勾結，自大放縱，兇橫驕恣，發出不恭順的言論，把他抓起來吧！」這年四月，中貴人吐突承璀，就設計引誘盧從史而將他綑綁起來。盧從史部下士兵都披甲而出，拿起武器奔跑喧譁。當時在軍營任都知兵馬使的烏公重胤正對著軍門大喝道：「天子有命令，服從者有獎，敢於違抗者斬首！」於是士兵們都收起兵器回歸營房。終於順利將盧從史押解到京城。元和五年壬辰，皇上下詔任命烏公為銀青光祿大夫，河陽軍節度使，兼御史大夫，封為張掖郡開國公。

居三年，河陽❶稱治。詔贈其父工部尚書，且曰：「其以廟享！」即以其年營廟於京師崇化里。軍佐竊議曰：「先公既位常伯❷，而先夫人無加命，號名差卑，於配不宜。」語聞，詔贈先夫人劉氏沛國太夫人。八年八月，廟成，三室同宇❸。祀自左領府君❹而下，作主於第。乙巳❺，升於廟。

【章　旨】本段具體敘述賜建先廟的經過。

【注　釋】❶河陽　古縣名，唐建中時，置河陽三城節度使於此。地在今河南孟縣。❷常伯　秦漢時指侍中，此指工部尚書。❸三室同宇　同宇猶言同堂，意謂享堂內分三室，分別安放曾祖、祖父、父母三代之神主。❹左領府君　烏重胤之曾祖，為左領軍衛大將軍。❺乙巳　即八月二十五日。

【語　譯】經過三年，河陽地方以治理得好見稱。皇帝下詔贈封重胤的父親為工部尚書，並且說：「許可立廟來祭祀。」就在這一年於京城的崇化里營建廟宇。軍校佐吏們私下議論說：「先公已經位居常伯，可是先夫人沒有加賜封號，名號低下懸隔，不宜放在一起配祭。」話語被朝廷知道，有詔贈封先夫人劉氏為沛國太夫人。元和八年八月，先廟修成，享堂內分三室。分別祭祀左領軍衛將軍老大人以下三代先人，先在府中製作好神主。乙巳日，進供到廟中。

烏氏著於《春秋》，譜於《世本》❶，列於《姓苑》❷。在莒者存❸，在齊有餘、枝鳴❹，皆為大夫。秦有獲❺，為大官。其後世之江南者家鄱陽❻，處北者家張掖❼，或入夷狄❽為君長。唐初，察為左武衛大將軍，實張掖人。其子曰令望，為左領軍衛大將軍。孫曰蒙，為中郎將。是生贈尚書諱承玭❾，字某。烏氏自莒、齊、秦大夫以來，皆以材力顯；及武德❿以來，始以武功為名將家。開元⓫中，尚書管平盧⓬先鋒軍，屬破奚、契丹⓭，從戰捺祿⓮，走可突干⓯。渤海⓰擾海上，至馬都山⓱，吏民逃徙失業，尚書領所部兵塞其道，塹原累石，綿四百里，深高皆三丈，寇不得進。民還其居。歲罷運錢⓲三千萬餘。黑水、室韋⓳以騎五千，來屬麾下，邊威益張。其後與耿仁智謀說史思明降⓴。思明復叛，尚書與兄承恩㉑謀殺之，事發族夷，尚書獨走免。李光弼㉒以聞，詔拜冠軍將軍，守右威衛將軍㉓，檢校殿中監㉔，封昌化郡王，石嶺㉕軍使。積粟厲兵，出入耕戰，以疾去職。

【章旨】本段敘烏氏世系，著重寫烏承玭的事跡。

【注釋】❶世本　古書名，十五卷，記錄黃帝以來帝王諸侯及卿大夫系謚名號。❷姓苑　南朝宋何承天撰，十卷。❸在莒者存　《左傳・昭公二十三年》曰：「莒子庚輿虐而好劍，又將叛齊，烏存帥國人以逐之。」烏存為莒國大夫。莒，春秋小國，在今山東莒縣。❹餘枝鳴　烏餘、烏枝鳴均見於《左傳・襄公二十四年》及昭公二十一年。❺秦有獲　《史記》載秦武王時有烏獲，以勇力著名。❻鄱陽　今江西鄱陽。❼張掖　今甘肅張掖。《新唐書・宰相世系表》曰：烏氏世居北方，號烏洛侯，後徙張掖。❽夷狄　後魏烏洛侯國，為東夷之國。國邑在漢東二千餘里，唐貞觀中內附，代為功臣，因官徙地，今為張掖人。❾承玭　烏重胤之父，字德潤。❿武德　唐高祖李淵年號。⓫開元　唐玄宗李隆基年號。⓬平盧　唐開元五年置平盧軍使，治營州（今遼寧朝陽）。⓭奚契丹　奚本東胡部落，據烏桓山。契丹亦屬東胡部落，初甚微，後強大，破奚、渤海，侵室韋、女真，取突厥故地，改名曰遼。⓮捺祿　山名，一說在吉林，一說在錦州境內。因《新唐書》言「奚、契丹入寇」。故宜從後說。⑮可突干　契丹將領，也寫作可突于。開元十八年奚、契丹叛降突厥，詔令烏承玼擊之，破於捺祿山，又戰於白城，承玼斬首萬計，可突干向北奔逃。⑯渤海　國名，時據有松花江以南，今東北部分地區。⑰馬都山　亦稱都山，在錦州境內。⑱歲罷運錢　唐以平盧軍統帥兼管海運，烏承玼既退渤海之兵，東境平靜，故可減少糧運，節省運費。⑲黑水室韋　都是東北少數部族，黑水即靺鞨，居今黑龍江。室韋為契丹別支，在今黑龍江北、蒙古東部一帶。⑳史思明降　唐肅宗至德二載，安慶緒兵敗，退保鄴城。史思明判官耿仁智說史思明降唐，唐朝封史思明為歸義王，范陽節度使。㉑承恩　烏承玼之從父兄。史思明降唐不久，又與安慶緒勾結，肅宗以烏承恩為河北節度使副大使，使圖史思明，事泄，承恩父子及支黨均被殺。㉒李光弼　唐朝大將，營州柳城（今遼寧朝陽）人，契丹族。㉓右威衛將軍　從三品武官。㉔殿中監　掌管專為皇帝生活服務機構的官，從三品。前面加「檢校」二字，是榮譽頭銜，不實際任職。㉕石嶺　在沂州秀容縣，今山西沂縣。

【語　譯】烏氏在《春秋》裡有記載，在《世本》裡有其譜系，也被列舉陳述在《姓苑》中。在莒國的有烏存，在齊國有烏餘、烏枝鳴，都是大夫。秦有烏獲，是大官。他們的後輩遷往江南的家居鄱陽，住在北方的安家於張掖，有的進入周邊少數部族當了首領。唐初，烏察任左武衛大將軍，就是張掖人。他的兒子名令望，任左領軍衛大將軍。他的孫子叫烏蒙，任中郎將。他生下贈封工部尚書名承玼，字某某。烏姓從莒、齊、秦擔任大夫以來，都憑才幹能力顯名；到唐高祖武德以來，才因武功成為名將世家。開元年間，贈工部尚書烏承玼掌管平盧先鋒軍，接連攻破奚、契丹，同他們在捺祿山開戰，趕走了契丹勇將可突干。渤海出兵侵擾海上，到達馬都山，官吏民眾被迫遷徙逃亡，喪失產業，烏承玼帶領他所統轄的兵力堵住敵軍前進道路，在平原上開溝砌石，綿延四百里，深、高都達三丈，敵兵不能前進。人民回到所住的地方。一年之內省去運輸費用三千多萬。北狄部落黑水、室韋領著五千騎兵來歸到烏承玼的旗下，邊防的聲威更加高揚。他以後同耿仁智合謀勸說史思明歸降。史思明投降後又叛，承玼與他的從兄烏承恩設計誅殺史思明，事情泄露被滅族，承玼隻身逃脫得以免死。李光弼把他的事跡上報朝廷，皇上下詔封他為冠軍將軍，實任右威衛將軍，檢校殿中監，封為昌化郡王，石嶺軍使。他聚積糧草訓練士卒，出外作戰，還家則耕田，由於疾病才辭去職務。

貞元❶十一年二月丁巳，薨於華陰告平里。年若干❷，即葬於其地。二子，大夫❸為長，季曰重元，為某官。銘曰：

【章旨】本段敘承玭結局及子孫情況。

【注釋】❶貞元　唐德宗李适年號，十一年為西元七九五年。丁巳，為二月十九日。❷年若干　史傳言其九十六歲才死。❸大夫　指烏重胤，因兼御史大夫，故言。

【語譯】貞元十一年二月丁巳日，烏承玭在華陰告平里去世，享年若干歲，就近葬於這個地方。有兩個兒子，重胤大夫是長子，老二名重元，任某官職。銘文說：

烏氏在唐，有家於初。左武、左領❶，二祖紹居。中郎❷少卑，屬於尚書。不償其勞，乃相大夫。授我戎節，制有壇墟。數備禮登，以有宗廟。作廟天都❸，以致其孝。右祖左孫，爰饗其報。云誰無子，其有無孫？克對無羞，乃惟有人。念昔平盧，為艱為瘁。大夫承之，危不棄義。四方其平，士有迨息。來覲來齋，以饋黍稷。

【章旨】銘文讚美烏重胤能建功立業，修建先廟，致其孝思，光耀先人。

【注釋】❶左武左領　指烏察、烏令望父子。❷中郎　中郎將之省。❸天都　此處比喻京城。

【語譯】烏姓進入唐代以後，在唐初年就成名家。左武衛和左領軍衛，兩位祖先相繼相承。中郎將蒙地位稍低，乃是天意專注尚書。尚書有勞不求報償，積累福佑輔佐大夫。傳授給我軍隊符節，統制一方土地山川。級別具備禮遇崇高，烏氏因此有了宗廟。宗廟建在天子都城，以此表達大夫孝心。祖父在右孫兒在左，可以享受後人祭奠。哪一個人沒有兒子，難道又有誰人無孫？面對先人能不羞愧，才是真正有了後人。想想尚書昔日平盧，有多艱難有多苦辛，大夫繼承先人精神，直面危險大義永存。天下四方走向太平，將士能夠得到休息。前來朝拜進奉供品，獻上高粱和小米羹。

【研　析】烏氏祖廟祭祀的對象是左領君、中郎君、尚書三人，但作者在敘烏氏世系時並未平均用力，而是集中筆墨專敘重胤之父尚書烏承玼，老幹無枝，遒勁簡潔。但烏氏之所以有廟祭祀先人，全在烏重胤能建功立業。所以碑文的首尾兩段，都落腳在表彰烏重胤，特別是開頭一段，先寫盧從史的部下「皆甲以出」，「操兵趨譁」，一場兵變即將來臨，或生或死，千鈞一髮，而烏重胤當門一叱，大義凜然，士皆斂兵還營，火藥味頓時煙銷霧散。生動傳神，正如沈德潛所言，真是「毛髮欲動」。而結尾寫「大夫承之，危不棄義」，與開頭正遙相呼應，使碑文序、銘連成一體，結構完密。韓愈特別用心於文章的組織，於此可見一斑。

表忠觀碑

蘇子瞻

【題　解】表忠觀在杭州龍山，是為紀念五代「十國」之一的吳越國王錢鏐及其子孫的功德而修造的。錢鏐（西元八五二—九三二年），字具美，小名婆留，杭州臨安縣人。年輕時率鄉兵抵抗黃巢軍，歸依董昌為裨將。後董昌反叛，錢鏐縛之，昌投水死。唐昭宗拜鏐為鎮海軍節度使，賜給鐵券，擁有東西兩浙之地。接著封為越王，又封吳王。唐亡，後梁太祖朱溫封之為吳越國王。死後謚為武肅。其子孫相繼，一直向中原五代政權稱臣納貢。宋太宗太平興國三年（西元九七八年），其孫錢俶舉族歸於京師，國名廢除。此後一百年，即宋神宗熙寧十年（西元一〇七七年），杭州知州趙抃將龍山廢舊佛寺妙因院改建成觀，神宗賜名為表忠觀，負責維護錢氏之墳塋廟宇。當時代理徐州知州的蘇軾撰成並題寫了這篇碑文，肯定錢氏有德於民，有功於國，表達了贊成統一、反對割據的思想。碑寫於建觀之次年，即神宗元豐之元年。

熙寧❶十年十月戊子，資政殿大學士❷右諫議大夫❸知杭州軍州事❹臣抃❺言：故吳越國王錢氏墳廟，及其父祖妃夫人子孫之墳，在錢塘❻者二十有六，在臨安者十有一，皆蕪廢不治。父老過之，有流涕者。謹按：故武肅王鏐，始以鄉兵，破走黃巢，名聞江淮。復以八都兵❼破劉漢宏❽，并越州❾以奉董昌，而自居於杭。及昌以越叛❿，則誅昌而并越，盡有浙東西之地。傳其子文穆王元瓘⓫，至其孫忠顯王仁佐⓬，遂破李景⓭兵，取福州⓮。而仁佐之弟忠懿王俶⓯，又大出兵攻景，以迎周世宗之師。其後卒以國入覲。三世四王，與五代相終始⓰。

【章　旨】本段述錢氏及吳越建國的始末，肯定其功績並提出墳廟不治的問題。

【注　釋】❶熙寧　宋神宗年號，共十年（西元一〇六八—一〇七七年）。十月戊子，即十月十一日。❷資政殿大學士　宋朝大臣的榮譽頭銜之一，正三品。❸諫議大夫　宋代官制有左右諫議大夫，是諫院的長官。❹知杭州軍州事　知軍州事，即知州，知是管理之意。知州是宋代管理一州軍事政治的實際長官，故稱知軍州事。❺抃　趙抃，字閱道，衢州西安（今浙江衢州）人。熙寧三年起任杭州知州。❻錢塘　與臨安均為杭州郊縣。錢鏐墓在臨安，其子元瓘、孫仁佐之墓在錢塘龍山。❼八都兵　杭州八縣，每縣募一千人，為一都。❽劉漢宏　時為越州觀察使。與董昌不和，錢鏐率八都兵攻破越州，斬劉漢宏。鏐奏以董昌代漢宏居越州，自居杭州。❾越州　唐越州治會稽縣，今浙江紹興。❿昌以越叛　唐昭宗乾寧二年（西元八九五年），董昌日益驕橫，自稱皇帝，國號大越羅平。次年五月，錢鏐討平之，殺董昌。⑪元瓘　字明寶，繼父為吳越王，文穆為其死後諡號。⑫仁佐　字祐立，元瓘之子。⑬李景　南唐國主，初名景通。做國主後改名璟。李仁達據福州，稱藩於南唐，旋又叛。李璟發兵討之。仁達求救於錢仁佐，西元九四七年，仁佐大敗李璟兵於福州。⑭福州　指今福建一帶。治所在今福建閩侯。⑮俶　字文德，襲封吳越王，歷後漢、後周兩代。周世宗柴榮於顯德三年（西元九五六年）南征，錢俶以戰船、水軍助周攻取常州。⑯相終始　五代始於西元九〇七年朱溫篡唐稱帝，錢鏐亦於當年建國稱吳越王。至北宋於西元九七九年滅北漢統一全國，而錢俶於先一年入朝內附。

【語譯】熙寧十年十月戊子日，資政殿大學士右諫議大夫知杭州軍州事臣下趙抃進言：前吳越國王錢氏的墳塋祠廟，以及他們的父輩、祖輩、妃子、夫人、子孫的墳墓，在錢塘縣的有二十六處，在臨安縣的有十一處，都已經荒涼破敗得不到修理。老百姓經過這些墳廟，有的傷感流下眼淚。臣慎重查考：前武肅王錢鏐，最初憑藉本地民間武裝，攻破趕跑黃巢大軍，名聲傳遍江淮一帶。又用八都兵打敗劉漢宏，吞并了越州而奉送給董昌，而自己居於杭州。到董昌憑藉越州反叛，就又擊殺董昌而占有越州，完全擁有了浙東浙西的土地。傳位給他的兒子文穆王元瓘，到他的孫子忠顯王仁佐，便攻破李景兵，奪取了福州。而仁佐的弟弟忠懿王錢俶，又大規模出兵攻打李景，來迎接後周世宗柴榮的軍隊。以後最終將整個吳越國入京朝見。祖孫三代四人為王，時間與五代同始同終。

天下大亂，豪傑蜂起。方是時，以數州之地，盜名字者，不可勝數。既覆其族，延及於無辜之民，罔有孑遺。而吳越地方千里，帶甲十萬，鑄山煮海❶，象犀珠玉之富，甲於天下。然終不失臣節，貢獻相望於道。是以其民至於老死，不識兵革，四時嬉遊，歌鼓之聲相聞，至於今不廢，其有德於斯民甚厚。

【章　旨】本段就錢氏在五代能使人民免於戰亂，論述其有德於民。

【注　釋】❶鑄山煑海　煉銅鐵鑄錢和煮海水為鹽，言吳越富有鹽鐵之利。

【語　譯】唐末五代天下大亂，豪傑之士像群蜂一樣紛紛起來。當這個時候，憑藉幾州的土地，盜用名號稱王稱帝的，數也數不清。既已使他們的宗族覆滅，還牽連到無辜的百姓大量死亡，沒有遺漏。然而吳越土地四方千里，穿甲的士兵十萬之眾，開山鑄銅可以為錢，煮海水可以成鹽，象牙犀角珍珠寶玉的富有，在天下為第一。但始終不喪失臣子的禮節，進貢獻物的使者前後相連，不絕於路。所以那裡的百姓直到老死，不知道戰爭是怎麼回事，一年四季娛樂遊玩，唱歌打鼓的聲音到處聽到，直到於今不曾停止，他們對這兒的人民有很深的恩德。

皇宋受命，四方僭亂，以次削平。而蜀❶江南❷負其嶮❸遠，兵至城下，力屈勢窮，然後束手。而河東劉氏❹，百戰守死，以抗王師。積骸為城，釃❺血為池，竭天下之力，僅乃克之。獨吳越不待告命，封府庫，籍郡縣，請吏於朝，眎❻去其國，如去傳舍❼，其有功於朝廷甚大。

【章　旨】本段就錢氏不事抵抗、歸降宋朝，論述其有功於國。

【注　釋】❶蜀　指後蜀。孟知祥開創，歷二主，四十一年後亡於宋。❷江南　指南唐。李璟父李昪開創，歷三主，三十九年後為宋所滅。❸嶮　高險。一本「嶮」作「險」。❹河東劉氏　指北漢。北漢為劉旻所建，據今山西一帶，傳四主至劉繼元，宋太祖開寶九年北征，劉繼元閉城拒守，乞援於遼。太宗太平興國四年（西元九七九年）再次北征，繼元窮窘乃降。❺釃　濾酒。❻眎　同「視」。❼傳舍　客館。

【語譯】大宋承受天命一統天下，四方冒稱帝王割據為亂者，逐一依次鏟除。可是後蜀、南唐自恃道路險阻距離遙遠，到兵臨城下，力盡勢窮，然後才肯束手就擒。而河東劉繼元，更百戰不降，閉城死守，抗拒皇上大軍。直至尸骸堆成城牆，鮮血流成護城河，用盡全國的力量，才僅僅能攻克他。只有吳越不等命令通告，就封存倉庫，登記郡縣情況，向朝廷請求派官吏治理，把離開自己的國家，看得如同離開旅店一樣輕易。他們對朝廷有很大的功績。

昔竇融❶以河西歸漢，光武詔右扶風❷修理其父祖墳塋，祠以太牢❸。今錢氏功德，殆過於融，而未及百年，墳廟不治，行道傷嗟，甚非所以勸獎忠臣，慰答民心之義也。

【章旨】本段引歷史事例加以比較，進一步申述修理錢氏墳塋的必要性。

【注釋】❶竇融　字周公，東漢初大臣。在兩漢之際的動亂中，竇融被推為河西酒泉、張掖、敦煌、天水、金城五郡大將軍。傾心歸漢，助漢攻滅隗囂，光武帝待之甚厚，封為安豐侯。❷右扶風　政區名，為三輔之一，因其地屬畿輔，故不稱郡。漢右扶風治槐里縣，今陝西興平東南。❸太牢　具備牛、羊、豬三牲，稱太牢。

【語譯】過去竇融將河西五郡歸順漢朝，光武帝下令右扶風修理竇融父親祖父的墳墓，用豬牛羊三牲之禮進行祭祀。現在錢氏的功德，或許超過竇融，但沒到百年，墳廟就得不到修治，使路過的人感傷歎息，完全不合用來鼓勵褒獎忠臣，安慰酬答民心的道理啊！

臣願以龍山❶廢佛祠曰妙因院者為觀，使錢氏之孫為道士曰自然者居之。凡墳廟之在錢塘者，以付自然。其在臨安者，以付其縣之淨土寺僧曰道微。歲各度❷其徒一人，使世掌之。籍其地之所入，以時修其祠宇，封殖其草木。有不治者，縣令丞察之，甚者易其人。庶幾永終不墜，以稱朝廷待錢氏之意。臣抃昧死以聞。制曰：「可。」其妙因院改賜名曰表忠觀。銘曰：

【章　旨】本段請為立觀，並提出維護錢氏墳塋的永久辦法。

【注　釋】❶龍山　在杭州錢塘南，又名臥龍山、龍華山。❷度　使人離俗出家。

【語　譯】臣下想要將龍山廢舊的佛寺叫作妙因院的改建成觀堂，讓錢姓子孫作道士名叫自然的住在觀中。所有在錢塘縣的錢氏墳塋祠廟，將它們交託給自然。那些在臨安縣的，將它們交付給該縣淨土寺的和尚名叫道微。每年各使一人出家作他們的徒弟，讓他們世代掌管錢氏墳塋。登記那塊土地的收入，按時修理那些祠堂廟宇，栽培好那兒的草木。如有不行治理的，由縣令縣丞督察他們，嚴重的可以撤換該人，也許可以做到永遠不中斷，而不負朝廷對待錢氏的厚意。臣趙抃冒死報告。皇上批覆說：「同意。」那妙因院賜名改稱為表忠觀。銘文說：

天目❶之山，苕水❷出焉。龍飛鳳舞❸，萃於臨安。篤生異人，絕類離群。奮梃大呼，從者如雲。仰天誓江❹，月星晦蒙；強弩射潮❺，江海為東。殺宏誅昌，奄有吳越。金券❻玉冊❼，虎符❽龍節❾。大城其居❿，包絡山川。左江右湖，控引鳥蠻。歲時歸休⑪，以燕父老。曄如神人，玉帶毬馬⑫。四十一年⑬，寅畏小心。厥篚⑭相望，大貝⑮南金⑯。五朝⑰昏亂，罔堪託國；三王⑱相承，以待有德。既獲所歸，弗謀弗咨；先王之志，我維行之。天胙忠孝，世有爵邑；允文允武，子孫千億。帝謂守臣，治其祠墳！毋俾樵牧，愧其後昆。龍山之陽，巋焉新宮。匪私於錢，唯以勸忠。非忠無君，非孝無親。凡百有位，視此刻文。

【章旨】銘文總括全文大意，歸結到建觀目的在表彰忠臣。

【注釋】❶天目　山名。在浙江臨安西北，名東天目山。與於潛接界，名西天目山。峰頂有兩池，左右相對，故稱天目。❷苕水　即苕溪。有二源，出天目山之南者為東苕，出天目山之北者為西溪，兩溪合流匯入太湖。相傳夾岸多苕花，秋時散落如雪，故名。❸龍飛鳳舞　《杭州圖經》：「吳越王錢氏世葬臨安。有題詩者：天目山前兩乳長，鸞飛鳳舞下錢塘。」❹誓江　《吳越備史》載：中和二年七月十二夜錢鏐渡江攻劉漢宏，星月皎然，兵不可渡，鏐掬江沙吞而祝之曰：「吾以義兵討賊，天若見助，願陰雲蔽月，以濟我師。」俄而雲霧四起，咫尺晦暝。遂渡江破漢宏。❺射潮　相傳錢鏐因為海潮逼近侵蝕杭州候潮、通江兩座城門，命強弩數百射之，潮水為之退避。❻金券　指鐵券。古代封諸侯所用，券分兩半，君臣各執其一。❼玉冊　古代封爵用的詔書。後唐莊宗賜錢鏐玉冊金印，鏐自稱吳越國王，更名所居曰宮殿，府曰朝，官屬皆稱臣，築玉冊、金券、詔書三樓。❽虎符　虎形兵符，朝廷與帶兵者各執一半，發兵則需合符。❾龍節　古代用於澤國的龍形符節，以金為之。❿大城其居　唐末，錢鏐擴大杭州州治，依山建造宮室，名鎮海軍使院。後梁時又築捍海石唐，廣杭州城，大修臺館，由是錢塘富庶，盛於東南。⓫歸休　唐昭宗將錢鏐鄉里舊營改稱為衣錦城。光化六年，錢鏐回衣錦城，宴請故老，山林均以錦覆之。⓬玉帶毬馬　據說梁太祖曾問吳越來的使者說，錢鏐喜好什麼？使者回答好玉帶名馬。梁太祖於是贈鏐玉帶一匣，打毬御馬十匹。⓭四十一年　錢鏐死於後唐長興三年（西元九三二年），年八十一，自唐景福元年（西元八九二年）為武威軍團練使，至此為四十一年。⓮篚　盛物的竹器。此指吳越進貢之物。⓯大貝　貝類，古代以為寶器。⓰南金　南方出產的銅。

⑰五朝　五代。⑱三王　指錢元瓘、錢仁佐、錢俶。

【語　譯】兩浙有座天目山，苕水從這裡流出。山勢如龍飛鳳舞，靈氣在臨安匯集。降生下特異人物，卓越不凡，出類超群。舉梃杖一聲大呼，響應者多如浮雲。對江流向天祝告，星月為他而晦蒙。用強弩怒射潮頭，海潮為之向東縮。殺漢宏誅滅董昌，全擁有吳越地方。賜給他金券玉冊，授予他虎符龍節。擴大他所居城邑，依傍著名山大川。左連浙江右傍湖，控扼著蠻夷島嶼。逢年節回鄉休息，宴請他父老鄉親。光彩四溢如神人，腰圍華貴的玉帶，身跨打毬的名馬。他在位四十一年，常敬畏謹慎小心。進貢箱籠絡繹不絕，裝滿了大貝南金。五代時昏暗動亂，哪堪把國家交託。子孫三王前後相繼，等待著有德明君。既找到歸順對象，不諮詢不必商量；這既是先王心願，只是要將它實現。天報答忠孝家族，世代享封邑爵祿；子孫不絕千千萬，英才輩出能文武。帝告誡杭州守臣，修治好錢氏祠墳！不許人墳地柴牧，使錢王後嗣痛心。就在那龍山南麓，高聳著一座新宮。非皇上偏愛錢氏，是用來激勵忠臣。無忠臣便無君主，非孝道便沒親人。一切身居官位者，都應看這篇碑文。

【研　析】本文在寫法上足可引起注意的有以下四端：其一，蘇軾曾言，其文如萬斛泉源，不擇地而出，其在平地滔滔汩汩，雖一日千里不難。也就是說，流利暢達是蘇文的基本特色。而本文在此基礎上更顯現出一種古樸、厚重、簡潔、蒼勁的特質。不說朝廷為何處置，只以「制曰：『可。』」三字了結，何其簡古。所以前人指出其行文接近《史記》。這是碑刻文的性質所要求的。其二，本文的敘序部分，以直接採用趙抃奏疏的形式出現，此外不摻雜一語，在寫法上是一種創格，可以反映作者的藝術獨創性。其三，正因為序文採用奏疏，所以增加了議論的成分。文章首段提出修治錢氏墳廟的問題，結合概述了錢氏的始末，接著便用三段文章，既論錢氏功德，從正面闡明修治其墳塋的意義，又引述史實，從反面申述任其墳廟荒廢的非是。結尾提出治理之辦法。結體很接近純議論的文字。宋人敘述文多有議論成分，本文也可說是表現了這種共性。其四，正因序言中多議論，許多事實的材料便到銘文部分才加以運用，這便形成本文序與銘兩部分較其他碑刻為明顯的分工。所以本文的「銘」不僅篇幅較長，補充的史實、傳聞的材料也多，寫得有血有肉，豐富飽滿，形象鮮明動人，且頗帶傳奇色彩。與序的議論簡古並駕齊驅，相映增色。

卷四十二　碑誌類下編　一

曹成王碑

韓退之

【題解】曹成王李皋（西元七三三—七九二年），字子蘭，為唐太宗兒子曹王明的後代，世襲為曹王，「成」是其死後的諡號。李皋生活在唐玄宗至唐德宗時期，死於德宗貞元八年。這篇碑文是韓愈在憲宗元和十一年（西元八一五年）平淮西期間，應李皋的兒子李道古的請求而寫的，此時距李皋之死已經二十五個年頭。這篇碑文是韓愈碑文中頗為詳盡的一篇，比較具體地敘述了李皋的生平，讚揚了他不顧個人安危，以民生疾苦為重，以及大智大勇，善於用兵，多次討平叛亂的事跡，刻劃出了一個正直、能幹的大臣形象。

王姓李氏，諱皋，字子蘭，諡曰「成」。其先王明，以太宗子，國曹，絕，復封，傳五王❶，至成王。成王嗣封，在玄宗世❷。蓋於時年十七、八。紹爵三年，而河南北兵作❸，天下震擾。王奉母太妃，逃禍民伍，得間走蜀從天子。天子念之。自都水使者❹，拜左領軍衛將軍，轉貳國子祕書❺。

【章旨】本段敘成王襲爵初期逃難至蜀追隨天子的情況。

【注釋】❶五王　李明，明子俊，俊侄胤，後停胤而封明之子備，備死復封胤，胤死，子戢嗣，戢傳子皋。又：李明於高宗末年坐與太子賢通謀，徙黔州，被逼殺。其子俊、傑於武后時並遇害，國除。十八年後中宗復位，傑子胤始嗣曹王。故上文言「絕復封」。❷玄宗世　成王嗣封在玄宗天寶十一載（西元七五二年）。❸河南北兵作　天寶十四載十一月安祿山反，十二月占領東京，次年六月陷長安，玄宗逃亡入蜀。❹都水使者　管理水路橋梁等有關政令的官職。❺貳國子祕書　貳，副職。國子監副職為國子司業。祕書監副職為祕書少監。

【語譯】成王姓李，名皋，字子蘭，「成」為謚號。他的先王李明，因是太宗的兒子，封國於曹，斷絕了又再封，傳了五個王，便到成王。成王繼承封爵，在玄宗的時代。大概當時王的年紀是十七、八歲。繼承爵位三年，而黃河南北兵亂發生，天下震驚騷亂。成王侍奉母親鄭氏太王妃，夾在老百姓行列中逃避禍亂，獲得機會跑入蜀中追隨天子。天子感念他。從都水使者，提升為左領軍衛將軍，轉封為國子司業和祕書少監。

王生十年而失先王，哭泣哀悲，弔客不忍聞。喪除，痛刮磨豪習，委己於學。稍長，重知人情，急世之要，恥一不通。侍太妃，從天子於蜀，既孝既忠。持官持身，內外斬斬。由是朝廷滋欲試之於民。上元❶元年，除溫州長史❷，行刺史事。江東新刳於兵❸，郡旱饑，民交走死無弔。王及州，不解衣，下令掊鎖擴門，悉棄倉實與民，活數十萬人。奏報，升秩少府❹。與平袁賊❺，仍徙祕書，兼州別駕❻，部告無事。遷真於衡❼，法成令修，治出張施，聲生勢長。觀察使❽噎媢不能出氣，誣以過犯，御史助之，貶潮州❾刺史。楊炎❿起道州⓫，相德宗，還王於衡，以直前謾。王之遭誣在理，念太妃老，將驚而戚，出則囚服就辯，入則擁笏垂魚，坦坦施施。即貶於潮，以遷入賀。及是，然後跪謝告實。

【章　旨】本段敘述成王早期在溫州、衡州等地任地方官時恤民孝親、修身持官的事跡。

【注　釋】❶上元　唐肅宗年號。上元元年為西曆七六〇年。❷溫州長史　唐溫州治永嘉縣，今浙江溫州。長史為州刺史的僚佐。❸刳於兵　為兵所刳割。這時江東發生劉展三亂，百姓遭受荼毒。❹少府　少府監，掌管百工技巧政令的官。《舊唐書・李皋傳》載：「歲儉，州有官粟數十萬斛，皋欲行賑救，掾吏叩頭乞候上旨。皋曰：『夫人日不再食，且死，安暇稟命？若殺我一身，活數千人命，利莫大焉。』於是開倉盡散之，以擅貸之罪，飛章自劾，天子聞而嘉之，答以優詔，就加少府監。」❺袁賊　指袁晁。代宗寶應元年（西元七六二年），袁晁起兵反叛，攻破浙東州縣。後為李光弼所平。❻別駕　刺史屬官，品級稍高於長史。❼遷真於衡　由行刺史事提升為真刺史。衡指衡州，今湖南衡陽。❽觀察使　辛京杲。《通鑑・唐紀》：「衡州刺史曹王皋有治行，湖南觀察使辛京杲疾之，陷以法，貶潮州。」❾潮州　唐領南道潮州，今廣東潮州。❿楊炎　唐代名臣。代宗時由吏部侍郎貶為道州司馬。德宗即位，用為宰相。⓫道州　今湖南道縣治。

【語　譯】成王生下來十年便喪失了父王，他哭泣得悲痛哀傷，使前來弔喪的客人都不忍心聽下去。喪服解除，他痛下決心消除改變豪門子弟的惡習，把自己投入學習中去。稍微大一些，更重視了解世事民情，把當世的要務放在首位，有某方面的問題自己不懂便會感到羞愧。侍奉太王妃，追隨天子到蜀地，既有孝又有忠。堅持做官原則，堅持自身修養，在家在外，都整齊嚴肅。因此朝廷更加想要用他來治理人民。上元元年，封他為溫州長史，並代行刺史職權。江東一帶剛被亂兵侵擾過，郡內又遭旱災陷於饑荒，老百姓紛紛四散流離死亡，無人憐惜。成王到達溫州，來不及解衣，便下令敲掉倉鎖，洞開倉門，把倉庫儲存的糧食全部拋給饑民，救活了數十萬人。上報朝廷，升級為少府監。參與平定叛賊袁晁，仍舊改作祕書少監，並兼任溫州別駕，上報戶部當地太平無事。被提拔真任衡州刺史，法治成功，政令清明，治術得以施展，措施得以推行，美名由此產生，影響不斷擴大。湖南觀察使心中嫉妒無處發泄，虛構罪過來栽誣成王，御史在朝廷推波助瀾，於是成王被貶為潮州刺史。楊炎從道州復起，作了德宗的宰相，仍舊把王調回衡州，以此糾正上次的誣枉。成王遭受誣陷被審訊的時候，想到太妃年紀老大，將要受驚而悲愁，於是出外受審時就穿上囚徒的服裝，出庭論辯，回到家裡便又懷揣象笏，懸掛魚袋，平易安詳，歡喜愉悅。就是貶謫到潮州，也假言升官回家向太妃道賀。到此時，官復原職之後才跪著向太妃請罪，以實情相告。

初，觀察使虐，使將國良❶往戍界❷，良以武岡叛，戍眾萬人，斂兵荊、黔、洪、桂❸伐之，二年尤張。於是以王帥湖南，將五萬士，以討良為事。王至則屏兵，投良以書，中其忌諱。良羞畏乞降，狐鼠進退。王即假為使者，從一騎，踔五百里，抵良壁，鞭其門，大呼：「我曹王，來受良降，良今安在？」良不得已，錯愕迎拜，盡降其軍。

【章　旨】本段通過招降王國良寫出李皋過人的膽識。

【注　釋】❶國良　姓王，本湖南衙將，觀察使辛京杲使其鎮守武岡縣。國良家豪富，京杲貪暴，欲加國良死罪以圖其家產，國良於是散財聚眾，據縣反叛。❷戍界　指武岡縣，靠近西原蠻邊界，今屬湖南。❸荊黔洪桂　荊南節度使，治所在江陵府，今湖北荊州。黔中觀察使，治所在黔州，今四川彭水治。江西觀察使，治所在洪州，今江西南昌。桂管經略觀察使，治所在桂州，今廣西桂林。

【語　譯】當初，湖南觀察使暴虐，派部將王國良前去戍守邊境，王國良憑藉戍守的武岡縣發動叛變，有戍卒兵眾一萬人。朝廷徵調荊南、黔州、洪州、桂管的兵力討伐國良，經歷二年，叛軍氣燄仍然猖狂。在這種情形下只得用成王為湖南統帥，率領五萬士兵，以討平王國良為主要任務。成王到達卻不用干戈，發了一封信給王國良，信中點中了王國良顧慮的要害。王國良感到羞愧畏懼請求投降，又像狐鼠般猜疑觀望欲行又止。成王就假扮為使者，由一名騎兵跟隨，跑了五百里，到達王國良的營壘，用馬鞭敲著軍營大門，大聲喊道：「我是曹王，來接受國良投降來了，國良現在哪裡？」王國良不得已，惶恐失措地迎進敬禮，把他的軍隊全部歸降。

太妃薨，王棄部，隨喪之河南葬，及荊，被詔責還。會梁崇義❶反，王遂不敢辭以還。升秩散騎常侍。

【章旨】本段述李皋母喪，因國事不能堅持守喪。

【注釋】❶梁崇義　任山南東道節度使，德宗建中二年（西元七八一年）二月反叛，八月被處死。

【語譯】鄭太妃去世，成王丟開部隊，護送靈柩到河南安葬，到達江陵，被詔書責令返回。遇上梁崇義反叛，成王於是不敢推辭而回到營地。提升為散騎常侍。

明年❶，李希烈❷反，遷御史大夫，授節帥江西❸以討希烈。命至，王出止外舍，禁無以家事關我。裒兵大選江州❹。群能著職，王親教之搏力❺勾卒❻嬴越❼之法，曹誅五畀❽，艦步二萬人，以與賊遌，嘬鋒❾蔡山❿，踣之，剜蘄⓫之黃梅⓬，大鞣⓭長平⓮，鏺廣濟⓯，掀蘄春⓰，撇蘄水⓱，掇黃岡⓲，筴⓳漢陽，行跐⓴汊川㉑，還大膊蘄水界㉒中，拔安三縣㉓，拔其州，斬偽刺史㉔。標㉕光之北山㉖，踏㉗隨光化㉘，捁㉙其州，十抽一推㉚，救兵州㉛東北屬鄉，還開軍受降㉜。大小之戰，三十有二，取五州十九縣。民老幼婦女不驚，市賈不變，田之果穀下無一跡。加銀青光祿大夫，工部尚書，改戶部，再換節臨荊及襄㉝，真食三百。王之在兵，天子西巡於梁㉞。希烈北取汴、鄭㉟，東略宋㊱圍陳㊲，西取汝㊳，薄東都㊴。王坐南方北向，落其角距。賊死咋㊵不能入寸尺，亡將卒十萬，盡輸其南州。

【章旨】本段詳述李皋任江西節度使，征討李希烈的戰功。

【注釋】❶明年 指德宗建中三年（西元七八二年）。這年十月，李希烈反。❷李希烈 遼西（今北京順義）人，本李忠臣部將，逐李忠臣，德宗授為淮寧節度使，領有申、光、蔡三州。參與討平梁崇義，封南平郡王。後勾結朱滔、田悅等，擁兵造反。❸帥江西 建中三年冬十月辛亥，李皋由湖南觀察使改授為洪州刺史、江西觀察史，兼御史大夫。❹江州 今江西九江。一作洪州。❺搏力 《新唐書》作「團搏力」。秦之兵法。《商子・農戰》云：「凡治國者患民之散而不可搏也，是以聖人作壹搏之也。」又曰：「搏民力以待外事，然後患可以去，而王可致也。」又《嬾真子》卷二：「搏力者，結集其力也。」搏，捏之使成團也。❻勾卒 越之兵法。《左傳・哀公十七年》：「越子伐吳，吳子禦之笠澤，夾水而陣，越子為左右勾卒。」杜預注：「勾卒，勾伍相著，別為左右屯。」則勾卒知其為越法也。❼嬴越 秦商君、越句踐教兵之法，即秦法搏力，越法勾卒。❽曹誅五畀 敗則誅連下屬，有穫則分給同伍的制度。曹，下屬。五，通「伍」。畀，給予。❾囓鋒 吞咬其鋒刃，指攻擊敵軍先頭部隊。囓，一口吃下。❿蔡山 在湖北黃梅縣南五十里。⓫蘄 蘄州，今湖北蘄春南。⓬黃梅 唐蘄州黃梅縣在今湖北黃梅西北。建中四年三月，曹王皋斬李希烈之將韓霜露於此。⓭鞣 同「蹂」。⓮長平 地名，不詳其處。⓯廣濟 今湖北廣濟治。⓰蘄春 縣名，唐蘄州之治。⓱撇蘄水 撇，擊。蘄水，今湖北浠水治。⓲掇黃岡 掇，拾取。黃岡，唐黃州州治，今湖北黃岡。《舊唐書・李皋傳》：「又取黃州，斬首千餘，兵益振。」⑲筴 通「策」。馬鞭，此處為鞭打之意。⑳跐 踐踏。㉑溳川 縣名，唐屬沔州，在今湖北漢川北。㉒蘄水界 指蘄水入江之口，古名永安戍。㉓安三縣 安州所轄三縣，治所在安陸縣。㉔偽刺史 李希烈所派，指王嘉祥。㉕標 通「摽」。擊也。㉖光之北山 光指光州，治所在定城縣，今河南潢川治。北山疑指今河南光山。㉗䧟 食。㉘隨光化 隨州光化縣。隨州治隨縣，光化故城在隨縣東。㉙捁 古文「攪」字，此處當為桎梏之「梏」。意思是四面圍攻，使之不得動搖。㉚十抽一推 十丁抽一丁為卒。高步瀛曰：蓋十人推一丁為卒，後遂謂所推之丁為推，一推猶云一丁也。㉛兵州 《文章正宗》作「其州」。是，此指隨州。㉜受降 李希烈隨州守將李惠登以城降。㉝換節臨荊及襄 貞元元年（西元七八五年）夏四月以江西節度嗣曹王皋為江陵尹，荊南節度使。三年閏五月改為襄州刺史、山南東道節度，襄、鄧、郢、安、隨、唐等州觀察使。㉞梁 唐梁州治今陝西漢中。唐德宗因朱滔、李懷光反叛，出走梁州。㉟汴鄭 汴州，治今河南開封。鄭州，治今河南鄭州。㊱宋 唐宋州治宋城縣，今河南商邱。㊲陳 唐陳州，今河南淮陽治。㊳汝 唐汝州，治今河南臨汝。㊴東都 河南洛陽市。㊵咋 被扼而掙扎。

【語譯】第二年，李希烈反叛，成王升為御史大夫，授予節鉞統帥江西而征討李希烈。聖命到達，成王便搬出府邸停宿在外面的館舍，禁告家人不要把家中私事報告我。在江州聚集兵力舉行隆重選拔，一批有才能的人被委以重要職務，成王親自教練士卒搏力、勾卒等古秦國和越國的兵法，打敗仗則下屬同受處罰、有獎穫則分賜同伍，舟師步卒共二萬人，而同敵人相遭遇，在蔡山一口氣吃掉敵人先鋒部隊，打垮了敵人，攻取蘄州黃梅縣，大步踏破長平，占領廣濟，收復蘄春，攻擊蘄水，占領黃岡，攻打漢陽，前行擊破溳川之敵，轉頭大舉搏殺碎屍於蘄水入江口處，衝開安州三縣，奪取了安州，殺掉安州的偽刺史，進擊光州的北山，吃掉隨州光化縣，從而鉗制住整個隨州。十丁抽取一丁充實隊伍，馳兵解救遭敵襲擊的隨州東北的下屬鄉鎮，返回開動隊伍到隨州接受投降。大小戰役，三十二個，共奪取五州十九縣之地。而百姓無論老幼婦女，不感到驚恐，市場商販不停止交易，田地瓜果禾苗下沒有一個士兵的腳印。朝廷加封成王為銀青光祿大夫，工部尚書，又改為戶部尚書，再更換節鉞駕臨荊南及襄州，實賜封邑三百戶。成王在軍隊的時候，天子向西巡狩到梁州。李希烈在北邊攻取汴州、鄭州，東邊侵占宋州，圍攻陳州，向西攻取了汝州，逼近東都洛陽。成王坐鎮南方北向進擊，打掉李希烈的頭角和腳爪。叛賊死命掙扎也無法前進尺寸土地，死亡將卒十萬，完全輸掉了叛賊盤踞的南方州縣。

王始政於溫，終政於襄。恆平物估，賤斂貴出，民用有經。一吏軌民，使令家聽戶視，姦宄無所宿。府中不聞急步疾呼。治民用兵，各有條次，世傳為法。任馬彞❶，將慎❷、將鍔❸、將潛❹，偕盡其力能。薨贈右僕射❺。元和初，以子道古在朝，更贈太子太師❻。

【章　旨】本段總述李皐在治民、帶兵、用人諸方面的特色和成就。

【注　釋】❶馬彞　扶風人，本不知名，李皐用以主持幕府，以正直見稱。❷慎　伊慎，字寡悔，兗州人。❸鍔　王鍔，字昆吾，太原人。❹潛　李伯潛，與慎、鍔均為李皐大將。❺右僕射　左、右僕射，尚書省長官，尚書令的副職，從二品。又，李皐卒於貞元八年（西元七九二年）三月。❻太子太師　東宮三師之一，是優禮大臣所加的榮譽頭銜。從一品。

【語　譯】成王開始從政是在溫州，最後任職是在襄州。所到之處常能平抑物價，價賤購進，價高則拋出，百姓生活所需於是經常能得到滿足。整齊吏治，以法治民，使百姓家家戶戶互相關注互相看顧，姦邪不法之徒無所容身。成王府中聽不到快步跑動和高聲大叫的情況。治理百姓、帶兵打仗，各有條例規程，世上流傳成為法則。任用馬彞，武將伊慎、武將王鍔、武將李伯潛，能同時充分發揮他們的才幹能力。成王去世後贈封為右僕射。元和初年，因為他的兒子李道古在朝為官，又贈封他為太子太師。

道古進士，司門郎❶，刺利❷、隨、唐❸、睦❹，徵為少宗正❺，兼御史中丞，以節督黔中❻。朝京師，改命觀察鄂❼、岳❽、蘄、沔❾、安、黃，提其師以伐蔡。且行，泣曰：「先王討蔡❿，實取沔、蘄、安、黃，寄惠未亡，今余亦受命有事於蔡，而四州適在吾封，庶其有集。先王薨於今二十五年，吾昆弟⓫在而墓碑不刻，無文，其實有待，子無用辭！」乃序而詩之，辭曰：

【章　旨】本段記述王之子道古請求作文，交代撰碑的緣起。

【注　釋】❶司門郎　刑部的下屬官員，貞元五年，道古登第。憲宗即位，以道古為司門員外郎。❷利　利州，治所在今四川廣元。❸唐　唐州，治所在今河南唐河。❹睦　睦州，治所在今浙江建德。❺少宗正　宗正寺少卿，掌皇族事務的官員，為宗正卿的副職。❻以節督黔中　元和八年冬十月李道古為黔中觀察使。黔中，也稱黔中郡，治所在彭水縣，唐為都督府，督思、辰、施、播等州，兼領羈縻數十州。❼鄂　唐鄂州，治今湖北武昌。❽岳　唐岳州，治今湖南岳陽。❾沔　唐沔州，治今湖北漢陽。元和十一年，李道古為六州都團練觀察使，參與討伐吳元濟。❿討蔡　此指討李希烈。⓫昆弟　李皋三子，象古、道古、復古。

【語　譯】道古中了進士，任司門員外郎，利、隨、唐、睦等州刺史，徵調入朝為宗正寺少卿，兼御史中丞，持節都督黔中郡。到京師朝見，又改任為鄂、岳、蘄、沔、安、黃六州都團練觀察使，領著他的軍隊而討伐蔡州叛賊吳元濟。將要出發，他流著淚說：「先王征討蔡州，奪取了沔、蘄、安、黃四州，寄託在此的恩惠還未消失，現在我也奉命對蔡州採取行動，而上述四州恰好在我的封域，相信能有所成就。先王去世到現在二十五年，我們兄弟都在，可先王的墓碑沒有刻就，是缺少碑文，其實是有所等待，你就不用推辭了！」我於是寫成序文並加之以詩，銘辭說：

太支十三❶，曹於弟季。或亡或微，曹始就事。曹之祖王，畏塞絕遷。零王黎公❷，不聞僅存。子父易封❸，三王❹守名。延延百載❺，以有成王。成王之作，一自其躬。文被明章，武薦峻❻功。蘇枯弱強，齦其姦猖❼。以報於宗，以昭於王。王亦有子，處王之所。唯舊之視，蹶蹶陛陛❽。實取實似❾。刻詩其碑，為示無止。

【章　旨】銘文復述全文大意，歌頌成王文成武就。

【注　釋】❶太支十三　唐太宗十四子，除高宗李治外其餘支子一十三人：恆山王承乾、楚王寬、吳王恪、濮王泰、庶人祐、蜀王愔、蔣王惲、越王貞、紀王慎、江王囂、代王簡、趙王福、曹王明。其中二人（承乾、祐）貶死，三人（寬、囂、簡）早亡，二人（泰、愔）降遷。❷零王黎公　李俊坐太子賢事，降零陵王，與黎國公傑均被武則天所殺。❸子父易封　李傑之子李胤封曹王後，傑之弟李備自南還，詔停李胤封而改封李備。後李備死，復以李胤為嗣曹王。❹三王　指李備、李胤、李戢。❺百載　從貞觀二十一年（西元六四七年）李明封曹王至天寶十一年（西元七五二年）李皋襲爵，共一百零六年。❻峻　通「俊」。大也。❼齦其姦猖　指屢破李希烈之眾。齦，啃。❽蹶蹶陛陛　蹶蹶，動而敏於事。陛，通「坒」。次也。蓋言敏於事而有次第也。用高步瀛說。❾似　嗣也。

【語　譯】太宗支子共十三人，在弟兄中曹王最小。兄長或被殺或早亡，曹王才去封國任職。曹王最初所封之祖，被殺於閉塞之中，絕封於遷謫之時。零陵王和黎國公，僅僅存在無息無聲。子侄父輩交叉受封，三個嗣王徒有空名。經過漫長一百餘年，這才有了我們成王。成王終於發奮振興，完全來自他的自身。就文而言，身披明麗華章；就武而論，屢建巨大功勳。他使枯槁的復蘇，使強橫的削弱，吞滅姦惡猖狂之徒。以此來報效祖宗，以此來使王國顯赫。王又有優秀之子，處在王戰鬥過之地。他目視先王的陳跡而嚮往，他聰明敏捷，有條有理，他積極進取，努力承繼。刻詩在先王的墓碑，為的是垂示後人，永無終止。

【研　析】這篇碑文的序是一篇比較完整的傳記，記述了曹成王李皋的一生，在韓碑中屬於較為詳盡的篇什，但作者並不是平均用力，而是很注意剪裁。他特別用力之處是李皋一生中那些帶有傳奇色彩的能顯示其不平凡的才幹、膽識的情節，如在溫州開倉拯饑，在武岡招降王國良等，尤其是成王一生功業之最顯要者討伐李希烈一事，這些地方作者都寫得有聲有色，繪形繪神，故而李皋的形象顯得生動而有光彩。在遣詞造句方面，這篇碑文有意效法揚雄，表現出追求生新奇特的傾向。如表現不斷進擊李希烈軍，用了嘬、踣、剜、鞣、鏺、掀、撇、掇、筴、跐、膊、披、標、掊、揹等動詞，有的就是奇特不常用的。「委己於學」、「聲生勢長」、「曹誅五畀」、「十抽一推」、「死咋不能入寸尺」等語句，也往往光怪未經人道過。這種作風固然可以產生聳動視聽、使人感到新奇的效果，但不免增加閱讀的困難，進而限制了作品的流傳。如「蹶蹶陛陛」之類，至今難以索解，前人雖有各種說法，然是否韓愈的原意，則仍不得而知。這不能不說是求奇求新而產生的弊病。

清邊郡王楊燕奇碑

韓退之

【題　解】標題韓集「碑」下有「文」字，或作「楊公神道碑」。清邊郡地名無考，只有故址在今陝西米脂西北的廢銀州附近有靜邊城，未知是否即其地。關於清邊郡王楊燕奇（西元七三八—七九八年），除本文外，新舊《唐書》均無記載，本文正好可以補史傳的不足。楊燕奇葬於德宗貞元十四年十月，這篇碑文即為此時所作，這時韓愈三十一歲，正在汴州董晉幕府任宣武軍觀察推官。

公諱燕奇，字燕奇❶，弘農華陰❷人也。大父知古，祁州❸司倉。烈考文誨，天寶中，實為平盧❹衙前兵馬使，位至特進❺，檢校太子賓客❻，封弘農郡開國伯。世掌諸蕃互市❼，恩信著明，夷人慕之。

【章　旨】本段敘楊燕奇家世出身和先輩的事跡。

【注　釋】❶燕奇二句　一本作「公諱燕，字燕奇」。名與字全同，古人少見。❷弘農華陰　唐華州華陰縣，曾經隸屬於虢州，虢州又叫弘農郡，故說弘農華陰，即今陝西華陰。❸祁州　治所在今河北安國。❹平盧　平盧軍，開元五年（西元七一七年）營州（今遼寧朝陽）置平盧軍使，七年升為節度使，領營、遼、燕三州。❺特進　散官官階正二品。❻太子賓客　太子侍從官，正三品。前加「檢校」，指詔除而非正名的加官，實乃榮銜。❼互市　中國與外國通商。

【語　譯】楊公名燕奇，字也作燕奇，是弘農郡華陰縣人。祖父名知古，曾任祁州司倉參軍。已故父親名文誨，天寶年間，實任平盧軍衙前兵馬使，他的官階達到第二品特進，有檢校太子賓客榮銜，封爵為弘農郡開國伯。一生掌管本朝同周邊各蕃國互相通商的事務，他恩義信譽彰明昭著，少數民族人民都很敬慕他。

祿山之亂，公年幾二十❶，進言於其父曰：「大人守官，宜不得去。王室在難，某其行矣！」其父為之請於戎帥，遂率諸將校之子弟各一人，間道趨闕。變服詭行，日倍百里。天子嘉之，特拜左金吾衛大將軍員外置❷，賜勳上柱國❸。寶應❹二年春，詔從僕射田公❺平劉展，又從下河北❻。大曆❼八年，帥師納戎帥勉❽於滑州❾。九年❿，從朝於京師。建中⓫二年，城汴州⓬，功勞居多。三年，從攻李希烈，先登。貞元二年，從司徒劉公⑬復汴州。十二年，與諸將執以城叛者⑭，歸之於京師。事平，授御史大夫，食實封百戶。賜繒綵有加。十四年，年六十一，五月某日，終於家。

【章旨】本段列敘楊燕奇一生的勞績和功勳。

【注釋】❶幾二十　韓集舊注：「燕奇開元二十六年生，天寶十四載祿山反時，燕奇年十八。」❷左金吾衛大將軍員外置　左右金吾衛大將軍掌宮中京城巡警，正三品。員外置，正員之外特別設置的。❸上柱國　勳官的最高級。❹寶應　唐代宗年號，共二年（西元七六二—七六三年）。按：平劉展事在肅宗上元二年（西元七六一年），此云寶應，誤。❺僕射田公　平盧兵馬使田神功，因平劉展等功大曆三年（西元七六八年）加檢校右僕射。❻下河北　寶應二年田神功與僕固懷恩等圍攻史朝義殘部於莫州，地在今河北任丘。❼大曆　唐代宗年號。❽勉　指李勉，宗室，高祖之子鄭王元懿之曾孫。大曆八年（西元七七三年）以工部尚書兼御史大夫任滑州刺史、永平軍節度。❾滑州　治今河南滑縣。❿九年　史載田神功朝京師，旋即病逝，在大曆八年冬，此云九年，誤。⓫建中　唐德宗年號。二年，即西曆七八一年。⓬汴州　今河南開封。⓭司徒劉公　劉洽，後賜名元佐，滑州匡城人，興元元年（西元七八四年）十一月，任宋、亳節度使，大破李希烈，收復汴州。碑文以復汴州為貞元二年（西元七八六年）事，又誤。⓮以城叛者　指李萬榮之子。汴州宣武軍劉元佐死後，李萬榮為節度，李萬榮死，其子想自立為節度，監軍使俱文珍與其將鄧惟恭執之歸京師，朝廷派董晉為節度使。據此碑則楊燕奇曾參與鄧惟恭等之謀。

【語譯】安祿山叛亂的時候，楊公年紀將近二十歲，對他的父親進言說：「大人處在官位上，依情理不可能離開。王室處在患難之中，我可要去啦！」他父親替他向統帥請求，於是帶領軍內各級將校的子弟各一人，走小路奔赴皇上所在之處，改變服裝，祕密前進，一天趕路兩百里。天子嘉獎他們，特封他為左金吾衛大將軍員外置，賜給他上柱國的勳級。寶應二年春天，奉詔命跟隨僕射田公平定劉展，又跟隨田公攻下河北。大曆八年，率領軍隊護送統帥李勉進入滑州。九年，陪同田公到京師朝見皇上。建中二年，修築汴州城，楊公功勞居多。建中三年，跟隨統帥攻打李希烈，他最先登城。貞元二年，跟隨司徒劉公收復汴州。十二年，同一些將領一起擒獲據汴州城反叛之人送歸京城。事平之後，朝廷授予公御史大夫之位，真食封邑一百戶，賞賜絲綢綵緞極多。貞元十四年，公年六十一歲，五月的某一天，在家裡去世。

自始命左金吾大將軍，凡十五遷，為御史大夫，職為節度押衙右廂兵馬使，兼馬軍先鋒兵馬使，階為特進，勳為上柱國，爵為清邊郡王❶，食虛邑自三百戶至三千戶，真食五百戶，終焉。

【章旨】本段歷數楊燕奇一生所獲得的榮譽。

【注釋】❶郡王　九等封爵中的第二等。

【語譯】從最初任命為左金吾衛大將軍起，共一十五次提拔，官做到御史大夫，具體職務則是節度押衙右廂兵馬使，兼馬軍先鋒兵馬使，官階是特進，勳級是上柱國，封爵為清邊郡王，食封邑虛數自三百戶累增到三千戶，實際封邑為五百戶，終止於此。

公結髮從軍四十餘年，敵攻無堅，城守必完。臨危蹈難，歔欷感發，乘機應會，捷出神怪。不畏義死，不榮幸生。故其事君無疑行，其事上無間言。初，僕射田公，其母隔於冀州❶，公獨請往迎之。經營賊城，出入死地，卒致其母。田公德之，約為父子。故公始姓田氏，田公終，而後復其族焉。

【章　旨】本段就其一生行事概括其優秀品格。

【注　釋】❶冀州　唐屬河北道，治信都。故城在今河北冀縣東北。

【語　譯】楊公從青年時代起從軍四十多年，進攻敵人無堅不摧，防守城池必定堅固。面對危難的情境，則歎息流淚感慨奮發，臨機應變，其行動迅捷超出神怪。不畏懼為正義而貢獻生命，不以幸免苟活為榮。所以他侍奉君主沒有可疑的行為，他侍奉上級沒有嫌隙的話語。當初，僕射田公的母親阻隔在冀州，楊公一個人請求前去迎接老夫人。他設計周旋在叛賊占領的城市，進出在九死一生的地方，終於接來了田公的母親。田公感激他，與他結為父子關係。所以楊公最初姓田，田公逝世後，然後才恢復自己的族姓姓楊。

嗣子通王❶屬良禎，以其年十月庚寅，葬公於開封縣魯陵岡。隴西郡夫人❷李氏祔焉。夫人清夷郡太守佑之孫，漁陽郡長史獻之女，柔嘉淑明，先公而殂。有男四人，女三人。後夫人河南郡夫人雍氏，某官之孫，某官之女。有男一人，女二人，咸有至性純行。夫人同仁均養，親族不知異焉。君子於是知楊公之德又行於家也。銘曰：

【章　旨】本段介紹楊燕奇的妻室子女，從家庭生活看其品德。

【注　釋】❶通王　李諶，唐德宗之子。貞元中曾掛宣武、河東節度大使銜。❷隴西郡夫人　楊妻的封號。

【語　譯】楊公的嫡長子楊良禎，現任通王府的屬官，在這一年十月的庚寅這一天，將楊公安葬在開封縣的魯陵岡。隴西郡夫人李氏與楊公合葬在一起。夫人是清夷郡太守李佑的孫女，漁陽郡長史李獻的女兒，安祥善良賢惠聰敏，在楊公去世之前就已亡故。有四個兒子，三個女兒。後娶的夫人是河南郡夫人雍氏，是某官的孫女，某官的女兒。有兒子一人，女兒二人，都有最美的本性純良的品行。夫人對所有兒女一視同仁平均養育，親族們感覺不到他們是異母所生。有學問的人從這一點知道楊公的大德在他家裡也同樣得到施行啊。銘辭說：

烈烈大夫，逢時之虞。感泣辭親，從難於秦❶。維茲爰始，遂勤其事。四十餘年，或裨或專。攻牢保危，爵位已隮❷。既明且慎，終老無隳。魯陵之岡，蔡河❸在側。烝烝❹孝子，思顯勳績。斲石於此，式垂後嗣。

【章　旨】本段讚揚楊燕奇一生忠君愛國，點明立碑以垂永久。

【注　釋】❶秦　指關中即今陝西一帶。安史亂中，肅宗在靈武即位，主持平亂。❷隮　通「躋」。升也。❸蔡河　在開封城東南，上流即為汴河。❹烝烝　淳厚的樣子。

【語　譯】威武激昂燕奇大夫，遭遇時代災難憂患。感慨流淚辭別嚴親，追隨國難來到秦中。就從此時開始從政，勤勞奮發朝廷大事。經歷歲月四十多年，或作副將或為專任。攻打敵陣保守危城，封贈爵位已經上升。既能明智而又謹慎，一生到老沒有毀損。名叫魯陵有座高岡，蔡河在旁奔流而過。純樸敦厚孝子之子，想要顯揚先人功勳。特在這裡立石刻碑，作為榜樣永傳後嗣。

【研　析】楊燕奇一生主要作為偏將跟隨主將作戰立功，獨當一面自己作主的時候不多，其事跡卓絕顯赫可以記敘的可能較少，或者事跡本不少，而他的子女知之不多，不能詳盡復述。這篇碑文在寫法上採取虛實結合的方法，可能正是為這種客觀情勢所制約。全文略為詳細的只有兩件事，一是年輕時率將校子弟間道變服、趨赴國難，一是經營賊城、出入死地為田神功迎取老母，其餘則主要由概括的敘述和客觀的評論所組成。但兩者的結合是頗現技巧的。一開始寫二十歲的楊燕奇對父親說：王室在難，某其行矣！忠君愛國之情，光彩四溢。有如此之精神，所以後雖一句一事，概括列舉，虛言其功多勞大，讀者仍覺其必有可歌可泣之事實存在。「公結髮從軍四十餘年」以下，全出以評價論斷，均為虛筆，而接寫為田公迎母，具體可感。在讀者心中喚起的印象是：其為人如此之忠勇可靠，那麼，前面的種種論斷，也一定不是空話了。虛以引實，實以證虛，這就是虛實結合的妙用。

唐故相權公墓碑

韓退之

【題　解】權公，權德輿（西元七五九—八一八年），字載之，唐憲宗元和五年九月至八年正月任宰相，死於元和十三年，這篇碑文即為此時所作，這時韓愈五十一歲，任刑部侍郎。這篇碑文表彰了權德輿為人的正派，特別是他在選拔人才方面的成績，可與新舊《唐書》的傳記材料相參讀。

上❶之元和六年，其相曰權公，諱德輿，字載之。其本出自殷帝武丁❷。武丁之子降封於權❸。權，江漢間國也。周衰，入楚為權氏。楚滅，徙秦，而居天水略陽❹。苻秦之王中國，其臣有安邱公翼者，有大臣之言❺。後六世，至平涼公文誕，為唐上庸太守、荊州大都督長史，焯有聲烈。平涼曾孫諱倕，贈尚書禮部郎中，以藝學與蘇源明❻相善，卒官羽林軍錄事參軍，於公為王父。郎中生贈太子太保諱皋❼，以忠孝致大名，去官，累以官徵，不起，追諡「貞孝」，是實生公。

【章　旨】本段述權姓之來源及權德輿先世的功業。

【注　釋】❶上　指唐憲宗。憲宗元和五年（西元八一〇年）九月，以德輿同中書門下平章事。❷武丁　殷高宗。❸權　古國名，故城在今湖北當陽。❹略陽　今甘肅秦安東北。秦滅楚，徙大姓於隴西，故權德輿為天水略陽人。❺安邱公翼者二句　翼，字子良，為前秦苻堅之謀臣。苻堅即位，拜給事中，後為右僕射，封安邱公。苻堅伐晉，翼曾力諫。又曾指斥佛徒，大臣之言可能指這些議論。❻蘇源明　唐代京兆武功人，肅宗時終祕書少監。又是詩人，工書法。❼皋　權德輿之父權皋，字士繇，本安祿山之從事，察覺安祿山將反叛，設計詐死以脫離安的控制，奉老母避禍南逃，以此名聲大著，幾次徵召都不肯出來做官，四十六歲而卒。因兒子作宰相，元和十二年贈封太子太保。

【語　譯】當今皇上元和六年，這時的宰相是權公，名德輿，字載之。權氏源本出於殷高宗武丁。武丁的兒子下封到權城。權城是長江漢水一帶的國家。周朝衰亡，被併入楚國成為權氏。楚國滅亡，被遷徙到秦，於是定居在天水郡的略陽。前秦苻堅統治中原的時候，他的臣子中有安邱公名叫權翼的，有過一些能夠反映出大臣遠見的言論。以後隔了六代，到了平涼公權文誕，做過唐朝的上庸太守、荊州大都督長史，光輝顯赫有名聲功業。平涼公的曾孫名為權倕，死後贈為尚書省禮部郎中，生平由於書法藝術和學問的關係同蘇源明交好，官最後做到羽林軍錄事參軍，對於權相公來說，這位是他的祖父。權倕生了贈為太子太保名叫權皋的，因為忠孝而獲得巨大的名聲，拋棄了官職，後多次徵調他出來做官，都不肯出來，死後追諡為「貞孝」，他生下了德輿相公。

公在相位三年，其後以吏部尚書授節鎮山南❶，年六十以薨❷，贈尚書左僕射，諡「文公」。

【章　旨】本段略敘權德輿為相時間及晚節封贈諡號等情況。

【注　釋】❶山南　唐代行政區山南道，此指山南西道。元和十一年冬權德輿以檢校吏部尚書兼興元府尹，山南西道節度使。興元府即今陝西漢中，為山南西道節度治所。❷薨　節度使相當於諸侯，故曰薨。元和十三年（西元八一八年）八月，德輿以病乞還，卒於道。

【語　譯】權公在宰相的位置上三年，此後用檢校吏部尚書的身分授為節度使出鎮山南，年六十而終，死後贈封為尚書左僕射，諡為「文公」。

公生三歲，知變❶四聲❷，四歲能為詩，七歲而貞孝公卒，來弔哭者，見其顏色聲容，皆相謂權氏世有其人。及長，好學，孝敬祥順。貞元八年，以前江西府❸監察御史，徵拜博士❹，朝士以得人相慶。改左補闕❺，章奏不絕。譏排姦倖❻，與陽城❼為助。轉起居舍人❽，遂知制誥。凡撰命詞❾九年，以類集為五十卷，天下稱其能。十八年，以中書舍人❿典貢士，拜尚書禮部侍郎。薦士於公者，其言可信，不以其人布衣不用；即不可信，雖大官勢人交言，一不以綴意⓫。奏廣歲所取進士、明經⓬，在得人，不以員拘。轉戶、兵、吏三曹侍郎，太子賓客，復為兵部，遷太常卿⑬，天下愈推為鉅人長德。

【章　旨】本段敘權德輿做宰相前任職京師的經歷。

【注　釋】❶變　通「辨」。當為辯，辨別。❷四聲　平、上、去、入，古代漢語的四種聲調。❸江西府　權德輿在德宗貞元初，江西觀察使李兼表為判官，再遷監察御史。❹博士　指太常寺太常博士，從七品上，為負責祭祀禮儀的官員。貞元八年（西元七九二年）正月，德輿除太常博士。❺左補闕　左右補闕，門下省屬官，掌侍從諷諫之職。❻姦倖　指裴延齡。貞元八年八月，裴以巧詐除戶部侍郎，判度支，德輿上疏論其姦，不省。❼陽城　唐北平人，字亢宗，中進士後隱居中條山，德宗召拜為諫議大夫，曾堅決反對裴延齡為相，以正直著稱。❽起居舍人　中書省屬官，負責隨時記錄皇帝的言行，年終交付史館。德輿於貞元十年四月遷此職。❾命詞　即命官之詞，亦即「制詞」。權德輿有《制集》五十卷，宋初即已亡佚。❿中書舍人　中書省屬官，起草詔令，送審批復後施行。⓫綴意　牽連於心，放在心上。唐代試士，士子可以分兩次呈送詩文、傳奇給考官，第二次名為「溫卷」，他人也可以推薦，稱為「通榜」。此處說權德輿典試時，對於薦士，一秉公心。韓愈即是在權典試時錄取的。⓬進士明經　為唐代科舉考試兩種最重要的科目。⓭轉戶兵吏四句　權於貞元二十一年六月轉戶部侍郎，元和初，歷兵部、吏部侍郎。後坐郎吏誤用官缺，改太子賓客。元和四年五月，遷太常卿。

【語　譯】權公生下來三歲，就懂得分辨四聲，四歲就能夠作詩，七歲而父親貞孝公死去，來弔唁哭祭的人，看到權公的顏色聲音相貌，都互相說道權氏每代都有人才。待到長大，好學，孝順恭敬，善良溫和。貞元八年，由前江西府監察御史，調入朝廷封為太常博士，在朝的人士認為招得了賢人而互相慶賀。改授為左補闕，權公上給皇帝的奏章接連不斷，指斥抨擊姦邪佞倖之徒，同陽城相互聲援。升轉為起居舍人，於是負責起草皇帝的詔令。總共撰寫命任官員的詔敕達九個年頭，他按分類結集成五十卷，天下人都稱讚他的才幹。貞元十八年，他以中書舍人的身分主持貢士考試，旋又任為尚書省禮部侍郎。向權公推薦應試士子的，如果他的話是真實可信的，權公不因為他是平民百姓而不加採納；若是不可相信，即使是大官勢要交相進說，他一點也不會把它放在心上。他曾上奏朝廷請求增加每年所取進士、明經的人數，重要在於選得合適的人才，不因為名額而受限制。改任戶部、兵部、吏部三部的侍郎，太子賓客，然後再作兵部侍郎，提拔為太常寺卿，天下人更是稱許他是偉人、道德高尚的長者。

時天子以為宰相宜參用道德人，因拜禮部尚書、同中書門下平章事❶。公既謝辭，不許。其所設張舉措，必本於寬大，以幾教化，多所助與。維匡調娛，不失其正；中於和節，不為聲章；因善與賢，不矜主己。以吏部尚書留守東都❷。東方諸帥有利病不能自請者，公常與疏陳，不以露布❸。復拜太常❹，轉刑部尚書，考定新舊令式❺為三十編，舉可長用。其在山南河南❻，勤於選付，治以和簡，人以寧便。以疾求還。十三年某月甲子，道薨於洋之白草❼。奏至，天子痌❽傷，為之不御朝，郎官致贈錫。官居野處，上下弔哭，皆曰：「善人死矣！」其年某月日，葬河南北山❾，在貞孝東五里。

【章　旨】本段敘述權德輿任宰相以後的經歷及卒葬的情況。

【注　釋】❶因拜禮部尚書同中書門下平章事　元和五年（西元八一〇年），宰相裴垍寢疾，九月，德輿同平章事。❷以吏部尚書留守東都　元和八年正月，罷相，守本官。七月，以檢校吏部尚書為東都留守。其罷相原因，沈欽韓說：李吉甫、李絳數爭論於上前，德輿居中，無所可否，上鄙之，罷守本官。❸露布　不封口的文書。一說此處當為「布露」，使人的隱私公布於眾。❹復拜太常　時在元和九年十月。❺令式　指律例。在此之前曾令許孟容等刪定律令成三十卷，送給皇帝審查時被擱置下來，權德輿請求發給刑部，與侍郎們重新考定輯為三十卷，奏請遵照實行之。❻山南河南　山南指任山南西道節度使，河南指任東都留守時。❼洋之白草　洋，縣名，即今陝西洋縣。白草，驛名。❽痌　痛也。一本字亦作「痛」。❾河南北山　權德輿墓在洛陽縣北。

【語　譯】當時天子認為宰相應該參雜任用一些道德高尚知名的人物，於是任命權公為禮部尚書、同中書門下平章事。權公曾婉謝推辭，不被允許。權公所設置所實施的舉措，一定以寬大為本，用這希望對皇上的教化完成多有幫助。做好輔佐調節，不脫離正確的軌道；保持平和的節奏，不作外表的炫耀；借助依靠善人賢者，不看重主意是否由自己作出。用吏部尚書身分作東都留守的時候，東方的一些統帥有事涉個人利害而不便自己出面請求的，權公常替他們上疏陳述，而且不用不加緘封的文書。再次任為太常寺卿，又改任刑部尚書，他考定新舊律例成為三十編，都可以長期遵用。他在山南、河南，都精勤用力在選擇最緊要的政務及時交付辦理，政治因此而平和簡易，人們因此而安寧舒適。因為疾病的緣故，他請求還朝。元和十三年某月的甲子日，權公在洋縣的白草驛旅途中去世。報告送到朝廷，天子悲痛傷心，因此而不能臨朝，派郎官送來贈送恩賜之物。不論在朝的官員和在野的百姓，舉國上下哀弔哭泣，都說：「好人死掉了啊！」這一年的某月某日，權公安葬在河南的北山，在父親貞孝公墓東五里的地方。

公由陪屬升列，年除歲遷，以至公宰，人皆喜聞，若己與有，無忌嫉者。于頔❶坐子殺人❷，失位自囚。親戚莫敢過門省顧，朝莫敢言者。公將留守東都，為上言曰：「頔之罪既貰不竟，宜因賜寬詔。」上曰：「然！公為吾行諭之！」頔以不憂死。前後考第進士及庭所策試士，踵相躡為宰相達官，與公相先後；其餘布處臺閣❸外府，凡百餘人。自始學至疾，未病，未嘗一日去書不觀。公既以能為文辭，擅聲於朝，多銘卿大夫功德。然其為家，不視簿書，未嘗問有亡，費不侍❹餘。

【章　旨】本段就其一生列述其待人待己的諸多美德。

【注　釋】❶于頔　字允元，河南人，憲宗即位，拜司空、同中書門下平章事。❷坐子殺人　于頔為謀求出京鎮守地方的肥缺，指使兒子于敏通過一個叫梁正言的人賄賂宦官梁守謙，梁正言收了錢而于頔久不見外放，于敏怒而殺死梁正言的家奴。事發，于頔率諸子素服待罪。後于頔貶官，于敏流雷州，其他兒子免官降職。梁正言亦處死。❸臺閣　尚書的別稱。❹侍　儲備。

【語　譯】權公由幕僚提升級別，年復一年不斷升遷，直到公侯宰輔的位置，人們都樂於聽到他升官的事，好像自己在其中也得到好處，沒有忌妒他的人。于頔因兒子殺人有罪，丟掉官位自己囚禁起來。親戚中沒有誰敢於到他家探問看望，朝廷上沒有敢於為他說話的人。權公將要出任東都留守，行前對皇上說道：「于頔的罪過既然已蒙寬貸不再窮究，應當明賜一紙寬赦的詔書。」皇上說：「應該！您就替我前去曉諭他！」于頔因此能夠不在憂懼中死去。權公先後主考錄取的進士以及參與庭試用策論考試所取的士子，接踵不斷地成為宰相大官，同權公前後相隨；其他分布在尚書和地方州郡的，共計一百多人。權公從開始入學到最後染疾，如果不是病得很重，從來沒有一天丟開書本不看。公既然因會寫文章，而在朝廷享有大名，多次作銘頌揚卿大夫的功德。可是他在家中，卻從不親看簿籍文書，不曾問過財產的有無，他府中沒有儲備有剩的物資。

公娶清河❶崔氏女，其父造，嘗相德宗❷，號為名臣。既葬，其子監察御史璩❸，纍然服喪來，有請，乃作銘文曰：

【章旨】本段交代權德輿妻室子女情況並點明撰碑之意。

【注釋】❶清河　當作「博陵」。因崔造為博陵崔氏而非清河崔氏。❷相德宗　德宗貞元元年正月崔造以給事中同平章事，至十二月罷。❸璩　權德輿長子，字大圭；其次子名璐，字大玉。

【語譯】權公娶了清河崔氏女，崔氏的父親崔造，曾做過德宗皇帝的宰相，當時有名臣之稱。權公安葬之後，他的兒子監察御史權璩，憂損疲憊地穿著喪服前來，有所請求，我於是作銘辭說：

權在商周，世無❶不存。滅楚徙秦，嬴劉之間。甘泉始侯❷，以及安邱。詆訶浮屠❸，皇極之扶。貞孝之生，鳳鳥不至❹。爵位豈多，半塗以稅；壽考豈多，四十而逝。惟其不有，以惠厥後。是生相君，為朝德首。行世祖之，文世師之。流連六官❺，出入屏毗❻。無黨無讎，舉世莫疵。人所憚為，公勇為之；其所競馳，公絕不窺。孰克知之，德將在斯。刻詩墓碑，以永厥垂。

【章旨】本段以韻語復述前文大意，讚美權德輿道德文章。

【注釋】❶世無　一本作「世次」，可從。❷甘泉始侯　其事不詳。❸浮屠　佛教。苻堅出遊東苑，命沙門道安同輦而行，權翼出面諫阻，指斥道安為「毀形賤士」，「不宜參穢神輿」。❹鳳鳥不至　《論語・子罕》：「鳳鳥不至，河不出圖，吾已矣夫！」意謂生不逢時。❺六官　指吏、戶、禮、兵、刑、工六部。❻屏毗　屏藩，為天子所仗賴。毗，輔也。

【語譯】權氏祖先商周時代，世次從來沒有間斷。楚國滅亡徙居關中，直到嬴秦劉漢之間。自甘泉侯始有爵位，之後便到安邱公翼。排擊指斥佛教之徒，扶正王朝法規準則。貞孝公皋一生困頓，鳳鳥不至生不逢時。

爵位怎說已經夠多，還在半路停車稅駕；年壽怎說已經夠高，四十歲便英年早逝。只因為他不曾得到，故其後嗣受惠不少。由於生下德輿相公，成為朝廷有德領袖。他的品行世人效仿；他的文章舉世師法。先後出任六部長官，在朝在外國家屏障。他既無黨也無仇敵，國人沒誰對他譏議。別人害怕做的事情，權公勇敢大膽去做；人們競相奔赴所在，權公決不再去窺伺。誰能知道他的為人，大德之人此處埋葬。在公墓碑刻上此詩，以便讓他永垂萬世。

【研　析】本文所寫是一位曾經當過宰相的大臣，其一生經歷是相當豐富的。而文章從人物三歲寫起，直到六十歲死去，逐一敘述，作了完整的介紹，平實具體，然而不覺其有累贅瑣屑的毛病。這主要是因為：一、對於一般的情況，作者往往是以概括的評斷代替事跡的羅列，鍾句練響，準確用詞，如「不失其正」「不為聲章」「不矜主己」以及「無黨無讎」「舉世莫疵」等，使碑文表現出矜慎簡潔、堅勁高古的特質，曾國藩以為這是金石文字的正軌。二、根據表現人物性格品質的需要穿插安排一些具體的事實，如排擊裴延齡，與陽城為助，臨行進言，疏救于頔，手不釋卷，費不偫餘等等，使人物既有好學深思清心寡慾的學者風度，又並非一味的好好先生，而是外柔內剛、敢為人之所不為。這樣一般的評述與個別的敘寫巧妙結合，在本文的確收到了良好的效果。

贈太尉許國公神道碑銘

韓退之

【題　解】神道即修在墳墓前面的墓道，意為鬼神所行之道路。於此立石刻碑，敘述死者生平，謂之神道碑。贈太尉許國公為韓弘（西元七六五—八二二年），其名其事已見於〈平淮西碑〉，他曾是討伐蔡州吳元濟的各路人馬的統帥。許國公是他的封爵，太尉是他死後所贈的官銜。本文對韓弘的一生作了詳盡的介紹，在韓碑中屬於規模宏偉的大篇。對於這篇碑志的內容，前人有不同看法。據新舊《唐書》傳記，韓弘對唐王室並非完全忠貞不二，平吳元濟時他身為行營都統，每聽捷報諸將立功，他就幾天不得高興。有人因此認為韓愈曾作過韓弘的行軍司馬，又同其子韓公武私交甚好，故在碑文中極力美化韓弘，實有諛墓之嫌。也有人認為韓弘大節不差，本傳中說的那些事根據不足，有可能是叛逆藩鎮散布的流言蜚語。其實史實的真偽已難考辨，而史傳同碑志要求應有不同，碑志是應死者後人所請而寫，特為表彰死者功德，自然不能善惡同書，一定程度的美化，是情理以內的事。

韓，姬姓❶，以國氏。其先有自潁川❷徙陽夏❸者，其地於今為陳之太康。太康之韓，其稱蓋久。然自公始大著。公諱宏❹。公之父曰海，為人魁偉沉塞❺，以武勇游仕許、汴之間，寡言自可，不與人交❻，眾推以為鉅人長者。官至游擊將軍❼，贈太師。娶鄉邑劉氏女，生公，是為齊國太夫人。夫人之兄曰司徒玄佐❽，有功建中、貞元之間，為宣武軍帥，有汴、宋、亳、潁四州之地，兵士十萬人。

【章　旨】本段簡述韓姓之淵源及韓弘的先世。

【注　釋】❶姬姓　周成王封其弟叔虞於唐，後代徙於曲沃為晉，晉穆侯孫萬食采於韓，後為韓氏，與趙、魏分晉，列為諸侯。❷潁川　秦滅韓，以其地為潁川郡，郡治在今河南禹縣。❸陽夏　今河南太康。唐屬陳州。❹宏　一作「弘」，本書〈平淮西碑〉亦作「弘」。古通。❺塞　通「寋」。實也。❻交　一本作「校」，可從。❼游擊將軍　五品以上武散官。❽司徒玄佐　劉洽，賜名玄佐，宣武軍節度使，討李希烈有功，封司徒。劉玄佐、韓弘均滑州匡城人。「太康之韓」乃就其先世而言。

【語　譯】韓氏，本出姬姓，用國名作為姓氏。韓的先世有從潁川遷徙到陽夏的一支，那地方現在是陳州的太康縣。太康韓氏這個稱呼大概已經很久了。但是自從出了太尉公才開始大大有名。韓公名叫弘。他的父親名海，為人魁梧雄偉，深厚誠實，憑藉勇武在許州、汴州之間為官效力。說話不多而有自信，不與他人計較，大家推許他認為他是高人長者。官做到游擊將軍，死後贈封太師。娶了同鄉劉氏之女生下韓公，這就是齊國太夫人。夫人的兄長為司徒劉玄佐，在建中、貞元之間建立了功勳，成為宣武軍的統帥，擁有汴、宋、亳、潁四州的土地，兵士十萬人。

公少依舅氏，讀書習騎射，事親孝謹，偘偘❶自將，不縱為子弟華靡遨放事。出入敬恭，軍中皆目之。嘗一抵京師，就明經❷試，退曰：「此不足發名成業。」復去從舅氏學，將兵數百人，悉識其材鄙怯勇，指付必堪其事。司徒歎奇之。士卒屬心，諸老將皆自以為不及。司徒卒，去為宋南城將❸。比六七歲，汴軍連亂不定。貞元十五年，劉逸淮❹死，軍中皆曰：「此軍司徒❺所樹，必擇其骨肉為士卒所慕賴者付之。今見❻在人，莫如韓甥。且其功最大，而材又俊。」即柄授之，而請命於天子。天子以為然。遂自大理評事❼拜工部尚書，代逸淮為宣武軍節度使❽，悉有其舅司徒之兵與地，眾果大悅便之。

【章　旨】本段敘韓弘獲得兵權成為汴軍統帥的經過。

【注　釋】❶偘偘　同「侃侃」。和樂貌。❷明經　唐代科舉考試的科目之一，以通曉經義為考試內容。❸宋南城將　宋州南城守將。宋州，今河南商丘，唐時有南城一，北城二。貞元八年二月，劉玄佐卒，其子劉士寧代為節度使。九年十二月，軍亂，逐士寧，以副使李萬榮代之，韓弘出為宋南城將。❹劉逸淮　懷州武陟人，後賜名全諒。董晉死後，陸長源繼之，亂兵殺陸長源，劉逸淮由宋州刺史任宣武軍節度使。❺司徒　指劉玄佐。❻見　同「現」。❼大理評事　大理寺為掌管刑獄的機關。評事，從八品下。❽代逸淮為宣武軍節度使　弘事逸淮為都知兵馬使，逸淮死，汴軍懷玄佐之惠，以弘長厚，共請為留後，環監軍請表其事，朝廷許之，充宣武軍節度副大使，知節度事。

【語　譯】韓公少年時期依附舅舅家，讀書並學習騎馬射箭，侍奉親人孝順恭敬，樂觀和氣，能約束自己，不放縱自己作出一般大官子弟那樣豪華奢靡遨遊狂放的事情。進出軍營端莊有禮，軍中上下都注目於他。曾一度進到京城，參加明經科的考試，回來後說：「這不能夠用來顯揚名聲，成就功業。」又去跟隨舅舅學習，帶領幾百名士兵，他都能了解他們是有才幹還是無才幹，是怯懦還是勇敢，指派安排他們一定勝任所承擔的事情。司徒劉玄佐歎賞他並認為他不平常。士卒歸心於他，老將們都自認為趕不上他。司徒死，他離開汴州任宋州南城守將。接連六七年，汴州軍隊連續發生動亂不得安定。貞元十五年，劉逸淮死，軍中都說：「這支軍隊是司徒所培植起來的，一定要選擇司徒至親骨肉中被士卒所愛戴信賴的人交託給他。如今看到的人沒有超過韓家外甥的。而且他的功勞最大，而才幹又特出。」就把軍權授予他，並且向天子請求任命。天子認為這樣很好。於是將韓公從大理評事提升為工部尚書，代替劉逸淮任宣武軍節度使，完全擁有他舅父司徒的兵力和地盤，廣大部下果然非常高興覺得適合。

當此時，陳許❶帥曲環❷死，而吳少誠❸反，自將圍許，求援於逸淮，啗❹之以陳歸汴，使數輩在館。公悉驅出斬之。選卒三千人，會諸軍擊少誠許下。少誠失勢以走，河南無事。

【章　旨】本段述韓弘拒絕援蔡，為帥之初即表示了忠於朝廷的鮮明態度。

【注釋】❶陳許　唐陳州治宛丘縣，今河南淮陽治。許州治長社縣，今許昌。❷曲環　陝州安邑人，時為許州刺史、陳許節度使。❸吳少誠　幽州潞縣人，時為申、光、蔡等州節度使。❹啗　給別人東西吃，引申為以利誘人。

【語譯】就在這時，陳許節度使曲環病死，而吳少誠反叛，親自帶兵包圍許州，向劉逸淮請求支援，用將陳州歸入汴州作好處引誘逸淮，幾批使者都住在客館裡等候決定。韓公全部趕出來殺掉。選擇兵卒三千人，會同各路人馬攻擊吳少誠在許州城下。吳少誠喪失優勢而逃跑，河南因此而太平無事。

公曰：「自吾舅沒，五亂❶於汴者，吾苗薅而髮櫛之幾盡，然不一揃❷刈，不足令震駴❸。」命劉鍔❹以其卒三百人待命於門，數之以數與於亂，自以為功，並斬之以徇，血流波道。自是訖公之朝京師，廿有一年，莫敢有讙呶叫號於城郭者。

【章旨】本段敘韓弘嚴厲整頓汴軍，顯示了治軍的才幹。

【注釋】❶五亂　指玄佐死，擁立劉士寧而拒絕吳湊接任、李萬榮驅逐劉士寧、萬榮死，其子作亂、董晉入汴，鄧惟恭等謀亂、董晉死，汴軍復亂等。❷揃　滅。與「翦」意同。❸駴　同「駭」。驚也。❹劉鍔　《舊唐書・韓弘傳》曰：「汴州自劉士寧之後，軍益驕恣，及陸長源遇害，頗輕主帥，其為亂魁黨數十百人，弘視事數月，皆知其人。有部將劉鍔者，兇卒之魁也。弘欲大振威望，一日引短兵於衙門，召鍔與其黨三百，數其罪，盡斬之以徇，血流道中，弘對賓僚言笑自若。」

【語譯】韓公說：「自從我的舅父去世，五次在汴州參與暴亂的人，我像鋤草護苗和梳理頭髮一樣清除得差不多了，但如不殺掉一批，還不能夠充分使他們震驚。」命令劉鍔帶領他的兵卒三百人在門前集合待命，韓公出來指斥他們多次參加暴亂，還自以為有功，將他們全部斬首宣示全軍，鮮血在路流成河。從此以後直到韓公朝拜京師，共二十一年，沒有人敢在城牆上喧嘩叫喊製造動亂。

李師古❶作❷言起事，屯兵於曹❸，以嚇滑帥❹，且告假道。公使謂曰：「汝能越吾界而為盜耶？有以相待，無為空言！」滑帥告急，公使謂曰：「吾在此，公無恐！」或告曰：「翦棘❺夷道，兵且至矣，請備之。」公曰：「兵來不除道也。」不為應。師古詐窮變索❻，遷延旋軍。少誠以牛皮鞵材遺師古，師古以鹽資少誠，潛過公界。覺，皆留，輸之庫。曰：「此於法不得以私相餽。」

【章　旨】本段敘韓弘不與李師古、吳少誠同流合汙，起到了鎮攝反叛的作用。

【注　釋】❶李師古　時任淄青節度使，治所在鄆州（今山東東平西北），想利用唐德宗死的機會擴大地盤，聲言李元素謀反，自己起兵平叛，想攻占滑州。❷作　一作「詐」。❸曹　唐曹州治濟陰縣，在今山東曹縣西北。❹滑帥　義成軍節度使李元素。義成軍治所在滑州，故稱滑帥。滑州在今河南滑縣東。❺棘　荊棘。❻索　盡。

【語　譯】李師古揚言要出兵平亂，把軍隊進駐在曹州，用這種辦法恐嚇鄭滑節度，同時告知韓公希望借路經汴去伐滑。韓公派人對他說：「你能越過我的疆界去作盜賊嗎？我有辦法等候你，你不要講空話！」滑州統帥來告急求助，韓公派人對他說：「有我在這裡，您無需恐慌！」有人來報告說：「曹州方面在鏟除荊棘修平道路，看來兵就要到了，請準備應敵。」韓公說：「兵真要來就不會掃除道路。」不作應敵措施。李師古詐謀用完，花樣使盡，只好拖延一陣退兵回去。吳少誠將牛皮鞋料送給李師古，李師古用鹽資助吳少誠，暗從韓公的疆界內經過，韓公發覺了，全部扣留下來，把它交給國庫。說：「這類物資依照國法不能由私人互相餽贈。」

田弘正❶之開魏博，李師道❷使來告曰：「我代與田氏約相保援，今弘正非其族❸，又首變兩河事❹，亦公之所惡，我將與成德❺合軍討之，敢告。」公謂其使曰：「我不知利害，知奉詔行事耳。若兵北過河，我即東兵以取曹。」師道懼，不敢動。弘正以濟。

【章　旨】本段敘韓弘拒絕李師道而支持田弘正歸順朝廷，表現其分明愛憎。

【注　釋】❶田弘正　本名田興，字安道，賜名弘正。元和七年（西元八一二年）八月魏博節度使田季安卒，田弘正受士卒擁戴取代田季安之子為節度留後，十月被任為節度使。❷李師道　元和元年（西元八〇六年）閏六月李師古卒，其弟李師道代。❸非其族　指田弘正雖姓田，但並非田季安血親。❹首變兩河事　兩河，即河東、河內。具體指田弘正於元和七年以魏、博、貝、衛、澶、相六州歸於有司，改變了以往視為節度使私土的情況。❺成德　成德軍治恆州，在今河北正定北。當時成德軍節度使為王承宗。

【語　譯】田弘正開始主持魏博的時候，李師道派使者前來告知韓公說：「我家世代同田氏約定互相保護聲援，現在弘正並不是田氏的親族，又首先改變河東、河內的局面，也是您所厭惡的，我準備同成德軍聯合起來討伐他，斗膽告訴您。」韓公對那派來的使者說：「我不管有無好處，只知道按皇上的旨意辦事罷了。假如你們的軍隊北過黃河，我立即向東進兵而攻占曹州。」李師道懼怕，不敢動。田弘正因此能夠成功。

誅吳元濟也，命公都統諸軍❶，曰：「無自行，以遏北寇。」公請使子公武以兵萬三千人會討蔡下，歸❷財與糧，以濟諸軍，卒擒蔡姦。於是以公為侍中❸，而以公武為鄜坊丹延節度使。

【章旨】本段敘韓弘在平定蔡州軍閥吳元濟中的功績。

【注釋】❶都統諸軍　元和十年九月，以韓弘充任淮西行營都統使。❷歸　通「饋」。餉也。❸侍中　元和十二年十一月，錄平淮西功，加宏檢校司徒，兼侍中，封許國公。

【語譯】討伐吳元濟的時候，皇上任命韓公統一指揮各路人馬，說：「你不必自己前往，以便留汴阻遏河北的叛賊。」韓公請求派遣兒子公武將兵一萬三千人會合征討到蔡州城下，送財物和軍糧，來接濟各軍，終於俘獲了蔡州反賊。於是皇上提升他作為侍中，而封公武為鄜坊丹延節度使。

師道之誅❶，公以兵東下，進圍考城❷，克之。遂進迫曹，曹寇乞降。鄆部既平❸，公曰：「吾無事於此，其朝京師！」天子曰：「大臣不可以暑行，其秋之待。」公曰：「君為仁，臣為恭，可矣。」遂行。既至，獻馬三千匹，絹❹五十萬匹，他錦紈綺纈❺又三萬，金銀器千。而汴之庫廄錢以貫數者尚餘百萬，絹亦合百餘萬匹，馬七千，糧三百萬斛，兵械多至不可數。初公有汴，承五亂之後，掠賞之餘，且歛且給，恆無宿儲。至是，公私充塞，至於露積不垣。

【章旨】本段敘韓弘在平定鄆州之後朝京師，結合顯示其治汴的業績。

【注釋】❶師道之誅　元和十三年秋，下詔削奪淄青節度使官爵，令宣武軍等五路軍隊分路進討。❷考城　唐屬曹州，今河南蘭考治。❸鄆部既平　元和十四年二月，李師道為部將劉悟擒獲，斬其首送魏博軍。❹絹　百姓做衣服的絲織品。❺錦紈綺纈　錦，彩色織紋的絲織品。紈，白色細絹。綺，素地織紋起花的絲織品。纈，染印花紋的絲織品。

【語譯】討伐李師道的戰役，韓公將兵向東出擊，進而包圍考城，攻占了。於是進兵直逼曹州，曹州叛賊請求投降。鄆州叛軍既已平定，韓公說：「我在此地已無事可幹，將要到京城朝見天子！」天子說：「大臣不可以冒暑行路，等到秋天吧！」韓公說：「君主這是仁愛為懷，臣下卻是恭敬為上，還是可以去的。」於是出發。到京師之後，獻給朝廷戰馬三千匹，絹五十萬匹，其他各種素色彩色精美織物又三萬匹，金銀器皿千件。而汴州的倉庫馬房之內，錢用貫來計算的還剩百萬貫，絹也總共有百多萬匹，馬七千匹，糧食三百萬斛，兵甲器械多到數也數不清。當初韓公剛得到汴州，正是緊接在五次動亂之後，掠奪濫賞所殘存，一邊搜繳，一邊賞賜，經常是沒有隔宿的儲備。到這時，公私倉庫塞得滿滿的，甚至到露天堆積不加護牆。

冊拜司徒，兼中書令❶，進見上殿，拜跪給扶❷。贊元經體❸，不治細微。天子敬之。元和十五年，今天子❹即位，公為冢宰❺，又除河中❻節度使。在鎮三年，以疾乞歸，復拜司徒、中書令。病不能朝，以長慶❼二年十二月三日，薨於永崇里第，年五十八。天子為之罷朝三日，贈太尉❽，賜布粟。其葬物有司官給之，京兆尹❾監護。明年七月某日，葬於萬年縣❿少陵原，京城東南三十里。楚國夫人翟氏祔。子男二人，長曰肅元，某官；次曰公武，某官。肅元早死。公之將薨，公武暴病先卒，公哀傷之，月餘，遂薨。無子，以公武子——孫紹宗為主後⓫。

【章　旨】本段敘韓弘晚年經歷及死葬的情況。

【注　釋】❶中書令　中書省的最高長官，佐天子決大事，正二品。❷給扶　史載韓弘朝見時，因有足疾，跪拜不便，特派太監攙扶。唐有「給扶」之制，對年高位尊的大臣，派兵給扶。❸體　猶「股肱」，指群臣。❹今天子　指穆宗。唐憲宗之子李恆。❺冢宰　老皇帝死新皇即位，政權交替的過程中設冢宰，百官聽命於冢宰。冢，大也。憲宗崩，以弘攝冢宰。❻河中　唐河東道河中府，為河中節度使治所。河中府治河東縣，今山西永濟治。❼長慶　唐穆宗年號。長慶二年為西曆八二二年。❽太尉　與司徒、司空為三公，正一品。是授予大臣的最高榮職，並無實務。❾京兆尹　治理京城的長官。長慶三年京兆尹即為韓愈。❿萬年縣　唐屬關內道，今為陝西長安地。少陵原在縣南。⓫主後　主持喪事。《雜記》：「喪有無後，無無主。」

【語　譯】皇帝用冊書面授韓公為司徒，兼中書令，入宮上殿謁見皇上，跪拜時派兵攙扶。襄贊元首治理百官，不管細微末節之事。天子敬重他。元和十五年，當今天子穆宗即位，由韓公充任冢宰，又封河中節度使。在鎮守之地三年，因為疾病請求回朝，再封司徒、中書令。有病不能朝拜，於長慶二年十二月三日，逝世在京城永崇里的府第，年五十八。天子因為韓公的辭世三天未能上朝，贈封韓公為太尉，賜給布帛粟米。其餘喪葬所需物資都由部門負責從官府撥給，由京兆尹進行監護。次年七月的一天，安葬在萬年縣的少陵原，地在京城東南三十里。楚國夫人翟氏與他合葬。韓公有兩個兒子，長子叫肅元，任某官職；次子叫公武，任某官職。肅元死得早。在韓公快死的時候，公武得急病先死，韓公為兒子哀傷，一個多月，就去世了。沒有兒子，就由公武之子，孫兒紹宗主持後事。

汴之南則蔡，北則鄆，二寇患公居間，為己不利，卑身佞辭，求與公好，薦女請昏❶，使日月至。既不可得，則飛謀釣謗❷，以間染我。公先事候情，壞其機牙❸，姦不得發，王誅以成。最功定次，孰與高下？

【章　旨】本段在歷敘生平的基礎上就韓弘一生最主要功績作出論斷。

【注　釋】❶薦女請昏　薦，進。昏，通「婚」。❷釣謗　誘致其情從而謗傷。釣一作鉤。❸機牙　弩上發箭和鉤弦制動的機件，比喻事情的關鍵。

【語　譯】汴州的南方是蔡州，北方則是鄆州，兩處叛賊擔心韓公處在他們的中間，做出對自己不利之事，故此低聲下氣用諂媚討好的言辭，請求同韓公交好，推薦女兒請求通婚，使者接連不斷來到。既然不可能得到，就遠設機謀誘致其情而進行毀謗，用這種辦法離間中傷我。韓公總是在事情之先就了解他們的用心，打破他們陰謀的關鍵，他們的姦謀發不出來，君王的誅討得以完成。評論功勳排定次序的話，誰能和韓公比較高低呢？

公子公武，與公一時俱授弓鉞❶，處藩❷為將，疆土相望。公武以母憂❸去鎮，公母弟充，自金吾代將渭北❹。公以司徒、中書令治蒲❺，於時弟充自鄭滑節度平宣武之亂❻，以司空居汴。自唐以來，莫與為比！

【章　旨】本段敘子、弟任職情況，顯示朝廷對韓氏的厚報。

【注　釋】❶弓鉞　弓矢和斧鉞。古時對諸侯賜以弓、鉞，表示授予征討和殺伐的權力。這裡指同時作節度使。❷藩　藩鎮。總領一方的軍府。❸母憂　丁母憂，為母死服喪，當母死之憂也。❹渭北　指渭北鄜坊節度使。❺蒲　河中府本舜所都蒲坂，後曾置蒲州，故亦稱蒲。❻宣武之亂　穆宗長慶二年七月，汴州軍亂，驅逐了宣武軍節度使李愿。朝廷以韓充為宣武軍節度使、汴州刺史，仍兼鄭滑節度使。

【語　譯】韓公的兒子公武，與公同一時候都被賜予弓箭和斧鉞，處在藩鎮作主將，疆土遙遙相望。當公武因為母死守喪離開節鎮，韓公的同母弟弟韓充，由右金吾衛大將軍代替公武統帥渭北。韓公以司徒、中書令身分治理蒲州，這時弟弟韓充由鄭滑節度使奉命平定宣武軍之亂，以司空的身分駐紮汴州。自從唐朝建國以來，沒有哪家能夠相比！

公之為治，嚴不為煩，止除害本，不多教條❶，與人必信，吏得其職，賦入無所漏失，人安樂之，在所以富。公與人有畛域❷，不為戲狎，人得一笑語，重於金帛之賜。其罪殺人，不發聲色，問法何如，不自為輕重，故無敢犯者。其銘曰：

【章　旨】本段總敘韓弘的性格特徵及處理政事的風格。

【注　釋】❶教條　命令。❷畛域　界限。

【語　譯】韓公進行治理，嚴格而不顯得煩瑣，只把造成危害的根本去掉，不多頒布命令條文，對人一定講信用，官吏能夠各司其職，賦稅收入沒有遺漏的，人們卻能安居樂業，他所在的地方因此而富裕。韓公同人交往時保持一定的界限，不表現出輕浮嬉戲的態度，人們得到他一聲笑語，比得到錢帛的賞賜更覺寶貴。他判罪殺人，也不發出疾言厲色，問按照法律該當如何處置，不自作主張罰輕罰重，因此無人敢於犯法。銘文說：

在貞元世，汴兵五猘❶。將得其人，眾乃一愒❷。其人為誰？韓姓許公。磔❸其梟狼，養以雨風。桑穀奮張，厥壤大豐。貞元元孫❹，命正我宇。公為臣宗，處得地所。河流兩壖❺，盜連為群。雄唱雌和，首尾一身。公居其間，為帝督姦。察其嚬❻呻，與其睨眴❼。左顧失視，右顧而跽❽。蔡先鄆鉏❾，三年而墟。槁乾四呼，終莫敢濡。常山幽都❿，孰陪孰扶？天施不留，其討不逋。許公預焉，其賚何如？悠悠四方，既廣既長。無有外事，朝廷之治。許公來朝，車馬干戈。相乎將乎，威儀之多。將則是已，相則三公。釋師十萬，歸居廟堂。上之宅憂⓫，公讓太宰。養安蒲坂⓬，萬邦絕等。有弟有子，提兵守藩。一時三侯，人莫敢扳⓭。生莫與榮，歿莫與令。刻文此碑，以鴻厥慶。

【章　旨】銘文側重對韓弘任汴帥以來的業績逐一進行讚美。

【注　釋】❶五猘　指汴州兵五次暴亂。猘，狂犬。❷愒　休息。❸磔　一種分裂肢體的刑法。❹貞元元孫　指唐憲宗，德宗之孫。貞元，德宗年號。❺壖　此指河邊之地，河南河北。❻嚬　皺眉。❼睨眴　猶言動靜。睨，斜視。眴，目動。❽跽　長跪。❾鉏　同「鋤」。誅除。❿常山幽都　常山，恆州，指成德軍。幽都，即幽州，指盧龍軍。⓫宅憂　指天子居喪。⓬蒲坂　相傳為古代舜的都城，故城在今山西永濟。元和十五年，韓弘為河中節度，即居於此。⓭扳　通「攀」。引也。

【語　譯】貞元年間這段時期，汴州駐軍暴亂五次。統帥得到最佳人選，大眾獲得一時休息。這個人選究竟是誰？就是韓姓許國公弘。敢於裂殺兇猛豺狼，惠風甘雨滋潤地方。桑麻五穀茁壯生長，此處一派豐收景象。貞元皇帝長孫憲宗，下詔平治大唐疆土，韓公作為群臣領袖，安排去到需要之處。滾滾黃河兩岸州郡，叛賊相連結隊成群，雄唱雌和此呼彼應，首尾相接結成一體。韓公居處叛逆中間，能為皇上督察奸謀。觀察他們皺眉沉吟，以及他們睥睨傳情。左顧人們不敢看視，右顧人們立即長跪。蔡賊先誅鄆亂後鋤，三年時間蔡州成墟。枯枝敗葉四面呼號，終究沒人敢來淋澆。常山成德幽都盧龍，誰來輔助誰來援手？上天賜施絕無保留，上天討伐無所逃避。許公參與天施天討，所得報賞知有多少？悠悠萬里四面八方，多麼廣大多麼深長。京城之外太平無事，韓公用心朝廷政治。許公回京朝拜天子，干戈林立車馬成行。入則為相出則為將，儀仗何等威武風光。作為將領建功如此，作為宰相位列三公。十萬大軍交還權柄，歸來任職身在朝廷。穆宗皇上守喪期間，極力辭讓冢宰要職。安養身心蒲坂古城，天下郡國絕類超群。既有兄弟又有兒子，手握重兵鎮守藩屏。一家同時三人封侯，旁人有誰敢於攀比。活時無人有此榮耀，死後無人有此美名。這篇文章刻此石碑，用來光大韓氏吉慶。

【研析】姚鼐在本篇後原評曰：「觀弘本傳及李光顏傳，載弘以女子間撓光顏事，與誌正相反。退之諛墓亦已甚矣！而文則雄偉，首尾無一字懈，精神奕然。」前一論點已在「題解」中討論過。後一個論點，前人不少意見相同，一般都把嚴毅威重、氣勢峻拔作為本文的主要特色。這首先因為作者站得高，旗幟鮮明，文中貫穿著忠君愛國維護一統反對分裂叛亂的堅決態度。韓弘在藩鎮割據的中唐時代，處在一群與朝廷離心離德、由暗鬥以至明爭的軍閥中間，能保其大節，發揮正確的歷史作用，就是難能可貴的。文章圍繞這一大節，對有關事跡逐一展開敘述，寫他狠下殺手，徹底扭轉汴軍內部的動亂傾向，寫他嚴詞拒絕李師古，寫他以強有力的措施支持田弘正歸順朝廷的舉動，說「我不知利害，知奉詔行事耳」。寫他沒收吳少誠與李師古私相接濟的物，說「此於法不得以私相餽」。行事堅決，語言有力，絕無可容商量之處。正所謂理直而氣壯，義正而詞嚴。由此可知，文章的旺盛氣勢乃是堅確的事理，亦即正確的立場觀點與鏗鏘有力的語言表達的有機統一，正如韓愈所說，氣盛則言之短長與聲之高下者咸宜。

清河郡公房公墓碣銘

韓退之

【題解】墓碣，墓碑的別體，古以方者稱碑，圓者稱碣，故墓碣銘即墓誌銘也。房公指房啟（西元七五七—八一五年），是唐玄宗、唐肅宗時期宰相房琯之孫，清河郡公是他的封爵，是唐代九等爵位中的第四等。房啟死於唐憲宗元和十年，本文為這年秋天所作。文中依次記述了房啟一生事跡，對房啟晚年因行賄得罪貶官，只說「應待失禮，客主違言」「維不順隨，失署亡資」，也是不得不如此寫罷了。

公諱啟，字某❶，河南❷人。其大王父融，王父琯，仍父子為宰相。融相天后，事遠不大傳；琯相玄宗、肅宗，處艱難中❸，與道進退，薨贈太尉，流聲於茲。父乘，仕至祕書少監，贈太子詹事❹。

【章旨】本段敘房啟先人的業績，突出了房琯的地位和影響。

【注釋】❶字某　據劉禹錫的文集，房啟字開士。❷河南　唐河南府河南縣，今河南洛陽治。❸處艱難中　指遭遇安史之亂。玄宗天寶十五年（西元七五六年）六月安史叛軍攻破潼關，玄宗匆忙逃入四川，房琯進入四川謁見玄宗，被任為宰相，八月被派往靈武冊立肅宗。後因陳陶斜之敗貶為太子少師，廣德元年（西元七六三年）八月卒。❹太子詹事　統管東宮事務的官職，正三品。

【語譯】房公名啟，字某某，河南人。他的曾祖父房融，祖父房琯，父子相繼任宰相。融相則天皇后，事跡因年代久遠流傳不多；琯相唐玄宗、肅宗，生活在艱難的時代裡，無論進退都依據正道而行，死後贈封為太尉，美名流傳至今。父親房乘，官做到祕書少監，贈封為太子詹事。

公胚胎前光，生長食息，不離典訓之內。目擩❶耳染，不學以能。始為鳳翔府參軍❷，尚少，人吏迎觀望見，咸曰：「真房太尉家子孫也！」不敢弄以事。轉同州❸澄城丞❹，益自飭理，同官憚伏。衛晏❺使嶺南黜陟，求佐得公。擢摘良姦，南土❻大喜。還進昭應❼主簿❽。裴胄❾領湖南，表公為佐，拜監察御史，部無遺事。胄遷江西，又以節鎮江陵。公一隨遷佐胄，累功進至刑部員外郎，賜五品服，副胄使事為上介❿。上聞其名，徵拜虞部員外⓫，在省籍籍。遷萬年⓬令，果辯憿絕⓭。

【章　旨】本段敘述房啟早期仕宦經歷，讚揚其聰敏能幹。

【注　釋】❶擩　染，字今寫作「濡」。❷鳳翔府參軍　正八品，負責府內某方面事務。唐鳳翔府治所在天興縣，今陝西鳳翔。❸同州　治今陝西大荔。❹澄城丞　澄城，今陝西澄城治。丞，縣令的副職。❺衛晏　德宗建中元年派遣洪經綸、柳冕等十一人分行天下，考察官吏以定升降，稱黜陟使。衛晏派往嶺南。❻南土　一作「南士」。❼昭應　縣名，今陝西臨潼治。❽主簿　縣的主要屬員，主管簿籍文書。❾裴胄　字胤叔，河東聞喜人，貞元三年以國子司業為潭州刺史、湖南觀察使。❿介　副手。⓫虞部員外　虞部是工部的下屬官署。員外即員外郎。虞部員外郎一人，從六品上，掌管山澤禁令。⓬萬年　縣名，本陝西咸寧，已併入長安市。⓭憿絕　迅疾貌。

【語　譯】房公植根於前輩的光華，生活成長飲食呼吸，總不離正確訓誡之內，耳濡目染，不用學也能做到。

開始作鳳翔府參軍，還很年少，人役吏員迎接觀看，望見他，都說：「真是房太尉家的子孫呢！」不敢拿事務來捉弄他。升轉為同州澄城縣的縣丞，更加注意自己修飾鍛鍊，同僚們都敬畏佩服。衛晏到嶺南作黜陟使考察官吏，尋訪僚佐物色到他。提拔賢良的官員，揭發奸邪之徒，南方的官民非常歡喜。回京後進職為昭應縣主簿。裴胄統領湖南，上表要求派他作為僚佐，並封為監察御史，衙署內沒有遺落的事情。裴胄調任江西觀察使，後又作為節度使鎮守江陵，他一直跟隨調動輔佐裴胄，積累功績晉升到刑部員外郎，賜給五品官員的服色，作為裴胄的主要助手，協助節度使處理事務，因而被認為是最佳副手；連皇上也聽到了他的名聲，故被調回朝廷，封為虞部員外郎，在尚書省內名聲赫赫。改任萬年縣令，果決明辨，辦事迅捷。

貞元末，王叔文❶用事，材公之為，舉以為容州❷經略使，拜御史中丞，服佩視三品。管有嶺外十三州之地。林蠻洞蜒❸，守條死要❹，不相漁劫。稅節賦時，公私有餘。削衣貶食，不立資遺，以班親舊朋友為義。在容九年，遷領桂州❺，封清河郡公，食邑三千戶。

【章　旨】本段敘述房啟後期任職嶺南的政績，側重寫其清正廉潔。

【注　釋】❶王叔文　山陰（今浙江紹興）人。德宗時侍讀東宮，貞元二十一年（西元八〇五年）正月順宗即位，任翰林學士，轉尚書戶部侍郎，擬進行改革，奪取宦官兵權。宦官俱文珍等擁太子純監國，他被貶死。順宗在位僅八月。貞元二十一年八月改元永貞，時順宗已將退位。❷容州　今廣西容縣治，唐代是容管經略使的治所。❸蜒　亦寫作「蜑」。南方的一種少數民族。❹要　約也。❺桂州　唐桂州治今廣西桂林。元和八年四月房啟由容管經略使升任桂管觀察使。

【語　譯】貞元末年，王叔文當權，認為房公的行事頗具才幹，便提拔他作了容州經略使，授予御史中丞的職銜，服飾佩戴參照三品官的規定。管有嶺南十三個州的土地。對深山巖洞居住的蠻蜑百姓，他堅持條例死守協議，不去掠奪他們。賦稅盡量節減並且按時候收繳，所以官府私家都有餘錢。他衣裳節儉飲食粗淡，不創建家財遺產，把分送給親朋戚友視為正確行為。在容州九年，升遷為桂州觀察使，封為清河郡公，享有三千戶的食邑。

中人❶使授命書，應待失禮，客主違言，徵貳太僕❷，未至，貶虔州❸長史，而坐使者❹。以疾卒官，年五十九。其子越，能輯父事無失，謹謹致孝。既葬，碣墓請銘。銘曰：

【章　旨】本段敘房啟貶官及死喪等情況。

【注　釋】❶中人　宦官。房啟初拜桂管觀察使，其手下吏員賄賂吏部負責人員，提前弄來了命官文告。接著憲宗又下詔派宦官赴嶺南授予告牒。房啟害怕宦官無限制索要禮金，就說：我已得官告五天了。宦官回京揭露此事，憲宗大怒，杖責吏部的令史，處罰郎官，房啟亦被貶太僕少卿。❷太僕　太僕寺卿，負責車馬方面事務的主管。「貳」為副職，即太僕寺少卿。❸虔州　唐屬江南道，今江西贛州。❹坐使者　房啟被貶官以後，也就揭發前來授官告的中使，接受了他送的十五個做奴僕的嶺南人，該中使被處死。

【語　譯】宦官奉命前來授予命官文書，房公在接應招待方面禮數不夠，主客雙方因言語不合而傷和氣，房公被徵調為太僕寺少卿，還沒到京，又被降職為虔州長史，那個宦官使者也被定罪。房公因為疾病死在任上，享年五十九歲。他的兒子房越，能收集整理父親的生平事跡，沒有缺失，恭恭敬敬奉獻出孝心。已經安葬好了父親，便在墓前立碣請我為銘。銘辭說：

房氏二相，厥家以聞。條葉被澤，況公其孫。公初為吏，亦以門庇❶。佐使❷於南，乃始已致。既辦萬年，命屏容服❸。功緒卓殊，氓獠❹循業。維不順隨，失署亡資。非公之怨，銘以著之。

【章　旨】本段簡括序文大意，稱頌死者的功業。

【注　釋】❶庇　庇蔭。❷佐使　指輔佐衛晏、裴胄。❸服　古代王畿外圍，每擴展五百里為一服，五嶺以外被稱為荒服。❹獠　夷民的別稱。

【語　譯】房氏一門兩位宰相，他們家族因此有名。遠枝末葉蒙受恩澤，何況公是房相嫡孫。最初出仕擔任官吏，也是憑藉門庭庇蔭，輔佐使節來到南方，開始自立獲致成功。已經辦好萬年事務，奉命屏藩容州荒服，功業治績卓絕不凡，氓夷民眾安分守業。只因不能順隨中使，丟了官職喪失地位。非公對此有何怨恨，特借銘文加以表明。

【研　析】姚鼐在本文末原注云：「依次紀述，是東漢以來刻石文體。但出韓公手，自然簡古清峻，其筆力不可強幾也。」韓愈的名人墓誌，一般採取順敘之法，首敘祖先事跡、家世出身，然後自幼至老歷敘經歷政績，穿插作出評論，給出斷語。最後述其卒葬並及子孫後嗣。這也是本文敘述的方法，即姚氏所謂「依次紀述」，「東漢以來刻石文體」，本文變化處在：敘人物早期為人僚佐，側重評論其果決能幹，敘人物身為方面大員，側重評論其清苦廉明。「首尾神氣，自相貫輸」，前後補充，人物完整豐滿。全文用字下語，簡潔古樸而含意豐厚，耐人咀嚼，如說房琯「處艱難中，與道進退」，所包含的歷史內容十分深厚；寫房啟幼年「胚胎前光」、「目擩耳染」，也詞約而義豐；至於「應待失禮，客主違言」等等，則含蓄委婉，有話外之旨；「擢摘良奸」、「果辯懺絕」之類，可稱造語古樸挺拔，這些是否就是姚鼐所指的簡古清峻的文風呢？

殿中少監馬君墓誌銘

韓退之

【題解】殿中少監，殿中監的副職，協助掌管皇帝的服飾、醫藥、飲食等及臨朝時率領官屬執傘扇侍立。馬君指馬燧的孫子馬繼祖。馬繼祖死在唐穆宗長慶一、二年間，死時只有三十七歲，作者韓愈此時已五十多，以長輩、死者父親朋友的身分寫墓誌，所以只稱為馬君。這則墓誌銘只有散序部分，沒有用韻語寫的銘辭，姚鼐在題下原注云：「古者書旌柩前即謂之銘，故不必有韻之文始可稱銘。」雖則如此，這總是墓誌銘中一種比較獨特的形式。

君諱繼祖，司徒、贈太師北平莊武王❶之孫，少府監❷、贈太子少傅❸諱暢❹之子。生四歲，以門功拜太子舍人❺，積三十四年，五轉而至殿中少監，年三十七以卒。有男八人，女二人。

【章旨】本段簡敘馬繼祖的先世及歷官年歲、子女情況。

【注釋】❶司徒贈太師北平莊武王　指馬燧（西元七二二—七七七年），因其官高名顯，當時人盡知，故不寫出名字。燧字洵美，汝州郟城即今河南郟縣人，因破田悅有功，封北平郡王。「莊武」是死後諡號，司徒是其生前榮職，太師是死後追贈的頭銜。❷少府監　官名，掌管百工技藝，供給皇帝使用事項。❸太子少傅　意為太子的師傅，亦屬榮寵官銜。❹暢　馬燧二子：彙，暢。暢娶盧氏，生二子：長敖，次繼祖。❺太子舍人　掌管收受文書事項。

【語譯】君名繼祖，是司徒、贈太師北平莊武王馬燧的孫子，少府監、贈太子少傅馬暢的兒子。他生下來才四歲，便憑藉先人的功績封為太子舍人，積累三十四年，五次升遷而做到殿中少監，年僅三十七歲就死了。有八個兒子，兩個女兒。

始余初冠❶，應進士貢❷在京師，窮不自存。以故人❸稚弟，拜北平王於馬前。王問而憐之，因得見於安邑里❹第。王軫其寒饑，賜食與衣，召二子，使為之主。其季遇我特厚，少府監贈太子少傅者也。姆抱幼子立側，眉眼如畫，髮漆黑，肌肉玉雪可念，殿中君也。當是時，見王於北亭，猶高山深林鉅谷，龍虎變化不測，傑魁人也。退見少傅，翠竹碧梧，鸞鵠❺停峙，能守其業者也。幼子娟好靜秀，瑤環瑜珥❻，蘭茁其芽，稱其家兒也。

【章　旨】本段回憶與馬氏三代人的交誼，表達對馬氏三代的高度評價。

【注　釋】❶初冠　古時男子二十歲行冠禮，表示成人，後以將及二十歲為初冠。❷應進士貢　州府將考試及格的生員推送到京師參加進士考試。❸故人　韓愈的從兄韓弇和馬燧是朋友，馬燧主張與吐蕃議和，貞元三年（西元七八七年）於平涼定盟，韓弇以殿中侍御史參與，吐蕃劫盟，弇遇害，故馬燧對故人弟撫卹特厚。❹安邑里　即長安城內安邑坊。安邑坊在朱雀門大街東第三街，緊靠東市之南。❺鸞鵠　鸞相傳為與鳳同類的鳥，五彩而多青色。鵠，通「鶴」。鵠峙有超群出眾之意。❻瑤環瑜珥　瑤環，為圓形的玉飾。瑜珥，美玉製成的耳飾。此以服飾之美喻品貌之佳。

【語　譯】當初我剛二十歲時，被州府推薦參加進士考試在京城，貧窮到了無法自己存活下去，用老朋友幼弟的身分，拜見北平郡王在他的馬前。郡王問了我的情況而且可憐我，因而能夠到安邑里的王府相見。郡王同情我遭受飢寒，賜給飲食和衣服，召來他的兩個兒子，讓他們作主人招待我。那小的一位待我特別好，這就是上文所謂少府監、贈太子少傅呢。保姆抱著小孩站在旁邊，生得眉目清秀像是畫出來似的，頭髮烏黑發亮，肌肉如玉石如冰雪豐潤潔白使人憐愛，這就是殿中少監馬君呢。在這時候，在王府的北亭見到王爺，猶如面對高山深林巨大的山谷，感到神龍乘雲，猛虎從風，變化莫測，是偉大超群的人啊。退下來同少傅相見，則如對青翠的修竹，碧葉的梧桐，像鸞鳥仙鶴亭亭玉立，是能保持王爺的家業的材器呀。那年幼的兒子美好而文靜清秀，如美玉琢成的晶瑩環飾，剔透的耳墜，香蘭初吐的嫩芽，是配得上如此家世的小孩啊。

後四五年，吾成進士❶，去而東游❷，哭北平王於客舍。後十五六年，吾為尚書都官郎❸，分司東都，而分府❹少傅卒，哭之。又十餘年❺至今，哭少監焉。嗚呼，吾未耄老❻，自始至今，未四十年，而哭其祖子孫三世，於人世何如也！人欲久不死，而觀居此世者何也！

【章　旨】本段言不到四十年間曾經親弔馬氏三代人的死，抒發一種人世滄桑之感。

【注　釋】❶吾成進士　貞元八年（西元七九二年），韓愈二十五歲，進士及第。❷東游　貞元十一年（西元七九五年）八月馬燧死，這年五月，韓愈東歸河陽；不久，又往東都洛陽。❸都官郎　都官員外郎，刑部的屬官。韓愈元和四年（西元八〇九年）改都官員外郎，分司東都。❹分府　馬暢任少府監，也分司東都，故稱分府。元和五年馬暢死。自貞元十一年至此，凡十六年。❺又十餘年　應在長慶一、二年，即西元八二一或八二二年。但自馬燧死至繼祖死，實不足三十年。下句「自始」，應指拜會馬燧起，到此已三十五年。❻耄老　六十以上為老，七十以上為耄。

【語　譯】四五年以後，我成了進士，離開京師到東方遊歷，北平王死，我在旅館裡哭祭他。又十五六年之後，我任尚書省都官員外郎，分司東都，而分府洛陽贈太子少傅馬暢死去，我曾哭弔他。又過十多年到了今天，我又哭弔少監在這裡。唉，我並未老到六十七十，從開始認識他們到現在，不足四十年，卻哭過了他們祖父、兒子、孫兒三代，對人世來說，這是一種怎樣的傷痛啊！人們想要長生不死，看看馬氏三代在這個世上的情形，又將如何呢！

【研　析】本文在韓愈所寫的墓誌裡，獨特性不只是表現在沒有叶韻的銘辭，更表現在寫法的別致上。馬繼祖只活了三十七歲，靠著世代官僚的門蔭，從四歲起就掛著官銜，雖五次升轉做到侍從，恐怕真正離家履行職責的時間極為有限，確實沒有什麼事跡可以寫進碑誌以傳不朽，嚴格地說，作為碑誌的必備文字，只文章首段的幾句就夠了。剛剛開頭，便告結尾。但韓愈卻能不拘於碑誌文平直敘事的成法，從本人與馬氏三代死生離合之跡中闢出新境，寫出一篇俯仰淋漓、感慨深至的文章。第二段寫少年時見到的馬氏三代人物，略加勾勒，三人的狀貌、性格便都鮮明生動，這是多麼美好的一段記憶！第三段則「後四五年」「後十五六年」「又十餘年」死訊接踵而至，作者也一哭再哭三哭。兩段文章，頓挫跌宕，生出無限今昔之感。結尾幾句尤其煙波不盡，含意深長。錢基博說：「以本人無可志，故就祖父渲染；以老大無所成，故就幼時設色；以事實無可寫，故就交情抒悼。於墓誌中別出一格。於此可悟旁敲側擊、文家烘托之法。」劉大櫆說：「六一屢仿效之而未能也。」前者揭示了此文的基本寫作方法，後者指明它對歐陽修文章的影響，都能給人以啟迪。

尚書庫部郎中鄭君墓誌銘

韓退之

【題　解】本文寫於唐穆宗長慶元年（西元八二一年）。題中鄭君為鄭群（西元七六二—八二一年），與韓愈有一定交情。德宗貞元二十一年（西元八〇五年）到憲宗元和元年（西元八〇六年）間，韓愈任江陵府參軍，這時鄭群也以殿中侍御史身分在江陵任職。韓愈詩集中有〈鄭群贈簟〉的詩，詩中稱鄭群為故人。庫部是兵部的下屬機構之一，負責兵甲器械及儀仗等，設有郎中一人為主事官員。庫部郎中是鄭群生前所任最高職務。因兵部屬尚書省，故稱尚書庫部郎中。有的版本題目前面還有「唐故朝散大夫」六字，把鄭群的官階寫上了。

君諱群，字弘之，世為滎陽人。其祖於元魏時，有假封❶襄城公者，子孫因稱以自別。曾祖匡時，晉州霍邑❷令。祖千尋，彭州九隴❸丞。父迪，鄂州唐年❹令。娶河南獨孤氏女，生二子，君其季也。

【章旨】本段敘述鄭群的先世。

【注釋】❶假封　鄭偉在西魏文帝大統中進爵為襄城郡公，但此時襄城屬於東魏，所以說是假封。襄城郡今河南襄城治。❷晉州霍邑　今山西霍縣治。❸彭州九隴　今四川彭縣治。❹鄂州唐年　在今湖北崇陽西。

【語譯】君名群，字弘之，世世代代為滎陽人。他的祖先在北魏時候，有人被假封做襄城郡公，子孫於是稱襄城來自示有別於其他鄭氏。曾祖父鄭匡時，任晉州霍邑縣令。祖父鄭千尋，任彭州九隴縣丞。父親名迪，任鄂州唐年縣令。娶了河南獨孤氏女子為妻，生下兩個兒子，群君是小的一個。

以進士選吏部考功❶，所試判❷為上等，授正字❸。自鄠縣尉❹拜監察御史，佐鄂岳使❺。裴均❻之為江陵，以殿中侍御史佐其軍。均之徵❼也，遷虞部員外郎❽。均鎮襄陽❾，復以君為襄府左司馬❿，刑部員外郎，副其支度使⓫事。均卒，李夷簡⑫代之，因以故職留君。歲餘，拜復州⑬刺史。遷祠部郎中。會衢州⑭無刺史，方選人，君願行。宰相即以君應詔。治衢五年，復入為庫部郎中⑮。行及揚州，遇疾。居月餘，以長慶元年八月二十四日卒，春秋六十。即以其年十一月二十二日，從葬於鄭州廣武原⑯先人之墓次。

【章旨】本段敘鄭群歷任官職及卒葬時間地點。

【注釋】❶考功　考功員外郎，屬吏部，負責考核選拔官吏。博學宏詞、書判拔萃等科由吏部主之。❷判　判詞。唐代選官除擇其體貌言辭外，還要試以書法和判詞，書法遒美、判詞文理優長中選稱為「入等」。鄭群進士登科以後再由吏部復試書判。❸正字　官名，職責是校正文字。有集賢殿正字、祕書省正字、著作局正字等，此處未明何屬。❹鄠縣尉　鄠縣，今陝西戶縣治，縣尉負責一縣之治安等，正九品下。❺鄂岳使　全名為鄂、岳、蘄、沔觀察使，其人姓名不詳。❻裴均　字君齊，河東聞喜（今屬山西）人，貞元十九年（西元八〇三年）五月由荊南行軍司馬升任荊南節度使、江陵尹。❼徵　元和三年（西元八〇八年），裴均徵調入朝為右僕射，判度支。❽虞部員外郎　工部的屬官，掌天下山澤禁令。❾襄陽　時為大都督府。元和三年裴均以檢校左僕射同平章事身分任襄州長史、充山南東道節度使。❿左司馬　大都督府設司馬二人，從四品下。⓫支度使　唐代節度使有的帶支度使銜，支度使任務是財賦計算和支出。⓬李夷簡　字易之，元和六年四月代裴均鎮襄陽，五月裴均死。⓭復州　唐復州治竟陵縣，今湖北天門。⓮衢州　今浙江衢縣治。⓯庫部郎中　庫部為兵部下屬機構，掌管軍甲器械、儀仗用品。郎中為其長官。⓰廣武原　因廣武山而得名，在河南滎陽西。

【語譯】鄭君憑進士資格推選到吏部考功司，所試的書判被評為上等，授予正字之職。由鄠縣縣尉封為監察御史，作鄂岳觀察使的僚佐。裴均治理江陵的時候，鄭君以殿中侍御史身分輔佐他的軍事。裴均徵調入朝，鄭君也升調為虞部員外郎。裴均復出鎮守襄陽，又用鄭君作襄陽大都督府左司馬，帶刑部員外郎銜，協助他負責支度使方面的事務。裴均死，李夷簡代替裴均，接著又按原有職務留用鄭君。一年多，封為復州刺史。

提升為祠部郎中。遇上衢州沒有刺史，正在物色人，鄭君表示願意前去。宰相就把他回應皇上詔書。治理衢州五年，又入朝任庫部郎中。走到揚州，遭遇疾病，停留了一個多月，於長慶元年八月二十四日去世，年紀六十，就在當年十一月二十二日，陪葬在鄭州廣武原先人墳墓附近。

君天性和樂，居家事人，與待交遊，初持一心，未嘗變節有所緩急曲直薄厚疏數也。不為翕翕❶熱，亦不為崖岸斬絕❷之行。俸祿入門，與其所過逢吹笙彈箏，飲酒舞歌，詼調醉呼，連日夜不厭，費盡不復顧問，或分挈以去，一無所愛惜，不為後日毫髮計留也。遇其空無時，客至，清坐相看，或竟日不能設食，客主各自引退，亦不為辭謝。與之遊者，自少及老，未嘗見其言色有若憂歎者。豈列禦寇、莊周等所謂近於道者耶？其治官守身，又極謹慎，不挂❸於過差。去官而人民思之，身死而親故無所怨議，哭之皆哀，又可尚也！

【章　旨】本段敘鄭群的個性特點及治官守身的長處。

【注　釋】❶翕翕　趨附的樣子。❷崖岸斬絕　高傲不理人，不易接近。斬，一作「嶄」。❸挂　指沾惹上。

【語　譯】鄭君天生性情平和樂觀，在家生活，對待別人，以及接待交往朋友，從開始堅持一種態度，從來不曾中途改變而分出緩急、曲直、厚薄、親疏來。不表現出趨炎附勢的熱烈樣子，也不做出傲岸自高拒人千里之外的行為。俸祿進了門，就同他所碰上所過往的人，吹笙彈箏，喝酒作樂，唱歌跳舞，詼諧調笑，醉酒喊叫，夜以繼日，永不滿足，錢用光不再留意問一問，有時友人瓜分他的俸錢拿了離去，他一點也不吝惜，不給以後的日子作絲毫打算而留下一點。遇上他囊中空空沒有錢的時候，客人來了，只好相對空坐，有時整天不能準備酒飯，只好主人客人各自退出，他也不會因此表示歉意。同他交往的人，自少年到年老，從來沒有見過他的言辭臉色有類似於憂愁哀嘆的樣子。難道他是列禦寇、莊周等所謂接近於得道了的人嗎？而他治理官事及自身操守，又極其謹慎，不沾惹上過失差錯。他離開官位而人民想念他，他死了而親戚朋友對他沒有不滿的議論，哭他時都有哀思，這又值得推許啊！

初娶吏部侍郎❶京兆韋肇女，生二女一男，長女嫁京兆韋詞❷，次嫁蘭陵蕭瓚。後娶河南少尹趙郡李則女，生一女二男。其餘男二人，女四人，皆幼。嗣子退思，韋氏生也。銘曰：

【章　旨】本段交代鄭群妻室子女的情況。

【注　釋】❶吏部侍郎　吏部的副長官。代宗大曆九年（西元七七四年），韋肇由祕書少監轉為吏部侍郎。❷韋詞　或作「韋嗣宗」。

【語　譯】最初娶的是京兆人吏部侍郎韋肇的女兒，生下兩女一兒，長女嫁給了京兆的韋詞，第二女嫁給蘭陵的蕭瓚。後來又娶了趙郡人河南少尹李則之女，生下一個女兒，兩個兒子。另有兒子二人，女兒四人，都還小。繼承家業的兒子退思，韋氏夫人所生。銘辭說：

再鳴以文❶進塗闢。佐三府❷治藹厥蹟❸。郎官郡守愈著白。洞然渾樸絕瑕謫。

甲子一終❹反玄宅❺。

【章旨】銘辭讚揚鄭群的治績和光明磊落的為人。

【注釋】❶再鳴以文 指憑藉文才連中進士和吏部書判拔萃。❷三府 指鄂岳、江陵、襄陽府。❸蹟 通「跡」。業跡。❹甲子一終 六十年。天干地支相配，六十年周而復始。❺玄宅 墳墓。玄，幽也。

【語譯】兩次施展文才仕進坦途得以開闢。輔佐三府蔚然稱盛其治理業跡。作郎官任刺史更是聲名顯赫。光明磊落渾厚純樸絕無過失和譴責。六十年花甲一轉便返回墳墓。

【研析】錢基博在評論此文時說：「文家相題行文，貴乎各如其分。」不僅指出了本文的優點，也是從韓愈眾多碑誌中概括出的一個共同特徵，如韓弘嚴毅威重，其墓誌也就格緊詞峭；馬繼祖英年早逝無可稱述，墓誌則略抒離合悲歡之情。本文所寫鄭群，是一個樂觀平易長者，不孜孜以求官聲政績，而有列子、莊周忘憂樂、不為物累的傾向。所以韓愈寫這篇墓誌也肖其為人，「平平敘去，無險句，無奇字，不為爽健抑揚也」，在材料的取捨上，把鄭群一生歷任官職等情集中為一段，只述事實，不作評價，不刻意顯示其政績。而專用一段敘其為人性格，寫他有錢時與友人醉舞酣歌，不為後日計，沒有錢時與朋友清坐相看，也沒有憂戚之容，從而使鄭群區別於一般官吏的形象鮮明突出。銘文部分也一反平時以四言詩為主的古色古香，而以七言韻語，一句一頓，句句用韻，顯得平易而有奇趣，這也和本文所誌的人物特徵是相一致的。

卷四十三 碑誌類下編 二

柳子厚墓誌銘

韓退之

【題解】本篇的標題只寫出姓字，不開列官銜，這是因為柳宗元的事跡人所共知，無須用官稱來顯示其地位，同時這樣寫也顯得親切，暗示了兩人非同尋常的朋友關係。韓愈和柳宗元共同致力於古文運動，都有很高的成就。雖然兩人政見略有不同，但私交卻很深厚。柳宗元在元和十四年（西元八一九年）十月五日死於柳州。次年韓愈在袁州（今江西宜春）寫了〈祭柳子厚文〉和這篇墓誌。在墓誌中，韓愈除概述柳宗元的生平事跡外，著重論述了他在政治和文學兩方面的成就，以及他的高風亮節。文中稱頌柳宗元關心民生疾苦，解救淪為奴隸的貧民；高度評價柳宗元在文學在詞章上的傑出成就，認為這比柳宗元成為將相更具有價值。但韓愈說柳宗元積極參加王叔文集團的活動是「不自貴重」，則反映了兩人對「永貞革新」的不同立場。

子厚諱宗元。七世祖慶❶，為拓跋魏❷侍中，封濟陰公。曾伯祖奭❸，為唐宰相，與褚遂良❹、韓瑗❺俱得罪武后，死高宗朝。皇考諱鎮❻，以事母棄太常博士，求為縣令江南；其後以不能媚權貴❼，失御史，權貴人死，乃復拜侍御史；號為剛直，所與游皆當世名人。

【章　旨】本段敘柳宗元的先世，著重介紹其先人剛正不阿的品格。

【注　釋】❶七世祖慶　柳慶字更新，仕北魏為侍中，封平齊縣公。六世祖柳旦，字匡德，仕北周為中書侍郎，封濟陰公。作者誤以柳旦之封移用於柳慶。❷拓跋魏　即北魏，君主姓拓跋，後改姓元。❸曾伯祖奭　柳奭，柳旦之孫，柳宗元的高祖子夏之兄，因此這裡應稱為高伯祖才對。柳奭是唐高宗李治王皇后的舅父，曾任中書令。高宗廢王氏立武則天為后，柳奭被貶為愛州刺史。後來許敬宗、李義府誣他謀反，被高宗派人殺死。❹褚遂良　字登善，官至尚書右僕射。❺韓瑗　字伯玉，官至侍中。與褚遂良都因勸阻高宗廢王皇后立武則天，被貶斥而死。❻皇考諱鎮　柳宗元之父柳鎮，曾任為太常博士，以有尊老孤弱在吳，再三辭謝，請求為宣城縣令。這時他的母親已死，「以事母棄太常博士」不確。❼權貴　指宰相竇參。柳鎮曾升殿中侍御史，因得罪竇參，謫夔州司馬，後竇參貶死，鎮復原官。

【語　譯】子厚名宗元。七代祖先柳慶，是拓跋魏的侍中，被封為濟陰公。曾伯祖柳奭，是唐朝宰相，與褚遂良、韓瑗都因為得罪了武則天皇后，死在高宗時期。父親名鎮，因要侍奉母親的緣故放棄太常博士的官職，請求到江南作縣令。以後因為不能討好權貴，丟掉御史之職，權貴人死了，才又授為侍御史；被稱頌為剛直的人物，同他交往的人，都是當時的有名人物。

子厚少精敏，無不通達。逮其父時，雖少年，已自成人，能取進士第❶，嶄然見❷頭角，眾謂柳氏有子矣。其後以博學宏詞❸，授集賢殿正字❹。儁傑廉悍，議論證據今古，出入經史百子，踔厲風發，率常屈其座人，名聲大振，一時皆慕與之交；諸公要人，爭欲令出我門下，交口薦譽之。

【章　旨】本段敘柳宗元青少年時的傑特不凡和美好聲譽。

【注　釋】❶取進士第　唐德宗貞元九年（西元七九三年），柳宗元參加進士科考試，及第，年二十一歲。這年五月，其父死。但柳宗元及第在父死之前。❷見　同「現」。德宗得知宗元中進士後說：「是故抗姦臣竇參者耶？吾知其不為子求舉矣。」故宗元得第，表現了自己的才能。❸博學宏詞　唐代選拔官吏的考試科目之一，由吏部主持，以選取博學能文的人為目的，柳宗元守制三年後，於二十四歲時考中。❹集賢殿正字　官名，掌管整理、校正書籍。集賢殿為宮廷收藏整理圖書之機構。

【語　譯】子厚年輕時就精明聰敏，沒有什麼不通曉。當他父親在世的時候，雖然年輕，卻已自立成材，能夠取得進士及第，才能表現得很突出。大家都說柳氏有好兒子了。後來因為考中博學宏詞科，授予集賢殿正字的官職。他為人才能出眾而且很有鋒芒，所發議論能廣引古今事實作證據，廣泛深入地運用經史及諸子百家的著作，剛勁有力，意氣風發，經常使同座的人折服，因此名聲大振，一時人們都很仰慕，希望和他交往；當權的重要人物，爭著想要使他成為自己的門下士，互相推薦讚譽他。

貞元十九年，由藍田尉❶拜監察御史❷。順宗❸即位，拜禮部員外郎❹。遇用事者❺得罪，例出為刺史；未至，又例貶永州❻司馬❼。居閒益自刻苦，務記覽為詞章，汎濫停蓄，為深博無涯涘，而自肆於山水間。

【章　旨】本段敘柳宗元在王叔文當政時被重用及遭受貶謫的過程。

【注　釋】❶藍田尉　藍田縣今屬陝西省。縣尉是掌管緝捕盜賊維持治安等事的官吏。❷監察御史　掌管分察官吏、巡按州縣的刑獄、軍戎、祭祀、出納等事。宗元此時為監察御史裡行（見習）。❸順宗　唐德宗的兒子李誦。其即位在貞元二十一年（西元八〇五年）正月。❹禮部員外郎　禮部屬官，掌管辨別和擬定禮制、學校貢舉等事，從六品上。柳宗元因王叔文等推薦而得到提拔。❺用事者　當權之人。此指王叔文。王叔文深得順宗信任，和王伾一道，想要改革當時政治，引用柳宗元、劉禹錫等一班新進人士，但李誦即位僅八月即因病退位，其子李純即位，是為憲宗。王叔文被貶處死，柳、劉等八人貶為遠州司馬。❻永州　今湖南永州。❼司馬　刺史的下屬，僅有名義而無實權，經常用來安置受處分的官吏。柳宗元先貶為邵州刺史，赴任途中又追貶為永州司馬。

【語　譯】貞元十九年，他由藍田縣尉任命為監察御史。順宗即位，被任命為禮部員外郎。遇上同他關係密切的當權者獲罪，按照慣例放出朝廷到地方任刺史；還沒到任，又照例貶為永州司馬。處在閒散的位置上，他自己更加刻苦，專一從事記錄觀察寫作成文章。他的文章像水一樣到處橫溢，停積聚蓄，內容是那麼深厚，氣勢是那麼廣博，沒有邊際，而他自己卻放縱於永州的奇山異水之間。

元和中，嘗例召至京師，又偕出為刺史，而子厚得柳州❶。既至，歎曰：「是豈不足為政耶？」因其土俗，為設教禁，州人順賴。其俗以男女質錢，約不時贖，子本相侔，則沒為奴婢。子厚與設方計，悉令贖歸；其尤貧力不能者，令書其傭，足相當，則使歸其質。觀察使❷下其法於他州，比一歲，免而歸者且千人。衡湘以南為進士者皆以子厚為師；其經承子厚口講指畫為文詞者，悉有法度可觀。

【章　旨】本段敘柳宗元任柳州刺史期間政績和文學影響。

【注　釋】❶柳州　治所在舊馬平縣，今廣西柳江治。柳宗元於元和九年（西元八一四年）冬與劉禹錫等同召回京師，次年春同被放為遠州刺史。❷觀察使　中央派往地方考察州縣官吏政績的官，後兼管民事，管轄地區，即為一道。在不設節度使的地區，觀察使即為一道行政長官。當時柳州屬桂管觀察使。

【語　譯】元和年間，曾經照例被召回京城，又一同被放到外地作刺史，而子厚分到了柳州。到了柳州以後，他感歎道：「這裡難道就不能做出政績嗎？」他按照當地風俗，替老百姓制定條規和禁令，一州之民都順從和依賴。柳州的風俗把兒女作抵押向富人借錢用，約定不按規定時間贖回，到應付利息和本金數目相等時，就沒收那兒女作奴婢。子厚替他們設法和計畫，都讓他們贖回去；那些最貧困沒有力量贖回的，命令把被質押人在債主家每天的工錢記下來，到工錢足以抵銷借款的本利，就要債主歸還被質押的人。觀察使把柳州的辦法貫徹到其他州縣，到一年，免除為奴婢而被贖回的近千人。衡山湘水以南讀書應進士考試的人，都把子厚當作老師；那些曾經受到子厚親自指點寫文章的人，文章都有法度，值得一看。

其召至京師而復為刺史也，中山劉夢得禹錫亦在遣中，當詣播州❶。子厚泣曰：「播州非人所居，而夢得親在堂，吾不忍夢得之窮，無辭以白其大人。且萬無母子俱往理！」請於朝，將拜疏，願以柳易播，雖重得罪，死不恨。遇有以夢得事白上者❷，夢得於是改刺連州❸。嗚呼！士窮乃見節義。今夫平居❹里巷相慕悅，酒食游戲相徵逐，詡詡❺強笑語以相取下❻，握手出肺肝相示，指天日涕泣，誓生死不相背負，真若可信；一旦臨小利害，僅如毛髮比，反眼若不相識，落陷穽，不一引手救，反擠之又下石焉者，皆是也。此宜禽獸夷狄所不忍為，而其人自視以為得計，聞子厚之風，亦可以少愧矣！

【章　旨】本段敘柳宗元請求和劉禹錫交換播州，對比社會醜惡歌頌了柳宗元的高風亮節。

【注釋】❶播州　州治在今貴州遵義。❷以夢得事白上者　指裴度、崔群曾向憲宗說明劉禹錫有八十餘歲老母在堂，請求改派較近的地方。❸連州　州治在今廣東連縣。❹平居　平日。❺詡詡　能說會道，取悅別人。❻以相取下　互相謙遜，自取低下。

【語譯】當他被召到京師再出來做刺史的時候，中山人劉夢得禹錫也在派出去的人員名單中，應當到播州。子厚流著淚說：「播州不是中原人可以住的地方，而且夢得還有老母在堂，我不忍心看到夢得走投無路，不知拿什麼話把去播州的事告訴他的老母。並且也萬萬沒有母子同往播州的道理！」將要向朝廷請求，上書給皇上，願意把柳州換播州，即使因此再加一重罪，死了也不怨恨。恰碰上有人把劉禹錫的事向皇上說明，夢得於是改作連州刺史。唉！士人在窮困時才能表現出節操。當今平日同住在里巷中，互相仰慕要好，吃喝玩樂互相邀請追隨，來往密切，巧言如簧裝模作樣地說笑，奉承對方，謙卑地向對方表示親熱，握著手像是要掏出自己的心肝給人看，指天對日痛哭流涕，發誓同生共死永不背棄變心，似乎真可相信；一旦遇上小小的利害，小得僅像毛髮一般，就翻著眼睛好像並不認識，對方落入陷阱，不僅不肯伸手相救，反而擠他下去再投石塊的人，到處都是啊。這樣的事，應該是禽獸和野蠻人都不忍心做的，而那些人卻自以為得計，聽了子厚的高風亮節，也可以稍稍知道慚愧了吧！

子厚前時少年，勇於為人，不自貴重顧藉❶，謂功業可立就，故坐廢退。既退，又無相知、有氣力得位者推挽，故卒死於窮裔，材不為世用，道不行於時也。使子厚在臺、省❷時，自持其身已能如司馬、刺史時，亦自不斥；斥時，有人力能舉之，且必復用不窮。然子厚斥不久，窮不極，雖有出於人，其文學辭章，必不能自力以致必傳於後如今無疑也。雖使子厚得所願，為將相於一時，以彼易此，孰得孰失，必有能辨之者。

【章旨】本段評論柳宗元的一生，肯定他的文章必傳後世。

【注釋】❶顧藉　愛惜。認為柳宗元參加王叔文集團是未能珍愛自己，是失誤。❷臺省　御史臺和尚書省。柳宗元作過監察御史，又作過尚書禮部員外郎。

【語譯】子厚從前年輕的時候，做人敢作敢為，不懂得珍視愛惜自己，以為建功立業是立刻就可成就的，因此受到牽連而被貶謫。遭貶謫之後，又沒有有權勢處於重要職位的知心朋友推薦提攜，所以終於死在極遠的邊地，才能不被當世所用，政治主張不能在當時推行。假使子厚在御史臺和尚書省時，知道怎樣約束自己，就像後來作司馬和刺史時那樣，也自然不會遭到貶斥；被貶斥之後，如果有人能夠極力保舉他，將一定再被起用不至於窮困。然而子厚被貶時間不長久，窮困不達極點，即使也會出人頭地，他的文學辭章，一定不能自己下苦功以達到像今天這樣肯定會流傳後世的成就，是無疑的了。即使讓子厚能夠實現自己的願望，成為名振一時的將相，拿那個來換這個，哪是合算，哪是失算，肯定有人能分辨清楚的。

子厚以元和十四年十一月八日卒，年四十七。以十五年七月十日歸葬萬年❶先人墓側。子厚有子男二人，長曰周六，始四歲；季曰周七，子厚卒乃生。女子二人，皆幼。其得歸葬也，費皆出觀察使河東❷裴君行立❸。行立有節概，重然諾，與子厚結交；子厚亦為之盡，竟賴其力。葬子厚於萬年之墓者，舅弟❹盧遵。

遵，涿❺人，性謹順，學問不厭。自子厚之斥，遵從而家焉，逮其死不去；既往葬子厚，又將經紀其家，庶幾有始終者。銘曰：是惟子厚之室❻，既固既安，以利其嗣人。

【章　旨】本段交代柳宗元的兒女及柳宗元死葬的淒楚。

【注　釋】❶萬年　古縣名，故城在今陝西西安。柳宗元先人墓在萬年縣棲鳳原。❷河東　郡名，治所在今山西永濟。❸裴君行立　元和十二年任桂管觀察使。❹舅弟　此指舅父之子。即表弟。柳宗元的母親為盧氏夫人。❺涿　唐涿州治所在今河北涿州。❻室　墓穴。

【語　譯】子厚於元和十四年十一月八日去世，享年四十七歲。在元和十五年七月十日運回安葬在萬年縣柳氏先人墳墓旁邊。子厚有兩個兒子：大的叫周六，才四歲；小的叫周七，子厚死後才出生。女兒兩人，都還幼小。子厚能夠搬回安葬，費用全部由任觀察使的河東人裴行立支付。行立有節操，答應人家的話就一定做到，跟子厚交情很深；子厚也很為他盡力，終於依仗了行立的支持。安葬子厚到萬年縣墓地的，是他表弟盧遵。盧遵是涿縣人，性情謹慎和順，勤學好問不知疲倦。自從子厚遭受貶謫，盧遵就跟著子厚以貶所為家，直到子厚死仍不離去。到萬年縣安葬子厚之後，還將經營管理子厚的家庭事務，算得上是有始有終的人。銘辭說：這是子厚墓穴，既堅固又安穩，有利於他的後人。

【研　析】本文選材有所側重，略於官聲政績，詳於文章人品。對柳宗元被貶以前的政治表現，作者本非全部肯定，所以只含混的說：「順宗即位，拜禮部員外郎。遇用事者得罪，例出為刺史；未至，又例貶永州司馬。」用事者是誰？何以得罪？用事者得罪，柳宗元何以遭貶？都避而不說，用曲筆做到既體現自己的立場，又不過分損傷柳宗元的形象。永州十年，本沒有政績可言。柳州任上，事情不少，也只選取其中最重要的解放人質一事作代表。對於柳宗元的文學成就，則在文中多次敘述，反覆評論。從少年時代「議論證據今古，出入經史百子」，到被貶以後「務記覽為詞章，汎濫停蓄，為深博無涯涘」，「衡湘以南為進士者皆以子厚為師」，進而斷定柳宗元的文章必傳於後世，明辨其價值遠大於為將相於一時。千載之後的我們來讀這篇墓誌，仍能感到這些評述裡包含著作者的真知灼見。韓愈的墓誌，一般用筆謹嚴，不尚馳騁，本文則行議論於敘事中，酣恣淋漓，獨樹一幟。從「嗚呼！士窮乃見節義」到「以彼易此，孰得孰失，必有能辨之者」兩大段文字，是以議論為主。因為韓愈寫作本文的時候，自己也正遭受貶謫，做著遠州刺史，柳宗元的事實，引發著作者自身的「不平之鳴」，他指斥社會上的醜惡風氣，抨擊一些人的見利忘義，慨嘆著文窮而後工的現象，議論中貫注著強烈的感情。這兩段議論使全文生氣勃發，是全文的最精彩處。在行文方面，韓愈又善於將複雜曲折的意思鎔煉於一個長句之中，其中眾多的短句層層頓折，卻不能獨立，而勁氣直達。既精簡又有力，讀起來鏗鏘悅耳。彷彿演戲一樣，前面是道白，這裡加上一大段優美的歌唱，所以很能動人。後來北宋古文家歐陽修、王安石，便常用這種夾敘夾議的方法寫墓誌，這也就說明本文在墓誌文體的發展中占有重要的地位。

河南令張君墓誌銘

韓退之

【題　解】張君為張署（西元七五八—八一七年），是韓愈共過患難的好友。德宗貞元十九年（西元八〇三年），關中一帶旱災，人民饑荒，有詔書減免一半租稅，但地方長官不顧人命，搜刮得愈加厲害。韓愈和張署、李方叔上疏請求寬免租徭，得罪了幸臣李實，韓愈被貶為陽山令，張署被貶為臨武令。後又一同調至江陵任職。今韓愈詩集中題贈張署的詩很多，著名的〈八月十五夜贈張功曹〉，張功曹即張署也。憲宗元和十二年張署死，韓愈先寫了這篇墓誌，後又寫了〈祭河南張員外文〉，詳盡敘述了兩人的共同遭遇和深厚友誼。

君諱署，字某，河間❶人。大父利貞，有名玄宗世，為御史中丞，舉彈無所避。由是出為陳留❷守，領河南道採訪處置使❸，數年卒官。皇考諱郇，以儒學進，官至侍御史。

【章旨】本段敘張署的姓字籍貫及先輩的事跡。

【注釋】❶河間　縣名，今屬河北省。❷陳留　郡名，天寶元年改汴州為陳留郡。❸採訪處置使　唐開元二十一年分全國為十五道，每道置採訪處置使，簡稱採訪使，主要負責考察州縣官吏。後於邊方諸道，有寇戎之地，則加旌節，謂之節度使。

【語譯】張君名署，字某，河間縣人。祖父利貞，在玄宗朝很出名，任御史中丞，檢舉彈劾毫不畏避。由御史中丞出京任陳留郡守，並兼河南道採訪處置使，幾年後在官位上死去。父親名郇，憑藉精通儒學進入仕途，官做到侍御史。

君方質有氣，形貌魁碩，長於文詞。以進士舉博學宏詞，為校書郎。自京兆武功❶尉，拜監察御史。為幸臣❷所讒，與同輩韓愈、李方叔❸三人，俱為縣令南方。二年，逢恩❹，俱徙掾❺江陵。半歲，邕管❻奏君為判官❼，改殿中侍御史❽。不行，拜京兆府司錄❾。諸曹白事，不敢平面視，共食公堂，抑首促促❿就哺歠⓫，揖起趨去，無敢闌語⓬。縣令、丞、尉，畏如嚴京兆。事以辦治。京兆改鳳翔⓭尹，以節鎮京西，請與君俱。改禮部員外郎，為觀察使判官。帥它遷⓮，君不樂久去京師，謝歸。用前能拜三原⑮令。歲餘，遷尚書刑部員外郎，守法爭議，棘棘⑯不阿。

【章旨】本段敘述張署前期擔任掾屬幕僚的表現，突出其「方質有氣」的特點。

【注釋】❶京兆武功　京兆府武功縣，今屬陝西省。❷幸臣　指李實。貞元十九年（西元八〇三年）三月以檢校工部尚書為京兆尹，頗受寵信。❸李方叔　張署、韓愈與李方叔同為御史，因上〈論天旱人饑狀〉，為李實所讒。韓愈祭張署文中說：「我落陽山，君飄臨武」。臨武今屬湖南。❹恩　指順宗即位，實行大赦。❺掾　本為佐助的意思，後通稱佐治的副官屬吏為掾。韓愈任江陵法曹參軍，張署為功曹參軍，都可稱掾。❻邕管　指邕管經略使路恕。邕，今廣西邕寧。❼判官　唐節度、觀察、防御諸使僚佐都有判官。分曹判事，故名。❽殿中侍御史　官名，略高於監察御史，主要巡察京城左右兩街。❾司錄　司錄參軍，或稱錄事參軍，總錄眾官署文書，舉彈善惡，較其他佐職為重要。貞元二十一年（西元八〇五年）李鄘為京兆尹，表奏張署為司錄參軍。❿促促　不安貌。⓫歠　通「啜」。飲。⓬闌語　妄語。⓭鳳翔　府名，今陝西鳳翔。元和二年（西元八〇七年）李鄘調任鳳翔尹、鳳翔隴右節度使，表署為判官。⓮帥它遷　元和四年三月，以李鄘為河東節度使。⓯三原　今陝西三原，唐屬京兆府。⓰棘棘　不肯附從之貌。

【語譯】張君方正質樸而有骨氣，身軀高大狀貌魁梧，長於寫詩作文。用進士身分考中博學鴻詞科，任校書郎。從京兆府武功縣縣尉，調任監察御史。被得到寵信的權臣所讒害，與同輩的韓愈、李方叔三個人，都發派到南方當縣令。兩個年頭，碰上皇恩大赦，都移近到江陵府作僚佐。半年後，邕管經略使奏請用張君作判官，改授予殿中侍御史的頭銜。張君沒有到職，被任命為京兆府司錄參軍。各衙署人員來報告事情，不敢對面平視，在官府廳堂一同就食，都低著頭小心翼翼默默飲食，吃完就作揖起身快步離開，沒有人敢胡言亂語。縣令、縣丞、縣尉，敬畏張君有如對待威嚴的京兆尹。政事因此辦理得井井有條。京兆尹改任鳳翔府尹，並持節鎮守京城之西，要求同張君一道前去。改任為禮部員外郎，作觀察使事務的判官。主帥移調到其他地區，張君不樂意長久離開京城，便辭職而回。憑以前的能力任命為三原縣令。一年多，升任為尚書省刑部員外郎，張君堅持法律敢於爭論，態度頑強，決不附和討好。

改虔州❶刺史，民俗相朋黨，不訴殺牛，牛以大耗；又多捕生鳥雀魚鼈，可食與不可食相買賣，時節脫放，期為福祥。君視事，一皆禁督立絕。使通經吏與諸生之旁大郡學鄉飲酒、喪、婚禮，張施講說。民吏觀聽，從化大喜。度支❷符州，折民戶租，歲徵綿六千屯❸，比郡承命惶怖，立期日，唯恐不及事被罪。君獨疏言，治迫嶺下，民不識蠶桑。月餘，免符下，民相扶攜，守州門叫讙為賀。

【章旨】本段敘張署在虔州作刺史時移風易俗及為民請命的事實。

【注釋】❶虔州　今江西贛州，時屬江南西道。❷度支　戶部下有度支郎中。❸屯　六兩為一屯。

【語譯】改任虔州刺史，這地方民間習俗好成幫結黨互相包庇，不投訴亂宰耕牛的事，牛的數量因此大大減少；又多多捕捉活的鳥雀魚鱉，不管能吃不能吃的都互相買賣，逢時過節便解脫放生，希望能求得福祉祥瑞。張君治理政事，全都督責嚴禁，這類現象頓時絕跡。又派遣通曉經書的吏員和州學的學生們到鄰近的大郡學習鄉飲酒、喪葬、婚嫁的禮儀，張設施行並且講解。官民都來觀禮聽講，順從教化，十分歡喜。戶部度支下達符牒到州，要求將民戶租稅折合成絲綿，每年徵收絲綿六千屯，鄰近州郡接到這項命令惶恐畏懼，定下期限，唯恐來不及完成任務被判罪。唯有張君上疏陳言，治理的地方迫近五嶺之下，老百姓不懂種桑養蠶。過了一個多月，免徵絲綿的符牒下來了，百姓們互相扶著牽著，圍著州府的大門歡騰高叫表示祝賀。

改澧州❶刺史。民稅出雜產物與錢，尚書有經❷數。觀察使牒州，徵民錢倍經。君曰：「刺史可為法？不可貪官害民。」留，噤❸不肯從，竟以代罷。觀察使使劇吏❹案簿書，十日不得毫毛罪。

【章　旨】本段敘張署任澧州刺史時清正廉潔的表現。

【注　釋】❶澧州　州治在今湖南澧縣。❷經　常。❸噤　閉。❹劇吏　厲害之吏。

【語　譯】改任澧州刺史。老百姓交納租稅包括物產和錢在一起，尚書省有定額。觀察使下達文書到州，徵收老百姓的錢數超出常額一倍。張君說：「刺史可以制定法律嗎？不能夠貪戀官位而殘害人民。」把觀察使的文件扣留下來不下傳，拒絕服從，因此而被取代罷官。觀察使派最厲害的吏役清查簿籍文書，十天沒有尋到絲毫可以給張君加罪的依據。

改河南❶令，而河南尹❷適君平生所不好者。君年且老，當日日拜走仰望階下，不得已就官，數月，大不適，即以病辭免。公卿欲其一至京師，君以再不得意於守令，恨曰：「義不可更辱，又奚為於京師間？」竟閉門死，年六十。

【章　旨】本段敘張署晚年任河南令的不幸結局和幽憤情懷。

【注　釋】❶河南　縣名，今屬河南洛陽，唐屬河南府。❷河南尹　河南府行政長官，從三品。

【語　譯】改任河南縣令，而河南府尹恰好是張君平生所不友好的人。張君年紀將老，要天天奔跑跪拜在臺階之下仰望長官，實在不得已才到職，幾個月來，心裡非常不舒服，就用身體有病為由辭官免職。有些公卿大臣想要張君再到京城任一次職，張君因兩次在刺史縣令任上受到挫折，痛心地說：「按理不可以再次受辱，又到京城裡去做什麼呢？」終竟閉門不出到死，死時年六十歲。

君娶河東柳氏女，二子昇奴、胡師，將以某年某月某日葬某所。其兄將作少監❶昔請銘於右庶子❷韓愈。愈前與君為御史被讒，俱為縣令南方者也，最為知君。銘曰：

【章旨】本段敘張署妻室兒女及寫作墓誌銘的原委。

【注釋】❶將作少監　官名，將作監的副職，經管土木工匠及營造修繕。❷右庶子　太子的侍從官。韓愈任右庶子在憲宗元和十一年（西元八一六年）。

【語譯】張君娶河東柳氏女為妻，有兩個兒子名叫昇奴、胡師，打算在某年某月某日葬君在某某地方。張君的兄長任將作少監的張昔向右庶子韓愈請求替他寫墓誌。韓愈是早年與張君同作御史被讒害，一起在南方作縣令的，是張君最知心的朋友。銘辭說：

誰之不如，而不公卿？奚養之違，以不久生？唯其頏頏❶，以世厥聲。

【章旨】銘辭同情張署的失意和早死，讚美其剛直的品格。

【注釋】❶頏頏　高傲不隨流俗。

【語　譯】有誰能夠比得上他，他卻不能成為公卿？何以違背養生之道，不能享受更久一生？只為他那高傲不屈，他的美名世代流存。

【研　析】文中首尾兩次提到作者與張署一同遭貶，同為縣令江南，並以「最為知君」自居，所以這篇墓誌是帶著強烈感情而寫的，作者對張署的為人十分敬佩，對張署的不幸深寄同情。這些與〈柳子厚墓誌銘〉無異，但兩文的寫法卻不相同。本文作者對人物的感情和評價不由作者直接議論而出，只是從所敘述的客觀事實中體現出來。作者只是以簡短的語句，嶄切的語氣，敘寫出人物的言行和周圍的反映，而作者的讚揚、感慨自在其中。如張署任司錄參軍，「諸曹白事，不敢平面視」，則司錄的嚴毅威重可想而知，虔州民濫殺耕牛，「君視事，一皆禁督立絕」，則其禁令的嚴格，執行的堅決，方法之妥當都在不言之中。在澧州時，觀察使想要整治張署，派高強的吏員查他的文書帳簿，「十日不得毫毛罪」，作者只是說出作為結果的事實，讀者卻能感受到他對張署廉潔奉公的高度評價，結合人物的其他語言、行動，便產生感人的效果。任河南令時張署失意至極，恨恨不願再到京師，「竟閉門死，年六十」，一個「竟」字，流露出作者的悲憤，「年六十」三個極平常的字，也就說出了「奚養之違，以不久生」的惋惜。所寫的都是事實，而論斷、評述就在事實之中，這是本文的特點，也是優點。

太原王公墓誌銘

韓退之

【題　解】王公指王仲舒（西元七六二—八二三年），字宏中，一說太原人，一說祁縣（今屬山西）人。祁縣亦屬太原郡。韓集本篇標題作「故江南西道觀察使贈左散騎常侍太原王公墓誌銘」。王仲舒早年任連州司戶，韓愈是連州屬縣陽山令，曾為王仲舒寫過一篇〈燕喜亭記〉。王仲舒晚年任江南西道觀察使，韓愈為袁州刺史，是王仲舒的下屬，又曾為王寫過〈新修滕王閣記〉（二文均見本書卷五十二）。兩人交誼之深可以想見。王仲舒死在唐穆宗長慶三年冬十一月，次年二月安葬，韓愈寫了這篇墓誌，同時還寫了〈太原王公神道碑銘〉。兩文內容大體相同，而語言文字各異，參照閱讀，很有益處。

公諱仲舒，字宏中。少孤，奉其母居江南，游學有名。貞元十年，以賢良方正❶拜左拾遺❷，改右補闕❸，禮部、考功❹、吏部三員外郎，貶連州❺司戶參軍，改夔州❻司馬，佐江陵使❼，改祠部❽員外郎，復除吏部員外郎，遷職方郎中❾，知制誥，出為峽州❿刺史。遷廬州⓫，未至，丁母憂，服闋，改婺州⓬、蘇州刺史，徵拜中書舍人⓭。

【章旨】本段簡敘王仲舒的做官經歷。

【注釋】❶賢良方正　特設的選拔人才的考試科目，全稱為賢良方正能直言極諫科。❷左拾遺　門下省官員，掌供奉諷諫。❸右補闕　中書省官員，職責與拾遺同。❹考功　吏部的一個司，考功員外郎負責文武官員考課。❺連州　州治在今廣東連縣。❻夔州　州治在今四川奉節。❼佐江陵使　指作荊南節度使裴均的參謀。❽祠部　禮部的一個司。祠部員外郎負責祠廟祭祀天文宗教等事務。❾職方郎中　唐為兵部第二司，掌地圖、城隍、鎮戍等。❿峽州　州治在夷陵縣，故址在今湖北宜昌西北。⓫廬州　治所在今安徽合肥。⓬婺州　州治在今浙江金華。⓭中書舍人　中書省官員，正五品上，起草詔敕，參議表章。王仲舒元和十五年（西元八二〇年）六月由蘇州刺史召為中書舍人。

【語譯】公名仲舒，字宏中。很小就死了父親，侍奉母親住在江南，讀書遊歷，有了名聲。貞元十年，因中了賢良方正直言極諫科任命為左拾遺，由左拾遺升為右補闕，又作禮部、考功、吏部三種員外郎，接著被貶謫到連州任司戶參軍，改任夔州司馬，輔佐江陵節度使，調任祠部員外郎，又任命為吏部員外郎，升任職方郎中，負責起草詔書，又離開朝廷任峽州刺史。調任廬州刺史，沒有到廬州，碰上母親去世守喪，服喪期滿，改任婺州、蘇州刺史，由蘇州刺史調回朝廷任命為中書舍人。

既至，謂人曰：「吾老，不樂與少年治文書，得一道❶，有地六七郡，為之三年，貧可富，亂可治，身安功立，無愧於國家，可也。」日日語人，丞相聞，問，語驗，即除江南西道❷觀察使，兼御史中丞。至則奏罷搉❸酒錢九千萬，以其利與民；又罷軍吏官債五千萬，悉焚簿文書；又出庫錢二千萬，以丐貧民遭旱不能供稅者；禁浮屠及老子❹，為僧道士不得於吾界內因山野立浮屠老子象，以其詆丐漁利，奪編人❺之產。在官四年，數其蓄積，錢餘於庫，米餘於廩。朝廷選公卿於外，將徵以為左丞❻。吏部已用薛尚書❼代之矣。長慶三年十一月十七日，未命而薨，年六十二。天子為之罷朝，贈左散騎常侍。遠近相弔。以四年二月某日，葬於河南某縣先塋之側。

【章　旨】本段特敘王仲舒任江西觀察使的經歷和政績。

【注　釋】❶道　古代行政區劃名。唐貞觀年間分全國為十道，開元二十一年擴為十五道。❷江南西道　治所在洪州，今江西南昌。管轄的地區包括今江西及湖北、湖南部分地區。❸搉　由官府實行專賣以增加收入。❹浮屠及老子　姚鼐原注認為此五字為衍文。今按：「為僧道士」當連下讀，意為僧道士不得立像以漁利，即「禁浮屠老子」的具體內容，不必作衍文看。

❺編人　編民；編入戶籍之民。避太宗諱改，下文「求人利害」、「與人吏約」倣此。❻左丞　尚書省左丞，正四品上，負責聯繫吏、戶、禮三部。❼薛尚書　薛放，原任尚書左丞，長慶三年（西元八二三年）十一月代王仲舒鎮守江西。

【語　譯】到任以後，對人說：「我年紀老了，不樂意同後生們在一塊整理文書，如果能夠管理一道，有六七州土地，治理三年，貧困的可以使他們富足，動亂的可以使他們趨於安定，自身安穩而功業建立，無愧於國家，就可以了。」天天對人講，丞相聽說了這件事，詢問了情況，證實了這些話，就任命王公為江南西道觀察使，兼御史中丞。王公到任就上表請求停止上交酒類專賣利錢九千萬，把這一部分利益讓給老百姓；又免除官吏士兵欠的官府債務五千萬，全部燒掉有關的簿籍文書；又從府庫裡拿出兩千萬，借給因為遭受旱災而不能上交租稅的貧民；禁止佛教和道教，作為和尚道士不能在我所管轄的範圍內利用山林野地立寺廟塑佛道神像，用這種方法誆騙強取非法獲利，侵奪有戶籍的人民的產業。在觀察使官位上經過四年，統計他的蓄積，倉庫裡錢有多，糧倉裡米有剩。朝廷在地方長官中選拔公卿大臣，打算徵調王公用作尚書省左丞。吏部已經用薛尚書來代替了王公在江西的職務。長慶三年十一月十七日，沒有等到新的任命就去世了，享年六十二歲。天子因為他的逝世悲痛停止上朝，贈給公左散騎常侍榮銜。遠近地方都來弔唁。在長慶四年二月某日，安葬在河南府某某縣王氏先人的墳墓旁邊。

公之為拾遺，朝退，天子謂宰相曰：「第幾人非王某邪？」是時公方與陽城❶更疏論裴延齡❷詐妄，士大夫重之。為考功吏部郎也，下莫敢有欺犯之者，非其人，雖與同列，未嘗比數收拾，故遭讒而貶。在制誥，盡力直友人❸之屈，不以權臣為意，又被讒而出。元和初，婺州大旱，人餓死，戶口亡十七八。公居五年，完富如初。按劾群吏，奏其贓罪，州部清整。加賜金紫❹。其在蘇州，治稱第一。公所至，輒先求人利害，廢置所宜。閉閣草奏，又具為科條❺，與人吏約。事備，一旦張下，民無不忭叫喜悅。或初若小煩，旬歲❻皆稱其便。公所為文章，無世俗氣。其所樹立，殆不可學。

【章　旨】本段敘述王仲舒其餘各個時期值得肯定的事跡。

【注　釋】❶陽城　唐北平人，字亢宗，進士及第後隱於中條山，德宗召拜為諫議大夫，曾力阻裴延齡為相，以正直敢言著名。後出為道州刺史，不忍敲剝百姓，棄官去。❷裴延齡　唐河東人，德宗時為司農卿，兼領度支，不善財計而好大言，欺罔邀寵，死時官民相賀，獨德宗悼惜不已。❸友人　指楊憑。憑任京兆尹，御史中丞李夷簡劾憑江西任職時姦贓，因貶臨賀縣尉。❹金紫　佩金魚符穿紫色服，唐代三品以上的標誌。❺科條　分條目列舉，如章程、條例之類。❻旬歲　滿一週歲。

【語　譯】王公任左拾遺的時候，上朝完畢散去，天子對宰相說：「那第幾個人不是王某嗎？」這時王公正與陽城輪番上疏議論裴延齡欺詐虛偽，士大夫很敬重王公。作考功吏部員外郎的時候，下屬沒有人敢於欺騙冒犯他的，如果不是王公看得起的那樣人物，即使同在一起做官，也不曾稱兄道弟打點料理，所以遭到讒毀而被貶官。在知制誥的時候，盡力伸雪朋友的冤屈，不把權臣的態度放在心上，結果又被讒害離開京城。元和初年，婺州地方遭受特大旱災，人們餓死，戶口減少十分之七八。王公在婺州五年，恢復完好富裕像受災前一樣。審查揭發吏役們的惡行，上奏他們貪贓之罪，州府部曹清廉整肅。朝廷特賜他金魚佩紫色服飾。王公在蘇州刺史任上，治績稱為第一。王公到一個地方，就先找出對人民有好處和危害的事情，應當興革的所在。關起門來起草奏章，又具體定出章程條例，同民眾官吏約定。事情全都準備好了，一旦公布下去，老百姓無不歡欣叫好。有時起初似乎略嫌麻煩，滿一年之後，都稱這樣做很方便。他所寫的文章，沒有世俗的氣味。

他所建樹的，大多不能學到。

曾祖諱玄暕，比部❶員外郎。祖諱景肅，丹陽❷太守。考諱政，襄鄧等州防禦使，鄂州採訪使，贈工部尚書。公先妣渤海李氏，贈渤海郡太君。公娶其舅女，有子男七人：初、哲、貞、弘、泰、復、洄。初進士及第；哲文學俱善；其餘幼也。長女婿劉仁師，高陵❸令；次女婿李行修，尚書刑部員外郎。銘曰：

【章　旨】本段交代王仲舒先人的官職及妻室子女的情況。

【注　釋】❶比部　刑部下屬的官署。❷丹陽　郡名，即潤州，治所在今江蘇丹徒。❸高陵　縣名，今屬陝西。

【語　譯】王公之曾祖父名玄暕，曾任比部員外郎。祖父名景肅，曾任丹陽郡太守。父親名政，任襄、鄧等州防禦使，鄂州採訪使，死後追贈為工部尚書。王公之已故母親出自渤海李氏，死後贈封渤海郡太君。王公娶舅父的女兒為妻，有兒子七人：初、哲、貞、弘、泰、復、洄。初進士及第；哲文章學問都好；其他的都還小哩。長女婿劉仁師，任高陵縣令；二女婿李行修，擔任尚書省刑部員外郎。銘辭說：

氣銳而堅，又剛以嚴，哲人之常。愛人盡己，不倦以止，乃吏之方。與其友處，順若婦女，何德之光。墓之有石，我最❶其迹，萬世之藏。

【章　旨】銘文讚揚王仲舒的為人，歌頌他的美德。

【注 釋】❶最 撮其要點，總括敘述。

【語 譯】胸中正氣鋒利堅強，剛毅正直而且威嚴，智慧哲人不變本色。關愛他人奉獻自己，不為勞倦半途中止，這乃是你為官原則。你同你的朋友相處，溫和柔順像個女子，你的品德何等光輝。你的墓前聳立石碑，我總括出你的事跡，千秋萬代永遠保存。

【研 析】韓愈寫的墓誌銘很多，寫法千變萬化，因人而異，不拘一格。本文所寫的王仲舒，治理好一道數州之地，幾年之後，使貧者富，亂者安，是他一生的理想，他為此而努力爭取，反覆陳言，終於得到一個施展的機會。所以出任江南西道觀察使，是王仲舒最為得意、最願意做出成績的事情。根據人物的這一特點，墓誌對王氏在此以前的歷官任職情況只作簡明交代，只敘官名，不言政績。接著特設一段，專寫任觀察使的數年，經歷與政績同時寫到，從得官過程、治理措施、顯明的效果展開敘寫，一直寫到他死在這一職務上，引起朝廷和大眾的哀弔。這一段文字成為全文的主峰。後面的一段不過是在此基礎上對王仲舒的為人和治績作一些補充罷了。曾國藩說：「以江南西道觀察使特敘一段於中，以為主峰，餘則敘官階於前，敘政績於後。」「觀此知敘事之文，狡獪變化，無所不可。」其實本文敘先世不在開篇，而在後與妻室子女合為一段，銘辭三句一韻，而三句之內前兩句又另協韻，也都與其他多數墓誌銘的寫法不盡相同。

尚書左僕射右龍武軍統軍劉公墓誌銘

韓退之

【題 解】劉公為劉昌裔（西元七五二—八一三年），曾任許州刺史、陳許節度使，新、舊《唐書》均有傳。韓集標題前有「唐故檢校」四字。一本「檢校」上有「金紫光祿大夫」，「僕射」下有「兼御史大夫」等字。尚書左僕射、右龍武軍統軍是劉昌裔晚年回到朝廷時所授的職務。劉昌裔死於唐憲宗元和八年冬，墓誌銘是元和九年所作，與墓誌銘同時，韓愈還寫了〈劉統軍碑〉一文，可以參讀。

公諱昌裔，字光後，本彭城❶人。曾大父諱承慶，朔州❷刺史。大父巨敖，好讀老子莊周書，為太原晉陽❸令。再世宦北方，樂其土俗，遂著籍太原之陽曲❹。曰：「自我為此邑人可也，何必彭城？」父誦，贈右散騎常侍❺。

【章　旨】本段敘劉昌裔先人情況和籍貫的變遷。

【注　釋】❶彭城　今江蘇徐州。韓愈〈劉統軍碑〉說彭城劉氏是漢高祖之弟楚元王交之後。❷朔州　今山西朔州。❸晉陽　縣名，唐屬太原府，即今山西太原。❹陽曲　縣名，故址在今山西陽曲東北。❺右散騎常侍　中書省屬官，職責為侍從諷諫，與屬門下省的左散騎常侍相同。

【語　譯】劉公名昌裔，字光後，本來是彭城人。曾祖父名承慶，任朔州刺史。祖父名巨敖，喜歡讀老子莊周著的書，做過太原府晉陽縣令。兩代人都在北方做官，喜歡這裡的風土人情，於是就登記籍貫為太原府的陽曲縣。說：「從我起就成為這個縣的人好了，為什麼一定要回到彭城去呢？」父親劉誦，死後贈封為右散騎常侍。

公少好學問，始為兒時，重遲不戲，恆若有所思念計畫。及壯自試，以開吐蕃❶說干邊將，不售，入三蜀❷，從道士遊。久之，蜀人苦楊琳❸寇掠，公單船往說，琳感欷，雖不即降，約其徒不得為虐。琳降，公常隨琳不去。琳死，脫身亡，沉浮河、朔❹之間。

【章　旨】本段敘述劉昌裔年輕未入仕時的經歷。

【注　釋】❶吐蕃　古代藏族建立的地方政權，在今西藏、青海一帶。❷三蜀　古蜀國之地經西漢高祖武帝分置為蜀郡、廣漢、犍為三郡，稱為三蜀。一說唐朝於劍南、東川、西川各置節度使，稱三蜀指此。❸楊琳　楊子琳，蜀地人，任瀘州刺史，大曆三年（西元七六八年）反叛，一度攻占成都，後占據夔州。大曆四年歸降，任峽州、澧州刺史。❹河朔　此指河東、朔方，與稱河北為河朔者不同，所以後面用了「之間」二字。

【語　譯】劉公少年時代勤學好問，起初還是個小孩子，行動就穩重舒徐，不好嬉戲，經常像在思慮計劃著什麼。待到長大自己就開始嘗試，用開拓吐蕃地方的謀略計劃求見游說守邊將領，無人賣帳，劉公便進入蜀中，跟隨道士們遊玩。過了很久，蜀中人們為楊琳叛軍的搶掠而痛苦不堪，劉公隻身駕船到楊琳軍中說服楊琳，楊琳感動不已，雖然沒有立即歸降，但約束自己的部下不准殘害百姓。楊琳投降之後，公時常跟隨在楊琳身邊不離開。楊琳死後，劉公才脫身逃離，在河東、朔方兩郡之間過著飄浮不定的生活。

建中❶中，曲環❷招起之，為環檄李納❸，指摘切刻，納悔恐動心。恆、魏❹皆疑惑氣懈。環封奏其本，德宗稱焉。環之會下濮州❺、戰白塔❻、救寧陵、襄邑❼，擊李希烈陳州❽城下，公常在軍間。環領陳許軍❾，公因為陳許從事。以前後功勞，累遷檢校兵部郎中、御史中丞、營田副使。吳少誠❿乘環喪，引兵叩城，留後上官說⓫咨公以城守所以，能擒誅叛將⓬為抗拒，令敵人不得其便。圍解，拜陳州刺史。韓全義⓭敗，引軍走陳州，求入保。公自城上揖謝全義曰：「公受命詣蔡，何為來陳？公無恐，賊必不敢至我城下。」明日，領步騎十餘抵全義營，全義驚喜，迎拜歎息，殊不敢以不見舍望公。改授陳許軍司馬⑭。上官說死，拜金紫光祿大夫，檢校工部尚書，代說為節度使。命界上吏不得犯蔡州人，曰：「俱天子人，奚為相傷？」少誠吏有來犯者，捕得，縛送曰：「妄稱彼人，公宜自治之。」少誠慚其軍，亦禁界上暴者。兩界耕桑交跡，吏不何問。封彭城郡開國公，就拜尚書右僕射⑮。

【章旨】本段敘劉昌裔的做官經歷與軍功。

【注釋】❶建中　唐德宗年號，共四年（西元七八〇—七八三年）。❷曲環　任邠隴兩軍都知兵馬使，奉命攻取濮州，舉薦劉昌裔為判官。❸李納　平盧淄青節度使李正己之子。建中二年七月正己卒，李納自稱留後，進逼徐州。❹恆魏　恆指成德節度使李惟岳；魏指魏博節度使田悅。兩人與李納一同反叛。❺濮州　淄青節度使領地，治所在鄄城，今屬山東。曲環、劉玄佐奉命援救徐州，李納還濮陽，劉洽進圍之，破其外城。❻白塔　史載李希烈反叛，劉玄佐率曲環等與戰於白塔，不利。白塔不知今屬何地。一說白塔營在廣平府，則在今河北南部。❼寧陵襄邑　均為縣名，並屬宋州。建中四年十二月，李希烈攻陷汴州，曲環與諸軍固守寧陵，劉玄佐遣將保援襄邑。❽陳州　今河南淮陽。德宗興元元年（西元七八四年）十一月劉玄佐、曲環大破李希烈於陳州城下，斬獲三萬餘人，生擒李希烈大將翟崇暉。❾領陳許軍　貞元二年（西元七八六年）七月曲環改任陳許節度使。❿吳少誠　淮西軍閥。⓫上官說　陳許節度使留後。《唐書》作「上官涗」。⓬叛將　指安國寧。安圖謀以城降吳少誠，被劉昌裔設計斬之。⓭韓全義　本夏州節度使，貞元十六年（西元八〇〇年）充淮蔡招討使，與吳少誠軍戰於溵水之南，大敗。⓮軍司馬　又稱行軍司馬，唐代出征將帥和節度使下均設此職，其實權幾等於副帥。⓯僕射　左右僕射，尚書令之副職，尚書令缺，僕射即為尚書省的長官。

【語　譯】建中年間，曲環招聘起用他，他替曲環起草檄文聲討李納，抨擊斥責中肯深刻，李納見了懊悔惶恐內心震動，恆州李惟岳、魏博的田悅也為之懷疑困惑氣勢衰減。曲環將檄文的稿本封了進獻給皇上，德宗很是稱讚。曲環會同攻克濮州，在白塔開戰、救援寧陵、襄邑，在陳州城下摧垮李希烈，劉公經常在軍隊裡。曲環總領陳許軍事，劉公於是成了陳許節度的僚屬。憑藉先前和後來建立的功勞，累計升遷為檢校兵部郎中、御史中丞、營田副使。吳少誠利用曲環新死的時刻，領兵前來攻打許州城門，節度留後上官說向劉公咨詢守城的辦法，他能設計擒獲殺掉圖謀叛變的將領，以便進行抵抗，使敵人得不到什麼好處。包圍解除，劉公被任命為陳州刺史。韓全義打了敗仗以後，帶兵逃到陳州，請求入城得到保護。劉公從城樓上作揖辭謝韓全義說：「您奉命到蔡州，為什麼來陳州呢？您用不著害怕，敵人決不敢到我陳州城下。」第二天，劉公帶領步兵騎兵十多人來到韓全義軍營，韓全義又驚又喜，迎接見禮感慨歎息，一點也不敢因為不被容留進城而怨恨他。改派劉公為陳許節度使行軍司馬。上官說死，封劉公為金紫光祿大夫，檢校工部尚書，代替上官說做陳許節度使。劉公命令邊界上的官吏不准侵犯蔡州的人民，說：「都是天子的百姓，為何要相互傷害？」吳少誠的吏役有來陳州侵犯的，捕捉到了，綁著送回少誠軍營，說：「他們冒充您方的人，應該由您自己處理。」吳少誠面對自己的部隊感到慚愧，也禁止在交界的地方搗亂。兩州交界之處耕田採桑之人足跡交叉在一起，官吏也不問是什麼地方的人。朝廷封劉公為彭城郡開國公，就地任他為尚書右僕射。

元和❶七年，得疾，視政不時。八年五月，涌水出他界，過其地，防穿不補，沒邑屋，流殺居人，拜疏請去職即罷，詔還京師。即其日與使者俱西，大熱，旦暮馳不息，疾大發，左右手轡止之。公不肯，曰：「吾恐不得生謝天子。」上益遣使者勞問，敕無亟行。至，則不得朝矣。天子以為恭，即其家拜檢校左僕射，右龍武軍統軍知軍事❷。十一月某甲子薨，年六十二。上為之一日不視朝，贈潞州❸大都督，命郎弔其家。明年某月某甲子，葬河南某縣某鄉某原。公不好音聲，不大為居宅，於諸帥中獨然。

【章　旨】本段敘劉昌裔得病回京及死葬的情況。

【注　釋】❶元和　唐憲宗年號。七年即西元八一二年。❷右龍武軍統軍知軍事　左右龍武軍為宮廷禁衛軍之一，從羽林軍分出。統軍在大將軍之下，正三品。❸潞州　治所在今山西長治。

【語　譯】元和七年，劉公染上了疾病，不能經常處理政事。八年五月，大水從旁州郡地界涌出，經過他管轄的地方，隄防穿孔未能及時補上，大水淹沒了城中房屋，激流淹死了居民，劉公上疏請求罷去官職接受處罰，皇上下詔要他回京城。劉公就在接到詔書的那天同使者一同西行，天氣酷熱，劉公白天黑夜奔馳不停，病發得很嚴重，身邊的人手挽韁繩阻止他，他不肯停下，說：「我擔心不能活著去向天子謝罪。」皇上加派使者慰問劉公，要他不用快走。劉公到達京師，卻已不能朝見皇上了。天子認為他是恭敬的，就在他的家裡封他為檢校左僕射，右龍武軍統軍知軍事。十一月某某日去世，享年六十二歲。皇上因為劉公的去世，一天不能上朝理事，贈封他為潞州大都督，命令郎官到他的家裡弔唁。第二年某月某某日，安葬在河南某縣某鄉的某原。劉公不愛好歌舞聲妓，不大修住宅，在許多將帥之中只有他能達到這種境界。

夫人邠國夫人武功❶蘇氏。子四人，嗣子光祿主簿❷縱，學於樊宗師❸，士大夫多稱之；長子元一，朴直忠厚，便❹弓馬，為淮南❺軍衙門將；次子景陽、景長，皆舉進士。葬得日，相與遣使者哭拜堦上，使來乞銘。銘曰：

【章　旨】本段交代劉昌裔的家室子女及作銘之意。

【注　釋】❶武功　郡名，在今陝西武功東。❷光祿主簿　光祿寺的低級官吏，從七品上。光祿寺是承辦祭禮、酒宴的機構。❸樊宗師　字紹述，官至綿州刺史，中唐詩人、散文家。詳見下卷韓愈〈南陽樊紹述墓誌銘〉。❹便　通「辨」。便弓馬意為熟悉弓馬。❺淮南　唐淮南道治所在揚州。

【語　譯】劉公的夫人贈封為邠國夫人出自武功蘇姓。他有兒子四人，繼承家業的兒子任光祿寺主簿的名縱，跟隨樊宗師求學，士大夫都稱讚他；長子名元一，樸質耿直，為人忠厚，熟悉弓馬，作淮南軍的衙門將；次子景陽、景長，都中了進士。確定了劉公的葬期以後，他們一起派出使者哭拜在臺階上，要使者來請求銘辭。銘辭說：

提將之符，尸❶我一方。配古侯公，維德不爽❷。我銘不亡，後人之慶❸。

【章　旨】銘文讚揚劉昌裔才德兼備，能主一方之政，無愧古之公侯。

【注　釋】❶尸　主。❷爽　差；失。❸慶　古音羌，與「方」、「爽」、「亡」叶韻。

【語　譯】手握著大將符節，主管我一方國土。配得上古代公侯，其品德美好無缺。我銘文永世長存，祝後人吉慶無窮。

【研　析】本文寫劉昌裔的形象，相當豐富生動，富有傳奇色彩。作者在交代人物進退出處、授官任職大節之後，往往穿插敘述一些頗能展示人物見識、才能和品德的細節、傳聞。如寫劉昌裔兒時「重遲不戲」，「恆若有所思念計劃」，青年時期單船往說楊琳，在曲環部下擒誅叛將，閉門不納韓全義，以及回京途中冒熱扶病趕路，說「恐不得生謝天子」等，都能揭示其為人的一個方面，合起來就血肉豐滿了。而作者行文又能虛實結合，寫曲環下濮州、戰白塔、救寧陵、襄邑，在陳州大破李希烈，其中劉昌裔如何建功，並無具體記載可據，一句「公常在軍間」，就收到了虛而得實之效果。至於文章的後半，則更是虛虛實實。史傳記載，憲宗不滿劉昌裔自主，想召他回京又怕激起變故，宰相李吉甫建議憲宗在劉昌裔遭受水災人心愁苦時召他，劉昌裔到京知道皇帝的用心，就稱病睡在家裡。如果這是事實，則作者在文中便是以虛為實，避開了劉昌裔同憲宗之間的微妙關係，給劉昌裔塗了忠順的色彩了。

國子監司業竇公墓誌銘

韓退之

【題　解】竇公指竇牟（西元七四九—八二二年），字貽周，國子監司業是他最後擔任的官職。在古代，國子監既是教育管理機構，又是培養貴族子弟之最高學府。唐以國子監總轄國子、太學、四門諸學，長官為祭酒，司業次於祭酒，從四品下。既為官，也是師。這篇墓誌銘寫於穆宗長慶二年（西元八二二年），韓愈五十五歲。他和竇牟相識已久，竇牟年歲比韓愈大十九歲，在當時也有文名，有詩作流傳，他們在元和五年（西元八一〇年）和長慶元年分別於東都和國子監兩度共事，所以韓愈除寫這篇墓誌外，還寫了〈祭竇司業文〉，兩文對竇牟的為人都頗為推重。這篇墓誌銘敘述竇牟中進士和疏遠盧從史等事跡，特別表現了竇牟不平常的見識和謙遜的品格。

國子司業竇公，諱牟，字某❶。六代祖敬遠，嘗封西河❷公。大父同昌❸司馬，比四代仍襲爵名。同昌諱胤，生皇考諱叔向，官至左拾遺❹、溧水❺令，贈工部尚書。尚書於大曆初，名能為詩文。

【章　旨】本段敘竇牟先人的情況。

【注　釋】❶字某　或作「字貽周」，京兆金城人。❷西河　古郡名，在今山西臨汾西。❸同昌　縣名，為唐扶州治所，在今甘肅文縣西。❹左拾遺　門下省屬官，掌供奉諷諫。❺溧水　縣名，今屬江蘇省。

【語　譯】國子司業竇公，名牟，字某。六代祖敬遠，曾經被封為西河郡公。祖父任同昌司馬，四代相連仍然繼承著公爵。同昌司馬名胤，生了竇公的父親名叔向，父親官至左拾遺、溧水縣令，死後贈為工部尚書。在代宗大曆初年，以會寫詩文出名。

及公為文，亦最長於詩。孝謹厚重。舉進士❶登第，佐六府五公，八遷至檢校虞部郎中❷。元和五年，真拜尚書虞部郎中，轉洛陽令、都官郎中❸、澤州❹刺史，以至司業，年七十四。長慶二年二月丙寅❺，以疾卒。其年八月某日，葬河南偃師先公尚書之兆次。

【章　旨】本段概括敘述竇牟為官經歷和卒葬的情況。

【注　釋】❶舉進士　竇牟於貞元二年（西元七八六年）中進士。❷檢校虞部郎中　虞部為工部下屬官署，由郎中主之，另有員外郎一人。掌管京都山林苑囿、菜蔬柴炭供應及畋獵之事。前加「檢校」只是虛授榮銜，非實職。❸都官郎中　刑部一個司的主管官員。❹澤州　治所在今山西晉城。❺丙寅　即二月初四。

【語　譯】到竇公作文，也最擅長詩歌。他為人孝順恭謹，寬厚穩重。參加進士考試一舉中第，輔佐過六個官府五位公卿，八次升遷做到檢校虞部郎中。元和五年，實任尚書虞部郎中，又改任洛陽令、都官郎中、澤州刺史，最後做到國子司業，年紀七十有四。長慶二年二月丙寅日，因疾病醫治無效而去世。那年八月的某一天，安葬在河南偃師縣其父尚書公的墓旁。

初，公善事繼母，家居未出，學問於江東，尚幼也，名聲詞章，行於京師，人遲其至。及公就進士且試，其輩皆曰：「莫先竇生！」於時公舅袁高為給事中❶，方有重名，愛且賢公，然實未嘗以干有司。公一舉成名❷而東，遇其黨必曰：「非我之才，維吾舅之私。」

【章　旨】本段述竇牟參加進士考試中等，表現其謙遜品格。

【注　釋】❶給事中　官名，唐代給事中為門下省的要職，有權批駁認為不妥的詔敕，參與審理冤案、改變用人方面的失誤等。袁高字公頤，滄州東光人，貞元初為給事中。❷一舉成名　竇牟中進士在唐德宗貞元二年。

【語　譯】當初，竇公很好地服侍繼母，住在家裡未嘗外出，只在江東地方讀書求學，年紀還小，名聲和詩文作品，已經流傳到京城，人們都等待著他的到來。等到他被舉薦為進士將要參加考試，那一輩讀書人都說：「沒有人能排到竇生前面！」這時他的舅父袁高任給事中，正名聲顯赫，不僅痛愛而且賞識他，但實在沒有拿竇牟中進士的事去請求某些部門。竇公一舉成名而東歸，遇到他的同伴們時他一定說：「考中進士不是我的才能，實在是我舅父的偏愛所致。」

其佐昭義軍❶也，遇其將死❷，公權代領以定其危。後將盧從史❸重公，不遣，奏進官職。公視從史益驕不遜，偽疾經年，轝歸東都。從史卒敗死。公不以覺微避去為賢告人。公始佐崔大夫縱❹留守東都，後佐留守司徒餘慶❺，歷六府五公，文武細麤不同，自始及終，於公無所悔望有彼此言者。六府從事幾且百人，有愿姦、易險、賢不肖不同，公一接以和與信，卒莫與公有怨嫌者。其為郎官令守，慎法寬惠不刻。教誨於國學也，嚴以有禮，扶善遏過，益明上下之分，以躬先之，恂恂愷悌，得師之道。

【章　旨】本段回顧竇牟生平而述其為人，表現他的明智與寬厚。

【注　釋】❶昭義軍　唐方鎮名，代宗大曆元年（西元七六六年）相衛六州節度賜號昭義軍。德宗建中元年（西元七八〇年）昭義軍節度兼領澤、潞二州，治所徙潞州。竇牟佐昭義軍在德宗貞元末。❷其將死　貞元二十年（西元八〇四年）六月昭義軍節度李長榮死。❸盧從史　本昭義軍兵馬使，貞元二十年八月以檢校工部尚書兼昭義軍節度。元和五年被烏重胤縛送京師，貶謫而死。❹崔大夫縱　貞元二年（西元七八六年）以吏部侍郎崔縱為東都留守，竇牟為留守府巡官。❺司徒餘慶　鄭餘慶，元和三年（西元八〇八年）由河南尹改任東都留守，奏竇牟為判官。鄭餘慶在穆宗即位後進位檢校司徒。

【語　譯】當竇公輔佐昭義軍的時候，碰上昭義軍主將死亡，竇公暫時代領主帥的事務，以便穩定昭義軍內部危亂的局面。後繼的主將盧從史很看重他，留住他不放，奏請朝廷提升他的官職。竇公看到從史越來越驕傲自滿，太不謙遜，就裝作有病一年多，用車子運回東都洛陽。盧從史終於敗落被貶死。竇公並不把能見微知著避開禍害作為賢明而告訴別人。竇公起先輔佐崔大夫縱留守東都，後又輔佐東都留守鄭司徒餘慶，經歷六個府衙五位公卿，有文臣、武將，細緻粗豪的區別，從始至終，對於竇公都沒有什麼憎恨埋怨和這樣那樣的閒話。六府的僚屬差不多近百人，有謹愿奸惡、平易陰狠、賢良不肖種種不同，竇公一律待之以寬和誠信，直到最後也沒有誰跟他結有仇怨嫌隙的。竇公作郎中縣令郡守的時候，謹遵法度，寬厚仁愛，不行苛刻之政。在國子監從事教誨，嚴格而有禮節，扶植善行防止過惡，更明白上下的區別，從自身首先做起，恭敬謹慎，和藹近人，懂得為師的方法。

公一兄三弟：常，群，庠，鞏。常，進士，水部❶員外郎，朗、夔、江、撫❷四州刺史。群，以處士徵，自吏部郎中拜御史中丞，出帥黔、容❸以卒。庠，三佐大府，自奉先❹今為登州❺刺史。鞏，亦進士，以御史佐淄青府❻，皆有材名❼。公子三人，長曰周餘，好善學文，能謹謹致孝，述父之志，曲而不黷。次曰某，曰某，皆以進士貢。女子三人。

【章　旨】本段敘述竇牟兄弟子女的才賢。

【注　釋】❶水部　工部下屬官署，設郎中、員外郎各一人，負責船隻、水運、堤防、漁業等。❷朗夔江撫　朗州，今湖南常德；夔州，今四川奉節；江州，今江西九江；撫州，今江西臨川。❸出帥黔容　擔任黔州觀察使、容管經略觀察使。❹奉先　今陝西蒲城治。❺登州　今山東蓬萊治。❻淄青府　指淄青平盧節度幕府，治所在青州（今山東益都）。此時節度使為薛平。❼皆有材名　當時稱為竇家五桂樹，五人詩合為《竇氏聯珠集》。

【語　譯】竇公有一位兄長三位弟弟：竇常，竇群，竇庠，竇鞏。竇常，中了進士，曾任水部員外郎，朗州、夔州、江州、撫州等四州的刺史。竇群由隱居不仕的讀書人徵調入朝，從吏部郎中封為御史中丞，後出京充任黔州觀察使、容管經略觀察使而死。竇庠，三次輔佐大官的幕府，從奉先縣令作到登州刺史。竇鞏也是進士，用御史的身分輔佐淄青節度使府，五弟兄都有材名。竇公的兒子三人，長子叫周餘，好善學文，能恭謹地表達出孝心，申述父親的心願，委婉曲折卻不浮濫失實，小的叫某，叫某都被作為進士推送參試。竇公有女兒三人。

愈少公十九歲❶，以童子得見，於今四十年。始以師視公，而終以兄事焉。公待我一以朋友，不以幼壯先後致異，公可謂篤厚文行君子矣。其銘曰：

【章　旨】本段敘作者與竇牟的關係，表達對竇的敬重。

【注　釋】❶少公十九歲　韓愈長慶二年五十五歲，竇牟這年七十四，相差十九歲。

【語　譯】愈比竇公小十九歲，在童子時有幸見到竇公，到現在四十年。開始把竇公看作師長，但最後把竇公作兄長侍奉。他待我則一直當作朋友，不因為幼年壯年先後表現不同。竇公可稱得上是誠實溫厚有學問有道德的君子了。那銘辭說：

后緡竇逃❶，閔腹子，夏以再家❷竇為氏。聖❸愕旋河犢❹引比，相嬰❺撥漢納孔軌。後去觀津❻，而家平陵❼，遙遙厥緒，夫子是承。我敬其人，我懷其德。作詩孔❽哀，質❾於幽刻。

【章 旨】銘文回溯竇姓的歷史而以讚美竇牟為歸結。

【注 釋】❶后緡竇逃 《左傳·哀公元年》:「昔有過澆滅夏后相,后緡方孕,逃歸自竇。」后緡,夏帝相之妻,有仍氏之女。帝相失國,后緡從地洞逃回有仍,生子少康,後少康得以中興恢復夏朝。❷夏以再家 少康有二子:杼、龍。杼繼少康為帝;龍留居於有仍,遂為竇氏。這是竇姓的起源。❸聖 孔子。❹犢 竇鳴犢,竇龍的後代,是晉國的賢大夫。《史記·孔子世家》記載,孔子不得志於衛國,將西見趙簡子,走到河邊,聽到趙簡子殺了竇鳴犢、舜華,十分震驚,感到物傷其類,因而立即返回。❺相嬰 西漢文帝竇皇后的侄子魏其侯竇嬰,武帝建元元年為丞相。❻觀津 故趙地,在今河北東南,竇氏祖先居於此。❼平陵 今陝西咸陽西北。一說在山東歷城東。❽孔 甚。❾質 證驗。

【語 譯】后緡從竇中逃出是可憐腹中兒子,夏朝得以再振後代便以竇為氏。孔聖震驚從黃河邊返回把鳴犢引為同類,丞相竇嬰撥正將漢朝積習納入孔子正軌。後來竇氏離開觀津,而把家安在平陵,竇家世業源遠流長,先生把這傳統繼承。我很敬重先生為人,我很追慕先生德行。寫下此詩表我哀思,刻於墓石作為明證。

【研 析】本文和那些偏重敘述事功政績的墓誌銘不同,偏重敘述竇牟的為人,包括他的文才、識見和品德,而且文才、識見也是為了更好地突顯他的品德。在簡介竇氏先人之後,只用百來字就將竇牟一生歷官及死葬時地交代乾淨,並在前面嵌上「孝謹厚重」四字,作為全文的綱領。以下的文字便都圍繞這幾個字展開。專用一段文字寫竇牟中進士,這是別的墓誌銘所沒有的寫法。之所以這樣選材,就是因為中進士的經過足以表現竇牟的謙謹。這段文字從渲染竇牟的文才開始,愈是寫他聲名遠播,旁人佩服,就愈顯出最後一句「非我之才,維吾舅之私」的分量。接著從佐昭義軍開始,大致回應人物的生平經歷,分階段敘寫人物的表現,也都不離「孝謹厚重」四字。識別盧從史的驕橫必敗而設計遠避,固然是他的識見,也是他的謹慎所在,而且同寫中進士一樣,最終以「不以覺微避去為賢告人」的高格為旨歸。文的後半寫長子能「謹謹致孝」,足見竇牟的影響;寫自己與竇牟的交誼,更是用自己的感受對竇牟的君子之風作一總結。曾國藩曾經稱讚此文敘事簡而有法,側重從一個方面落筆,取捨、安排材料上盡可能突出這個方面,使全文綱舉而目張,應是「有法」

的表現之一。這篇墓誌也有缺點，銘辭的前四句造語頗覺生硬，前人以為有傷雕琢。不過每句七個字都壓縮了那麼多的歷史內容在裡面，也的確不易。

給事中清河張君墓誌銘

韓退之

【題解】張君指張徹，徹，《新唐書》作「澈」。清河是張氏族望，故地在今山東臨清之東。清河張氏相傳為漢留侯張良的後代。張徹以監察御史身分實任幽州節度判官，給事中是他被亂兵殺死以後朝廷頒贈的虛銜，故韓集標題前有「故幽州節度判官贈」八字。張徹既是韓愈的學生，又是他的侄女婿，關係非同一般，對張徹出仕不久就無辜慘遭殺害，韓愈十分痛心，所以在這篇墓誌銘裡高度讚揚張徹臨危不亂、義正辭嚴斥責叛亂者的行為同時，對養尊處優，醞成禍亂，而又畏事惜死不敢言辯的主帥張弘靖則頗流露出義憤和輕蔑的感情。

張君名徹，字某，以進士累官至范陽府❶監察御史。長慶❷元年，今牛宰相❸為御史中丞，奏君名迹中御史選，詔即以為御史。其府❹惜不敢留，遣之，而密奏幽州將父子繼續，不廷選且久，今新收❺，臣又始至，孤怯，須強佐乃濟。發半道，有詔以君還之。仍遷殿中侍御史❻，加賜朱衣銀魚❼。至數日，軍亂❽。怨其府從事❾，盡殺之而囚其帥❿，且相約：「張御史長者，毋侮辱轢蹙我事，毋庸殺！」置之帥所。

【章　旨】本段敘張徹任職幽州遭遇兵亂的經過。

【注　釋】❶范陽府　指幽州節度使，幽州曾一度改為范陽郡。唐幽州治所在薊縣，今北京大興縣西南。❷長慶　唐穆宗年號。元年為西曆八二一年。❸牛宰相　牛僧孺字思黯，長慶三年為相。❹其府　指幽州節度使張弘靖。姚鼐原注云：「昌黎蓋鄙張弘靖，故沒其名。『噎喑以為生』者，蓋即謂之耶？」林紓也認為韓愈不指其名，但曰「其府」，是不滿張弘靖留張徹，以致張徹被殺。府即府主也。❺新收　長慶元年二月幽州節度使劉總向朝廷請求去職出家修行，交出管轄之地由朝廷派人接替。穆宗以張弘靖為檢校司空平章事充幽州盧龍等軍節度使。❻殿中侍御史　居殿中為御史而察非法，地位略高於監察御史。❼朱衣銀魚　魚，魚符。刻作魚形，盛於袋中，繫在腰間，叫做魚袋。朱色朝服，銀魚袋，是唐代五品官的服飾，殿中侍御史只是從七品官，故特加賜以示榮寵。❽軍亂　長慶元年七月，幽州軍亂，囚節度使張弘靖於幽州驛館薊門館。❾從事　指韋雍、張宗元、崔仲卿等數人，韋等吃喝玩樂，待部下苛刻，侮辱人格，軍士不服，故殺韋等五人。❿帥　張弘靖。此次軍亂與張弘靖到任後處置失當，扣留朝廷賞銀二十萬挪作他用，引起士兵不滿也有關係。

【語　譯】張君名徹，字某，由進士累積升官到范陽府監察御史。長慶元年，現在姓牛的宰相當時任御史中丞，上奏認為張君的名聲事跡符合作為御史的人選，詔書就用張君作為御史。他所在的幽州節度府捨不得他又不敢強留，只好讓他啟程，但又暗中上奏朝廷說幽州的主將父死子繼，不由朝廷選派，已經很久了。今天新近收復，我又是才來的，孤單膽怯，須要強有力的輔佐人員才能成功。張君進發到半路上，又有詔書把張君調還幽州。仍然提升為殿中侍御史，特加賞賜准穿朱色朝衣佩銀魚袋。回到幽州幾天，軍隊發生暴亂，士兵痛恨范陽府的僚佐，全部殺死他們而囚禁了主帥，並且相互約定說：「張御史是寬厚的好人，沒有侮辱凌逼我們的行為，用不著殺他！」把他安置在囚禁主帥的地方。

居月餘，聞有中貴人❶自京師至。君謂其帥❷：「公無負此土人，上使至，可因請見自辯，幸得脫免歸。」即推門求出。守者以告其魁。魁與其徒皆駭曰：

「必張御史！張御史忠義，必為其帥告此，餘人❸不如遷之別館。」即與眾出君。君出門罵眾曰：「汝何敢反！前日吳元濟❹斬東市，昨日李師道❺斬軍中，同惡者父母妻子皆屠死，肉餧狗鼠鴟鴉。汝何敢反！汝何敢反！」行且罵。眾畏惡其言，不忍聞，且虞生變，即擊君以死。君抵死，口不絕罵。眾皆曰：「義士！義士！」或收瘞之以俟。

【章　旨】本段敘述張徹不屈被殺的經過。

【注　釋】❶中貴人　受寵幸的太監。唐代往往以太監充當監軍。❷其帥　同囚在一處的主帥張弘靖。❸餘人　被囚的主帥以外之人，包括張徹。姚鼐原注云：「餘人非畔者黨也，恐其以言動之。」朱熹以為「餘人」兩字為衍文，非。❹吳元濟　淮西軍閥，元和九年（西元八一四年）反，元和十二年十月被擒處死。詳見〈平淮西碑〉。❺李師道　淄青節度使李師古異母弟，師古卒，以師道為留後。元和十四年二月被斬於軍。

【語　譯】過了一個多月，聽說有中貴人從京城到來。張君對他的主帥說：「您沒有對不起這塊土地上的人，皇上派的使者到了，可以利用請求同使者見面的機會給自己辯明，還可能解脫出去免遭殺害返回朝廷。」主帥就推門要求出去。看守的士兵把情況報告叛亂的首領。首領與他的部下都很震驚說：「一定是張御史！張御史為人忠義，一定替他的主帥出這個主意，不如把其餘的人關到別的館舍去。」就同眾人一道把張君牽出來。張君出門就罵士兵們說：「你們怎敢造反！前些時候吳元濟在東市斬首，近些時候李師道被斬在軍中，同謀造反的人父母妻子兒女都被殺死，肉餵了狗、老鼠、鴟鵂和烏鴉。你們怎麼敢造反！你們怎麼敢造反！」一邊走一邊罵。眾人害怕反感他的話，不忍聽下去，並且擔心發生變故，就將他打死了。張君直到死，口不停罵。眾人都說：「義士！義士！」有人收埋了他的遺體以等待正式安葬。

事聞，天子壯之，贈給事中❶。其友侯雲長佐鄆使❷，請於其帥馬僕射❸，為之選於軍中，得故與君相知張恭、李元實者，使以幣請之范陽。范陽人義而歸之。以聞。詔所在給船轝❹，傳歸❺其家。賜錢物以葬。長慶四年四月某日，其妻子以君之喪葬於某州某所。

【章　旨】本段敘述張徹遺骸歸葬故鄉的過程。

【注　釋】❶給事中　在內廷服務之意，在唐為門下省的重要官職，正五品。有權封還不便執行的制、敕，參與審理案件和官吏提拔。❷鄆使　鄆曹濮節度使。元和十四年置，治所在鄆州，故曰鄆使。元和十五年賜號天平軍。❸馬僕射　馬摠，長慶二年（西元八二二年）秋始授檢校尚書左僕射，仍為天平軍節度使。❹轝　同「輿」。車。❺傳歸　由驛站以車船送歸。傳，驛站。

【語　譯】事情上報到朝廷，天子認為他壯烈，贈給他給事中的榮銜。張君的友人侯雲長是鄆曹濮節度使的僚佐，向其主帥馬僕射請求，為他在軍中挑選，得到過去同張徹君交好的張恭、李元實，派他們拿著錢幣到范陽求取張君遺骸。范陽人認為這是義舉於是歸還了遺骸。把這事報告了天子。天子下詔要求所到之處提供車船，由驛站遞送回到張君的家鄉。賜給錢物安葬。長慶四年四月的一天，張君的妻子把他的靈柩安葬在某州的某地方。

君弟復亦進士，佐汴宋❶，得疾，變易喪心，驚惑不常。君得間，即自視衣褥薄厚，節時其飲食，而匕筯進養之。禁其家無敢高語出聲。醫餌之藥，其物多空青❷、雄黃❸諸奇怪物，劑錢至十數萬。營治勤劇，皆自君手，不假之人。家貧，妻子常有饑色。

【章　旨】本段敘述張徹精心照料生病弟弟，見其不僅有義，而且懷仁。

【注　釋】❶汴宋　汴州、宋州。指宣武軍節度。❷空青　一種藥品，產銅礦中，中醫用為通血脈、養精神之藥。❸雄黃　礦物名，可作顏料，也供藥用，在唐時應是名貴之物。

【語　譯】張君的弟弟張復也中了進士，在汴宋節度使下作僚佐，得了病，變化反常，喪失了神智，驚懼疑惑失去常態。張君得到空隙，就親自查看他衣服被褥的厚薄，調理侍候他的飲食，而且親持羹匙、筷子餵養他。禁止他家裡人高聲說話。醫病服食的藥，那些東西多數是空青、雄黃之類的珍奇怪異之物，每劑值錢十幾萬。訪求治理辛勤勞苦，都出自張君一人之手，不借助其他人。家裡貧窮，妻和兒子常有飢餓的面容。

祖某，某官；父某，某官。妻韓氏，禮部郎中某❶之孫，汴州開封尉某❷之女，於余為叔父孫女。君常從余學，選於諸生而嫁與之。孝順祗修，群女效其所為。男若干人，曰某；女子曰某。銘曰：

【章　旨】本段交代張徹先人及妻室兒女的情況。

【注　釋】❶禮部郎中某　指韓雲卿，韓愈的叔父。❷汴州開封尉某　指韓俞，雲卿之子，韓愈的堂兄弟。

【語　譯】祖父名某，任某官；父親名某，任某官。妻韓氏，是禮部郎中某某的孫子，汴州開封縣尉某的女兒，對我來說是叔父的孫女了。張君經常跟隨我學習，在學生中選中了他而嫁給了他。女子孝順恭敬純潔，女兒們都摹仿她的行為。兒子若干人，叫某某名，女兒名某。銘辭說：

嗚呼徹也！世慕顧❶以行，子揭揭❷也。噎喑❸以為生，子獨割❹也。為彼不清，作玉雪也。仁義以為兵，用不缺折也。知死不失名，得猛厲也。自申❺於闇❻明，莫之奪也。我銘以貞❼之，不肖者之呾❽也。

【章旨】銘辭讚美張徹的高尚節操，用以對照社會上某些人的醜惡。

【注釋】❶慕顧　曾國藩云猶「瞻徇」。即瞻前顧後，俯仰隨人。❷揭揭　突出之狀。揭，高舉。❸噎喑　欲言不敢；沉默。❹割　喻有鋒芒棱角。❺申　同「伸」。❻闇　同「暗」。❼貞　信。❽呾　通「怛」。驚懼的樣子。

【語譯】唉呀張徹啊！世人俯仰隨人行事，你卻高高舉起義旗。世人默默只為苟活，你獨為何鋒芒畢露。因為他人不清不潔，你作榜樣冰清玉潔。你以仁義作為武器，永不缺損永不斷折。明知必死不棄美名，稱得上是節操剛烈。在暗在明都伸節義，誰也不能使你改變。我以此銘證實高節，不肖之徒心驚膽裂！

【研析】本文為張徹樹碑立傳，其對張徹這個人物的刻劃，從立意到行文都有足供借鑑之處。一、作者在銘辭中稱張徹「仁義以為兵」，其實前文就是圍繞仁義二字展開的，由義溯仁，由外而內，由官場而家族。寫他佐幽州府遭逢兵變被囚，不計得失，為主將出謀；斥罵叛軍，不屈而死，都是官場的表現，重在揭舉其節義。下文專用一段寫張徹照顧病弟的感人事跡，這就是寫「內」行，寫在家族內的表現，目的在揭示其仁愛之心，給張徹以履義懷仁完整無瑕的品質。林紓選評此文時說：「昌黎每敘忠烈之士，恆字外出力，末敘其友愛，即補足仁字之意。蓋死節，義也；愛其手足，仁也。非仁不能成義，非義不足輔仁；每立一義，必使美滿完足，此昌黎文律嚴處。」是言得之。二、寫張徹不屈而死的一段，是全文最精彩動人之處。寫他為主將建言，以張弘靖的噎喑畏死反襯張徹臨危不亂。亂軍上下同聲料定此「必張御史」所為，又從將士心目中寫出平日張徹所樹立之忠義形象。下文寫斥罵叛軍，口吻逼真，描寫如繪，叛亂兵眾的驚畏疑懼之情，「義士！義士！」的讚歎之聲，也都對張徹起著烘托作用，使張徹的形象更顯威武高大。如錢基博所言：「當事者、旁觀者，拉拉雜雜，寫得如親聞睹。」善於使各種人物互相映襯，從而使主體更為鮮明豐滿，這也是值得借鑑的技巧。

試大理評事王君墓誌銘

韓退之

【題　解】本文是元和九年（西元八一四年）韓愈四十七歲時所作。文中所寫的王君即王適（西元七七一—八一四年），自以為是奇男子，追求奇特不凡的生活道路，喜歡說令旁人吃驚的話，希望從非常規的途徑取得功業、建立名節。因而為志得意滿暮氣沉沉的官場人物所不喜。文中不僅在一定程度上寫出了他的注重名節，也寫出了他確有政治上的才幹。這樣一個人物終於不得志而死，反映了當時一部分知識分子的命運，揭示了一部分受壓抑士人與既得利益者之間的矛盾。古稱法官為理或李，故大理寺為最高之司法機關。大理評事為大理寺下屬官員。此處所寫一是並非正式任命，只是試用；二是並非實授，只是以這個頭銜充任李惟簡的僚佐，作觀察判官而已。

君諱適，姓王氏。好讀書，懷奇負氣，不肯隨人後舉選。見功業有道路可指取，有❶名節可以戾契❷致，困於無資地，不能自出，乃以干諸公貴人，借助聲勢。諸公貴人既志得，皆樂熟軟媚耳目者，不喜聞生語。一見，輒戒門以絕。

【章　旨】本段概括介紹王適的為人及其干謁無成的遭遇。

【注　釋】❶有　應從一本作「而」。❷戾契　奇邪不正。此處指不同尋常的辦法和途徑。

【語　譯】君名適，姓王。喜歡讀書，懷抱奇特志趣，憑仗意氣行事，不肯跟在一般人後面參加考試。看到要建功立業，有多條道路可隨手取得，而要立名節，也有異於尋常的辦法可以達到，只是缺少資格、地位而陷於困境，不能自己出頭，於是用求見達官貴人的方式，想要借助聲勢。達官貴人們既已志得意滿，都已習慣喜歡嫵媚討好使耳目舒服的人，不喜歡聽生硬剛直的話。見過一次，就都告誡守門人而拒絕為之通報。

上❶初即位，以四科❷募天下士。君笑曰：「此非吾時邪？」即提所作書，緣道歌吟，趨直言試❸。既至，對語驚人，不中第，益困。

【章　旨】本段敘王適參加特科考試不中，更加困頓。

【注　釋】❶上　皇帝。指唐憲宗李純。❷四科　元和元年四月，加試：一、賢良方正，直言極諫科；二、才識兼茂，明於體用科；三、達於吏理，可使從政科；四、軍謀弘遠，堪任將帥科。是正常科舉之外所舉行的特試。❸趨直言試　指應「賢良方正，直言極諫科」考試。事在憲宗元和二年四月。

【語　譯】皇上才登皇位，用四科考試徵集天下的讀書人。王君笑著說道：「這不是我的時機到了嗎？」就提著自己所著的書，一邊走，一邊唱著歌，趕赴直言極諫科的考試。到了之後，回答問題的言論震驚了主考人，沒有考中，更加陷入了困境。

久之，聞金吾李將軍❶年少喜事，可撼，乃蹐門告曰：「天下奇男子王適，願見將軍白事。」一見語合意，往來門下。盧從史既節度昭義軍，張❷甚，奴視法度士，欲聞無顧忌大語。有以君生平告者，即遣客鉤致。君曰：「狂子❸不足以共事。」立謝客。李將軍由是待益厚。奏為其衛胄曹參軍❹，充引駕仗判官❺，盡用其言。將軍遷帥鳳翔❻，君隨往，改試大理評事，攝監察御史、觀察判官。櫛垢爬痒❼，民獲蘇醒。

【章　旨】本段敘王適受知於李惟簡暫時得意，並表現他注重名節的態度和一定的政治才能。

【注　釋】❶金吾李將軍　指李惟簡。憲宗時為左金吾衛大將軍，金吾衛，皇帝禁衛軍之一。❷張　張狂；驕傲自大。❸狂子　指盧從史。盧從史想聽到無所顧忌的話，就是有反叛朝廷之意。王適雖喜驚人之語，卻主要是不滿達官貴人，想要整頓割據的藩鎮。旨趣不同，故斥盧為狂子。❹胄曹參軍　官名，大朝會時隨駕出來，供給兵器旗幟之類。❺引駕仗判官　掌管皇帝出行時儀仗等事。❻遷帥鳳翔　指李惟簡於元和六年（西元八一一年）五月改任鳳翔隴右節度使。❼櫛垢爬痒　比喻為民除病去害。

【語　譯】過了很久，聽說金吾衛李將軍年輕喜歡有所作為，可以說動，就登門告知說：「天下奇男子王適想要會見將軍談說事情。」兩人一見面說話便心投意合，於是在將軍門下出入走動。盧從史當了昭義軍節度使以後，自大已極，將遵紀守法之士視同奴僕，只想聽那些肆無忌憚的大話。有人把王君的生平事跡告訴盧從史，盧立即派人設法拉攏招致王君。王君說：「狂妄的小子不值得同他共事。」立即謝絕了來人。李將軍因此待王君更好。上報朝廷任命王君作金吾衛的胄曹參軍，充當引駕仗判官，完全採用王君的意見。將軍調任鳳翔府隴右軍節度使，王君跟隨前去，改為試用大理評事，代理監察御史、觀察判官。王君致力於清除積弊，解救疾苦，使民眾有了轉機，得以休養生息。

居歲餘，如有所不樂，一旦載妻子入閿鄉❶南山不顧。中書舍人❷王涯、獨孤郁❸，吏部郎中❹張惟素❺，比部郎中❻韓愈，日發書問訊，顧不可強起，不即薦。明年九月疾病，輿醫京師，某月某日卒，年四十四。十一月某日，即葬京城西南長安縣界中。曾祖爽，洪州武寧❼令。祖微，右衛騎曹參軍❽。父嵩，蘇州崑山❾丞。妻上谷❿侯氏，處士高女。高固奇士，自方阿衡、太師⓫，世莫能用吾言，再試吏，再怒去，發狂投江水。

【章旨】本段敘王適棄官歸隱而亡及其家庭情況。

【注釋】❶閿鄉　縣名，今屬河南。❷中書舍人　中書省屬官，負責草擬詔書。❸王涯獨孤郁　王涯，字廣津，太原人，唐文宗時官至司空。獨孤郁，字古風，洛陽人，古文家獨孤及之子，官至祕書少監。❹吏部郎中　吏部官員，負責選舉事項。❺張惟素　元和間曾任吏部侍郎，餘不詳。❻比部郎中　刑部官員，掌管諸州及軍府會計事項。韓愈於元和八年三至四月任比部郎中、史館修撰。❼武寧　縣名，今屬江西省。❽右衛騎曹參軍　官名，掌外府雜畜簿帳、牧養。❾崑山　縣名，今屬江蘇省。❿上谷　郡名，即易州，今河北易縣治。⓫阿衡太師　阿衡，伊尹，商湯的宰相。太師，呂望，周武王時曾為太師。自方阿衡太師，即自比伊、呂之意。

【語譯】過了一年多，好像心中有些不快樂，一天用車載著妻子兒女進入閿鄉縣南山再也不回頭。中書舍人王涯、獨孤郁，吏部郎中張惟素，比部郎中韓愈，每天發信去探問，看來不可能強要他出來，就沒有立即加以推薦。第二年九月得病，用車送來京城求醫，某月某日去世，年四十四歲。十一月某一天，就近葬在京城西南的長安縣境內。王君的曾祖父名爽，曾任洪州武寧縣令。祖父名微，曾任右衛騎曹參軍。父親名嵩，曾任蘇州崑山縣丞。王君之妻是上谷郡侯氏，隱居之士侯高的女兒。侯高本是個奇人，自比為伊尹和呂望，覺得當世無人能採用自己的主張，兩次試用為官吏，兩次發怒離開，發狂自投江水。

初，處士將嫁其女，懲曰：「吾以齟齬❶窮，一女，憐之，必嫁官人，不以與凡子。」君曰：「吾求婦氏久矣，惟此翁可人意，且聞其女賢，不可以失。」即謾謂媒嫗：「吾明經❷及第，且選❸，即官人。侯翁女幸嫁，若能令翁許我，請進百金為嫗謝❹。」諾許，白翁。翁曰：「誠官人耶？取文書來。」君計窮吐實。嫗曰：「無苦，翁大人，不疑人欺我，得一卷書粗若告身❺者，我袖以往，翁見，未必取眎❻，幸而聽我。」行其謀。翁望見文書銜袖，果信不疑，曰：「足矣。」以女與王氏。生三子，一男二女，男三歲夭死，長女嫁亳州永城尉姚侹，其季始十歲。銘曰：

【章　旨】本段敘王適娶妻的故事，進一步顯示其不同尋常的個性特點。

【注　釋】❶齟齬　牙不正。譬喻和人意見不合。❷明經　唐代科舉考試的科目之一，以通曉經義為考試內容。❸且選　唐代科舉中第，只是取得了做官的資格，還要由吏部選任才能實際做官。❹為嫗謝　此句有人認為「謝」字應在「嫗」字前，「嫗」連下讀，全句作「請進百金為謝，嫗諾」，文字較順。❺告身　授官文書。候選人授官，吏部發給文書，加蓋印信，印文為「尚書吏部告身之印」，故以「告身」稱授官文書。❻眎　同「視」。

【語　譯】當初，侯隱士準備嫁女，警戒自己說：「我因為與人意見不合，所以窮困，只有一個女兒，憐惜她，一定要嫁做官的人，不把她嫁給普通人。」王君說：「我物色妻家已經很久了，只有這個老翁討人喜歡，而且聽說他的女兒賢惠，不可以錯過。」就對媒婆說謊道：「我是明經中第，即將選派任職，就是做官的人了。侯老爹的女兒想要出嫁，假使能使老翁把女兒許配給我，我將奉上一百金作婆婆的謝禮。」媒婆答應，向老翁說。老翁回答：「真是做官的人嗎？拿文書來。」王君沒有辦法了，只好吐露實情。媒婆說：「不必愁苦，老翁是大人長者，不會疑心別人欺騙自己，只要弄到一卷文書大致像告身的樣子，我放在袖子裡前去，老翁看見，不見得一定取去驗看，也許就聽從我的說合。」於是實行她的計謀。老翁望見有文書藏在衣袖裡，果然相信，不加懷疑，說：「夠了。」把女兒嫁給了王家。生下三個孩子，一男二女，男孩三歲夭折了，大女兒嫁給亳州永城縣尉姚侹，老二才十歲。銘辭說：

鼎也不可以柱❶車，馬也不可使守閭❷。佩玉長裾，不利走趨❸。祇繫其逢，不繫巧愚。不諧其須，有銜❹不祛❺。鑽石埋辭，以列幽墟。

【章　旨】銘辭對王適遭遇不偶，因而胸中抱負得不到施展，深表同情。

【注　釋】❶柱　同「拄」。支撐。❷閭　里門。❸走趨　快走。《釋名》：「疾行曰趨，疾趨曰走。」❹銜　含。此指胸中蓄積。❺祛　開。

【語　譯】鼎不能用來支撐車輛，馬不能派去防守里門。掛著玉佩拖著長袖，當然不便快速跑動。只是在於遇合遭逢，不關個人愚蠢聰明。不符合當權者需要，胸中抱負不能施展。刻碑埋下這些話語，放在墓穴傳示將來。

【研　析】王適以奇男子自許，其才能見識文中略有表現，應不完全是狂妄，但因不拘小節，不安平庸，言語驚俗，所以不被官場接納，他所嚮往的功業、名節也就無從談起。所以作者為他寫墓誌，只能選擇一些瑣事傳聞，刻劃出他失意而奇特的一生。文章的妙處在摹寫生動，人物活靈活現，極有精神。如寫他應考，「笑曰：『此非吾時邪？』」「提所作書，緣道歌吟」，自信樂觀而單純天真神態畢現。寫他見李惟簡，「乃踏門告曰：『天下奇男子王適，願見將軍白事。』」其不願俯仰隨人，冀土王侯的氣概，也十分逼真地傳達出來。特別是王適娶妻的一段，更是一則生動有趣的故事，饒有小說風味。侯翁也是一奇男子，女婿也是一奇男子，兩奇相遇，相互映襯，平添許多情趣。有人說，「此等文章，已失古意，末流效之，乃墮惡趣。」這是用「文以載道」的觀點來做批評。「其實韓愈是借此來寫王適之為奇男子，寫王適之落拓不羈，極生動，極活潑，有此一處渲染，更覺有聲有色，有什麼不好呢？」童第德先生的這些話是很中肯的。

孔司勳墓誌銘

韓退之

【題　解】司勳即司勳員外郎，吏部屬官，主司官吏的勳級。孔司勳名戡（西元七五四—八一〇年），字君勝，《新唐書》作字勝始，是孔巢父的侄子，孔夫子的三十六代孫。司勳員外郎是孔戡死後追贈的官職。孔戡因為曾經極力諫阻盧從史反叛，諫阻無效，又憤而離開，在當時影響很大。大詩人白居易在〈贈樊著作〉詩中說：「從史萌逆節，隱心潛負恩；其佐曰孔戡，捨去不為賓。」孔戡死後，白居易又寫了〈哭孔戡〉一詩，讚揚孔戡「非義不可干」、「其道直如弦」。韓愈元和四年（西元八〇九年）與孔戡在東都為同事，元和五年正月孔戡死，八月安葬，韓愈仍在東都，這篇墓誌銘即此時所作，韓集題〈唐朝散大夫贈司勳員外郎孔君墓誌銘〉。

昭義❶節度盧從史有賢佐曰孔君，諱戡，字君勝。從史為不法，君陰爭，不從，則於會肆言以折之。從史羞，面頸發赤，抑首伏氣，不敢出一語以對。立為君更令❷改章❸辭者，前後累數十。坐則與從史說古今君臣父子道，順則受成福，逆輒危辱誅死。曰：「公當為彼，不當為此。」從史常聳聽喘汗。居五六歲，益驕，有悖語❹。君爭，無改悔色，則悉引從事空一府往爭之。從史雖羞，退益甚。君泣語其徒曰：「吾所為止於是，不能以有加矣。」遂以疾辭去。

【章　旨】本段首敘孔戡強諫盧從史的經過，以顯示其人的大節。

【注　釋】❶昭義　昭義軍節度使，轄潞、澤二州，治所設潞州，今山西長治。唐德宗貞元二十年八月節度使李長榮死，即命兵馬使盧從史為昭義軍節度使，盧表奏孔戡作為掌書記。❷令　號令。❸章　奏章。沈欽韓注：「號令之苛慝，章奏之驕慢者，皆更改。」❹悖語　叛逆的語言。盧從史與王承宗、田緒等軍閥暗中勾結，陰謀實行割據。

【語　譯】昭義軍節度使盧從史有一位賢良的僚佐叫孔君，名戡，字君勝。盧從史作違反法度的事，孔君暗中勸阻，不聽從，就在聚會的時候放言陳辭批評他。盧從史感到羞愧，臉面頸根脹得通紅，低著頭氣也不出，不敢發一言來對答。立即因為孔君的意見而變更命令、改變奏章上的言辭的事，前前後後共計有好幾十起。閒坐的時候就同盧從史講論古往今來君臣父子間的經驗教訓，說和順就能享受現成的福祉，違逆往往造成危險侮辱甚至被誅殺而死。說：「您應當作前者，不應當作後者。」盧從史常常嚴肅而驚懼地聽得氣喘汗流。過了五六年，盧從史更加驕傲，有反叛的言語。孔君爭辯諫阻，但盧從史沒有悔改的表現，孔君就帶領全部僚屬整個節度衙署傾巢而出去勸諫他。盧從史雖感羞慚，回去以後卻更加厲害。孔君流著淚告訴他的朋友們說：「我所能做的到此為止了，不能再有所增加了。」於是就用有病為由辭職離開了。

臥東都之城東，酒食伎樂之燕不與。當是時，天下以為賢。論士之宜在天子左右者，皆曰「孔君孔君」云。會宰相李公❶鎮揚州，首奏起君，君猶臥不應。從史讀詔曰：「是故舍我而從人耶！」即誣奏君前在軍有某事。上曰：「吾知之矣！」奏三上，乃除君衛尉丞❷分司東都。詔始下，門下給事中呂元膺❸封還詔書❹。上使謂呂君曰：「吾豈不知戡也？行用之矣！」明年元和五年正月，將浴臨汝❺之湯泉。壬子❻，至其縣，食，遂卒。年五十七。公卿大夫士相弔於朝，處士相弔於家。君卒之九十六日，詔縛從史❼送闕下，數以違命，流於日南❽。遂詔贈君尚書司勳員外郎，蓋用嘗欲以命君者信其志。其年八月甲申，從葬河南河陰❾之廣武原❿。

【章旨】本段敘孔戡被盧從史誣奏得罪至死的情況。

【注釋】❶李公　李吉甫。元和三年九月由中書侍郎平章事出任淮南節度使、揚州大都督府長史。揚州為淮南節度使治所。❷衛尉丞　衛尉寺的屬官，掌管殿廷帷幕器械等。雖是從六品，其實是閒冗無權的官職，分司東都，就閒而又閒了。❸呂元膺　字景夫，鄆州東平人。❹封還詔書　給事中為門下省要職，皇帝詔敕首先發到門下省，給事中認為不妥的，可以封回，請求再行斟酌。❺臨汝　縣名，今屬河南。❻壬子　紀日干支，即元和五年正月十一日。❼詔縛從史　元和五年憲宗令吐突承璀縛盧從史械送京師，貶謫到驩州。❽日南　驩州又稱日南郡，在今越南境內。❾河陰　縣名，故城在今河南滎陽西。❿廣武原　廣武山在滎陽縣西故河陰縣北。

【語　譯】孔君閒居高臥在東都洛陽城東，不參與那些飲酒作樂歌姬舞女陪侍的宴會。在這個時候，天下人都認為孔君是賢士。議論什麼人物應該安排在天子身邊任職的人，都說「孔君適合，孔君適合」。恰遇宰相李公鎮守揚州，最先就上奏要求起用孔君，孔君還在高臥沒有應承。盧從史讀到傳來的朝廷詔書，說：「此人是有意離開我而去跟隨別人的！」就上奏章誣告他先前在昭義軍有某某不法事情。皇上說：「我知道了。」奏章三次呈上，於是任命孔君作衛尉寺丞，分司東都。詔書發下之初，門下省給事中呂元膺將詔書依舊封好退回。皇上派人對呂君說：「我難道不了解孔戡嗎？不久就將起用他了。」第二年元和五年正月，他將要到臨汝的溫泉去洗浴治病。壬子日，到達該縣，進餐，就死了。享年五十七歲。公卿大夫士在朝堂上表示哀悼，隱居不仕之人在家裡進行弔唁。孔君死後的九十六天，皇上下詔綑綁盧從史押送到朝廷，宣布他違抗命令的罪行，發配到日南郡。於是下詔贈封孔君為尚書司勳員外郎，這大概是用曾經想給孔君的官職以證實皇帝的心意。那年八月甲申日，依隨先人安葬在河南河陰的廣武原。

君於為義若嗜欲，勇不顧前後；於利與祿，則畏避退處，如怯夫然。始舉進士第，自金吾衛錄事為大理評事，佐昭義軍。軍帥死❶，從史自其軍諸將❷代為帥。請君曰：「從史起此軍行伍中，凡在幕府，唯公無分寸私。公苟留，唯公之所欲為。」君不得已留。一歲再奏，自監察御史至殿中侍御史。從史初聽用其言，得不敗；後不聽信，惡益聞。君棄去，遂敗。

【章　旨】本段補敘孔戡的為官經歷，特別對與盧從史關係這樣的敏感問題作出說明。

【注　釋】❶軍帥死　貞元二十年六月昭義軍節度使李長榮死。❷諸將　指盧從史本為昭義軍兵馬使。

【語　譯】孔君對於堅持正義似乎成了嗜好，勇敢行之不瞻前顧後；對於利益和祿位，就害怕躲避以退讓的態度對待，好像懦夫的樣子。開始參加進士考試中第，從金吾衛錄事做到大理評事，輔佐昭義軍。昭義軍統帥死，盧從史從該軍的將領之一替代當了統帥。請求他說：「從史從這支軍隊的基層做起，所有在幕府的人員，只有您沒有一寸一分的私心。您假如能留下來，只要您想作什麼就作什麼。」孔君不得已只好留下。一年之內從史兩次奏請提升他的官職，從監察御史又提至殿中侍御史。盧從史起初聽從孔君的意見，所以能不失敗；後來不再聽從，他的過惡更加彰明，孔君捨他而去，他就敗亡了。

祖某❶，某官，贈某官。父某❷，某官，贈某官。君始娶弘農楊氏女，卒，又娶其舅宋州刺史京兆韋屺女，皆有婦道。凡生一男四女，皆幼。前夫人從葬舅姑兆次。卜人曰：「今茲歲未可以祔❸。」從卜人言，不祔。君母兄戣，尚書兵部員外郎。母弟戡，殿中侍御史，以文行稱朝廷。將葬，以韋夫人之弟前進士❹楚材之狀授愈，曰：「請為銘！」銘曰：允義孔君，茲惟其藏。更千萬年，無敢壞傷！

【章　旨】本段敘述孔戡的家庭情況，以及寫作墓誌的緣起。

【注　釋】❶祖某　孔戡之祖名如珪，任海州司戶參軍，贈尚書工部郎中。❷父某　父名岑父，祕書省著作佐郎，贈駕部員外郎。❸祔　合葬。❹前進士　已中第而未得官職者。

【語　譯】祖父名某，曾任某官，贈某官。父親名某，曾任某官，贈某官。孔君首先娶弘農楊家之女，已故，又娶了他舅父宋州刺史京兆韋屺的女兒，都具有女子的美德。共生下一個兒子，四個女兒，都還年幼。前夫人依隨婆婆的墓旁安葬。卜卦的人說：「今年這個年歲不可以夫婦合葬。」聽從卜卦人意見，未行合葬。孔君同母兄長孔戣，任尚書兵部員外郎。同母弟孔戢，任殿中侍御史，因為文才和品行同優在朝廷受到稱讚。將要安葬孔君的時候，他把韋夫人的弟弟前進士楚材所寫的孔君行狀給予韓愈，說：「請你替他撰寫墓誌銘！」銘文說：真正稱得上仁義的孔君，這兒是他藏身的地方。再經過千年萬年啊，也沒有人敢於把它毀傷！

【研 析】本文篇幅不長，也沒有生動有趣的故事，精彩傳神的敘寫，但其整體構思卻令人稱道。孔戡一生大節，影響時論最著的，就是強諫盧從史，憤然離開盧從史，本文的一切考慮，都是要著力突出這一事實，使人產生最強烈的印象。第一，本文把通常寫在開頭的家世出身，祖先功業，為官經歷等通通壓至篇末，開頭一段即直入昭義軍，寫勸諫至離開盧從史的經過，文章起筆就是「昭義節度盧從史有賢佐曰孔君」，破空而來，正如錢基博所言「直起卓立如山」。這種起法是很有特色的，給人的印象最為強烈。第二，二、三兩段文章，二段敘孔戡回東都之後的遭遇及其死葬，三段補敘孔戡早期為官經歷，都各有主旨，都是墓誌文必有的內容，但作者在兩段都加進與盧從史有關的內容，先寫朝廷擬用孔戡，為盧從史誣奏所影響；寫孔戡之死，故意不明說他生了何病，並特別點明他進了食之後才忽然死去，使人產生疑問，孔戡是否為從史及其同黨所謀害？第三段又將當初何以應從史之聘詳加說明。這些敘述，一方面使孔戡和盧從史這一叛臣的關係，前前後後清楚明白，使這一敏感問題不可能產生這樣那樣的猜想，一方面，使文章從頭到尾，都圍繞昭義軍的鬥爭展開，使孔戡的大節成為貫穿全文的主線。而這一點，正是作者整體構思追求的效果。錢基博說：「以孔君一生大節在佐昭義，高唱而入，心力眼力，全注此事。」中肯地指出了本文整體構思的好處。

卷四十四　碑誌類下編　三

唐故朝散大夫商州刺史除名徙封州董府君墓誌銘

韓退之

【題解】董府君為董溪（西元七六三—八一一年），是董晉的次子，商州刺史是他最後所任的官職。憲宗元和四年（西元八〇九年）討伐成德軍節度使王承宗，董溪為行營糧料使。後發覺有貪汙軍需物資的問題，被除名流放封州。憲宗後悔處分太輕，派使者追至長沙賜死。作者韓愈曾在董晉幕府作幕僚，對董家有知遇之感，與董溪也有交情。他後來在寫給董溪的女婿陸暢的詩中說：「我實門下士，力薄蚋與蚊。受恩不即報，永負湘中墳。」以不能營救董溪為遺恨。這種感情在本文有所反映，寫董溪之罪，說「公不與吏辨，一皆引伏」，似乎其中有冤枉，寫董溪之死，也不明言「賜死」，只說某月某日「死湘中」，故意閃爍其辭，也有為親者諱的意思。本文寫於元和八年，這時韓愈為比部郎中、史館修撰，所以說是「問銘於太史氏」。

公諱溪，字惟深，丞相贈太師隴西恭惠公❶第二子❷。十九歲明兩經❸，獲第有司。沉厚精敏，未嘗有子弟之過。賓接門下，推舉人士，侍側無虛口。退而見其人，淡若與之無情者。太師賢而愛之，父子間自為知己。諸子雖賢，莫敢望之。

太師累踐大官，臻宰相，致平治，終始以禮，號稱名臣。晨昏之助，蓋有賴云。太師之平汴州，年考❹益高，挈持維綱，鋤削荒纇，納之太和❺而已。其囊篋細碎，無所遺漏，繄公之功。上介❻尚書左僕射陸公長源，齒差太師，標望絕人。聞其所為，每稱舉以戒其子。楊凝❼、孟叔度❽以材德顯名朝廷，及來佐幕府，詣門請交，屏所挾為❾。

【章　旨】本段敘董溪年輕時在父親身邊的優秀事跡。

【注　釋】❶隴西恭惠公　董晉，恭惠是其謚號，隴西郡公是爵位，詳見〈贈太傅董公行狀〉，此言「贈太師」，可能以後又曾追贈。❷第二子　董晉生四子，為全道、全湲、全素、全澥。董溪即全湲。❸明兩經　唐代科舉，貢舉人必須通曉兩種經書，才能作為明經中第。❹考　壽。德宗貞元十二年七月董晉任宣武軍節度、汴州刺史，已七十二歲。❺太和　太平。❻上介　上佐。陸長源，字泳之，是歲八月，自汝州刺史為宣武軍行軍司馬。❼楊凝　自左司郎中為檢校吏部郎中、觀察判官。❽孟叔度　自殿中侍御史為檢校金部員外郎、度支判官。❾屏所挾為　一本作「屏棄所挾」，不敢以其所能驕矜。

【語　譯】董公名溪，字惟深，是丞相贈太師隴西恭惠公的第二個兒子。十九歲就通曉兩種經書，在禮部考試得到明經中第。為人沉穩寬厚，精明聰敏，不曾有過一般豪貴子弟常有的毛病。禮待府中的幕賓，推薦境內的人士，陪侍在父親身旁時口不曾空著。退下來而見到他推舉的那個人，卻淡淡的似同那人毫無交情似的。太師認為賢良因而很喜歡他，父子之間自然成了知己。其他兒子雖也賢良，但沒有誰趕得上他。太師多次做大官，位至宰相，實現了太平安定，從始到終按禮而行，被稱作名臣。早晚之間的生活起居侍養扶助，主要就依賴他。太師平定汴州的時候，年壽更高了，只能抓住基本法度，剷除雜草瑕疵，使汴州走向太平安定而已，那些袋子箱子所裝文案簿書之類瑣碎小事，也沒有什麼被遺漏掉，這就是他的功勞了。高級僚佐尚書左僕射陸公長源，年紀小於太師，風采名望超群。聽說他的所作所為，每每列舉稱道來教戒自己的兒子。楊凝、孟叔度，由於德材兼備而在朝廷名聲顯赫，來到汴州幕府作僚佐，都登門請求同他交往，在他面前，都拋開自己所能所長不敢驕矜。

太師薨，始以祕書郎❶選參軍京兆府法曹❷，日伏階下，與大尹❸爭是非，大尹屢黜己見。歲中奏為司錄參軍❹，與一府政。以能拜尚書度支員外郎❺，遷倉部郎中❻萬年❼令。兵誅恆州❽，改度支郎中，攝御史中丞，為糧料使。兵罷，遷商州❾刺史。糧料吏有忿爭相牽告者，事及於公，因徵下御史獄。公不與吏辨，一皆引伏受垢。除名，徙封州❿。元和六年五月十二日死湘中⓫，年四十九。明年，立皇太子⓬，有赦令許歸葬，其子居中始奉喪歸。元和八年十一月甲寅，葬於河南河南縣萬安山下太師墓左。夫人鄭氏祔。

【章旨】本段敘父親死後董溪本人經歷及死喪等項。

【注釋】❶祕書郎　掌管四部圖書的官員。此處疑為校書郎之誤。❷京兆府法曹　京兆府法曹參軍事，正七品下。❸大尹　指京兆府尹。京兆府管轄京城長安及附近二十縣。府尹從三品。❹司錄參軍　又稱錄事參軍，有調節各曹的職能，故說「與一府政」。❺度支員外郎　戶部屬官，協助度支郎中掌管國用租賦的收入支出。❻倉部郎中　戶部屬官，掌天下倉儲。❼萬年　縣名，屬京兆府，地在今西安市。❽兵誅恆州　恆州成德軍節度使王承宗拒命，發兵征討，以董溪為東道行營糧料使。事在元和四年十月。❾商州　今陝西商縣治。❿封州　今廣東封開治。⓫死湘中　湘中，指潭州（今長沙）。銘誌之體，此應稱「卒」，而此曰「死」，指非正常死亡。⓬立皇太子　元和七年七月，立遂王宥為太子，大赦天下。左降官死，亦必遇赦而後許歸葬。

【語　譯】太師去世，才由祕書郎選拔為京兆府法曹參軍，每天拜伏在階基下，同京兆府尹爭論是非，府尹多次收回自己的意見。半年左右就上奏以他作為京兆府司錄參軍，參與整個京兆府的政事。因為才能突出封為尚書省度支員外郎，再升為倉部郎中、萬年縣令。發兵征討恆州叛將時，改任度支郎中、代理御史中丞，充當東道行營的糧料使。戰事結束，提拔為商州刺史。負責辦理糧料的吏員間發生爭吵而互相牽連告發，事情涉及到他的身上，因而被徵召回朝關進御史臺監獄。他不向辦案的吏員辨明，一概服罪承受惡名。於是被取消任職資格，流放到封州。元和六年五月十二日竟然死於湖南境內，享年四十九歲。第二年，遇上冊立皇太子，有實行大赦的命令允許將遺骸運回安葬，他的兒子董居中才侍奉靈柩北回。元和八年十一月甲寅日，安葬在河南府河南縣萬安山下太師墳墓的左邊。夫人鄭氏一起合葬。

公凡再娶，皆鄭氏女。生六子，四男二女。長曰全正，慧而早死。次曰居中，好學，善為詩，張籍❶稱之。次曰從直，曰居敬，尚小。長女嫁吳郡陸暢❷。其季女後夫人之子。公之母弟全素，孝慈友弟。公坐事，棄同官❸令歸；公歿，比葬三年，哭泣如始喪者。大臣高其行，白為太子舍人。將葬，舍人與其季弟澥問銘於太史氏韓愈。愈則為之銘，辭曰：

【章　旨】本段敘董溪妻室兒女的情況和兄弟間的感情。

【注　釋】❶張籍　中唐著名詩人，韓愈的學生和好友。❷陸暢　字達夫，韓愈曾有詩送他。❸同官　縣名，今陝西銅川。

【語　譯】董公共兩次娶妻，都是姓鄭的女子。生六個孩子，四男二女。長子叫全正，聰明卻早早死去。次子叫居中，好學，會作詩，張籍讚賞他。第三個叫從直，第四個叫居敬，還小。長女嫁給了吳郡人陸暢。那個小女是後來這個夫人的孩子。董公的同母兄弟全素，孝敬慈愛，友好和順。董公因事獲罪，他拋棄同官縣令職務回家；董公死後，將近葬了三年，他哭泣仍像剛死時一樣。大臣認為他的行為很高尚，向朝廷推薦任他作太子舍人。將要安葬之時，全素同他的小弟董澥向當時任史館修撰的韓愈請作墓誌銘。韓愈就替他們寫了銘文，銘辭說：

物以久弊，或以轢❶毀。考致要歸，孰有彼此？由我者吾，不我者天。斯而以然，其誰使然！

【章　旨】銘辭認為人不論如何死，終歸並無區別，表面叫人達觀，實則似為董溪叫屈。

【注　釋】❶轢　被車輪碾軋，指人為破壞。

【語　譯】物品由於年代久遠而毀壞，或者因為車輪碾軋而破碎，考察其終極原因和最後結果，哪裡會有什麼明顯的分別？凡由於我的原因在於自己，不由於我的原因歸之於天，今天既然造成了這個樣子，這難道還能有誰使他這樣！

【研　析】寫作本文，存在一個歷史真實性和作者的傾向性如何統一的問題。人家請你寫墓誌，總是希望你替他已故的先人說些好話，這是自然的事；何況這已故先人又是一位有恩於你的上級的兒子呢。所以本文的感情傾向較一般墓誌更為強烈。但墓誌作為記載人物生平的歷史文件，又必須真實，有些重大情節是無法顛倒，也不能抹煞的，董溪貪汙軍餉被削職處死即是。作者寫什麼不寫什麼，這樣落筆而不那樣落筆，真是頗費周章的。如「元和六年五月十二日死湘中」，如果明言處死、賜死或被殺，與第一段所寫那麼多青年時期美德反差太大，且死者的家屬感情上也過不去。但也不能說是病死或跌死之類，那樣就要承擔歪曲歷史的責任了。所以這一個「死湘中」真是其妙無窮。又如「公不與吏辨，一皆引伏受垢」，沒有違反真實，因為這在肯定他自認有罪和雖無罪但因失察有愧而不與申辯之間，留有充分餘地。故「不與吏辨」四字暗示了這件事還有著更為複雜的背景，或者他正是用不言以掩蓋本應由別人承擔的罪責。再如，墓誌中沒有明確董溪死的性質，總是一個不足，所以就在銘辭中體現。「物以久弊，或以轢毀」，久弊就是壽終正寢，轢毀就是死於非命，暗示著董溪是被處死的，但這些話已是在對事物作哲理性的思考，並且極力否定兩種死的差別，這樣落筆比明斥其被殺，他的子孫後代會好受多了。

集賢院校理石君墓誌銘

韓退之

【題解】集賢院即集賢殿書院，與史館、昭文館合稱為文學三館，是唐代皇家收集整理圖書經籍的地方，設有校理官負責校理經籍。石君死前曾任此職。石君名洪（西元七七一—八一二年），曾經長期在東都洛陽過隱居生活，韓愈和他有交往，在所寫〈送石處士序〉、〈送溫處士赴河陽軍序〉（並見本書卷二十二）中都提到他。後一篇說及東都的人才時寫道：「恃才能深藏而不市者，洛之北涯曰石生，其南涯曰溫生。」石生即石洪。兩人都進了河陽軍節度使烏重胤的幕府，不久石洪被任為集賢院校理，可惜一年後就死了，死時還只有四十二歲。韓愈不僅為之撰寫墓誌，還寫了〈祭石君文〉，對石洪的早死，未能取得更大成就，表示了深深的惋惜。這時是元和七年，韓愈四十五歲。

君諱洪，字濬川，其先姓烏石蘭，九代祖猛，始從拓跋氏❶入夏，居河南❷，遂去「烏」與「蘭」，獨姓石氏❸。而官號大司空。後七世，至行褒，官至易州❹刺史，於君為曾祖。易州生婺州金華❺令諱懷一，卒葬洛陽北山❻。金華生君之考諱平，為太子家令❼，葬金華墓東，而尚書水部❽郎劉復為之銘。

【章　旨】本段敘石氏得姓的由來及石洪先人的情況。

【注　釋】❶拓跋氏　後魏君主的姓，為鮮卑族。❷居河南　指跟從魏孝文帝遷都於洛陽。❸姓石氏　北魏孝文帝實行漢化，改胡姓為漢姓，官稱也用漢名。烏石蘭改為「石」，以河南為郡望。❹易州　今河北易縣治。❺婺州金華　唐婺州金華縣，今浙江金華。❻北山　即北邙山，又稱芒山，在洛陽市北。❼太子家令　侍奉太子的官。❽水部　工部的一個司。郎中、員外郎掌天下河流湖泊舟船灌溉的政令。

【語　譯】石君名洪，字濬川，石君的祖先本姓烏石蘭，九代祖先名猛，才隨從拓跋氏進入中原，住在河南，於是去掉「烏」與「蘭」，只姓石氏。而官名稱作大司空。往下傳七代，到石行褒，官做到易州刺史，對石君來說他是曾祖父。易州刺史生婺州金華縣令名叫懷一，死後葬在洛陽北山。金華縣令生石君的父親名平，作太子家令，葬在金華令墳墓東邊，而尚書水部郎中劉復為他撰寫了墓誌銘。

君生七年❶喪其母，九年而喪其父，能力學行。去黃州❷錄事參軍，則不仕，而退處東都洛上十餘年，行益修，學益進，交游益附，聲號聞四海。故相國鄭公餘慶❸留守東都，上言洪可付史筆；李建❹拜御史，崔周禎為補闕❺，皆舉以讓；宣歙池之使❻與浙東使❼，交牒署君從事。河陽節度烏大夫重胤，間以幣先走廬下，故為河陽得❽。佐河陽軍，吏治民寬，考功❾奏從事考，君獨於天下為第一。元和六年，詔下河南，徵拜京兆昭應❿尉、校理集賢御書。明年六月甲午⓫，疾卒，年四十二。

【章　旨】本段敘石洪本人的生平，包括作處士時的賢名和入仕後的政績。

【注　釋】❶七年　石洪生於代宗大曆六年，大曆十二年喪母，故曰七年。❷黃州　今湖北黃岡治。一說應為「冀州」。❸故相國鄭公餘慶　鄭餘慶在出任東都留守前於貞元十四年（西元七九八年），永貞元年曾兩度作宰相，故稱「故相國」。❹李建　字杓直。元和三年（西元八〇八年）有人薦李建作殿中侍御史，李建推舉石洪代替自己。❺補闕　掌侍從諷諫的官，左補闕屬門下省，右補闕屬中書省，品級、職責相同。❻宣歙池之使　指宣歙觀察使盧坦，字保衡，洛陽人。宣歙觀察使管轄宣、歙、池三州。❼浙東使　指浙東觀察使薛苹。他與盧坦都徵聘過石洪。❽為河陽得　元和五年以烏重胤為河陽節度使，表奏石洪為節度參謀。❾考功　吏部考功郎中、員外郎負責考察百官善惡功過，分出高下等第。❿昭應　今陝西臨潼。⓫甲午　即六月初八日。

【語　譯】石君生下來七年，就死了母親，九年又死了父親，他卻能夠努力增進學業和品行。拋棄黃州錄事參軍以後，就不再出來做官，而退居於東都洛水岸邊十多年，品行更加優良，學問更加長進，朋友更加歸附，名聲美譽傳播四海。前宰相鄭公餘慶來任東都留守，曾上書進言說石洪可以交付編修歷史的任務；李建封為御史，崔周禎擔任補闕，兩人都推舉石洪，願將自己的職務讓給他；宣歙池的觀察使和浙東觀察使，交相發出文牒要委任石君作幕僚。河陽節度使烏重胤大夫，乘機用錢禮搶先到家裡聘請，所以被河陽得到了。輔佐河陽軍，官吏整肅，人民輕鬆，吏部考功司上奏對於所有幕僚的考等，石君一人在全國列為第一等。元和六年，詔書下到河南，調任石君為京兆府昭應縣尉、校理集賢殿書院的御用圖書。第二年六月甲午日，病發而死，年只四十二歲。

娶彭城劉氏女，故相國晏❶之兄孫❷。生男二人，八歲曰王，四歲曰申，女子二人。顧言曰葬死所❸。七月甲申，葬萬年白鹿原❹。既病，謂其游韓愈曰：「子以吾銘！」銘曰：生之艱，成之又艱。若有以為，而止於斯！

【章　旨】本段敘石洪家屬子女情況，並對其早死未有更大建樹深感惋惜。

【注　釋】❶故相國晏　劉晏，字士安，唐代宗時為宰相，是著名理財專家。❷兄孫　劉晏有二兄，劉昱、劉暹，未知石洪妻祖父是誰。❸葬死所　意為就在長安附近安葬，不必運回洛陽。❹萬年白鹿原　在今西安境，與藍田接界，地處灞、滻二水間。相傳周平王時有白鹿出此原而得名。漢文帝霸陵，亦在此原上，故又名霸陵原。

【語　譯】石君娶了彭城劉氏的女子，是前宰相劉晏兄長的孫女。生下兩男孩，已八歲的叫石王，四歲的叫石申，兩個女兒。石君臨死遺言說要葬在死的地方。七月甲申，安葬在萬年縣的白鹿原。石君得病之後，對他的朋友韓愈說：「你與我撰寫墓誌銘！」銘文說：生活得艱難，成材也很艱難。似將有所作為，卻早亡而永留於此！

【研　析】敘事平實是本文的突出特色，第一段不必說，第二段關於石洪的生平經歷，名聲政績，也都毫無誇飾，只是逐一列舉事實。諸如鄭餘慶的上言，李建等的讓職，盧坦、薛苹、烏重胤的爭聘等，都有史籍或其他詩文書信可以資證。石洪先閒居了十餘年，重新入仕時間很短就因病早死，其成就有限，雖然名聲很大，人們希望他能有所作為，終究只能感到可惜而已。

河南少尹裴君墓誌銘

韓退之

【題解】此文作於唐憲宗元和三年，其時韓愈四十一歲，任國子博士，在東都洛陽。裴君名復（西元七六〇—八〇九年），死前任河南少尹，少尹乃府州之副職，唐河南府即管轄洛陽以及附近諸縣。但裴復至洛陽已在病中，不久即死去，所以從墓誌中看不出兩人之間有深的交往。

公諱復，字茂紹，河東❶人。曾大父元簡，大理正❷。大父曠，御史中丞，京畿採訪使。父虯❸，以有氣略，敢諫諍，為諫議大夫❹。引正大疑，有寵代宗朝，屢辭官不肯拜。卒，贈工部尚書。

【章旨】本段略敘裴復先世的名字職官。

【注釋】❶河東　古郡名，秦置，唐時轄區約當今山西西南部，治所在蒲州，即今山西永濟。❷大理正　大理寺的官員，掌參議刑獄，評正律條。❸虯　同「虬」。❹諫議大夫　官名，掌侍從規諫，分左、右，左屬門下省，右屬中書省。

【語譯】裴公名復，字茂紹，河東人。曾祖父裴元簡，曾任大理正。祖父裴曠，官至御史中丞，京畿採訪使。父親裴虯，因為有骨氣，有才略，敢於發表不同意見進行勸諫，當諫議大夫，駁正過重大問題，在代宗時期受到寵信，曾經多次辭官不肯受命。死後，贈封為工部尚書。

公舉賢良❶，拜同官❷尉，僕射南陽公❸開府徐州，召公主書記，三遷至侍御史。入朝，歷殿中侍御史，累遷至刑部郎中❹。疾病，改河南少尹❺，輿至官，若干日卒。實元和三年四月二十三日，享年五十。

【章　旨】本段略敘裴復的生平經歷及其死亡年歲。

【注　釋】❶舉賢良　德宗貞元元年九月以賢良方正直言極諫等三科舉人，裴復等十四人中賢良選。❷同官　唐縣名，地在今陝西銅川。❸南陽公　張建封，貞元四年十一月，由濠、壽、廬三州團練使為徐、泗、濠節度使。檢校右僕射是他後來加封的官職。❹刑部郎中　掌管律法，覆核案件，位次於尚書和侍郎。❺河南少尹　河南尹的副職，從四品下。

【語　譯】裴公參加賢良方正直言極諫科中選，任為同官縣尉，僕射南陽公在徐州設立幕府，召聘裴公為掌書記，升遷三次到侍御史。進入朝廷，歷任殿中侍御史，多次升遷到刑部郎中。染上疾病，改任河南府少尹，用轎子抬到任上，過了若干天就死了。時為元和三年四月二十三日，享年五十。

夫人博陵❶崔氏，少府監頲❷之女。男三人，璟、質，皆既冠；其季始六歲，曰充郎。卜葬，得公卒之四月壬寅，遂以其日葬東都芒山❸之陰杜翟村。

【章　旨】本段敘裴復妻子兒女情況及本人安葬的時地。

【注　釋】❶博陵　縣名，故城在今河北蠡縣南，因漢桓帝父親陵墓在此而得名。❷少府監頲　少府為總掌百工技巧的官署，監為少府長官。崔頲，博陵安平人，元和初官至少府監。❸芒山　即北邙山。

【語　譯】夫人是博陵崔氏的女子，少府監崔頲的女兒。裴公有兒子三人，璟、質，都已經過了二十歲；最小那個才六歲，名叫充郎。卜卦問安葬的時間，得到裴公死後的第四個月壬寅日，於是就在那一天安葬在東都北邙山的北面杜翟村附近。

公幼有文，年十四，上〈時雨〉詩，代宗以為能，將召入為翰林學士❶，尚書公請免，曰：「願使卒學。」丁後母喪，上使臨弔，又詔尚書公曰：「父忠而子果孝，吾加賜以厲天下。終喪，必且以為翰林。」其在徐州府，能勤而有勞。在朝，以恭儉守其職。居喪必有聞，待諸弟友以善教，館嫠妹，畜孤甥，能別而有恩。歷十一官，而無宅於都，無田於野，無遺資以為葬，斯其可銘也已。銘曰：

【章　旨】本段集中敘述裴復的文才政績及為人品行。

【注　釋】❶翰林學士　唐代把在宮廷值班的文學之士或有專門技能的人稱為翰林供奉或翰林待詔，開元二十六年，改為學士，設置學士院，為皇帝起草詔命，成為皇帝的機要祕書。

【語　譯】裴公小時候就有文才，十四歲，獻了一篇〈時雨〉詩給皇上，代宗認為他有才能，打算召他入宮廷作翰林學士，他父親請求不要這麼做，說：「希望讓他完成學業。」遭遇後母的喪事，皇上派使者到家弔喪，又傳聖旨給其父尚書公說：「父親忠貞而兒子果真孝順，我要加以獎賞來激勵天下的人，守喪完畢，一定要把裴復任命作翰林。」裴公在徐州節度幕府，能幹勤勉並有成就。在朝廷任職，用恭敬節儉來堅持自己的職守。在為直系親長服喪期間，一定有守禮盡哀的聲譽，對待弟弟們態度友愛並且善於教導，收留供養寡居的妹妹，撫育成了孤兒的外甥，既能堅持禮制上的界線又施加恩惠。一生做過十一任官職，卻沒有在京城建造宅第，沒有在郊外購置田產，死後沒有遺留的錢財用來辦理喪葬之事，這真是值得撰寫銘辭來垂示不朽的啊。

銘辭說：

裴為顯姓，入唐尤盛，支分族離，各為大家。惟公之系❶，德隆位細。曰子曰孫，厥聲世繼。晉陽❷之邑，愉愉翼翼；無外無私，幼壯若一。何壽之不遐，而祿之不多？謂必有後，其又信然耶？

【章　旨】銘辭讚美裴復的美德，裴家的家聲，歎息其沒有達到應有的興盛。

【注　釋】❶惟公之系　裴姓在發展過程中分成五房，裴復出自其中的洗馬裴，因祖居山西解縣洗馬川而得名。❷晉陽　縣名，故址在今山西太原。裴氏祖居於河東，晉陽縣唐屬河東道。裴氏之後多避地他徙，而洗馬裴上世自河西遷歸桑梓。故曰「晉陽之邑」，以別於他房。

【語　譯】裴姓是個顯赫姓氏，進入大唐尤其興盛，分離繁衍許多支系，各自發展成大家族。只有裴公這個支派，道德崇高官位卑小。子子孫孫綿延不絕，世代承繼裴氏家聲。遷歸晉陽那個城邑，和和睦睦恭恭敬敬，無論內親還是外戚，幼年壯年一樣優異。何故年壽不能久長，何故爵祿不能多享？照說必出顯赫後人，那又確實會是這樣嗎？

【研　析】這篇墓誌也屬平實的一類，但在寫法上略顯變化。前面介紹裴復的歷官、家室，只作簡單敘述，不涉及才能品行，最後集中一段文字作全面的補充。裴復本沒有十分突出的事跡，如果採取穿插敘述的辦法，一是有的時段如在徐州的「能勤而有勞」，就會顯得空泛而單薄；二是有的事情不好掛靠何處，如「館嫠妹，畜孤甥」等，如果捨棄，又覺可惜。現在這樣寫，這些缺點就都避免了。而且現在按照由幼小到老死，由文才到政績再到官品、內行的線索，將能體現某一點的一切材料全都收集、串連起來，反而給人某種豐富的感覺，使人覺得裴復這個人從小到老無不如是，在外在內無不如是，對銘辭中「德隆位細」的「德隆」二字產生認同。

李元賓墓銘

韓退之

【題　解】李元賓（西元七六六—七九四年），名觀。《新唐書》編入〈文藝傳〉，說「觀屬文不旁沿前人，時謂與韓愈相上下」，有文集十卷（《新唐書・藝文志》），《全唐詩》錄存其詩四首。李觀與韓愈同榜中進士，兩人結下了深厚的友誼。就在登第的那天，韓愈寫了〈北極一首贈李觀〉，詩中說：「我年二十五，求友昧其人。哀歌西京市，乃與夫子親。」韓、李中進士在德宗貞元八年（西元七九二年），貞元十一年李觀就死了，韓愈為之寫了這篇墓銘，稱頌李觀：「才高乎當世，而行出乎古人。」從字裡行間我們可以感受到青年韓愈對這位志趣相投的朋友英年早逝的刻骨傷痛。

李觀，字元賓，其先隴西人也。始來自江之東❶，年二十四，舉進士。三年登上第，又舉博學宏詞，得太子校書❷。一年，年二十九，客死於京師。既斂之三日，友人博陵崔宏禮❸葬之於國東門之外七里，鄉曰慶義，原曰嵩原。友人韓愈，書石以誌之。辭曰：

【章　旨】本段敘述李元賓的生平及死葬的情況。

【注　釋】❶江之東　李元賓〈上賈僕射書〉稱自己為「江東一布衣」，在另一篇文章裡也說「身未入洛，家猶寄吳」，知其實為江東人。❷太子校書　東宮官屬，崇文館校書郎，負責校對書籍。❸崔宏禮　字從周，後官至刑部尚書，東都留守。一本說崔宏禮賣掉馬才安葬了李觀。

【語　譯】李觀，字元賓，他的祖先是隴西人。他當初是從江東來到京城的，二十四歲，被推舉參加進士考試。三年考中名列前茅，接連又中博學宏詞科，獲得太子校書的職位。才一年，年僅二十九歲，就客死在京城。已經裝斂之後三天，友人博陵崔宏禮安葬李君在國都東門外七里的地方，那個鄉叫慶義鄉，那個原野叫嵩原。友人韓愈書文刻石來記載他。銘辭說：

已虖❶元賓！壽也者，吾不知其所慕；夭也者，吾不知其所惡。生而不淑，誰謂其壽？死而不朽，誰謂之夭？已虖元賓！才高乎當世，而行出乎古人。已虖元賓！竟何為哉？竟何為哉？

【章　旨】銘辭高度評價李元賓的才行，肯定他將死而不朽。

【注　釋】❶虖　通「乎」。

【語　譯】安息吧元賓！高壽這東西，我不知道它值得羨慕的地方；短命這東西，我不知道它使人憎惡的地方。活著如果不善，誰認為他是高壽？死去卻能不朽，誰會認為他是夭亡？安息吧元賓！你的才能高過當代之人，而你的品德在古人之上。安息吧元賓！這究竟是為什麼呢？這究竟是為什麼啊？

【研　析】這篇墓銘像李元賓的生命一樣短促，剛剛開頭，就煞了尾。但它卻長久流傳，有它可以垂示不朽的地方。其一，序文部分概述李元賓生卒，雖然用的是客觀紀實的筆調，但下字用語往往暗含著元賓的辛酸和作者的痛楚。說「一年，年二十九」，作官的時間何其短暫，懷抱如何得以施展？生命還剛剛開始，正如初升之日，為何就讓它熄滅？說「客死」，就是孤獨處於異鄉，遠離親人骨肉，無論死者和生者都將增添許多淒悲。點明「既斂之三日」，暗示不但不能歸葬故山，就是就地安葬也成了問題。所以雖是短短的幾句話，讀者卻可以讀出許多眼淚來。其二，本文的銘辭寫法極為活潑，語句長短錯落，而總體呈排偶傾向，意義因排偶而更為充分，情感因排偶而更為強烈，每一層都以「已虖元賓」起頭，頻頻呼告死者，一唱三歎，沉痛動人。末尾的反問句重疊，渲泄出無限痛惜之情。作者首先企圖以淡化壽、夭的差別，既使自己得到寬解，也安慰死者，同時肯定元賓是可以不朽的。第二層「才高」二句，是對「不朽」二字的補充注釋，感情由安慰到讚美而高揚，但正因想到友人德才兼備，宜當大有作為，感情自覺不自覺又轉到了對元賓過早死亡的痛惜，甚至悲憤。末尾兩個反問句，正是這種強烈感情的自然流露。短短的一則銘文，其中的感情經歷了曲折的發展變化，因而具有了詩的真實的生命。所以林紓說：「銘辭之活潑，不易學，亦不可學，讀者但味之而已。」

施先生墓銘

韓退之

【題　解】施先生名士丐（西元七三四—八〇二年），丐，韓愈文集作「丏」，而《新唐書．儒學傳》作「匄」，則以作「丐」為是。太學博士，是當時善於講解《詩經》和《左傳》的著名學者，韓愈、柳宗元、劉禹錫等都聽過他講經。施士丐死的這一年，即唐德宗貞元十八年，韓愈被任命為四門博士，他們成了同事。韓愈這時三十五歲，施先生對他來說是前輩學者了。本文的標題《唐文粹》作「唐太學博士施先生墓誌銘」，而韓集不列官銜，只稱施先生，也許這樣更便於表達對前輩學者的特別尊重。韓愈撰寫墓誌，一般在標題中列出墓主官銜，然後按官階和輩分或稱公或稱君。除此之外，有的只列姓字，如李元賓、柳子厚的墓誌，是特別親密者；有的但稱先生，如本篇及〈貞曜先生墓誌銘〉等，就屬於特示敬重的一類了。

貞元十八年十月十一日，太學博士施先生士丐❶卒，其寮❷太原郭伉買石誌其墓，昌黎韓愈為之辭。曰：先生明毛鄭《詩》❸，通《春秋左氏傳》❹，善講說，朝之賢士大夫從而執經考疑者繼於門。太學生習毛鄭《詩》《春秋左氏傳》者，皆其弟子。貴游之子弟，時❺先生之說二經，來太學，帖帖❻坐諸生下，恐不卒得聞。先生死，二經生喪其師，仕於學者亡其朋。故自賢士大夫老師宿儒新進小生，聞先生之死，哭泣相弔，歸❼衣服貨財。先生年六十九，在太學者十九年。由四門助教❽為太學助教，由助教為博士。太學秩滿當去，諸生輒拜疏乞留，或留或遷，凡十九年不離太學。

【章　旨】本段敘述施先生的生平，重在他作為精通儒家經籍的學者的地位和影響。

【注　釋】❶士丐　應作「士丏」。❷寮　同「僚」。❸毛鄭詩　大小毛公毛亨和毛萇所傳的《詩經》和東漢鄭玄所作的箋注。❹春秋左氏傳　《春秋》相傳為孔子依據魯國史官所記編成的春秋時期的編年大事記，《左氏傳》相傳為左丘明所著，記事比《春秋》詳盡生動，有人認為是解釋《春秋》的。❺時　伺。❻帖帖　安靜的樣子。❼歸　通「饋」。贈送。❽四門助教　從八品上，太學助教從七品上，職責都是協助博士分教部分經書。

【語　譯】貞元十八年十月十一日，太學博士施士丐先生去世，他的同僚太原的郭伉買來石碑替他刻墓誌銘，昌黎韓愈為他撰寫文辭。說：先生精研《詩經》毛傳鄭箋，通曉《春秋左氏傳》，善於講論解說，朝中賢良士大夫手執經書跟隨來考究疑難的，不絕於他的門庭。太學生中研習毛鄭《詩》和《春秋左氏傳》的，都是他的學生。那些無官無職的王公貴族子弟，探聽得先生講授兩種經書的時間，就來到太學，安安靜靜地挨著學生們坐著，恐怕不能完全聽清楚。先生死了，研習兩經的學生失去了他們的老師，在學府任職的人失去了他們的朋友。所以從賢士大夫、資深的師長、年高德劭的學者到新進小生，聽到先生的死訊，都哭泣著前來弔唁，餽贈衣物錢財。先生年六十九，在太學的時間長達十九年。由四門助教升為太學助教，由助教提升為博士。在太學任職期滿將要離開，學生們就拜送奏疏請求將先生留任，這樣有時留有時提升，總共十九年，不曾離開太學。

祖曰旭，袁州宜春❶尉。父曰婼，豪州定遠❷丞。妻曰太原王氏，先先生卒。子曰友直，明州鄮縣❸主簿❹；曰友諒，太廟齋郎❺。系❻曰：

【章　旨】本段敘述施先生的先人及妻室子女。

【注　釋】❶袁州宜春　今江西宜春。❷豪州定遠　豪州即濠州，治所在今安徽鳳陽。定遠，今安徽定遠，唐屬濠州。❸明州鄮縣　鄮縣為明州州治，即浙江鄞縣，今寧波。❹主簿　與縣尉、縣丞都是縣的屬員。❺太廟齋郎　在太廟供奉祭祀的小官。❻系　辭賦等文體結尾的文字。

【語　譯】祖父名旭，曾任袁州宜春縣尉。父親名婼，曾任濠州定遠縣丞。妻子是太原王氏，在先生去世前已死。兒子名友直，為明州鄮縣主簿；名友諒，任太廟齋郎。系辭說：

先生之祖，氏自施父❶。其後施常❷，事孔子以彰。讎❸為博士，延❹為太尉。

太尉之孫，始為吳人。曰然曰續❺，亦載其跡❻。先生之興，公車❼是召。纂❽序前聞，於光有曜。古聖人言，其旨密微。箋注紛羅，顛倒是非。聞先生講論，如客得歸。卑讓肫肫❾，出言孔揚。今其死矣，誰嗣為宗！縣曰萬年，原曰神禾。高四尺❿者，先生墓耶？

【章　旨】系辭追溯施氏的淵源，回應前文肯定先生講經的事業。

【注　釋】❶施父　春秋魯國的大夫，見《左傳・桓公九年》。《通志・氏族略》曰：施氏姬姓，魯惠公之子公子尾字施父，其子因以為氏。❷施常　施之常，字子恆，孔子弟子，見於《史記・仲尼弟子列傳》。❸讎　施讎，字長卿，沛人，從田王孫受《易》，漢宣帝時為博士。❹延　施延，字君子，蘄縣人，漢順帝時曾封為太尉。❺曰然曰績　績當作「續」。《三國志・吳志》：朱然，本姓施氏，仕吳拜征北將軍，封當陽侯。然子績，字公緒，仕吳為左大司馬，復歸施姓。❻跡　同「迹」。❼公車　官車。❽纂　同「撰」。❾肫肫　誠懇真摯的樣子。❿四尺　《禮記・檀弓》：孔子曰：「吾聞之，古也墓而不墳，今丘也，東西南北之人也，不可以弗識也。」於是封之，崇四尺。

【語　譯】先生的遠代祖先，從施父後有了姓。以後出現了施常，侍孔子名聲顯彰。有施讎曾作博士，有施延官至太尉。太尉的後代子孫，開始成吳地之人。名為施然和施績，史書載他們事跡。先生的出來為宦，皇上用官車徵召。所撰述前賢聞見，是多麼光輝燦爛。古代聖人的言論，意旨深密而幽微，諸箋注紛繁羅列，顛倒了經傳是非。聽先生講解論述，才如遊子得歸宿。謙恭退讓又誠懇，發表見解極高超。現在先生卻死了，誰能繼續為宗師！這個縣叫萬年縣，這個原稱神禾原，高高的四尺土堆，就是先生的墳墓嗎？

【研　析】施士丐一生以精研和傳授儒家經籍為主要事業，在太學講經就達一十九年，他的生命終止於此，他的成就和影響也在此。《新唐書・儒學傳》說，大曆時啖助、趙匡、陸質以《春秋》，施士丐以《詩》，仲子陵、袁彝、韋彤、韋茝以《禮》，蔡廣成以《易》，強蒙以《論語》，皆自名其學，而士丐、子陵最卓異。所謂「自名其學」即多出新解，不拘舊說；雖時有穿鑿，但也開啟了宋儒的風氣。所以韓愈為他作墓誌，只集中地敘述他在這一方面的成就，其他幾乎不涉及。全文除用極少量文字記述其妻、子及先世的情況外，包括序、銘兩部分都在說通經傳經之事。儒者們認為通經、傳教是極崇高的事業。方苞說：「學通乎聖經，教化一世，則志行之美，無俟毛舉矣！」沈德潛說：「只就通二經為太學師已足傳先生，不在羅列生平也。作志銘須得此意。」顯然韓愈同這兩位的認識是一致的，這正是他在寫作這篇墓誌時所貫徹的指導思想。

南陽樊紹述墓誌銘

韓退之

【題解】樊紹述名宗師，紹述是其字，河中（今山西永濟）人，南陽是樊氏的族望。樊宗師是唐代散文家，韓愈的學生兼朋友。在這篇墓誌中，韓愈以主要篇幅高度評價了樊宗師的文學成就，指出他著述繁多，種類全，數量大，古來少有；指出他的文章內容正確而豐富，「出入仁義」，「其富若生蓄，萬物必具」，具有地負海含的偉力和放恣橫縱的氣勢，形式新鮮活潑，「詞必己出」，「不襲蹈前人一言一句」，又能做到「文從字順各識職」。這篇墓誌沒有載明樊宗師死的具體時間，只說他最後出刺絳州，朝廷準備任他作諫議大夫，任命未下，他就病死了。樊在絳州所作〈絳守居園池記〉，標明日期為長慶三年（西元八二三年）五月十七，而韓愈卒於長慶四年十二月，所以樊之死應在此之後到長慶四年間，韓愈此文當為長慶四年所作，是韓愈最後一篇關於古文理論的重要作品。

樊紹述既卒，且葬，愈將銘之，從其家求書，得書號《魁紀公》❶者三十卷，曰《樊子》者又三十卷，《春秋集傳》十五卷，表、牋、狀、策、書、序、傳、記、紀、誌、說、論、今文讚、銘，凡二百九十一篇，道路所遇及器物門里雜銘二百二十，賦十，詩七百一十九。曰：多矣哉，古未嘗有也！然而必出於己❷，不襲蹈前人一言一句，又何其難也！必出入仁義，其富若生蓄，萬物必❸具，海含地負，放恣橫縱，無所統紀，然而不煩於繩削而自合也。嗚呼！紹述於斯術❹，其可謂至於斯極者矣！

【章　旨】本段敘述樊宗師的著述情況及其高深造詣。

【注　釋】❶魁紀公　魁，北斗第一星至第四星的總名，《史記・天官書》：「北斗運於中央……定諸紀。」他以魁紀公自稱，並以魁紀公名書，有衡量一切事物之意。本書與下舉《樊子》均著錄於《新唐書・藝文志》中，列於「雜家」。❷必出於己　與〈答李翊書〉「唯陳言之務去」意同。❸必　古通「畢」。❹術　道。斯術指作文之道。

【語　譯】樊紹述已經去世，將要安葬，韓愈準備替他寫墓誌銘，從他家裡搜尋他所著書文，得到書名叫《魁紀公》的三十卷，叫作《樊子》的又三十卷，《春秋集傳》十五卷，表、牋、狀、策、書、序、傳、記、紀、誌、說、論、今文讚、銘各體文章，總共二百九十一篇，道路上所遇到的事物以及器具用品、門戶里巷各類銘文二百二十則，賦十篇，詩七百一十九首。說：夠多的了，自古以來不曾有過啊！並且一定都是出於自己的獨創，不照抄重複前人一言一句，又是多麼的難得啊！內容決不離開仁義道德，充實豐富有如生殖蓄養，萬事萬物全都具備，像大海一樣包含無限，像大地一樣負載萬物，放浪恣肆縱橫馳騁，似乎沒有系統，不受拘束，可是用不著刪削修改，便自然合於規矩，唉！紹述對於為文之道，恐怕可以說是達到了最高境界的了！

生而其家貴富，長而不有其藏一錢。妻子告不足，顧且笑曰：「我道蓋是也！」皆應曰：「然。」無不意滿。嘗以金部郎中❶告哀南方❷，還言某帥不治，罷之，以此❸出為綿州❹刺史。一年，徵拜左司郎中❺。又出刺絳州❻。綿、絳之人，至今皆曰：「於我有德。」以為諫議大夫，命且下，遂病以卒，年若干。

【章　旨】本段敘述樊宗師的為官經歷及其清廉正直的表現。

【注　釋】❶金部郎中　戶部屬官，掌全國庫藏出納。❷告哀南方　元和十五年（西元八二〇年）正月，憲宗李純死，樊宗師被任為特使到南方通知地方長官。皇帝死通告各方謂之告哀。❸此　指上文「言某帥不治」。樊宗師以此貶官，具體情況不明，可能揭發某帥而得罪了別的權貴。❹綿州　治所在今四川綿陽。❺左司郎中　尚書省的屬官，協助尚書左丞處理吏、戶、禮三部的事。❻絳州　今山西新絳。

【語　譯】生下來他的家裡便尊貴豪富，長大以後他沒有占有家藏的一個錢。妻兒告訴他錢不夠用，他只是笑著說：「我的原則大概就是這樣啊！」妻兒都回答說：「是的。」沒有不滿意的。曾經以金部郎中身分派到南方通報皇帝死訊，回京後告發南方的某個統帥治理不好，應該免去他的職，樊紹述因此被貶出京任綿州刺史。過了一年，徵調入京任左司郎中，不久又外放出作絳州刺史。綿州、絳州的百姓，到現在還說：「樊公對我們有恩德。」朝廷打算用他作諫議大夫，任命即將下達，他竟因病死去，享年若干歲。

紹述諱宗師。父諱澤，嘗帥❶襄陽、江陵，官至右僕射，贈某官❷。祖某官，諱泳。自祖及紹述三世，皆以「軍謀堪將帥❸」策上第以進。

【章　旨】本段簡敘樊宗師父祖的官職。

【注　釋】❶帥　統帥，指任節度使。樊澤曾於興元元年（西元七八四年）出任山南東道節度使（駐襄陽）、貞元二年（西元七八六年）任荊南節度使（駐江陵）。貞元八年復為山南東道節度使，十二年，加檢校右僕射。十四年九月卒於鎮。❷贈某官　樊澤曾贈司空。❸軍謀堪將帥　軍謀宏遠堪任將帥，考試科目之一。玄宗開元十五年（西元七二七年），樊泳中草澤科，德宗建中元年（西元七八〇年），樊澤中賢良方正直言極諫科，憲宗元和三年（西元八〇八年），樊宗師中軍謀宏遠堪任將帥科。韓愈說三世都由此科以進，不確。

【語　譯】紹述名宗師。父親名澤，曾經作過襄陽、江陵的統帥，官做到右僕射，死後贈為某官。祖父任某官，名泳。從祖父到紹述三代，都憑「軍謀堪將帥」對策中第名列高等而步入仕途。

紹述無所不學，於辭於聲，天得❶也。在眾若無能者。嘗與觀樂，問曰：「何如？」曰：「後當然❷。」已而果然。銘曰：

【章　旨】本段從兩人交往中選取細節證明樊宗師的聰明博學。

【注　釋】❶天得　得之於天。說樊宗師有文辭和音樂方面之天才。❷後當然　後來應當如何如何。

【語　譯】紹述沒有什麼不學習，對於文辭對於音樂，有天縱之才。在大眾場合他好像是沒有才能的人。我曾經同他一同觀賞音樂，我問他說：「怎麼樣？」他說：「這支樂曲下面應當如何如何。」過了一會果真如他所說。銘辭說：

惟古於詞必己出，降而不能乃剽賊❶。後皆指前公相襲。從❷漢迄今用一律。

寥寥久哉莫覺屬❸。神徂聖伏道絕塞。既極乃通發紹述，文從字順各識職❹。有欲求之此其躅❺。

【章　旨】銘辭肯定樊宗師文章既做到詞必己出，又做到文從字順。

【注　釋】❶剽賊　剽和賊意同，都是強取劫奪的意思。❷從　一本作「後」。韓愈不肯定東漢以後的文章，且「後」字與前句首字重複，不可從。❸屬　接續，此指繼承詞必己出的傳統。一說屬為屬文，作文，莫覺屬即無人覺悟作文之道。❹識職　明確作用、功能。❺躅　軌跡。

【語　譯】古人於文詞都出於獨創自得，後來者做不到於是實行剽竊。再後之人照著前人公然抄襲。從漢以後到今天都千篇一律。長久無人覺察此而與古相接。聖人智者遠逝文道阻塞斷絕。已經窮極則變而產生了紹述，他的寫作文從字順各明其職。有誰要探求作文之道這就是它的軌跡。

【研　析】因為樊宗師是一個著名文人，其人生價值主要不是官做得怎麼樣，而是他的文學成就。所以這篇墓誌一開篇就從尋找遺著入手，詳盡敘述樊宗師著作的種類和數量，進而對其成就和特色作出評述。銘文更不旁及其他問題，只就詞必己出展開論述，通過抨擊東漢以來文壇的剽襲風氣以揭示出樊宗師的歷史功績。而對於樊宗師的歷官政績，只是簡單一筆帶過，至於樊宗師死葬的具體時間及其妻室子女的情況，更略不涉及，以免枝節太多，沖淡關於文學的敘述，這是這篇墓誌同其他篇章比較很不相同的一點。但樊宗師的文章，差不多都已失傳，從現存的〈綿州越王樓詩並序〉、〈絳守居園池記〉兩篇作品來看，艱澀的毛病相當嚴重，雖經注釋，仍不易讀懂，離文從字順的要求甚遠。所以前人對韓愈寫這篇墓誌的用意頗多揣測，有人認為韓愈讚揚樊宗師是夫子自道，渲染樊宗師，就是渲染自己；有人認為樊文與韓愈「務去陳言」的主張相合，所以借此申述「詞必己出」的宗旨；有人認為是反譏之詞，「諷宗師之故為僻澀，而告求者勿以此為躅」等等。還是高步瀛先生的看法比較平允，他說：「退之於同時之人論文多所推獎，如李元賓、歐陽行周皆然，不獨特樊紹述也。或以〈絳守居〉〈越王樓〉二文皆艱澀幾難句讀，疑銘詞所謂文從字順者，為反譏之詞，則不然。

今人所見者止此二篇，安知其他文不有精粹者邪？退之推獎從厚則有之，必非加以譏誚。」五十年代出土的〈樊況墓誌銘〉，題樊宗師撰，明白曉暢，文從字順，合於韓說，說明高先生的說法是客觀的。

貞曜先生墓誌銘

韓退之

【題　解】貞曜先生即孟郊，中唐著名詩人，字東野，生於唐玄宗天寶十年（西元七五一年），憲宗元和九年（西元八一四年）死時六十四歲，湖州武康（今浙江德清）人，祖籍平昌（今山東臨邑東北），先世居於洛陽。貞曜先生是孟郊死後詩人張籍等私定的謚號。謚法以「清白守節」為貞，曜者耀也，光明照耀也。意指孟郊內懷堅貞的節操，外顯光輝的文彩。孟郊和韓愈是交誼甚深的朋友，兩人的詩歌都有奇險傾向，文學史上稱為「韓孟詩派」，當時還有「孟詩韓筆」的說法，把孟郊的詩同韓愈的散文並提，故韓愈在這篇墓誌銘裡，對孟郊的詩歌風格和孟郊「苦吟」的寫作特徵作了精闢的評述。

唐元和九年，歲在甲午，八月己亥❶，貞曜先生孟氏卒，無子❷，其配鄭氏以告。愈走位哭❸，且召張籍❹會哭。明日，使以錢如東都，供葬事，諸嘗與往來者，咸來哭弔韓氏❺。遂以書告興元❻尹故相餘慶❼。閏月，樊宗師❽使來弔，告葬期徵銘。愈哭曰：「嗚呼！吾尚忍銘吾友也夫？」興元人以幣如孟氏賻❾，且來商家事。樊子使來速銘。曰：「不則無以掩諸幽！」乃序而銘之。

【章　旨】本段敘述孟郊死後朋友哀弔致賻的情況及撰寫墓誌的緣起。

【注釋】❶八月己亥 元和九年八月己亥為八月廿六日。❷無子 孟郊三子均先於孟郊而死，郊晚年連遭喪子的打擊，境況極其悲慘。❸走位哭 走，一作「赴」。設靈位而哭弔。❹張籍 詩人，與孟郊和韓愈交情都很深。韓愈與張籍認識且是由孟郊介紹的。❺韓氏 韓愈家。孟郊喪事在東都，此時韓愈在長安任史館修撰，不能親往東都，故在家設靈位，京師和孟郊相知的朋友，都來韓宅舉哀。❻興元 今陝西漢中。❼故相餘慶 鄭餘慶曾任宰相，此時任山南西道節度使、興元尹。❽樊宗師 此時服母喪在東都，操辦孟郊喪葬之事。❾賻 以財物助喪事。

【語譯】唐元和九年，為甲午年，八月己亥日，貞曜先生孟公去世，沒有兒子，他的夫人鄭氏把噩耗相告，愈在家中設立靈位，就著靈位哭弔先生，並且召來張籍一同臨哭。第二天，便派人將錢送往東都，供給喪葬的用度，許多曾經同先生有往來的人，都就近來韓愈家哭弔。於是寫書信告知興元府尹原宰相鄭公餘慶。閏八月，樊宗師派人來慰問，告知安葬的日期，求寫墓誌銘。韓愈哭著說：「唉！我還忍心為朋友寫墓銘嗎？」興元那邊的人拿錢送往孟家助辦喪事，並來商談孟家今後的事情。樊宗師派人來催墓誌銘，說：「還不寫出就沒法埋葬到墳墓裡去。」我於是作了序並撰寫銘文。

先生諱郊，字東野。父廷玢，娶裴氏女，而選為崑山尉。生先生及二季酆、郢而卒。先生生六七年，端序❶則見❷，長而愈騫❸，涵❹而揉❺之，內外完好，色夷氣清，可畏而親。及其為詩，劌目鉥心❻，刃迎縷解❼，鉤章棘句❽，掐擢❾胃腎，神施鬼設，間見層出。唯其大翫❿於詞而與世抹摋⓫，人皆劫劫⓬，我獨有餘。

【章旨】本段敘孟郊的為人及其詩歌創作。

【注釋】❶端序　同「端緒」。頭角之意。❷見　同「現」。❸騫　飛舉的樣子。❹涵　含；蓄。❺揉　搓；矯。❻劌目鉥心　劌，用鋒刃傷物。鉥，長針；刺。此句說孟郊之詩下語驚人，刺人心目。❼刃迎縷解　刃迎即「迎刃」。縷解，像絲縷解開。此句喻孟郊詩分析事理極為清晰。❽鉤章棘句　鉤指鉤連，銜接穿插。棘本指叢生的小棗，有排列組合之義。❾掐擢　掐，挖出。擢，抽拔。❿翫　同「玩」。習熟。大翫於詞，指潛心於文學創作。⓫抹摋　與「抹殺」、「抹煞」同。與世抹摋指對世俗事務漠不關心。⓬劫劫　迫，費力的樣子。

【語譯】先生名郊，字東野。父親廷玢，娶妻裴姓女子，而被選拔為崑山縣縣尉。生了先生和兩位弟弟酆、郢便去世了。先生生下來六七年，就已初露頭角，長大以後更覺超群出眾，不斷增加積蓄並努力矯治，故自身修養和人事應接都完美無瑕，態度平和氣質清醇，令人可畏而又可親。說到他寫的詩歌，真是驚心動魄，使人目擊神傷。筆鋒所至，萬物條分縷析。慘淡經營章節，精心排比詞句，似乎把胃腸肝腎都要掏了出來。故爾鬼斧神工的巧思妙想，層見迭出，源源無窮。因他這樣專心用力於文學詞章，對一切俗務都漠不關心，所以別人總是感到窘迫吃力，先生卻只是游刃而有餘。

有以後時❶開先生者，曰：「吾既擠而與之矣，其猶足存耶？」年幾五十，始以尊夫人之命，來集京師，從進士試。既得即去。間四年，又命來，選為溧陽❷尉。迎侍溧上。去尉二年，而故相鄭公尹河南，奏為水陸運從事❸，試❹協律郎❺，親拜其母於門內。母卒五年，而鄭公以節領興元軍，奏為其軍參謀，試大理評事。

【章旨】本段敘孟郊應試做官的經歷。

【注釋】❶後時　指未能及時仕進。❷溧陽　縣名，屬江蘇省。❸水陸運從事　元和元年（西元八〇六年）十一月鄭餘慶為河南尹、水陸轉運使，以孟郊為水陸轉運使判官。從事，屬官的通稱。❹試　沒有正式任命先行署理。❺協律郎　管調和樂律的官。

【語　譯】有人拿不及時求取功名開導先生，先生說：「我已經把它推而讓給了別人了，難道還值得放在心上嗎？」年紀接近五十歲，才由於他母親的命令，來會集到京城，參加進士考試。已經考中隨即離開。隔了四年，母親又命他來京，被選為溧陽縣尉。他把老母迎來奉養在溧水岸邊。離開縣尉職務二年，前宰相鄭公任河南尹，上奏朝廷用先生作水陸轉運使判官，試用為協律郎，鄭公親到先生家裡拜見先生的母親。母親死後五年，鄭公握著符節統領興元軍，奏請先生任興元軍的參謀，試用大理評事。

挈其妻行，之興元，次於閿鄉❶，暴疾卒。年六十四。買棺以斂，以二人輿歸。酆、郢皆在江南❷。十月庚申，樊子合凡贈賻而葬之洛陽東其先人墓左，以餘財附其家而供祀。

【章　旨】本段敘孟郊之死及安葬的情況。

【注　釋】❶閿鄉　今河南閿鄉。❷在江南　兩弟都在老家湖州武康縣。

【語　譯】先生攜帶妻子出發，往興元去，停留在閿鄉縣，突得暴疾而亡。享年六十四歲。買了棺木盛斂了，由兩人運回東都。兩個弟弟孟酆、孟郢都在江南老家。十月庚申日，樊宗師集合所有贈送助葬禮錢把他安葬在洛陽縣東孟氏先人的墳墓左邊，把剩下的錢物存放在他家供給祭祀之用。

將葬，張籍曰：「先生揭德振華，於古有光。賢者故事有易名❶，況士哉❷！

如日貞曜先生，則姓名字行有載，不待講說而明。」皆曰：「然。」遂用之。

【章　旨】本段敘張籍和謚「貞曜先生」，實為對孟郊作總體評價。

【注　釋】❶易名　為死者立謚號，意為易其本名而改稱其謚號。❷況士哉　孟郊中進士而任縣尉、幕府從事，可說是「上士」，比一般沒有官職的賢者更有資格定謚號。

【語　譯】將要安葬了，張籍說：「先生高揚大德，振起文風，在歷史上放射光輝。古代賢者死後有立謚改變稱呼的先例，何況是歷官任職的士呢！如果改叫貞曜先生，那麼姓氏名字經歷等都有記載，不需要講說就能明白。」都說：「是的。」就用了這個謚號。

初，先生所與俱學同姓簡，於世次為叔父，由給事中觀察浙東❶，曰：「生，吾不能舉；死，吾知恤其家。」銘曰：

【章　旨】本段補敘有關孟簡的態度，對他未能關照孟郊委婉地表示了不滿。

【注　釋】❶觀察浙東　任浙東觀察使。唐每道設觀察使一名，糾察地方官吏。

【語　譯】當初，先生同他同學又是同姓的孟簡，按輩分還是先生的叔父，由給事中外調為浙東觀察使，說：「孟郊在生，我不能提拔他；現在他死了，我曉得如何撫恤他的家庭。」銘文說：

於戲❶貞曜，維執不猗❷；維出不訾❸。維卒不施，以昌其詩。

【章　旨】銘文同情孟郊政治上的不遇而讚揚其詩歌的成就。

【注　釋】❶於戲　同「嗚呼」。❷猗　同「倚」。倚傍。❸訾　量。不訾即不可量。

【語　譯】啊，貞曜先生，持節守正，無所倚傍；才華外顯，不可估量。最終不能，得到施展，以便讓他，詩歌輝煌。

【研　析】本文題目不寫姓名，只書「貞曜先生墓誌」，序文中凡需提到孟郊之處，也一律以「先生」代之，顯示出韓愈對孟郊的無比尊敬。但貞元十二年（西元七九六年），孟郊四十六歲才中進士，只做了一屆縣尉和幕僚便死了，位卑職散，不足為言，所以墓誌對孟郊如何當官，無一語讚美，全篇只就作為士的道德、文章兩個方面立言。首段雜敘朋輩的哭弔賻贈，並非閒筆，正是從側面反映孟郊的文章道德在友朋心目中的地位。中間兩段，寫其「色夷氣清」，「可畏而親」，「與世抹摋」，淡泊利名，迎侍溧上，孝養情深，這是言其道德；寫其為詩，劌目鉥心，神施鬼設，間見層出，人皆劫劫，我獨有餘，是言其文章。末尾結以張籍的議諡，概括為「揭德振華」四字，仍回到「貞曜」二字所包含的內容。銘文也緊扣道德文章發揮，正如錢基博所說：「執不猗，出不訾，而卒不施，所以為貞；昌其詩，所以為曜，銘就諡義發揮。」孟郊的詩，現存的都是古詩和樂府，大多艱澀不易讀，他自己構思極苦，所以用「鉤章棘句」「掐擢胃腎」來形容，也有意味深永、刻劃工巧的詩，所以說「神施鬼設」「間見層出」。韓愈這篇墓誌，在文風上也有意模擬孟郊，較之韓愈多數墓誌作品要險奧艱澀。林紓曾評說：「序既拗折，銘亦岸異。韓孟平時聯句皆鏤肝鉥腎，故銘幽之文亦不能不見棱角。」這是文家因人而施的手法。韓愈的不少墓誌和被誌之人的人品、格調在總體上都能產生協調一致的美感。

唐河中府法曹張君墓碣銘

韓退之

【題　解】河中府，治所在今山西永濟蒲州鎮。法曹，全名為法曹司法參軍事，負責刑獄事務的屬官。張君為張圓（西元七六三—八〇九年）。早年曾在宣武軍節度使韓弘的幕府任職，頗見信用，後被奏貶至嶺南，張圓頗有怨言。以後近調至河中府任法曹參軍，並代理過一些地方官職，他的辦事能力日益顯露出來。元和四年（西元八〇九年）韓弘以好言邀他至汴州，歡聚而散，返回途中被殺死於旅店。李肇《國史補》認為是韓弘派人暗殺，後人或是或非，但多數人還是以為根據當時藩鎮的行徑來看，暗殺是可能的。張圓死後，他的妻子請韓愈寫了這篇墓誌。愈在墓誌中沒有挑明韓弘之事，只說是遇盜死途中，但字裡行間明顯感覺到他對張圓的同情。

有女奴抱嬰兒來，致其主夫人之語曰：「妾張圓之妻劉也。妾夫常語妾云：吾常獲私❶於夫子。且曰：夫子天下之名能文辭者，凡所言必傳世行後。今妾不幸，夫逢盜，死途中❷，將以日月葬，妾重哀其生志不就，恐死遂沉泯，敢以其稚子汴見。先生將賜之銘，是其死不為辱，而名永長存，所以蓋覆❸其遺胤子若孫，且死萬一能有知，將不悼其不幸於土中矣！」

【章　旨】本段敘女奴轉述張圓遺孀劉氏的話，請求為寫墓誌，並點明張圓的死因。

【注　釋】❶私　私交。❷死途中　李肇《國史補》言：「韓弘初秉節，事無大小委之。後乃奏貶，圓多怨言，及量移，誘至汴州，極歡而遣之行，次八角店，白日殺之。」❸蓋覆　庇蔭。

【語　譯】有一女奴抱著個嬰兒前來，轉達他的主子夫人的話說：「小女子是張圓的妻子劉氏。小女子的丈夫常常對小女子說：我曾經有幸同韓先生有私交。並且說：您是天下會寫文章最出名的人，所有寫到的一定傳播於世並且流傳到後代。現在小女子不幸，丈夫遭遇盜賊，在途中被殺死，準備在某月某日下葬，小女子深深可憐他生前抱負不能實現，恐怕死了就會被埋沒，斗膽由他留下的幼子張汴來求見。先生要是賜給他墓誌銘，這就是他死不算辱沒，而名聲能永世長存，用來庇蔭他遺留的後代子和孫，而且死後萬一能有知覺，他將來也不會在地下為自己的不幸而傷痛了！」

又曰：「妾夫在嶺南時❶，嘗疾病，泣語曰：吾志非不如古人，吾才豈不如今人，而至於是，而死於是耶？爾若吾哀，必求夫子銘，是爾與吾不朽也！」

【章　旨】本段追敘張圓在嶺南的話，吐露其內心深處的不平，再次說明請作者撰銘是亡者生前的意志。

【注　釋】❶在嶺南時　張圓被貶嶺南時間及具體原因不詳。

【語　譯】又說：「小女子的丈夫在嶺南的時候，曾經身染疾病，哭著對我說：我的志向並非不如古人，我的才幹難道比不上當今的人，卻到了這種境地，卻要死在這裡嗎？你要是可憐我，一定要去請求韓先生撰寫墓銘，這樣做就是你讓我不朽啊！」

愈既哭弔辭，遂敘次其族世名字事始終而銘曰：君字直之，祖讙，父孝新，皆為官汴宋間。君嘗讀書，為文辭有氣，有吏才。嘗慨激欲自奮拔，樹功名以見世。初舉進士，再不第，因去事宣武軍節度使❶，得官至監察御史，坐事貶嶺南，再遷至河中府法曹參軍。攝虞鄉❷令，有能名。進攝河東❸令，又有名。遂署河東❹從事。絳州❺闕刺史，攝絳州事，能聞朝廷。元和四年秋，有事適東方❻。既還，八月壬辰，死於汴城西雙邱❼，年四十有七。明年二月日，葬河南偃師。妻彭城人，世有衣冠。祖好順，泗州❽刺史。父泳，卒蘄州❾別駕❿。女四人，男一人，嬰兒汴也。是為銘。

【章旨】本段敘張圓的家世生平經歷及死葬，並交代劉氏及子女的情況。

【注釋】❶宣武軍節度使　駐汴州，此指韓弘。❷虞鄉　唐縣名，今屬山西。❸河東　唐縣名，隋置，地在今山西永濟。❹河東　疑為河中之誤，即署為河中節度使幕僚。❺絳州　唐州名，治所在今山西新絳。❻東方　暗指汴州，即今河南開封。❼雙邱　《國史補》說行次八角店被殺，八角店即八角鎮，在開封西南。雙邱可能與之相近。❽泗州　唐州名，治所在臨淮，地在今江蘇泗洪東南，清時已沉入洪澤湖中。❾蘄州　治所在今湖北蘄春南。❿別駕　官名，州刺史的佐吏，曾一度改為長史。

【語譯】我已哭弔推辭過了，於是整理敘述張君的家族世系名字生平事跡由始至終而撰成銘文說：張君字直之，祖名讙，父名孝新，都在汴州、宋州一帶地方做官。張君曾經讀書，寫文章富有靈氣，有處理政事的才幹。曾經感慨激昂想要自行奮發上進，樹立功業名聲來顯耀於當代。最初被推舉參加進士考試，兩次都不中，於是拋開去侍奉宣武軍節度使，得到官職做到監察御史，因事被貶謫到嶺南，再次升遷到河中府法曹參軍。

曾代理虞鄉縣令，有能幹的名聲。進而代理河東縣令，又有名，於是試用為河中節度幕僚。絳州沒有刺史，代行絳州刺史事，能幹之名傳到了朝廷。元和四年秋天，有事到東方，已經回轉，八月壬辰日，死在汴州城西的雙邱，年只四十七歲。第二年二月某日，安葬在河南偃師縣。妻是彭城人，家中世代有人做官。其祖父好順，曾任泗州刺史。父親劉泳，死在蘄州別駕任上。張君有四個女兒，一個男孩，就是嬰兒張汴。就用這些話作為墓銘。

【研　析】本文寫法獨特，開頭不寫死者姓名家世，像小說故事一樣描寫一個女奴抱著一個嬰兒前來，從而傳達出死者之妻懇求撰銘的言語，第二段又由妻的訴說中傳達出死者生前的憤懣和堅請為銘的遺願。只在第三段一段文字，把死者家世姓名、畢生的經歷、死葬的時間地點以及妻兒子女的情況，全部簡明敘出，也就是把其他墓誌若干段的所有內容濃縮在一段中了。這種寫法在韓愈的墓誌裡別具一格，特別顯得惻愴動人。劉氏的那些話聲淚俱下，使人對遭受迫害的弱者產生深厚同情。末尾「男一人，嬰兒汴也」一句，照應開頭，寡母孤嬰的形象再一次在讀者眼前閃現，更覺悽楚悲涼。足見韓愈雖迫於形勢沒有明載張圓致死的真正原因，但內心是有是非的。在文章第三段，他一再敘說張圓有能名，聲名不斷擴大，而到「能聞朝廷」，就召來死亡，這樣寫也是耐人尋味的。

扶風郡夫人墓誌銘

韓退之

【題　解】扶風郡夫人為馬燧之子馬暢之妻盧氏（西元七六七—八一二年）。扶風郡是三國魏改漢代右扶風所置，故址當在今陝西鳳翔等地。馬氏祖先出自扶風，故馬暢之妻得以此為封號。韓愈與馬氏為世交。〈殿中少監馬君墓誌銘〉中稱曾哭其祖孫三代。所謂殿中少監為馬繼祖，馬暢的兒子，而此文則是應馬繼祖的請求而作的，寫作時間在元和九年（西元八一四年），比馬繼祖的墓誌早七年。

夫人姓盧氏，范陽❶人，亳州城父❷丞序之孫，吉州❸刺史徹之女，嫁扶風馬氏，為司徒侍中莊武公❹之冢婦❺，少府監西平郡王❻贈工部尚書之夫人。

【章旨】本段說明扶風郡夫人實際身分，敘述母家夫家兩家家世。

【注釋】❶范陽　唐郡名，天寶元年改幽州置，治所在薊縣，在今北京城西南。❷城父　唐縣名，在今安徽亳州東南。❸吉州　今江西吉安。❹莊武公　馬燧，字洵美，貞元三年（西元七八七年）拜司徒、侍中，死後諡莊武。❺冢婦　舊指嫡長子之妻。馬燧二子：彙，暢。暢之兄馬彙，似為庶出。❻西平郡王　馬暢。但馬燧封北平郡王，馬暢繼承爵位，不應為西平，疑有誤。

【語譯】夫人姓盧，范陽人，亳州城父縣縣丞盧序的孫女，吉州刺史盧徹的女兒，嫁到扶風馬家，是司徒侍中莊武公的嫡長子之妻，少府監西平郡王贈工部尚書的夫人。

初，司徒與其配陳國夫人元氏，惟宗廟之尊重，繼序之不易，賢其子之才，求婦之可與齊者。內外親戚曰：「盧某舊門❶，承守不失其初，其子女聞教訓，有幽閒❷之德，為公子擇婦，宜莫如盧氏。」媒者曰：「然。」卜者曰：「祥。」夫人適❸年若干，入門而媼御皆喜，既饋❹而公姑交賀。克受成福，母❺有多子，為婦為母，莫不法式。天資仁恕，左右媵❻侍，常蒙假與顏色，人人莫不自在，杖婢使，數未嘗過二三。雖有不懌，未嘗見聲氣。

【章　旨】本段敘盧氏夫人幽閒仁恕的品德。

【注　釋】❶舊門　世族。范陽盧氏為北朝的甲族。❷幽閒　古代以幽閒貞靜為女子的美德。❸適　嫁。❹饋　新婦向尊長獻食物。❺母　育。❻媵　妾。

【語　譯】當初，司徒馬燧同他的配偶陳國夫人元氏，考慮到祖宗祠廟的尊貴重要，繼承祖先的事業不容易，喜歡自己的兒子頗有才幹，尋訪能與兒子相當的女子作兒媳。內外的親戚們都說：「盧某是世家大族，繼承守業沒有失落原先的傳統，他們的子女受過教訓，具有幽閒貞靜的美德，替公子挑選媳婦，應該沒有人比得上盧氏。」媒人說：「是這樣。」卜卦的人說：「吉祥。」夫人嫁過來時年若干歲，進入家門，老媽子佣人們都很歡喜，獻食給尊長，公公婆婆交相祝賀。能承受盛大的福分，生育了眾多子女，為妻為母，無不可稱典範。天性仁愛寬大，身邊的婢妾侍從之人，常能受到她和顏悅色的對待，人人沒有不自在的，她杖責丫環使女，充其量不超過兩三下。即使心裡有不高興，也不曾見到她高聲動氣。

元和五年，尚書❶薨，夫人哭泣成疾。後二年亦薨，年四十有六。九年正月癸酉❷，祔於其夫之封。

【章　旨】本段敘夫人死亡安葬的情況。

【注　釋】❶尚書　馬暢。馬暢死後贈工部尚書。❷正月癸酉　該年正月癸酉為正月二十六日。

【語　譯】元和五年，贈尚書馬暢去世，夫人哭泣成病，兩年以後也死去，享年四十六歲。元和九年正月癸酉日，合葬在她丈夫的墓室。

長子殿中丞❶繼祖，孝友以類。葬有日，言曰：「吾父友惟韓丈人視諸孤，其往乞銘！」以其狀❷來。愈讀曰：「嘗聞乃公言然，吾宜銘！」銘曰：

【章旨】本段敘馬繼祖求撰墓誌，點明作者與馬氏的關係。

【注釋】❶殿中丞　殿中省屬官，從五品上。馬繼祖死前做到殿中少監，此時尚未升遷。❷狀　行狀。

【語譯】長子官居殿中丞馬繼祖，孝順友愛類似於尚書及夫人。定下了安葬日期，講道：「我父親的朋友只有韓老先生看顧眾孤兒，到他那兒請求撰銘吧！」拿著夫人的行狀前來。韓愈讀過之後說：「曾經聽你們父親說到是這樣，我應當撰寫墓誌銘！」銘辭說：

陰幽坤從❶，維德之恆。出為辨強，乃匪婦能。淑哉夫人，夙有多譽。來嬪大家，不介❷母父。有事賓祭，酒食祗飭。協於尊章❸，畏我侍側❹。及嗣內事，亦莫有施❺。齊其躬心，小大順之。夫先其歸，其室❻有邱。合葬有銘，壼彝❼是攸❽。

【章旨】銘文綜合前文大意進一步稱揚夫人的美德。

【注釋】❶陰幽坤從　古代以陰陽、乾坤代指男女。陰為女，女主內，故其德幽隱不為外界共知。坤為妻道，義主乎順從。❷不介　不間；沒有差別。❸尊章　舅姑，即公婆。❹畏我侍側　此句未詳。有人以為「畏」當作「慰」。❺施　作為。❻其室　一本作「有室」，當從。❼壼彝　猶言「閫範」、「女範」。壼，同「閫」。閫門，婦女所居。彝，法。❽攸　所。一作「收」。

【語　譯】女重幽隱妻講順從，這個乃是不變常德。出外爭辨逞能好強，完全不是婦女本性。真賢淑啊盧氏夫人，早就享有美好名聲。嫁來豪門大宅作婦，侍奉公婆如同父母。招待賓客祭祀祖先，整治酒食嚴肅恭敬。公婆相處融洽和諧，公婆樂意陪侍在側。待她繼續主持家政，沒有什麼改易施為。不斷修治自己身心，事事順著長輩意願。丈夫在先已經歸天，建有墓室築有墳堆。夫妻合葬撰有墓銘，此是閨範永垂所在。

【研　析】這是為一個女子所作的墓誌，沒有奇特不凡的遭遇，也沒有歷官政績，所以文章只能按部就班，從出嫁寫到死亡，集中地按當時標準展現她的美德。文章在介紹了她高貴的身分以後，大肆渲染馬燧夫妻擇媳的鄭重，內親外戚的一致推薦，媒者卜者的交相叫好，都是從側面顯示夫人的貞靜嫻淑，其人未至，其聲先到。既嫁之後，則通過與公婆、媵侍、婢使、子女的關係寫出她仁愛寬容的性格。這是從正面著筆。以下各段，雖各另有主旨，或敘死葬，或敘請銘，但都不離夫人，各有一二語為其增色。尚書死，「哭泣成疾」，則感情的真摯深厚可見；寫繼祖「孝友以類」，寫作者「嘗聞乃公言然」，則可見夫人對兒輩的影響，給丈夫的印象。至於銘文，更是集中讚頌夫人美德。所以雖是按部就班之作，並無支離鬆散之病。

河南府法曹參軍盧府君夫人苗氏墓誌銘

韓退之

【題　解】這是韓愈為其岳母苗氏（西元七三五—八〇三年）所作的墓誌。題中河南府法曹參軍盧府君即其岳父盧貽。府君本為漢魏時對太守的尊稱，意指太守自辟僚屬，有如公府。但也用作對其他尊長者的敬稱。唐以後的碑誌文則對死者不論爵位等級通稱府君。

夫人姓苗氏，諱某，字某，上黨❶人。曾大父襲夔，贈禮部尚書。大父殆庶，贈太子太師❷。父如蘭，仕至太子司議郎❸、汝州❹司馬。

【章　旨】本段敘夫人的家世。

【注　釋】❶上黨　古郡名，治所在今山西長治。❷贈太子太師　考《新唐書·宰相世系》，襲夔生殆庶、延嗣，殆庶生如蘭、晉卿。疑晉卿仕至宰相，故其父、祖均得高爵。❸太子司議郎　太子官屬，正六品上，掌侍從規諫。❹汝州　今河南臨汝一帶。

【語　譯】夫人姓苗，名某，字某，上黨人。曾祖父襲夔，贈為禮部尚書。祖父殆庶，贈為太子太師。父名如蘭，任官到太子司議郎、汝州司馬。

夫人年若干，嫁河南法曹盧府君諱貽，有文章德行，其族世所謂甲乙者，先夫人卒。夫人生能配其賢，歿能守其法。男二人，於陵、渾。女三人，皆嫁為士妻。貞元十九年四月四日，卒於東都敦化里，年六十有九。其年七月某日，祔於法曹府君墓，在洛陽龍門山❶。其季女❷婿昌黎韓愈為之誌，其詞曰：

【章　旨】本段敘夫人生平事跡：婚嫁、子女、卒葬等。

【注　釋】❶龍門山　亦名伊闕山，在洛陽附近。❷季女　第三女。夫人長女嫁河南緱氏主簿唐充，次女早夭。

【語　譯】夫人若干歲，嫁給河南法曹參軍盧府君名貽，府君道德文章並美，其家族是世上認為數一數二的，府君先於夫人去世。夫人在府君活著時配得上他的賢良，府君死後能堅持其法度。夫人有兒子二人，名叫於陵和渾。有女兒三人，都嫁給了讀書做官的人為妻。夫人貞元十九年四月四日，死在東都洛陽的敦化里，享年六十有九。這年七月某日，合葬在法曹府君的墓室，墓在洛陽龍門山。夫人的小女婿昌黎韓愈替她撰寫了墓誌，其中的銘詞說：

赫赫苗宗，族茂位尊。或毗於王，或貳於藩。是生夫人，載穆令聞。爰初在家，孝友惠純。乃及於行❶，克媲德門。肅其為禮，裕其為仁。法曹之終，諸子實幼。煢煢其哀，介介❷其守。循道不違，厥聲彌劭。三女有從，二男知教。閭里歎息，母婦思效。歲時之嘉，嫁者來寧。累累外孫，有攜有嬰❸。扶牀坐膝，嬉戲讙爭。既壽而康，既備而成，不歉於約，不矜於盈。伊昔淑哲，或圖或書，嗟咨夫人，孰與為儔？刻銘寘墓，以贊碩休。

【章　旨】銘文讚美夫人的家世、婦德，描繪了她晚年的美滿。

【注　釋】❶行　出嫁。❷介介　猶言「耿耿」。❸嬰　胸前為嬰，故以抱在胸前乳養者為嬰兒。

【語　譯】名聲顯赫苗姓宗族，宗族繁盛地位尊崇。有的在朝輔佐君王，有的在外協助藩國。如此家族誕生夫人，有著溫和靜肅美名。開初生活娘家之時，孝順友愛賢惠真純。待到出嫁之時，能夠配上道德之門。嚴肅恭敬遵循禮節，寬容厚道廣施愛心。法曹參軍死亡之時，幾個孩子都還年幼。孤獨無依使人哀憐，忠心耿耿守護他們。遵循正道毫不違拗，夫人名聲更加美好。三個女兒都有歸依，兩個兒子受到教育。鄉閭鄰里感歎不已，母親媳婦都想效法。逢年過節美好日子，出嫁女兒歸寧探親。成群成串攜帶外孫，有的手牽有的懷抱。

扶著板凳坐在膝上，遊戲玩耍歡笑爭嚷。夫人高壽而且健康，生活完美而又興盛，雖然窮困她不抱恨，富足之後更不驕矜。從前那些賢淑女子，或畫成圖或進史書，真可嘆啊苗氏夫人，有誰能夠與你比並？刻寫銘文安放墓穴，用來讚美崇高美德。

【研　析】古代的女子被束縛在家庭裡，不能到社會上參與政治活動或從事其他事業，她們的事業就是相夫教子。所以她們的生平經歷比較簡單，或者說過於瑣屑。因此韓愈為女子寫墓誌，往往略於序而詳於銘，〈扶風郡夫人墓誌銘〉如此，本篇更為典型，銘占了全文篇幅的一半，成為一首完整充實的關於苗氏夫人的讚歌。其中敘寫女兒回娘家，外孫成堆，「扶牀坐膝，嬉戲讙爭」的情景，還相當生動有致，烘托出夫人堅貞守節換來的晚景歡愉。墓誌文這種略序詳銘的結構上的變化，從深的根源上看，可說是折射出古代社會禮教文化的特點。

女挐壙銘

韓退之

【題　解】壙，墓穴，壙銘即墓誌銘。女挐是韓愈的第四個女兒。憲宗元和十四年（西元八一九年），韓愈因上〈論佛骨表〉嚴辭指斥佛教，觸怒憲宗，由刑部侍郎貶為潮州刺史。家屬也被迫南行。女挐十二歲，身患重病，加以旅途勞頓，行到商州商南縣就死了。草草寄葬在驛站路邊山下。韓愈對此感到十分悲痛，寫了〈祭女挐女文〉。第二年調回京城任國子祭酒，經過驛站又題詩抒寫了心中的悲感，末云：「致汝無辜由我罪，百年慚痛淚闌干。」至是，發其喪，歸葬於河南之河陽祖墓，並寫了這篇壙銘。文中詳寫了女挐致死之由，也流露出由於自己遭貶連累病女早亡的深沉愧痛之情。讀者如將祭文和詩參照閱讀，感受自當更為親切。本文為穆宗長慶三年（西元八二三年）所作，即韓愈死的前一年。

女挐，韓愈退之第四女也。慧而早死。愈之為少秋官❶，言：佛夷鬼，其法亂治，梁武❷事之，卒有侯景❸之敗，可一掃刮絕去，不宜使爛漫。天子謂其言不祥，斥之潮州，漢南海❹揭揚❺之地。愈既行，有司以罪人家不可留京師，迫遣之。女挐年十二，病在席，既驚痛與其父訣，又輿致走道撼頓，失食飲節，死於商南❻層峰驛，即瘞道南山下。

【章　旨】本段敘女挐致死的原因，發抒遭貶而累及家屬的不平之感。

【注　釋】❶少秋官　即刑部侍郎。刑部在《周官》稱為秋官，後來世俗以為雅稱。姚鼐原注云：「以刑部侍郎稱少秋官，徇俗不典，雖昌黎為之，而不足法。」❷梁武　指南朝梁開國皇帝蕭衍，他曾前後三度捨身作佛徒，由兒子和大臣等重金贖回。❸侯景　原是北魏將領，投降梁朝。後梁與北魏議和，侯景恐不利於己，舉兵叛變，梁武帝被困臺城餓死。以上文意見〈論佛骨表〉。(見本書卷十六)。❹南海　漢郡名，郡治在今廣州。❺揭揚　韓集「揚」均作「陽」。揭陽，漢縣名，乃潮州之郊縣，今屬廣東。❻商南　唐商州商南，在今陝西商南南。

【語　譯】女挐，是韓愈退之的第四個女兒，聰明卻很早死去。韓愈作刑部侍郎的時候，議論道：佛是夷狄之鬼，佛法是擾亂政治的，梁武帝崇奉佛教，終於發生侯景之亂而敗亡，應該一律掃除刮削使之絕跡，不應該讓它滋長發展。天子認為這些話不吉利，將愈貶謫到潮州，就是漢朝南海郡揭揚縣的地方。韓愈已經出發，有關部門認為罪人的家屬不能夠留住在京城，逼迫驅趕他們。女挐只十二歲，臥病在床，既為同父親分別驚嚇苦痛，又因被抬著走路動搖顛簸，飲食失於調節，在商南縣的層峰驛死去，就埋在驛道南邊的山腳下。

五年，愈為京兆❶，始令子弟與其姆易棺衾，歸女挐之骨於河南之河陽❷韓氏墓葬之。女挐死，當元和十四年二月二日，其發而歸，在長慶三年十月之四日。其葬在十一月之十一日。銘曰：汝宗葬於是，汝安歸之。惟永寧。

【章　旨】本段敘將女挐歸葬祖墓的經過。

【注　釋】❶京兆　指京兆尹，管理京城所在地區的長官。韓愈任京兆尹在長慶三年（西元八二三年）六月，離元和十四年（西元八一九年）五個年頭。❷河陽　故城在河南孟縣西。韓氏墓在孟縣西韓家莊。

【語　譯】五年以後，韓愈任京兆尹，才命令子弟同女挐的奶媽更換棺材衣被，將女挐的骨骸迎歸到河南的河陽韓氏族墓安葬了。女挐死，在元和十四年二月二日，將她起出運回，在長慶三年十月四日。安葬她在十一月十一日。銘辭說：你的親族都葬在這裡，你安心地歸到這裡來。希望你永遠安寧。

【研　析】女挐死時只十二歲，根本沒有履行過多少人生的使命，生平事跡道德品行都無可敘，所以文章主要訴說女挐何以致死。在〈祭女挐女文〉中韓愈寫道：「死於窮山，實非其命。」「使汝至此，豈不緣我。」如果不被貶謫到潮州，則女兒不至於死。即使自己被貶，有司不逼遷家屬，女兒也可能不至於死。先有前兩條，才有後之旅途勞頓，飲食不時，終於葬送了女兒的生命。父親哀弔女兒的親情，因自己遭貶累及女兒喪命的愧痛，因發表正確意見無端被貶的悲憤之情，交織在一起，所以文章如方苞所說雖只是「直敘數語」，卻能「惻然感人」。這樣的文章，作為墓誌並非典型，更像是一篇小品，對後來歸有光等的某些碑誌產生了影響。

故襄陽丞趙君墓誌銘

柳子厚

【題解】襄陽縣為襄州州治，今湖北襄陽。趙君，趙矜（西元七六一—八〇二年），死前任襄陽縣丞，德宗貞元十八年客死於柳州，經過十七年之後，他的兒子趙來章才到柳州找到他的葬處，將他遷回河南安葬。《新唐書》在趙矜的曾叔祖趙弘智的傳記後附有〈來章傳〉，記載了趙矜的事跡和來章遷葬的經過，就是改寫柳宗元這篇墓誌而成的。墓誌作於憲宗元和十三年（西元八一八年），這時柳宗元任柳州刺史。

貞元十八年月日，天水❶趙公❷矜年四十二，客死於柳州❸，官為斂葬於城北之野。元和十三年，孤來章始壯，自襄州徒行求其葬，不得。徵書❹而名其人，皆死，無能知者。來章日哭於野，凡十九日。惟人事之窮，則庶於卜筮。五月甲辰，卜秦誗兆之曰：「金食其墨❺，而火以貴。其墓直丑❻，在道之右。南有貴神，冢土❼是守。乙巳於野，宜遇西人。深目而髯，其得實因。七日發之，乃覯其神。」明日❽求諸野，有叟荷杖而東者，問之，曰：「是故趙丞兒耶？吾為曹信，是邇吾墓！噫！今則夷矣。直社之北，二百舉武❾，吾為子蕝❿焉。」辛亥啟土，有木焉，發之，緋衣緅⓫衾，凡自家之物皆在。州之人皆為出涕，誠來章之孝，神付是叟，以與龜偶，不然，其協焉如此哉！

【章旨】本段敘來章訪得趙矜葬處的經過。

【注釋】❶天水　今甘肅天水。相傳趙王遷被秦所滅，子代王嘉、嘉子公輔主西戎，居隴西天水縣西。但趙矜之祖先已由天水遷河南新安。❷公　不是趙矜的名字，可能是作者為表恭敬而加。❸柳州　今廣西柳州。❹徵書　猶後來所謂招貼、啟事。❺金食其墨　古代卜卦以火灼龜板觀察其裂紋以判斷吉凶。裂紋即為兆。灼之先用墨畫龜板，稱墨，如裂紋斜向與墨紋相連，稱金食墨。與金方向相反即為火。這是把卦兆與五行相配的說法。❻丑　十二地支之一。古代堪輿家關於陰宅的二十四方位，丑代表東北方。❼冢土　社神。❽明日　卜卦在甲辰日，明日即乙巳日。甲辰為五月十二，乙巳即十三日，下文辛亥為二十九。❾武　步。❿蕝　束茅立於地上以作標記。⓫緅　深青透紫色。

【語譯】貞元十八年某月某日，天水趙公名矜四十二歲，遠離家人死在柳州，官府替他裝斂埋葬在城北的鄉間。元和十三年，孤兒來章才滿三十歲，從襄州步行到柳州尋找父親的葬地，沒有找到。發出招貼把與其父有關人員名字寫上，那些人都死了，沒有人能知道墓在何處。來章每天在郊外哭泣，共過了十九天。想到人事已經用盡，就把萬一的希望寄託於卜筮。五月甲辰日，卜者秦誗用龜卜出徵兆說：「金斜侵墨畫，而火因之貴重。那墓正對丑方，在路的右邊。南方有尊貴的神靈，社神在這裡守護。乙巳這一天到野外去，會遇到西方的人。雙目深陷而滿臉鬍鬚，你可能會得到實情。七天之後起土開棺，就會遇到他的英靈。」第二天到野外尋訪，有一老頭肩著拐杖向東方走來，問來章，說：「這是已故趙縣丞的兒子嗎？我是曹信，此實挨近我家的墳墓！唉！如今卻已經平陷了。正對社廟的北方，抬腳走二百步，我替你立茅草在地上作出標記。」辛亥日挖開泥土，有棺木在裡面，打開它，紅衣紫被，一切自己家裡的東西都在。柳州的人都為他感動流淚，確實是來章的孝心感動，神靈依託這個老頭，來同龜卜相配合，否則，哪裡能符合到這種程度呢！

六月某日就道，月日葬於汝州龍城縣❶期城之原。夫人河南源氏，先歿而祔之。矜之父曰漸，南鄭❷尉；祖曰倩之，鄆州❸司馬；曾祖曰弘安❹，金紫光祿大夫國子祭酒。始矜由明經為舞陽❺主簿。蔡帥❻反，犯難來歸，擢授襄城❼主簿，賜緋魚袋。後為襄陽丞。其墓自曾祖以下，皆族以位。時宗元刺柳，用相其事，哀而旌之以銘，銘曰：

【章旨】本段由趙矜歸葬族墓敘及其家世、歷官。

【注釋】❶汝州龍城縣　一作汝州龍興縣，今河南寶豐治。或疑為襄城之誤，期城之原當在襄城境內。❷南鄭　縣名，今陝西漢中東。❸鄆州　唐鄆州治東平縣，今山東東平西北。❹弘安　《新唐書》及《柳河東集》均作「弘安」。❺舞陽　縣名，唐屬許州，今河南舞陽治。❻蔡帥　吳元濟。❼襄城　古縣名，因東周襄王曾避難居此而得名，即今河南襄城。

【語譯】六月某日上路，某月某日葬在汝州龍城縣的期城原。夫人河南源氏，先死於是合葬在一起。趙矜的父親名漸，曾任南鄭縣尉；祖父名叫倩之，做過鄆州司馬；曾祖父名弘安，是金紫光祿大夫國子祭酒。最初趙矜由明經選為舞陽縣主簿。蔡州統帥反叛，趙矜冒著危難前來歸順朝廷，升任為襄城主簿，賜准穿紅色官服佩魚袋，後來做了襄陽縣丞。他家墳墓從趙矜的曾祖父以下，都是同族合葬一處而長幼的位置明確。當時宗元任柳州刺史，因而協助這件事，同情他而寫了這篇墓誌銘來表彰他，銘文說：

諗也挈❶之，信也蕝之。有朱其紱，神具列之。懇懇來章，神實恫❷汝。錫之老叟，告以兆語。靈其鼓舞，從而父祖。孝斯有終，宜福是與。百越❸蓁蓁，羈鬼相望。有子而孝，獨歸故鄉。涕盈其銘，旌爾勿忘！

【章旨】銘文總括前文大意，讚美來章的孝心。

【注釋】❶挈　同「契」。開，此指鑽龜卜卦。❷恫　痛；憐惜。❸百越　江浙福建兩廣之地，古代均為越族各部落所居，故稱百越。

【語　譯】秦詷為此鑽龜問卜，曹信為此植茅作記。有紅色的繫印絲帶，神明將它展示出來。誠心誠意的趙來章，神明實在同情著你。既賜給你一個老者，告訴兆語所示墓地。墓中英靈歡欣鼓舞，回去跟隨自己父祖。其子孝心有始有終，應當賜予全家幸福。百越荒涼草木叢生，到處可見留滯鬼魂。你有兒子如此孝順，只有你能魂返家邦。感動淚水滴滿銘文，表彰不忘這份孝心。

【研　析】柳宗元的文章，以政論、雜文、寓言及山水遊記等成就最高，影響最大，碑誌數量不多，成就更趕不上韓愈。但這篇墓誌寫得簡古峭潔，體現了柳文的獨特風格，歷來受到稱讚。這篇墓誌主旨異常鮮明，全文主要寫來章尋訪父親葬地、迎取父親骨骸歸葬的過程，至於趙矜本人，實在著筆不多。開頭點明貞元十八年，暗示死亡時間的久遠，為墓地難尋張本，也可見來章懷志有日。「始」壯即行，正見他有此心久矣而迫不及待。「徒行」，「哭于野，凡十九日」，寫出他不畏艱辛，意志堅定。秦詷的卜卦，曹信的現身指點，如此巧合，使文章添出許多神異氣氛，傳奇色彩，末尾寫州之人皆為出涕，都不落在趙矜身上，而是有意渲染來章的孝心可以動人心，感天地，泣鬼神。銘文寫百越之地羈鬼相望，而趙矜能「獨歸故鄉」，也是因為有一個極具孝心的兒子。《柳河東集》舊注說：「趙矜之死，自貞元十八年至元和十三年，凡十七載之久。來章乃能求於人所不知者而歸之。公此誌非以神其事，所以大其孝也。」宏揚來章對親人的真誠孝心，便是這篇墓誌鮮明的主旨。

卷四十五　碑誌類下編　四

資政殿學士文正范公神道碑銘

歐陽永叔

【題　解】 這是歐陽修為范仲淹（西元九八九—一〇五二年）所寫的神道碑。文正公是范仲淹的諡號。資政殿學士是宋仁宗慶曆五年（西元一〇四五年）春范仲淹解除參知政事職務以後所得到的榮譽頭銜。宋代學士地位高而無實際執掌，只是備侍從顧問的官名。稱為某某殿大學士、學士的，都是曾任執政大臣的人物，加此頭銜，以示優寵。范仲淹是北宋著名的政治家、文學家，一生以「先天下之憂而憂，後天下之樂而樂」為作人宗旨，慶曆三年任參知政事，曾推行一些政治上的改革，以圖振起北宋貧弱的局面，歷史上稱為「慶曆新政」。歐陽修是范仲淹的堅定支持者，曾被目為范仲淹的同黨，為此而寫了著名的〈朋黨論〉（參見本書卷三）。在這篇神道碑裡，他緊緊抓住范仲淹一生的大節，對范仲淹的政績、邊功以及慶曆年間的革新措施，都作了簡要而又全面的敘述，而對范仲淹的屢遭排陷，屢受挫折，則感同身受，字裡行間，流露著作者的深沉慨嘆。

皇祐❶四年五月甲子，資政殿學士、尚書戶部侍郎、汝南❷文正公薨於徐州。

以其年十有二月壬申，葬於河南尹樊里之萬安山❸下。公諱仲淹，字希文。五代之際，世家蘇州，事吳越❹。太宗皇帝時吳越獻其地，公之皇考從錢俶朝京師，後為武寧軍❺掌書記以卒。公生二歲而孤，母夫人貧無依，再適長山❻朱氏。既長，知其世家，感泣去。之南都❼，入學舍，埽一室，晝夜講誦，其起居飲食，人所不堪，而公自刻益苦。居五年，大通六經之旨，為文章，論說必本於仁義。祥符八年❽，舉進士，禮部選第一，遂中乙科❾，為廣德軍司理參軍❿。始歸迎其母以養。及公既貴，天子贈公曾祖蘇州糧料判官諱夢齡為太保⓫；祖祕書監諱贊時為太傅；考諱墉為太師；妣謝氏，為吳國夫人。

【章　旨】本段敘范仲淹的家世出身以及青年時期苦讀以取功名的經過。

【注　釋】❶皇祐　宋仁宗年號。皇祐四年為西曆一〇五二年。❷汝南　漢郡名，治所在今河南上蔡。漢代黨錮名賢范滂、范式皆汝南人，故范氏以為郡望。《宋史》載范仲淹先世為邠州人，唐時徙家江南，遂為蘇州吳縣人。❸萬安山　在洛陽城西四十五里，范仲淹墓在山下。❹吳越　五代十國之一，開國主錢鏐。宋太宗太平興國三年，吳越王錢俶進京朝拜，獻出全部土地。❺武寧軍　武寧軍節度，駐徐州。范仲淹父親范墉，跟隨錢俶歸宋，官徐州節度掌書記。仲淹生於徐州，為范墉第三子。❻長山　縣名，今屬山東。❼南都　宋南京應天府，今河南商邱。❽祥符八年　祥符即大中祥符，宋真宗年號，八年為西曆一〇一五年。❾乙科　宋初進士，因所取人數不多，不分甲乙。太平興國二年（西元九七八年），因人數增多，而分甲乙。八年又分為甲、乙、丙三等。❿廣德軍司理參軍　今安徽廣德治。司理參軍，州佐，掌訴訟刑獄之事。⓫太保　宋承唐制，以太保、太傅、太師為三師，乃最高官品。因范仲淹地位高，所以用三師追贈三代。

【語　譯】皇祐四年五月甲子日，資政殿學士，尚書戶部侍郎汝南范文正公在徐州去世。在這年十二月壬申日，葬在河南府尹樊里的萬安山下。公名仲淹，字希文。五代時期，世代家住蘇州，侍奉吳越國王。太宗皇帝時候吳越王獻出吳越的土地，范公的父親跟隨錢俶朝拜京城，後任武寧軍掌書記而終。范公生下來兩歲便失去了父親，母夫人貧窮無靠，再嫁到長山朱家。范公長大以後，知道了自己的家庭身世，感傷地流著淚離開朱家。到達南都，進了學舍，打掃出一間房子，晝夜在裡面講習誦讀，那生活飲食之差，是人所不能忍受的，可是范公要求自己更加刻苦。過了五年，完全精通了六經的旨意，寫作文章，發表議論一定以仁義為根本。祥符八年，被推舉參加進士考試，禮部選為第一，於是考中了乙科，被任為廣德軍的司理參軍。這時才回去迎接母親來奉養。到范公已經富貴之後，天子追贈他的曾祖父蘇州糧料判官名夢齡的為太保；祖父任祕書監名贊時的為太傅；父親名墉為太師；母親謝氏為吳國夫人。

公少有大節，於富貴貧賤，毀譽歡戚，不一動其心，而慨然有志於天下。常自誦曰：「士當先天下之憂而憂，後天下之樂而樂❶也！」其事上遇人，一以自信，不擇利害為趨舍。其所有為，必盡其方，曰：「為之自我者當如是，其成與否，有不在我者，雖聖賢不能必，吾豈苟哉？」

【章　旨】本段總敘范仲淹立身處世的根本原則。

【注　釋】❶先天下之憂而憂二句　范仲淹〈岳陽樓記〉亦有此二語。

【語　譯】范公少年時代就有很高的節操，對於富貴還是貧賤，詆毀或是讚揚，歡娛或是憂戚，都一點不能打動他的心，而是激昂慷慨有志在天下幹一番事業。他常常自己吟誦道：「讀書求仕的人應當在天下人擔憂之前就在憂慮，在天下人都已安樂之後再談安樂啊！」他伺奉尊長，對待旁人，一律憑著自己的誠信，不選擇有利還是有害來作出取捨。當他有要做的事情，一定用盡千方百計去做，說：「從我這方面應當這樣去做，事情能成與不能成，有不能由我決定的因素，即使聖賢也不能保證一定成功，我怎能馬虎呢？」

天聖❶中，晏丞相❷薦公文學，以大理寺丞為祕閣校理，以言事忤章獻太后❸旨，通判❹河中府❺。久之，上記其忠，召拜右司諫❻。當太后臨朝聽政時，以至日大會前殿，上將率百官為壽，有司已具。公上疏言：天子無北面，且開後世弱人主以彊母后之漸。其事遂已❼。又上書請還政天子，不報。及太后崩，言事者希旨，多求太后時事，欲深治之。公獨以謂太后受託先帝，保佑聖躬，始終十年，未見過失，宜掩其小故，以全大德。初，太后有遺命立楊太妃❽代為太后。公諫曰：「太后，母號也，自古無代立者。」由是罷其冊命。是歲大旱蝗，奉使安撫東南❾。使還，會郭皇后❿廢，率諫官御史伏閤爭，不能得，貶知睦州⓫，又徙蘇州。歲餘，即拜禮部員外郎、天章閣待制⓬，召還。益論時政闕失，而大臣權倖多忌惡之。居數月，以公知開封府。開封素號難治，公治有聲，事日益簡。暇則益取古今治亂安危為上開說，又為百官圖以獻，曰：「任人各以其材而百職修，堯舜之治，不過此也。」因指其遷進遲速次序，曰：如此而可以為公，可以為私，亦不可以不察。由是呂丞相⑬怒，至交論上前，公求對辯，語切，坐落職，知饒州⑭。明年，呂公亦罷。公徙潤州⑮，又徙越州⑯。

【章旨】本段敘范仲淹正直敢言不計個人利害的事跡。

【注釋】❶天聖　宋仁宗第一個年號，共十年（西元一〇二三—一〇三二年）。❷晏丞相　晏殊，字同叔。❸章獻太后　仁宗嫡母，真宗劉皇后，真宗死，尊為太后，垂簾聽政，參與決定軍國重事。❹通判　官名，宋朝恐州郡地方官權力太大，另置通判與知府、知州共理政事。❺河中府　治所在河東縣，今山西永濟。❻右司諫　中書省屬官，與屬門下省之左司諫同掌規諫諷諭。❼已　止。此處有誤，據載范仲淹雖曾諫止，然而朝拜並未取消。❽楊太妃　仁宗在幼小時，章獻皇后曾使妃看護仁宗。❾安撫東南　仁宗明道二年（西元一〇三三年）十月江淮、京東大旱，蝗災，命范仲淹安撫江淮，所到之處開倉廩，救飢荒，並將飢民所吃烏昧草帶回京傳示六宮貴戚，以戒其侈心。❿郭皇后　仁宗之后，當時有尚美人、楊美人都為仁宗所寵愛。一天，尚美人在仁宗前對郭皇后言語相侵，郭后舉手打尚美人，仁宗遮擋，誤傷仁宗頸根。仁宗聽從丞相呂夷簡的話廢掉郭皇后。⓫睦州　治今浙江建德。⓬天章閣待制　官名。宋代於各殿閣設待制之官，如天章閣、龍圖閣待制，為典守文物之官，位在直學士之下。⓭呂丞相　呂夷簡。⓮饒州　今江西鄱陽。⓯潤州　治今江蘇鎮江。⓰越州　今浙江紹興。

【語譯】天聖年間，晏丞相推薦范公文學優長，從大理寺丞升為祕閣校理，因為議論政事違反了章獻太后的意旨，改為河中府的通判。過了很久，皇上記起了范公的忠誠，召回京城封他為右司諫。當時太后臨朝聽政，冬至日這天，在前殿大會群臣，皇上打算率領百官拜祝太后，有關官署已經作好了準備。范公遞上奏疏說：天子沒有面朝北方跪拜的先例，並且這樣做會開啟後代削弱君主而加強母后的苗頭。這件事於是停止下來。又上書請求太后歸還政權給天子，沒有得到答覆。等到太后去世，一些議論政事的人迎合皇上的心意，多方去尋求太后時不妥之事，想要追根究底進行處理。只有范公以為太后受已故皇帝的委託，保護輔佐皇上，自始至終長達十年，沒有發現大的過失，應該遮蓋她的小問題，以便保全她的大德。當初，太后有遺詔命令立楊太妃替代自己做太后。范公勸諫道：「太后是母親的尊號，自古以來沒有立他人替代之事。」因此取消了正式書寫立太后的詔冊及宣讀的儀式。這一年大旱，蝗蟲成災，范公奉使安撫東南，完成使命還京，碰上郭皇后要被廢棄，他率領諫官御史跪在殿門外極力諫阻，無法實現，被貶作睦州知州，又改知蘇州。一年多，就封他為禮部員外郎、天章閣待制，召回京城。他更頻繁地議論時政的缺點錯誤，而受寵的大臣權貴多數都害怕他憎惡他。過了幾個月，任用范公為開封府知府，開封府素來被稱為難治理之地，范公治理有好名聲，發生的事端一天比一天少。范公有閒空就更拿一些古今治亂安危的史實給皇上講解開導，又製成百官圖獻給皇上，說：「任用人才能分別根據各人的才幹能力，便會各種事務都做得很好，堯舜治理天下，也不過如此呀。」於是指著百官圖升遷的快慢和先後，說：「像這樣做可以為公，也可以為私，亦不可以不加考察。」因此呂丞相發怒，發展到在皇上面前交相議論。范公要求與呂相對面辯論，言辭激切，因而丟掉官職，出為饒州知州。第二年，呂公也免去宰相之職。范公調往潤州，又改調越州。

而趙元昊❶反河西❷，上復召相呂公。乃以公為陝西經略安撫副使❸，遷龍圖閣❹直學士。是時新失大將❺，延州❻危。公請自守鄜❼延捍賊，乃知延州。元昊遣人遺書以求和。公以謂無事請和難信，且書有僭號，不可以聞。乃自為書，告以逆順成敗之說，甚辯。坐擅復書，奪一官，知耀州❽。未逾月，徙知慶州❾。既而四路置帥❿，以公為環慶路經略安撫招討使，兵馬都部署。累遷諫議大夫⓫，樞密直學士⓬。

【章　旨】本段敘述范仲淹在陝西前線的經歷、任職情況。

【注　釋】❶趙元昊　西夏國主。祖先為拓跋氏，唐末賜姓李。元昊之祖父原名李繼遷，宋太宗時賜姓名為趙保吉。宋真宗時，保吉為定難節度使，據有銀、夏、綏、宥、靜五州，後又攻陷靈州（今寧夏靈武）。傳子德明，叛服不常。仁宗時元昊繼位，取夏、銀、綏、靜、靈、鹽、會、勝、甘、涼諸州，又取瓜、沙、肅三州，改元稱帝，國號大夏。❷河西　黃河之西，主要指今寧夏、甘肅一帶。❸經略安撫副使　宋代執掌一路軍事民政的副長官。❹龍圖閣　殿閣名，大中祥符中建，北連禁中，供奉著宋太宗御書，文集等。龍圖閣直學士，從三品官，位次於樞密學士。❺新失大將　指鄜延、環慶兩路副都總管劉平被趙元昊俘擄。❻延州　治今陝西延安。❼鄜　今陝西富縣。❽耀州　今陝西耀縣。❾慶州　治今甘肅慶陽。❿四路置帥　慶曆元年分陝西為秦鳳、涇原、環慶、鄜延四路，分別由韓琦、王沿、范仲淹、龐籍統帥。⓫諫議大夫　職責與左右司諫相同。⓬樞密直學士　官名，正三品。

【語　譯】而趙元昊在河西反叛，皇上又召回呂公為宰相。於是用范公作為陝西經略安撫副使，提升為龍圖閣直學士。這時剛剛損失大將，延州危急，范公請求親自鎮守鄜、延抵禦敵人，就兼任了延州知州。趙元昊派人送來書信要求講和。范公以為沒有拿出具體事實空言請和難以相信，況且信中還盜用帝號，不能夠上報朝廷。就自己寫回信，用叛逆順從成功失敗的利害告誡元昊，說得非常透徹。但卻因擅自回信有罪，降一級官職，任耀州知州。不到一個月，改為慶州知州。接著分成四路分別設置統帥，用范公充任環慶路經略安撫招討使，兵馬都部署。累積升遷為諫議大夫，樞密直學士。

公為將，務持重，不急近功小利。於延州築青澗城❶，墾營田，復承平、永平廢寨❷，熟羌❸歸業者數萬戶。於慶州，城大順❹以據要害，又城細腰、胡蘆❺。於是明珠、滅臧❻等大族，皆去賊為中國用。自邊制久墮❼，至兵與將常不相識。

公始分延州兵為六將，訓練齊整，諸路皆用以為法。公之所在，賊不敢犯。人或疑公見敵應變為如何，至其城大順也，一旦引兵出，諸將不知所向。軍至柔遠❽，始號令告其地處，使往築城。至於版築之用，大小畢具，而軍中初不知。賊以騎三萬來爭。公戒諸將，戰而賊走，追勿過河。已而賊果走，追者不渡，而河外果有伏。賊失計，乃引去。於是諸將皆服公為不可及。公待將吏，必使畏法而愛己，所得賜賚，皆以上意分賜諸將，使自為謝。諸蕃質子，縱其出入，無一人逃者。蕃酋來見，召之臥內，屏人徹❾衛，與語不疑。公居三歲，士勇邊實，恩信大洽。乃決策謀取橫山❿，復靈武⓫。而元昊數遣使稱臣請和，上亦召公歸矣。初，西人籍為鄉兵者十數萬，既而黥以為軍。惟公所部，但刺其手；公去兵罷，獨得復為民。其於兩路⓬，既得熟羌為用，使以守邊，因徙屯兵就食內地，而紓西人饋輓之勞。其所設施，去而人德之，與守其法不敢變者，至今尤⓭多。

【章　旨】本段敘范仲淹的軍事才能和經略邊防的成績。

【注　釋】❶青澗城　今陝西青澗治，在延安東北。❷承平永平廢寨　在今陝西延川西北。❸熟羌　羌族中已經內附的人口。❹大順　在今甘肅慶陽北。❺細腰胡蘆　在今甘肅環縣西的兩處寨子。胡蘆，本為河名。❻明珠滅臧　即敏珠爾、密桑，羌人的兩個部族。❼墮　通「隳」。毀壞。❽柔遠　小城，在慶陽北華池縣附近。❾徹　通「撤」。❿橫山　宋代縣名，今屬陝北，與內蒙接界處。⓫靈武　古縣名，今屬寧夏。⓬兩路　指鄜延、環慶兩路。⓭尤　通「猶」。

【語　譯】范公作將領，努力做到穩重固守，不貪求眼前的戰功微小的好處。在延州築青澗城，墾荒屯田，恢復承平、永平兩個被破壞的城堡，內附的羌民返回從事生產的達數萬戶。在慶州，築大順城，用來占據要害之地，又築細腰、胡蘆兩個城堡，於是明珠、滅臧這些大族，都脫離敵寇為中國效力。自從防邊體制長久遭到破壞，發展到士兵同將帥常常互不相識。范公便把延州的兵分為六個將領統管，訓練得步調一致，各路都採用來作為治兵的方法。范公所在的地方，敵兵不敢來侵犯。人們有的懷疑范公面對敵兵時臨機應變的能力會怎樣，等到他在大順築城的時間，一天帶兵出發，將領們不知道要開往哪裡去，軍隊到達柔遠，才發出號令軍隊目的地所在，命他們去築城。至於夾板、築杵等用具，大大小小都已準備齊全，但軍中根本不知道。敵寇用三萬騎兵來爭奪。范公告誡各將領，發生戰鬥如果敵兵逃跑，追趕時不要越過黃河。一會兒敵兵果然逃跑，追趕的人不過河，而河的那邊果然有伏兵。敵人沒了辦法，終於退去。於是將領們都心服認為范公真是無人能比。范公對待下屬的將領官吏，一定使他們敬畏法律而且自愛，所得到的賞賜，都用皇上的旨意分賜給將領們，讓他們自己向皇上謝恩。各蕃國的作為人質的王子，隨便他們出進，沒有一個人逃走。蕃國首領前來會見，召他們到臥室內相見，除去人役撤掉警衛，與他們談話毫無疑心。范公駐守這裡三年，士卒勇敢，邊防充實，恩德廣布，信義昭著。於是定計圖謀奪取橫山，以收復靈武。而趙元昊多次派遣使者前來稱臣請和，皇上也召公回京了。當初，西方的人登記作為鄉兵的十幾萬，接著在臉上刺上字來作為黥兵。只有范公所統帥的部分，只在他們手上刺上記號；范公離開，軍隊解散，只有他們能再恢復平民身分。范公在兩路，已得到內附的羌民發揮作用，命他們來守邊，因而能調走駐守的軍隊往內地，就近解決糧食問題，從而緩解了西方人民拉車運糧的勞苦。范公所採取的這些措施，在他走了之後人民還感激他，一同堅持他的辦法而不敢改變的情況，直到今天還有很多。

自公坐呂公貶，群士大夫各持二公曲直，呂公患之。凡直公者❶，皆指為黨，或坐竄逐。及呂公復相，公亦再起被用，於是二公驩然❷相約，戮力平賊。天下之士，皆以此多二公。然朋黨之論，遂起而不能止。上既賢公可大用，故卒置群議而用之。

【章旨】本段敘范仲淹胸襟廣闊，能與反對自己的人合作，也暗示朋黨之論的危害。

【注釋】❶直公者　指歐陽修、余靖等人。歐陽修被視為范仲淹的同黨遠貶到峽州作夷陵令。余靖亦被逐。❷二公驩然　范仲淹為保證陝西前線之事順利，曾致書呂夷簡表示和解。兩人關係後來有所改善，前人多有記載，但也有不同看法。范仲淹的兒子范堯夫就認為父親並未解恨，所以在刻碑時把本段文字刪掉了。

【語譯】自從范公因為觸犯呂相被降職，士大夫們分別各自堅持兩公的是和非，呂公對此感到耽心。凡是認為范公正確的人，都指斥為范公的同黨，有的因此被貶逐流放。到呂公恢復相位，范公也再受到提拔任用，於是二公愉快地相互約定，齊心合力平定叛賊。天下讀書做官的人，都因此而讚美兩公。可是朋黨的說法，還是風起而不能平息。皇上既然欣賞范公的才能可以重用，所以終於置眾人之議論於不顧而起用范公。

慶曆三年春，召為樞密副使❶，五讓，不許，乃就道。既至數月，以為參知政事❷。每進見，必以太平責之。公歎曰：「上之用我者至矣！然事有先後，而革弊於久安，非朝夕可也。」既而上再賜手詔，趣使條天下事。又開天章閣❸，召見賜坐，授以紙筆，使疏於前。公惶恐避席，始退而條列時所宜先者十數事上之。其詔天下興學取士，先德行，不專文辭；革磨勘❹例遷以別能否；減任子❺之數，而除濫官；用農桑考課守宰等。事方施行，而磨勘任子之法，僥倖之人皆不便，因相與騰口；而嫉公者亦幸外有言，喜為之佐佑。會邊奏有警，公即請行，乃以公為河東陝西宣撫使。至則上書願復守邊❻，即拜資政殿學士，知邠州❼，兼陝西四路安撫使。其知政事，纔一歲而罷。有司悉奏罷公前所施行而復其故。言者遂以危事❽中之，賴上察其忠，不聽。

【章　旨】本段敘范仲淹推行新政及被挫的情況。

【注　釋】❶樞密副使　樞密院的副長官。唐末宦官之樞密使隱操內廷政治，後梁以士人代居其職，取代了部分宰相的職權。宋代樞密院成為常設機關，專司軍政，與中書省分掌政權。稱為「二府」。樞密副使與副宰相即參知政事地位相當。❷參知政事　北宋前期以同平章事為宰相，以參知政事為副相。❸天章閣　宋真宗天禧四年建，在龍圖閣之北。❹磨勘　唐宋時定時勘驗官員政績，以定升遷，稱為磨勘。❺任子　公卿子弟因父祖地位恩蔭得官。❻邊　指與西夏相接之地。❼邠州　治所在今陝西彬縣。❽危事　夏竦令女奴暗中模仿石介筆跡，然後改動石介的奏記，誣蔑富弼請石介草擬廢立皇帝的詔書，以此傾陷富弼、范仲淹等。

【語　譯】慶曆三年春天，皇上召范公回朝任樞密副使，范公五次推辭，仍不被允許，才踏上歸途。到任已經幾個月，又任用范公作為參知政事。每次進宮朝見，皇上一定拿創建太平盛世要求他。范公歎息說：「皇上對我的重用真是無以復加了！但是事情有先有後，而且在長久偷安之後革除弊政，不是一朝一夕可以完成的。」接著皇上又親手書寫詔書給他，催促范公要他條陳天下大事。又打開天章閣，召見范公賜給坐位，發給紙筆，要他就在皇上面前列述。范公惶恐地避開坐席，才退下來分條陳述當時所應當先行改革的十多件事呈送上去。

要求詔令天下興建學校選拔人才，而把德行放在首位，不專重文辭；改革磨勘和照例升遷的辦法，來區分官吏的能幹與否；減少恩蔭子弟為官的數量，從而去掉冗濫的官員；用農耕蠶桑的成績來考核州郡長官等。事情正在實施，可是強調磨勘減少任子的辦法，使那些貪婪求進的人都感到不方便，因此相互一起紛紛放出言論；而嫉妒范公的人也希望外面有議論，高興能作為自己助力。正逢邊關報告有緊急情況，范公就請求到邊境去，於是任用范公作為河東陝西宣撫使。范公到任就上書表示願再去防守前線，就封范公為資政殿學士，邠州知州，兼任陝西四路安撫使。范公任參知政事，才一年就免職。有關部門上奏完全停止范公前時所推行的新政而恢復過去的老樣子。發表議論的人於是用極嚴重的手段來誹謗他，幸虧皇上了解范公的忠誠，不聽那些流言蜚語。

是時夏人已稱臣，公因以疾請鄧州❶。守鄧三歲，求知杭州❷，又徙青州❸。公益病，又求知潁州❹，肩舁至徐，遂不起。享年六十有四。方公之病，上賜藥存問；既薨，輟朝一日。以其遺表無所請，使就問其家所欲，贈以兵部尚書，所以哀卹之甚厚。

【章　旨】本段敘范仲淹晚年的經歷及其去世。

【注　釋】❶鄧州　治所在今河南鄧縣。❷杭州　治所在今浙江杭州。❸青州　治所在今山東益都。❹潁州　治所在今安徽阜陽。

【語　譯】這時西夏人已經稱臣歸服，范公因為疾病在身請求改知鄧州。鎮守鄧州三年，求作杭州知州，又調往青州。范公病得更重，又請求作潁州知州，用轎子抬到徐州，終於一病不起，享年六十四歲。當范公臥病的時候，皇上賜給藥物看視慰問；已死之後，皇上停止上朝一天。因為范公的遺表上沒有請求什麼，便派人上門問范公家裡有何要求，追贈范公兵部尚書榮銜，用來表示哀弔和撫卹的東西異常豐厚。

公為人外和內剛，樂善汎愛。喪其母時尚貧，終身非賓客，食不重肉。臨財好施❶，意豁如也。及退而視其私，妻子僅給衣食。其為政所至，民多立祠畫像。其行己臨事，自山林處士、里閭田野之人，外至夷狄，莫不知其名字，而樂道其事者甚眾。及其世次官爵，誌於墓，譜於家，藏於有司者，皆不論著。著其係天下國家之大者，亦公之志也與❷！銘曰：

【章　旨】本段簡敘范仲淹為人，說明撰碑的指導思想。

【注　釋】❶臨財好施　王闢之《澠水燕談錄》曰：范文正公輕財好施，尤厚於族，既貴，於姑蘇近郭買良田數千畝為義莊，以養群從貧者。❷與　同「歟」。

【語　譯】范公為人外表溫和內性剛烈，喜歡做好事，具有廣博的愛心。他母親死時他還貧困，終身如果不是招待賓客，就不會有多的葷腥。面對財物，他樂於施捨，心胸寬廣豁達。至於回到家裡看他的私生活，他的妻子和兒女僅僅能滿足身上衣口中食。范公治理政事所到的地方，老百姓大多建立祠堂圖畫肖像紀念他。關於他對待自己、處理政事的情況，從山林隱逸之士、鄉村田野之人，外面到邊境的少數民族，沒有人不知道他的名字，而且喜歡傳講他的事跡的人很多。至於范公的家世次第、官職爵祿，在墓誌中記載、在家譜中敘述，收藏在有關官府的，這裡都不論載，只錄下那些關係國家社會最重大的事實，這也是范公的意願吧！銘文說：

范於吳越，世實陪臣❶。俶納山川，及其士民。范始來北，中間幾息❷。公奮自躬，與時偕逢。事有罪功，言有違從，豈公必能，天子用公。其艱其勞，一其初終。夏童跳邊，乘吏怠安。帝命公往，問彼驕頑。有不聽順，鋤其穴根。公居三年，怯勇隳完。兒憐獸擾❸，卒俾來臣。夏人在廷，其事方議。帝趣❹公來，以就予治。公拜稽首❺，茲惟難哉。初匪其難，在其終之。群言營營❻，卒壞於成。匪惡其成，惟公是傾。不傾不危，天子之明。存有顯榮，歿有贈諡。藏其子孫，寵及後世。惟百有位，可勸無怠。

【章　旨】銘文讚揚范仲淹抵禦西夏的功績而感慨其新政終於無成。

【注　釋】❶陪臣　古諸侯的大夫對天子而言則稱陪臣。范氏以越王句踐之大夫范蠡為其先祖，故有是說。❷息　休止，此指衰微。❸擾　馴。❹趣　通「促」。❺稽首　跪拜時頭至地或手背，表示極端恭敬。❻營營　聲音往來不絕。《詩・青蠅》「營營青蠅」，以蒼蠅之聲喻小人之流言。

【語　譯】范氏生活吳越之時，世代作為天子陪臣。錢俶獻出吳越土地，以及吳越官吏人民。范家才能來到北方，中間幾乎衰亡式微。范公靠著自身奮鬥，偕合際會時代風雲。事有獲罪也有立功，言有違背也有聽從，哪是范公一定功成，乃是天子重用范公。多麼艱難多麼勞苦，自始至終態度如一。西夏小醜邊疆跳梁，乘著官吏怠惰逞狂。皇帝命令范公前往，聲討那些邊寇驕頑。膽敢不來聽命歸順，剷除他的巢穴本根。范公邊防駐守三年，怯懦變勇壞者完固。愛撫嬰兒馴養野獸，終於使他拜伏稱臣。西夏之人歸順朝廷，和議之事還在進行。皇帝催公奏凱歸來，成就我朝重建太平。范公拜伏萬分恭敬，說這真是艱難匪輕，困難不在它的開頭，卻難在於它的最後。小人議論蒼蠅嗡嗡，終使努力，毀於將成。並非憎惡改革成功，主要扳倒范公其人。不被罷職又未遭禍，全仗天子惠愛英明。活著給您尊顯榮耀，死後給您封贈謚號。讓公子孫加以珍藏，讓公後代享有榮光。所有在位做官之人，應受鼓舞永不懈怠。

【研析】范仲淹是北宋前期政壇的重要人物，一身牽動慶曆前後的政治和軍事，牽動士大夫中革新守舊兩種勢力的爭鬥。歐陽修支持范仲淹，被視為范仲淹的同黨並為此遭受貶謫。他對范仲淹不僅了解深刻，而且有著基於志同道合遭遇相通而產生的真摯感情，所以本文是歐陽修的力作。篇幅長，內容充實，風格平易近人，行文流利暢達，不用難字僻典，顯示出與韓愈碑誌不同的特色。此外，本文在寫作上還有幾點是值得肯定的。第一是突出大節。范仲淹一生經歷曲折豐富，可敘之事甚多，如果不加裁節，勢必蕪蔓無統。本文首先揭舉「先天下之憂而憂，後天下之樂而樂」的名言，展現范仲淹的平生大志，作為全文的綱領，然後從議政進言、防邊禦敵、推行新政等方面敘述范仲淹的經歷遭遇和政績軍功，所敘都是關乎天下國家之「大者」，最後以「亦公之志也歟」一句作結，首尾呼應，主線分明。第二是氣脈貫注。篇幅這麼長的碑銘，所敘之事屬於不同方面，而能神完氣固，渾然一體，與以天下為己任的精神有關，也與作者敘事有法分不開。本文敘范仲淹起伏沉浮，都牽出呂夷簡作為陪襯。敘議政，呂丞相怒，范仲淹貶饒州，明年呂公亦罷；趙元昊反，呂、范同時起用。特別是在禦邊將略和慶曆新政之間，插入一小段，說二公驩然相約戮力平賊，同時指出朋黨之論遂起而不能止。既反映了范仲淹的廣闊胸懷，補充了守邊得以順利的條件，同時暗示了慶曆新政最終必敗，范仲淹處境可危。高步瀛先生說：有此段乃氣脈貫注，局勢閎遠，非徒為上下綰紐也。因為有此一段就將范仲淹的升沉成敗都置於當時時代的大背景下，與當時革新守舊的鬥爭息息相關，全文便成為一個整體。范仲淹的兒子恰恰刪去這一段，難怪歐陽修要恨恨不已。第三感慨縈迴。歐陽修對范仲淹在群小的攻擊誹謗之下終於難有作為深切同情，聯繫自己更多感慨，這種感情，不能自已，一篇之中，俯仰縈迴，反覆致意。正如沈德潛所言：「范公有志於平治天下而屢起屢仆，以小人嫉妒之日眾，非天子知之深，幾不能保全始終矣。銘詞中益露其旨，無限惋惜，無限徘徊，令讀者於言外得之。」

太尉文正王公神道碑銘

歐陽永叔

【題　解】王公為王旦（西元九五七—一〇一七年）。太尉，三公之一，是王旦死前最後所得官職。文正為死後謚號。據宋人筆記，王旦本謚「文貞」，為避仁宗趙禎諱，人皆稱之為「文正」。王旦主要生活在宋真宗朝，是宋真宗極為信任的一個人物，任宰相十餘年。為政偏於保守，並無突出建樹，也非如文中所寫那麼直言極諫，但是比較寬厚清廉，不失長者形象。王旦死後三十八年，他的兒子王素請求為其立碑，仁宗親賜「全德元老」四字作為碑額，並命歐陽修為之撰寫碑文。所以本文實為奉命之作，不僅謹遵格式，全面周到，而且在稱頌王旦的同時，對宋仁宗及其父親真宗禮賢用人方面也給以一定的讚揚。

至和❶二年七月乙未❷，樞密直學士右諫議大夫王素❸奏事殿中，已而泣且言曰：「臣之先臣旦，相真宗皇帝十有八年。今臣素又得待罪❹侍從之臣，惟是先臣之訓，其遺業餘烈，臣實無似❺，不能顯大。而墓碑至今無辭以刻。惟陛下哀憐，不忘先帝之臣，以假寵❻於王氏，而勗其子孫。」天子曰：「嗚呼！惟汝父旦，事我文考❼真宗，叶❽德一心，克終厥位，有始有卒，其可謂全德元老❾矣！

汝素以是刻於碑。」素拜稽首，泣而出。明日，有詔史館修撰歐陽修，曰：「王旦墓碑未立，汝可以銘！」

【章　旨】本段敘王素請求、仁宗賜字，點明撰碑緣起。

【注　釋】❶至和　宋仁宗年號，二年為西曆一〇五五年。❷乙未　至和二年七月無乙未，疑為己未之誤，己未即七月初三。❸王素　王旦第三子，字仲儀，《宋史》有傳。這時以樞密直學士、右諫議大夫權知開封府。❹待罪　任職的謙詞。❺無似　謙詞，言不能比擬上輩。❻假寵　猶今言「借光」。❼文考　《尚書・泰誓》有「受命文考」句，為武王指其父文王而言。❽叶　同「協」。❾全德元老　德行完美的舊輔老臣。資望高深的老臣稱元老。

【語　譯】至和二年七月己未日，樞密直學士、右諫議大夫王素在宮殿裡報告事情，過了一會邊哭邊奏道：「臣的先父臣旦，任宰相輔佐真宗皇帝一十八年。現在臣素又能夠充數作侍從之臣，只是先父臣的教訓，他所留下的事業功績，臣實在是不能肖似父輩，不能使之顯揚光大。因而先父的墓碑至今沒有文辭可刻。萬望陛下同情憐惜，不忘記先帝面前的臣子，假借恩寵給王氏，來勉勵他的子孫。」天子說：「唉！你的父親王旦，侍奉我的先皇真宗，全心全意，同心同德，能堅守他的相位到最後，有始有終，真可稱得上全德元老了！你王素把這幾個字拿去刻在碑上。」王素伏拜叩頭，流著眼淚退出。第二天，有詔書給史館修撰歐陽修，說：「王旦的墓碑尚未樹立，你可為他撰寫碑銘！」

臣修謹按：故推誠保順同德守正翊戴功臣❶，開府儀同三司❷，守❸太尉，充玉清昭應宮使❹，上柱國❺，太原郡開國公❻，贈太師尚書令兼中書令❼，追封魏國公，諡曰「文正」，王公諱旦，字子明，大名莘❽人也。皇曾祖諱言，滑州黎陽❾令，追封許國公。皇祖諱徹，左拾遺，追封魯國公。皇考諱祐❿，尚書兵部侍郎，追封晉國公。皆累贈太師尚書令，兼中書令。曾祖妣姚氏，魯國夫人。祖妣田氏，秦國夫人。妣任氏，徐國夫人。邊氏，秦國夫人。公之皇考，以文章自顯漢周⓫之際，逮事太祖太宗為名臣，嘗諭杜重威⓬使無反漢，拒盧多遜害趙普⓭之謀，以百口明符彥卿⓮無罪，故世多稱王氏有陰德。公之皇考，亦自植三槐於庭，曰：「吾之後世，必有為三公者，此其所以志也。」

【章旨】本段敘王旦的姓名籍貫官爵和先世的情況。

【注釋】❶推誠保順句　是封建王朝賜給皇親、大臣的「勳號」，詞語各有不同，宰相初賜六字，以後每次加賞二字。❷開府儀同三司　意思是可以設立官府任命屬官，體制待遇與太尉、司徒、司空三司相同。唐宋時以此為最高級之階官。❸守　官階比職務低稱守某某官，反之稱為行某某事。❹宮使　宋代大臣退休時，常給以在京某某宮觀使頭銜，以便能支取俸祿。❺上柱國　武官勳官的第一級。❻開國公　爵位。❼太師尚書令兼中書令　宋代用為親王宰相贈官，也用來贈封其父祖。❽大名莘　府名，今河北大名地，宋建為北京。莘，縣名，今屬山東。❾滑州黎陽　滑州治所在今河南滑縣東。黎陽，古縣名，地在今河南浚縣東北。❿祐　古書記載或作祐或作祜，是非難定。⓫漢周　五代的後漢後周兩朝。⓬杜重威　後晉成德節度使，駐守鄴城。王祐是杜重威之幕僚。後漢初，杜重威反側不自安，王祐曾勸他不要反漢，重威不聽，並將王祐貶官。祐著文見志，辭氣俊邁，為人所稱頌。⓭趙普　宋王朝建立前即是趙匡胤的幕僚，宋朝建立後太祖、太宗時均曾為宰相。盧多遜謀傾陷趙普，要王祐助己，被王祐拒絕。⓮符彥卿　宋開國功臣之一。宋太祖疑其有反心，王祐力陳符無罪，並願以家中百口性命作擔保。又勸太祖吸取五代教訓，不要因猜忌而濫殺無辜。

【語譯】臣歐陽修鄭重地查考：已故的推誠保順同德守正翊戴功臣，開府儀同三司，守太尉，任玉清昭應宮使，上柱國、太原郡開國公，贈太師尚書令兼中書令，追封為魏國公，謚為「文正」，王公名旦，字子明，是大名府莘縣人。他的曾祖父名言，曾任滑州黎陽縣令，追封為許國公。他的祖父名徹，曾任左拾遺，追封為魯國公。父親名祐，尚書兵部侍郎，追封為晉國公。都累積加贈為太師尚書令，兼中書令。曾祖母姚氏，魯國夫人。祖母田氏，秦國夫人。母親任氏，徐國夫人。邊氏，秦國夫人。王公去世的父親，憑藉文章出眾自然顯耀在後漢和後周之間，等到侍奉太祖、太宗成為名臣，曾經勸告杜重威令他不要反叛後漢，拒絕盧多遜陷害趙普的陰謀，以一家百口的性命作保證明符彥卿無罪，所以世上很多人稱頌王氏積有陰德。王公的父親，也就親手在院子裡種上三株槐樹，說：「我的後代，一定會出做三公的，這槐樹就用來作為標記吧。」

公少好學，有文。太平興國❶五年進士及第，為大理評事，知平江縣❷，監潭州❸銀場，再遷著作佐郎❹，與編《文苑英華》❺。遷殿中丞❻，通判鄭、濠❼二州。王禹偁❽薦其材，任轉運使❾。驛召至京師，辭不受。獻其所為文章，得試直史館❿，遷右正言⓫，知制誥，知淳化⓬三年禮部貢舉⓭。遷虞部員外郎⓮，同判吏部流內銓⓯，知考課院⓰。右諫議大夫趙昌言參知政事，公以婿避嫌，求解職，太宗嘉之，改禮部郎中、集賢殿修撰。昌言罷，復知制誥，仍兼修撰，判院⓱事，召賜金紫⓲。久之，遷兵部郎中，居職⓳。

【章 旨】本段敘王旦在宋太宗時期中進士歷官任職的情況。

【注 釋】❶太平興國 宋太宗年號。五年為西曆九八〇年。❷平江縣 今屬湖南。❸潭州 治所在今湖南長沙。❹著作佐

郎　祕書監屬官，掌修纂。正八品。❺文苑英華　詩文總集之一，收南朝梁末至唐末作品兩萬餘篇，許多古詩文賴以保全。太平興國七年李昉等編，蘇易簡王祐續修。王旦亦參與其事。❻殿中丞　屬殿中省，協助監、少監負責皇帝御用之物。❼鄭濠　州治管城縣，今河南鄭州。濠州，治鍾離縣，今安徽鳳陽北。❽王禹偁　北宋初期著名作家詩人，時任左司諫、知制誥。❾轉運使　號稱漕司，宋代轉運使已由唐代專管經濟之官變為地方行政長官的性質。❿直史館　史館的專職官員。⓫右正言　左右正言與左右司諫職同，諫官，右正言屬中書省，左屬門下省。⓬淳化　宋太宗年號，共五年（西元九九〇—九九四年）。⓭知貢舉　主持進士考試。⓮虞部員外郎　工部屬官，主管山澤苑囿。⓯吏部流內銓　承辦流內官員之選任。一品至九品稱「流內」。⓰考課院　主管官吏考績。⓱院　指集賢殿書院。故集賢殿可稱殿，也可稱院。⓲金紫　穿紫衣，佩金魚袋。宋因唐制，三品以上始得服紫，五品以上服緋。王旦居郎中，五品，故特稱「賜」。⓳居職　宋代官與職往往分離，授以某官，不一定實任此職。職事又另委其他人行使。

【語譯】王公少年時代就熱愛學習，富有文才。太平興國五年考中進士，任大理評事，知平江縣，監潭州的銀場，再升遷為著作佐郎，參與編纂《文苑英華》。升為殿中丞，出任鄭州、濠州兩州的通判。王禹偁推薦他的才幹，任轉運使，由驛站傳召他到京城，他推辭不接受轉運使的職務。進獻他所寫的文章，獲得試用直史館的官職，並升遷為右正言，負責起草皇帝詔書，主持淳化三年禮部選拔進士的考試，提升為虞部員外郎，參與裁決吏部流內銓的事務，管理考課院。右諫議大夫趙昌言升任參知政事，王公因是趙的女婿避嫌疑，請求解除職務，太宗讚賞他，改任為禮部郎中、集賢殿修撰。昌言罷相，王公恢復知制誥，仍舊兼任修撰，管理集賢殿書院，皇上下詔特賜他佩金魚袋服紫色官服。過了許久，升為兵部郎中，並實際擔任這個職務。

真宗即位，拜中書舍人❶。數日，召為翰林學士❷，知審官院❸，通進銀臺封駮事❹。公為人嚴重，能任大事，避遠權勢，不可干以私。由是真宗益知其賢。錢若水❺名能知人，常稱公曰：「真宰相器也！」若水為樞密副使，罷，召對苑中。問誰可大用者，若水言公可。真宗曰：「吾固已知之矣！」咸平三年，又知禮部貢舉。居數日，拜給事中❻，知樞密院事。明年，以工部侍郎參知政事，再遷刑部侍郎。景德元年，契丹犯邊，真宗幸澶州❼。雍王元份❽留守東京，得暴疾，命公馳自行在，代元份留守。二年，遷尚書左丞❾。三年，拜工部尚書，同中書門下平章事，集賢殿大學士，監修國史。是時契丹初請盟，趙德明❿亦納誓約，願守河西故地。二邊兵罷不用。真宗遂欲以無事治天下。公以謂宋興三世，祖宗之法具在，故其為相，務行故事，慎所改作，進退能否，賞罰必當。真宗久而益信之，所言無不聽，雖他宰相大臣有所請，必曰：「王某以謂如何？」事無大小，非公所言不決。公在相位十餘年，外無夷狄之虞，兵革不用，海內富實，群工百司，各得其職，故天下至今稱為賢宰相。

【章　旨】本段敘王旦在真宗朝官職及倍受信任的事實。

【注　釋】❶中書舍人　中書省屬官，正四品，主管中書六房承辦文書，起草詔令。❷翰林學士　掌詔令制誥撰述之事，正三品。❸審官院　負責考核升降在京朝官的機構。❹通進銀臺封駁事　宋門下省的兩個司，銀臺司掌接受天下奏狀案牘，整理編目，進呈皇帝，通進司接收銀臺司所進奏狀案牘及京官直接進呈奏疏，送皇帝批閱然後頒布。❺錢若水　字澹成，宋太宗和真宗時名相，注意推舉賢才。❻給事中　門下省的重要職務，分治門下省吏、戶、禮、兵、刑、工六房，政令和官吏任免有失當的可以議論封還駁正。❼澶州　即澶淵，今河南濮陽之地。契丹南侵，真宗從寇準謀親征，與契丹在澶州訂約，史稱「澶淵之盟」。❽雍王元份　真宗之弟，真宗親征，命他留守東京。份，同「彬」。❾尚書左丞　尚書省左右丞，參議大政，通管尚書省事務，是尚書令、僕射的副職。令、僕射不常置，丞便是尚書省的實際負責者。❿趙德明　西夏主。趙保吉之子，趙元昊之父。西元一〇〇三年至一〇三二年在位。

【語譯】真宗登上皇位，封王公為中書舍人，幾天之後，又召入任翰林學士，主持審官院，通進銀臺司封還駁正詔令的事務。王公為人嚴謹穩重，能擔當大事，避開遠離權豪勢要，不可以憑私情來請託他。因此真宗更加了解他的賢良。錢若水號稱善於識別人才，經常稱讚王公說：「真是宰相的材料啊！」若水任樞密副使，免職，皇上召他在宮苑中回答問話。真宗問誰是可以大用的人，若水說王公可以大用。真宗說：「我原來已經了解他了！」咸平三年，又主持禮部進士考試。過了幾天，封為給事中，主管樞密院事務。第二年，用工部侍郎的身分任參知政事，再升遷為刑部侍郎。景德元年，契丹侵犯邊境，真宗駕臨澶州。雍王元份留守東京，得了急病，皇上命王公從御駕所在地快馬趕回，代替元份留守東京。兩年後，升任尚書左丞。三年，封為工部尚書，同中書門下平章事，集賢殿大學士，監修國史。這時契丹剛剛請求議和，西夏趙德明也交來誓約，願意保守河西的舊地。兩處邊防的兵都撤除不用。真宗於是想要無為而治理天下。王公認為宋朝興起才三代，祖宗的法度都在，所以他做宰相，力求按成例辦事，不會輕易有所改革創新，提拔賢能、斥退不賢者，賞罰一定得當。真宗在位時間越久越加信賴他，他所說的無不聽從。即使其他宰相大臣有所請求，一定說：「王某認為怎麼樣呢？」事情不論大小，沒有王公的意見不能決定。王公在宰相職位上十多年，外面沒有外國侵擾的憂慮，不用打仗，天下富裕充實，群臣百官，各自安於自己的職守，所以天下至今還稱頌王公是賢明的宰相。

公於用人，不以名譽，必求其實。苟賢且材矣，必久其官，眾以為宜某職然後遷。其所薦引，人未嘗知。寇準❶為樞密使，當罷，使人私公，求為使相。公大驚曰：「將相之任，豈可求耶？且吾不受私請。」準深恨之。已而制出，除準武勝軍❷節度使，同中書門下平章事。準入見，泣涕曰：「非陛下知臣，何以至此！」真宗具道公所以薦準者。準始媿歎，以為不可及。故參知政事李穆❸子行簡，有賢行，以將作監丞❹居於家。真宗召見慰勞之，遷太子中允❺。初遣使者召，不知其所止。真宗命至中書問王某，然後人知：行簡，公所薦也。公自知制誥至為相，薦士尤多。其後公薨，史官修《真宗實錄》，得內出奏章，乃知朝廷之士，多公所薦者。

【章　旨】本段敘王旦在用人方面不循私情不求報答。

【注　釋】❶寇準　字平仲，真宗時兩度任宰相，都遭讒罷職，後貶死雷州。❷武勝軍　治穰縣，今河南鄧縣東南。❸李穆　字孟雍，曾任開封知府，有能名，提拔為參知政事。❹將作監丞　將作監的屬官，從八品。將作監是主管營造修建的機構。李行簡以父親關係得此官，不樂仕進，家居二十餘年。❺太子中允　即太子中舍人，東宮官屬。

【語　譯】王公在用人方面，不只憑名氣，一定要求人有實際才德。如果賢良而且有才幹了，一定讓他久任官職，眾人都認為適宜擔任某官然後才提升。王公所推薦引進的人，旁人不曾知曉。寇準任樞密使，即將解職，派人私下求他，求以宰相名號出任節度使。王公非常吃驚地說：「將相的任命，難道可以請求嗎？況且我不接受私下的請託。」寇準十分怨恨他。不久詔書下來，任命寇準為武勝軍節度使，同中書門下平章事。寇準進宮見皇上，哭泣流淚說：「若不是陛下了解我，怎麼能得到這樣的任命！」真宗詳細說明王公是如何推薦寇準的情況。寇準才慚愧歎息，認為自己趕不上。已死的參知政事李穆的兒子李行簡，有賢良的品行，以將作監丞的身分閒居在家。真宗召見慰勞他，升遷為太子中允。首先派出使者去召見，不知他居住的地方。真宗命令到中書省去問王某，然後人們才知道：原來李行簡是王公所推薦的。王公從任知制誥到做宰相，推薦的人士更多。王公去世以後，史官編寫《真宗實錄》，得到從宮內出來的奏章，才知道朝廷上的人，很多是由王公所推薦的。

公與人寡言笑。其語雖簡，而能以理屈人。默然終日，莫能窺其際。及奏事上前，群臣異同，公徐一言以定。今上❶為皇太子，太子諭德❷見公，稱太子學書有法。公曰：「諭德之職，止於是耶？」趙德明言民饑，求糧百萬斛。大臣皆曰：德明新納誓而敢違，請以詔書責之。真宗以問公，公請敕有司具粟百萬於京師，詔德明來取❸。真宗大喜。德明得詔書，慚且拜曰：「朝廷有人！」大中祥符中，天下大蝗，真宗使人於野得死蝗，以示大臣。明日，他宰相❹有袖死蝗以進者，曰「蝗實死矣」，請示於朝，率百官賀。公獨以為不可。後數日，方奏事，飛蝗蔽天。真宗顧公曰：「使百官方賀而蝗如此，豈不為天下笑邪？」宦官劉承規以忠謹得幸，病且死，求為節度使。真宗以語公曰：「承規待此以瞑目。」公執以為不可，曰：「他日將有求為樞密使者，奈何？」至今內臣官不過留後。公任事久，人有謗公於上者，公輒引咎，未嘗自辯。至人有過失，雖人主盛怒，可辨者辯之，必得而後已。榮王宮火❺延前殿，有言非天災，請置獄劾火事，當坐死者百餘人。公獨請見，曰：「始失火時，陛下以罪己詔天下，而臣等皆上章待罪。今反歸咎於人，何以示信？且火雖有迹，寧知非天譴邪？」由是當坐者皆免。日者❻上書言宮禁事，坐誅，籍其家，得朝士所與往還占問吉凶之說。真宗怒，欲付御史問狀。公曰：「此人之常情，且語不及朝廷，不足罪。」真宗怒不解，公因自取常所占問之書進，曰：「臣少賤時，不免為此。必以為罪，願并臣付獄。」真宗曰：「此事已發，何可免？」公曰：「臣為宰相，執國法，豈可自為之，幸於不發，而以罪人？」真宗意解。公至中書❼，悉焚所得書。既而真宗悔，復馳取之，公曰：「臣已焚之矣。」由是獲免者眾。

【章　旨】本段敘王旦議政時既明達持正，又宅心仁厚。

【注　釋】❶今上　指宋仁宗。❷太子諭德　東宮官屬，侍從太子，正六品，常以他官兼任。❸詔德明來取　百萬斛粟，趙德明事實上不可能從開封取回西夏，這是機智地把難題推回給了趙德明。❹他宰相　指王欽若。❺榮王宮火　大中祥符八年（西元一○一五年）四月榮王元儼的王宮失火，牽連燒毀皇宮倉庫多間。❻日者　以占卜推論吉凶的術士。❼中書　指政事堂，此承用唐時舊名。

【語　譯】王公同旁人很少談笑。他的話雖然簡短，卻能夠用道理使人服從。整天沉默寡言的樣子，沒有人能窺探他的邊際。等到在皇上面前議論政事，臣子們贊成反對意見不一，王公從容地一句話就定下來了。當今皇上當皇太子的時候，太子諭德見到王公，稱讚太子學寫字很有法度。王公說：「諭德的職責，僅僅在輔導書法嗎？」西夏王趙德明說老百姓饑荒，請求朝廷賜給百萬斛糧食。大臣們都說：趙德明剛剛上交過誓約就敢違背，請用詔書譴責他。真宗把這個意思問王公，王公請求下令有關部門準備好百萬斛粟放在京城，下詔叫趙德明派人來取。真宗十分高興。趙德明得了詔書，慚愧地拜伏說：「朝廷有人才！」大中祥符年間，天下大鬧蝗災，真宗派人在野外撿來死蝗蟲，把它給大臣看。第二天，別的宰相有人在袖子裡裝著死蝗蟲來上奏，說「蝗蟲的確已經死了」，請在朝堂上展示，帶領百官慶賀。王公一個人認為不行。後幾天，正在上奏事情，群飛的蝗蟲遮天蔽日而過。真宗望著王公說：「假使百官正在祝賀而蝗蟲像這個樣子，怎麼不被天下人恥笑呢？」宦官劉承規憑著忠誠謹慎受到皇帝寵愛，染病將死，請求做節度使。真宗把承規的請求告訴王公說：「承規等待這項任命才能閉上眼睛。」王公堅持認為不行，說：「以後會有求做樞密使的，怎麼辦？」直到今天宦官做官不高於留後。王公執政很久，有在皇上面前毀謗他的，王公總是自認過失，不曾為自己辯解過。至於別人有過失，即使君主非常震怒，可以分辨的就要替他爭辯，一定要有結果然後才罷休。榮王王宮起火蔓延到前殿，有人說並不是天災，請求立案審問失火的事，應當抵罪處死的有百多人。王公單獨請求進見皇上，說：「當初失火時，陛下將罪在自身詔告天下，而我等群臣都上奏章等候處罰。現在反過來把罪責歸給別人，拿什麼來顯示信用？而且縱火雖然有蛛絲馬跡，怎麼就知道一定不是上天的懲罰呢？」因此當要定罪的都得到赦免。占問吉凶的術士上書議論皇宮禁苑內部的事，犯罪被殺，抄他的家，得到朝廷人士同他來往占問吉凶的信件資料。真宗發怒，要把這些與術士交往的官員交付御史審問情狀。王公說：「這是人之常情，而且言語沒有涉及朝廷，不值得定罪。」真宗怒氣不消，王公於是自己拿出平常為占問吉凶寫的信件呈上，說：「我年輕地位低賤時候，也免不了做這些事。一定認為是有罪，希望連我一起交付刑獄。」真宗說：「這件事已經揭發，如何能夠免罪？」王公說：「臣是宰相，執掌國法，怎麼可以自己做了，慶幸沒有被揭發，卻去判別人的罪？」真宗怒氣緩解。王公到政事堂，全部燒掉抄到的那些書信。接著真宗反悔，又趕來拿取這些書信，王公說：「臣已經將它們燒掉了。」因此而得到寬免的人很多。

公累官至太保❶，以病求罷。入見滋福殿。真宗曰：「朕方以大事託卿，而卿病如此！」因命皇太子❷拜公，公言皇太子盛德，必任陛下事，因薦可為大臣者十餘人。其後不至宰相者，李及、淩策❸二人而已，然亦皆為名臣。公屢以疾請，真宗不得已，拜公太尉兼侍中❹，五日一朝視事，遇軍國大事，不以時入參決。公益惶恐，因臥不起，以疾懇辭。冊拜太尉、玉清昭應宮❺使。自公病，使者存問，日常三四。真宗手自和藥賜之，疾亟，遽幸其第，賜以白金五千兩，辭不受。以天禧❻元年九月癸酉薨於家，享年六十有一。真宗臨哭，輟視朝三日，發哀於苑中。其子弟門人故吏皆被恩澤。即以其年十一月庚申❼，葬公於開封府開封縣新里鄉大邊村。

【章　旨】本段敘王旦生病和死葬時地及真宗對王旦的優寵。

【注　釋】❶太保　宋代以太師、太傅、太保為三師，太尉、司徒、司空為三公，作為宰相，親王等的加官。太師極少授予，其次則以太尉為最尊貴。❷皇太子　指宋仁宗，為真宗第六子。但仁宗立為太子，在王旦死後一年，此為追書之辭。❸李及　淩策　及字幼幾，官至御史中丞；策字子奇，官至給事中。❹侍中　門下省長官。掌佐天子議大政，審天下出納之事。❺玉清昭應宮　在京的道觀之一。❻天禧　真宗年號，元年為西曆一〇一七年。又，此年九月無癸酉日，似有誤。❼庚申　即十一月二十六日。

【語　譯】王公累積升官到太保，因為生病請求免職。入宮見真宗於滋福殿。真宗說：「我正要將大事託付給卿，可是卿病得這個樣子！」於是命令皇太子拜見他，王公說皇太子極具美德，一定能承擔皇上的大事，順便推薦了十多位可以作為大臣的人選。以後這些人中沒有做到宰相的，只李及、淩策兩人罷了，但也都是有名的大臣。王公屢次拿疾病作理由請求，真宗迫不得已，封他作太尉兼侍中，准許他五天上一次朝處理政事，遇到軍隊國家重大事情，可以不按規定時間入宮參預決策。王公更加感到害怕恐懼，因而臥床不起，用病重為由懇切地推辭，最後只好用冊書封王公為太尉、玉清昭應宮使。自從王公生病以來，皇上派使者探問，每天常有三四起。真宗親自動手調藥賜給他，病嚴重了，趕緊駕臨王公府中，賜他五千兩白金，王公推拒不肯接受。天禧元年九月癸酉這天死在家中，享年六十一歲。真宗親臨哭弔，停止處理朝政三天，在皇宮禁苑中舉辦哀弔儀式。王公的子弟學生長久跟從的隨員都受到提拔賞賜。就在這年的十一月庚申日，將王公安葬在開封府開封縣新里鄉的大邊村。

公娶趙氏，封榮國夫人，後公五年卒。子男三人，長曰司封郎中❶雍，次曰贊善大夫❷沖，次曰素。女四人，長適太子太傅韓億，次適兵部員外郎直集賢院蘇耆，次適右正言❸范令孫，次適龍圖閣直學士兵部郎中呂公弼。諸孫十四人。

【章　旨】本段敘王旦的妻室子女。

【注　釋】❶司封郎中　吏部第四司的主管，掌官封敘贈等事。❷贊善大夫　太子身邊侍從規諫的官員。❸右正言　諫官。即唐代之右拾遺。

【語　譯】王公娶趙氏女為妻，封為榮國夫人，比王公晚五年死。兒子三人，長子叫王雍，任司封郎中，次子叫王沖，任贊善大夫，小兒子王素。女兒四個，長女嫁太子太傅韓億，二女嫁兵部員外郎直集賢院蘇耆，三女嫁右正言范令孫，小女嫁龍圖閣直學士兵部郎中呂公弼。孫輩共十四人。

公事寡嫂❶謹，與其弟旭友悌尤篤，任以家事，一無所問。而務以儉約率勵子弟，使在富貴不知為驕侈。兄子睦，欲舉進士，公曰：「吾常以太盛為懼，其可與寒士爭進？」至其薨也，子素猶未官，遺表不求恩澤。有文集二十卷。乾興❷元年，詔配享真宗廟庭。

【章旨】本段敘王旦在家庭內部能嚴於律己，處富貴而不驕侈。

【注釋】❶寡嫂　王旦之兄王懿早死。❷乾興　真宗年號。真宗死於乾興元年（西元一〇二二年）二月。

【語譯】公侍奉寡居的嫂嫂很恭謹，同他的弟弟王旭互相友愛感情尤其深厚，把家庭的事委託給他，一點都不管。而努力用勤儉節約引導勉勵子弟們，使他們處在富貴中不知道作出驕奢華靡的事。兄長的兒子王睦，想要推薦參加進士考試，王公說：「我常常把過於興盛作為值得恐懼的事，怎麼可以去同貧寒之士爭上進？」到王公死的時候，小兒子王素還沒有官職，王公的遺表也沒有向皇上要求施恩加賞。王公有文集二十卷。乾興元年，下詔王公可以在真宗宗廟內陪伴接受祭祀。

臣修曰：景德、祥符❶之際盛矣！觀公之所以相，而先帝之所以用公者，可謂至哉！是以君明臣賢，德顯名尊，生而俱享其榮，歿而長配於廟，可謂有始有卒，如明詔❷所褒。昔者〈烝民〉、〈江漢〉❸，推大臣下之事，所以見任賢使能之功。雖曰山甫、穆公之詩，實歌宣王之德也。臣謹考國史、實錄至於縉紳故老之傳，得公終始之節，而錄其可紀者，輒為銘詩，以彰先帝之明，以稱聖恩褒顯王氏，流澤子孫，與宋無極之意。銘曰：

【章旨】本段總評王旦而歸美於真宗的用人之明，是作者自述寫作的大旨。

【注釋】❶景德祥符　宋真宗年號，西曆一○○四至一○○七年為景德，一○○八至一○一六年為祥符。❷明詔　指「全德元老」的碑額。❸烝民江漢　《詩・大雅》中的兩篇，讚美周宣王任用仲山甫、召穆公而成就中興之業。

【語譯】臣歐陽修說：景德、祥符之間真是興盛啊！考察王公怎樣做宰相，而先帝是如何任用王公的，可說是到了頂啊！所以君主聖明，臣子賢良，盛德顯揚，美名崇高，活著的時候同享榮華富貴，死後能長久陪祭在廟堂，真可說是有始有終，正如聖上英明的詔書所嘉獎的那樣。從前〈烝民〉、〈江漢〉誇張渲染臣子的事跡，是用來表現君主任賢使能的效果。雖說是寫仲山甫、召穆公的詩歌，其實是歌頌周宣王的美德啊。臣謹慎地考察國史、實錄直到士大夫老人的傳說，查得王公自始至終的情節，並把那些可以記載的抄錄下來，特地撰寫成銘詩，來表彰先帝的英明，來配合聖上施恩褒揚王氏，流播澤惠給其子孫，同大宋一體無窮無盡的美意。銘詩說：

烈烈魏公，相我真宗。真廟翼翼，魏公配食。公相真宗，不言以躬。時有大
事，事有大疑。匪卜匪筮，公為蓍龜。公在相位，終日如默。問其夷狄，包裹兵

革；問其卿士，百工❶以職；問其庶民，耕織衣食。相有賞罰，功當罪明；相有黜升，惟否惟能。執其權衡，萬物之平。孰不事君，胡能必信？孰不為相，其誰有終？公薨於位，太尉之崇。天子孝思，來薦清廟❷。侑我聖考❸，惟時元老。天子念功，報公之隆。春秋從享，萬祀無窮。作為詩歌，以諗❹廟工。

【章　旨】銘詩讚美王旦的相業，歸結到天子恩德隆重。

【注　釋】❶百工　即百官。❷清廟　《詩・周頌》有〈清廟〉。鄭玄以為祀文王之宮。《左傳》亦有「清廟茅屋」之語，孔穎達以為「此則廣指諸廟，非獨文王」之廟。這裡用來指宋太廟。❸聖考　指真宗。❹諗　告知。

【語　譯】光輝偉大的魏國王公，輔佐我們真宗先皇。真宗祠廟雄偉莊嚴，魏公陪祭天子旁邊。作為真宗皇帝宰相，不靠空談身為榜樣。一個時期總有大事，事情總有重大疑難。不用卜卦不用占筮，王公就是蓍草龜板。王公處在宰相位置，整天默默無言模樣。如要問那夷狄情況，太平無事兵甲收藏；如要問那官吏情況，百官整肅忠於職權；如要問那黎民情況，平安耕織穿衣吃飯。宰相嚴明有賞有罰，被賞賜的功勞適當，遭責罰的罪責明辨。宰相治官有升有降，只看誰劣誰個賢良。宰相執掌朝政權柄，萬物都能得到平安。有誰不來侍奉君王，怎能一定得到伸展？做宰相的豈只一人，又有誰能始終一樣？王公死在宰相位上，追贈太尉恩高爵顯。天子有著孝順美德，逢時遇節太廟配饗。輔佐我們聖明先帝，德高望重老臣榜樣。天子追念你的功勳，報賞王公恩高德廣。四時陪伴接受祭享，千秋萬代無窮無邊。我特寫作這首詩歌，告知樂工永遠傳唱。

【研　析】本文的散序部分首先敘述王素請求立碑，仁宗御筆題額，作者奉命撰碑，最後以「臣修言：景德、祥符之際盛矣」云云作結，從整體布局而言，已使有關王旦生平事跡的褒美籠罩在君明臣賢、皇恩浩蕩的端莊肅穆的氛圍之中。中間敘述王旦的生平事業，通體有大的綱目，每段中又有小的綱目。從大的方面而言，首敘先世，次敘為官經歷，分太宗、真宗兩朝，給人完整明晰的印象，而以「天下至今稱為賢宰相」開啟下文。然後分「用人」、「議政」兩方面，用兩大段文字敘寫王旦的相業，以眾多的事實從多方面展示了作為「賢宰相」的品格。然後才依次寫到王旦的疾病死葬，交代他的妻室子女及治家的表現。由外而內，由治國而齊家，綱舉目張，有條不紊。從小的方面而言，敘先世而以王祐植槐於庭，說後世必有為三公者作為收束，使文氣直貫王旦；敘王旦議政，先總敘其寡言語而能服人，然後列舉事實，分別表現王旦注重大節、富有謀略、講究信用、宅心仁厚，章法井然。文章材料豐富而有節制，行文褒美而不誇張，也與整體的端莊肅穆的氣氛協調一致。

卷四十六 碑誌類下編 五

河南府司錄張君墓表

歐陽永叔

【題解】墓表即墓碑，豎在墓前或墓道內，用以表彰死者，故稱墓表。立在墓道上的又稱神道碑。墓誌銘一般有序有銘。歐陽修以「神道碑銘」標題的也有序有銘，而只以「墓表」為題的則無韻語作成的銘辭。這可能是文體方面的細微講究。宋仁宗天聖八年（西元一○三○年），廿四歲的歐陽修考中進士，第二年，任西京留守推官。北宋的西京洛陽是一個文人會聚的地方。這時，西崑體的重要作家錢惟演任河南府尹兼西京留守，幕府內集中了許多文人。除歐陽修外，還有尹洙、謝絳、梅堯臣等。張汝士也是這時與他們交往成為朋友的。張汝士（西元九九七—一〇三三年）死於明道二年八月，這時歐陽修還在洛陽，曾為張撰寫墓銘。二十五年以後的嘉祐二年（西元一〇五七年），張汝士的兒子改葬其父，又請歐陽修寫了這篇碑文。文中專敘張汝士的話不多，主要是作者回首往事，歷敘交遊，抒發一種盛衰死生的感慨。

故大理寺丞河南府司錄張君諱汝士，字堯夫，開封襄邑❶人也。明道❷二年八月壬寅，以疾卒於官，享年三十有七。卒之七日，葬洛陽北邙山❸下。其友人河南尹師魯❹誌其墓，而廬陵歐陽修為之銘。以其葬之速也，不能刻石，乃得金谷❺古甎，命太原王顧，以丹為隸書，納於壙中。嘉祐二年某月某日，其子吉甫、山甫改葬君於伊闕❻之教忠鄉積慶里。君之始葬北邙也，吉甫纔數歲，而山甫始生。余及送者相與臨穴視窆，且封哭而去。今年春，余主試天下貢士❼，而山甫以進士試禮部，乃來告以將改葬其先君。因出銘以示余。蓋君之卒，距今二十有五年矣！

【章　旨】本段敘張汝士從初葬到改葬的始末，說明撰碑的原委。

【注　釋】❶襄邑　古縣名，因宋襄公葬此而得名，即今河南睢縣。❷明道　宋仁宗年號，二年為西曆一〇三三年。八月壬寅，即八月初九。❸北邙山　亦作芒山，在洛陽市北。❹尹師魯　北宋散文家尹洙的字。❺金谷　在今河南洛陽西北。晉石崇築園宴客於此，後成為遊覽勝地。❻伊闕　縣名，隋置，因境內伊闕山而得名，宋神宗後廢。地在今河南伊川西南。❼貢士　由地方州縣經考選合格推薦到京城參加會試的稱為貢士，包括秀才、進士、明經等名目。

【語　譯】已故的大理寺丞河南府司錄參軍張君名汝士，字堯夫，是開封府襄邑縣的人。明道二年八月壬寅日，由於疾病死在官位上，享年三十七歲。死後的第七天，埋葬在洛陽的北邙山腳下。他的朋友河南尹師魯替他撰寫了墓誌的散序，而廬陵歐陽修替他寫了墓誌的銘文。因為他葬得太匆忙，不可能刻在石上，於是弄來一塊金谷園的古磚，要太原人王顧，用丹砂寫成隸書，埋放在墓穴之內。嘉祐二年的某月某日，張君的兒子吉甫、山甫將他改葬在伊闕縣教忠鄉積慶里。張君起初葬在北邙山的時候，吉甫才幾歲大，而山甫剛剛出生。我和那些送葬的人一起在墓穴邊看著下棺，並且封土哭泣才離開。今年春天，我主考全國各地推舉來京應試的士子，而山甫以進士資格參加禮部考試，才把將要改葬他們亡父的事告訴我。同時拿出以前寫的銘文給我看。算起來張君的去世，距離今天已有二十五個年頭了！

初，天聖、明道之間，錢文僖公❶守河南，公王家子，特以文學仕至貴顯，所至多招集文士；而河南吏屬，適皆當時賢材知名士，故其幕府號為天下之盛，君其一人也。文僖公善待士，未嘗責以吏職。而河南又多名山水，竹林茂樹，奇花怪石，其平臺清池，上下荒墟草莽之間。余得日從賢人長者❷賦詩飲酒以為樂。而君為人，靜默修潔，常坐府治事省文書，尤盡心於獄訟。初以辟為其府推官❸，既罷，又辟司錄❹，河南人多賴之。而守尹屢薦其材。君亦工書，喜為詩，閒則從余遊，其語言簡而有意，飲酒終日不亂，雖醉未嘗頹墮。與之居者莫不服其德。故師魯之誌曰：「飭身臨事，余嘗愧堯夫，堯夫不余愧也。」

【章　旨】本段回憶自己與張汝士的交往，敘述張汝士的為人和經歷。

【注　釋】❶錢文僖公　名惟演，為吳越王錢俶第二個兒子，天聖八年判河南府。文僖是他死後的諡號。❷日從賢人長者　《歐陽修年譜》載，天聖九年三月公至西京，錢惟演公為留守，幕府多名士，與尹洙師魯、梅堯臣聖俞尤善，日為古文歌詩，遂以文章名冠天下。❸推官　府尹的僚屬，專管刑獄。❹司錄　即錄事參軍，掌管獄訟，並審查各曹的文書。

【語　譯】當初，天聖、明道之間，錢文僖公為河南府尹，他是吳越王的公子，特別因為文學優長做到顯貴的官職，所到之處，多多招集文學之士；而河南府的官吏僚屬，恰好都是當時一些賢良有才幹的知名人士，所以文僖公的幕府被稱為天下最興盛的，張君就是這些賢才和名士中的一個啊。文僖公待文士極好，不曾拿屬吏的職守責備過他們。而河南又有眾多的名山勝水，修竹成林，樹木蔥茂，奇異的花，怪狀的石，那些平臺清池，或上或下，座落在荒寂的山丘、草叢林莽中間。我能夠每天跟隨賢人長者作詩飲酒來尋求快樂。而張君的為人，沉靜少言，修美潔淨，常常坐在府中處理事情、查看文書，尤其對於獄訟案件盡心竭力。最初由徵辟成為河南府的推官，罷職之後，又徵召為司錄參軍，河南人許多事都靠了他。而且府尹也屢次推薦他的才幹。張君也工於書法，喜歡寫詩，有閒空就同我遊玩，他的話語簡約而富有深意，整天喝酒也不亂來，即令醉了也從來不頹唐潦倒。與他生活過的人沒有不佩服他的德行的。所以師魯寫的墓誌說：「端正自己、認真對待事情，我曾經慚愧不及堯夫，堯夫卻不必在我面前感到慚愧呢。」

始君之葬，皆以其地不善，又葬速，其禮不備。君夫人崔氏有賢行，能教其子。而二子孝謹，克自樹立。卒能改葬君，如吉卜，君其可謂有後矣！

【章旨】本段述改葬的原因，並就改葬讚揚張汝士的妻兒。

【語譯】起初張君那次安葬，全因為那地址不好，又葬得太急促，埋葬的禮數不周全。張君的夫人崔氏有賢良的德行，能教育好他們的兒子。而兩個兒子孝順恭謹，能自己建立事業。終於能夠將張君改葬，按照最吉祥的選擇，張君真可說得上是有後人了！

自君卒後，文僖公得罪，貶死漢東❶，吏屬亦各引去，今師魯死且十餘年，王顧者死亦六七年矣，其送君而臨穴者，及與君同府而遊者，十蓋八九死矣，其幸而在者，不老則病且衰，如予是也。嗚呼！盛衰生死之際，未始不如是，是豈足道哉！惟為善者能有後，而託於文字者可以無窮。故於其改葬也，書以遺其子，俾碣❷於墓，且以寫余之思焉。吉甫今為大理寺丞，知緱氏縣❸，山甫始以進士賜出身❹云。

【章旨】本段回顧張汝士死後，當時友人或死或散，抒寫自己的悲思。

【注釋】❶漢東　今湖北隨州，唐曾一度改為漢東郡。明道二年九月錢惟演被彈劾，免去宰相頭銜，離開西京，只任崇信軍節度使，赴治所隨州，第二年景祐元年（西元一〇三四年）七月死。❷碣　此處意為立石。❸緱氏縣　古縣名，地在今河南偃師南，秦置，唐前屢有廢併，此時尚存。神宗熙寧八年始併入偃師縣。❹出身　科舉時代為考中者規定的身分。宋代經殿試合格為二甲者賜給進士出身。

【語譯】自從張君死以後，文僖公被判罪，貶官死在漢東，部下官吏也各自退去，今天尹師魯死去已十多年，王顧死了也有六七年了。那日送君歸山到墓穴邊哭別的人，以及與君同在府衙任職而交往的，十個大概有八九個已經死了，那幸而還活著的，不是老邁就是生病而且衰朽，像我這個樣子。唉！盛衰生死之間，未嘗不是這樣，這哪有什麼值得講說的呢！只有生前行善的人能有後代，而寄託於文字的可以傳之無窮。所以在張君改葬的時候，寫了這些來送給他的兒子，讓他們在墓前立碑，並且用這來抒寫我內心的悲思。吉甫如今是大理寺丞，任緱氏縣知縣；山甫則剛通過進士考試賜給出身。

【研析】本文與其他墓碑不同之處在於這是一篇改葬的碑文。所以文章緊扣改葬這個話題展開。首先寫張汝士的兒子告以改葬父親的意思，觸發作者的回憶，產生「蓋君之卒，距今二十有五年矣」的感慨。以下的文章實際上是兩個部分，一部分是二十五年以前的情景，作者在回憶中上溯天聖、明道之間，那時長官開明，同僚才俊，環境寬鬆，山水優美，登臨遊歷，賦詩作文，生活充滿樂趣，這是多麼值得留戀的一段日子。而關於張君的許多優點：持己端正，勤於職事，工書能詩，富有才幹等等，都從回憶中帶敘出來，染上了當時美好生活的色彩，親切可感。一部分是二十五年來的情景，包括後文的兩段。一段敘二十五年來張君之妻賢子孝，終能改葬，這是令人欣慰的地方；一段敘錢氏貶死，師魯、王顧亦先後死去，人事變遷，令人傷感。文章前半處處設伏，寫錢公，寫師魯，寫王顧，寫臨穴封哭，後半則處處照應，或貶或死，或病且衰。有關碑誌的一些必要因素都在這俯仰今古中逐一敘出，所以全文特別顯得感慨淋漓，動人心魄。

胡先生墓表

歐陽永叔

【題解】胡先生為胡瑗，字翼之（西元九九三—一〇五九年），宋海陵（今江蘇泰州）人。《宋史》入〈儒林傳〉，是宋代理學的開山者之一，著有《易書》《中庸義》《景祐樂議》等書，一生以授徒講學為主，先在湖州，後在太學，身體力行，夙夜勤瘁，而且注重教育方法。他在湖州的教學法，後來即作為宋太學的律令。他在士大夫中威望極高，都尊稱他為「安定先生」，因其遠祖在安定居住。《宋元學案》有〈安定學案〉。胡瑗死於仁宗嘉祐四年，這篇碑文為嘉祐六年（西元一〇六一年）所作。文中主要表彰了胡瑗在教育方面的成就。

先生諱瑗，字翼之，姓胡氏，其上世為陵州❶人，後為泰州如皋❷人。先生為人師，言行而身化之，使誠明者達，昏愚者勵，而頑傲者革。故其為法嚴而信，為道久而尊。師道廢久矣，自明道、景祐❸以來，學者有師，惟先生暨泰山孫明復❹、石守道❺三人，而先生之徒最盛。

【章　旨】本段交代姓名籍貫，總敘胡瑗能為人師。

【注　釋】❶陵州　今四川仁壽治。姚鼐原注說：「一作京兆」。蔡襄為胡瑗寫墓誌，稱胡氏世居長安，子孫流入西蜀，胡瑗的曾祖曾作西蜀的陵州刺史。《宋元學案》則說胡氏世居安定，流寓陵州。唐涇州安定郡，今甘肅涇川治。「安定先生」稱呼由此而來。❷泰州如皋　姚鼐原注說：「一作海陵」。海陵、如皋都是泰州屬縣。❸明道景祐　宋仁宗年號。明道為西元一〇三二至一〇三三年；景祐為西元一〇三四至一〇三八年。❹孫明復　名復，治《春秋》，有《尊王發微》等著作，世稱泰山先生。❺石守道　即石介，孫復的弟子，人稱「徂徠先生」。胡瑗與孫、石二人曾同讀書於泰山。三人並稱為「宋初三先生」。

【語　譯】先生名瑗，字翼之，姓胡，他的祖上曾是陵州人，後來成了泰州如皋縣人。先生作為人們的老師，對學生言傳身教，能使心誠智明的人通達事理，昏庸愚昧的人奮力自強，而頑劣狂傲的人知道改過。所以他推行的教法嚴格而且一定兌現，履行師道的時間長久而倍受尊崇。為師之道荒廢很久了，自從明道、景祐以來，讀書治學的有老師，也只先生和泰山孫明復、石守道三位，而先生的弟子最多。

其在湖州❶之學，弟子去來常數百人，各以其經轉相傳授，其教學之法最備。行之數年，東南之士莫不以仁義禮樂為學。慶曆四年，天子開天章閣❷，與大臣講天下事，始慨然詔州縣皆立學。於是建太學於京師，而有司請下湖州，取先生之法，以為太學法。至今著為令。

【章　旨】本段敘胡瑗在湖州的成就，重在有完備的教學法規。

【注釋】❶湖州　今浙江湖州。❷開天章閣　指召見范仲淹條陳天下大事，即慶曆新政，中有詔天下興學取士的條款。

【語譯】先生在湖州州學的時候，弟子來的來去的去通常保持幾百人，各自將先生傳授的經義輾轉互相傳授，他的教學的法規最為完備。實行數年，東南一帶的讀書人沒有誰不把仁義禮樂作為學問。慶曆四年，天子開天章閣，同大臣討論天下大事，才感慨地下令各州各縣都建立學校。在這時於京城建立太學，主管的部門請求下詔到湖州，取來先生教學之法，把它作為太學的法規。直到現在還著錄作為律令。

後十餘年，先生始來居太學。學者自遠而至，太學不能容，取旁官署❶以為學舍。禮部貢舉，歲所得士，先生弟子十常居四、五。其高第者，知名當時，或取甲科❷，居顯仕，其餘散在四方，隨其人賢愚，皆循循雅飭。其言談舉止，遇之不問可知為先生弟子。其學者相語稱「先生」，不問可知為胡公也。

【章旨】本段敘胡瑗在太學的建樹，重在培養人才的效果。

【注釋】❶旁官署　據載當時曾拓展近旁的步軍居署充作學舍。❷甲科　唐宋時舉進士者根據成績高下分甲乙兩科。明清則通稱進士為甲科，舉人為乙科。

【語譯】此後十多年，先生才到太學來執教。求學的人從遠方趕來，太學容不下，將近旁的官舍拿來作為學舍。禮部考試推舉的人才，每年所取的進士，先生的弟子常常十個中占了四五個。那些名列前茅，名聞天下的，有的考取甲科，充任顯要的官職，其餘的分布在四面八方，不管該人是賢能還是愚鈍，都恭謹從容文雅莊重。他們的言談舉止，碰上了不用問都可以知道是先生的弟子，那些求學的人互相談話凡稱「先生」，不用問就可以知道指的是胡公。

先生初以白衣❶見天子論樂，拜祕書省校書郎❷，辟丹州❸軍事推官，改密州❹觀察推官。丁父憂去職，服除，為保寧軍節度❺推官，遂居湖學。召為諸王宮教授，以疾免。已而以太子中舍❻致仕，遷殿中丞❼於家。皇祐中，驛召至京師議樂❽，復以為大理評事，兼太常寺❾主簿，又以疾辭。歲餘，為光祿寺丞❿，國子監直講⓫，迺居太學。遷大理寺丞，賜緋衣銀魚。嘉祐元年，遷太子中允⓬，充天章閣侍講⓭，仍居太學。

【章　旨】本段敘胡瑗任官經歷，仍以湖州、太學兩處執教為中心。

【注　釋】❶白衣　普通平民。胡瑗精通樂理，由范仲淹推薦，景祐中召到京城，與阮逸等論定樂律。❷校書郎　掌校讎典籍。宋初實為寄祿之官。❸丹州　今陝西宜川。范仲淹經略陝西，辟胡瑗為丹州推官。❹密州　密州安化軍節度，治所在諸城縣，今屬山東。❺保寧軍節度　治所在金華縣，今屬浙江。❻太子中舍　東宮官名。宋初，以朝官有出身的人為太子中允，沒有出身的人為太子中舍。從七品。❼殿中丞　殿中省屬官。❽議樂　皇祐二年（西元一〇五〇年）九月，為鑄造新的鐘磬，又詔胡瑗等審定制度。❾太常寺　負責禮樂郊廟社稷的官署。❿光祿寺丞　光祿寺負責祭祀朝會，宴會酒席，丞協助卿、少卿。⓫國子監直講　國子指卿大夫子弟，國子監是唐宋時最高學府兼教育主管機關，統轄國子、太學、四門等學。直講以經術教授諸生。⓬太子中允　東宮屬官，宋代只作為階官。⓭侍講　天章閣侍講學士，慶曆七年設置。

【語　譯】先生起初用平民身分拜見天子討論樂律，任為祕書省校書郎，又聘作丹州軍事推官，後改為密州觀察推官。遇上父親死守喪離開職位，守喪期滿，任保寧軍節度推官，於是定居在湖州學舍。朝廷徵召先生任諸王宮教授，因為疾病未去，不久用太子中舍的資格退休，升為殿中丞賦閒在家。皇祐年間，又由驛站傳召到京城討論音樂，重新任命先生作大理評事，兼太常寺主簿，先生又以疾病的理由加以推辭。過了一年多，才擔任光祿寺丞，國子監直講，就居住在太學。後升遷為大理寺丞，特賜准著紅色官服佩銀魚袋。嘉祐元年，升太子中允，充任天章閣侍講學士，仍在太學執教。

已而病不能朝，天子數遣使者存問，又以太常博士❶致仕。東歸之日，太學之諸生與朝廷賢士大夫，送之東門，執弟子禮。路人嗟歎以為榮。以四年六月六日，卒於杭州，享年六十有七。以明年十月五日，葬於烏程❷何山之原。其世次官邑，與其行事，莆陽❸蔡君謨❹具誌於幽堂。

【章旨】本段敘胡瑗再次退休至死亡和安葬。

【注釋】❶太常博士　太常寺屬官，負責禮節儀式，撰定諡號等，正八品。❷烏程　縣名，今併入浙江湖州。何山在縣的南邊，又名金蓋山。❸莆陽　今福建莆田治。❹蔡君謨　名襄，著名書法家，官至端明殿學士。

【語譯】過了不久，先生生病不能上朝，天子多次派使者探視慰問，又按太常博士的資格退休。他回東方的那一天，太學的生員和朝廷的賢良士大夫在東門送他，拿弟子對老師的禮節尊敬他，路上的人感慨嘆息視為榮耀之事。於嘉祐四年六月六日，死於杭州，享年六十七歲。於第二年十月五日，葬在烏程何山的原野。有關先生的世系官職籍貫以及他的生平經歷，莆陽蔡君謨有詳細的墓誌藏在墓室中。

嗚呼！先生之德在乎人，不待表而見於後世，然非此❶無以慰學者之思。乃揭於其墓之原。

【章　旨】本段讚揚胡瑗的道德，申述撰寫墓表的用意。

【注　釋】❶此　指墓表。

【語　譯】唉！先生的大德存留在人們身上，不需要表彰後世也能看到，可是不立這墓表，就沒有辦法安慰學者的思念。於是樹此墓表在先生墳墓所在的地方。

【研　析】胡瑗一生事業主要在於教授學生，他在這方面付出了辛勞，取得了成效，得到人們的尊敬。這篇墓表就主要圍繞這一方面立言。先總述其成就，以孫明復、石守道二人作為陪襯，借賓定主，說明了胡瑗的崇高地位。接著分在湖州和在太學兩個階段展開，而每階段各有側重。寫其弟子之眾，去來常數百人，太學不能容，取旁官舍以為學舍；寫其影響之深，見學生的言談舉止，不問可知為先生弟子，學者談話，不道姓名，只稱「先生」，不問可知所指為胡公也；寫其受人尊敬，則東歸之日，諸人送之東門，執弟子之禮，路人嗟嘆以為榮，從路人眼中看出，格外真切。這些敘述生氣淋漓，使胡先生的形象宛然在目。沈德潛說：「作文必尋一事作主，此篇以師道為主，蓋主意既立，而枝葉從之，所以能一線貫穿也。後人草志傳，必期事事羅列，既表其言行，復揚其文章功業，本末鉅細，一一兼該，如散錢無索，宜識者貶為諛墓辭也。」當然不見得每篇都能找到很典型的可以為主的事情，總之，要把握住每個人的特點來寫，不必面面俱到，這是確定無疑的道理。

連處士墓表

歐陽永叔

【題　解】處士是指那些家居不曾入仕做官的讀書人，連處士名舜賓，字輔之。《歐陽修集》原注稱為慶曆八年（西元一〇四八年）所作。這年閏正月歐陽修由滁州知州改知揚州。這時距離連處士的死已近二十年，歐陽修在墓表中寫出了一個長久為當地百姓懷念的普通人的形象。

連處士，應山❶人也。以一布衣終於家，而應山之人至今思之。其長老教其子弟所以孝友恭謹禮讓而溫仁，必以處士為法，曰：「為人如連公足矣！」其矜❷寡孤獨凶荒饑饉之人，皆曰：「自連公亡，使吾無所告依而生以為恨。」嗚呼！處士居應山，非有政令恩威以親其人，而能使人如此，其所謂行之以躬，不言而信者歟？

【章旨】本段敘應山人對連處士思念之深切和長久。

【注釋】❶應山　縣名，在今湖北北部。❷矜　通「鰥」。

【語譯】連處士，是應山縣人。以一個普通平民的身分死在家中，可是應山的人至今還思念他。那兒的長輩老人教誡他們的子弟如何做到孝順友愛、恭敬嚴謹、禮貌謙讓而且溫和仁厚，一定拿處士作為榜樣，說：「做人能像連公那樣就可以了！」那些鰥寡孤獨和遭受災荒忍飢挨餓的人，都說：「自從連公死了，使我們生活在社會上沒有可以投訴依賴的地方，真是令人遺恨的事。」唉！處士住在應山，並沒有政令恩賞威勢來使那裡的人親附他，卻能使人這樣待他，莫不他是平常所說身體力行，不用說話就能使人信賴的人嗎？

處士諱舜賓，字輔之，其先閩人。自其祖光裕，嘗為應山令，後為磁、郢❶二州推官，卒而反葬應山，遂家焉。處士少舉《毛詩》❷一不中，而其父正以疾廢於家，處士供養左右十餘年，因不復仕進。父卒，家故多貲，悉散以賙鄉里，而教其二子以學，曰：「此吾貲也。」歲饑，出穀萬斛以糶，而市穀之價，卒不能增，及旁近縣之民皆賴之。盜有竊其牛者，官為捕之甚急。盜窮，以牛自歸。處士為之媿謝曰：「煩爾送牛。」厚遺以遣之。嘗以事之信陽❸，遇盜於西關，左右告以處士。盜曰：「此長者，不可犯也！」捨之而去。

【章　旨】本段敘連處士姓名家世經歷及其為人。

【注　釋】❶磁郢　磁州今河北磁縣治，郢州今湖北鍾祥治。❷舉毛詩　謂以通《毛詩》應明經試。❸信陽　縣名，今河南信陽南。

【語　譯】處士名叫舜賓，字輔之，他的祖先是福建地方人。自從他的祖父光裕，曾為應山縣令，後來作磁、郢二州推官，死後卻返歸應山安葬，於是把家也安在這裡了。處士年輕時憑通曉《毛詩》應過一次考試沒有考中，而他的父親正由於疾病殘廢在家中，處士在父親身邊供養十多年，因而不再出去做官。父親死去，家中本來多財產，全都拿出來散發去周濟家鄉人，而用學術教育他的兩個兒子，說：「這就是我的財產啊！」那年歲饑荒，他拿出一萬斛穀物來發賣，於是使市場穀物的價格，最終無法抬高，應山以及四周鄰近縣的老百姓都依靠了他。盜賊中有人偷了他的牛，官府替他追捕得很緊急。那盜賊走投無路自己把牛送回。處士為此慚愧感謝說：「麻煩你送牛回來。」多送他東西來打發他。處士曾經因為辦事到信陽去，在西關地方碰上了強盜，手下告訴強盜這是連處士。強盜說：「這是恭謹仁厚的人，不可以侵犯！」放了他而離去。

處士有弟居雲夢❶，往省之，得疾而卒。以其柩歸應山，應山之人去縣數十里迎哭，爭負其柩以還。過縣市，市人皆哭，為之罷市三日，曰：「當為連公行喪。」

【章　旨】本段敘連處士病死和應山人對處士的哀弔。

【注　釋】❶雲夢　此為縣名，屬湖北省，後併入安陸縣。地當古雲夢澤的北端。

【語　譯】處士有個弟弟住在雲夢，處士前去探望，染上疾病而死亡。把他的靈柩運回應山，應山的人離開縣城幾十里迎接靈柩哭弔，爭著肩扛處士的靈柩而回。經過縣城的集市，市面上的人都哭泣，為之停止交易三天，說：「應當給連公舉行喪禮。」

處士生四子，曰庶、庠、庸、膺。其二子教以學者，後皆舉進士及第。今庶為壽春❶令，庠為宜城❷令。

【章　旨】本段敘連處士子女的情況。

【注　釋】❶壽春　宋壽州壽春縣，今安徽壽縣治。❷宜城　宋襄州宜城縣，今湖北宜城治。

【語　譯】處士生了四個兒子，名叫庶、庠、庸、膺。那兩個他曾教給學問的兒子，後來都被推薦參加進士考試取得名次。現在庶任壽春縣令，庠任宜城縣令。

處士以天聖八年❶十二月某日卒，慶曆二年某月日，葬於安陸❷蔽山之陽。

自卒至今二十年，應山之長老識處士者，與其縣人嘗賴以為生者，往往尚皆在。其子弟後生聞處士之風者，尚未遠。使更三四世，至於孫曾，其所傳聞，有時而失，則懼應山之人，不復能知處士之詳也，乃表其墓，以告於後人❸。

【章　旨】本段敘處士卒、葬及墓表寫作的年代，點明樹碑的深意。

【注　釋】❶天聖八年　天聖，宋仁宗年號。八年為西元一〇三〇年。❷安陸　今屬湖北。蔽山在縣北四十里，與應山接近。❸後人　一本「後人」後接有「八年閏正月一日，廬陵歐陽修述」之語，那麼墓表寫作時歐陽修應當還在滁州，未去揚州。

【語　譯】處士在天聖八年十二月某日死去，慶曆二年某月某日，葬在安陸蔽山的南面。從死到現在二十個年頭，應山的老年人認識處士的，以及那縣裡曾經仰仗他而生活的人，往往都還在。他們的子弟晚輩聽說過處士的高風亮節的，還不算遙遠。假使再經三四代，到達曾孫輩，那傳聞的事情，有時就失散了，那麼就怕應山的人，不再能了解處士的詳細情況了，於是就在他的墓前樹上碑石，把他的情況告訴給後代的人。

【研　析】連處士能施惠於鄉親，所以為鄉親所愛戴。歐陽修的墓表主要突出這一個側面。開頭一段，不先寫姓名籍貫，也不寫家世出身，而敘述應山人對處士懷念的久長和深切，教子弟學連公為人，恨天地不令其不死，都頗真切可信。這一段高屋建瓴，使連處士在當地人心目中的地位得到凸顯，也使墓表獲得了比較高的社會意義。結尾一段，從交代連處士死、葬的年月入手，進而寫怕時間更長，連處士的事跡不能世代流傳，長久發揮它的教化作用，從而揭出樹碑立傳的深意，欲以告於後人。文章慨惜低徊而不能已，固然與中間所敘連處士的事跡分不開，但更得力於首尾兩段敘述而兼帶評說的精彩文字。

集賢校理丁君墓表

歐陽永叔

【題　解】丁君為丁寶臣（西元一〇一〇—一〇六七年），字元珍，是歐陽修的朋友之一，也有文名。宋仁宗景祐三年（西元一〇三六年）歐陽修降職為峽州夷陵縣令。夷陵縣即今湖北宜昌，當時為峽州州治所在。歐陽修任縣令時丁寶臣任峽州軍事判官，兩人過從甚密，詩歌唱和很多。但這篇墓表對兩人的私交沒有提及，除歷官世系之外，只分別敘述了丁在學校、在州縣的業績，特別著意於為丁寶臣因儂智高造反丟失城池而遭受處分的事辨明具體情況。文中對事隔多年還有人不放過此事，仍在追究丁的過失，表示很不理解。也許，文中不觸及私交，正是為了使這些辯白之辭更具有客觀公正性吧！丁寶臣死於英宗治平四年，此文寫於次年，即神宗熙寧元年（西元一〇六八年）。

君諱寶臣，字元珍，姓丁氏，常州晉陵❶人也。景祐元年，舉進士及第，為峽州軍事判官，淮南節度❷掌書記，杭州觀察判官，改太子中允，知剡縣❸，徙知端州❹，遷太常丞、博士❺。坐海賊儂智高❻陷城失守，奪一官，徙置黃州。久之，復得太常丞，監湖州酒稅。又復博士，知諸暨縣❼，編校祕閣書籍，遂為校理❽，同知太常禮院❾。

【章　旨】本段敘丁寶臣的姓氏籍貫及為官經歷。

【注　釋】❶常州晉陵　今江蘇武進。❷淮南節度　淮南節度使治所在江都縣，即今江蘇揚州。❸剡縣　今浙江嵊縣。❹端

州　今廣東高要。❺太常丞博士　太常寺屬官中有丞一人，博士四人。丞協助卿和少卿掌管禮樂郊廟社稷陵寢的事務。博士講定禮節儀式、討論大官死後的謚號。❻儂智高　本廣源州（今越南諒山附近）酋長，曾據有廣西一帶地方，國號南天，自稱仁惠皇帝。後為狄青所敗。❼諸暨縣　今屬浙江。❽祕閣二句　宋代以集賢院、史館、昭文館為三館，都收藏有圖書典籍。太宗端拱二年於崇文院中堂建祕閣，存放三館中之真本書籍及宮廷所有書畫珍品。校理負責校正書籍。❾太常禮院　太常寺中一個相對獨立的機構，設有判院和同知院等官職。

【語　譯】君名寶臣，字元珍，姓丁，是常州晉陵縣的人。景祐元年，被推舉參加進士考試中第，任峽州軍事判官，淮南節度掌書記，杭州觀察判官，改任太子中允，剡縣知縣，升為端州知州，太常丞、博士。因海賊儂智高攻陷端州城沒有守住的罪，降官一級，改為安置在黃州。過了很久，又得到太常丞頭銜，監管湖州地方的酒稅，又得到太常博士身分，作諸暨縣知縣，後參與編輯校訂祕閣的書籍，於是作了祕閣校理，又任同知太常禮院。

君為人，外和怡而內謹立❶，望其容貌進趍❷，知其君子人也。居鄉里，以文行稱。少孤，與其兄篤於友悌。兄亡，服喪三年，曰：「吾不幸幼失其親。兄，吾父也。」慶曆中，詔天下大興學校，東南多學者，而湖、杭尤盛。君居杭學為教授，以其素所學問而自修於鄉里者教其徒，久而學者多所成就。其後天子❸患館閣職廢，特置編校八員，其選甚精。乃自諸暨召居祕閣。

【章　旨】本段述丁寶臣為人的品德和治學方面的成就。

【注　釋】❶立　疑為「正」字之誤。或作「外和怡而內謹，立，望其容貌進趨」，「立」與「進趨」亦不合。❷趍　同「趨」。

❸天子　此當指宋英宗。

【語　譯】君為人，外表平和樂易骨子裡卻嚴謹剛正，看他的容貌和舉止姿態，就知道他是有學問有道德的人。生活在家鄉，因為文才和品行受到稱頌。年齡很小就成了孤兒，同他的兄長之間真摯深厚地相親相愛。兄長死，他守喪三年，說：「我不幸幼年時期就失去了父親。兄長，就是我的父親啊。」慶曆年間，詔令天下大興學校，東南一帶出了很多學者，湖州、杭州尤其興旺。丁君住在杭州學舍作教授，用他平素所學所問及在家鄉自己進修所得知識教授他的學生，時間久了跟他求學的人多數都有所成就。以後天子擔心館閣的職務廢弛，特別設置編校官員八人，這些人員挑選得極為嚴格。於是丁君便從諸暨知縣被召到京城進入祕閣任職。

君治州縣，聽決精明，賦役有法，民畏信而便安之。其始治剡也如此。後治諸暨，剡鄰邑❶也，其民聞其來，讙曰：「此剡人愛而思之，謂不可復得者也。今吾民乃幸而得之！」而君亦以治剡者治之。由是所至有聲。

【章　旨】本段敘丁寶臣治理州縣的政績官聲。

【注　釋】❶鄰邑　諸暨和嵊縣同屬紹興地區，諸暨在嵊縣之西。

【語　譯】丁君治理州縣，聽訟斷案十分精明，賦稅徭役有一定的法度，老百姓敬畏信服而且覺得方便安心於他來治理。他起初治理剡縣時是這樣。後來治理諸暨，是剡縣鄰近的縣，那兒的百姓聽說丁君來，歡呼說：「這個知縣是剡縣人愛戴而思念，認為不可能再碰到的。現在我縣百姓竟然有幸得到他！」於是丁君也就用治理剡縣的辦法治理諸暨。因此丁君所到的地方都有好的政聲。

及居閣下，淡然不以勢利動其心，未嘗走謁公卿。與諸學士群居恂恂，人皆愛親之。蓋其召自諸暨，已❶以才行選，及在館閣久，而朝廷益知其賢。英宗❷每論人物屢稱之。

【章　旨】本段敘丁寶臣在朝廷任職時淡泊名利的表現。

【注　釋】❶已　一本此字作「也」，連上讀作「蓋其召自諸暨也，以才行選」。❷英宗　名趙曙，太宗子雍王元份之孫，在位四年（西元一〇六四－一〇六七年）。

【語　譯】待到他在祕閣裡任職，他淡泊地不因為權勢利祿而動心，不曾跑來跑去求見公卿大臣。與學士們恭敬謹慎地生活在一起，人們都敬愛他親近他。他從諸暨召到京城，已經是因為文才和品格出眾選上的，到在館閣任職時間長久了，朝廷自然更了解他的賢良。英宗每逢評論人物，不止一次地稱道他。

國家自削除僭偽❶，東南遂無事，偃兵弛備者六十餘年矣，而嶺外尤甚。其山海荒闊，列郡數十，皆為下州。朝廷命吏，常以一縣視之，故其守無城，其戍無兵。一日，智高乘不備，陷邕州❷，殺將吏，有眾萬餘人，順流而下，潯、梧、封、康❸諸小州，所過如破竹。吏民皆望而散走。獨君猶率羸卒百餘拒戰，殺六七人，既敗亦走。初賊未至，君語其下曰：「幸得兵數千人，伏小湘峽❹，扼至險以擊驕兵，可必勝也。」乃請兵於廣州❺，凡九請不報。又嘗得賊覘者一人斬之。賊既平，議者謂君文學宜居臺閣，備侍從，以承顧問；而眇然以一儒者守空城，提百十饑羸之卒，當萬人卒❻至之賊，可謂不幸。而天子亦以謂縣官❼不素設備，而責守吏不以空手捍賊，宜原其情，故一切輕其法；而君以嘗請兵不得，又能拒戰殺賊，則又輕之，故他失守者皆奪兩官，而君奪一官。已而知其賢，復召用。後十餘年，御史知雜❽蘇寀❾受命之明日，建言請復治君前事，奪其職而黜之。天子知君賢，不可以一眚廢，而先帝已察其罪而輕之矣，又數更大赦，且罪無再坐，然猶以御史新用，故屈君使少避而不傷之也。乃用其校理歲滿所當得者，即以君通判永州❿。方待闕於晉陵，以治平⓫四年四月某甲子，暴中風眩，一夕卒。享年五十有八，累官至尚書司封員外郎。階：朝奉郎⓬，勳：上輕車都尉⓭。

【章旨】本段針對御史重提舊事，為丁寶臣丟失端州的過失作詳細辯白。

【注釋】❶僭偽　封建王朝以正統自居，稱割據對立的王朝為僭偽。此處指五代後期至北宋初年的一些小國，如南唐、北漢、後蜀等。❷邕州　治所在今廣西邕寧。❸潯梧封康　潯州治桂平縣，梧州治蒼梧縣，今屬廣西。封州治封川縣，康州治端溪縣，即今德慶縣，今屬廣東。均在西江流域，端州之上游。❹小湘峽　在高要縣湘峽山東五里。❺廣州　指廣南東路安撫使或都督府。❻卒　通「猝」。❼縣官　此指朝廷。❽御史知雜　侍御史知雜事，官名，兼管御史臺各種雜務。❾蘇寀　字公佐，磁州滏陽人。❿通判永州　通判為宋代地方官，與知府知州共理政事。永州，今湖南永州。⓫治平　宋英宗年號。

⑫朝奉郎　文官階共二十九，朝奉郎正六品上。⑬上輕車都尉　勳級共十二，上輕車都尉正四品。

【語　譯】國家自從剷除非法割據的勢力，東南一帶便不再有戰事，休兵息武放鬆戒備已經六十多年了，而五嶺以南尤其鬆弛。那裡高山大海荒遠寥闊，排列著幾十個郡，都是下州。朝廷任命官吏，常常當作一個縣來看待，所以那裡防禦沒有城池，戍守沒有軍隊。一天，儂智高趁著沒有防備，攻下邕州，殺死武將官吏，有部下一萬多人，順流而下，潯、梧、封、康這些小州，經過之處勢如破竹。官吏百姓都聞風而四散逃跑。只有丁君還帶領著百多個瘦弱的士卒抵抗戰鬥，殺了六七個叛卒，失敗之後也逃跑了。起初叛軍沒有來時，丁君對他的部下說：「有幸得到幾千名士兵，埋伏在小湘峽，控制住最險要的地方來襲擊驕縱的叛軍，一定可以取得勝利啊。」於是向廣州方面請求救兵，總共申請了九次都得不到回答。他又曾經捉到叛軍的探子一名殺掉。叛軍平定之後，議事的人認為丁君擅長文學應當在臺閣任職，準備侍從皇上，以便接受皇上的詢問；可是卻用一個勢孤力微的儒者守衛一座空城，帶領幾十上百個飢餓瘦弱的士卒，抵擋上萬突然而至的叛賊，可說是不幸。並且天子也認為朝廷向來不建立防備，反去責罰守城的官吏不用空手抵禦敵人，應該原諒他們的處境，因此所有處罰都從輕執法；而且丁君因為曾經請求發兵未能得到，又能作戰抵抗殺死叛軍，就更加從輕，所以其他失掉城池的都貶官兩級，而丁君只降一級。不久了解了他的賢能，又召回加以任用。以後十多年，御史知雜蘇寀接受任命的第二天，就提出議論請求重新處理丁君以前的事情，罷免他的官削職為民。天子知道丁君的賢良，不可以因一時的過錯而廢棄不用，並且先帝已經查清了他的罪過而從輕處理過了，加上已多次經歷過大赦，況且罪過沒有兩次判罰的，但還是因為御史是新任命的，所以委屈他讓他稍稍避開但又不致受到傷害，就按照他任校理期滿所應當得到的官職，即任命他作永州通判。正在等候闕額居於晉陵，於治平四年四月某日，突然中風雙眼昏黑，一個晚上就死了。享年五十八歲，累積升官到尚書司封員外郎。官階：朝奉郎，勳級：上輕車都尉。

曾祖諱某，祖諱某，皆不仕。父諱某，贈尚書工部侍郎。母張氏，仙游縣太君。君娶饒氏，封晉陵縣君，先卒。子男四人，曰隅，曰除，曰隮，皆舉進士，曰恩兒，纔一歲。女一人，適著作佐郎集賢校理胡宗愈❶。君既卒，天子憫然，推恩錄其子隅為太廟齋郎❷。

【章　旨】本段敘丁寶臣先世及妻室子女情況。

【注　釋】❶胡宗愈　字完夫，常州晉陵人。❷太廟齋郎　負責宗廟或陵墓祭奠事務的小官。

【語　譯】丁君的曾祖父名某，祖父名某，都不曾做官。父名某，贈封為尚書工部侍郎。母親張氏，追贈為仙游縣太君。丁君娶了饒氏之女為妻，封為晉陵縣君，先於君而死。丁君有四個兒子，名隅，名除，名隮，都在考進士，名恩兒，才一歲。有一個女兒，嫁給著作佐郎集賢校理胡宗愈。丁君死後，天子很是哀憐，推廣恩德錄用他的兒子丁隅為太廟齋郎。

君之平生，履憂患而遭困阨，處之安焉，未嘗見戚戚之色。其於窮達壽夭，知有命，固無憾於其心。然知君之賢，哀其志而惜其命止於斯者，不能無恨也！於是相與論著君之大節，伐❶石紀辭，以表見於後世，庶幾以慰其思焉。

【章　旨】本段申述對丁寶臣的同情，點明立碑之意。

【注　釋】❶伐　採伐。

【語　譯】丁君的一生，經歷憂患和遭受困頓，都能安然地對待，不曾表現出憂愁的容色。君對於窮困和通達，長壽和短命，都知道是命中注定，本沒有什麼遺憾之感存在心裡。但是知道丁君的賢良，同情丁君的理想而惋惜丁君的生命停止於此的人，是不能沒有遺恨的啊！於是在一起討論記錄丁君的一些重要情節，採伐石頭整理文辭，以便表彰使後代能夠見到，希望用這種方法來安慰我們的思念之心。

【研　析】丁寶臣失守端州受到降職處分，是他生平的一個汙點，在為他樹碑立傳的時候，既不可能完全無視事實，又要盡可能給以迴護，把朋友摹畫得體面一點，作者可說是很費了心思的。墓表在簡要地敘述了丁寶臣的經歷及治學、為政、做人的情況後，忽然筆鋒一轉，以評議的口氣遠從宋朝削除僭偽統一天下說起，分析了長久以來東南特別是嶺外武備廢弛的情況。這就道出了丁寶臣棄城而走並非全由貪生怕死，而有著深刻的歷史原因，情有可原。接著又拿丁寶臣同其他州郡官吏比較，指出丁寶臣與紛紛望風而逃者有三點不同。一是曾拒戰殺賊六七人；二是曾多次請兵於廣州，有抵抗的打算；三是曾殺掉儂智高一個覘者。不放過任何一個細小的材料，只要有助於減輕丁氏罪責的統統運用起來，以增加文章的說服力。以下的文字，說平叛後議者、天子在給丁氏處分時的權衡斟酌，這一方面是歌頌朝廷體察入微，一方面也是從另一個角度證明丁氏過失較其他人為輕，值得同情和體諒。從不同角度反覆申說，曲折盡情，既尊重了事實，又體現了關愛朋友的苦心。是一段含蓄得體的好文章。有人認為歐陽修所說請兵殺敵均無事實根據，只不過是替丁氏打掩護，但是，否定者也未能舉出足以否定的可靠材料，也僅僅是一種推測。究竟如何，我們今天大可不必深究，我們所肯定的不過是文章的寫法罷了。

太常博士周君墓表

歐陽永叔

【題　解】歐陽修的文集注明此文作於仁宗皇祐五年（西元一〇五三年）。周君為周堯卿，字子俞，宋道州永明縣即今湖南江永人。生於太宗至道元年，卒於仁宗慶曆五年（西元九九五—一〇四五年）。博聞廣記，以學問知名，《宋史・儒林傳》有傳。長於毛鄭《詩》及《左氏春秋》，能不拘於前人傳注，注重論辨思索，以貫通為目標，有文集二十卷，《春秋說》三十卷，均佚。周堯卿受到范仲淹的重視，推薦他堪為師表，可惜還沒來得及任用，周堯卿就死了。但歐陽修本文對堯卿的學問道德並未作全面敘述，只突出其孝道，而談孝道又沒有強調親情及生前的供養照料，主要感嘆守喪的古制不能恢復，所以意思不大。

有篤行君子曰周君者，孝於其親，友於其兄弟。居父母喪，與其兄某弟某，居於倚廬❶，不飲酒食肉者三年。其言必戚，其哭必哀，除喪而癯然不能勝人事者，蓋久而後復。

【章　旨】本段簡敘周堯卿行孝的事跡。

【注　釋】❶倚廬　古時守喪期間住的棚屋。在中門外之東牆下，倚木為之，只夾茅苫而不塗泥土。《禮記・喪服大記》：「父母之喪，居倚廬，不塗。」

【語　譯】有位品行惇厚的君子叫作周君的，對父母孝順，對兄弟友愛。為父母守喪，同他的兄某某弟某某，住在臨時搭建的簡陋的倚廬內，三年沒有飲酒也沒有吃肉。他說話一定很悲戚，他哭時肯定很哀痛，停止守喪時已是瘦弱得不能勝任人世的事情，大概經過了很久才得以恢復。

自孔子在魯，而魯人不能行三年之喪，其弟子❶疑以為問，則非魯而他國可知也。孔子歿，而其後世又可知也。今世之人，知事其親者多矣，或居喪而不哀者有矣，生能事而死能哀，或不知喪禮者有矣，或知禮而以謂喪主於哀而已，不必合於禮者有矣。如周君者，事生盡孝，居喪盡哀而以禮者也。禮之失久矣，喪禮尤廢也。今之居喪者，惟仕宦婚嫁聽樂不為，此特法令之所禁爾。其衰麻❷之數，哭泣之節，居處之別，飲食之變，皆莫知夫有禮也。在上位者，不以身率其下；在下者無所❸望於其上，其遂廢矣乎？故吾於周君有所取也。

【章　旨】本段從喪禮廢棄之久肯定周君行為的意義。

【注　釋】❶弟子　《論語・陽貨》載：「宰我問：三年之喪，期已久矣。」意思是為父母守喪三年，時間是不是太久了。❷衰麻　衰同「縗」，「縗麻」為喪服。按照與死者關係親或疏分為斬衰、齊衰、大功、小功、緦麻五種，稱為五服。所謂衰麻之數即指此。❸所　一本作「以」。

【語　譯】自從孔子在魯國，而魯國人已不能實行為父母守三年喪的制度，他的弟子才疑惑而作為問題提出，那麼除了魯國之外其他的國家就可想而知了。孔子死，而他以後的時代又可想而知了。現在世上的人，懂得侍奉父母親的人很多，也許能守喪卻不哀傷的人是有的，活著能侍奉死後能哀傷，也許不懂得三年喪禮的人是有的，或許懂得喪禮而認為守喪以哀傷為主罷了，不一定符合三年禮制的人也是有的。像周君這樣，才是事奉親人在生時能盡孝道，守喪極盡哀傷而且能按三年禮制行事的人。禮制喪失很久了，喪禮更加被廢棄。現今守喪的人，只是不去做官、婚嫁、聽樂，這些不過是法令所禁止的事情。至於那喪服的規定、哭泣的禮節、居住的分別、飲食的改變，都沒有人知道有禮制的規定。在上居於高位的，不用自身的行為作下級的表率；處在下層的人，沒有人能在上作為他的榜樣，那喪禮豈不終於被廢棄嗎？所以我對於周君是有所肯定的。

君諱堯卿，字子俞，道州永明縣人也。天聖二年，舉進士，累官至太常博士。歷連、衡二州❶司理參軍❷，桂州❸司錄❹，知高安、寧化二縣，通判饒州。未行，以慶曆五年六月朔日，卒於朝集之舍。享年五十有一。皇祐五年某月日，葬於道州永明縣之紫微岡❺。

【章　旨】本段簡敘周堯卿的生平經歷和卒葬的情況。

【注　釋】❶連衡二州　連州治桂陽縣，即今廣東連縣；衡州治今湖南衡陽。❷司理參軍　知州的下屬，負責獄訟案件。❸桂州　治所在臨桂縣，即今廣西桂林。❹司錄　負責全府庶務兼督辦諸曹事務。❺紫微崗　在永明縣西。

【語　譯】周君名堯卿，字子俞，是道州永明縣的人。天聖二年，被推舉參加進士考試，積累升官到太常博士。曾任連、衡兩州的司理參軍，桂州司錄，高安、寧化兩縣知縣，饒州通判。還沒有出發上任，在慶曆五年六月初一日，死在地方官員入京朝見所居的館舍裡。享年五十一歲。皇祐五年某月某日，安葬在道州永明縣的紫微岡。

曾祖諱某，祖諱某，父諱某，贈某官。母唐氏，封某縣太君。娶某氏，封某縣君。

【章　旨】本段敘周堯卿的先世和妻室。

【語　譯】周君的曾祖父名某，祖父名某，父親名某，贈予了某某官職。母親唐氏，封為某某縣太君。周君娶某氏女子為妻，封為某某縣君。

君學長於毛鄭《詩》、《左氏春秋》。家貧不事生產，喜聚書。居官祿雖薄，常分俸以賙宗族朋友。人有慢己者，必厚為禮以愧之。其為吏，所居皆有能政。有文集二十卷。君有子七人，曰諭，鼎州❶司理參軍，曰詵，湖州歸安❷主簿；曰謐，曰諷，曰諲，曰說，曰誼，皆未仕。

【章　旨】本段雜敘周堯卿的治學、為人及著述、子女情況。

【注　釋】❶鼎州　治所在今湖南常德。❷湖州歸安　今浙江湖州。

【語　譯】周君在學問方面長處在《詩經》的毛傳鄭箋、《春秋》的左氏傳等。君家裡窮但不努力拓展產業，喜歡收集圖書。做官俸祿雖然微薄，還是常常分出俸錢來救濟同族的人和朋友。旁人有慢待了自己的，一定回報豐厚的禮物來使他覺得慚愧。周君做官吏，所任職之處都有能幹的政聲。周君有文集二十卷。他有七個兒子，名叫諭的，任鼎州司理參軍；叫詵的，任湖州歸安縣主簿；叫謐的，叫諷的，叫諲的，叫說的，叫誼的，都還沒有做官。

嗚呼！孝非一家之行也，所以移於事君而忠，仁於宗族而睦，交於朋友而信。

始於一鄉，推之四海，表於金石，示之後世而勸。考君之所施者，無不可以書也。豈獨俾其子孫之不隕也哉！

【章　旨】本段述孝的作用廣大深遠，樹碑以光大發揚之意。

【語　譯】唉！孝不僅是一個家庭裡的行為，將它移到侍奉君主便能盡忠，對宗族施加仁愛便能和睦，同朋友交往便守信用。從一個鄉開始，推廣到全國，刻在金石上加以表彰，傳給後代就能使後代得到鼓勵。考察周君所施行的，沒有什麼是不值得書寫的。哪裡僅僅是為了使他的子孫奉行他的美德而不致墜落呢！

【研　析】作為碑文，介紹死者生平履歷、先人後代，是免不了的，但僅有這些並構不成好的碑文，必須抓住死者的某些表現加以生發，揭示其深遠重大意義，才能提升碑文的價值。本文有意將周堯卿的生平經歷、父祖子女等等置於文章的後半，碑文一開篇就敘述周堯卿孝順父母，堅守三年守喪之禮，接著用一大段文字從古迄今由遠而近反覆感嘆，以舉世廢禮、不能行三年之喪來托出周君行為的可貴。簡略敘述周堯卿的經歷等等之後，仍又回到關於「孝」的議論上，孝是忠、信等的基礎，推廣它具有廣泛的意義。這樣來為周君樹碑，自然其價值就不止為一家的子孫帶來福祉。這樣寫碑文就不是官職姓氏的羅列。但本文論說孝道，內容局限於守喪的古制，因而在一定程度上限制了文章的社會意義。

石曼卿墓表

歐陽永叔

【題　解】石曼卿（西元九九四—一〇四一年），名延年，河南商邱人，北宋詩人，一生遭遇冷落，很不得志。石延年是歐陽修的好友，除本文外，歐陽修還寫有〈祭石曼卿文〉（參見本書卷七十五）和〈哭曼卿〉詩等，表現了石的為人和兩人之間的深厚情誼。本文作於仁宗慶曆元年（西元一〇四一年），文中寫出石延年氣概不凡，才能傑出，而與時不合，飲酒自混，是一個懷才不遇的奇男子，而且過早地死去。作者對此寄予了深厚的同情。

曼卿諱延年，姓石氏，其上世為幽州❶人。幽州入於契丹，其祖自成始以其族間走南歸。天子嘉其來，將祿之，不可，乃家於宋州之宋城❷。父諱補之，官至太常博士。

【章　旨】本段敘石延年的家世和先人。

【注　釋】❶幽州　唐幽州治薊縣，在今北京西南。自後晉石敬塘以燕雲十六州之地賂契丹，幽州便為契丹所有。❷宋城　縣名，宋州州治所在，今河南商丘南。

【語　譯】曼卿名延年，姓石，他的祖先是幽州人。幽州淪入契丹，他的祖父自成才帶著他的家族潛逃回到南方。天子嘉獎他的南來，打算用他做官，他不同意，於是把家安在宋州的宋城縣。父親名補之，官做到太常博士。

幽燕俗勁武，而曼卿少亦以氣自豪。讀書不治章句，獨慕古人奇節偉行非常之功，視世俗屑屑無足動其意者。自顧不合於時，乃一混於酒。然好劇飲大醉，頹然自放。由是益與時不合。而人之從其游者皆知愛曼卿落落可奇，而不知其才之有以用也。年四十八，康定❶二年二月四日，以太子中允❷、祕閣校理❸，卒於京師。

【章　旨】本段敘石延年的才氣及死的時間、最終官職。

【注　釋】❶康定　宋仁宗年號，康定二年為西元一〇四一年。三月後改為慶曆元年。❷太子中允　東宮屬官，宋代一段時期不設此職，以之為階官。❸祕閣校理　宋朝於三館之外又於崇文院中堂置祕閣，設直閣、校理等官，已見前注。

【語　譯】幽燕一帶風俗強勁尚武，而曼卿從小也就憑藉不凡氣概自豪。讀書不鑽研一章一句的解釋，只羨慕古人奇偉的節操和行為及不平凡的功業，看待世俗的人和事只覺得渺小瑣屑沒有什麼值得他動心的。自己考慮到與時世不合，就一心沉迷於飲酒之中。但又喜歡豪飲大醉，做出疏慢狂放的樣子。因此更加與世俗合不來。可人們中那些跟他交往的都只知喜愛曼卿的高超不凡令人驚異，卻不知道他的才能有可用之處啊。年紀四十八歲，康定二年二月四日，在太子中允、祕閣校理任上，死於京城。

曼卿少舉進士，不第。真宗推恩，三舉進士皆補奉職❶。曼卿初不肯就，張文節公❷素奇之，謂曰：「母老乃擇祿❸耶？」曼卿矍然起就之，遷殿直❹。久之，改太常寺太祝❺，知濟州金鄉縣❻。歎曰：「此亦可以為政也。」縣有治聲。通判乾寧軍❼。丁母永安縣君李氏憂，服除，通判永靜軍❽。皆有能名。充館閣校勘❾，累遷大理寺丞，通判海州❿。還為校理。

【章 旨】本段敘述石延年為官經歷。

【注 釋】❶奉職 即三班奉職。宋時武官分東、西、橫三班，凡做官的人，先為三班借職，後轉為三班奉職，是武官的最低職級。❷張文節公 即張知白，字用晦，滄州清池人。文節是他的諡號。❸母老乃擇祿 古人有「家貧親老者不擇官而仕」的說法。❹遷殿直 武官敘遷的制度，由三班奉職轉右班殿直，再轉左班殿直，右侍禁、左侍禁。❺太常寺太祝 具體負責祭祀時儀式的小官，地位與武職之左侍禁相當。❻濟州金鄉縣 今山東金鄉治。❼乾寧軍 軍名，唐乾寧間置，治所在永安（今河北青縣）。❽永靜軍 屬河北路，治東光縣，即今河北東光。❾館閣校勘 在館閣任職的官員中地位較低者，校勘低於校理。❿海州 州名。東魏治，治所在朐縣，今江蘇連雲港西南海州鎮。

【語 譯】曼卿少年時被推舉參加進士考試，沒有考中。真宗皇帝廣施恩澤於士子，三次參加進士考試不中的都任命為三班奉職。曼卿首先不肯赴任，張文節公素來覺得曼卿奇特不凡，對他說：「母親年老卻挑選官職嗎？」曼卿吃驚地注視著，立即起身到職去了。升轉為殿直，過了很久，改任太常寺太祝，濟州金鄉知縣。他感嘆說：「這也可以作為政事進行治理了。」在該縣有治理得好的聲譽。轉任乾寧軍通判。遇上母親永安縣君李氏死守喪，守喪完畢，任永靜軍通判。都有能幹的美名。便充任館閣校勘，累積升遷為大理寺丞，海州通判。回到京城任館閣校理。

莊獻明肅太后❶臨朝，曼卿上書，請還政天子。其後太后崩，范諷❷以言見幸，引嘗言太后事者，遽得顯官。欲引曼卿，曼卿固止之，乃已。

【章 旨】本段敘石延年上書請太后還政，又不以此博取富貴的識見與胸懷。

【注 釋】❶莊獻明肅太后 仁宗的嫡母劉太后，曾臨朝聽政，後改諡為章獻明肅皇太后。❷范諷 字補之，權御史中丞，以龍圖閣直學士權三司使。

【語譯】莊獻明肅太后臨朝聽政，曼卿上書，請太后把政權歸還給天子。後來太后死，范諷因為議論政事合皇帝心意得到寵幸，他引薦曾經發表過要太后還政言論的人，立即得到尊顯的官職。他要引薦曼卿，曼卿堅決阻止他，才作罷。

自契丹通中國❶，德明❷盡有河南❸而臣屬，遂務休兵養息，天下宴然，內外弛武三十餘年。曼卿上書言十事，不報。已而元昊反，西方用兵，始思其言。召見，稍用其說：籍河北、河東❹、陝西之民，得鄉兵數十萬。曼卿奉使籍兵河東，還，稱旨，賜緋衣銀魚。天子方思盡其才，而且病矣！既而聞邊將有欲以鄉兵捍賊者，笑曰：「此得吾麤❺也。夫不教之兵，勇怯相雜，若怯者見敵而動，則勇者亦牽而潰矣。今或不暇教，不若募其敢行者，則人人皆勝兵也。」

【章旨】本段敘石延年募鄉兵加強邊防的意見，表現他的政治和軍事才能。

【注釋】❶契丹通中國　《宋史・真宗紀》：「景德二年春正月庚戌朔，以契丹講和，大赦天下。」❷德明　趙德明，西夏主趙元昊之父，占有河西之地，時叛時服。❸河南　此處即指河西，今甘肅、寧夏一帶。❹河東　此指今山西境內黃河以東地區，宋設有河東路，治所在并州。❺麤　通「粗」。

【語譯】自從契丹與中國通好講和，趙德明完全占有河西之地也臣服歸順，於是致力於罷兵休養生息，天下一派太平氣象，內地邊防放鬆戰爭準備三十多年。曼卿上書提出十條意見，得不到回音。不久趙元昊反叛，朝廷在西部作戰，才想起曼卿的言論。召見他，漸漸採用他的建議：登記河北、河東、陝西的鄉民，得到鄉兵幾十萬。曼卿奉命出使河東登記鄉兵，回朝，符合皇上的心意，被賜准予著紅色官服和佩銀魚袋。天子正想要充分發揮他的才幹，可是他卻要病了！接著聽說邊將中有人想用鄉兵去抵禦敵人，他笑著說：「這只是得了我的意見中一點粗略的皮毛呢。那未經訓練的士兵勇敢的怯懦的混在一起，假如膽小的見到敵人而動搖，那麼勇敢的也被牽連而潰散了。如今要是來不及訓練，不如只召募那些敢於出戰的，那就人人都是能打勝仗的兵了。」

其視世事蔑若不足為，及聽其施設之方，雖精思深慮，不能過也。狀貌偉然，喜酒自豪，若不可繩以法度。退而質其平生趣❶舍大節，無一悖於理者。遇人無賢愚，皆盡忻懽，及可否天下是非善惡，當其意者無幾人。其為文章，勁健稱其意氣。

【章旨】本段總述石延年為人及為文的特點。

【注釋】❶趣 通「取」。

【語譯】他看待世上的事似乎微不足道不值得去做，等到聽見他那些安排設計的辦法，即使是精心思索深謀遠慮的，也不能超過他。他的形狀相貌很雄偉，喜歡飲酒自視雄豪，似乎不能夠用法度來規範他，可是退下來考證他一生做什麼不做什麼的大原則，卻沒有哪一項是不合事理的。碰到人不管對方是賢明還是愚昧，都特別歡欣喜悅，等到對天下的是非善惡作肯定或否定，能合他心意的並沒有幾個人。他寫作文章，剛健有力也與他的氣概相合。

有子濟、滋。天子聞其喪，官其一子❶，使祿其家。既卒之三十七日，葬於太清❷之先塋。其友歐陽修表於其墓曰：

【章　旨】本段敘石延年的子嗣及安葬之地。

【注　釋】❶一子　指石濟，慶曆元年錄為太廟齋郎。❷太清　石延年葬地不詳。一說太清為河南永城之一鄉名。

【語　譯】石曼卿有兒子名濟、名滋。天子聽說石曼卿死了，給他的一個兒子官職，使他有俸祿可以供養其家。曼卿死後的三十七天，安葬在太清石氏先人的墓地。他的朋友歐陽修撰墓表在他的墓前說：

嗚呼曼卿！寧自混以為高，不少屈以合世，可謂自重之士矣！士之所負者愈大，則其自顧也愈重，自顧愈重，則其合愈難。然欲與共大事、立奇功，非得難合自重之士，不可為也。古之魁雄之人，未始不負高世之志，故寧或毀身汙迹，卒困於無聞；或老且死而幸一遇，猶克少施於世。若曼卿者，非徒與世難合，而不克所施，亦其不幸不得至乎中壽❶，其命也夫！其可哀也夫！

【章　旨】銘文通過論斷對石延年作出評價，對其才不為世用深表同情。

【注　釋】❶中壽　次於上壽者為中壽，或以一百歲為中壽（《左傳》疏），或以八十歲為中壽（《莊子・盜跖》），或以七十（《淮南子・原道》）、六十（《呂氏春秋・安死》）為中壽，說法各異。

【語　譯】啊，曼卿！寧願以自己的混濁來顯示高潔，不稍許屈從來迎合世俗，可以稱得上是自重的人士了。

士所倚恃的才能越大，那麼他看待自己也就越重，看待自己越重，那麼他同世俗投合就更加困難。但是要一起幹大事業、立奇偉功勳，不能得到難合自重的人士，是做不成的。古代那些偉大傑出的人，未嘗不懷抱高出世俗的理想，所以有的寧可毀棄身軀行為汙濁，最終在沒沒無聞中困頓度日；有的年老快死了而有幸遇到一次機會，還可以在世上稍稍施展。像曼卿這樣的人，不但與時世難以合拍，而不能有所作為，而且他不幸不能活到六七十歲，是他的命吧！真是令人悲哀啊！

【研　析】石曼卿是北宋時一個著名的詩人，當時人稱之為詩豪，但歐陽修在這篇墓表裡對此少有涉及，只以「其為文章，勁健稱其意氣」一句了之，而這一句的真正目的仍在強調他的「意氣」，這是因為歐陽修在文中著意要告訴人們，石曼卿不是一個普通的文士、詩人，而是一個懷抱濟世大才不得施展因而自混於酒的奇士。全文以「負奇」「難合」等句作為骨幹，章法極富變化，敘事、抒情、議論結合，轉折多層而一氣暢達，作者健筆足以配人物之豪氣。文章開篇說石氏來自幽州，接著以「幽燕俗勁武」承接，而寫曼卿以氣自豪，與時不合，寫人愛其落落可奇，而不知其才之有用，寫其四十八歲即早早死去，以敘述文字傳達感慨深情。對曼卿的才能，從三方面寫出：所任官均有能名；上書言太后事而拒絕范諷引薦；天下晏然而獨深謀遠慮提出加強邊備的措施。曼卿上書言十事，作者只寫其中一件，稍用其說，已能改變邊防形勢，讀者只覺其深不可測。正如林紓所言，「發揮曼卿之能不遺餘力」，但只敘述而不加議論，蓄勢待發，至篇末就大加論斷，完成「難合自重之士」的評價。可以共大事、立奇功的異才，不僅因難合而無所作為，而且又令其短命，絕無「一遇」的機會，「其命也夫！」「其可哀也夫！」是大論斷，也是大感慨，是何等的健筆！

永春縣令歐君墓表

歐陽永叔

【題　解】永春縣宋屬泉州，今屬福建。歐君名慶（西元九六六—一〇二九年），字貽孫，光化軍乾德縣（即今湖北光化）人。歐陽修在文中自言曾經做過乾德縣令，從那裡的父老口中得知歐慶的情況，才為他寫了這篇墓表，表彰其高尚品德而同情他沉淪下僚的遭遇。歐陽修的文集標明此文作於天聖（西元一〇二三—一〇三一年）某年，這顯然與事實不符。歐陽修天聖八年（西元一〇三〇年）才因中進士而踏入仕途，景祐三年（西元一〇三六年）貶為夷陵縣令，景祐四年底才被任為乾德縣令，其赴乾德上任，已在寶元元年（西元一〇三八年）三月。兩年之後即康定元年，歐陽修離開乾德。文中歐陽修說：「修嘗為其縣令」，是已離乾德的口氣。所以這篇墓表的寫作必在康定之後，距離天聖至少十年了，具體在哪一年則不得而知。

君諱慶，字貽孫，姓歐氏，其上世為韶州曲江❶人。後徙均州之鄖鄉❷，又徙襄州之穀城❸。乾德❹二年，分穀城之陰城鎮為乾德縣❺，建光化軍，歐氏遂為乾德人。

【章旨】本段敘歐慶的家世、籍貫。

【注釋】❶韶州曲江　今廣東曲江。❷鄖鄉　縣名，唐屬均州，今湖北鄖縣治。❸穀城　縣名，在今湖北西北部。❹乾德　宋太祖年號。二年即西元九六四年。❺乾德縣　熙寧五年（西元一〇七二年）始改為光化縣。

【語譯】君名慶，字貽孫，姓歐，他的先代是韶州曲江人。後來遷徙到均州的鄖鄉縣，又遷徙到襄州的穀城縣。太祖乾德二年，分出穀城縣的陰城鎮作為乾德縣，建立光化軍，歐氏於是成了乾德人。

修嘗為其縣令，問其故老鄉閭之賢者，皆曰有三人焉：其一人，曰太傅贈太師中書令鄧文懿公❶；其一人，曰尚書屯田郎中戴國忠❷；其一人曰歐君也。三人者，學問出處，未嘗一日不同，其忠信篤於朋友，孝悌稱於宗族，禮義達於鄉閭。乾德之人初未識學者，見此三人，皆尊禮而愛親之。既而皆以進士舉於鄉，而君獨黜於有司。

【章旨】本段述歐慶的賢良及為家鄉民眾愛敬的情況。

【注釋】❶鄧文懿公　指張士遜。字順之，淳化（西元九九〇—九九四年）間進士，曾三次作宰相，以太傅致仕，封鄧國公，死後贈太師、中書令，諡文懿。❷戴國忠　慶曆（西元一〇四一年至一〇四八年）間進士，官至屯田郎中。一說戴與張、歐三人同學，疑不確。戴中進士晚於張幾五十年，不可能同學。

【語譯】我曾經做過該縣的縣令，詢問那裡的老人該縣城鄉有哪些賢者，都說有三個人呢：其中一人，是太傅贈太師、中書令鄧國文懿公張士遜；其中一人，是尚書省屯田郎中戴國忠；另外一個就是歐君。三個人，學問的來源，不曾有哪天不同，他們對朋友忠誠信義十分深篤，孝敬父母友愛兄弟的親情在同族人中受到稱揚，講究禮讓維護正義的行為傳頌於鄉里。乾德縣的人本不認識學者，看見這三個人，都知道尊重禮敬而且愛戴親近他們。接著都在鄉里被薦舉出來參加進士考試，可是只有歐君一個人被主考機關所黜落。

後二十年，始以同三禮出身❶，為潭州湘潭❷主簿，陳州❸司法參軍，監考城❹酒稅，遷彭州❺軍事推官，知泉州永春縣事。而鄧公已貴顯於朝，君尚為州縣吏。所至上官多鄧公故舊，君絕口不復道前事，至終其去，不知君為鄧公友也。君為吏廉，貧宗族之孤幼者皆養於家。居鄉里，有訟者多就君決曲直，得一言遂不復爭。人至於今傳之。

【章旨】本段敘歐慶為官經歷及表現。

【注釋】❶同三禮出身　即明經科，明經科分經考試，「三禮」為其中之一。同出身，即指三甲。❷潭州湘潭　即今湖南湘潭。❸陳州　治所在今河南淮陽。司法參軍是負責執法斷案的屬員，從八品。❹考城　縣名，屬河南，今已與蘭封縣合併稱為蘭考。❺彭州　今四川彭縣治。

【語譯】二十年之後，才憑著同三禮出身，任潭州湘潭縣的主簿，陳州司法參軍，監管考城縣的酒稅，升遷為彭州軍事推官，泉州永春縣的知縣。可鄧國公這時在朝廷已尊貴顯赫，歐君還只是州縣一級的小官吏。所到之處上級官員多數是鄧公的親朋戚友，歐君閉口再不提及從前的事，直到最後他離開，人們並不知道他是鄧公的朋友。歐君做官廉潔，貧苦族人中的孤兒都收養在家裡。居住在鄉里，鄉民有互相爭訟的往往找他來決斷是非，得到他的一句評判就不再爭執。人們至今傳頌著這類事情。

嗟夫！三人之為道無所不同，至其窮達，何其異也？而三人者未嘗有動於其心，雖乾德之人稱三人者，亦不以貴賤為異，則其幸不幸豈足為三人者道哉？然而達者昭顯於一時，而窮者泯沒於無述，則為善者何以勸？而後世之來者，何以考德於其先？故表其墓以示其子孫。

【章　旨】本段讚美歐慶的節操而同情其不遇，提示寫作墓表的用意。

【語　譯】唉！三個人所堅持的思想原則沒有什麼不同，至於他們的窮困或顯達，為何這麼的不同呢？然而這三個人從沒有在他們的心裡產生過這樣的念頭，即使是乾德的人們稱頌三人的時候，也不因為貴賤有別而表現不同的態度，然則那幸或是不幸哪裡值得替三個人評說呢？但是顯達的顯赫於一時，而困窮的由於沒有記載而泯滅，那麼做好事的怎麼能得到鼓勵？而且後代出生的人憑藉什麼去考證他們先輩的美德？所以我特撰寫碑文立在他的墓前，以便給他的子孫瞻仰。

君有子世英，為鄧城❶縣令，世勣舉進士。君以天聖❷七年卒，享年六十有四，葬乾德之西北廣節山之原。

【章　旨】本段敘歐慶的子嗣情況及其卒葬時地。

【注　釋】❶鄧城　在今湖北襄樊北。❷天聖　宋仁宗年號。七年即西元一○二九年。

【語　譯】歐君有兒子名世英，任鄧城縣令，名世勣的，被推舉應進士考試。歐君在天聖七年去世，享年六十四歲，安葬在乾德縣西北廣節山的原野。

【研　析】歐慶只是一個小小的縣令，也沒有多少才能政績可以敘述，如果孤立地寫歐慶，難免內容空洞，無話可說。作者的巧妙之處是從同縣找出兩個人來作幫襯點染，特別是以富貴顯達的張士遜來陪襯歐慶，一方面寫他們學問相同，人品無別，而一個貴顯於朝，一個還是州縣之吏，喚起讀者對歐慶不幸遭遇的同情；一方面又通過歐慶不向上司誇耀自己是張士遜的朋友，不因貴賤不同而有動於心，寫出歐慶的淡泊、高潔。這就是文中借賓定主的方法。

右班殿直贈右羽林軍將軍唐君墓表

歐陽永叔

【題解】右班殿直，武官名，低級武官由三班借職升轉三班奉職，再轉右班殿直。羽林軍是皇帝禁衛軍的名稱，宋代未設羽林軍，這裡的右羽林將軍不過贈與虛銜而已。唐君指唐拱（西元九七七—一〇二二年），是以正直敢言而享譽當時的唐介的父親。本文寫於仁宗嘉祐四年（西元一〇五九年），而唐拱之死是在三十七年以前的真宗乾興元年，這次是唐介在朝任職，又逢仁宗因舉行重大祭禮而施加恩典，因而給唐拱加贈官職，才重新撰文樹碑的，所以歐陽修在文中除簡介唐拱之外，還特別讚美了唐介和宋朝廷澤及先人的措施。

嘉祐四年冬，天子既受祫享❶之福，推恩群臣，並進爵秩，既又以及其親，若在若亡，無有中外遠邇。於是天章閣待制、尚書戶部員外郎唐君❷，得贈其皇考驍衛❸府君❹為右羽林將軍。

【章旨】本段敘仁宗因祫祭而給群臣加官進爵，唐拱獲贈新的官號。

【注釋】❶祫　古代祭祀名，集合遠近祖先神主於太廟合祭，通常三年一次。❷唐君　指唐介，字子方。❸驍衛　驍衛將軍，禁衛軍官名目之一，此指唐拱原先所贈的官銜。❹府君　漢魏時尊稱太守為府君，唐以後不論爵秩，碑版通稱死者為府君。

【語譯】嘉祐四年冬天，天子既已接受了祫祭帶來的福祉，廣施恩德給群臣，一齊進爵加官，接著又把這種恩惠加給臣子們的雙親，或還健在或已亡故，無分在朝在外，也不論遠近。在這種情況下，天章閣待制、尚書省戶部員外郎唐君，獲贈他已故父親驍衛將軍為右羽林將軍。

府君諱拱，字某，其先晉原❶人，後徙為錢塘❷人。曾祖諱休復，唐天復❸中舉明經，為建威軍節度推官。祖諱仁恭，仕吳越王，為唐山❹縣令，累贈諫議大夫。父諱謂，官至尚書職方郎中❺，累贈禮部尚書。府君以父廕，補太廟齋郎，改三班借職，再遷右班殿直，監舒州孔城鎮❻、澧州❼酒稅，巡檢泰州❽鹽場，漳州❾兵馬監押。乾興元年七月某日，以疾卒於官，享年四十有六。府君孝悌於其家，信義於其朋友，廉讓於其鄉里。其居於官，名公鉅人，皆以為材，而未及用也。享年不永，君子哀之。

【章　旨】本段敘唐拱的生平經歷及其才能品德。

【注　釋】❶晉原　宋縣名，在今四川崇慶東。❷錢塘　古郡名，治所在今浙江杭州。按《宋史・唐介傳》稱唐介為江陵人。江陵即今湖北荊州。❸天復　唐昭宗年號。❹唐山　今浙江臨安西昌化鎮。❺職方郎中　兵部職方司長官，掌管天下圖籍，各地物產風俗地理變革情況。❻舒州孔城鎮　在今安徽桐城東。❼澧州　州治在今湖南澧縣。❽泰州　即今江蘇泰州。❾漳州　治所在今福建漳州。

【語　譯】府君名拱，字某某，他的先人是晉原人，後來遷徙成了錢塘人。曾祖父名休復，唐朝天復年間推舉參加明經考試中第，任建威軍節度推官。祖父名仁恭，在吳越王下面任官，做唐山縣令，多次贈封到諫議大夫。父親名謂，官做到尚書省職方郎中，累積贈封為禮部尚書。府君因父親為官享受恩廕，充任太廟齋郎，改為三班借職，兩次升遷為右班殿直，監管舒州孔城鎮、澧州的酒稅，巡檢泰州鹽場，任漳州兵馬監押。乾興元年七月的某一天，由於疾病死於任上，享年四十六歲。府君對他家裡人孝敬友愛，對他的朋友講信義，對於他的鄉鄰廉正禮讓。他擔任官職的時候，有名的公卿大人物，都認為他是幹才，可是沒有來得及用他。活的年歲不長，士大夫都為他感到可惜。

有子曰介，字子方，舉進士。皇祐❶中，嘗為御史。以言事切直❷，貶春州❸別駕。當是時，子方之風竦動❹天下，已而天子感悟，貶未至而復用之。今列侍從，居諫官❺。自子方為祕書丞，始贈府君為太子右清道率府率；其為尚書主客員外郎、殿中侍御史裡行，又贈府君為右監門衛將軍；其為尚書工部員外郎、直集賢院、權開封府判官，又贈府君為右屯衛將軍；其遷戶部員外郎、河東轉運使，又贈府君為驍衛將軍。蓋自登於朝，以至榮顯，遇天子有事於天地宗廟，推恩必及焉。

【章　旨】本段敘唐拱之子唐介正直敢言並能不斷給拱帶來榮耀。

【注　釋】❶皇祐　宋仁宗年號，共六年（西元一〇四九－一〇五四年）。❷言事切直　指唐介彈劾宰相文彥博鎮守蜀中的時候造間金奇錦，通過宦官結交張貴妃以謀取執政地位，又越級提拔貴妃之父張堯佐，請求罷斥宰相，取消張堯佐的任命。仁宗大怒，唐介據理力爭，被貶為春州別駕。❸春州　今廣東陽春。❹竦動　震動。唐介的行為在當時影響甚大，詩人梅堯臣等均作詩歌頌。稱其「去國一身輕似葉，享名千載重如山。」❺居諫官　唐介嘉祐三年入朝為三司度支副使，四年拜天章閣待制、知諫院。

【語　譯】府君有兒子名介，字子方，中進士。皇祐年間，曾經做御史。因為議論政事急切直率，被貶為春州別駕。在這時候，子方的風采震動天下，人人仰望，接著天子也感發覺悟，還沒有到達貶謫地又起用了他。現在他位居侍從之臣，身任諫官。自從子方擔任祕書丞，開始贈封府君作太子右清道率府率；他任尚書省主客員外郎、殿中侍御史裡行，又追贈府君為右監門衛將軍；他任尚書省工部員外郎、直集賢院、代理開封府判官，又追贈府君為右屯衛將軍；他升為戶部員外郎、河東轉運使，又追贈府君為驍衛將軍。大致從子方進入朝廷，直到尊榮顯貴，遇到天子祭祀天地祖先的盛典，施加恩德必定會到府君身上。

府君初娶博陵崔氏，贈仙游縣太君；後娶崔氏，贈清河縣太君，皆衛尉卿❶仁冀之女。生一男，介也；五女，長適太子中舍盧圭，次適歐陽昊，早卒，次適橫州❷推官高定，次適進士陸平仲，次適著作佐郎陳起。

【章　旨】本段敘唐拱妻室子女的情況。

【注　釋】❶衛尉卿　衛尉寺長官，掌管儀衛兵械甲冑。❷橫州　今廣西橫縣治。

【語　譯】府君最初娶博陵崔家之女，追贈為仙游縣太君；後來又娶崔家女子，追贈為清河縣太君，都是衛尉寺卿崔仁冀之女。生下一個兒子，就是唐介；五個女兒，長女嫁給太子中舍盧圭，二女兒嫁給歐陽昊，早死，三女兒嫁橫州推官高定，四女兒嫁進士陸平仲，小女兒嫁著作佐郎陳起。

慶曆三年八月某日，以府君及二夫人之喪合葬於江陵龍山❶之東原。後十有七年，廬陵歐陽修乃表於其墓曰：

【章旨】本段敘唐拱的安葬時地及寫墓表的時間。

【注釋】❶龍山 地在今湖北荊州西。

【語譯】慶曆三年八月某日，將府君和兩位夫人的靈柩合葬在江陵縣龍山的東麓。十七年之後，廬陵歐陽修於是撰寫了墓表立在他的墓前，說：

嗚呼！余於此見朝廷所以褒寵勸勵臣子之意，豈不厚哉！又以見士之為善者，雖湮沒幽鬱，其潛德隱行，必有時而發；而遲速顯晦，在其子孫。然則為人之子者，其可不自勉哉！蓋古之為子者，祿不逮養❶，則無以及其親矣；今之為子者，有克自立，則尚有榮名之寵焉，其所以教人之孝者，篤於古也深矣！子方進用於時，其所以榮其親者，未知其止也，姑立表以待焉！

【章旨】本段評析給親人加贈榮銜的意義，告誡子孫努力自立。

【注釋】❶祿不逮養 《韓詩外傳》和《說苑》載曾子和子路都曾說過，貧窮時只能用簡單的東西奉養雙親，等到富貴了，有了條件，親人卻死了。感嘆不及用俸祿孝養親人。

【語譯】唉！我從這裡看出朝廷用來褒獎激勵臣子的意思，難道不深厚嗎！又由此看出士人中做好事的，即使被埋沒隱蔽不得伸展，他那不為人知的美德善行，一定有朝一日會發揚顯現出來，至於是遲是早、顯著還是微弱，就決定於子孫的作為。既然如此那麼做人的兒子的人，怎能不自覺努力呢！大凡古代那些做兒子的人，俸祿趕不上孝養親人的話，就沒有辦法讓孝心達到親人身上了；今天做兒子的人，有條件可以自立，就還有官爵名號的尊榮啊，這用來教人行孝的辦法，比古代要深厚多了！子方當今正受提拔重用，他用來為親人增添榮耀的機會，還不知哪裡是盡頭呢，姑且立這墓表來等待吧！

【研　析】本文首段不由姓名籍貫家世出身起筆，開篇即寫天子祫祭推恩，唐某因兒子居官而獲贈新的官號，為下文的敘述和議論張本。下文敘唐拱的經歷和善行，寫他孝悌、信義、廉讓俱全，而享年不永。為下文「士之為善者，雖湮沒幽鬱，其潛德隱行，必有時而發」作根。寫唐介，簡單而有力地介紹之後，不厭其煩地歷數他前此的四次加官而使亡父增添榮耀，既與開頭照應，合而為五，又為篇末的評議提供有力的事實。全文緊緊圍繞這次立墓表的主要原因，即追贈亡親官職落筆，不蔓不枝，前後呼應，綿密無間。

瀧岡阡表

歐陽永叔

【題　解】瀧岡，在今江西永豐南之鳳凰山，山旁即為沙溪。阡，墓道，阡表即墓表，墓道上的石碑文字。宋真宗大中祥符三年（西元一〇一〇年），歐陽修之父歐陽觀死於泰州軍事判官任上，第二年葬於瀧岡。仁宗皇祐四年（西元一〇五二年）歐陽修的母親鄭夫人死於南京（今河南商邱）留守官舍，也合葬於瀧岡。皇祐年間歐陽修就曾寫有〈先君墓表〉（載《歐陽文忠公集》卷六十二），神宗熙寧三年（西元一〇七〇年），其父死六十年之後，歐陽修在青州知州任內，經過精心修訂，更名為〈瀧岡阡表〉，刻於父親墓前石碑上。從初稿到定稿，前後約二十年，是歐陽修晚年的力作。文中作者以極其真摯的感情，生動記述了母親儉約持家，對他辛勤撫育、諄諄教誨的情景，父親清廉、孝順、仁愛的品格，也反映了自己廉潔正直不苟合於世的精神風貌。

文中有可貴的親情，自然也有舊時代人物光宗耀祖的意識和非科學的因果報應的觀念。

嗚呼！惟我皇考❶崇公❷，卜吉於瀧岡之六十年，其子修始克表於其阡，非敢緩也，蓋有待也。

【章旨】本段提示撰碑的時間，說明推遲立碑是有所等待。

【注釋】❶皇考　對亡父的尊稱。皇，美的意思。考，已故的父親。❷崇公　歐陽修的父親，名觀，字仲賓，神宗即位後追贈為崇國公。

【語譯】唉！我已故的父親崇國公，在瀧岡占卜吉日安葬六十年之後，他的兒子歐陽修才能夠在墓道上立碑。並不是我敢於有意遲緩，而是因有所等待呢。

修不幸，生四歲而孤。太夫人❶守節自誓，居貧，自力於衣食，以長以教，俾至於成人。太夫人告之曰：「汝父為吏，廉而好施與，喜賓客。其俸祿雖薄，常不使有餘，曰：『毋以是為我累。』故其亡也，無一瓦之覆，一壠之植，以庇而為生。吾何恃而能自守邪？吾於汝父，知其一二，以有待於汝也。自吾為汝家婦，不及事吾姑，然知汝父之能養也。汝孤而幼，吾不能知汝之必有立，然知汝父之必將有後也。吾之始歸也，汝父免於母喪方逾年。歲時祭祀，則必涕泣曰：

『祭而豐，不如養之薄也。』間御酒食，則又涕泣曰：『昔常不足，而今有餘，其何及也！』吾始一二見之，以為新免於喪適然耳。既而其後常然，至其終身未嘗不然。吾雖不及事姑，而以此知汝父之能養也。汝父為吏，嘗夜燭治官書❷，屢廢而歎。吾問之，則曰：『此死獄也，我求其生不得爾！』吾曰：『生可求乎？』曰：『求其生而不得，則死者與我皆無恨也；矧求而有得邪！以其有得，則知不求而死者有恨也！夫常求其生，猶失之死，而世常求其死也。』回顧乳者劍❸汝而立於旁，因指而歎曰：『術者謂我歲行在戌❹將死。使其言然，吾不及見兒之立也，後當以我語告之。』其平居教他子弟，常用此語。吾耳熟焉，故能詳也。其施於外事，吾不能知；其居於家，無所矜飾，而所為如此。是真發於中者邪！嗚呼！其心厚於仁者邪！此吾知汝父之必將有後也。汝其勉之！夫養不必豐，要於孝；利雖不得溥於物，要其心之厚於仁。吾不能教汝，此汝父之志也。」修泣而志之，不敢忘。

【章旨】本段敘母親教訓歐陽修時所述其父廉潔仁孝的事跡。

【注釋】❶太夫人　歐陽修的母親鄭氏。古時列侯之妻稱夫人，列侯死，子稱其母為「太夫人」。❷官書　官府文書，此指刑獄案卷。❸劍　挾抱在身的一邊。一作「抱」。❹歲行在戌　歲星經行正在戌年。歐陽修的父親死於大中祥符三年（西元一〇一〇年）庚戌，這只是一種巧合。

【語　譯】修不幸，生下來才四歲便失去父親。母親發誓守節，家境貧寒，自己操持生活，撫養我，教育我，使我能長大成人。母親告訴我說：「你父親做官，廉潔自守卻喜歡拿財物幫助別人，又喜歡接待賓客。他的俸祿雖然微薄，也常常沒有剩餘。他說：『莫因這些財物損壞了我的名聲。』所以他死的時候，沒有留下一間半間房屋，一塊兩塊土地的作物，用來庇護你維持生活。我依仗什麼能夠自己守節呢？我對於你的父親，是了解他的一些方面的，因此對你有所期待啊。我自從做了你家的媳婦，沒趕上侍奉我的婆婆，可是我知道你的父親能孝養父母。你沒了父親，年紀又小，我不能知道你一定能有所樹立，但能料定你父親一定會有好的後代。我才嫁過來的時候，你父親守母喪期滿才過一年。每逢年節舉行祭祀，就一定流著眼淚說：『祭祀時再豐厚，也比不上生前多一些微薄的供養呢。』間或進用酒食，就又流淚說：『以前常常覺得不夠，而現在有了剩餘，可是卻又無法做到奉養父母了！』我開始一次兩次見到這種情況，以為他剛剛免除喪服偶然如此罷了。後來經常是這樣，直到他去世沒有不是這樣的。我雖然來不及侍奉婆婆，但是憑這一點就知道你父親是能孝養父母的。你父親做官時，曾經夜晚點上燈燭，處理文卷，屢次停下來嘆息不止。我問他，他就說：『這是判死刑的案子，我想尋求救活他的辦法，卻做不到！』我說：『可以給死囚尋求救活之法嗎？』你父親說：『想尋求辦法救活他卻做不到，那麼死者和我都沒有遺恨了；況且一心想為他尋求救活之法有時確能找到呢！因為其中有可以救活的情況，便知道不替他想辦法而被處死的人將會含恨不已啊！即使這樣常為死囚求生路，還有錯誤被處死的，可世上有的官吏卻常常想方設法要把人處死呢。』他回頭看見奶媽抱著你站在旁邊，於是指著你嘆息著說：『算命先生說我逢戌年就要死去。如果他的話說對了，我就等不及看到兒子自立成人了，今後應當把我的話告訴他。』他平常教誡其他的晚輩，也常用這些話。我聽熟了，所以能詳細說出來。他在外如何施為，我不能夠知道；他住在家裡，毫無故意做作之處，而所做的事情是這樣。這真是發自內心的行為啊！唉！他的心裡是非常重視仁道的啊！這就是我料定你父親一定會有好的後代的原因。你可要用這些來勉勵自己。奉養長輩不一定衣食豐厚，重要的是有孝心；好處雖然不能夠普遍施給每一個人，重要的是在心裡重視仁道。我沒有什麼可以教導你，上面說的這些是你父親的心願呢。」我流著淚記住了這些話，不敢忘記。

先公❶少孤力學。咸平❷三年進士及第。為道州❸判官，泗、綿❹二州推官，又為泰州❺判官，享年五十有九，葬沙溪之瀧岡。太夫人姓鄭氏，考諱德儀，世為江南名族。太夫人恭儉仁愛而有禮，初封福昌❻縣太君❼，進封樂安、安康、彭城三郡太君。自其家少微時，治其家以儉約，其後常不使過之，曰：「吾兒不能苟合於世，儉薄所以居患難也。」其後修貶夷陵❽，太夫人言笑自若，曰：「汝家故貧賤也，吾處之有素矣。汝能安之，吾亦安矣。」

【章　旨】本段敘父母的出身經歷，兼及母親的為人。

【注　釋】❶先公　對去世父親的尊稱。❷咸平　宋真宗年號，三年為西元一〇〇〇年。❸道州　治所在今湖南道縣。❹泗綿　泗州治所在今安徽泗縣。綿州治所在今四川綿陽。❺泰州　治所在今江蘇泰州。判官推官都是州郡長官之僚屬，判官主管文書事務；推官主管刑獄。❻福昌　古縣名，下之樂安、安康、彭城，均古郡名，宋時已不存在，只作封贈之稱號，並非實封於其地。❼太君　古代官員母親的封號，有郡太君、縣太君之別，宋制：朝廷卿、監和地方知州等官之母封縣太君；朝廷侍郎、學士和地方觀察、留後之母封郡太君。❽夷陵　今湖北宜昌。仁宗景祐三年（西元一〇三六年）范仲淹被貶，歐陽修因為范仲淹不平寫信批評諫官高若訥，被貶為夷陵縣令。

【語　譯】先父小時候死了父親，勤奮讀書。在咸平三年考中進士，曾任道州判官，泗、綿兩州的推官，後任泰州判官，終年五十九歲，葬在沙溪的瀧岡。我母親姓鄭，她的父親名德儀，世代為江南有名望的大族。我母親恭敬勤儉，寬仁慈愛，待人有禮，起初封福昌縣太君，後加封為樂安、安康、彭城三郡太君。在我家貧窮的時候，她勤儉節約管理家庭，以後總不許超過這個限度，她說：「我的兒子不能無原則地附和世俗的生活，節約儉樸是準備度過患難的日子。」後來我貶謫到夷陵，我母親仍談笑自如，說：「你家原來就貧窮，我已經過習慣了。如果你能夠安然處之，我也就安心了。」

自先公之亡二十年❶，修始得祿而養。又十有二年❷，列官於朝，始得贈封其親。又十年❸，修為龍圖閣直學士、尚書吏部郎中，留守南京❹。太夫人以疾終於官舍，享年七十有二。又八年❺，修以非才，入副樞密，遂參政事。又七年❻而罷。自登二府❼，天子推恩，褒其三世。蓋自嘉祐以來，逢國大慶，必加寵錫。皇曾祖府君，累贈金紫光祿大夫、太師❽、中書令❾兼尚書令❿；曾祖妣，累封楚國太夫人；皇祖府君，累贈金紫光祿大夫、太師、中書令兼尚書令；祖妣，累封吳國太夫人；皇考崇公，累贈金紫光祿大夫、太師、中書令兼尚書令；皇妣，累封越國太夫人。今上⓫初郊，皇考賜爵為崇國公，太夫人進號魏國。

【章　旨】本段敘自己官職升遷給父母及祖輩帶來封贈官爵名號的榮耀。

【注　釋】❶二十年　歐陽修天聖八年（西元一〇三〇年）中進士，後任西京留守推官。由大中祥符三年（西元一〇一〇年）父死，至天聖八年恰二十年。❷十有二年　歐陽修康定元年（西元一〇四〇年）被召還京，慶曆元年（西元一〇四一年）改集賢校理，贈封其親可能在此時。❸又十年　宋仁宗皇祐二年（西元一〇五〇年）。❹南京　宋真宗時升宋州（今河南商丘）為應天府，建為南京。歐陽修於皇祐二年，以龍圖閣直學士、知應天府兼南京留守司事，轉吏部郎中，加輕騎都尉。❺又八年　指仁宗嘉祐五年（西元一〇六〇年）。❻又七年　為宋英宗治平四年（西元一〇六七年），這年歐陽修被罷免參知政事，出知亳州。❼二府　宋代樞密院主管軍事，中書省主管政事，同為最高國務機關，並稱「二府」。❽太師　三公之一，宋承唐制，作為封贈的官號，並無實職。❾中書令　中書省長官。宋代為贈官。❿尚書令　尚書省長官，宋朝為加官、贈官，班次在太師之上。⓫今上　宋神宗。

【語　譯】在父親去世之後二十年，我才得到俸祿奉養母親。又過了十二年，在朝廷有了官職，才能使先人得到封贈。再過了十年，我做龍圖閣直學士、尚書吏部郎中，留守南京，此時，母親因病在官舍裡去世，終年七十二歲。再過了八年，我憑著微薄的才能進樞密院做了副使，從而參預政事。又過了七年，才免除參知政事。自從進入樞密院和中書省以來，天子施與恩惠，褒獎我的曾祖、祖、父三代先人。從嘉祐年間以來，每遇國家大典，一定特加恩寵賞賜：先曾祖父，累積贈封金紫光祿大夫、太師、中書令兼尚書令；先曾祖母，累封楚國太夫人；先祖父，累贈金紫光祿大夫、太師、中書令兼尚書令；先祖母，累封吳國太夫人；先父崇公，累贈金紫光祿大夫、太師、中書令兼尚書令；先母，累封越國太夫人。當今皇上即位初次祭天，贈封先父為崇國公，先母進號魏國太夫人。

於是小子修泣而言曰：「嗚呼！為善無不報，而遲速有時，此理之常也。惟我祖考，積善成德，宜享其隆。雖不克有於其躬，而賜爵受封，顯榮褒大，實有三朝❶之錫命。是足以表見於後世，而庇賴其子孫矣。」乃列其世譜，具刻於碑。

既又載我皇考崇公之遺訓，太夫人之所以教而有待於修者，並揭於阡。俾知夫小子修之德薄能鮮，遭時竊位，而幸全大節，不辱其先者，其來有自。

【章　旨】本段述樹立墓表的緣由與意義。

【注　釋】❶三朝　指仁宗、英宗、神宗。

【語　譯】於是兒子修流淚說道：「唉！做了好事沒有得不到報償的，只是時間有早有晚；這是一般的道理啊。我的祖先與父親積累善行，成就仁德，應當享受那隆盛的報答；雖然不能在活著的時候親身領受，死後卻能賜爵受封，顯示榮光，褒獎大德，確實享有三朝的恩寵詔命。這就足夠在後世揚名，並且庇蔭他們的子孫了。」我便列上世代的家譜，詳細地刻在墓碑上。又記錄我先父崇國公的遺訓，我母親用來教育我並期望於我的話，一併在墓道上揭示出來，使人家知道我的德行微薄，才能缺少，遇著清明的時代才能身居官位，並能幸運地保全大節，不至辱沒自己的祖先，這都是有來由的！

熙寧三年，歲次庚戌，四月辛酉朔，十有五日乙亥，男推誠保德崇仁翊戴功臣❶、觀文殿學士❷、特進❸、行❹兵部尚書、知青州❺軍州事❻、兼管內勸農使❼、充京東東路❽安撫使❾、上柱國❿、樂安郡開國公⓫，食邑⓬四千三百戶，食實封⓭一千二百戶，修表。

【章　旨】本段載明立碑的時間及本人的官稱爵祿。

【注　釋】❶推誠保德崇仁翊戴功臣　賜給大臣的稱號。歐陽修嘉祐六年（西元一〇六一年）進封開國公，治平二年（西元一〇六五年）加上柱國，四年進階特進，除觀文殿學士，改賜「推誠保德崇仁翊戴功臣」。❷觀文殿學士　館職之一，贈給大臣和文學之士的榮銜。❸特進　宋代為文散官第二階，相當於正二品。❹行　大官兼領小官職責稱為「行」。❺青州　今山東省境內。❻軍州事　軍事、民政，宋制知州以朝臣出守，號權知軍州事，兼管兵民兩政。❼勸農使　官名，掌鼓勵農桑，為州官兼職。❽路　宋行政區名，京東路治所在宋州，後又再分東西兩路。❾安撫使　掌一路兵政，多以知州兼任。❿上柱國　勳級的最高級。⓫開國公　宋朝封爵的第六等。⓬食邑　亦稱「采邑」「封地」，指以徵收封地的租稅作食祿。⓭食實封　實封的食邑。宋制食邑自二百戶至萬戶，食實封則自一百戶至一千戶，有時亦可特加，但都是一種褒獎的名義。

【語　譯】熙寧三年，庚戌歲，四月十五日，兒子推誠保德崇仁翊戴功臣、觀文殿學士、特進、行兵部尚書、知青州軍州事、兼管內勸農使、充京東東路安撫使、上柱國、樂安郡開國公，食邑四千三百戶，實封食邑一千二百戶，歐陽修撰此墓表。

【研　析】本文是歐陽修一篇千古名文，寫法上有許多值得肯定之處。本文緊緊圍繞「有待」二字謀篇布局，開篇申述何以六十年之後才得以樹立墓碑，點出「有待」，以領起全文；中間母親轉述父親的遺訓，亦以「有待於汝」總領，末尾功成名就，以己所待成而終。自己「有待」是希望有朝一日能為父親博取封爵名號。母親敘述中的「有待」，是堅信歐陽觀清廉仁孝，有德定當有好的後代，以此而寄望於歐陽修能自樹立，光宗耀祖。兩者不同而有內在聯繫，母親的期待是自己實現「有待」的動力。成功樹碑，則既完成了母親的心願，也實現了自己的志向。這樣以「有待」始，以所待成終，中間敘述父母遺訓盛德，詳列祖宗三代所得封贈名號，署出自己全部官稱，莊重嚴肅，層次井然。本文有意打破一般墓表的格套，一碑雙表，在表彰父親品格的同時，也頌揚了母親高節盛德。父德母節，相映增輝。而對父親的遺訓盛德，並不實陳，而是通過母親之口，精心選擇幾件小事，在對自己進行教育時傳述出來。既說了父親，母親的精神風範也從中自見。歐陽修四歲喪父，只有這種寫法才是最真實而親切的。足見文章的技法同生活的真情實感密不可分。本文語言不鋪張揚厲，也不雕琢藻繪，率意寫來，如敘家常，語語入情，娓娓動人。記歐陽觀夜讀案卷「屢廢而歎」：「求其生而不得，則死者與我皆無恨也。」情深語摯，仁心流露。寫歐陽觀「回顧乳者劍汝而立於旁，因指而歎曰」云云，期望深切，字字悲愴。寫歐陽修貶夷陵令，母親「言笑自若」，悲慨中有欣慰。這些都很細膩生動，有感人的力量。本文的寫法對後世的家庭記事小品有較大的影響。

卷四十七　碑誌類下編　六

張子野墓誌銘

歐陽永叔

【題　解】張子野（西元九九二—一〇三九年），名先，子野是其字，是歐陽修早年任西京留守推官時結識的一位朋友。比歐陽修年齡大十五歲，同時有另一個張先（西元九九〇—一〇七八年），亦字子野。乃是被稱為「三影郎中」的著名詞人，湖州人，官至尚書都官郎中，活了八十九歲。本文所寫的張先，為開封人，四十八歲就死了。歐陽修對於在錢惟演手下作西京留守推官的一段日子，保持著美好的記憶，那裡的每一位朋友的去世，都激起他情感的波瀾。在〈河南府司錄張君墓表〉中他因張堯夫之死而發出盛衰死生之嘆；這篇〈張子野墓誌銘〉其實也是一篇沉痛的悼念文章。對故友的懷才不遇而又過早死去，悲思不已。所以清人沈德潛評論本文「敘交游聚散死生」，「有山陽聞笛之感」。

吾友張子野既亡之二年[1]，其弟充以書來請曰：「吾兄之喪，將以今年三月某日葬於開封，不可以不銘；銘之莫如子宜。」嗚呼！予雖不能銘，然樂道天下之善以傳焉。況若吾子野者，非獨其善可銘，又有平生之舊，朋友之恩，與其可哀者，皆宜見於予文。宜其來請於予也。

【章旨】本段敘作銘的緣起，交代自己與死者的朋友情誼。

【注釋】❶二年　張子野死於寶元二年，第二年是康定元年（西元一〇四〇年）。這時歐陽修調回京城任館閣校勘。

【語譯】我的朋友張子野去世後的第二年，他的弟弟張充寫信來請求說：「我哥哥的靈柩，將在今年三月某日安葬在開封，不可以不寫墓誌銘；給他寫墓誌銘沒有人比你更合適。」唉！我雖然不善於作墓誌銘，但是樂於宣傳天下的好事以便傳給後世。何況是我的友人張子野，不但他的好事跡可以寫成墓誌銘，而且又跟我有老朋友的交情，他的一生也有值得哀痛的地方，這些都應該在我的文章裡表現出來。難怪他弟弟要來請求我呢。

初，天聖九年，予為西京❶留守推官。是時陳郡❷謝希深❸、南陽張堯夫❹與吾子野，尚皆無恙。於時一府之士皆魁傑賢豪，日相往來，飲酒懽呼，上下角逐，爭相先後，以為笑樂；而堯夫、子野退然其間，不動聲氣，眾皆指為長者。予時尚少，心壯志得，以為洛陽東西之衝，賢豪所聚者多，為適然耳。其後去洛來京師，南走夷陵，並江漢，其行萬三四千里，山砠水厓，窮居獨遊，思從曩人，邈不可得。然雖洛人，至今皆以為無如嚮時之盛。然後知世之賢豪不常聚而交遊之難得，為可惜也。初在洛時，已哭堯夫而銘之；其後六年，又哭希深❺而銘之；

今又哭吾子野而銘。於是又知非徒相得之難，而善人君子欲使幸而久在於世亦不可得。嗚呼！可哀也已！

【章　旨】本段追敘昔時朋友之情，感慨聚散不常、交遊難得。

【注　釋】❶西京　指洛陽。❷陳郡　治所在河南淮陽。❸謝希深　名絳，以文學知名，官至兵部員外郎。寶元二年死。❹張堯夫　名汝士，已見上卷〈河南府司錄張君墓表〉。❺哭希深　張堯夫死於明道二年（西元一〇三三年），至寶元二年謝希深死，正好六年。見歐陽修〈尚書兵部員外郎知制誥謝公墓誌銘〉。

【語　譯】當初，天聖九年，我擔任西京留守推官。這時陳州的謝希深、南陽的張堯夫與我友子野，都還健在。整個留守府的人士都是傑出不凡的英豪之士，每天互相交往，飲酒歡呼，舉行競賽，互爭先後，用這種方法來尋求快樂；但堯夫和子野兩位退身在爭競雙方之外，不動聲氣，大家都說他們是忠厚的人。我這時年紀還輕，充滿信心，懷抱壯志，認為洛陽是東西交通要衝，特出的人才聚集得多，是當然的事情。以後離開洛陽來京城開封任職，又跑到南方作夷陵縣令，並到長江、漢水一帶，行程一萬三四千里，有時在荒山，有時在水邊，一個人窮困地生活，孤獨地遊覽，心想再同昔時的人物一起，但都相隔遙遠，再也找不到了。不過，即使是在洛陽的人，到現在也都認為不像過去的那種盛況了。然後我才知道世上傑出的人才不可能經常聚集在一起，找這樣的人物作朋友更為難得，那是多麼可惜啊。當初在洛陽時，已經為堯卿去世而痛哭並寫了墓誌銘；以後六年，又為希深的去世痛哭，並為他寫了墓誌銘；現在又為我子野痛哭而撰寫墓誌銘。於是我又明白了，不僅找到這樣的朋友很困難，連想要讓這些有道德的好人有幸長久地活在人世也不可能。唉！實在令人悲痛啊！

子野之世曰：贈太子太師❶諱某，曾祖也。宣徽北院使❷、樞密副使、累贈尚書令諱遜，皇祖也。尚書比部郎中❸諱敏中，皇考也。曾祖妣李氏，隴西郡夫人。祖妣宋氏，昭化郡夫人，孝章皇后❹之妹也。妣李氏，永安縣太君。

【章旨】本段略敘張子野的家世、祖父輩的官職封號。

【注釋】❶太子太師　官名。太子之師，宋不常設此官，多用為贈封。❷宣徽北院使　總管宮廷內務及朝會宴享等事的官，本由宦官充任，後以職務重要，改以大臣擔任。❸比部郎中　刑部屬官，掌管勾覆中外帳籍等事。❹孝章皇后　左衛上將軍宋偓之長女，宋太祖開寶元年立為皇后。

【語譯】子野的家世是：曾祖張某，封贈為太子太師。祖父張遜，曾任宣徽北院使、樞密副使，累功封贈為尚書令。父親張敏中，曾任尚書省比部郎中。曾祖母李氏封贈隴西郡夫人。祖母宋氏封贈為昭化郡夫人，她是孝章皇后的妹妹。母親李氏，封贈為永安縣太君。

子野家聯后姻，世久貴仕，而被服操履甚於寒儒。好學自力，善筆札。天聖二年舉進士，歷漢陽軍❶司理參軍❷、開封府咸平❸主簿、河南❹法曹參軍❺。王文康公❻、錢思公❼、謝希深，與今參知政事宋公❽，咸薦其能。改著作佐郎❾，監鄭州❿酒稅，知閬州閬中縣⓫，就拜祕書丞⓬。秩滿，知亳州鹿邑縣⓭。寶元二年二月丁未⓮以疾卒於官，享年四十有八。子伸，郊社掌坐⓯；次從；次幼，未名。女五人，一適人矣。妻劉氏，長安縣君。

【章　旨】本段敘張子野的生平及妻室子女情況。

【注　釋】❶漢陽軍　治所在今湖北漢陽。❷司理參軍　參與議法斷刑的僚屬。❸咸平　今河南通許。❹河南　府名。治所在今洛陽。❺法曹參軍　與司理參軍職責相同。❻王文康公　王曙，仁宗時官樞密使，同平章事。❼錢思公　錢惟演。❽宋公　宋庠，當時任參知政事。❾著作佐郎　祕書省官員，掌修纂日曆。❿鄭州　治所在今河南鄭州。⓫閬中縣　治所在今四川閬中。⓬祕書丞　祕書省官員，協助監、少監管理省務。⓭亳州鹿邑縣　亳州，治所在今安徽亳縣。鹿邑，在今河南，宋時屬亳州。⓮寶元二年二月丁未　似應為寶元三年之誤。理由：一、寶元二年二月無丁未，寶元三年二月丁未為二十三日。二、據上文，張子野應死於謝希深之後，據作者〈謝公墓誌銘〉載：謝希深「以寶元二年四月丁卯（初八）來治鄧，其年十一月己酉（二十二日）以疾卒於官」。謝死亡前後年月，皆確定無疑，張不可能死於謝死前九月。三、寶元三年二月丙午（二十二日）改元康定元年。疑後人不察，以為無寶元三年，而將原作之「寶元三年」，妄改為「二年」，故有此誤。特揭示以就正於通家。⓯郊社掌坐　官名。宋代有郊社令掌社稷壇掃除等事，掌坐是令的下屬。

【語　譯】子野的家庭同皇后結了親戚，世代長期作大官，但他的裝束和舉止比貧寒讀書人還質樸。子野好學用功，善於寫文章。天聖二年中進士，歷任漢陽軍司理參軍、開封府咸平縣主簿、河南府法曹參軍。王文康公、錢思公、謝希深和現任參知政事的宋公，都推薦他有能力。改任著作佐郎，監鄭州酒稅，又任閬州閬中縣知縣，旋即任命為祕書丞。任期滿後，做亳州鹿邑縣令。寶元二年二月丁未日因病在任上去世，享年四十八歲。長子張仲，任郊社掌坐；次子張從；小兒子年幼，沒有正式命名。女兒五個，一個已嫁人了。妻子劉氏，封贈為長安縣君。

子野為人，外雖愉怡，中自刻苦；遇人渾渾，不見圭角❶，而志守端直，臨事果決。平居酒半，脫冠垂頭，童然禿且白矣。予固已悲其早衰，而遂止於此，豈其中亦有不自得者邪？

【章旨】本段敘子野的為人並暗示其內心不得志的苦悶。

【注釋】❶圭角　鋒芒的意思。

【語譯】子野為人，外表雖然顯得快樂，而內心很刻苦；對人隨和厚道，不露鋒芒，但品格端莊正直，處理事情很果斷。平日飲酒到半醉時脫下帽子，低下頭便見光禿禿的頭頂，鬢毛全白了。我本已同情他身體早衰，而他卻這時候就不在了，難道他內心深處也有不得志的悲痛嗎？

子野諱先，其上世博州❶高堂❷人；自曾祖已來，家京師而葬開封，今為開封人也。銘曰：

【章旨】本段補敘張子野的名和籍貫。

【注釋】❶博州　州治在今山東聊城。❷高堂　堂，應作「唐」，即今山東高唐。

【語譯】子野名先，他的老祖宗是博州高堂人；從曾祖以來一直住在京城，葬在開封，現在是開封人了。銘文說：

嗟夫子野！質厚材良。孰屯❶其亨❷？孰短其長？豈其中有不自得，而外物有以戕？開封之原，新里之鄉，三世於此，其歸其藏。

【章　旨】銘文抒發對張子野不遇的同情和早逝的哀痛。

【注　釋】❶屯　困難。❷亨　通達；順利。

【語　譯】啊呀子野！品質忠厚才能優良。誰阻礙他通達順利？誰縮短他應有壽長？難道他內心有不得志的痛楚，而外界的處境對他有所損傷？開封城的郊野，新里這個地方，三代都葬這裡，他也歸此埋藏。

【研　析】本文開頭敘作誌緣起，強調自己和死者的故舊情重，接著追敘往日的交遊，主旨是發抒賢豪不常聚而交遊難得的悲慨，賦予哀悼朋友的感情以深厚的內涵。在此基礎上再敘述家世生平及為人特點等墓誌必有的成分。而開頭寫眾人角逐笑樂時「堯夫、子野退然其間，不動聲氣」，末以「平居酒半，脫冠垂頭，童然禿且白」相回應，使文章渾然一體，無首重尾輕之病。本文的妙處還在於：一、寫交遊聚散，以自己被貶謫為分界點，使前此的盛況空前、歡樂氣氛，與後此的孤獨冷落、再三哭弔形成巨大的反差，在起伏跌宕中寫出感慨淋漓；二是為子野一人作墓誌而結合謝希深、張堯夫等一併慨嘆之，銘一人而一時名賢勝概同時表現出來，使文章意境深遠，煙波不盡。以上兩點，都是歐陽修擅長的手法，前人所謂「六一風神」的本色。

徂徠石先生墓誌銘

歐陽永叔

【題　解】徂徠，山名。在今山東泰安。石先生指石介（西元一〇〇五—一〇四五年），字守道，他曾躬耕講學於徂徠山，當時學者尊稱他為徂徠先生。石介與孫復、穆修、尹洙等人，積極提倡古文，抨擊以楊億為代表的「西崑體」，是北宋古文運動的先驅者之一。著作編為《徂徠集》。《宋史》載入〈儒林傳〉。本文作於宋英宗治平二年（西元一〇六五年），離石介死已二十年。對於這位前輩學者和積極支持「慶曆新政」的政治上的同道，歐陽修十分敬仰，將他同古代的聖賢相比，在銘辭中稱頌他「一世之屯兮，萬世之光」，題目中「不稱其官」而只稱先生，與韓愈為施士句，歐陽修自己為胡瑗、孫復作誌一樣，不僅客觀上反映了當時人的態度，也表達了作者自己的崇敬之情。

徂徠先生姓石氏，名介，字守道，兗州奉符❶人也。徂徠魯東山❷，而先生非隱者也。其仕嘗位於朝矣，魯之人不稱其官而稱其德，以為徂徠魯之望，先生魯人之所尊，故因其所居山，以配其有德之稱。曰徂徠先生者，魯人之志也。

【章　旨】本段敘石介姓名籍貫及「徂徠先生」稱呼的由來。

【注　釋】❶兗州奉符　兗州治所在今山東兗州，奉符為其屬縣，縣治在今山東泰安。❷東山　《孟子・盡心上》有「孔子登東山而小魯」的話，本文以東山為徂徠山。徂徠在泰安東南。

【語　譯】徂徠先生姓石，名介，字守道，兗州奉符縣人。徂徠是古代魯國的東山，不過，徂徠先生並不是山中隱士，他曾經在朝廷做過官，魯地的人不稱揚他的官職而讚美他的品德，認為徂徠是魯地的名山，先生是受魯人尊敬的人物，所以用他曾居住過的名山，來配他有大德的稱謂。可見稱他叫「徂徠先生」，是魯地人的意願。

先生貌厚而氣完，學篤而志大，雖在畎畝，不忘天下之憂。以謂：「時無不可為，為之無不至；不在其位，則行其言。吾言用，功利施於天下，不必出乎己；

吾言不用，雖獲禍咎，至死而不悔。」其遇事發憤作為文章，極陳古今治亂成敗，以指切當世，賢愚善惡，是是非非，無所諱忌。世俗頗駭其言，由是謗議喧然，而小人尤嫉惡之，相與出力必擠之死。先生安然不惑不變，曰：「吾道固如是。吾勇過孟賁❶矣。」不幸遇疾以卒。既卒，而姦人❷有欲以奇禍中傷大臣❸者，猶指先生以起事，謂其詐死而北走契丹矣，請發棺以驗。賴天子仁聖❹，察其誣，得不發棺，而保全其妻子。

【章旨】本段敘石介的志節懷抱，肯定他敢於議論，是非分明，至死不悔的精神。

【注釋】❶孟賁　古代的勇士，傳說能拔出牛角。孟子的弟子公孫丑稱讚孟子「若是，則夫子過孟賁遠矣」。❷姦人　指夏竦等人。慶曆七年（西元一〇四七年），徐州人孔直溫謀反，搜家時據說發現了石介的書信，夏竦對石介在所獻〈慶曆聖德詩〉中指他為「大姦」恨之入骨，進讒言說石介是假死，其實已經逃亡到契丹去了，請朝廷開棺驗屍。❸大臣　指杜衍等。杜衍曾推薦過石介。夏竦等想借石介的事打擊主張革新的大臣杜衍等。❹天子仁聖　這是迴護仁宗的話。仁宗首先下令開棺驗屍，並將石介妻兒拘留看管在外地。後杜衍的下屬龔鼎臣願以全族擔保請不驗屍，提刑呂居簡也組織了知情者數百人上書擔保，才免於開棺。過了許久，家屬也被釋放回來。

【語譯】徂徠先生相貌忠厚而精神完美，學問深厚而且志向遠大，即使身在田野，也沒有忘記為天下操心。他認為：「時代沒有不能幹事的時代，幹事沒有不能幹成的事情；如果沒有擔任什麼職位，便要用言語推行自己的主張。如果我的言論被採用了，功效利益將帶給天下人，不一定要自己出頭露面；如果我的言論不被採用，即使招來災禍罪責，我至死也不後悔。」他碰上大事便努力寫文章，盡力陳述古今治亂成敗的情況與原因，用來諷勸當代人；賢明、愚頑、善良、醜惡、正確、錯誤，他都毫無諱忌地指出來。世上的俗人很害怕他的言論，因此誹謗他的議論極多，小人們尤其嫉恨他，一起出力一定要把他逼上死路。先生卻泰然處之，不動搖，不改變主張，說：「我為人之道本當如此，我的勇氣勝過古代的勇士孟賁。」不幸他得病死了。他死後，奸人想利用有人謀反的事中傷朝廷大臣，還借先生之死來挑起事端，說他是假死，其實本人已向北逃到契丹去了，要求朝廷開棺驗屍。全靠皇上仁愛聖明，洞察到他們是誣蔑，才沒有開棺，並保全了先生的妻子兒女。

先生世為農家，父諱丙，始以仕進，官至太常博士。先生年二十六，舉進士甲科❶，為鄆州觀察推官、南京❷留守推官。御史臺辟主簿，未至，以上書論赦❸罷不召。秩滿，遷某軍❹節度掌書記，代其父官於蜀，為嘉州❺軍事判官。丁內、外艱❻去官。垢面跣足，躬耕徂徠之下，葬其五世未葬者七十喪。服除，召入國子監直講❼。是時兵討元昊久無功，海內重困，天子奮然思欲振起威德，而進退二三大臣❽，增置諫官御史，所以求治之意甚銳。先生躍然喜曰：「此盛事也！雅頌吾職，其可已乎？」乃作〈慶曆聖德詩〉❾，以褒貶大臣，分別邪正，累數百言。詩出，太山孫明復曰：「子禍始於此矣！」明復，先生之師友也。其後所謂姦人作奇禍者，乃詩之所斥也。

【章　旨】本段敘石介家世、為官經歷及得禍的原因。

【注　釋】❶舉進士甲科　宋代此時舉進士者已分甲、乙、丙三科。❷南京　指宋州，今河南商丘，宋真宗時改為南京應天府。❸上書論赦　景祐二年（西元一〇三五年）二月，御史中丞杜衍推薦石介任御史臺主簿，主管文書事務。十一月仁宗下詔實行大赦，錄用五代諸國後嗣，石介還未到職便上書反對，因此觸怒仁宗，被罷官。歐陽修曾寫〈上杜中丞論舉官書〉為石介申辯。❹某軍　《宋史》本傳作鎮南軍，治所設今江西南昌。❺嘉州　州治在今四川樂山。❻丁內　外艱　丁父喪為外艱，丁母喪稱內艱。❼國子監直講　國子監，封建王朝最高學府，唐宋時期以國子監總轄國子、太學、四門等學。直講，協助博士講授經術的官員。❽二三大臣　慶曆三年，仁宗推行新政，罷免丞相呂夷簡，任用晏殊、范仲淹、富弼、韓琦、杜衍等人執政，以歐陽修、王素、余靖、蔡襄等為諫官。❾慶曆聖德詩　石介仿韓愈〈元和聖德詩〉所作，是四言詩，前有序，詩共一百九十二句，七百六十八字，以頌揚慶曆新政為內容，云「眾賢之進，如茅斯拔；大奸之去，如距斯脫」，以夏竦等為大奸，為他們罷職叫好。

【語　譯】先生世代務農。父親名叫石丙，從這一代才開始做官，石丙官做到太常博士。先生二十六歲時中進士甲科，任鄆州觀察推官、南京留守推官。御史臺調他任主簿，還沒到任，因為上書討論大赦被罷職不調入京。南京留守推官任滿，升某軍節度掌書記。又代替父親在蜀地做官，任嘉州軍事判官。逢父母去世守喪離開職務。滿面塵土，光著腳板，親自耕種在徂徠山下，安葬了家族中五代沒有安葬的七十個死者。服喪期滿，召入京城任國子監直講。這時朝廷出兵討伐西夏元昊，長久沒有成功，全國很困苦，天子想奮發有為，振作威風，提拔和斥退了幾個重要大臣，增設了諫官和御史，追求如何把國家治理好的心情很急切。先生高興得跳起來說：「這是大好事啊！寫出雅頌那樣的詩歌正是我的責任，難道可以不寫嗎？」於是寫了〈慶曆聖德詩〉來褒貶大臣、區分邪正，共幾百字。詩歌傳播開來，太山孫明復先生說：「你的禍患從此開始了。」明復是先生的老師和朋友。後來所謂製造大禍的奸人，就是這首詩中所指斥的人。

先生自閒居徂徠，後官於南京，常以經術教授。及在太學，益以師道自居，門人弟子從之者甚眾。太學之興，自先生始。其所為文章，曰某集者若干卷，曰某集者若干卷。其斥佛老❶、時文❷，則有〈怪說〉、〈中國論〉，曰：「去此三者❸，然後可以有為。」其戒姦臣、宦、女，則有《唐鑑》❹，曰：「吾非為一世監也。」其餘喜怒哀樂，必見於文。其辭博辯雄偉，而憂思深遠。其為言曰：「學者學為仁義也。惟忠能忘其身，惟篤於自信者乃可以力行也。」以是行於己，亦以是教於人。所謂堯、舜、禹、湯、文、武、周公、孔子、孟軻、揚雄、韓愈氏者，未嘗一日不誦於口。思與天下之士皆為周、孔之徒，以致其君為堯、舜之君，民為堯、舜之民，亦未嘗一日少忘於心。至其違世驚眾，人或笑之，則曰：「吾非狂癡者也。」是以君子察其行而信其言，推其用心而哀其志。

【章　旨】本段敘石介的教學實踐，評述其學術文章。

【注　釋】❶佛老　佛教和道教。道教以老子為始祖。❷時文　指楊億為代表的「西崑體」，講究華麗對偶而內容較空虛；它是宋初應試規定文體，故稱「時文」。❸三者　即佛、老、時文。❹唐鑑　石介著《唐鑑》五卷，今已不存。從《徂徠集・唐鑑序》可知大意為希望宋王朝以唐為戒，杜絕女后干政、宦官專權和奸臣亂國。

【語　譯】徂徠先生從閒居徂徠時起，到後來在南京等地做官期間，經常給人講授經術。等到進入國子監，更加一心從事教學，跟隨他的學生很多。太學的興旺發達，是從先生開始的。先生所寫的文章，名叫某某集的有若干卷，名叫某某集的又若干卷。他排斥佛教、道教和時文，著作有〈怪說〉和〈中國論〉等，說：「掃除這三種東西，然後才有可能把國家治理好。」他勸戒朝廷杜絕奸臣、宦官、女色之禍的著作，則有《唐鑑》，說：「我並非僅僅是為某一時期作鑑戒。」其他喜怒哀樂也一定要寫成文章。他的文辭，內容廣博，善於辯論，風格雄偉，而且思考問題很深遠。他說：「學習便是學習做仁義道德的事情。只有忠誠的人能忘我，只有真正相信自己的人才可以努力辦好事情。」他拿這些話來要求自己，也拿這些話去教導別人。所謂堯、舜、禹、湯、文、武、周公、孔子、孟軻、揚雄和韓愈，他不曾一天不口裡稱誦。他想與天下所有的讀書人一起都成為周公、孔子的信徒，從而幫助君主成為堯、舜那樣的君主，百姓成為堯、舜時代那樣的百姓，這個念頭也不曾有哪一天在他心裡稍稍淡忘過。至於他的言行違反世俗，使大家驚奇，有的人譏笑他，他就說：「我並不是狂人和傻子呢。」所以正直的人士觀察他的行為便相信他說的話，推測他的動機便同情他的志向。

先生直講歲餘，杜祁公❶薦之天子，拜太子中允❷。今丞相韓公❸又薦之，乃直集賢院。又歲餘，始去太學，通判濮州❹；方待次❺於徂徠，以慶曆五年七月某日卒於家，享年四十有一。友人廬陵歐陽修哭之以詩❻，以謂待彼謗焰熄，然後先生之道明矣。先生既歿，妻子凍餒不自勝。今丞相韓公與河陽富公❼分俸買田以活之，後二十一年，其家始克葬先生於某所。將葬，其子師訥與其門人姜潛、杜默、徐遁等來告曰：「謗焰熄矣，可以發先生之光矣。敢請銘。」某曰：「吾詩不云乎？『子道自能久』也，何必吾銘？」遁等曰：「雖然，魯人之欲也。」乃為之銘曰：

【章　旨】本段敘石介死葬及死後景況，交代作銘之意。

【注　釋】❶杜祁公　即杜衍，字世昌，山陰人，累官樞密使，慶曆中同平章事，與范仲淹等主持慶曆新政，後失敗罷相。曾封祁國公。❷太子中允　皇太子侍從官。❸韓公　指韓琦。❹濮州　治所在今山東鄄城。❺待次　亦稱「需次」。按次序等待官缺。❻哭之以詩　石介死後，歐陽修先後作了兩首長篇五言古詩〈讀徂徠集〉、〈重讀徂徠集〉。後一首詩中說：「待彼謗焰熄，放此光芒懸。」「子道自能久，吾言豈須鐫？」❼富公　即富弼。

【語　譯】先生擔任國子直講一年多後，杜祁公向皇上推薦他，任為太子中允。韓丞相又推薦他，作了集賢院直學士。又過了一年多，才離開太學，任命為濮州通判；正在徂徠等候出缺上任的時候，卻於慶曆五年七月某日在家中去世了，享年四十一歲。他的朋友廬陵人歐陽修寫詩哭弔他，詩中以為待到那誹謗者的氣焰消失，然後先生的主張和人格就會大放光明了。先生死後，妻子和兒女挨餓受凍，不能養活自己。韓丞相和河陽富公分出自己的俸祿給他們買了田維持生活。二十一年之後，他們家裡才能把先生正式安葬在某地。快要安葬的時候，他的兒子石師訥和學生姜潛、杜默、徐遁等人前來告訴我說：「誹謗的氣焰消失了，可以發揚先生的光輝了。請求您給撰寫墓誌銘。」我說：「我的詩裡不是說了嗎？『先生的主張自然能夠長久流傳』，何必還要我寫墓誌銘呢？」徐遁等人說：「話雖如此，但魯地人想要您寫啊。」於是為他寫了銘文說：

徂徠之巖巖，與子之德兮，魯人之所瞻！汶水❶之湯湯，與子之道兮，逾遠而彌長！道之難行兮，孔孟亦云遑遑！一世之屯兮，萬世之光！曰吾不有命兮，安在夫桓魋❷與臧倉❸？自古聖賢皆然兮，噫！子雖毀其何傷！

【章　旨】銘文讚揚石介的道德如山高水長，光輝無法掩蓋。

【注　釋】❶汶水　出山東萊蕪縣，流經泰安，至汶上縣入運河。❷桓魋　宋國司馬向魋，因是宋桓公之後，故名桓魋。孔子過宋，他想謀殺孔子。孔子說：「天生德於予，桓魋其如予何？」見《論語・述而》。❸臧倉　魯平公寵愛的小臣。平公要接見孟子，被他用讒言阻止。孟子嘆息說：「吾之不遇魯侯，天也。臧氏之子焉能使予不遇哉？」見《孟子・梁惠王下》。

【語　譯】高高的徂徠山，和先生的德行啊，魯地人所瞻仰！浩蕩的汶水，和先生的道路啊，越遠越寬廣！正確主張本難推行啊，孔孟也曾失意奔忙！您一生處境艱難啊，但將萬代永放光芒！說我不是命中注定啊，哪裡是決定於小人桓魋與臧倉？自古聖賢都是這樣啊，唉，您雖遭誹謗也受不到損傷！

【研　析】本文開篇提出的「不稱其官而稱其德」，是統率全文的構思的中心。全文對石介歷官任職的情況，只作極為簡略的介紹，集中地展現石介的道德理想、精神氣概。安排三大段文章分別從理想志氣、政治態度、學術文章三個方面鋪敘石介的典型言論和行動，突出石介的高風亮節。第二段寫他雖在畎畝，不忘天下之憂，不在其位，就要用言論發揮作用，只求有利天下，不求必出乎己，雖因言獲咎，至死不悔。接著以他面對奸人謗議不惑不變的態度證實之。第三段結合他的經歷，著重寫他作〈慶曆聖德詩〉，旗幟鮮明支持新政，絲毫不計較個人得喪。第四段肯定他振興太學的功勞，列引其〈怪說〉等作品，頌揚他維護孔孟仁義道德的用心和身體力行的精神。與歐陽修大多數作品舒徐含婉的風格不同，本文以其充實堅確的材料，宏偉的氣象，激昂慷慨的言辭，愛憎分明的態度，雄直酣恣的筆法而構成磅礴的氣勢，在歐陽修的墓誌中獨具一格。

太常博士尹君墓誌銘

歐陽永叔

【題　解】太常寺是掌管宗廟祭祀的機構，長官是太常寺卿，其屬員中設有博士四人。尹君名源（西元九九六—一〇四五年），字子漸，是歐陽修最親密的朋友之一尹洙的哥哥，同歐陽修也有交情。本文寫於宋仁宗至和二年（西元一〇五五年），即尹源去世十年之後。歐陽修在文中敘述了尹氏兄弟為人性格上的差異，尹源的政績才幹，以及和尹洙一樣不幸早死的結局，抒發了歐陽修對朋友早亡的無限深情。文中又一次提到「慶曆新政」的失敗，雖然它和尹源的死關係是頗為間接的。歐陽修在許多人的墓誌中都提到范仲淹、富弼、韓琦的罷職，說明他對這件事終生耿耿不平的態度。

君諱源，字子漸，姓尹氏，與其弟洙師魯，俱有名於當世。其論議文章，博學強記，皆有以過人。而師魯好辯，果於有為。子漸為人，剛簡不矜飾，能自晦藏。與人居，久而莫知，至其一有所發，則人必驚伏。其視世事，若不干其意；已而推其情偽，計其成敗，後多如其言。其性不能容常人；而善與人交，久而益篤。自天聖、明道❶之間，予與其兄弟交，其得於子漸者如此。

【章旨】本段述尹源的為人性格及才情識見。

【注釋】❶天聖明道　均為宋仁宗年號。歐陽修與尹源天聖八年（西元一〇三〇年）同中進士，第二年歐陽修任西京留守推官，而尹洙為掌書記，《宋史・歐陽修傳》說：「從尹洙游，為古文，議論當世事，迭相師友。」經明道，至景祐元年（西元一〇三四年），歐陽修才奉召入京。

【語譯】君名源，字子漸，姓尹，同他的弟弟尹洙字師魯，都在當代享有盛名。他們的議論文章、學問淵博、知識豐富，都是人所趕不上的。但是師魯喜歡爭辯，敢作敢為。子漸為人，堅強樸直，毫不裝模作樣，又能自行收斂不露鋒芒。同人生活在一起，很久還不被人了解；到他一旦有什麼見解發表出來，就一定會使人震驚心服。他看待世上的事情，似乎漠不關心，接著考校事情的真假，預計事情的成敗，後來結果大多像他所講的那樣。他的性格不能容忍俗人；但很會同人交往，越久而情意越深厚。自從天聖、明道年間，我就同他們兩兄弟做朋友，從子漸身上得來的印象就是這樣。

其曾祖諱誼，贈光祿少卿❶。祖諱文化，官至都官郎中❷，贈刑部侍郎。父諱仲宣，官至虞部❸員外郎，贈工部郎中。子漸初以祖蔭，補三班借職❹，稍遷左班殿直。天聖八年，舉進士及第，為奉禮郎，累遷太常博士。歷知芮城❺、河陽❻二縣，僉署孟州判官事❼，又知新鄭縣❽，通判涇州❾、慶州❿，知懷州⓫。以慶曆五年三月十四日卒於官。

【章旨】本段敘尹源的家世、歷官和卒年。

【注釋】❶光祿少卿　光祿寺是負責皇室膳食的機構，少卿為其副長官。❷都官郎中　刑部的一個司的長官。❸虞部　工部的一個司，掌管山澤苑囿場治的禁令。❹三班借職　宋時武臣職官分東、西、橫三班，凡做官的人，先為三班借職，後轉為三班奉職，再遷左班殿直、右班殿直。是低級武官。❺芮城　今山西芮城治。❻河陽　宋為孟州州治所在，在今河南孟縣西。❼僉署孟州判官事　宋時各州府的幕僚，全稱為僉署判官廳公事，簡稱為僉事。由京官充任的稱僉判，非京官充任的稱判官。孟州，治所在今河南孟縣。❽新鄭縣　今河南新鄭。❾涇州　州治在今甘肅涇川。❿慶州　州治在今甘肅慶陽。⓫懷州　州治在今河南沁陽。

【語譯】他的曾祖父名誼，追贈為光祿寺少卿。祖父名文化，官做到刑部都官郎中，追贈為刑部侍郎。他的父親名仲宣，官做到虞部員外郎，追贈為工部郎中。子漸最初由於祖父為官恩蔭，被錄用為三班借職，逐漸升遷為左班殿直。天聖八年，參加進士考試中第，成為奉禮郎，累積升遷為太常博士。歷任芮城、河陽兩縣知縣，僉署孟州判官廳公事，又任新鄭知縣，涇州、慶州兩州通判，懷州知州。在慶曆五年三月十四日死於任上。

趙元昊寇邊，圍定川堡❶，大將葛懷敏❷發涇原兵救之。君遺懷敏書曰：「賊舉其國而來，其利不在城堡；而兵法有不得而救者。且吾軍畏法，見敵必赴，而不計利害，此其所以數敗也。宜駐兵瓦亭❸，見利而後動。」懷敏不能用其言，遂以敗死❹。劉渙❺知滄州❻，杖一卒不服，渙命斬之，以聞❼。坐專殺，降知密州。君上書為渙論直，得復知滄州。范文正公常薦君材可以居館閣❽，召試不用，遂知懷州。至，期月❾大治。

【章　旨】本段敘尹源為官時的優秀事跡。

【注　釋】❶定川堡　在今寧夏固原西北。慶曆二年（西元一〇四二年），趙元昊入侵此地。❷葛懷敏　葛霸之子，真定人。這時任涇原路兼招討經略安撫副使。❸瓦亭　在甘肅華亭縣西北一百八十里。❹遂以敗死　史載葛懷敏兵出瓦亭救援定川堡，敵軍毀壞板橋，斷其歸路，重重圍困，懷敏與諸將皆遇害。❺劉渙　保州保寨人，劉質夫之子，字仲章，由工部郎中出知滄州。❻滄州　治所在今河北滄州東南。❼聞　一本作「徇」。示眾。文意更順。❽館閣　宋時以昭文館、史館、集賢院為三館，掌圖書、經籍、修史等事，又有祕閣、龍圖閣、天章閣，收藏經籍及珍貴文物，統稱館閣，擇人甚嚴，文臣任命為館閣職務即身價頓增。❾期月　一整月或一週年。此處以後者為妥。

【語　譯】趙元昊進擾邊境，包圍了定川堡，大將葛懷敏發涇原路的兵馬去救定川堡。尹君寫信給懷敏說：「敵人將全國的兵力都開來進犯，他所貪求的好處不是一兩座城堡；而且兵法上講有些是不能出兵救的。同時我軍敬畏國家法律，只要遇見敵人一定會上前抵抗，而不考慮形勢利與不利，這就是我軍屢次戰敗的原因。應當把軍隊駐守在瓦亭，發現有利時機然後出動。」葛懷敏不能採納他的意見，終因戰敗而死。劉渙任滄州知州，杖責一名兵士，而那兵士不服，劉渙下令將他殺死，把情況再上報朝廷。劉渙因擅殺士兵的罪，降級任密州知州。尹君向朝廷寫信替劉渙伸辯，劉渙因而能再任滄州知州。范文正公多次推薦他的才幹可以擔任館閣職務，召他入京測試，不被任用，於是出任懷州知州。到懷州才一週年，懷州地方就治理得井井有條。

是時天子用范文正公❶與今觀文殿學士富公❷、武康軍節度使韓公❸，欲更置天下事，而權倖小人不便，三公皆罷去。而師魯與時賢士多被誣枉得罪。君歎息憂悲發憤，以謂生可厭而死可樂也。往往被酒哀歌泣下，朋友皆竊怪之。已而以疾卒，享年五十。至和元年十有二月十三日，其子材，葬君於河南府壽安縣❹甘泉鄉龍洲里。其平生所為文章六十篇，皆行於世。子男四人，曰材、植、機、桴。

【章旨】本段敘尹源因悲感得病死亡及其安葬。

【注釋】❶范文正公　范仲淹。歐陽修作此誌時范仲淹已死二年，所以稱其謚號。❷富公　富弼。皇祐五年任戶部侍郎、觀文殿學士。觀文殿是宋朝宮殿之一，由延恩殿改成，設學士以安排退位的執政大臣。❸韓公　韓琦。這時調任武康軍節度使、知并州。❹壽安縣　今河南宜陽。

【語譯】當時天子重用范文正公與現任觀文殿學士的富公、現任武康軍節度使的韓公，想要改革國家政治，但一些手握權勢而受寵愛的小人不樂意，三公都免職離朝。於是師魯同當時的許多賢士都遭誣陷得罪。尹君感嘆憂傷，悲憤滿懷，認為活著令人憎厭而死去倒是值得高興的事。往往喝醉酒就唱起悲歌，流下眼淚，朋友們都暗地裡對他的行為感到奇怪。不久他就因病去世，享年五十歲。至和元年十二月十三日，他的兒子尹材，將尹君安葬在河南府壽安縣甘泉鄉的龍洲里。尹君平生所寫的文章六十篇，都在社會上流傳。兒子四人，叫做尹材、尹植、尹機、尹桴。

嗚呼！師魯常勞其智於事物，而卒蹈憂患以窮死❶。若子漸者，曠然不有累其心，而無所屈其志，然其壽考亦以不長。豈其所謂短長得失者，皆非此之謂歟？其所以然者不可得而知歟？銘曰：

【章旨】本段對尹氏兄弟都享壽不長、過早死去，抒寫悲憤之情。

【注釋】❶窮死　尹洙貶官監均州酒稅時得病，沒有醫藥，抬到南陽求醫，不久即死。歐陽修在尹洙墓誌中說：「其所以見稱於世者，亦所以取嫉於人，故其卒窮以死。」

【語譯】唉！師魯常常對事對物勞累他的心智，因而最後陷於憂患並且困頓至死。至於子漸，他為人曠達，不為什麼事情勞累他的心神，並且沒有什麼東西來壓抑自己的心願，可是他的壽命也不因此而久長。難道他所認為的短長得失，指的都不是這些嗎？造成這種情況的原因，難道是人們不可能知道的嗎？銘文說：

有韞❶於中不以施，一憤樂死其如歸。豈其志之將衰？不然，世果可嫉其如斯！

【章旨】銘文感傷尹源有才不得施展，對其早逝寄以無限深情。

【注　釋】❶轀　蘊藏。

【語　譯】胸中蘊藏豐富卻沒有在世上施展，一旦感傷悲憤就以死為樂視死如歸。難道是他的精神將要衰竭？不是這樣的話，世界竟然可以嫉忌他到如此地步！

【研　析】本文寫法上值得注意的，首先是通篇都聯繫尹洙來寫。開篇就寫他們兄弟二人的相同處，俱有名當世，議論文章、博聞強記，皆有以過人。接著寫他們的不同處，以「剛簡不矜飾，能自晦藏」作為尹源的總評，而分三層來具體展開，一寫其自晦，一寫其論事，一寫其交友。妙在每一層都作一抑一揚，既顯示了人物性格的複雜性、獨特性，又造成了波瀾迭宕，避免了文章的平直。後半寫尹源之死，則起於「師魯與時賢士多被誣枉得罪」，又以師魯的「勞其智於事物」和子漸的「曠然不有累其心」相對成文，同開頭的「好辯」、「剛簡」相呼應。自始至終，兄弟相及，主客相形，分合有法。其次是寫尹源悲憤樂死之前，冠以「是時天子用范文正公」云云及「三公皆罷去」，把人物的命運置於時代矛盾尖銳的大背景下，吸取了司馬遷《史記》的精神實質。這樣寫不僅賦予了人物的悲感以更深厚的社會內容，使人物的命運具有了歷史的價值，而且，尹源既為賢士的得罪而痛不欲生，那麼在當時正義與邪惡的對壘中，他屬於「賢士」一流，也就不言自明了。

黃夢升墓誌銘

歐陽永叔

【題　解】黃夢升（西元九九九－一〇四〇年），名注，夢升是其字，他是江西詩派首領名詩人黃庭堅的叔祖父，歐陽修的好朋友。這篇墓誌銘寫於慶曆三年（西元一〇四三年）。文中作者回顧了同黃夢升交往的過程，讚揚了黃夢升的文章，滿懷同情地敘寫了黃夢升懷才不遇的命運。另有別本標題作〈南陽主簿黃君墓誌銘〉，文字小有出入，相傳出自歐陽修的真跡。

予友黃君夢升，其先婺州金華❶人，後徙洪州之分寧❷。其曾祖諱元吉❸，祖諱某，父諱中雅，皆不仕。黃氏世為江南大族。自其祖父以來，樂以家貲賑鄉里，多聚書以招延四方之士。夢升兄弟皆好學，尤以文章意氣自豪。

【章旨】本段敘黃夢升的家世與成長環境。

【注釋】❶婺州金華　今浙江金華。❷分寧　今江西修水治。❸元吉　此文當作「曾祖諱瞻，祖諱元吉，父諱中雅」。按：歐陽修真跡三代都只寫「諱某」，後人添加名字，以致發生錯誤。

【語譯】我的友人黃夢升，他祖先本是婺州金華人，後來遷到洪州分寧。他的曾祖父黃瞻，祖父黃元吉，父親黃中雅，都沒做過官。黃家世世代代是江南一帶的大族。自從他的祖父以來，黃家就樂於用家財救助鄉鄰，收集許多圖書來招引四方的讀書人。夢升的兄弟們都好學，特別對自己的文章和氣概感到自豪。

予少家隨州❶，夢升從其兄茂宗❷官於隨，予為童子，立諸兄側，見夢升年十七八，眉目明秀，善飲酒談笑。予雖幼，心已獨奇夢升。

【章旨】本段敘第一次見到夢升，對青年時期夢升的美好印象。

【注釋】❶隨州　治所在今湖北隨縣。據《歐陽修文集》所載年譜，歐陽修十歲起即在隨州生活。❷茂宗　字昌裔，曾任崇信軍節度判官，崇信軍節度治所在隨州。

【語譯】我少年時家住隨州，夢升跟隨他做官的哥哥黃茂宗也住在隨州；我當時未成年，站在各位兄長身旁，見夢升年紀十七八歲，眉清目秀，善於飲酒談笑。我雖然年紀小，心裡已特別佩服夢升。

後七年，予與夢升皆舉進士於京師。夢升得丙科❶，初任興國軍永興❷主簿❸，怏怏不得志，以疾去。久之，復調江陵府公安❹主簿。時予謫夷陵令，遇之於江陵。夢升顏色憔悴，初不可識。久而握手噓嚱，相飲以酒。夜醉起舞，歌呼大噱。予益悲夢升志雖衰而少時意氣尚在也。

【章旨】本段敘黃夢升與作者同舉進士，相遇於江陵，寫夢升懷才不遇而意氣猶存的情況。

【注釋】❶丙科　宋代進士考試，自真宗太平興國八年（西元九八三年）以後由分甲、乙二等，改為甲、乙、丙三等。至仁宗景祐元年（西元一〇三四年）定為五等。丙科，指第三等。❷興國軍永興　今湖北陽新治。❸主簿　次於縣令的官吏。❹公安　今湖北公安治。

【語譯】七年後，我與夢升都在京城考進士。夢升中丙科，開始擔任興國軍永興縣主簿，怏怏不得志，因為生病辭了職。過了很久，復職調為江陵府公安縣主簿。當時，我被貶為夷陵縣令，在江陵遇到他。夢升容顏憔悴，一點也認不出來了。過了一會兒才彼此握手嘆氣，共同飲酒。深夜酒醉，他起身舞蹈，高歌大笑。夢升理想受到挫折而青年時代的昂揚氣概依然存在，我為此內心感到悲涼。

後二年，予徙乾德❶令。夢升復調南陽❷主簿。又遇之於鄧❸。間嘗問其平生所為文章幾何，夢升慨然歎曰：「吾已諱之矣！窮達有命，非世之人不知我，我羞道於世人也。」求之，不肯出。遂飲之酒。復大醉起舞歌呼，因笑曰：「子知我者。」乃肯出其文。讀之，博辯雄偉，意氣奔放，若不可禦。予又益悲夢升志雖困而文章未衰也。

【章　旨】本段敘兩年後與夢升再次相逢，反映夢升志氣受挫而文章不衰的情況。

【注　釋】❶乾德　今湖北光化治。歐陽修於景祐四年（西元一〇三七年）底，調任乾德令。❷南陽　今河南南陽。❸鄧　鄧州。治所即在南陽。

【語　譯】兩年後，我調任乾德縣令。夢升調任南陽主簿。我們又在鄧州相會。我有時曾問他一生寫了多少文章，夢升感慨地嘆氣說：「我已經迴避這件事了！困窮和通達是命運決定的，不是世上的人不了解我，而是我不好意思說給世人聽。」我求他，他也不肯拿出來。於是又請他喝酒。他又喝得大醉，起身舞蹈，高歌大呼，從而笑著說：「你是了解我的人。」這才肯拿出他的文章來。我讀他的文章，只覺得內容廣博，辯論精彩，風格雄偉，氣勢奔放，像是有一股不可抗拒的力量。我又更加為夢升意志消磨但文章氣勢卻沒有衰敗而感到悲痛。

是時，謝希深❶出守鄧州，尤喜稱道天下士。予因手書夢升文一通，欲以示希深。未及而希深卒，予亦去鄧。後之守鄧者皆俗吏，不復知夢升。夢升素剛，不苟合；負其所有，常怏怏無所施。卒以不得志死於南陽。

【章　旨】本段敘黃夢升終因不得志而死去。

【注　釋】❶謝希深　名絳，歐陽修的朋友，以文學知名，累官至兵部員外郎，封陽夏男。寶元二年（西元一〇三九年）去世。歐陽修有〈尚書兵部員外郎知制誥謝公墓誌銘〉。

【語　譯】這時，謝希深作鄧州知州，特別喜歡表彰天下的人才。我於是親手抄寫夢升的一篇文章，想拿給希深看看。還沒有來得及，希深便死了，我也離開了鄧州。後來鄧州的長官都是見識膚淺的官吏，不再了解夢升。夢升素來剛直，不隨便討好人；他自負個人的才能，卻經常心情憂鬱，不能施展。終因不得志而死在南陽。

夢升諱注，以寶元二年❶四月二十五日卒，享年四十有二。其平生所為文曰《破碎集》、《公安集》、《南陽集》，凡三十卷。娶潘氏，生四男二女。將以慶曆四年某月某日葬於董坊之先塋。其弟渭泣而來告曰：「吾兄患世之莫吾知，孰可為其銘？」予素悲夢升者，因為之銘曰：

【章　旨】本段敘黃夢升的卒葬時間及著述子女情況。

【注　釋】❶寶元二年　西元一〇三九年。據史料當作「三年」，因謝希深寶元二年四月才來鄧州，十一月死，歐陽修也在二年冬離開鄧州。如黃夢升在這年四月已死，歐陽修何必還有推介之說，據本文，黃夢升應死於謝希深之後，當在寶元三年亦即康定元年四月，西元一〇四〇年。參見本卷〈張子野墓誌銘〉四段注⓮。

【語　譯】夢升名注，在寶元三年四月二十五日去世，享年四十二歲。他平生所寫文章編為《破碎集》、《公安集》、《南陽集》，共三十卷。夫人姓潘，生四個男孩兩個女孩。將在慶曆四年某月某日安葬到董坊黃氏先人的墓地。他的弟弟黃渭哭著前來對我說：「我哥哥耽心世人不了解他，誰能替他寫墓誌銘？」我一直是同情夢升的人，因而替他寫了墓誌銘。說：

予嘗讀夢升之文，至於哭其兄子庠❶之詞曰：「子之文章，電激雷震；雨雹忽止，闃然滅泯。」未嘗不諷誦歎息而不已。嗟夫，夢升！曾不及庠！不震不驚，鬱塞埋藏。孰予其有，不使其施？吾不知所歸咎，徒為夢升而悲。

【章　旨】銘文借其侄兒黃庠作陪襯，感慨夢升不遇到了極點。

【注　釋】❶其兄子庠　黃庠，字長善，有文名而早死。《宋史》入〈文苑傳〉。

【語　譯】我曾經讀過夢升的文章，看到他痛哭侄兒黃庠的那些話：「你的文章像雷霆震怒，電光閃耀，又像暴雨冰雹；這一切忽然停止，無聲無息，全無蹤跡。」總是要反覆誦讀，嘆息不止。唉，夢升！你還趕不上黃庠。你的文章還沒有震驚世人，你就憂愁抑鬱地死去埋葬。是誰賦予夢升才能，又不讓它得到施展？我不知道該歸罪於誰，只能為夢升而悲傷。

【研　析】本文在歐陽修寫的墓誌銘中是極為有名的篇章，前人有的許為歐文墓誌第一，有的指出它出自韓愈〈殿中少監馬君墓誌銘〉而風神發越，興會淋漓。韓愈的墓誌文寫法不拘一格，呈現豐富多彩的面目。但他還是比較注重墓誌的格式，只有〈馬少監〉等少數篇章雜敘交情，描摹情狀，抒寫感慨，而近於散文小品。在歐陽修的墓誌文裡，這種情況就比較多見了，而且寫法更為縱橫自如，形成了一種帶傾向性的特色。本文尤為典型。第一，它不像多數碑誌文平面地抽象地列述人物生平事跡，而是對人物作動態的立體的描繪。文章通過追述自己與黃夢升的四次交往來反映黃夢升的一生，完整地描繪了第一次相遇，他還是「年十七八，眉目明秀，善飲酒談笑」這樣一個才情橫溢、意氣風發的英俊少年；第二次在京師相遇，他初入仕途，就逐步變得怏怏不得志，「顏色憔悴」；第三次在江陵相遇，夢升志雖衰但豪氣尚在；第四次在鄧州，夢升早已「怏怏無所施」，但文章仍「意氣奔放」，終以不得志而早早死亡。通過四次相遇，描寫出一位才能傑出而又有抱負卻屈居下位、潦倒窮困，最終抑鬱而死的讀書人的生動形象。第二，它設置了明顯的抒情敘事的線索，這就是初次見夢升時即提出的「善飲酒談笑」幾個字，後來文章兩次寫同黃夢升見面都描寫醉舞歌呼的場面，以酒澆愁愁更愁，不僅人物的外貌栩栩如生地展現，而且深入到人物的內心世界，揭開了人物靈魂深處的隱痛。例如黃夢升首先不肯出示自己的文章，大醉之後卻又拿給作者看，就表現他內心深處仍有不甘心被埋沒的一面。這些說明本文雖採墓誌的標題，其實已更像一篇懷念亡友的抒情散文。

孫明復先生墓誌銘

歐陽永叔

【題解】孫明復（西元九九二—一〇五七年），名復，《宋史》入〈儒林傳〉。〈胡先生墓表〉中歐陽修說：「自明道、景祐以來，學者有師，惟先生暨泰山孫明復、石守道三人。」孫與胡、石同為宋學開山者，並稱宋初三先生。孫氏長於《春秋》經學，《續資治通鑑長編》稱：孫復治《春秋》，不惑傳注，其言簡易，得經之本義。著有《春秋尊王發微》十二卷，強調「尊王」，發揚「大一統」之說，影響深遠；但竭力尊君，鼓吹君權，又助長專制主義。這篇墓誌作於嘉祐二年（西元一〇五七年），作者自始至終，主要圍繞孫氏的學術進行敘述和評議，對其他官聲政績，則少有涉及，題目中只稱先生，也是把他作為一個有地位的學者來尊敬。

先生諱復，字明復，姓孫氏，晉州平陽❶人也。少舉進士不中，退居泰山之陽，學《春秋》，著《尊王發微》。魯多學者，其尤賢而有道者石介；自介而下，皆以弟子事之。

【章　旨】本段簡敘孫復講學泰山受魯人尊重。

【注　釋】❶晉州平陽　今山西臨汾。

【語　譯】先生名復，字明復，姓孫，是晉州平陽縣的人。青年時期參加進士考試沒有考中，回來居住在泰山的南面，研究《春秋》，著有《尊王發微》一書。山東一帶讀書做學問的人很多，其中最為賢良有道德的是石介；從石介以下都按弟子對師長的禮節侍奉先生。

先生年逾四十，家貧不娶。李丞相迪❶將以其弟之女妻之，先生疑焉。介與群弟子進曰：「公卿不下士久矣！今丞相不以先生貧賤，而欲託以子，是高先生之行義也，先生宜因以成丞相之賢名。」於是乃許。孔給事道輔❷為人剛直嚴重，不妄與人，聞先生之風，就見之。介執杖屨侍左右，先生坐，則立；升降拜，則扶之。及其往謝也亦然。魯人既素高此兩人，由是始識師弟子之禮，莫不歎嗟之。而李丞相、孔給事亦以此見稱於士大夫。

【章　旨】本段敘李迪、孔道輔、石介等對孫復的尊敬，側面反映孫復的為人及其影響。

【注　釋】❶李丞相迪　李迪，字復古，舉進士第一，官至宰相，當時稱賢相。❷孔給事道輔　孔道輔，字厚濟，官給事中，以剛毅正直聞名。

【語譯】先生年過四十，家庭貧窮沒有娶妻。李迪丞相打算把他弟弟的女兒嫁給先生，先生猶豫不決。石介和一些弟子向先生進言說：「公卿大臣不禮賢下士很久了！現在李丞相不覺得先生貧窮低賤，而想要將侄女兒託付給您，是看得起先生的節操與道義，先生應當利用允婚來成就丞相賢良的美名。」於是才答應婚事。孔道輔給事中為人剛正直率嚴肅穩重，不隨便稱讚人，聽說先生的風采，就到先生的住所來拜訪先生。石介拿著手杖鞋襪等用品陪侍在先生身邊，先生坐下來，他就立在身後；先生進退拜揖，就攙扶著先生。到先生前去答謝回拜時也是這樣。山東人素來已認為這兩個人很高尚，通過他們的舉動才認識到老師和弟子之間的禮節，沒有不感嘆稱讚的。同時李丞相、孔給事也因此而被士大夫們所稱頌。

其後介為學官，語於朝曰：「先生非隱者也，欲仕而未得其方也。」慶曆二年，樞密副使范仲淹、資政殿學士富弼，言其道德經術，宜在朝廷，召拜校書郎、國子監直講。嘗召見邇英閣❶說《詩》，將以為侍講，而嫉之者❷言其講說多異先儒，遂止。七年，徐州人孔直溫❸以狂謀捕治，索其家得詩，有先生姓名，坐貶監處州❹商稅，徙泗州❺，又徙知河南府長水縣❻，僉署應天府❼判官公事，通判陵州❽。翰林學士趙概❾等十餘人，上言孫某行為世法，經為人師，不宜棄之遠方。乃復為國子監直講，居三歲，以嘉祐二年七月二十四日，以疾卒於家，享年六十有六。官至殿中丞。

【章　旨】本段敘孫復入仕的經過和仕途的升遷。

【注　釋】❶邇英閣　宋代宮殿之一，是侍臣講讀的地方。❷嫉之者　指楊安國等。說孫復說經「多異先儒」也並非不是事實，他確實敢創新說，不拘舊注。但說者是視為不良傾向而攻擊的。❸孔直溫　山東舉子，曾隨石介求學，後來謀反。石介、孫復均受牽連。❹處州　今浙江麗水。一說此應為虔州，即今江西贛州。❺泗州　今安徽泗縣。❻長水縣　今河南洛寧西南。❼應天府　宋應天府為今河南商丘。❽陵州　今四川仁壽治。❾趙概　字叔平，翰林學士，也是當時名臣。《宋史》有傳。

【語　譯】此後石介做了學官，對朝廷說：「孫明復先生並不是要當隱士，只是想要入仕而沒有找到適宜的途徑啊。」慶曆二年，樞密副使范仲淹、資政殿學士富弼，進言說先生的道德經術，應該在朝廷任職，召先生入朝任命為校書郎、國子監直講。天子曾經召見他在邇英殿講說《詩經》，打算要用他作為侍講，可那些嫉妒他的人說先生講說經書往往不同於先儒的傳統說法，於是就不再作考慮。慶曆七年，徐州人孔直溫因為狂妄謀反被逮捕治罪，抄他的家時得到詩歌，上面有先生的姓名，先生因此得罪貶謫監管處州商稅，改為泗州，又改任河南府長水縣知縣，僉署應天府判官公事，再任陵州通判。翰林學士趙概等十多個人，向朝廷上書進言說孫某品行被世上的人們所效法，經術成為讀書人的老師，不應當拋棄在僻遠的地方。於是又重新任命為國子監直講。過了三年，於嘉祐二年七月二十四日，因為疾病死在家中，享年六十六歲。官做到殿中丞。

先生在太學時，為大理評事，天子臨幸，賜以緋衣銀魚。及聞其喪，惻然，予其家錢十萬。而公卿大夫朋友太學之諸生，相與弔哭賻治其喪。於是以其年十月二十七日，葬先生於鄆州須城縣❶盧泉鄉之北扈原。

【章　旨】本段敘孫復的死、葬，朝廷的撫恤與朋友的弔贈。

【注釋】❶鄆州須城縣 今山東東平治。孫復墓在縣北之盧泉鄉。

【語譯】先生在太學的時候，官職只是大理評事，天子駕臨太學巡視，賜給先生紅色官服、銀魚佩袋。等聽到先生的死訊，天子十分難過，賜給先生家十萬錢。而公卿大夫朋友及太學的學生們，一起哭弔，奉送財物協助辦理先生的喪事。於是在那年的十月二十七日，將先生安葬在鄆州須城縣盧泉鄉的北扈原。

先生治《春秋》，不惑傳註，不為曲說以亂經；其言簡易，明於諸侯大夫功罪，以考時之盛衰，而推見王道之治亂，得於經之本義為多。方其病時，樞密使韓琦言之天子，選書吏給紙筆，命其門人祖無擇❶，就其家得其書十有五篇，錄之藏於祕閣。先生一子大年，尚幼。銘曰：

【章旨】本段對孫復的《春秋》之學作出評述。

【注釋】❶祖無擇 字擇之，宋代著名學者。從孫復學經術，從穆修學文章。

【語譯】先生研究《春秋》，不受傳統傳注的迷惑，不製作偏頗不正的說法來歪曲經義；先生的言論簡單明白，明確區分諸侯大夫的功勞和罪過，進而考察時代的盛衰，並且推究出古代聖王之道對國家治亂的影響，他的見解大多直接從經文的本義中所得出。當先生臥病的時候，樞密使韓琦對天子進言，選擇書寫的吏員給他們紙和筆，命令先生的弟子祖無擇，就近在先生家裡找到先生的著作一十五篇，將它抄錄下來珍藏在祕閣。先生有一個兒子名大年，還小。銘辭說：

聖既歿經更戰焚，逃藏脫亂僅傳存。眾說乘之汩其原，怪迂百出雜偽真。後生牽卑習前聞，有欲患之寡攻群，往往止燎以膏薪❶。有勇夫子闢浮雲，刮磨蔽蝕相吐吞，日月卒復光破昏。博哉功利無窮垠，有考其不在斯文。

【章旨】銘文從經學歷史的角度肯定孫復能去偽存真。

【注釋】❶止燎以膏薪　即「抱薪救火」之意。

【語譯】聖人已死經典又經歷戰火燒焚，躲開埋藏脫落混亂只靠口傳來保存。各種學說乘機擾亂了它的本原，怪誕迂腐花樣百出模糊假和真。後輩學者拘牽卑俗習慣傳統見聞，有人以此為患等於個人攻擊一大群，就像撲滅火燄而用膏油與柴薪。有個勇敢的夫子撥開了浮雲，刮掉蒙蔽侵蝕之物吐故而納新，日月終於破除昏昧恢復了光明。帶來的功效廣博影響深遠無窮，如要考察豈不就靠這樣的宏文。

【研析】歐陽修為胡瑗、石介、孫復撰寫墓表、墓誌，同是學者經師而寫法各各不同。〈胡先生墓表〉主要通過其弟子追隨者之眾、成材知名者之多，側面反映胡先生學問道德的影響力和他教學的深入。〈徂徠先生墓誌銘〉則從正面落筆，較多地引證石介的言論和行動，以突出石介主張的尖銳，堅持的決心。對孫復，則主要借助一些名臣賢士對他的禮敬與推介，間接地傳達作者對他的評價。文章開頭就說魯多學者而以石介最賢，然而自石介而下，都以弟子事之，那麼先生的學術與為人都可想而知。接著以李迪主動妻以侄女，孔道輔屈身拜訪，石介嚴執弟子禮，寫出先生受人尊敬之程度。再寫石介、范仲淹、富弼、趙概等人的進言、上書，或言其「道德經術，宜在朝廷」，或言其「行為世法，經為人師」，這都是相當高的評價，借當時人望極高賢人君子道出，比之作者直接出面評說，要可信和有力得多。至於「公卿大夫朋友太學之諸生，相與弔哭賻治其喪」，顯示先生教澤的深長；韓琦建言抄存先生書籍，可見時人對孫氏著述的珍視，手法都是落筆於此而注意於彼，為突出孫復的價值、地位服務。讀這篇墓誌，人們會感到活躍在當時政治舞臺上著名的正人君子，幾乎無例外地稱頌孫氏，那麼孫氏自然也是賢人君子一流了。

尹師魯墓誌銘

歐陽永叔

【題解】尹師魯即尹洙（西元一〇〇一——一〇四七年），師魯是他的字。他是歐陽修的摯友。歐陽修同尹洙兄弟都有交情，而尹源的墓誌題作〈太常博士尹君墓誌銘〉，而本文題目不列官銜，只列其字，一方面更顯親密，一方面更見師魯之名重當世，不待官稱人皆可知。本文作於宋仁宗慶曆八年（西元一〇四八年），即尹洙去世的第二年，文中反覆十七次呼喚「師魯」，寫師魯身後蕭條景況，也極其淒惋，可見作者對尹洙的逝世懷著深切哀痛。但他為亡友作墓誌，只希望亡友泉下有知能心領神會，所以有意模仿尹洙文章簡古的風格，突出重點，言簡意深。因此誌文寫成後，尹洙之妻很生氣，認為太簡，派人與歐陽修交涉修改添加，並另請韓琦為尹洙寫了墓表，社會上也有人提出一些看法。歐陽修對這些指責也相當反感，另寫了〈論尹師魯墓誌〉的文章，對墓誌中用語下字的深刻含意一一作了闡釋，也駁斥了某些不當或過分的要求，表現作者寫墓誌，即令對朋友也不作過分頌揚，不只令家屬高興，也對歷史負責的嚴肅態度。如有人認為墓誌應肯定宋代古文創作從師魯開始，即定尹洙為宋代寫作古文第一人，歐陽修在論文中回答說：「若『作古文自師魯始』，則前有穆修、鄭條輩，及有大宋先達甚多，不敢斷自師魯始也。」就是一個很典型的例證。

師魯，河南❶人，姓尹氏，諱洙。然天下之士識與不識皆稱之曰師魯，蓋其名重當世。而世之知師魯者，或推其文學，或高其議論，或多其材能。至其忠義之節，處窮達，臨禍福，無愧於古君子，則天下之稱師魯者，未必盡知之。

【章　旨】本段總評尹師魯，並揭示墓誌重點在介紹其品行節操。

【注　釋】❶河南　府名。治所在今河南洛陽。

【語　譯】師魯是河南人，姓尹，名洙。不過天下的人士不論認識他的與不認識他的，都稱他師魯，這是因為他在當代享有盛名。但世上了解師魯的人，有的推崇他的文章，有的佩服他的議論，有的稱頌他的才能；至於他的忠義節操，面臨困頓或顯達、遭遇災禍或幸運時候的表現，都無愧於古代道德高尚的人物，天下稱讚師魯的人那就未必完全了解這方面的情況。

師魯為文章，簡而有法。博學彊記，通知古今，長於《春秋》❶。其與人言，是是非非，務窮盡道理乃已，不為苟止而妄隨，而人亦罕能過也。遇事無難易，而勇於敢為。其所以見稱於世者，亦所以取嫉於人，故其卒窮以死。

【章　旨】本段就師魯的文學、議論、才能等作進一步展開敘述。

【注　釋】❶長於春秋　尹洙沒有關於《春秋》的著作，《四庫全書總目》史部編年類存目有《五代春秋》二卷，是尹洙仿《春秋》編年體而寫的五代史書，《四庫全書總目》說：「穆修《春秋》之學，稱受之於洙。然洙無說《春秋》之書，惟此一編，筆削頗為不苟，多得謹嚴之遺意，知其《春秋》之學深矣。」

【語　譯】師魯寫文章，簡潔而有法度。他學問廣博，記憶力很強，知識貫通古今，擅長於《春秋》之學。他跟人說話時，肯定正確的，否定錯誤的，務必把道理講透徹才罷休，不因怕得罪人便停止說話，也不胡亂附和別人，但別人也很難超過他。遇到事情，不管難易如何，他都敢於承擔。他被世人稱道的這些品格，也是他被人嫉恨的原因，所以他最終窮困地死去。

師魯少舉進士及第，為絳州正平縣❶主簿、河南府戶曹參軍❷、邵武軍❸判官。舉書判拔萃，遷山南東道❹掌書記，知伊陽縣❺。王文康公❻薦其才，召試，充館閣校勘，遷太子中允。天章閣待制范公❼貶饒州❽，諫官、御史不肯言，師魯上書，言仲淹臣之師友，願得俱貶，貶監郢州❾酒稅；又徙唐州❿。遭父喪⓫；服除，復得太子中允，知河南縣。趙元昊反，陝西用兵，大將葛懷敏⓬奏起為經略判官。師魯雖用懷敏辟，而尤為經略使韓公⓭所深知。其後諸將敗於好水⓮，韓公降知秦州⓯，師魯亦徙通判濠州⓰。久之，韓公奏，得通判秦州。遷知涇州⓱，又知渭州⓲，兼涇原路經略部署。坐城水洛⓳與邊將異議，徙知晉州⓴。又知潞州㉑，為政有惠愛，潞州人至今思之。累遷官至起居舍人㉒、直龍圖閣㉓。

【章旨】本段敘師魯的做官經歷，並以事實說明其高尚品格。

【注釋】❶絳州正平縣　故城在今山西新絳西南。❷戶曹參軍　知府下屬，主管戶籍、賦稅、倉庫受納等。❸邵武軍　治所在今福建邵武。❹山南東道　行政區名。相當今河南西南部、湖北北部和四川東部。❺伊陽縣　今河南嵩縣。❻王文康公　王曙，時任西京留守、河南府知府。死後諡「文康」。❼范公　范仲淹。❽饒州　今江西鄱陽。❾郢州　今湖北鍾祥治。❿唐

州　州治在今河南泌陽。⓫遭父喪　尹洙父名仲宣，官虞部員外郎，景祐四年（西元一〇三七年）死，歐陽修曾為之作墓誌銘。⓬葛懷敏　時任涇原路馬步軍副總管，兼涇原、秦鳳兩路經略安撫副使。⓭韓公　韓琦。⓮好水　今名甜水河，出寧夏六盤山，在隆德縣東注入苦水河。慶曆元年二月，元昊侵渭州，韓琦命環慶副總管任福率軍與戰，並告誡他據險設伏，斷敵歸路，不輕率追擊。任福違反將令，孤軍深入追趕敵軍，於好水川中埋伏大敗戰死。⓯秦州　州治在今甘肅天水。⓰濠州　州治在今安徽鳳陽東北。⓱涇州　治所在今甘肅涇川。⓲渭州　治所在今甘肅平涼西。⓳水洛　故城在今甘肅中部。尹洙任渭州知州時，鄭戩為陝西四路都總管，派劉滬、董士廉在水洛築城以通秦渭援兵。尹洙以城寨多分散兵力，要求停建，但劉滬等堅持繼續施工，尹洙因朝廷已同意停建，就逮捕了劉滬、董士廉。鄭戩不斷向朝廷申辯，朝廷於是把尹洙調知晉州。⓴晉州　州治在今山西臨汾。㉑潞州　州治在今山西長治。㉒起居舍人　史官，隨時記錄天子言行、朝廷事件。㉓龍圖閣　管理皇家文書圖籍的機構。直閣為其中低級官吏，正七品。

【語　譯】師魯青年時考中進士，做過絳州正平縣主簿、河南府戶曹參軍、邵武軍判官。被薦舉書法判詞優秀，升任山南東道掌書記，接著任伊陽縣知縣。王文康公推薦他有才能，召到朝廷考試，擔任館閣校勘，升為太子中允。天章閣待制范公被貶謫到饒州，諫官、御史都不出來講公道話；師魯便向朝廷上書，說范仲淹是我的老師和朋友，願能同他一起貶謫，於是貶為監郢州酒稅。不久又調往唐州。碰上他父親死去守喪；守喪期滿，重新任命為太子中允、河南知縣。趙元昊反叛，陝西發生戰事，大將葛懷敏上奏朝廷起用師魯做經略安撫副使的判官。師魯雖是由葛懷敏所招聘，但更被經略使韓琦所深切了解和信任。後來宋軍將領在好水川打了敗仗，韓琦被降職為秦州知州，師魯也調任濠州通判。過了很久，韓琦向朝廷上奏，師魯改任秦州通判。後升任涇州知州、渭州知州，兼涇原路經略部署。因水洛修城的事與邊防大將意見不同，調為晉州知州。又任潞州知州，辦理政事對百姓有恩惠，潞州人至今還想念他。多次遷徙最後官升到起居舍人，直龍圖閣。

師魯當天下無事時，獨喜論兵，為〈敘燕〉、〈息戍〉❶二篇行於世。自西兵起凡五六歲，未嘗不在其間。故其論議益精密，而於西事尤習其詳。其為兵制之說，述戰守勝敗之要，盡當今之利害，又欲訓土兵❷代戍卒以減邊用，為禦戎長久之策。皆未及施為，而元昊臣❸，西兵解嚴，師魯亦去而得罪矣。然則天下之稱師魯者，於其材能亦未必盡知之也。

【章　旨】本段述師魯在軍事方面的見解，對其才能作補充說明。

【注　釋】❶敘燕息戍　今存尹洙《河南集》中，《宋史》本傳亦全文引錄，內容主要是討論加強西北邊防的策略。❷土兵　即鄉兵。訓練當地壯丁保護地方，可以減少從內地派兵去戍守，節省軍費。❸元昊臣　慶曆四年（西元一〇四四年）五月元昊稱臣。

【語　譯】師魯在天下太平無事的時候，獨自喜歡議論軍事，寫了〈敘燕〉、〈息戍〉兩篇論文，在世上流傳。從與西夏的戰爭發生以來共五六年，一直生活在前線。所以他在軍事方面的議論特別精密，而對於西部邊防的事尤其了解得詳細。他提出關於兵制的主張，論述戰守勝敗的關鍵，完全切合當前有利或不利的形勢，又設想訓練當地鄉丁代替從內地派去的守軍來減少邊防費用，作為抗敵的長久對策。可是都來不及施行，趙元昊便已向朝廷表示臣服，西部邊防部隊解除戰爭狀態，師魯也離開西部邊防並且因事獲罪了。這樣看來，即便是天下稱讚師魯的人，對於師魯的才能也未必全都了解啊。

初，師魯在渭州，將吏❶有違其節度者，欲按軍法斬之而不果。其後吏至京師，上書訟師魯以公使錢貸部將❷，貶崇信軍❸節度副使，徙監均州❹酒稅。得疾，無醫藥，舁至南陽❺求醫。疾革，憑几而坐，顧稚子在前，無甚憐之色；與賓客言，終不及其私。享年四十有六以卒。

【章旨】本段敘師魯獲罪貶官及病死，讚揚他至死保持忠義之節。

【注釋】❶將吏　指董士廉。❷部將　指孫用。孫用由軍校補邊，從京師借錢到邊關任職，無錢還債。尹洙愛孫用之才，挪用公款給孫償債。董士廉上書揭發，尹洙因而得罪遭貶。❸崇信軍　治所在今甘肅崇信。❹均州　治所在今湖北均縣。❺南陽　即鄧州。據《湘山野錄》，范仲淹這時為鄧州知州，奏言「尹洙多病，可惜死在僻郡，乞令就任所醫治」。尹洙於是來鄧州就醫。

【語譯】當初，師魯在渭州作知州時，邊將中有人違抗他的指揮，師魯想按軍法要斬他，但沒有辦到。後來那邊將來到京城，上書控告師魯用公款借給部下將領，師魯因而被貶為崇信軍節度副使，又調監均州酒稅。得了重病，沒有醫生藥物，抬到南陽求醫。病危時，他靠著桌子坐著，看到年幼的兒子在面前，也沒有流露出非常憐惜的神色；與客人談話，始終沒有說到個人的私事。享年四十六歲便去世了。

師魯娶張氏，某縣君❶。有兄源，字子漸，亦以文學知名，前一歲卒。師魯凡十年間，三貶官，喪其父，又喪其兄。有子四人，連喪其三。女一，適人亦卒。而其身終以貶死，一子三歲，四女未嫁，家無餘貲。客其喪於南陽不能歸，平生故人無遠邇皆往賻之，然後妻子得以其柩歸河南。以某年某月某日，葬於先塋之次。余與師魯兄弟交，嘗銘其父之墓矣，故不復次其世家焉。銘曰：藏之深，固之密，石可朽，銘不滅。

【章　旨】本段敘師魯兄弟妻兒情況，對其死後之淒涼寄予深切同情。

【注　釋】❶縣君　宋代中級官員的妻子和母親可封為縣君。

【語　譯】師魯娶妻張氏，封為縣君。師魯有哥哥叫尹源，字子漸，也以文章出名，前一年先死了。師魯十年間總共三次被貶官，死了父親，又死了兄長。有四個兒子，接連死了三個。一個女兒出嫁之後也死了。現在他自己也在貶謫中死去。留下一個三歲的兒子，四個女兒沒有出嫁，家裡沒有留下什麼錢財，靈柩寄放在南陽不能運回故居。平生的老朋友不論遠近都送錢財幫助辦理喪事，這樣他的妻子兒女才能把他的靈柩運回河南府。於某年某月某日安葬在祖墳旁邊。我跟師魯兄弟倆都是朋友，曾經給他們的父親寫墓誌銘，所以不重複在此羅列他的家世。銘文是：埋藏得深深的，封閉得密密的；石頭可以朽壞，銘文永不磨滅。

【研　析】歐陽修在本文的寫作中貫徹著而又在〈論尹師魯墓誌〉中總結說明了一些關於墓誌銘寫作的原則和方法。第一，他用「簡而有法」評價尹洙的文章，也作為自己寫作這篇墓誌的指導思想。論文中說：「誌言天下之人識與不識皆知師魯文學、議論、才能，則文學之長、議論之高、才能之美，不言可知。又恐太略，故條析其事，再述於後。」又說：「此三者皆君子之極美，然在師魯猶為末事。其大節乃篤於仁義，窮達禍福不愧古人。其事不可偏舉，故舉其要者一兩事以取信，如上書論范公而自請同貶，臨死而語不及私，則平生忠義可知也，其臨窮達禍福不愧古人又可知也。」這些話說明了這篇墓誌是如何的語言簡潔而又法度井然。正如沈德潛所指出的：「文學、議論、才能，皆師魯所有，然只作陪襯，彌見節之可貴，若四項平列，不分輕重，便是近人文字矣。」第二，提出「痛之益至則其辭益深」「責之愈切則其言愈緩」。有人批評本文的銘辭太略，沒有稱頌尹洙的品德，也沒有為尹洙辯冤，歐陽修反駁說：「《春秋》之義，痛之益至則其辭益深。詩人之意，責之愈切則其言愈緩。不必號天叫屈，然後為師魯稱冤也。故於其銘文但云：『藏之深，固之密，石可朽，銘不滅。』意謂舉世無可告語，但深藏牢埋此銘，使其不朽，則後世必有知師魯者。其語愈緩，其意愈切，詩人之義也。」同樣，寫尹洙死後妻子困窮的情狀，也是語氣平緩而感情極為沉痛，作者正是「深痛死者而切責當世君子致斯人之及此也」。第三，提出繼承《史記》的「互見」之法。互見是司馬遷開創的寫人物傳記的一種剪裁方式，為了避免重複，甲篇寫了的事就在乙篇省略或不寫，各篇間相互補充。所以有人認為墓誌中應寫出「近年古文自師魯始」，歐陽修就說「范公祭文已言之矣，可以互見」。堅持不肯在本文再重出一次。以上這些原則和方法，加上歐陽修尊重事實不肯虛美的態度，都是我們作文時可以吸取的。

梅聖俞墓誌銘

歐陽永叔

【題　解】聖俞是北宋著名詩人梅堯臣的字。梅堯臣，世號宛陵先生，宣州宣城（即今安徽宣城）人。宋真宗咸平五年（西元一〇〇二年）生，比歐陽修大五歲，仁宗嘉祐五年（西元一〇六〇年）病逝於汴京。梅堯臣也和尹洙等人一樣是在西京洛陽任職時與歐陽修交往並成為莫逆之交的。梅堯臣詩「清麗閒肆平淡」的詩風與尹洙「簡而有法」的文章特色，對歐陽修都產生了相當的影響。梅堯臣詩一方面繼承韓愈、孟郊，一方面吸取王維、孟浩然詩營養，突破宋初「西崑體」的局限，形成自己的獨特面目，是歐陽修變革詩體方面的得力助手。歐陽修在〈梅聖俞詩集序〉、〈書梅聖俞稿後〉及《六一詩話》等作品中多次論述了梅堯臣詩的成就，這篇墓誌在悲痛梅堯臣不遇和早逝的同時，也把評價詩歌作為一項重要的內容。這使得本文除作為人物傳誌具有歷史價值之外，還成為古代文學評論方面的重要文獻。

嘉祐五年，京師大疫。四月乙亥❶，聖俞得疾，臥城東汴陽坊。明日，朝之賢士大夫往問疾者，騶呼❷屬路不絕。城東之人，市者廢，行者不得往來，咸驚顧相語曰：「茲坊所居大人誰耶？何致客之多也！」居八日癸未❸，聖俞卒。於是賢士大夫❹又走弔哭如前日，益多。而其尤親且舊者，相與聚而謀其後事。自丞相以下，皆有以賻卹其家。粵六月甲申❺，其孤增載其柩南歸。以明年正月丁丑，葬於宣州陽城鎮雙歸山❻。

【章旨】本段敘梅堯臣得病至去世，通過慰問、哭弔者眾多反映梅堯臣受到士大夫們廣泛尊重。

【注釋】❶乙亥　該月乙亥為十八日。當時梅堯臣的好友江休復得流行病，生命垂危，梅堯臣前去探望，也傳染了疾病。❷騶呼　喝道，趕開行人。騶，本指馬夫。❸癸未　四月二十六日。❹賢士大夫　歐陽修、王安石、司馬光等一時名人都有長詩哭弔梅堯臣。❺甲申　為六月二十七日。下句「明年正月丁丑」，查嘉祐六年正月無丁丑日，此處似誤。❻雙歸山　即宣城城南之柏山。

【語譯】嘉祐五年，京城發生嚴重的流行病。四月乙亥日，梅聖俞染上疾病，在城東的汴陽坊臥床不起。第二天，朝中的賢士大夫前去探病的，馬夫喝道之聲在路上接連不斷。住在城東的人，做買賣的只好放棄交易，走路的人無法往來，都驚異地互相看著說道：「這街上居住的大人是誰呢？怎麼招來這麼多的客人啊！」過了八天到癸未日，聖俞去世。於是賢士大夫們又趕忙跑去弔唁哭祭，像前幾天一樣，人數還更多。而那些特別親密而且交往時間長久的，互相聚集在一起來謀劃他的後事。從丞相起，都有錢物幫助撫卹他的家庭。到了六月甲申日，他的兒子梅增運送他的靈柩返回南方。於第二年正月的丁丑日，安葬在宣州陽城鎮的雙歸山。

聖俞，字也；其名堯臣，姓梅氏，宣州宣城人也。自其家世頗能詩，而從父詢❶以仕顯，至聖俞遂以詩聞。自武夫貴戚童兒野叟，皆能道其名字。雖妄愚人不能知詩義者，直曰：「此世所貴也，吾能得之！」用以自矜。故求者日踵門，而聖俞詩遂行天下。其初喜為清麗閒肆平淡，久則涵演深遠；間亦琢刻以出怪巧，然氣完力餘，益老以勁。其應於人者多，故辭非一體。至於他文章皆可喜，非如唐諸子號詩人者，僻固而狹陋也。聖俞為人，仁厚樂易，未嘗忤於物。至其窮愁感憤，有所罵譏笑謔，一發於詩。然用以為驩，而不怨懟，可謂君子者也。

【章　旨】本段評介梅堯臣的詩文寫作及其為人，重點是其詩作。

【注　釋】❶詢　梅詢，字昌言，官至翰林侍讀學士、給事中，《宋史》有傳。

【語　譯】聖俞是他的字；他的名是堯臣，姓梅，是宣州宣城縣的人。從他的家族世代祖先起就相當會作詩，而他的叔父梅詢由於做官名聲很大，到了聖俞就因為詩歌寫得好而聞名。從軍人武將、權貴大臣、皇親國戚到兒童少年、鄉村老者，都能說出他的名字。即使是愚頑無知的不能理解詩的內容的人，只說：「這是世上很寶貴的東西，而我能得到它！」用能得到聖俞的詩來自我誇耀。所以求他作詩的人每天不斷登門造府，於是聖俞的詩歌就在四海廣泛流傳。聖俞最初的詩歌，喜歡寫得清新優美、閒適自由、平易疏淡，時間久了就包容吸納、滋潤演化而變得意境深遠；間或也雕琢而呈現出精巧怪異的面貌，可是總是氣勢飽滿筆力有餘，越老反而更見剛勁。他答應的人很多，所以他的詩歌語言也不止一種風格。至於聖俞其他的文章，也都令人喜愛，不像唐代那些號稱詩人的人，偏執片面狹隘淺薄。聖俞為人，仁愛寬厚，和氣親切，不曾觸怒什麼人。至於他身處窮困的憂思，感慨鬱憤，有需要斥責、嘲笑、譏刺的情緒，都從詩歌中渲泄出來。但他只是用來尋求開心，卻不怨恨，可以稱得上有道德有修養的人了。

初，在河南，王文康公❶見其文，歎曰：「二百年無此作矣！」其後大臣屢薦宜在館閣，嘗一召試❷，賜進士出身，餘輒不報。嘉祐元年，翰林學士趙槩❸等十餘人，列言於朝曰：「梅某經行修明，願得留與國子諸生講論道德，作為雅頌，以歌詠聖化。」乃得國子監直講。三年冬，祫於太廟，御史中丞韓絳❹言天子且親祠，當更制樂章以薦祖考，惟梅某為宜；亦不報。聖俞初以從父蔭補太廟齋郎；歷桐城❺、河南❻、河陽❼三縣主簿；以德興縣❽令知建德縣❾；又知襄城縣❿；監湖州⓫鹽稅；簽署忠武、鎮安兩軍⓬節度判官；監永濟倉⓭；國子監直講，累官至尚書都官員外郎⓮。嘗奏其所撰《唐載》⓯二十六卷，多補正舊史闕繆。乃命編修《唐書》⓰，書成，未奏而卒。享年五十有九。

【章旨】本段敘梅堯臣的仕途經歷，突顯其坎坷不遇的命運。

【注釋】❶王文康公　王曙，字晦叔，仁宗時宰相，文康是他的謚號。王曙曾任河南知府，梅堯臣任縣的主簿，將詩作送給王曙看，受到王的稱讚。本句之「文」，指詩歌。❷召試　在皇祐三年九月，賜同進士出身，但未能在館閣任職。❸趙槩　字叔平，當時名臣。❹韓絳　字子華，任御史中丞，是御史臺的長官。❺桐城　今安徽桐城治。❻河南　今河南洛陽。❼河陽　今河南孟縣治。❽德興縣　今江西德興治，宋屬饒州。❾建德縣　今浙江建德治。梅雖授德興而實知建德，並非歷任兩縣知縣。⑩襄城縣　今河南襄城治。⑪湖州　今浙江湖州。⑫兩軍　忠武軍治今河南長葛西，鎮安軍治今河南淮陽。⑬永濟倉　在汴京的國家糧倉。⑭都官員外郎　刑部屬官，位次於都官郎中。⑮唐載　《宋史》本傳作《唐載記》，但《宋史・藝文志》及各家書目都不載此書，估計久已失傳。⑯唐書　指《新唐書》，歐陽修、宋祁撰，梅堯臣負責編寫其中的〈百官志〉、〈方鎮志〉。

【語　譯】當初，任河南縣主簿的時候，王文康公見到了聖俞的詩歌，讚嘆說：「兩百年以來沒有出現過這樣的作品了！」那以後大臣們多次推薦聖俞適合在三館和祕閣任職，曾經被召測試過一次，結果獲賜同進士出身，其餘的請求就不予答覆。嘉祐元年，翰林學士趙槩等十多人在朝廷陳言說：「梅堯臣經術品行美好通達，希望能將他留在朝廷同國子監學生們講論道德，製作雅、頌那樣的詩歌，來歌詠聖上的教化。」才能夠被任為國子監直講。嘉祐三年冬天，在太廟舉行合祭皇室祖先的典禮，御史中丞韓絳說天子將要親臨祭祀，應當另外製作樂章來獻給祖先，承擔這個任務也只有梅堯臣適宜；仍然得不到回答。聖俞最先憑藉叔父做官恩蔭子弟委任為太廟齋郎；歷任桐城、河南、河陽三縣的主簿；又用德興縣令的身分作建德知縣；又任襄城縣知縣；監管湖州鹽稅；簽書忠武、鎮安兩軍節度判官廳公事；監永濟倉；任國子監直講，積累升遷官做到尚書省都官員外郎。聖俞曾向朝廷呈上他撰寫的《唐載》二十六卷，在不少地方補充糾正了《舊唐書》的缺點錯誤。於是就派他參與編修《新唐書》，書修成了，還沒有報送朝廷聖俞就病故了。享年五十九歲。

曾祖諱遠，祖諱邈，皆不仕。父諱讓，太子中舍❶致仕，贈職方郎中❷。母曰仙遊縣太君束氏；又曰清河縣太君張氏。初娶謝氏，封南陽縣君；再娶刁氏，封某縣君。子男五人，曰增、曰墀、曰坰、曰龜兒。一早卒。女二人，長適太廟齋郎薛通，次尚幼。

【章　旨】本段敘梅堯臣的先輩及妻室子女情況。

【注　釋】❶太子中舍　即太子中舍人，東宮官屬。❷職方郎中　兵部職方司官長，掌管天下圖籍。

【語　譯】聖俞的曾祖父名遠，祖父名邈，都沒有做官。父親名讓，以太子中舍人的官職退休，贈予職方郎中頭銜。母親一為仙遊縣太君束氏；一為清河縣太君張氏。聖俞起初娶了謝氏女為妻，封為南陽縣君；再又娶了刁氏，封某某縣君。兒子五人，叫梅增、梅墀、梅坰、龜兒。另一個早已死去。兩個女兒，長女嫁給太廟齋郎薛通，次女還小。

聖俞學長於《毛詩》，為《小傳》❶二十卷。其文集❷四十卷。注《孫子》❸十三篇。余嘗論其詩❹曰：「世謂詩人少達而多窮，蓋非詩能窮人，殆窮者而後工也。」聖俞以為知言。銘曰：

【章　旨】本段敘梅堯臣的學術和著述。

【注　釋】❶小傳　即《毛詩小傳》，今已失傳。❷文集　即《宛陵集》，今為六十卷，乃南宋紹興年間所編輯。❸注孫子　梅堯臣的《孫子注》，今存於《孫子十家注》中。❹論其詩　指〈梅聖俞詩集序〉。

【語　譯】聖俞學問擅長於《毛詩》，寫成《小傳》二十卷。他的文集四十卷。他又注釋了《孫子》十三篇。我曾經評論他的詩歌說：「世間說詩人很少騰達的而多數很窮困，大概並不是詩歌能使人窮困，恐怕是詩人窮困以後詩才寫得好呢。」聖俞認為這是懂得詩歌的言論。銘辭說：

不戚其窮，不困其鳴❶。不躓❷於艱，不履於傾❸。養其和平，以發厥聲。震越渾鍠❹，眾聽以驚。以揚其清，以播其英，以成其名，以告諸冥。

【章　旨】銘文讚揚梅堯臣在窮困中自吐清音，取得令世人震驚的詩歌成就。

【注　釋】❶鳴　指作詩。本於韓愈〈送孟東野序〉：「物不得其平則鳴」。❷躓　跌倒。❸傾　危。❹渾鍠　聲音洪亮。

【語　譯】不因為貧窮而憂愁悲戚，不因為困頓便停止詩吟。他不在坎坷的仄徑跌倒，也不在傾危的險境停身。他努力保養內心的和平，來吹出他那動人的心聲。聲音震動遠播洪亮無比，眾人聽了全都奇異震驚。他以詩歌播散他的清香，亦以詩歌播散他的英芬，他因此成就自己的美名，借此以告慰祖先的英靈。

【研　析】本文開頭寫聖俞得病、死亡、歸葬，都從周圍的人群著筆，寫賢士大夫探病者之眾、哭弔者之多，寫街坊的百姓停市塞路，驚顧相語，以誇張的語氣從側面托出梅堯臣名重一時的情況。而梅堯臣的得名並非因為他做過什麼高官顯宦，而是因為他的詩歌。所以接下來一段，著重寫他「以詩聞」。這兒最重要的是要對梅堯臣的詩歌有正確而深刻的認識。歐陽修和梅堯臣在詩歌創作上是並肩作戰的戰友，且多次對梅詩作過論述評價，由他來對梅詩作一總結，是當之無愧的。他說梅堯臣「其初喜為清麗閒肆平淡，久則涵演深遠；間亦琢刻以出怪巧，然氣完力餘，益老以勁」，不僅道出了梅堯臣詩的主要藝術特色，而且說出了這種特色是如何發展演化的，用「清麗閒淡」「琢刻怪巧」暗示梅詩繼承吸收「王孟」、「韓孟」兩派詩歌營養而形成自己的獨特面目。因此林紓不禁讚嘆：「歐公所評，真知言哉！」既然詩人有如此成就，按理應為當朝所重視而仕途通達，所以文章自然地過渡到敘述聖俞生平遭遇。事實是詩人不僅終生沉淪下僚，而且一再受挫，幾次機會都被扼殺。「餘輒不報」、「亦不報」、「書成，未奏而卒」，作者在平緩的敘述中寓含著深沉的悲憤。因而聯想到「詩人少達而多窮」、「窮而後工」，將詩人的不幸遭遇和他的創作成就結合在一起收束全文。全文的結構安排與作者的感情思緒的變化形影相隨，深得自然之趣。

江鄰幾墓誌銘

歐陽永叔

【題　解】江鄰幾（西元一〇〇五—一〇六〇年），名休復，開封陳留人。曾官集賢校理、刑部郎中等職，著有《唐宜鑒》、《春秋世論》及文集二十卷，前兩種均已失傳。《宋史・文苑傳》有其傳記，就是濃縮歐陽修這篇墓誌而成。江鄰幾與歐陽修、尹洙、梅堯臣、蘇舜欽等都是朋友，並與梅堯臣同年死去。歐陽修不僅在江死的第二年即仁宗嘉祐六年（西元一〇六一年）為他撰寫墓誌，十五年之後，還懷著對亡友的深厚情誼寫了感慨淋漓的〈江鄰幾文集序〉（見本書卷八），讀者可以參看。

君諱休復，字鄰幾。其為人外若簡曠，而內行修飭，不妄動於利欲。其強學博覽，無所不通，而不以矜人。至有問輒應，雖好辯者不能窮也，已則默若不能言者。其為文章淳雅，尤長於詩，淡泊閒遠❶，往往造人之不至。善隸書，喜琴弈飲酒。與人交，久而益篤。孝於宗族，事孀姑如母。

【章　旨】本段總敘江鄰幾為人特點和多方面品格才能。

【注　釋】❶淡泊閒遠　〈江鄰幾文集序〉云：「其學問通博，文辭雅正深粹，而論議多所發明，詩尤清淡閑肆可喜。」

【語　譯】江君名休復，字鄰幾。他為人外表好像頗為疏略曠放，但骨子裡注重自身修養約束，不為利欲所引誘而亂動。他拼命學習，博覽群書，沒有什麼不通達，卻不拿來誇耀於人。至於有問題請教他，他隨即回答，即使好辯的人也不能難倒他，回答完畢就沉默地像一個不會說話的人。他寫的文章淳厚雅正，尤其善於寫詩，淡泊閒遠，往往到達別人沒有達到的境界。他很會寫隸書，愛好琴、棋、飲酒。同人交往，時間越久就越顯得誠摯。他對宗族長輩十分孝敬，侍奉寡居的姑母像自己的母親一樣。

天聖中，與尹師魯、蘇子美❶遊，知名當時。舉進士及第，調藍山❷尉，騎驢赴官。每據鞍讀書，至迷失道，家人求得之乃覺。歷信、潞二州❸司法參軍。又舉書判拔萃，改大理寺丞，知長葛縣❹事，通判閬州❺，以母喪去職。服除，知天長縣❻事，遷殿中丞，又以父憂。終喪，獻其所著書。召試，充集賢校理，判❼尚書刑部。當慶曆時，小人不便大臣執政者❽，欲累以事去之。君友蘇子美，杜丞相壻也，以祠神會飲❾得罪，一時知名士皆被逐。君坐落職，監蔡州❿商稅。久之，知奉符縣⓫事，改太常博士，通判睦州⓬，徙廬州⓭。復得集賢校理，判吏部南曹⓮，登聞鼓院⓯，為群牧判官⓰。出知同州⓱，提點陝西路刑獄⓲。入判三司鹽鐵局⓳院；修起居注⓴，累遷刑部郎中㉑。

【章旨】本段敘江鄰幾的仕宦經歷及受蘇舜欽事牽連情況。

【注釋】❶蘇子美　蘇舜欽字子美。❷藍山　今湖南藍山治。❸信潞二州　信州治所在今江西上饒，潞州治所在今山西長治。❹長葛縣　今河南長葛治。❺閬州　州治在今四川閬中西北。❻天長縣　今安徽天長治。❼判　以高職任低職的事。江鄰幾當是以集賢校理之名在刑部充當低級官吏。❽大臣執政者　指參知政事范仲淹、宰相杜衍等。❾祠神會飲　慶曆四年（西元一〇四四年）秋，宋京城舉行賽神會，這時江鄰幾的朋友、宰相杜衍的女婿蘇舜欽任監進奏院，按照各衙門的習俗，用所拆奏封廢紙換錢辦了酒席，會賓客飲酒作樂。御史中丞王拱辰等為動搖杜衍、范仲淹，告發蘇舜欽盜用公款。蘇舜欽被除名，參與宴會的十多名有革新傾向的知名之士受貶謫。江鄰幾即其中之一。❿蔡州　州治在今河南汝南。⓫奉符縣　今山東泰安治。⓬睦州　治所在今浙江建德。⓭廬州　治所在今安徽合肥。⓮南曹　負責考察被選拔官吏優劣，成狀上報。⓯登聞鼓院　宋代所設受理官民建議或申訴的機構，隸屬司諫正言。⓰群牧判官　太僕寺屬官，掌內外馬廄放牧之事。⓱同州　治所在今陝西大荔。⓲提點陝西路刑獄　提點刑獄，宋代各路的長官之一，負責刑獄，復審案卷，考察有關官吏處理案件情況。⓳局一作「勾」。三司通管鹽鐵、度支、戶部，各設勾院判官一人。負責審查地方申報的出入帳目，發現其中的問題。⓴起居注　逐日記錄皇帝行動與詔令，皇帝死後作為編寫實錄之用。宋代有起居舍人、起居郎，但經常另派官吏修起居注。㉑刑部郎中　刑部一個司的主管。

【語　譯】天聖年間，鄰幾同尹師魯、蘇子美為友，在當時很出名。參加進士考試名列優等，調任藍山縣尉，他騎著驢子去上任，往往騎在驢背上讀書，以致走錯道路，僕人尋到他他才發覺。歷任信、潞兩州的司法參軍。又被推舉參加書判拔萃的測試，改任大理寺丞，長葛縣知縣，閬州通判，因為母親死離開官職。守喪期滿，任天長縣知縣，升為殿中丞，又因父親死服喪。服喪完畢，他向朝廷進獻他所著的書籍。召他接受測試，任命為集賢校理，兼尚書省刑部的事務。正是慶曆年間，小人們不滿執政的大臣，想找個事端以便除掉他們。江君的朋友蘇子美，是杜衍丞相的女婿，因為祀神聚會設宴飲酒得罪，一時間知名的人士都被趕出朝廷。江君因參與宴會論罪貶官，監蔡州商稅。過了很久，改任奉符縣知縣，又改為太常博士，作睦州通判，調為廬州通判。重新得到集賢校理的職位，同時兼管吏部南曹，兼管登聞鼓院，又任群牧判官。後又離開京城任同州知州，陝西路的提點刑獄公事。再召入朝兼管三司鹽鐵勾院判官之事；修起居注，累積升遷到刑部郎中之位。

君於治人，則曰：「為政所以安民也。無擾之而已。」故所至民樂其簡易。至辯疑折獄，則或權以術，舉無不得；而不常用，亦不自以為能也。君所著書，號《唐宜鑒》十五卷，《春秋世論》三十卷，文集二十卷，又作〈神告〉❶一篇，言皇嗣事，以謂皇嗣，國大事也，臣子以為嫌而難言，或言而不見納，故假神告祖宗之意，務為深切，冀以感悟。又嘗言昭憲太后❷杜氏子孫宜錄用。故翰林學士劉筠❸無後，而官沒其貲，宜為立後，還其貲。劉氏得不絕。君之論議頗多，凡與其遊者莫不稱其賢。而在上位者久未之用也。自其修起居注，士大夫始相慶，以為在上者知將用之矣，而用君者亦方自以為得，而君亡矣。嗚呼！豈非其命哉？

【章　旨】本段敘江鄰幾在治人、論政方面的成績而惋惜他未能得到進一步的重用。

【注　釋】❶神告　似是勸仁宗確立太子。仁宗無子，而又不欲立他人子，故以為「難言」。❷昭憲太后　宋太祖、太宗的母親杜氏。❸劉筠　當時著名文人，與楊億、錢惟演同為「西崑派」主要作家。

【語　譯】江君對於治理民眾，就這樣說過：「推行政事就是用來使百姓安定。不去攪擾民眾就可以了。」所以他所到之處百姓們都喜歡他的簡約寬鬆。至於辨析疑難判斷刑獄，那他有時也使用權術，全都不會不成功；但他不經常用，也不自己把這作為能幹的表現。江君所著的書，名叫《唐宜鑒》十五卷，《春秋世論》三十卷，文集二十卷。又寫了一篇〈神告〉，談皇位繼承人的事，認為確定皇位繼承人，是國家的大事，臣子們因認為有嫌疑而不好說，或者說了而不被採納，因此假借神明的暗示祖宗的願望，努力表達得深刻而切實，希望以此來感動提醒皇上。又曾進言昭憲太后杜氏子孫應當錄用。已故翰林學士劉筠沒有後代，而官府收繳了他的財產，應當替他確立後人，歸還他的資財。劉氏因此能夠不絕滅。江君的議論很多，所有同他交往的人無不稱讚他的賢良，但身居高位的人長久沒有重用他。自從他負責修起居注，士大夫才開始互相慶賀，認為在上位的已經了解他將要重用他了，而且用他的人也正自認為做得對，可是他卻亡故了。唉！這難道不是他命中注定的嗎？

君以嘉祐五年四月乙亥❶，以疾終於京師。即以其年六月庚申❷，葬於陽夏❸鄉之原。君享年五十有六。方其無恙時，為理命❹數百言。已而疾且革，其子問所欲言，曰：「吾已著之矣！」遂不復言。

【章　旨】本段敘江鄰幾的卒葬時地。

【注　釋】❶嘉祐五年四月乙亥　西曆一〇六〇年。四月乙亥，即四月十七日。❷六月庚申　即六月初三。❸陽夏　今河南太康治。❹理命　即治命。神智清醒時留下的遺言。「治」與「亂」相對，故以神智未亂時的命令為治命。

【語　譯】江君於嘉祐五年四月乙亥日，因病在京城去世。就在這年六月庚申日，安葬在陽夏縣鄉間的土地上。江君享年五十六歲。當他沒有病痛時，就寫好了幾百字的遺書。不久得病並且病勢沉重，他的兒子問他有什麼要說的，他說：「我已經撰寫好了。」於是不再說話。

曾祖諱濬，殿中丞，贈駕部員外郎❶。妣李氏，始平縣太君。祖諱日新，駕部員外郎，贈太僕少卿。妣孫氏，富陽縣太君。考諱中古，太常博士，贈工部侍郎。妣張氏，仁壽縣太君。夫人夏侯氏，永安縣君，金部郎中❷彧之女，先君數月卒。子男三人，長曰懋簡，并州司戶參軍；次曰懋相，太廟齋郎；次曰懋迪。女三人，長適祕書丞錢袞，餘尚幼。

【章　旨】本段敘江鄰幾三代先人官職及妻室子女情況。

【注　釋】❶駕部員外郎　兵部第三司官員，參掌車輿、驛傳、馬政。❷金部郎中　戶部第三司主管，掌管國庫的出納。

【語　譯】江君的曾祖父名濬，曾任殿中丞，贈封駕部員外郎。曾祖母李氏，封始平縣太君。祖父名日新，任駕部員外郎，贈太僕寺少卿。祖母孫氏，封富陽縣太君。父親名中古，任太常博士，贈為工部侍郎。母親張氏，封仁壽縣太君。江君的夫人夏侯氏，封永安縣君，是金部郎中夏侯彧之女，已在江君去世之前幾個月死去。江君有三個兒子，長子名叫懋簡，任并州司戶參軍；次子名懋相，任太廟齋郎；幼子名叫懋迪。三個女兒，長女嫁給祕書丞錢袞，其餘的兩個還很小。

君姓江氏，開封陳留人也。自漢轅陽❶侯德，居於陳留之圉城❷。其後子孫分散，而君世至今居圉城不去。自高祖而上七世葬圉南夏岡，由大王父而下三世，乃葬陽夏。銘曰：

【章　旨】本段述江鄰幾的姓氏籍貫及祖墳所在。

【注釋】❶轑陽 今山西左權地。❷圉城 古縣名。故地在今河南杞縣之南。

【語譯】君姓江，是開封陳留郡的人。從漢代的轑陽侯江德，就住在陳留郡的圉城縣。以後子孫分散各地，可君這一支世世代代到今還住在圉城不離開。從高祖父以上七代死者埋葬在圉縣南的夏岡，由曾祖父以下的三代先人，卻是葬在陽夏。銘辭說：

彼馳而我後，彼取而我不❶。豈用力者好先，而知命者不苟。嗟吾鄰幾兮，卒以不偶。舉世之隨兮，君子之守。眾人所亡兮，君子之有。其失一世兮，其存不朽。惟其自以為得兮，吾將誰咎？

【章旨】銘辭同情江鄰幾的懷才不遇而讚揚他淡泊名利和守正不阿。

【注釋】❶不 同「否」。

【語譯】那些人競相馳逐，可我卻甘心在後；那些人貪取無饜，可我卻不肯伸手。難道是用力的人喜歡爭先，而通達天命的人認真固守。可嘆我們的鄰幾君喲，終因此在仕途上沒有成就。整個社會的人都放任自流，君子卻堅持著自己操守。眾人所丟掉的那些東西，恰恰被君子所珍重保有。他失去的只是當代榮華，他所保存的卻千古不朽。只因他自己覺得這樣適合，這是誰的過錯我們能追究？

【研析】本文開頭一段，簡單幾筆，就再現了江鄰幾多方面的性格才情，給人完整而相當有特色的印象。接著敘江鄰幾履歷，按時間順序簡明交代，外表上沒有出奇之處，但有三點頗可注意：一是插入「騎驢赴官。每據鞍讀書，至迷失道，家人求得之乃覺」的趣事，不僅開頭所說「強學博覽，無所不通」以及詩文造詣等有了著落，而且也使文章增添意味。二是初始升官，就以母喪去職，二次升遷，又丁父憂，三次升遷，則被斥逐，隱含著作者對友人命運的同情，文氣直貫到末尾銘文的「知命」二字。三是補出「當慶曆時，小人不便大臣執政者」冠在祠神會飲事件之首，以暗示江鄰幾在當時的政治傾向性，和遭貶謫、壓抑的真正原因。隱藏著作者對人物的高度評價。這是歐陽修在多篇墓誌中使用的方法。再往下敘述江鄰幾的議論著述，而用「君之論議頗多，凡與其遊者莫不稱其賢」一句作為收束，仍然回到人物不遇的命運上，剛被重用而又天不假年。「豈非其命哉？」上應前文的多處受挫的敘述，下啟銘文「知命」的解釋，使全文圍繞「懷才不遇」這一重點形成完整的統一體。全文在簡潔平易的敘述中貫徹著作者的深刻匠心，所以被前人稱許為「成如容易卻艱辛」（王文濡語）的文字。

湖州長史蘇君墓誌銘

歐陽永叔

【題解】湖州，今浙江湖州。長史名為知州的主要僚佐，從五品，但並無實權。蘇君為歐陽修的朋友、詩人蘇舜欽（西元一〇〇八—一〇四八年）。蘇舜欽因為賽神會飲宴被除名，在蘇州滄浪亭作了四年平民，直到慶曆八年朝廷才下令恢復他的官職，任他作湖州長史。他還來不及上任，就在蘇州病逝了。所以他並沒有真正做過湖州長史。歐陽修為朋友寫墓誌，往往題中不列出官稱，而本文偏列出湖州長史之名，其實含著幾分酸楚。歐陽修和蘇舜欽不僅私交頗深，而且都是范仲淹新政的堅定支持者。蘇死後，歐陽修除本文外，還將蘇舜欽的詩文輯為十卷，題為《蘇學士文集》，又寫了〈蘇氏文集序〉（參見本書卷八），從文學史的角度高度評價了蘇舜欽的詩文創作。

故湖州長史蘇君，有賢妻杜氏。自君之喪，布衣蔬食。居數歲，提君之孤子，斂其平生文章，走南京❶，號泣於其父❷曰：「吾夫屈於生，猶可伸於死。」其父太子太師❸以告於予，予為集次其文而序之，以著君之大節，與其所以屈伸得失，以深誚世之君子當為國家樂育賢材者，且悲君之不幸。其妻卜以嘉祐元年❹十月某日，葬君於潤州丹徒縣❺義里鄉檀山里石門村❻。又號泣於其父曰：「吾夫屈於人間，猶可伸於地下。」於是杜公及君之子泌皆以書來乞銘以葬。

【章旨】本段敘撰寫墓誌的緣起，並提出墓誌的目的是讓屈於人間的蘇氏伸於地下。

【注釋】❶南京　宋南京應天府，今河南商邱。❷其父　即杜衍，慶曆時曾任宰相，退休後寓居南京共十年。❸太子太師　歐陽修〈杜祁公衍墓誌銘〉說：「杜公諱衍字世昌，越州山陰人也，享年八十，官至尚書左丞。以太子少師致仕，累遷太子太保太傅太師，封祁國公。」❹嘉祐元年　西元一〇五六年。蘇舜欽死後八年。❺潤州丹徒縣　今江蘇丹徒。❻石門村　在丹徒縣之西。

【語譯】已故的湖州長史蘇君，有賢慧的妻子杜氏。自從長史君去世，她一直穿著粗布衣服，吃著粗茶淡飯。過了幾年，她帶著已成孤兒的兒子，收集了蘇君一生所寫的文章，從蘇州跑到南京，對著她的父親號哭道：「我的丈夫在生前受委屈，還可以讓他在死後得到伸展。」她的父親太子太師把這意思告訴給我，我為他整理編成文集並且寫了序言，來表彰蘇君的大節，以及他受挫折受打擊的原因，以此來深切責備世上的那些有責任替國家努力地培育賢才的人，並且悲弔蘇君的不幸。他的妻子選擇定在嘉祐元年十月某日，將他安葬在潤州丹徒縣義里鄉檀山里石門村。又對她的父親號哭道：「我的丈夫在人間受委屈，還可以讓他伸張在九泉之下。」於是杜公及蘇君的兒子蘇泌都用書信來請求撰寫誌銘以便安葬蘇君。

君諱舜欽，字子美，其上世居蜀，後徙開封，為開封人。自君之祖諱易簡❶，以文章有名太宗時，承旨翰林為學士❷、參知政事，官至禮部侍郎。父諱耆❸，官至工部郎中、直集賢院。

【章　旨】本段簡敘蘇舜欽名字籍貫及父祖官職。

【注　釋】❶易簡　蘇易簡，字太簡，梓州銅山人。宋太宗時任給事中參知政事，以禮部侍郎出知鄧州。《宋史》有傳。❷承旨翰林為學士　即翰林學士承旨。負責為皇帝起草制誥詔令。❸耆　蘇耆，字國老，四十九歲死。

【語　譯】君名舜欽，字子美，他的遠祖住在蜀中，後來遷徙到開封，成為開封人。自從蘇君的祖父蘇易簡，在太宗時因為會寫文章而出名，做翰林學士承旨、參知政事，官做到禮部侍郎。父親名耆，官做到工部郎中、直集賢院。

君少以父廕補太廟齋郎，調滎陽❶尉，非所好也。已而鎖其廳❷去，舉進士中第，改光祿寺主簿，知蒙城縣❸。丁父憂。服除，知長垣縣❹，遷大理評事，監在京樓店務。

【章　旨】本段簡敘蘇舜欽在遭禍之前的經歷、官稱。

【注　釋】❶滎陽　今河南滎陽治。❷鎖其廳　宋代凡現任官應試進士，稱為「鎖廳試」。言鎖其廳而往應試，試中，得遷官而不給科第，不中，則停現任。❸蒙城縣　今安徽蒙城。❹長垣縣　今河北長垣。

【語　譯】蘇君年輕時憑藉父親為官恩廕錄用為太廟齋郎，又調任滎陽縣尉，不是他所喜歡做的。不久他就鎖上他的官廳離去，參加進士考試而被錄取，改任為光祿寺主簿，蒙城縣知縣。逢父死守喪。守喪期滿，任長垣縣知縣，提升為大理評事，監管在京城的公家房產。

君狀貌奇偉，慷慨有大志。少好古，工為文章，所至皆有善政。官於京師，位雖卑，數上疏❶論朝廷大事，敢道人之所難言。范文正公薦君，召試得集賢校理。自元昊反，兵出無功，而天下殆❷於久安，尤困兵事。天子奮然用三四大臣，欲盡革眾弊以紓民。於是時，范文正公與今富丞相，多所設施，而小人不便。顧人主方信用，思有以撼動，未得其根。以君文正公之所薦，而宰相杜公壻也，乃以事中君。坐監進奏院祠神，奏用市故紙錢會客，為自盜，除名。君名重天下，所會客皆一時賢俊。悉坐貶逐，然後中君者❸喜曰：「吾一舉網盡之矣！」其後三四大臣，相繼罷去❹，天下事卒不復施為。

【章　旨】本段詳敘蘇舜欽得罪與當時政治鬥爭的關係。

【注　釋】❶數上疏　今《蘇舜欽集》中有奏疏九首，如〈乞納諫書〉、〈論西事狀〉等。❷殆　通「怠」。❸中君者　指王拱辰、劉元瑜等。「一網打盡」的話即王拱辰在互相慶賀時說的。❹三四大臣二句　蘇舜欽得罪的次年即慶曆五年（西元一〇四五年）正月，范仲淹、杜衍相繼罷職。富弼由樞密副使出知鄆州，韓琦上疏論富弼不當罷，自己也罷知揚州。

【語　譯】蘇君相貌奇特魁偉，心胸慷慨志向遠大。少年時期就喜歡古文，文章寫得很好，所到任的地方都留下好的政績。在京城做官，職位雖然低下，卻多次上書議論朝廷大事，敢於說一般人難以說出的意見。范文正公推薦他，召入測試之後獲任集賢校理。自從趙元昊反叛，出兵沒有效果，而天下因為長久太平安定瀰漫著怠惰之氣，更被邊境戰爭弄得很疲困。天子下決心任用幾位大臣，想要完全革除各種弊病來緩解民眾的痛苦。在這個時候，范文正公同現在的富丞相，採取了許多辦法措施，但小人們感到對他們不利。只是當時君主正信用范公等，小人們想用什麼辦法動搖他們，還沒有找到把柄。因為蘇君是文正公推薦的，又是宰相杜公的女婿，就利用事端來陷害蘇君。因監管進奏院祭神，用賣上奏疏的廢紙得的錢設宴會待客，被定成監守自盜，受到除名處分。蘇君在天下享有大名，宴會的賓客都是當代賢良英俊之才。這些人全都因此得罪貶官斥逐。然後陷害他的人高興地說：「我一次舉動便一網打盡了！」那以後幾位大臣，也連接罷職離朝，天下之事終於不再有什麼作為。

君攜妻子居蘇州，買木石❶作滄浪亭❷，日益讀書，大涵肆於《六經》，而時發其憤悶於歌詩。至其所激，往往驚絕。又喜行草書，皆可愛。故其雖短章醉墨，落筆爭為人所傳。天下之士，聞其名而慕，見其所傳而喜，往揖其貌而竦，聽其論而驚以服，久與其居，而不能捨以去也。居數年，復得湖州長史。慶曆八年十二月某日，以疾卒於蘇州，享年四十有一。

【章　旨】本段敘蘇舜欽除名後在蘇州的生活及其去世。

【注　釋】❶木石　一作「水石」，當從。❷滄浪亭　在今蘇州市盤門城內，本五代吳越國近戚孫承祐的舊池館，蘇舜欽用四萬錢買到，建亭取名滄浪亭。歐陽修在詩中曾說：「清風明月本無價，可惜祇賣四萬錢。」

【語　譯】蘇君攜帶著妻兒住在蘇州，買了一些水面和山石修建了滄浪亭，每天更加專心讀書，以極大精力潛心致力於《六經》的鑽研，而且時時在詩歌中抒發他內心的憤懣。到他詩興激發的時候，往往寫出令人驚嘆叫絕的詩篇。他又愛好行書草書，都寫得使人喜愛。所以即使是他的片言隻語、酒醉時的墨跡，寫成後就被人們爭相傳觀。天下的讀書人，聽到他的名聲都很仰慕，看到他流傳的作品更加喜歡，前去拜訪面對他的容貌就肅然起敬，聆聽他的議論便驚異而且佩服，同他生活在一起久了，便不願意捨棄他而離開。他在蘇州住了幾年，才又得到湖州長史的任命。慶曆八年十二月某一天，他因病在蘇州去世，享年四十一歲。

君先娶鄭氏，後娶杜氏。三子：長曰泌，將作監❶主簿；次曰液，曰激。二女：長適前進士❷陳紘，次尚幼。

【章　旨】本段略敘蘇舜欽的妻室子女。

【注　釋】❶將作監　負責宮室城郭橋梁舟車營造修繕，設有主簿二人。❷前進士　已經進士及第尚未授官者的稱呼。

【語　譯】蘇君先娶了鄭氏，後來又娶了杜氏。有三個兒子：長子名泌，任將作監主簿；次子幼子名液名激。兩個女兒：長女嫁給已中進士的陳紘，二女兒還小。

初君得罪時，以奏用錢為盜，無敢辯其冤者。自君卒後，天子感悟，凡所被逐之臣復召用，皆顯列於朝❶；而至今無復為君言者，宜其欲求伸於地下也，宜予述其得罪以死之詳，而使後世知其有以也。既又長言以為之辭，庶幾並寫予之所以哀君者。其辭曰：

【章旨】本段痛惜無人為蘇舜欽辯冤伸雪，使之含冤而死。

【注釋】❶皆顯列于朝　杜衍、范仲淹、富弼皇祐初被起用；同時飲酒得罪的王洙、王益柔、呂溱、刁約、宋敏求等均先後復職。

【語譯】當初，蘇君得罪的時候，是按進奏用的錢作盜用公款論處的，沒有人敢於出來辯明他的冤枉。自蘇君死後，天子感發醒悟，所有因此而被貶逐的臣子重新召回起用，都榮顯地排列在朝廷之上；可是至今沒有人再替蘇君說句公道話，難怪他的妻子要尋求使蘇君伸張於九泉之下，我也應當敘述蘇君得罪而死的詳情，而使後代的人知道這是有原因的。敘述完之後，又用詩歌作為銘辭，希望同時抒發出我為蘇君而哀痛的深厚感情。銘辭是這樣說的：

謂為無力兮，孰擊而去之？謂為有力兮，胡不反子之歸？豈彼能兮此不為？善百譽而不進兮，一毀終世以顛擠。荒❶孰問兮杳難知！嗟子之中兮，有韞而無施。文章發耀兮，星日交輝。雖冥冥以掩恨兮，不❷昭昭其永垂！

【章旨】銘辭抒寫作者對蘇舜欽冤死的感慨和義憤，並讚美蘇舜欽的詩文光輝永存。

【注釋】❶荒　一本作「羌」。句首助詞。❷不　吳汝綸謂：「『不』猶言『豈不』也。」

【語譯】說是不存在那麼一種力量嗎，那是誰打擊他而促使他離職？說是有那麼一種力量嗎，為什麼不讓他依舊返回？難道是那樣做就能夠這樣做就不行？做好事雖有眾多美譽卻得不到提拔啊，一次遭毀謗便終身都被推倒擠墜。廢棄不用向誰問啊杳杳而難知！可嘆你胸中啊，韞藏豐富卻無法施為。你的文章煥發閃耀啊，像太陽和群星交相映輝。即使黑暗的墓穴能掩蓋你抱恨的軀體，你的作品難道不會光明燦爛青史永垂！

【研析】蘇舜欽是支持范仲淹新政的宰相杜衍的女婿，又由於范仲淹的推薦而受到提拔，所以成為小人們的一個攻擊點。因用賣廢紙的錢請一次客這樣的小事，遭到除名的嚴厲處分，關係著君子小人的進退與朝廷政治的盛衰，而且其他遭貶君子再被起用，蘇舜欽卻終被屈抑至死。所以作者寫這篇墓誌，不僅有深沉痛惜之情，而且有強烈不平之氣。文章一開始，就回顧蘇舜欽妻杜氏兩次請求作文的過程，「吾夫屈於生，猶可伸於死」，「吾夫屈於人間，猶可伸於地下」，杜氏的賢德，蘇舜欽遭遇之慘，作者的感慨沉痛都有力地傳達出來。也明確告訴讀者，本文的目的就是要為蘇舜欽伸雪，對那些扼殺人才的人深致譴責，將他們罪惡明示於天下。因而在簡單帶過蘇氏的祖先和舜欽的經歷之後，就集中筆力寫蘇舜欽被陷害一事，尤其詳細地展現事情的背景和原因。從天下殆於久安、困於兵事的形勢，新政的推行，寫到小人陷害舜欽的用意，寫到一時賢俊悉遭貶逐，天下事不復可為的嚴重後果，明白揭開小人陷害蘇舜欽是為亂國害政的實質。「然後中君者喜曰：『吾一舉網盡之矣！』」一句，用小人自己的語言活畫出他們惡毒可怕的嘴臉。敘蘇舜欽居蘇州，著重寫出他才華橫溢，使人更增痛惜。文章末尾，簡介蘇舜欽妻室兒女之後，又回到其不幸遭遇，反覆抒寫作者感慨義憤之情。哀惋悲咽，使人想見屈子〈離騷〉。因此前人評價本文「精神筆力兩到」，是歐陽修極用意的文章。

大理寺丞狄君墓誌銘

歐陽永叔

【題解】狄君名栗（西元九九〇—一〇四五年），字仲莊，長沙（今湖南長沙）人。歐陽修〈襄州穀城縣夫子廟記〉曾寫到狄栗任穀城令的情況。說：「穀城縣政久廢，狄君居之，期月稱治。」又讚揚他修建孔廟，興辦官學，是「有志之士」。這篇記是仁宗寶元元年（西元一〇三八年）歐陽修任乾德縣令時所寫。乾德與穀城緊鄰，兩人在這時相識。不久，歐陽修回京，狄栗任職他處。七年後的慶曆五年死。這篇墓誌是狄栗去世並安葬後不久所作，《居士集》原注為「慶曆五年」，即狄栗去世當年，似有不合。但此書乃歐公長子歐陽發按年編定，我們也沒有根據懷疑。誌文主要對前記中語而不詳的狄栗治理穀城的政績作了補充，並揭露了當時官吏選拔中的弊病和貪官汙吏殘害民眾的情狀，對了解當時的社會頗有認識價值。

距長沙縣西三十里新陽鄉梅溪村，有墓曰「狄君之墓」者，迺予所記穀城❶孔子廟碑❷所謂狄君栗者也。始君居穀城，有善政，嘗已見於予文。及其亡也，其子遵誼泣而請曰：「願卒其詳而銘之，以終先君死生之賜！」嗚呼！予哀狄君者其壽止於五十有六，其官止於一卿丞❸。蓋其生也，以不知於世而止於是，若其歿而又無傳，則後世遂將泯沒，而為善者何以勸焉？此予之所欲銘也。

【章　旨】本段敘狄栗的兒子請撰墓誌和作者的感觸，提示本文的目的在於勸善。

【注　釋】❶穀城　縣名。今屬湖北。❷孔子廟碑　即指〈襄州穀城縣夫子廟記〉（見本書卷五十五）。這篇記就是應孔廟重修立碑的需要而寫。❸卿丞　指大理寺丞。大理寺是朝廷司法機構，長官為卿、少卿，丞是卿和少卿的下屬，故曰卿丞。

【語　譯】在長沙縣西距城三十里的新陽鄉梅溪村，有座墳墓題為「狄君之墓」的，就是我所記的穀城孔子廟碑裡所說的狄君名叫狄栗的哩。當初狄君在穀城任職，有良好的政績，已曾在我的文章裡寫過。到狄君死後，他的兒子遵誼流著淚請求道：「希望能盡量地詳細替父親寫成墓銘，以便最後完成給先父生前死後的恩賜！」唉！我同情狄君的是他的年壽僅活了五十六歲，他的官職只停留在一任卿丞的位置上。在他活著的時候，由於不被世人了解而長眠在這兒，假如他死後對他的事跡又不加宣揚傳誦，那麼到後代就會泯滅無聞，這樣一來做好事的人如何能得到鼓勵呢？這就是我要為他寫墓誌銘的原因啊。

君字仲莊，世為長沙人。幼孤事母，鄉里稱其孝。好學自立。年四十，始用其兄棐❶廕補英州真陽❷主簿，再調安州應城❸尉，能使其縣終君之去無一人為盜。薦者稱其材任治民，乃遷穀城❹令。

【章旨】本段敘狄栗任穀城令以前的經歷和表現。

【注釋】❶棐　狄棐，曾任樞密直學士、河南知府等。《宋史》有傳。❷英州真陽　在今廣東英德東。❸應城　今湖北應城治。❹穀城　在今湖北北部。

【語譯】狄君字仲莊，世代是長沙人。幼年喪父精心侍奉母親，同鄉的人稱讚他孝順。他勤奮學習能自己有所樹立。四十歲，才因為他的兄長做官恩廕錄用為英州真陽縣主簿，再調往安州任應城縣尉，他能夠使那個縣直到他最後離開都沒有一個人做盜賊。推薦他的人稱讚他的才幹能勝任治理百姓，於是提拔他為穀城縣令。

漢旁之民，惟鄧❶、穀為富縣。尚書銓吏，常邀厚賂以售貪令，故省❷中私語，以一二數之，惜為奇貨。而二邑之民，未嘗得廉吏，其豪猾習以賕賄汙令而為自恣，至君一切以法繩之，姦民大吏不便君之政者，往往訴於其上，雖按覆率不能奪君所為。其州所下文符有不如理，必輒封還；州吏亦切齒，求君過失不可得，君益不為之屈。其後，民有訟田而君誤斷者，訴之，君坐被劾。已而縣籍強壯為兵，有告訟田之民隱丁以規避者，君笑曰：「是嘗訴我者，彼冤民能自伸，此令之所欲也，吾豈挾此而報以罪邪？」因置之不問。縣民繇是知君為愛我。是歲西北初用兵，州縣既大籍強壯，而訛言相驚，云當驅以備邊，縣民數萬聚邑中。會秋大雨霖，米踊貴絕粒，君發常平倉❸賑之。有司劾君擅發倉廩，君即具伏。事聞，朝廷亦原之。又為其民正其稅籍之失，而吏得歲免破產之患。逾年，政大洽，乃修孔子廟，作禮器，與其邑人春秋釋奠❹而興於學。時予為乾德令，嘗至其縣，與其民言，皆曰：「吾邑不幸，有生而未識廉吏者，而長老之民所記纔一人；而繼之者，今君也。」問其一人者，曰：「張及也。」推及之歲至於君，蓋三十餘年，是謂一世❺矣。

【章　旨】本段詳敘狄栗治理穀城的政績，表現他的清廉正直、執法不阿、愛民重教。

【注　釋】❶鄧　鄧城縣，故城在今湖北襄樊北。❷省　尚書省。宋時為吏部流內銓，此借用古稱。❸常平倉　地方積穀倉，一般在穀賤時收進儲存，穀貴饑荒時以平價賣出。❹釋奠　祭拜先師。漢以後專指祭拜孔子。❺一世　古代以三十年為一世。

【語　譯】漢水旁邊的百姓，只有鄧城縣、穀城縣是富裕的縣份。尚書省吏部銓選官吏，常常貪求豐厚的賄賂把它賣給貪婪的縣令，所以尚書省內部私下說話，用第一第二來數這兩縣，作為奇珍異貨看得寶貝似的。於是兩縣的老百姓，從不曾遇到過廉潔官吏，那些強橫之徒和刁猾之吏慣常用賄賂把縣令拖下水而任意胡作非為，到狄君來治理此縣一律按法令制裁他們，姦民猾吏受不了狄君的政令，往往向他的上司控訴，即使經過復查，一般也不能改變狄君所作的處理。那州府下達的公文有不合法的，一定立即原封退回不予執行；州府的官吏也咬牙切齒痛恨他，想尋找他的過錯卻找不到，狄君也不向他們屈服。後來，老百姓有為爭田地打官司而狄君判決錯了的，控告狄君，狄君因此被彈劾。接著縣裡登記身強力壯的人口造壯丁名冊，有人告發為田產打官司的那個人隱瞞了壯丁企圖逃避兵役，狄君笑著說道：「這個人是曾經控告過我的，這個受冤枉的百姓能自我申訴，這是縣令希望看到的事，我難道會挾帶這點私憤用治罪來報復他嗎？」因而放過他不予追究。這個縣民由此而懂得狄君是愛護自己的。這年西北開始打仗，州縣既然大規模登記壯丁，因而謠言百出，互相驚嚇，說是會要趕去防守邊疆，全縣幾萬百姓集中到縣城。恰好碰上秋天大雨長久不止，米價猛漲供應斷絕，狄君打開常平倉發穀拯救饑民。有關部門彈劾他擅自打開倉庫，狄君立即完全承認。事情上報到朝廷，朝廷也原諒了他。狄君又給那裡的百姓糾正稅務登記簿方面的差錯，於是官吏能夠免除傾家蕩產的擔心。過了一年，縣政進入和諧協調的境界，於是修建孔子廟，製作祭祀的用品，同該縣民眾四時舉行祭孔典禮來振興學校。當時我擔任乾德縣令，曾經到過他們縣裡，同那裡的百姓談話，都說：「我們這個縣不幸，有生下來而沒有見到過廉吏的，而年紀大的老人記得的也才一個人；繼承那個人來的就是今日的狄君。」問那一個是誰，說：「是張及。」推算張及的年歲到達狄君，大概三十多年，這就是一世了。

嗚呼！使民更一世而始得一良令，吏其可不慎擇乎？君其可不惜其歿乎？

其政之善者可遺而不錄乎？君用穀城之績，遷大理寺丞，知新州❶，至則丁母夫人鄭氏憂。服除，赴京師，道病，卒於宿州❷，實慶曆五年七月二十四日也。

【章　旨】本段敘狄栗離穀城之後的經歷至其逝世。

【注　釋】❶新州　今廣東新興。❷宿州　今安徽宿州。

【語　譯】唉！使老百姓經歷一世才得到一個好的縣令，官吏難道可以不慎重選擇嗎？狄君難道可以不惋惜他的死去嗎？那些政事辦得好的官吏事跡可以遺漏而不加記錄嗎？狄君因治理穀城的政績，升為大理寺丞，新州知州，到任就碰上母親鄭氏去世服喪。守喪期滿，前往京城，在半路染病，死於宿州，時間是慶曆五年七月二十四日。

曾祖諱崇謙，連州桂陽❶令；祖諱文蔚，全州清湘❷令；父諱杞，不仕。君娶滎陽鄭氏，生子男二人，遵誼、遵微，皆舉進士；女四人，長適進士胡純臣，其三尚幼。銘曰：

【章　旨】本段敘狄栗父祖三代及妻室子女情況。

【注　釋】❶連州桂陽　今廣東連縣治。❷全州清湘　今廣西全縣治。

【語　譯】曾祖父名崇謙，曾任連州桂陽縣令；祖父名文蔚，曾任全州清湘縣令；父親名杞，沒有做官。狄君娶了滎陽鄭姓女子為妻，生了兩個兒子，遵誼、遵微，都考了進士；女兒四個，長女嫁給進士胡純臣，其餘三個還小。銘文是這樣說的：

彊而仕❶，古之道。終中壽❷，不為夭。善在人，宜有後。銘於石，著不朽。

【章旨】銘文稱讚狄栗施善於人，應垂不朽。

【注釋】❶彊而仕　四十歲稱彊仕之年。彊，通「強」。男子年四十，智慮氣力皆強盛，可以出仕。❷中壽　古代說法不一，此從《呂氏春秋》、《抱朴子》以六十歲為中壽。

【語譯】四十歲出來做官，是古代的世道。六十歲而病故，不能算是早夭。好處留在人心，應有英傑之後。石上刻此銘文，名字永垂不朽。

【研析】本文末姚鼐原注云：「茅順甫云逸調。」茅坤用「逸調」二字概括本文特色，一方面可能是指本文不像一般墓誌的莊嚴肅穆或悲痛沉重，而出以超邁輕鬆的筆調。歐陽修與狄栗相知不久，狄栗雖官位不高，也死得較早，但並未受害蒙冤，所以他只是抱著鼓勵為善的態度來寫的，而且字裡行間頗有一點用我的高文賜你以不朽的味道。一方面也可能還指本文寫法上某些別致之處。如狄栗的事跡有限而且較為瑣細，所以歐陽修在敘述中注意夾進一些背景材料，從兩個富縣所見到的吏部選官的積弊，貪官與奸民相互為用而殘害人民，這些材料使人物的善行意義顯豁，不很實在的變得實在。歐陽修也善於插入一些抒情性的議論，三十年才見到一個良令，緊接「吏其可不慎擇乎」「君其可不惜其歿乎」「其政之善者可遺而不錄乎」，連用三個問句，姿態搖曳，而自然回到撰寫墓誌的用意上來。又如寫作者與穀城百姓談話，提出三十餘年前另有一人，先不說出姓名，通過再問，才說出「張及也」，巧妙用筆，也使文章平添姿態。所以總起來看，何謂「逸調」，超邁別致之謂也。

蔡君山墓誌銘

歐陽永叔

【題　解】蔡君山（西元一〇一五—一〇四二年），名高，是歐陽修的朋友著名書法家蔡襄的弟弟，死時年僅二十八歲。歐陽修是由於蔡襄的關係而對他有所了解的。這篇墓誌寫於宋仁宗慶曆三年（西元一〇四三年），文中真切地再現了作者對蔡君山逐步增加了解的過程，通過認識加深的過程，表彰了蔡君山廉潔愛民的品格和不平凡的才幹，同時對其不幸早死寄予深切同情。

予友蔡君謨❶之弟曰君山，為開封府太康❷主簿。時予與君謨皆為館閣校勘❸，居京師。君山數往來其兄家。見其以縣事決於其府。府尹吳遵路❹素剛，好以嚴憚下吏。君山年少位卑，能不懾屈，而得盡其事之詳。吳公獨喜，以君山為能。予始知君山敏於為吏，而未知其他也。

【章　旨】本段敘蔡君山面對嚴厲的長官不害怕不屈從，能辦好公務，表彰他的辦事能力。

【注　釋】❶蔡君謨　即蔡襄。以直諫知名，詩文書法均工，書法與蘇軾、黃庭堅、米芾齊名。❷開封府太康　今河南太康。❸館閣校勘　館職中地位較低者。康定元年（西元一〇四〇年）六月，歐陽修為館閣校勘。❹吳遵路　字安道，康定元年七月以兵部郎中權知開封府。

【語　譯】我的朋友蔡君謨的弟弟名叫蔡君山，任開封府太康縣的主簿。這時我與君謨都任館閣校勘，住在京城裡，君山多次在他兄長家裡往來。我曾看見他帶著縣裡的事到開封請求府尹決斷。府尹吳遵路素來剛強，喜歡用威嚴的態度使下級官吏害怕。君山年紀輕地位也低，卻能不畏懼屈從，能夠完全把要請示的事詳細陳述。吳公特別喜歡，認為君山能幹。我開始了解君山在做官方面有才幹，而不知道他在其他方面的長處。

明年❶，君謨南歸拜其親。夏，京師大疫，君山以疾卒於縣。其妻程氏，一男二女皆幼，縣之人哀其貧，以錢二百千為其賻。程氏泣曰：「吾家素以廉為吏，不可以此汙吾夫。」拒而不受。於是又知君山能以惠愛其縣人，而以廉化其妻妾也。

【章旨】本段敘君山之妻拒收助葬禮金，表現蔡君山廉潔愛民。

【注釋】❶明年　當指仁宗慶曆二年（西元一〇四二年）。

【語譯】第二年，君謨回到南方探望父母。夏天，京城發生流行病，君山因病在太康縣死去。他的妻子程氏，一個兒子兩個女兒都還小，縣裡的人可憐他家貧窮，用二百貫錢作為他們助葬的禮金。程氏流著眼淚說：「我們家素來按廉潔的要求做官，不可用這收禮金的事玷汙我的丈夫。」拒絕不肯接受。於是我又知道君山不僅能用恩德關愛他縣內的人，而且用廉潔來感化他的妻小呢。

君山間嘗語予曰：「天子以六科❶策❷天下士，而學者以記問應對為事，非古取士之意也。吾獨不然。」乃晝夜自苦為學。及其亡也，君謨發其遺藁，得十數萬言，皆當世之務。其後踰年❸，天子與大臣講天下利害為條目，其所改更，於君山之藁十得其五六，於是又知君山果天下之奇才也。

【章旨】本段敘蔡君山刻苦鑽研當時政治問題，具有治國理民的才幹。

【注釋】❶六科　包括：賢良方正，能直言極諫；博通墳典，明於教化；才識兼茂，明於體用；詳明政理，可使從政；洞識韜略，運籌決勝和軍謀宏遠，材任邊寄等六科。❷策　策問。漢以來試士，以政事、經義等設問，寫在簡策上，使之逐條應對，故也稱對策。❸其後踰年　指慶曆三年，仁宗命范仲淹將需要更變改良的地方逐條寫出奏陳。

【語譯】君山以前曾對我說過：「天子按六科來策問天下的士人，可是讀書人以死記硬背一些問題來對答，不是古代選拔人才的本意。我個人不這樣做。」於是白天黑夜刻苦自學。在他死之後，君謨取出他的遺稿，得到十多萬字，都是講論當時的急務。那以後過了一年，天子同大臣討論天下的利害得失，寫成條目，他們所改良變更的，十條有五六條在蔡君山的遺稿裡都提到了，於是我又知道君山真是天下的奇才啊。

君山景祐中舉進士。初為長谿縣❶尉。縣媼二子漁於海而亡。媼指某氏為仇，告縣捕賊。縣吏難之，皆曰：「海有風波，豈知其不水死乎？且雖果為仇所殺，若屍不得，則於法不可理。」君山獨曰：「媼色有冤，吾不可不為理。」乃陰察仇家得其迹，與媼約曰：「吾與汝宿海上，期十日不得屍，則為媼受捕賊之責。」凡宿七日，海水潮，二屍浮而至，驗之皆殺也。乃捕仇家伏法。民有夫婦偕出，而盜殺其守舍子者。君山亟召里民畢會，環坐而熟視之，指一人曰：「此殺人者也。」訊之果伏。眾莫知其以何術得也。長谿人至今喜道君山事多如此。曰：「前史所載能吏，號如神明，不過此也。」自天子與大臣條天下事，而屢下舉吏之法，尤欲官無小大必得其材。方求天下能吏，而君山死矣，此可為痛惜者也。

【章　旨】本段敘蔡君山作長谿縣尉的政績，表彰他的智謀和責任感。

【注　釋】❶長谿縣　在今福建霞浦南。

【語　譯】君山景祐年間考中進士。最初任長谿縣縣尉。縣中一老婆婆兩個兒子在海上捕魚而死亡。婆婆認定某某人是殺子仇人，到縣告狀要求縣裡抓捕罪犯。縣吏感到為難，都說：「海上有風浪，怎麼就知道他不是被水淹死的呢？況且即使真是被仇家所殺，如果屍首找不到，則按照法律不能夠受理。」唯獨君山說：「老婆婆樣子像有冤，我不能不給她受理。」於是暗中偵察仇家得到他一些痕跡，與婆婆約定說：「我和你歇宿在海邊，在十天期限內得不到屍體，就替婆婆承擔請求捕賊的責任。」共歇宿了七天，海水漲潮，兩具屍體飄浮出來了，檢驗屍體都是被殺的。於是捕捉仇家依法處死。百姓中有兩夫婦一同外出，而盜賊殺死了他們守屋的兒子。君山立即召集全村的百姓集中在一起，坐成一圈長久地注視著他們，指著其中一個人說：「這就是殺人犯。」審訊之後果然伏罪。大家都不知道他是用什麼方法找到的。長谿人到今天還喜歡講述君山的事跡，多半都是這一類事情。他們說：「從前歷史記載的能幹官吏，號稱神明一般，也不會超過蔡君呢。」自從天子與大臣分條羅列如何處理天下大事以後，曾多次下達選拔官吏的辦法，特別想要做到官不論大小，一定要得到適合的人才。正要搜求天下能幹的官吏，可君山卻死了，這真是令人為之痛惜的事情。

君山諱高，享年二十有八，以某年某月某日卒。今年，君謨又歸迎其親。自太康取其柩以歸，將以某年某月某日葬於某所❶。且謂余曰：「吾兄弟始去其親而來京師，欲以仕宦為親榮。今幸還家，吾弟獨以柩歸！甚矣老者之愛其子也，何以塞吾親之悲？子能為我銘君山乎？」乃為之銘曰：

【章旨】本段敘蔡君山的卒葬時地，點明寫作墓誌銘的緣起。

【注釋】❶某所　本文未載蔡君山籍貫。《宋史・蔡襄傳》說是興化仙游，即今福建仙游人。某所應指仙游的某地。

【語譯】君山名高，享年二十八歲，在某年某月某日死。今年，君謨又準備回家迎接他的雙親。便從太康接出君山的靈柩回鄉，打算在某年某月某日葬於某個地方。並且對我說：「我們兄弟當初離開自己的親人而來到京城，想要通過做官給親人增添光彩。今天有幸回家，我的弟弟只有靈柩歸來！老人愛兒子是愛得很厲害的，拿什麼去消除我父母的悲痛？您能替我給君山寫篇墓誌銘嗎？」於是我為他寫了下面的銘文：

嗚呼！吾聞仁義之行於天下也，可使父不哭子，老不哭幼。嗟夫君山！不得其壽。父母七十，扶行❶送柩。退之有言，死孰謂夭？子墓予銘，其傳不朽。庶幾以此，慰其父母。

【章旨】銘文同情蔡君山的早逝，希望他的事跡流傳以安慰他年老的父母。

【注釋】❶行　一本作「杖」。

【語　譯】唉！我聽說仁義之政在天下得到推行，可以使父母不哭兒子，老者不用哭幼者。唉，君山啊！不能享有高壽。至使七十歲的老父母，扶著行走來送你的靈柩。韓愈曾經說過，死後何謂夭亡？我為你墓撰寫碑銘，它定能流傳不朽。希望用這辦法，安慰你那年老的父母。

【研　析】本文寫作者對蔡君山的認識了解，層次分明。三段文章，不斷加深。首段寫府尹吳遵路嚴憚下吏，而獨喜君山，以君山為能幹。這時的君山，是一個機敏的辦事人員的形象。第二段寫君山之妻的言語：「吾家素以廉為吏，不可以此汙吾夫。」就深入到了人物的內在品格，蔡君山不僅是一個「能吏」，而且是一個「廉吏」。第三段運用從蔡君山遺稿所得印象，聯繫當時新政中提出的問題，反映蔡君山對全局的把握。此時作者心目中的君山，雖然年紀不過二十來歲，儼然已是未來的廊廟之具了。接著寫蔡君山在長谿縣的事跡，也寫得生動，有聲有色，有民間口頭傳說的誇張色彩，給人物增添了傳奇性。王文濡評此文為「文成法立，秩序井然。精明強幹，如見其人」，殊非虛語。

集賢院學士劉公墓誌銘

歐陽永叔

【題　解】劉公指劉敞（西元一〇一九—一〇六八年），集賢院學士是他最後所任官職。劉敞，字原父，號公是。北宋著名學者，博聞廣記，尤深於《春秋》學，所著有《春秋權衡》、《七經小傳》、《公是集》等。前一種今不傳。《公是集》原七十五卷，也已散佚，今本從《永樂大典》輯出，五十四卷。劉敞的弟弟劉攽，字貢父，號公非，兒子劉奉世也都以學術知名。劉攽與其兄在慶曆六年（西元一〇四六年）同中進士，攽官中書舍人，協助司馬光修《資治通鑑》，主修漢代部分，另有《彭城集》、《中山詩話》等。這篇墓誌寫於宋神宗熙寧二年（西元一〇六九年），對劉敞的光明磊落及議論、政績敘述頗詳，對其博學多識，文章敏贍也有具體生動的介紹。

公諱敞，字仲原父❶，姓劉氏，世為吉州臨江❷人。自其皇祖❸以尚書郎有聲太宗時，遂為名家。其後多聞人，至公而益顯。公舉慶曆六年進士，中甲科，以大理評事通判蔡州。丁外艱❹。服除，召試學士院，遷太子中允，直集賢院，判登聞鼓院，吏部南曹❺尚書考功❻。於是夏英公❼既薨，天子賜謚曰「文正」。公曰：「此吾職也。」即上疏言：「謚者有司之事也，且竦行不應法；今百司各得守其職，而陛下侵臣官。」疏凡三上，天子嘉其守，為更其謚曰「文莊」。公曰：「姑可以止矣！」權判三司❽開拆司❾，又權度支判官，同修起居注。至和元年九月，召試，遷右正言，知制誥。宦者石全彬，以勞遷宮苑使，領觀察使，意不滿，退而慍有言；居三日，正除觀察使。公封還辭頭❿不草制，其命遂止。

【章旨】本段敘劉敞籍貫出身及早期的經歷和敢言的性格。

【注釋】❶仲原父　《宋史》及《名臣言行錄》等都只作原父，無「仲」字。❷吉州臨江　《宋史》作「臨江新喻」。吉州，唐、宋州名，治所在今吉安市。臨江，宋淳化三年（西元九九二年），分筠、袁、吉三州地置臨江軍，治所在今清江市。新喻，縣名，即今江西新余。據上述情況，《宋史》之「臨江新喻」較符合實情。❸皇祖　指劉式，字叔度，曾任尚書工部員外郎，遷刑部，有名於宋太宗、真宗朝。❹外艱　父親死稱外艱，母親死稱內艱。❺南曹　吏部掌判選院的員外郎。因其在曹選街之南，故曰南曹。❻考功　吏部的一個司，大臣死後，據其行狀擬定謚號送朝廷審批是考功的一項職責。❼夏英公　名竦，當時目為奸相。所以劉敞不同意給他「文正」的謚號。❽三司　即鹽鐵、度支、戶部三司使，專掌財富。❾開拆司　為三司使下屬機構。開拆，即開發之意。❿辭頭　指皇帝要任命某人官職的原批件，中書舍人或知制誥根據它來草擬制詞。

【語譯】公名敞，字仲原父，姓劉，世代是吉州臨江人。從他的已故祖父因任尚書郎而聞名於太宗時期起，劉氏就成為有名的家族。以後出了眾多名人，到劉公而更加顯赫。劉公參加慶曆六年進士考試，名列前茅，用大理評事的身分任蔡州通判。因父死離職守喪。守喪期滿，召入學士院測試，升遷為太子中允，直集賢院，掌管登聞鼓院，後任吏部南曹，尚書省考功員外郎。這時夏英公竦已經去世，天子直接賜給他謚號為「文正」。劉公說：「議定謚號是我的職守。」就上書給天子說：「確定謚號是有關官吏的事情。況且夏竦的行為不盡符合規範；現在各部門官吏各自都能夠堅持自己的職責，可是陛下卻越出範圍侵犯了臣的職守。」書一共上了三次，天子欣賞他忠於職守的精神，為之更改夏竦的謚號為「文莊」。劉公說：「勉強可以接受了！」他代理三司開拆司判官，又代理度支判官，參與修撰起居注。至和元年九月，召入測試，升為右正言，負責起草皇帝的詔令。宦官石全彬，因為有功提拔為宮苑使，遙領觀察使頭銜，心中不滿，回去後惱怒有不滿的言辭；過了三天，被正式任命為觀察使。劉公將天子的旨意依舊封好退回，不給起草詔令，這項任命終於被擱置下來。

二年八月，奉使契丹。公素知虜山川道里。虜人道自古北口❶，迴曲千餘里，至柳河❷。公問曰：「自古松亭❸趨柳河甚直而近，不數日可至中京❹，何不道彼而道此？」蓋虜人常故迂其路，欲以國地險遠誇使者，且謂莫習其山川，不虞公之問也，相與驚顧羞愧，即吐其實，曰：「誠如公言！」時順州❺山中，有異獸如馬而食虎豹，虜人不識，以問，公曰：「此所謂駮❻也。」為言其形狀聲音皆是，虜人益歎服。

【章　旨】本段敘劉敞出使契丹，側重表現其博聞多識。

【注　釋】❶古北口　在北京密雲東北，又名虎北口，長城隘口之一，古代軍事要地。❷柳河　灤河支流，在今河北北部承德南。❸松亭　即松亭關，在今河北遵化北。❹中京　遼之中京，在今內蒙古喀喇沁旗寧城西。❺順州　今北京順義，當時屬遼。❻駮　字亦作「駁」。傳為能吃虎豹的獸。《山海經》：「中曲之山有獸焉，其狀如馬而白身黑尾，一角，虎牙爪，音如鼓音，其名曰駮，是食虎豹。」

【語　譯】至和二年八月，奉命出使契丹。劉公向來就熟知契丹領地的山川道路里程。契丹人引路從古北口出，迂迴曲折千多里，到達柳河。劉公問道：「從古松亭奔柳河很直而且近些，不用幾天就可抵達中京，為何不走那條路卻走這條路？」原來契丹人常常故意迂迴地引路，想用他們國家地險路遠向使者誇耀，而且認為沒有人熟悉該地的山川，沒有料到劉公這麼發問，互相吃驚地對望著感到羞愧，就吐露他們的實情，說：「正像您所說的那樣！」當時順州地方的山裡，有一種怪獸，像馬的樣子而吃虎豹，契丹人不知是什麼，拿來問他，劉公說：「這是叫做駮的野獸。」給他們描述駮的形狀聲音與他們見到的都一樣，契丹人更加讚嘆佩服。

三年，使還，以親嫌❶求知揚州。歲餘，遷起居舍人，徙知鄆州❷，兼京東西路❸安撫使。居數月，召還，糾察在京刑獄，修玉牒❹，知嘉祐四年貢舉，稱為得人。是歲，天子卜以孟冬祫❺，既廷告，丞相用故事，率文武官加上天子尊號❻。公上書言尊號非古也，陛下自寶元❼之郊❽，止群臣毋得以請，迨今二十年無所加，天下皆知甚盛德，奈何一日受虛名而損實美？上曰：「我意亦謂當如此。」遂不允群臣請。而禮官前祫請祔郭皇后❾於廟；自孝章以下四后❿在別廟者，請毋合食。事下議，議者紛然。公之議曰：「《春秋》之義，不薨於寢不稱夫人；而郭氏以廢薨，按景祐之詔，許復其號而不許其謚與祔，謂宜如詔書。」又曰：「禮於祫未毀廟之主皆合食，而無帝后之限，且祖宗以來用之。傳曰：『祭從先祖。』宜如故。」於是皆如公言。

【章　旨】本段敘劉敞使金回朝後的為官經歷，側重表現其議政的能力和水平。

【注　釋】❶親嫌　至和三年三月劉敞的表兄王堯臣任參知政事，劉敞因自避嫌疑請求出知揚州。❷鄆州　治所在今山東東平。❸京東西路　行政區名。管轄汴京以東今河南濮陽、商丘及山東西部之單縣、曹縣、鄆城一帶。❹玉牒　皇家族譜。❺祫　古代祭名。集合遠近祖先神主於太廟合祭。❻上天子尊號　給皇帝和皇后加上尊崇的稱號，由仁孝文武神聖等美好字眼組成。如唐武后為「聖神皇帝」，玄宗為「開元神武皇帝」。❼寶元　宋仁宗年號，共三年（西元一〇三八—一〇四〇年），至嘉祐四年（西元一〇五九年）恰為二十年。❽郊　祭天。❾郭皇后　仁宗之后，因誤傷仁宗早已被廢。死後仁宗曾下詔追復其皇后名號但不許謚和合祭於祖廟。❿孝章以下四后　指孝章宋皇后、孝惠賀皇后，宋太祖之妻、淑德尹皇后，太宗之妻、章懷潘皇后，真宗之妻。或因早死後來追贈為后，或只在極短時間內作皇后，均未合祭於太廟而另廟祭祀。

【語　譯】至和三年，出使歸朝，因為親戚避嫌請求出任揚州知州。一年多以後，升為起居舍人，改任鄆州知州，兼任京東西路的安撫使。過了幾個月，調回朝廷，負責糾察在京城發生的刑獄案件，修纂皇室族譜，曾主持嘉祐四年的科舉考試，被稱讚為選拔到了真正的人才。這一年，天子經過占卜決定在十月合祭，在朝廷宣告之後，丞相依據慣例，率領文武百官給天子加上尊崇的名號。劉公上書說尊號並不是往古的傳統，陛下從寶元年間祭天時制止臣子們不得請上尊號，到現在二十年沒加什麼尊號，天下人都知道陛下的崇高美德，為什麼有朝一日要接受那種虛名而有損於實在的美德呢？皇上說：「我的內心也認為應當是這樣。」於是就不同意臣子們的請求。又禮官在舉行祫祭之前請求將郭皇后的神主合到太廟一同受祭；又提出從孝章皇后以下的四個皇后原在別廟受祭的，請求不要合到太廟享祭。事情下達給群臣討論，討論的人意見紛紛。劉公議論說：「《春秋》的原則，不在寢宮去世的不能尊稱為夫人；可郭氏是在廢掉之後死的，按照景祐年間的詔書，允許恢復她皇后的名號，卻不許賜給她謚號和合祭太廟的資格，以為應當按詔書辦理。」又說：「禮制關於祫祭，凡屬沒有毀掉祠廟的神主都得集合享祭，而沒有皇帝和皇后的區別，並且從祖宗起就是用這條原則辦事的。古傳上說：『祭祀當依從先祖的傳統』，應當照舊。」於是都是按照劉公的意見決定的。

公既驟屈廷臣之議，議者已多仄目，既而又論呂溱❶過輕而責重，與臺諫異，由是言事者亟攻之。公知不容於時矣，會永興❷闕守，因自請行。即拜翰林侍讀學士，充永興軍路安撫使，兼知永興軍府事。長安多富人右族，豪猾難治，猶習故都時態❸。公方發大姓范偉❹事，獄未具而公召，由是獄屢變，連年吏不能決，至其事聞，制取以付御史臺乃決，而卒如公所發也。公為三州，皆有善政。在揚州，奪發運使冒占雷塘❺田數百頃予民，民至今以為德。其治鄆、永興，皆承旱歉。所至必雨雪，蝗輒飛去，歲用豐稔。流亡來歸，令行民信，盜賊禁止，至路不拾遺。

【章　旨】本段敘劉敞被迫離朝任職長安的情況，兼及他在地方官任上的政績。

【注釋】❶呂溱 字濟叔，揚州人，曾因參與蘇舜欽進奏院賽神酒宴被貶，知蘄、楚、舒三州，調回朝廷後又被人告發用官米煮酒及以私貨往河東交易貶官。❷永興 路名，亦稱永興軍。分陝西路東部置，轄今陝西中部及甘肅東南部、山西西南部。治所在京兆府（今西安市）。❸故都時態 猶言唐時豪奢之習。故都，長安為唐代都城。❹范偉 長安富豪，冒充為武功縣令范祚的後人，逃避徭役，多次犯法，都因行賄得免。劉敞到任後立案窮治范偉罪行，但未結案就調離，范偉因此翻案，最後立案五次，證人多至四五百人，時間拖至兩年，而范偉遇上大赦，只受杖責了事，長安人非常失望。❺雷塘 古稱雷陂，本荒廢之湖沼，唐以來一直由百姓耕種。後來官府以蓄水有利運輸為由將百姓趕走，卻又沒有蓄水，發運使乘機冒占。劉敞根據百姓保存的舊地契斷還百姓。

【語譯】劉公既已多次駁倒朝臣們的議論，那些發表意見的人對他已紛紛側目而視，接著劉公又評論呂溱過失輕卻受到過重的懲處，同御史諫官的意見不一，因此議論時事的人拼命攻擊他的論點。劉公自知不能容身於當時的朝廷了，碰上永興缺少守臣，於是自己請求到永興去。朝廷就任公為翰林侍讀學士，充當永興軍路安撫使，兼永興軍知府。長安地方多富人大姓，豪強奸滑不易治理，還習慣於唐代舊都的態勢。劉公正在揭發大姓范偉的不法行為，案件還沒斷完就被召離開，由此案件多次變更，連年官吏斷不下來。直到這事上報到朝廷，天子下詔將案件交付御史臺審決，可最終還是按照劉公的揭發定罪的。劉公治理了三州，都有好的政績。在揚州，收回被發運使冒占的雷塘田幾百頃還給老百姓，百姓到現在還認為是劉公的恩德。劉公治理鄆州、永興，都是在乾旱欠收之後。劉公所到之處肯定會下雨落雪，蝗蟲立即飛走，年成因此豐熟。流亡在外的百姓都回來，政令推行，人民信任，盜賊被禁絕跡，達到了路不拾遺的地步。

公於學博，自六經百氏、古今傳記，下至天文、地理、卜、醫、數術、浮屠、老莊之說，無所不通。其為文章尤敏贍。嘗直紫微閣❶，一日追封皇子、公主九人，公方將下直，為之立馬卻坐，一揮九制數千言，文辭典雅，各得其體。公知制誥七年，當以次遷翰林學士者數矣，久而不遷。及居永興歲餘，遂以疾聞。八年八月，召還，判三班院❷、太常寺❸。公在朝廷，遇事多所建明，如古渭州❹可棄，孟陽河❺不可開，樞密使狄青❻宜罷以保全之之類，皆其語在士大夫間者；若其規切人主，直言逆耳，至於從容進見，開導聰明，賢否人物，其事不聞於外廷者，其補益尤多。故雖不合於世，而特被人主之知。方嘉祐中，嫉者眾而攻之急，其雖危而得無害者，仁宗深察其忠也。及侍英宗講讀，不專章句解詁，而指事據經，因以諷諫，每見聽納，故尤奇其材。已而復得驚眩疾，告滿百日，求便郡。上曰：「如劉某者，豈易得也！」復賜以告。上每宴見諸學士，時時問公少間❼否，賜以新橙五十，勞其良苦。疾少間，復求外補，上悵然許之。出知衛州❽，未行，徙汝州❾。治平三年，召還，以疾不能朝，改集賢院學士，判南京留司御史臺。熙寧❿元年四月八日，卒於官舍，享年五十。

【章　旨】本段敘劉敞晚年經歷、患病死亡的情況，兼述其學問文才為三代君主所重。

【注　釋】❶紫微閣　指舍人院，中書舍人及知制誥者值班之所，寶元元年仁宗書「紫微閣」匾額賜之。蓋因古代稱中書舍人為紫微舍人之故。❷三班院　管理低級供奉武官的機構。❸太常寺　掌管宗廟祭祀之事的官府，官有太常卿、丞、博士、太祝、奉禮郎、協律郎等。❹古渭州　北魏置，治所在襄武（今甘肅隴西）。唐末移治平涼（今甘肅平涼）。此稱「古渭州」，應指前者。宋時與羌人爭奪該地，意見不一，劉敞以為「殫財困民，捐士卒之命，以規小利，非計也。」主張放棄。❺孟陽

河　據〈劉敞行狀〉說，楊佐判都水監，請鑿京北孟陽河，盛冬興役，死者數百人，又壞民廬舍，發掘丘墓百五十餘所，而河訖不成。❻狄青　字漢臣，宋汾州西河人，從士兵出身，屢立戰功官至樞密使，威名顯赫，每出入百姓聚觀，產生一些傳言。鑑於五代篡奪相繼的教訓，所以劉敞主張罷免他不讓他權勢過大以保全他。❼間　病情好轉。❽衛州　治所在今河南汲縣。❾汝州　治今河南臨汝。❿熙寧　宋神宗年號，共十年（西元一〇六八－一〇七七年）。

【語譯】劉公學問淵博，從六經諸子百家、古往今來之歷史傳記，直到天文、地理、占卜、醫藥、數術、佛教、道教的學說，沒有什麼不通曉的。他寫作文章尤其敏捷多才。曾經在紫微閣值班，一天追封皇子、公主達九人之多，劉公正要下班，因此而停住馬退回坐下，揮筆不停連接起草九篇制詞長達數千字，文辭典正雅潔，每篇都切合各人的情況。劉公負責起草皇帝詔敕七年，多次應當按次序升遷為翰林學士，可是長久不得升遷。到待在永興軍一年多，終於把生病的情況上報朝廷。嘉祐八年八月，調回京城，掌管三班院、太常寺。劉公在朝廷，遇事建言闡明的地方很多，如認為古渭州可以放棄，孟陽河不可開鑿，樞密使狄青應該罷免他以便保全他之類，都是他在士大夫中間公開說過的；至於他正言諫諍君主，說話直率，都是逆耳忠言，或者和緩地進言，啟發天子的心智，褒貶人物，那些不被宮廷以外的臣僚知道的事情中，補救缺失的地方尤其多。所以他雖然與當時的士大夫合不來，卻特別被君主所賞識。在嘉祐年間，嫉恨他的人多而且攻擊得很厲害，他雖處境危險卻能不受傷害，就是因為仁宗深刻了解他的忠心。等到他陪侍英宗讀書講學，不是一味地分章析句作文字的注釋，而能針對問題引經據典，順便進行委婉的勸諫，每每被聽從採納，所以英宗尤其驚異他的才幹。不久劉公又患上了驚悸暈眩的疾病，告假已滿百天，只好請求去治理一個較方便輕鬆的州郡。皇上說：「像劉某這樣的人才，豈是容易得到的啊。」又恩准給他假期。皇上每次設宴召見各位學士，時時都問他的病是否減輕了些，把新摘甜橙五十枚賜給他，以慰勞他過多的辛苦。病稍微好些，劉公又請求到地方任職，皇上難過地同意了他。先出任衛州知州，還沒到任，改任汝州知州。治平三年，召回京城，因為疾病不能上朝，改為集賢院學士，負責南京留守司的御史臺。熙寧元年四月八日，在官舍去世，享年五十歲。

嗚呼！以先帝❶之知公，使其不病，其所以用之者，豈一翰林學士而止哉？方公以論事忤於時也，又有搆為謗語以怒時相❷者。及歸自雍，丞相韓公❸方欲還公學士，未及而公病，遂止於此，豈非其命也夫？

【章旨】本段總括劉敞遭遇，嘆息其因病未能得到更大的重用。

【注釋】❶先帝　指宋英宗。❷時相　指陳執中。❸韓公　韓琦。

【語譯】唉！憑著先帝對劉公的了解，假使他不生病，那麼對劉公的重用，怎麼會到一個翰林學士就終止了呢？當劉公因為議論朝政觸怒了當時一些人物的時候，又有人虛構一些毀謗的話語用來激怒當時的宰相。等到他從雍州回朝，丞相韓公正要恢復他翰林學士之位，但沒有來得及辦，劉公就病倒了，於是就此止步，這難道不是他命中注定麼？

公累官至給事中，階朝散大夫，勳上輕車都尉，爵開國彭城公。邑戶二千一百，實食者三百。曾祖諱璞，贈大理評事；祖諱式，尚書工部員外郎，贈戶部尚書；考諱立之，尚書主客郎中，贈工部尚書。公再娶倫❶氏，皆侍御史程之女。前夫人先公早卒，後夫人以公貴，累封河南郡君。子男四人，長定國，郊社掌座，早卒。次奉世❷，大理寺丞。次當時，大理評事。次安上，太常寺太祝。女三人，長適大理評事韓宗直；二尚幼。公既卒，天子推恩錄其兩孫望、旦，一族子安世，皆試將作監主簿。

【章旨】本段交代劉敞最後官職爵祿及先人妻室子女情況。

【注釋】❶倫　亦作「論」。❷奉世　北宋史學家。

【語譯】劉公經多次升轉官做到給事中，官階為朝散大夫，勳級屬輕車都尉，爵位是彭城郡開國公。食采邑二千一百戶，實食三百戶。他的曾祖父名琠，贈封為大理評事；祖父名式，曾任尚書工部員外郎，贈封戶部尚書；父親名立之，曾任尚書主客郎中，贈封工部尚書。劉公兩次娶的都是倫氏之女，乃是侍御史倫程的女兒。第一位夫人在他之前早已去世，第二位夫人由於他已富貴，累積贈封為河南郡君。劉公有兒子四人，長子定國，任郊社掌座，早死。次子奉世，任大理寺丞。三子名當時，任大理評事。四子名安上，任太常寺太祝。三個女兒，長女嫁大理評事韓宗直；其餘兩個還小。劉公死後，天子廣施恩德錄用他的兩個孫子劉望、劉旦，一個侄子安世，都作代理將作監主簿。

公為人磊落明白，推誠自信，不為防慮。至其屢見侵害，皆直而不較，亦不介於胸中。居家不問有無，喜賙宗族。既卒，家無餘財。與其弟攽，友愛尤篤。有文集❶六十卷，其為《春秋》之說❷，曰《傳》、曰《權衡》、曰《說例》、曰《文權》、曰《意林》，合四十一卷。又有《七經小傳》❸五卷，《弟子記》五卷。而《七經小傳》今盛行於學者。二年十月辛酉，其弟攽與其子奉世等，葬公於祥符縣❹魏陵鄉，祔於先墓，以來請銘。乃為之銘曰：

【章　旨】本段述劉敞為人與著作，所謂道德文章，兼及安葬請銘之意。

【注　釋】❶文集　名《公是集》，今存。❷春秋之說　劉敞關於《春秋》的論著今佚，只存少數條目。❸七經小傳　今存。❹祥符縣　故地在今河南開封，宋大中祥符三年改浚儀縣置，以年號為名。

【語　譯】劉公為人光明磊落，赤誠待人，自信不疑，不作預防戒備。以至多次受到侵害，他都放在一邊不予計較，也不放在心中。在家生活不管有錢無錢，都喜歡賙濟同族親戚。劉公死後，家中沒有剩餘的財產。劉公同他的弟弟劉攽，友愛尤其深厚。劉公有文集六十卷，他關於《春秋》的論著，有《春秋傳》、《春秋權衡》、《春秋說例》、《春秋文權》、《春秋意林》，總共四十一卷。又有《七經小傳》五卷，《弟子記》五卷。而《七經小傳》現在在學者中廣泛流傳。熙寧二年十月辛酉，劉公的弟弟劉攽與他兒子奉世等，將劉公安葬在祥符縣魏陵鄉，合葬於先人的墳墓，而來請我撰寫墓誌銘，我就為他寫了如下的銘辭：

嗚呼！惟仲原父，學彊而博，識敏而明，坦其無疑一以誠，見利如畏義必爭。觸機履險危不傾。畜❶大不施奪其齡。惟其文章粲日星，雖欲有毀知莫能。維古聖賢皆後亨，有如不信考斯銘！

【章　旨】銘辭高度讚揚劉敞的道德學問和文才，對其早死感到可惜。

【注　釋】❶畜　同「蓄」。

【語　譯】唉！仲原父，記憶力強而學問廣博，見識敏銳而清楚精明，胸襟坦蕩無疑忌，一切都相待以誠，遇到利益皆畏避，道義所在卻力爭。觸犯機關履險境，雖然危急無傷損。蓄積豐富未施行，因此減損其壽命。只有他寫的文章，光華粲爛像日星，有人想要詆毀他，也知道沒有可能。就是那古代聖賢，都是後代才昌盛，有人如果不相信，請以這銘文為證！

【研　析】本文所敘的劉敞，雖只活了五十歲，官場的經歷卻頗為豐富；雖然參與的重大事件不多，但言論政績等方面的材料不少。如何把這些經歷和材料組織起來，作者是頗費了心思的。全文有一縱一橫兩種安排互相連結。一縱是按時間先後敘述劉敞的經歷，由中進士起直到生病死亡的全過程；一橫則是劉敞忠於職守正直敢言、博聞廣記知識淵博、議論深刻識見不凡、打擊豪強政績突出、文思敏贍著作豐富等方面的表現。每敘述一段經歷，便側重寫一方面的表現。如在朝任考功郎、知制誥，側重寫其忠於職守；奉使契丹，側重寫其博聞廣記；使還在朝任職，側重寫其議論見識；被擠至永興軍，側重寫其治理才幹，所以將在揚州、鄆州的政績都集中到此重新敘述。這樣縱橫連結，全文就綱舉目張了。文章內容繁雜，卻能大氣包舉，沒有支離破碎之感。

翰林侍讀學士給事中梅公墓誌銘

歐陽永叔

【題　解】梅公指梅詢（西元九六四—一〇四一年），是歐陽修的好友詩人梅堯臣的叔父，字昌言，宣州宣城人。侍讀學士和給事中是他死前所任官職。侍讀學士以在皇帝左右進講經書為職，前面冠了翰林之名但並不屬於學士院。不過也是侍從之臣了。給事中在唐代是門下省的要職，宋代這時候它只有虛名。梅詢是一個躁於仕進、追求祿位的人，活了七十八歲，「擯斥流離四十年」，到晚年才得到這些頭銜，所以歐陽修在銘辭中說他「既晚而通」。據說晚年的處境改善還與接近了呂夷簡有關係。所以歐陽修在這篇墓誌銘中對其流離擯斥表示同情，至其為人，則只說他「材辯敏明」「勇無不敢」，沒有對其道德文章作太多的稱頌。本文作於慶曆二年（西元一〇四二年），歐陽修時年三十六歲。

翰林侍讀學士給事中梅公既卒之明年，其孤及其兄之子堯臣來請銘以葬，曰：「吾叔父病且亟矣，猶臥而使我誦子之文。今其葬，宜得子銘以藏。」公之名在人耳目五十餘年。前卒一歲，予始拜公於許❶。公雖衰且病，其言談詞氣，尚足動人。嗟予不及見其壯也！然嘗聞長老道公咸平、景德❷之初，一遇真宗，言天下事合意，遂以人主為知己。當時搢紳❸之士，望之若不可及。已而擯斥流離四十年間，白首翰林，卒老一州。嗟夫！士果能自為材邪？惟世用不用爾！故予記公終始，至於咸平、景德之際，尤為詳焉，良以悲其志也。

【章　旨】本段敘梅堯臣請銘，感慨梅詢一生遭際，申述撰寫墓誌的宗旨。

【注　釋】❶許　州名。治所在今河南許昌。❷咸平景德　均為宋真宗年號。咸平，西元九九八年至一〇〇三年。景德，西元一〇〇四年至一〇〇七年。❸搢紳　插笏於帶間。紳為大帶。古時仕宦者垂紳搢笏，因稱官僚士大夫為搢紳。

【語　譯】翰林侍讀學士給事中梅公死後的第二年，他的兒子和他兄長的兒子堯臣前來求我撰寫墓誌銘以便安葬他，說：「我叔父病已危重的時候，還躺著讓我給誦讀您的文章。現在他將安葬，應當得到您的墓銘來埋葬。」梅公的名字活躍在人們的耳目前已五十多年。梅公死的前一年，我才在許州拜見他。梅公雖然已衰弱有病，可他的言談，說話的氣概，還能夠打動人。可惜我趕不上見到他壯年的風采！但曾經聽年老的人們說梅公在咸平、景德的時候，一次遇到真宗，議論天下大事心投意合，就把君主作為自己的知音。當時為官的士大夫們，遠望著他似乎無法趕上。不久卻遭排斥疏遠輾轉各地達四十年之久，滿頭白髮仍是一介翰林，老死在一州知州任上。唉！讀書人真能自我造就成材嗎？只看當世用你不用你罷了！所以我敘述梅公一生經歷，到了咸平、景德之間，特別說得詳盡些，主要是對他的理想抱負深表同情啊！

公諱詢，字昌言，世家宣城。年二十六，進士及第，試校書郎，利豐監❶判官；遷將作監丞❷，知杭州仁和縣❸；又遷著作佐郎❹，舉御史臺推勘官❺。時亦未之奇也。咸平三年，與考進士於崇政殿，真宗過殿廬中，一見以為奇材，召試中書，直集賢院，賜緋衣銀魚。是時，契丹數寇河北，李繼遷❻急攻靈州，天子新即位，銳於為治。公乃上書請以朔方授潘羅支❼，使自攻取，是謂以蠻夷攻蠻夷。真宗然其言，問誰可使羅支者，公自請行。天子惜之，不欲使蹈兵間。公曰：「苟活靈州而罷西兵，何惜一梅詢？」天子壯其言，因遣使羅支。未至而靈州歿於賊❽。召還，遷太常丞❾、三司戶部判官❿，數訪時事，於是屢言西北事。時邊將皆守境不能出師，公請大臣臨邊督戰，募游兵擊賊；論曹瑋、馬知節⓫才可用；又論傅潛、楊瓊⓬敗績當誅；而田紹斌、王榮⓭等，可責其效以贖過，凡數十事，其言甚壯。天子益器其材，數欲以知制誥，宰相⓮有言不可者，乃已。其後繼遷卒為潘羅支所困，而朝廷以兩鎮授德明⓯，德明頓首謝罪，河西平。天子亦再幸澶淵⓰，盟契丹，而河北之兵解。天下無事矣。

【章　旨】本段敘梅詢前期受皇帝賞識時的經歷和表現。

【注　釋】❶利豐監　本是通州煮鹽的場所，宋朝升格在此設監。故地在今江蘇南通南。❷將作監丞　將作監是朝廷負責土木營建的官署，長官有監、少監，丞是他們的下屬。此處只是給以頭銜，實際職務是仁和知縣。❸仁和縣　與錢塘縣同為杭州的附郭縣。現併入餘杭縣。❹著作佐郎　祕書省屬官，著作郎的助手，掌修纂。但宋代它只是寄祿官，另有國史院負責修纂。❺推勘官　咸平二年設置，名額十人，負責審問案件。❻李繼遷　西夏國建立者，党項人，拓跋氏，唐末賜姓李。宋太宗時賜姓名為趙保吉，趙元昊的祖父，建都靈州，據有河西銀、夏五州之地。❼潘羅支　西涼府六谷吐蕃首領，也寫作「博羅齊」。❽賊　指李繼遷。真宗咸平五年三月，李繼遷攻陷靈州。靈州治所在今寧夏靈武南。❾太常丞　太常寺的屬官，協助卿和少卿掌管禮樂郊廟社稷陵寢等事。❿三司戶部判官　宋朝三司使下鹽鐵、度支、戶部各設有判官，分管具體工作。⓫曹瑋馬知節　瑋字寶臣，大將曹彬之子。知節字子元。二人曾屢敗契丹。⓬傅潛楊瓊　傅潛性懦弱，遇敵不敢出戰。楊瓊帶兵逗留不進，兩人均被流放。⓭田紹斌王榮　田紹斌咸平二年任邢州觀察使，曾三次寫信給傅潛描述敵軍人多勢眾，使傅潛更不敢出戰。王榮因押送糧草疏於警戒被劫營，兩人均被革職流配。⓮宰相　指李沆。⓯德明　李繼遷的兒子。表示願意歸順，真宗授予他夏州刺史、定難軍節度使。文中「兩鎮」應即指此。⓰澶淵　即澶州。景德初，契丹南侵，真宗親征至此，議和而還。

【語　譯】梅公名詢，字昌言，世世代代家住宣城。二十六歲，考取了進士，試用為校書郎，任利豐監的判官；升為將作監丞，知杭州仁和縣；又提拔為著作佐郎；推選為御史臺推勘官。當時的人也沒有引起特別注意。咸平三年，梅公參與在崇政殿考選進士，真宗來到殿中官員值班的處所，第一次見面談話認為梅公是特出人才，召他到中書省進行測試，授予集賢殿直學士，賜准穿紅色服飾，佩銀魚袋。這時，契丹多次侵擾河北，李繼遷又猛烈攻打靈州，天子剛剛繼位，銳意進行治理。梅公於是上書請把朔方交給吐蕃的潘羅支，讓他自己去攻占，這叫做用蠻夷來攻打蠻夷。真宗認為他的意見正確，問什麼人可以去出使潘羅支，梅公自己請求前往。天子愛惜他，不想叫他身歷戰火之中。梅公說：「如果能保全靈州而使西邊的戰事停止，何必吝惜一個梅詢？」天子為他的豪言壯語所感動，於是派他出使潘羅支。梅公還沒有到達，靈州便已被敵人占領。朝廷召他返回，升為太常丞、三司戶部判官，天子多次就當時政事詢問他，而他一再議論西北爭戰的事情。當時邊境的將領都各守地界不能出兵相互支援，梅公請求派大臣到邊境督戰，召募流動的散兵打擊敵人；評論曹瑋、馬知節才幹可以重用；又論傅潛、楊瓊打了大敗仗應當懲處；而田紹斌、王榮等，可以要求他們立功來贖罪，總共幾十件事，梅公的言論十分豪壯。天子更加器重梅公的人才，幾次要用他作知制誥，宰相中有人說不行，就沒有再提。以後李繼遷終於被潘羅支所困擾，而朝廷把兩鎮授予李德明，德明拜伏謝罪，河西平定。天子也再次親臨澶州，與契丹訂立盟約，於是河北的戰事也和解了，天下太平無事了。

公既見疎不用。初坐斷田訟失實，通判杭州，徙知蘇州，又徙兩浙轉運使❶。還判三司開拆司，遷太常博士，用封禪❷恩，遷祠部❸員外郎。又坐事出知濠州❹。以刑部員外郎為荊湖北路轉運使，坐擅給驛馬與人奔喪而馬死，奪一官，通判襄州❺。徙知鄂州❻，又徙蘇州。天禧元年，復為刑部員外郎、陝西轉運使。靈州棄已久，公與秦州❼曹瑋得胡蘆河❽路，可出兵，無沙行之阻，而能徑趨靈州。遂請瑋居環、慶❾，以圖出師。會瑋入為宣徽使❿，不克而止。遷工部郎中，坐朱能⓫反，貶懷州⓬團練副使⓭，再貶池州⓮。天聖元年，拜度支員外郎，知廣德軍⓯，徙知楚州⓰。遷兵部員外郎，知壽州⓱，又知陝府⓲。六年，復直集賢院，又遷工部郎中，改直昭文館，知荊南府⓳。召為龍圖閣待制，糾察在京刑獄，判流內銓。改龍圖閣直學士，知并州⑳。未行，遷兵部郎中、樞密直學士以往。就遷右諫議大夫㉑，入知通進銀臺司㉒，復判流內銓。改翰林侍讀學士，群牧使㉓。遷給事中，知審官院。以疾出知許州。康定二年六月某日，卒於官。

【章　旨】本段敘梅詢後期被疏遠時屢升屢貶的做官經歷。

【注　釋】❶轉運使　又稱漕司。本為掌財賦的官員，宋代已成為地方高級行政長官。❷封禪　真宗曾至泰山封禪。❸祠部　禮部的下屬機構，掌管祭祀佛道寺廟醫藥等方面的政令。❹濠州　今安徽鳳陽。❺襄州　今湖北襄樊。❻鄂州　今湖北武昌。❼秦州　今甘肅天水。❽胡蘆河　即蔚茹川，源出寧夏固原縣。❾環慶　二州名。環州今甘肅環縣。慶州今甘肅慶陽。❿宣徽使　管理宦官和宮廷內部事務的長官，一般由樞密使兼任。⓫朱能　任永興軍都巡檢使，因罪行敗露鋌而造反，時在真宗天禧四年八月。梅詢坐失察被貶官。⓬懷州　今河南沁陽。⓭團練副使　編隊以訓練地方武裝稱為團練。團練使、副使名義上是地方武裝頭目，但宋代已變成虛銜。團練副使常用來安置被貶謫官員。⓮池州　今安徽貴池。⓯廣德軍　今安徽廣德。⓰楚州　今江蘇淮安。⓱壽州　今安徽壽縣。⓲陝府　陝西路陝州府，治所在今河南陝縣。⓳荊南府　今湖北荊州，宋為荊南節度治所。⓴并州　州治在今山西太原。㉑右諫議大夫　中書省屬官，與門下省之左諫議大夫同為諫官之長。㉒通進銀臺司　宋代負責接受審理轉呈天下奏疏案牘的機構。㉓群牧使　太僕寺群牧司長官，掌內外廄牧、國馬的蕃殖與損耗。

【語　譯】梅公已經被疏遠不予重用。起初因判決爭執田土的案件不合實情，貶作杭州通判，後改為蘇州知州，又改任兩浙轉運使。回京主管三司開拆司，升遷為太常博士，因皇帝行封禪大禮的恩賞，升為祠部員外郎。又因犯事出京作濠州知州。後用刑部員外郎銜作荊湖北路轉運使，又因擅自將公家驛站的馬匹給別人奔喪以至馬匹死亡的錯誤，降一級官職，任襄州通判。改任鄂州知州，又改到蘇州任職。天禧元年，重又作刑部員外郎、陝西轉運使。靈州被丟失已經很久了，梅公同駐守秦州的曹瑋探到一條胡蘆河的路，可以出兵，沒有在沙漠行走的艱險，卻能直達靈州。於是請曹瑋駐軍環、慶，以便規劃出兵靈州。遇上曹瑋入朝任宣徽使，沒能出兵就停下來了。升遷為工部郎中，又因沒有察覺永興軍都巡檢使朱能謀反的過失，貶謫為懷州團練副使，再貶到池州。天聖元年，封為度支員外郎，知廣德軍，改任楚州知州。升為兵部員外郎，壽州知州，又任陝西知府。經過六年，重又作集賢院直學士，又升工部郎中，改昭文館直學士，任荊南府知府。召回朝廷任龍圖閣待制，糾察在京的刑事獄訟，主持吏部流內銓選工作。改為龍圖閣直學士，出知并州。尚未出發，升遷以兵部郎中、樞密直學士的身分前往，就當地遷右諫議大夫。召回朝廷主管通進銀臺司，又主持吏部流內銓選工作，改為翰林侍讀學士，任群牧使。升任給事中，主持審官院。因為生病出京作許州知州。康定二年六月的一天，在任上去世。

公好學有文，尤喜為詩。為人嚴毅修潔，而材辯敏明。少能慷慨，見奇真宗。自初召試，感激言事，自以謂君臣之遇。已而失職逾二十年，始復直於集賢。比登侍從，而門生故吏，曩時所考進士，或至宰相，居大官，故其視時人常以先生長者自處。論事尤多發憤。其在許昌，繼遷之孫❶復以河西叛，朝廷出師西方，而公已老，不復言兵矣。享年七十有八以終。

【章旨】本段敘梅詢的學問才能和抱負，對他坎坷失志深表同情。

【注釋】❶繼遷之孫　即趙元昊，一名曩霄。寶元元年（西元一〇三八年）稱帝，多次起兵攻宋邊境，後議和，宋朝冊封他為夏國主，賜姓趙。

【語譯】梅公好學有文才，尤其喜歡寫詩。他為人嚴正剛毅，能約束自己保持美好品格，而且辦事說話聰明敏捷。青年時便能慷慨議論，被真宗視為奇才。自從初次召到中書省測試，就感慨激昂地發表政見，自己認為明主賢臣會聚到了一起。接著失去館職二十年以上，才又成為集賢殿直學士。等到梅公升到皇帝侍從之臣的行列，而他的學生、老部下，昔日所考試過的進士，有的做到宰相，當了大官，所以他看待當時的人們，常常以先生長者自居。討論事情更多地抒發鬱憤。梅公在許昌時，李繼遷的孫子元昊又占據河西叛亂，朝廷出兵西方，可是梅公已經年齡老大，不再議論軍事了。梅公享年七十八歲而去世。

梅氏遠出梅伯❶，世久而譜不明。公之皇曾祖諱超，皇祖諱遠，皆不仕；父諱邈，贈刑部侍郎。夫人劉氏，彭城縣君。子五人：長曰鼎臣，官至殿中丞；次曰寶臣，皆先公卒；次曰得臣，太子中舍；次曰輔臣，前將作監丞；次曰清臣，大理評事。公之卒，天子贈賻優恤，加得臣殿中丞，清臣衛尉寺丞。明年八月某日，葬公宣州之某縣某鄉某原。銘曰：

【章　旨】本段交代梅詢的先人、妻室、子女及安葬時地。

【注　釋】❶梅伯　商紂的臣子。

【語　譯】梅姓從遠古的梅伯發展而來，時代久遠譜系已不清楚。梅公的曾祖父名超，祖父名遠，都不曾做官；父親名邈，贈為刑部侍郎。梅公的夫人姓劉，封為彭城縣君。梅公有五個兒子：長子叫鼎臣，官做到殿中丞；次子名寶臣，這兩個都死在梅公之前；下一個叫得臣，太子中舍人；再下一個叫輔臣，原任將作監丞；最小的叫清臣，大理評事。梅公的逝世，天子恩賞餽贈，撫恤優厚，提升得臣為殿中丞，清臣為衛尉寺丞。次年的八月某日，安葬梅公在宣州的某縣某鄉某地。銘文說：

士之所難，有蘊無時。偉歟梅公，人主之知。勇無不敢，惟義之為。困於翼飛，中垂以斂。一失其塗❶，進退而坎❷。理不終窮，既晚而通。惟其壽考，福祿之隆。

【章　旨】銘文讚揚梅詢富有才幹而且循義而行，同情他長期失意的遭遇。

【注　釋】❶塗　通「途」。❷坎　困阨；不得志。

【語　譯】讀書人最感困難之事，胸中蓄積卻施展無時。確實雄偉啊梅公昌言，曾經得到君主的相知。勇於議政而無所不敢，符合道義之事就去幹。後來翅翼被困難騰飛，中途低垂雙翅都收斂。一旦失去了上進道路，進退升遷都困阨艱難。幸喜命中不永遠受窮，到了晚年又官運亨通。正因為他能健康高壽，最終享受了福祿昌隆。

【研　析】本文寫法上的第一個特點是重點突出，這在首段作者就已明確提出，就時間言，全文敘述的重心是咸平、景德之際，即梅詢早年受知於真宗時期感激奮發的表現；就內容言，則比較集中於西北邊防用兵方略的論議。第二個特點是分寸極嚴。歐陽修雖然同梅堯臣為莫逆之交，而梅詢與梅堯臣有叔侄之親，但敘述梅詢事跡，評價中毫不虛美，肯定他好學有文，嚴毅修潔，材辨敏明，多落筆在才幹上，至於他的精神道德，只在銘辭中有「唯義之為」一句比較籠統簡括的話。這在古人的墓誌銘中是值得稱道的。第三個特點是能於起伏跌宕中傳出感慨深情。開頭一段總的概括梅詢一生，早年是「一遇真宗，言天下事合意，遂以人主為知己。當時搢紳之士，望之若不可及」，後來是「擯斥流離四十年間，白首翰林，卒老一州」，前後對比，感慨淋漓。文章後部的「比登侍從，而門生故吏，曩時所考進士，或至宰相，居大官」，「其在許昌，繼遷之孫復以河西叛，朝廷出師西方，而公已老，不復言兵矣」，尤其沉痛深至。前人認為本文接近司馬遷《史記》，說得比較抽象，細味這種跌宕感慨的風格，也許就能感覺得比較具體了。

尚書都官員外郎歐陽公墓誌銘

歐陽永叔

【題解】歐陽公指歐陽曄（西元九五九—一〇三七年），字日華，是歐陽修的叔父。都官員外郎，屬尚書省刑部，職責是管理獄囚，兼及吏役。歐陽曄曾兩次獲得這一官稱，先曾由屯田員外郎知黃州遷都官員外郎知永州，後因事受到降職處分，晚年退居家中又恢復為都官員外郎，並以此官致仕。《歐陽修全集》列此文寫作時間為慶曆四年（西元一〇四四年），文中說歐陽曄葬在慶曆四年三月十日，這之前歐陽修仍在朝廷任諫官，並知制誥。他在文章的前半部敘述自己早年喪父，依叔父生活，抒寫了對叔父的親情；後半部稱頌了叔父的為人和政績。

公諱曄，字日華，於檢校工部尚書諱託、彭城縣君劉氏❶之室為曾孫；武昌縣令諱郴❷、蘭陵夫人蕭氏❸之室為孫；贈太僕少卿諱偃、追封潘原縣太君李氏之室為第三子❹；於修為叔父。

【章旨】本段敘歐陽曄三代先人及其與作者自身的關係。

【注釋】❶劉氏　據歐陽修所作〈歐陽氏譜圖〉，歐陽託的夫人為王氏，此處說劉氏，未知孰是。❷郴　字可封，南唐時任武昌令。❸蕭氏　〈歐陽氏譜圖〉作劉氏。❹第三子　歐陽修的祖父歐陽偃生三子，長子名觀，次名旦，三子為歐陽曄。歐陽修的父親即歐陽觀。

【語　譯】公名曄，字日華，乃是檢校工部尚書歐陽託、彭城縣君劉氏的曾孫；武昌縣令歐陽郴、蘭陵夫人蕭氏的孫子；贈太僕少卿歐陽偃、追封潘原縣太君李氏的第三個兒子；歐陽修的叔父。

修不幸幼孤❶，依於叔父而長焉。嘗奉太夫人❷之教曰：「爾欲識爾父乎？視爾叔父。其狀貌起居言笑，皆爾父也。」修雖幼，已能知太夫人言為悲，而叔父之為親也。

【章　旨】本段敘自己早年喪父，因而視叔父為父，關係親密。

【注　釋】❶幼孤　歐陽修四歲喪父。❷太夫人　歐陽修的母親鄭氏。父歿得稱母為太夫人。

【語　譯】我不幸很小就失去了父親，依靠著叔父而長大。曾經承受太夫人的教誨說：「你想認識你的父親嗎？看你的叔父。他的體形相貌、生活習慣、言語談笑，都是你父親的樣子。」我雖然年幼，已經能體會太夫人說這話是多麼悲哀，而叔父又是何等親近的人啊。

歐陽氏世家江南，偽唐李氏❶時，為廬陵大族。李氏亡，先君昆弟同時而仕者四人。獨先君早世。其後三人皆登於朝以歿。公咸平❷三年舉進士甲科，歷南雄州❸判官，隨、閬二州❹推官，江陵府掌書記，拜太子中允，太常丞、博士，尚書屯田❺、都官二員外郎。享年七十有九，最後終於家。以慶曆四年三月十日，葬於安州應城縣❻高風鄉彭樂村。於其葬也，其素所養兄之子修泣而書曰：嗚呼！叔父之亡，吾先君之昆弟無復在者矣！其長養教育之恩，既不可報，而至於狀貌起居言笑之可思慕者，皆不得而見焉矣！惟勉而紀吾叔父之可傳於世者，庶以盡修之志焉。

【章　旨】本段敘歐陽曄出身和歷官、卒葬，抒寫作者對叔父去世的悲痛。

【注　釋】❶偽唐李氏　指五代十國時的南唐政權。❷咸平　宋真宗年號。三年為西元一〇〇〇年。❸南雄州　今廣東南雄治。❹隨閬二州　隨州今湖北隨州。閬州今四川閬中治。❺屯田　屯田員外郎，掌管屯田、營田、職田、學田等官莊的政令，屬尚書工部。❻安州應城縣　安州州治在今湖北安陸。應城即今湖北應城治。歐陽曄墓在縣之西。

【語　譯】歐陽氏世代居住在江南，南唐李氏偽朝時，歐陽是廬陵地方的大家族。李氏滅亡，先父兄弟輩中同時做官的有四人。只有先父去世得早。其餘的三位都提升到朝廷才去世。歐陽公咸平三年參加進士考試錄取高等，歷任南雄州判官，隨、閬兩州的推官，江陵府的掌書記，封為太子中允，太常丞、太常博士，尚書省屯田、都官二員外郎。享年七十九歲，兄弟中他最後在家裡病故。在慶曆四年三月十日，葬於安州應城縣的高風鄉彭樂村。在他安葬的時候，他平素所撫養的兄長的兒子歐陽修流著淚寫道：唉！叔父去世，我父親的兄弟就沒有再活著的了！他們撫養教育的深恩已經無法報答，進而至於形狀相貌、生活習性、言談笑語這些可以引起思念想慕的地方，都不能夠見到了！我只有努力地記下我叔父那些值得流傳於世的事跡，希望用這種辦法來略盡我的心意罷了。

公以太子中允監興國軍❶鹽酒稅，太常丞知漢州雒縣❷，博士知端州❸、桂陽監❹，屯田員外郎知黃州❺；遷都官知永州❻，皆有能政。坐舉人奪官，復以屯田通判歙州❼，以本官分司西京，許家於隨；復遷都官於家，遂致仕。景祐四年❽四月九日卒。

【章旨】本段歷敘歐陽曄所擔任的實際職務，並總言他為政的能幹。

【注釋】❶興國軍　治所在永興縣，今湖北陽新。❷漢州雒縣　今四川廣漢。❸端州　治高要縣，今廣東高要。❹桂陽監　今湖南桂陽治。監與下州等同。❺黃州　今湖北黃岡治。❻永州　今湖南永州。❼歙州　今安徽歙縣治。❽景祐四年　景祐為仁宗年號，四年為西元一〇三七年。

【語譯】歐陽公以太子中允的身分監管興國軍的鹽稅酒稅，以太常寺丞銜任漢州雒縣知縣，以太常博士銜任端州知州，知桂陽監，以屯田員外郎身分作黃州知州；升為都官員外郎，永州知州，都有為政能幹的名聲政績。因推舉人失誤被降職，再以屯田員外郎作歙州通判，以原官職分任職務在西京洛陽，並被允許在隨州安居；又在家中提升為都官員外郎，於是退休。景祐四年四月九日去世。

公為人嚴明方質，尤以潔廉自持。自為布衣，非其義不輒受人之遺。少而所與親舊，後或甚貴，終身不造其門。其蒞官臨事，長於決斷。初為隨州推官，治獄之難決者三十六。大洪山❶奇峰寺聚僧數百人，轉運使疑其積物多而僧為姦利，命公往籍之。僧以白金千兩餽公。公笑曰：「吾安用此？然汝能聽我言乎？今歲大凶，汝有積穀六、七萬石，能盡以輸官而賑民，則吾不籍汝。」僧喜曰：「諾。」饑民賴以全活。陳堯咨❷以豪貴自驕，官屬莫敢仰視。在江陵用私錢詐為官市黃金。府吏持帖強僚佐署，公呵吏曰：「官市金當有文符。」獨不肯署。堯咨雖憚而止，然諷轉運使出公不使居府中。鄂州崇陽❸，素號難治，乃徙公治之。至則決滯獄百餘事。縣民王明，與其同母兄李通爭產累歲。明不能自理，至貧為人賃舂❹。公折之一言，通則具伏。盡取其產鉅萬歸於明。通退而無怨言。桂陽民有爭舟而相毆至死者，獄久不決。公自臨其獄，出囚坐庭中，去其桎梏而飲食之。食訖，悉勞而還於獄，獨留一人於庭。留者色動惶顧，公曰：「殺人者汝也！」囚不知所以然。公曰：「吾視食者皆以右手持匕❺，而汝獨以左；今死者傷在右肋，此汝殺之，明也。」囚即涕泣曰：「我殺也。不敢以累他人。」公之臨事明辯❻，有古良吏決獄之術，多如此。所居人皆愛思之。

【章　旨】本段具體敘述歐陽曄的品德和才幹。

【注　釋】❶大洪山　在隨縣西南。奇峰寺後改為靈峰寺。❷陳堯咨　字嘉謨，閬中人，考進士第一，曾知荊南，又知永興軍，後官右正言，知制誥。其父省華、兄堯佐、堯叟，均為大官，堯咨豪侈，不循法度。❸鄂州崇陽　今湖北崇陽治。❹賃

舂　替人舂米，租人廊下居住。❺匕　匙子。❻辯　通「辨」。

【語　譯】歐陽公為人嚴格精明，正派實在，尤其能用廉潔來約束自己。從做普通百姓開始，非道義之所在則不接受別人的餽贈。少年時代曾交往過的親戚朋友，後來有的很尊貴，歐陽公終身不登他們的門庭。他做官處理事情，長於決斷。當初任隨州推官，辦理案件中最難判的多達三十六起。大洪山奇峰寺聚集了幾百名僧人，轉運使懷疑那裡積蓄的財物眾多乃是僧人非法謀利，派他前去登記沒收入官。僧人將白銀千兩送給他。歐陽公笑著說：「我哪裡用得著這些東西？可是你們願意聽我的意見嗎？今年災荒嚴重，你們這裡有存積的糧食六七萬石，如果能全部將它送給官府去賑濟災民，那麼我可以不沒收你們的財物。」僧人歡喜地說：「行。」飢餓的百姓就依靠這批糧食而得以保全存活下來。陳堯咨憑著豪富顯貴而自作驕橫，下級官吏無人敢抬頭望他。陳在江陵用私錢冒稱官府收購黃金。府吏拿著文書強迫僚佐和下屬簽名，歐陽公斥責吏員說：「官府收購黃金應當有文件憑據。」他一個人不肯簽名。陳堯咨雖然畏懼而停了下來，卻唆使轉運使排擠他不讓他在州府內管事。鄂州崇陽縣素來號稱難治，卻調他去治理崇陽。歐陽公剛到任就判決了長期積壓下來的案件一百多起。該縣百姓王明，同他的同母異父哥哥李通爭奪家產多年，王明不能為自己申辯，以至貧困到租住在別人屋簷下為別人舂米。歐陽公判斷此案只一句話，李通就完全應承。全部拿出該給的財產上萬歸還給王明。李通回去以後沒有怨言。桂陽百姓中有為爭船而互相毆打以至傷人性命的，案件久拖不決。歐陽公親自到那監獄，把囚犯放出到庭堂中，卸下他們的鐐銬並且給他們享用飲食。吃完，盡都告慰仍送回監牢，只留下一個人在庭院裡。留下的人神色變化恐慌四望，歐陽公說：「殺人的人就是你！」那囚犯不知道他為什麼知道此中情況。歐陽公說：「我看了吃東西的人都用右手拿匙子，可你卻獨自用左手；現在死者傷在右肋，這是你打死的，事情很明顯。」囚犯就哭泣流淚說：「是我殺的。不敢連累別人。」歐陽公遇事辨析分明，有古代優秀官吏判決訟獄的方法，大多像上文所說。他所任職的地方的人民，都愛戴他、想念他。

公娶范氏，封福昌縣君。子男四人，長曰宗顏，次曰宗閔；其二早亡。女一人，適張氏，亦早亡。銘曰：

【章　旨】本段交代歐陽曄妻室子女的情況。

【語　譯】歐陽公娶的是范姓的女子，封為福昌縣君。歐陽公有兒子四人，大的叫宗顏，小的叫宗閔；另外兩個早死。一個女兒，嫁給姓張的，也早已死去。銘辭說：

公之明足以決於事，愛足以思於人，仁足以施其族，清足以潔其身。而銘之以此，足以遺其子孫。

【章　旨】銘文稱讚歐陽曄的明仁愛物和清廉自潔。

【語　譯】歐陽公的明辨足夠用來判斷事理，歐陽公的關愛足夠使人民思念，歐陽公的仁義足夠用來施加給親戚，歐陽公的清正足夠用來保持自身廉潔。用這來作為歐陽公的墓銘，完全值得遺留給後代子孫。

【研　析】本文與其他墓誌相比，最大不同在誌銘的對象是作者的親叔父。而且歐陽修因為父親早死，依賴叔父長大，所以視叔父更為親密，寫叔父自然地牽引起喪父的悲痛與淒愴。所以本文前半寫歐陽氏家史、歐陽曄生平，字裡行間流注著濃烈的親情。說到死者同自己的關係，便情不自禁地回到少年時代，引述太夫人的教誨，對叔父的哀悼與對父親的想念交織在一起，情極懇摯。後面寫到父輩四人同時而仕，叔父最晚辭世，又情不自禁地喊出：「嗚呼！叔父之亡，吾先君之昆弟無復在者矣！」悽惋沉痛的失親之情，使文章產生了感染人的力量。文章後部寫死者為人政績，先總提嚴正方直、清廉自守、明辨善斷等方面，然後選擇四個具體案件，使上述諸項均得到證實，給人鮮明生動的印象，而行文簡潔明白，不橫生枝蔓。沈德潛稱之為「簡而有法」。這是本文又一個值得稱道之處。

尚書職方郎中分司南京歐陽公墓誌銘

歐陽永叔

【題解】歐陽公指歐陽潁（西元九六二—一〇三四年），字孝叔，歐陽修叔祖父歐陽放的兒子，對歐陽修來說，為堂叔父。歐陽曄墓誌中說：「李氏亡，先君昆弟同時而仕者四人。」歐陽潁便是其中的一人。他的最後官銜是職方郎中。職方郎中主持兵部的職方司，負責掌管全國的地圖，包括各州郡的土地面積、遠近距離、風俗物產等。但歐陽潁並非在兵部任職，宋朝官吏官與職往往分離，歐陽潁一生實際職務主要是做地方州縣長官。所謂分司南京表面是在商丘供職，實則就近閒居在家以待退休罷了。歐陽潁死在景祐元年正月，本文當是這一年所作，文中突出地讚揚了歐陽潁的能幹及其剛正不阿的品格。

公諱潁，字孝叔，咸平三年舉進士，中第。初任峽州❶軍事判官，有能名。即州拜祕書省著作佐郎，知建寧縣❷。未半歲，峽路轉運使薛顏❸巡部至萬州❹，逐其守之不治者，以謂：繼不治，非尤善治者不能。因奏自建寧縣往代之。以治聞。由萬州相次九領州，而治之一再至曰鄂州❺。二辭不行：初彭州❻，以母夫人老不果行；最後嘉州❼，以老告不行。實治七州。州大者繁廣，小者俗惡而姦，皆世指為難治者。

【章　旨】本段敘歐陽潁的仕宦經歷，側重表現其治理地方的才能。

【注　釋】❶峽州　州治在今湖北宜昌東南。❷建寧縣　今湖北石首東南。❸薛顏　字彥回，河中萬泉人，丁謂舉薦為峽路轉運使。峽州路轉運使管轄長江三峽地帶。❹萬州　四川萬縣，今屬重慶市。❺鄂州　州治在今湖北武昌。❻彭州　州治在今四川彭縣治。❼嘉州　州治在今四川樂山。

【語　譯】歐陽公名潁，字孝叔，咸平三年被推舉參加進士科考，考試得中。開始擔任峽州軍事判官，有能幹的名聲。就在峽州被封為祕書省著作佐郎，建寧縣知縣。不到半年，峽州路轉運使薛顏巡視部下到萬州，撤銷了那兒不能治理好地方的長官，認為：接替不能治理的人，非特別善於治理的人不可。於是奏請朝廷命歐陽公從建寧縣去接替萬州知州。又以治理得好而聞名。由萬州開始先後九次作州郡長官，而治理過兩次的地方是鄂州。另有兩個州雖有任命但辭而未赴任的：前一個是彭州，因為母親大人年老沒有去成；最後是嘉州，是因自己年老告假沒有去。實際治理了七州。這些州大的事務繁雜土地廣大，小的民俗惡劣而且姦猾，都是社會上公認為難以治理的地方。

其尤甚曰歙州，民習律令，性喜訟，家家自為簿書，凡聞人之陰私毫髮坐起語言日時皆記之，有訟則取以證。其視入狴牢❶、就桎梏，猶冠帶偃簀❷，恬如也。盜有殺其民董氏於市，三年捕不獲，府君至則得之以抵法。又富家有盜夜入啟其藏者，有司百計捕之甚急，且又大購之，皆不獲。有司苦之。公曰：「勿捕，與購。」獨召富家二子，械付獄，鞫之。州之吏民皆曰：「是素良子也。」大怪之，更疑互諫。公堅不回，鞫愈急，二子服。然吏民猶疑其不勝而自誣。及取其所盜某物於某所，皆是，然後讙曰：「公神明也！」其治尤難者若是，其易可知也。

【章旨】本段以歙州為例表現歐陽潁的政治才幹。

【注釋】❶狴牢　監獄。❷簣　席。

【語譯】其中尤其難於治理的是歙州，歙州百姓熟悉法律條令，習性喜愛打官司，家家戶戶自己備有記事冊，凡聽到別人的不可告人的事情，哪怕一絲一毫，一舉一動，言語談論，什麼日子什麼時辰，全都記錄下來，有官司就拿出來作為證據。他們看待入監牢、加上鐐銬，好像是戴上帽子繫上腰帶或躺在席子上休息一樣，很安閒的樣子。有強盜在市集上公然殺死了姓董的歙州百姓，三年來追捕兇手沒有捉到，府君到達就抓到盜賊將他以法治罪。又有一富豪之家有盜賊夜晚進入打開他的庫藏盜走財物，主管部門千方百計追捕盜賊，十分緊迫，同時又懸大賞通緝，都沒有抓到。有關官員感到苦惱。歐陽公說：「不用追捕與懸賞。」只召來那富人的兩個兒子，戴上刑具投入監獄，審問他們。歙州的官員百姓都說：「這兩個一直是優良子弟呀。」感到非常驚怪，一批批來質疑勸阻。歐陽公堅持不放手，拷問得更急迫，兩個兒子終於服罪。然而官員百姓還是懷疑他們是受不住拷打而胡亂招認的。直到在某處取出他們盜走的財物，全都不差，然後才歡呼道：「歐陽公真是神明啊！」他治理特難的地方是這樣，那些容易治理的就可想而知了。

公剛果有氣，外嚴內明，不可犯，以是施於政，亦以是持其身。初，皇考❶侍郎為許田❷令。時丁晉公❸尚少，客其縣，皇考識之曰：「貴人也。」使與之游，待之極厚。及公佐峽州，晉公薦之，遂拜著作。其後晉公居大位用事，天下之士，往往因而登榮顯，而公屏不與之接。故其仕也，自著作佐郎，祕書丞，太常博士，尚書屯田、都官、職方三員外郎、郎中，皆以歲月考課次第；陞知萬、峽、鄂、歙、彭、鄂、閬、饒、嘉州，皆所當得。及晉公敗，士多不免，惟公不及。

【章　旨】本段以不阿附丁謂為例敘述歐陽穎為人的剛正。

【注　釋】❶皇考　歐陽穎的父親歐陽偃在宋朝曾任許田縣令，後贈封為工部侍郎。❷許田　唐屬許州，宋熙寧間已并入長社縣即今河南長葛。❸丁晉公　丁謂，宋真宗時以善於逢迎皇帝意旨做到宰相，仁宗時罪行暴露被除名抄家，受牽連的官吏自參知政事以下共十多人。

【語　譯】歐陽公剛毅果決富有正氣，外貌嚴肅內心明察，不容侵犯。他將這種品格用在政事上，也用它來約束自身。當初，他的父親贈侍郎歐陽偃曾任許田縣令。當時丁晉公還年輕，在該縣作客，父親看出晉公說：「貴人啊。」要他同晉公交往，對晉公特別優待。到了他在峽州作僚佐的時候，丁晉公推薦他，於是封為著作佐郎。那以後晉公居高位掌權，天下的讀書人，往往依靠他而登上榮耀顯赫的位置，可是歐陽公卻退避不同他交往。所以歐陽公做官，從著作佐郎，祕書丞，太常博士，尚書屯田、都官、職方三員外郎、郎中，都是按年月根據考核等第依次升遷，升萬、峽、鄂、歙、彭、鄂、閬、饒、嘉等州知州，都是他應當得到的。到晉公被除名抄家，士大夫中不少人不能免除牽連之禍，只有他不受牽連。

明道❶二年，以老乞分司，有田荊南❷，遂歸焉。以景祐元年❸正月二十六日，終於家，年七十有三。祖諱某，贈某官；皇妣李氏，贈某縣君。夫人曾氏，某縣君，先亡。公平生彊力，少疾病；居家忽晨起作遺戒數紙，以示其嗣子景、昱曰：「吾將終矣。」後三日乃終。而嗣子景、昱，能守其家如其戒。

【章旨】本段交代歐陽潁先人、妻室、子女情況及潁死亡的年月。

【注釋】❶明道　宋仁宗年號，二年為西元一〇三三年。❷荊南　路名，治所在今湖北荊州。❸景祐元年　西元一〇三四年。

【語譯】明道二年，歐陽公因為年老請求作分司西京或南京的官，因他有田在荊南路，於是回到荊南。於景祐元年正月二十六日，死在家中，享年七十三歲。他的祖父名某，贈封某某官職；母親李氏，贈為某某縣君。夫人曾氏，某某縣君，先已死去。歐陽公平生強壯有力，少生疾病；有一天在家裡忽然一早起來寫了幾張紙的遺囑，把它給兒子歐陽景、歐陽昱看，說：「我將要死了。」過後三天竟然死去。而他的兒子景、昱，能按照他的遺訓保持他的家業。

歐氏出於禹，禹之後有越王句踐❶，句踐之後有無彊❷者，為楚威王所滅。無彊之子皆受楚封，封之烏程歐陽亭者，為歐陽氏❸。漢世有仕為涿郡❹守者，子孫遂北。有居冀州之渤海❺，有居青州之千乘❻，而歐陽仕漢，世為博士❼，所謂歐陽《尚書》者也。渤海之歐陽有仕晉者曰建❽，所謂「渤海赫赫，歐陽堅石」者也。建遇趙王倫❾之亂，其兄子質南奔長沙。自質十二世生詢❿，詢生通⓫，仕於唐，皆為長沙之歐陽，而猶以渤海為封。通又三世而生琮，琮為吉州⓬刺史，子孫家焉。自琮八世生萬，萬生雅，雅生高祖諱效，高祖生曾祖諱託，曾祖生皇祖武昌令諱郴，皇祖生公之父贈戶部侍郎諱儆，皆家吉州，又為吉州之歐陽。及公遂遷荊南，且葬焉，又為荊南之歐陽。嗚呼！公於修叔父也。銘其叔父，宜於其世尤詳。銘曰：

【章旨】本段詳敘歐陽潁的家世，闡明歐陽一姓的源流。

【注釋】❶句踐　據《史記・越王句踐世家》，句踐是夏后帝少康的後代。❷無彊　〈越王句踐世家〉說越王無彊時，北伐齊，西伐楚，楚威王興兵而伐之，大敗越，殺無彊。❸歐陽氏　無彊之子蹄更封於烏程歐餘山之陽為歐陽亭侯，於是以封爵為氏。❹涿郡　漢涿郡治涿縣，今屬河北。❺渤海　漢渤海郡治浮陽，地在今河北滄州東南，南皮縣北。東漢屬冀州。❻千乘　地在今山東博興西，東漢屬青州。❼世為博士　漢初歐陽生承受伏生《尚書》，世代相傳，至曾孫高直到八世孫歙，世代皆為博士。由此《尚書》有歐陽氏之學。❽建　字堅石，渤海人，西晉時曾任山陽令、尚書郎、馮翊太守，後為趙王倫所殺。歐陽建在當時名聲頗大，人稱：「渤海赫赫，歐陽堅石。」語見《晉書・歐陽建傳》。❾趙王倫　司馬懿第九子司馬倫，「八王之亂」，他是其中之一。❿詢　隋朝曾任太常博士，入唐後任給事中、太子率更令。著名書法家，世傳「歐體」。⓫通　唐高宗、武后時任中書舍人、殿中監、司禮卿判納言事，封渤海子。後得罪武氏，以謀反處死。⓬吉州　治今江西吉安。

【語譯】姓歐陽的由大禹生出，大禹的後代有越王句踐，句踐的後代有名叫無彊的，被楚威王滅亡。無彊的兒子都接受了楚國的封爵，封在烏程歐陽亭的，就是歐陽氏。歐陽氏中漢代有官居涿郡太守的，子孫於是來到北方。有的住在冀州的渤海，有的住在青州的千乘，而歐陽氏在漢代做官，世代任博士，就是平日所說的歐陽氏《尚書》之學。渤海姓歐陽的有在晉朝為官的叫歐陽建，就是所謂「渤海赫赫，歐陽堅石」的話稱道的人。歐陽建碰上趙王倫之亂，他的兄長的兒子質南逃到長沙。從質算起十二代誕生了歐陽詢，詢生歐陽通，在唐代做官，都是長沙的歐陽，但仍然用渤海作為封號。通再往下三代生了琮，琮做吉州刺史，子孫在吉州安家。由歐陽琮起八代生歐陽萬，萬生歐陽雅，雅生高祖父名效，高祖生曾祖父名託，曾祖生祖父武昌令名郴，祖父生公的父親贈戶部侍郎名倣，都家在吉州，又成為吉州的歐陽。到公於是又遷徙到荊南，並且安葬在這裡，又成了荊南的歐陽。唉！歐陽公是我的叔父。為自己叔父撰寫墓誌銘，應該對叔父的世系敘述得更為詳盡些。銘辭說：

壽孰與之？七十而老。祿則自取，於取猶少。扶身以方❶，亦以從公。不變其初，以及其終。

【章旨】銘文稱頌歐陽潁方正持身，秉公辦事，並能終生一致。

【注釋】❶方　正直。

【語譯】誰賜給公年壽？七十歲便老了。爵祿自己爭得，所取得的太少。正道立身做人，公心待人處事。不改變其本性，堅持直到最後。

【研析】歐陽修的墓誌文十分注意文章的詳略安排。本文所寫歐陽潁任過九個州的知州，實際治理過七州，如果不分輕重一一寫來，勢必堆垛重複，不成章法。所以作者採取以簡馭繁，只說「由萬州相次九領州」，簡單地交代「再至者」「不行者」兩種情況以及大小不同的難治之處，簡潔而清晰。然後選擇一個尤為難治的州即歙州作代表，顯示歐陽潁治理地方的才幹，寫出他的政績，使「有能名」三字得到落實。而「其治尤難者若是，其易可知也」一結，省去多少筆墨。文章後部寫歐陽氏的來龍去脈，則是作者有意詳敘之處，所以上溯遠古，廣涉南北，按時代先後將歐陽氏各支一一載明，務必做到清楚明白毫髮不爽而後止。這樣不僅顯示出歐陽氏源遠流長，也托出歐陽潁新開荊南一脈的深遠意義。從全文來看，確乎是簡略處惜墨如金，當詳處則不厭其煩也。

南陽縣君謝氏墓誌銘

歐陽永叔

【題　解】謝氏（西元一〇〇七—一〇三四年）為歐陽修的朋友、詩人梅堯臣之妻，南陽縣君是她因梅堯臣做官而得的封號。相傳謝氏的遠古祖先立謝國於南陽，後以國為氏，故朝廷封謝氏為南陽縣君。本文作於慶曆五年（西元一〇四五年），歐陽修在文中借梅堯臣的訴說表彰了謝氏夫人賢良的品德和超出一般女子的見識胸襟。

慶曆四年秋，予友宛陵❶梅聖俞，來自吳興❷，出其哭內之詩❸而悲，曰：「吾妻謝氏亡矣！丐我以銘而葬焉！」予諾之，未暇作。居一歲中，書七、八至，未嘗不以謝氏銘為言。

【章　旨】本段敘梅堯臣請銘，點明謝氏的卒年及與作者的關係，也反映了梅謝夫婦情深。

【注釋】❶宛陵　古縣名，漢置，隋時已改名宣城，即今安徽宣城。❷吳興　今浙江湖州。慶曆四年，梅堯臣監湖州鹽稅。❸哭內之詩　梅堯臣《宛陵集》有〈悼亡三首〉，懷念亡妻說：「見盡人間婦，無如美而賢。」

【語譯】慶曆四年的秋天，我的朋友宛陵梅聖俞，從吳興來，拿出他所作的哭悼妻子的詩悲痛異常，說：「我的妻子謝氏死了！賜給我墓誌銘以便我安葬她！」我答應了他，沒有時間寫作。在一年之中，梅聖俞七八次來信，沒有不說到為謝氏作墓誌銘的事。

且曰：「吾妻故太子賓客諱濤❶之女，希深❷之妹也。希深父子為時聞人，而世顯榮。謝氏生於盛族，年二十以歸吾，凡十七年而卒。卒之夕，斂以嫁時之衣。甚矣！吾貧可知也。然謝氏怡然處之。治其家有常法：其飲食器皿，雖不及豐侈，而必精以旨；其衣無故新，而澣濯縫紉，必潔以完；所至官舍雖卑陋，而庭宇灑掃，必肅以嚴；其平居語言容止，必從容以和。吾窮於世久矣！其出而幸與賢士大夫遊而樂，入則見吾妻之怡怡而忘其憂。使吾不以富貴貧賤累其心者，抑吾妻之助也！

【章旨】本段敘謝氏的出身與賢慧，側重其安貧的態度和治家的方法。

【注釋】❶濤　謝濤，浙江富陽人，有文名，由進士出身，官至太子賓客。梅妻是謝濤的次女。❷希深　名絳，謝濤之子，以文章知名，累官至兵部員外郎知制誥，與歐陽修、尹洙、梅堯臣均有交情。

【語譯】並且說：「我的妻子是已故太子賓客謝濤的女兒，謝希深的妹妹。希深父子是當代的名人，而且家世榮耀尊貴。謝氏出生在這昌盛的家族，二十歲便嫁給我，共十七年就死了。死的那晚，裝斂她還是用她出嫁時的衣服。我的貧困的厲害程度，從這也就可想而知了。然而謝氏對此卻一直顯出安樂的樣子。治理家事有一定的規矩：家裡的飲食和器皿，雖談不上豐富奢侈，但一定要精緻而且美好；家裡的衣服不計較新舊，但一定要漿洗縫補，使之潔淨、完整；所到之處住的公房雖然低矮簡陋，庭院屋宇的灑掃卻一定認真嚴格。她平常的言談儀態總會顯得從容安詳、和顏悅色。我在世上窮困已很久了，我能出到外面就有幸同賢士大夫交往而獲得快樂，回到家裡卻見到妻子那麼和樂愉悅而忘記自己的憂愁。使我能夠不因為富貴貧賤的問題造成心理負擔，也是我妻子的幫助所至啊！

「吾嘗與士大夫語，謝氏多從戶屏竊聽之，閒則盡能商榷其人才能賢否及時事之得失，皆有條理。吾官吳興，或自外醉而歸，必問曰：『今日孰與飲而樂乎？』聞其賢者也，則悅；否則歎曰：『君所交皆一時賢儁，豈其屈己下之邪？惟以道德焉，故合者尤寡。今與是人飲而歡邪？』是歲南方旱，仰見飛蝗而歎曰：『今西兵❶未解，天下重困，盜賊暴起於江淮❷，而天旱且蝗如此。我為婦人，死而得君葬我，幸矣。』其所以能安居貧而不困者，其性識明而知道理多此類。

【章　旨】本段敘謝氏能區別賢愚，評議時事，傷時憂國，具有超出一般的胸襟見識。

【注　釋】❶西兵　指對西夏作戰。❷盜賊暴起於江淮　指沂州兵士王倫於慶曆三年率眾嘩變，殺巡檢使朱進，渡淮先後攻入楚、真、揚、泰四州及高郵軍，直達和州，最後在揚州失敗。暴，突然。

【語　譯】「我曾經同士大夫們交談，謝氏往往從門戶屏風後聽到談話內容，閒空時便都能討論那些人才能如何，賢或不賢，以及當時政事的正確與否，都有條有理。我在吳興做官，有時從外面喝醉回家，她必定問道：『今天同誰飲酒而高興呢？』聽說那人是位賢者，就高興；否則就嘆息說：『你所交往的都是當代的賢俊，難道要委屈自己處在他們之下嗎？只是憑道德相交，所以心投意合的尤其少。今天同這樣的人飲酒難道也歡喜嗎？』這一年南方遭旱災，她抬頭看見蝗蟲飛舞便嘆息說：『現在西方的戰火未熄，天下十分困頓，盜賊突然在江淮一帶興起，而天遭乾旱並且蝗災這樣嚴重。我作為一個女子，死去而能有你安葬我，已經是萬幸了。』她之所以能安然生活在貧窮之中卻不感困苦，她天生見識明白而懂得事理往往像上面說的一樣。」

「嗚呼！其生也迫吾之貧，而沒也又無以厚❶焉，謂惟文字可以著其不朽。且其平生尤知文章為可貴，歿而得此，庶幾以慰其魂，且塞予悲。此吾所以請銘於子之勤❷也。」

【章　旨】本段敘梅堯臣訴說乞銘的原由，揭示撰寫墓誌的深意。

【注　釋】❶厚　厚斂厚葬。針對「斂以嫁時之衣」而言。❷勤　頻繁。

【語　譯】「唉！她活著因我的貧窮遭受煎熬，死了也沒有辦法斂葬得豐厚一些，我認為只有文章可以宣揚她的品格使之不朽。而且她平生特別懂得文章的可貴，死後能得到這麼一篇墓誌銘，多少可以用來安慰她的亡靈，同時也可充分表達出我的悲痛。這些就是為什麼我如此頻繁地求你作銘的緣故啊。」

若此，予忍不銘？夫人享年三十七，用夫恩封南陽縣君。二男一女。以其年七月七日卒於高郵❶。梅氏世葬宛陵，以貧不能歸也，某年某月某日，葬於潤州❷之某鄉某原。銘曰：

【章旨】本段交代謝氏年紀、卒、葬及子女等情況。

【注釋】❶高郵　今江蘇高郵。❷潤州　今江蘇鎮江。

【語譯】像這種情況，我能忍心不給寫墓誌銘嗎？夫人享年三十七歲，因丈夫做官恩賞封為南陽縣君。有兩個兒子一個女兒。在這一年七月七日死於高郵。梅家世代先人都葬在宛陵，謝氏因為貧窮不能歸葬，某年某月某日，就安葬在潤州的某鄉某處原野。銘辭如下：

高崖斷谷兮，京口❶之原；山蒼水深兮，土厚而堅。居之可樂兮，卜者曰然。

骨肉歸土兮，魂氣則天。何必故鄉兮，然後為安？

【章旨】銘文對謝氏因貧不得已葬於異鄉表示安慰和祝福。

【注釋】❶京口　即潤州，今江蘇鎮江。

【語譯】高高山崖，陡峭河谷啊，這是京口的莽莽平原；山色青蒼，流水深碧啊，土層厚實土質彌堅。這裡安身可以過得快樂啊，卜卦先生也說是這樣。骨和肉回歸大地啊，魂靈卻上升青天。為什麼一定要返回故鄉啊，然後才算是安然？

【研析】本文為一個女子作墓誌銘，死者不可能有複雜的經歷，重大的事件，但是文章卻描畫出一個賢淑不凡的女性形象。文章的寫法很別致，作者自己的話很少，除首尾之外，中間主要是摘引梅堯臣求銘書信中的語句構成，如王文濡所說：「就請銘之文，略施剪裁，便爾成此，妙在不漏一事，不贅一辭，而先後輕重，位置得序。」摘引的三段文章，先述可銘之事，後訴請銘之由。可銘之事，先說安貧之態，治家之法，治家分食、衣、住逐條縷述，然後再說本人平居容止，與前文「怡然處之」照應，復回到「安貧」的意思，從而抒寫丈夫對亡妻的感激深情。文章至此，死者已可稱為「賢淑」，但這些是許多賢女都可以做到的，下文所說的識別人物，評判是非，憂傷國事，卻不是人人可以做到，是謝氏迴出常人之處，是更高一層的境界。表面上是信手摘引，實際上其前後次序是不容顛倒的。這種寫法的好處，一是許多話由死者的丈夫說比由作者客觀敘述更真實親切，更帶感情。本文自始至終字裡行間帶著悽惋之氣，原因在此。

北海郡君王氏墓誌銘

歐陽永叔

【題解】北海郡，唐時亦作濰州，州治所在今山東濰坊西南。王氏是吳奎的母親，北海郡君是吳奎顯貴以後為其亡母所請的封號。王氏死於天聖元年（西元一〇二三年），吳奎被任命為兵部員外郎、知制誥則在至和元年（西元一〇五四年），請求追贈母親則在嘉祐四年（西元一〇五九年）冬，《居士集》原注本文作於「嘉祐五年」，可從。此時王氏死已三十餘年。

太常丞致仕吳君❶之夫人，曰北海郡君王氏，濰州北海人也。皇考諱汀，舉明經不中，後為本州助教。夫人年二十三，歸於吳氏，天聖元年❷六月二日，以疾卒，享年三十有七。

【章　旨】本段敘王氏夫人出身及生平簡況。

【注　釋】❶吳君　吳奎的父親，《宋史》不載其名。一說為吳懷德（見《續資治通鑑長編》卷一九〇）。❷天聖元年　即宋仁宗即位之年。

【語　譯】以太常丞官職退休的吳君的夫人，贈北海郡君的王氏，是濰州北海人。她的父親名汀，被推舉參加明經科考試沒有考取，後來作了本州的助教。夫人二十三歲，嫁到了吳家，天聖元年六月二日，因生病而去世，享年三十七歲。

夫人為人，孝順儉勤。自其幼時，凡於女事，其保傅❶皆曰：「教而不勞。」組紃織紝❷，其諸女皆曰：「巧莫可及。」其歸於吳氏也，其母曰：「自吾女適人，吾之內事無所助。」而吳氏之姑曰：「自吾得此婦，吾之內事不失時。」及其卒也，太常君曰：「舉吾里中有賢女者莫如王氏。」於是娶其女弟以為繼室❸。而今夫人戒其家曰：「凡吾吳氏之內事，惟吾女兄之法是守。」至今而不敢失。

【章　旨】本段通過眾人的評價側面寫出王氏的聰明賢淑。

【注　釋】❶保傅　負責看顧和輔導小孩的人，相當今之保姆。❷組紃織紝　編織縫紉一類事情。組、紃皆為絲絳。紝為紡織。《禮記・內則》：（女子）「治絲繭，織紝組紃，學女事。」❸繼室　喪妻後再娶之妻。

【語　譯】夫人為人，既孝順又勤儉。從她幼小的時候，凡是對待那些女孩子要學的事情，她的保姆、師傅都說：「教她並不覺得勞累。」做編織縫紉一類女工的時候，其他女孩子們都說：「她的手巧沒有人趕得上。」

她嫁到吳家以後，她的母親說：「自從我的女兒嫁了人，我在內務方面就沒有了助手。」而吳家的婆婆說：「自從我得了這個兒媳婦，我的內務就都能按時完成。」當她去世，太常君說：「所有我們鄉裡有賢慧女兒的人家沒有誰趕得上王氏。」於是又娶了她的妹妹作第二個妻子。而現在的夫人告誡家人說：「所有我吳家的內務，只要是我姐定下的規矩就要堅持下去。」直到今天還不敢丟掉。

夫人有賢子曰奎❶，字長文，初舉明經，為殿中丞；後舉賢良方正直言極諫，今為翰林學士，尚書兵部員外郎，知制誥。夫人初用子恩，追封福昌縣君，其後長文貴顯，以夫人為請。天子曰：「近臣，吾所寵也。有請，其可不從？」乃特追封夫人為北海郡君。長文號泣頓首曰：「臣奎不幸，竊享厚祿，不得及其母。而天子寵臣以此，俾以報其親，臣奎其何以報！」當是時，朝廷之士大夫、吳氏之鄉黨鄰里，皆咨嗟歎息曰：「吳氏有子矣！」嘉祐四年冬，長文請告於朝，將以明年正月丁酉，葬夫人於鄆州之魚山❷，以書來乞銘。

【章　旨】本段敘吳奎能樹立於朝，使母親得到追贈，也是側面反映王氏風範影響深遠。

【注　釋】❶奎　吳奎，十七歲明經中第，又中賢良方正極言直諫科，至和元年還兵部員外郎、知制誥，奉使契丹，還，出知壽州，尋召為翰林學士。後來做到樞密副使、參知政事，死贈兵部尚書，謚文肅。《宋史》有傳。❷魚山　一名吾山，在山東東阿西。

【語　譯】夫人有賢良的兒子名奎，字長文，首先被推薦參加明經考試中第，任殿中丞；後來又中賢良方正直言極諫科，現在成了翰林學士，兵部員外郎，知制誥。夫人起初由於兒子恩賞，追封為福昌縣君，以後長文官高位顯，拿追封夫人的事向天子請求。天子說：「親近的侍從之臣，是我特別寵愛的，有所請求，怎麼可以不聽從？」於是特別追封夫人為北海郡君。長文號哭流淚叩頭說：「臣子吳奎不幸，享受著天子的優厚的俸祿，卻達不到母親的身上。可天子寵愛臣，用追封母親的恩典，使我對親人能有所報答，臣子吳奎將如何上報皇恩！」當這時候，朝廷的士大夫、吳家的親戚朋友，都感嘆地說：「吳家有好兒子啊！」嘉祐四年冬天，長文向朝廷請假，打算在第二年正月丁酉日，將夫人安葬在鄆州的魚山，他用書信來請我撰寫墓誌銘。

夫人生三男，曰奎、奄、胄；今夫人❶生一男，曰參。女三人，孫男女九人，曾孫女二人。銘曰：

【章旨】本段交代王氏子孫的情況。

【注釋】❶今夫人　為吳奎之繼母，應為王氏女弟。

【語譯】夫人生下三個兒子，名叫奎、奄、胄；現在的夫人生一個兒子，名參。女兒三人，孫兒孫女共九人，曾孫女二人。銘辭說：

奎顯矣，奄❶早亡！胄與參，仕方強❷。以一子，榮一鄉。生雖不及歿有光，孫曾多有後愈昌！

【章旨】銘文讚美王氏有賢子而榮光，並祝其子孫昌盛。

【注　釋】❶奄　王氏第二子，早年亡故。❷強　古以四十歲為強仕，意謂智慮體力均強，可以出仕。

【語　譯】吳奎顯貴了，吳奄早已死亡。吳胄和吳參，出仕好時光。依仗賢良子，全鄉受榮光。生前雖未趕上，死後享有輝煌，孫子曾孫眾多，後代更會隆昌！

【研　析】前面已經說過，歐陽修寫這篇墓誌的時候，王氏已死去三十多年，關於王氏的事跡，因其死時吳奎還不到十五歲，恐怕也不可能了解多少。所以本文除了家世、子女等必要交代的內容外，對於王氏的聰明賢淑、治家有方等，都以虛筆，從側面寫出。兩段文章，一段寫王氏的為人，分幼小時、出嫁後、去世三個階段，分別借保傅、諸女，母親、婆婆，丈夫、妹妹等人的口，說出他們對王氏的讚賞，留戀，敬重，沒有一件是實實在在的事情，但處處使人想見王氏的特出。一段正面寫吳奎，開頭就說「夫人有賢子曰奎」，可見文章既以讚揚吳奎為目的，也是為了表彰王氏。從吳奎的賢良側面窺見王氏的懿範，從吳奎貴顯之後不斷對母親追思懷念，足見母親對他的深刻影響。這些用的都是虛寫，使整篇文章顯得空靈含蓄。但全文都用虛筆，未能做到虛與實的巧妙結合，難免單薄之感，這又是本文寫法的不足處。

卷四十八 碑誌類下編 七

虞部郎中贈衛尉卿李公神道碑

王介甫

【題解】李公名虛舟（西元九七一—一〇五九年），字公濟，他的哥哥李虛己字公受，官至尚書工部侍郎。《宋史·李虛己傳》附有虛舟的事跡：「其季虛舟仕至餘干縣令，坐法免官，不復言仕。」又說：「虛己、虛舟又以孝友清慎世其家，虛舟之子寬為尚書金部郎中、定為司農少卿，為吏頗有能名。」可知他實際只做過一任縣令就退職歸家了，虞部郎中、衛尉卿都是因為李寬、李定的緣故而得的封贈。本文作於嘉祐八年（西元一〇六三年），這年三月宋仁宗卒，四月朔英宗即位，恩賞官吏及其親人，王安石在文中詳引了英宗的制詞，頌揚了皇帝的恩德，也稱讚了虛舟兄弟及其父親治家嚴謹的傳統。

嘉祐八年❶六月某甲子，制曰：「朕❷初即位，大賚❸群臣，升朝者及其父母，具官❹某父具官某，率德蹈義，不躬榮祿，能教厥子，並為才臣。加賜名命，序諸卿位，所以勸天下之為人父者，豈特以慰孝子之心哉！可特贈衛尉卿❺。」翌日某甲子，中書下其書告第，又副其書賜寬等，以待墓焚。寬等受書，焚其副墓上。乃撰次衛尉官世行治始卒來請曰：「先人賴天子慶施❻，賜之官三品矣，而墓碑未刻。惟德善可以有辭於後世者，夫子實聞知。」某曰：「然，衛尉公墓隧❼宜得銘久矣。」於是為序而銘焉。序曰：

【章　旨】本段敘天子即位，虞舟賜封衛尉卿，是撰寫墓誌的緣起。

【注　釋】❶嘉祐八年　西元一〇六三年。某甲子，即某日，甲子借代干支。❷朕　此指宋英宗趙曙。❸賚　賜。《宋史・英宗紀》英宗即位「賜百官爵一等，優賞諸軍。」❹具官　唐宋以後，公文函牘或其他應酬文字常將應寫明的官爵品級簡寫為「具官」。❺衛尉卿　衛尉寺卿掌管儀衛兵械甲冑之政令，其下有少卿、丞等。❻慶施　宋時朝廷每遇喜慶或大祭祀，輒加恩百官。❼墓隧　墳墓通道。

【語　譯】嘉祐八年六月某日，皇帝詔令說：「朕開始登上君位，大賜群臣，升登在朝廷的官員並恩賞到他的父母，任某某官職的某某人的父親任某官名某的，遵循大德，實踐道義，不自身貪戀榮名祿位，能教好他自己的兒子，都成為有才幹的臣子。加恩賜予他名號，使他列在卿的位置，用這種辦法是要鼓勵天下為人父親的人，哪裡僅僅是用來安慰孝子的心呢！同意特此贈封虞舟為衛尉寺卿。」第二天某某日，中書省將皇帝制書下達到李氏府第，又抄成制書副本賜給李寬等，準備用來在墳前燒化。李寬等接受了制書，將副本在父親墳前火化。於是依次寫出衛尉卿的為官經歷、家世、行事及生卒年月來請求說：「我們已故的父親幸蒙天子因喜慶施恩，賜給他官職已到三品了，可是他的墓碑尚未刻成。只有美德和善行可以寫成文辭流傳給後代，父親這方面的情況先生您是了解的。」我說：「是的，衛尉公的墓道應當得到誌銘很久了。」我於是寫成散序又撰成銘詩。散序是這樣說的：

公姓李氏，故隴西❶人。七世祖諱某，始遷於光山❷。五世祖諱某，以其郡人王閩❸，從之，始為建安❹人。曾祖諱某，祖諱某，皆不仕。考諱某❺，嘗仕江南李氏，稍顯矣。江南國除，又舉進士，中等，以殿中丞致仕。有學行，名能知人，贈其父大理評事，而己亦以子貴，贈至吏部尚書。遊豫章❻，樂其湖山，曰：「吾必終於此。」於是又始為豫章人。尚書之子，伯曰虛己，官至尚書工部侍郎，以才能聞天下。其季則公也。

【章旨】本段敘李虛舟的家世出身。

【注釋】❶隴西　古郡名，轄區在今甘肅東南部，魏以後治所在襄武（今甘肅隴西）。❷光山　今河南光山治。❸其郡人王閩　唐末光州固始人王審知隨其兄王潮起兵，入據福建。潮死，審知繼任唐威武軍節度使，盡有今福建之地。後梁開平三年封為閩王。光山與固始時同屬光州，故說是「郡人」。據〈李虛己傳〉，其五世祖為李盈。❹建安　今福建建甌。❺考諱某　《宋史・李虛己傳》曰：父寅有清節，仕江南李氏至諸司使，江南國除，授殿前承旨，辭不拜。舉進士起家為衢州司理參軍，母老棄官以歸。❻豫章　郡名，治所在今江西南昌。

【語譯】公姓李，原來是隴西人。七代祖先名某，才遷移到光山。五代祖先名某，因為同郡人在閩地為王，所以去追隨他，開始成為建安人。曾祖父名某，祖父名某，都沒有做官。父親名某，曾經在南唐李氏做官，漸漸顯赫起來。南唐國滅，又參加進士考試，得中二等，後在殿中丞任上退休。有學問，有品行，姓名能為人所知，贈封他的父親為大理評事，而他自己也因為兒子貴顯，贈封到吏部尚書。他到豫章遊歷，喜愛那兒的湖光山色，說：「我一定要安葬在這裡。」於是又開始成為豫章人。尚書的兒子，老大名虛己，官做到尚書省工部侍郎，憑藉才能而天下聞名。那老二，就是李公了。

公諱某，字公濟。少篤學，讀書兼晝夜不息。一以進士舉，不中，即以兄蔭，為郊社齋郎。再選福州❶閩清❷、洪州❸靖安❹縣尉，有能名。遷饒州❺餘干❻縣令，至則毀淫祠，取其材以為孔子廟，率縣人之秀者與於學。豪宗大姓，斂手不敢犯法。州將、部使者奏乞與京官，移之劇縣，不報，而坐不覺獄卒殺人以免。當是時，侍郎方以分司就第。公曰：「吾兄老矣，我得朝夕從之游，以灑掃先人廬冢，尚何求而仕？」遂止不復言仕。侍郎之卒也，天子以公試祕書省校書郎，知江州❼德安❽縣事。辭不就。後嘗一至京師，大臣交口勸說，欲官之，終以其不可強也。而晏元獻公❾為公請，乃除太子洗馬❿致仕。

【章　旨】本段敘述李虛舟的仕宦經歷和治理才幹。

【注　釋】❶福州　州治在閩縣，今福建福州。❷閩清　今屬福建。❸洪州　州治在豫章。❹靖安　今屬江西。❺饒州　州治鄱陽，今江西波陽。❻餘干　今屬江西。❼江州　州治在德化，今江西九江。❽德安　今屬江西。❾晏元獻公　即晏殊。❿太子洗馬　東宮屬官。

【語　譯】公名某，字公濟。少年時期就勤學苦讀，讀書常夜以繼日不稍休息。一次被推舉參加進士考試，沒有考上，就憑藉兄長做官恩蔭，擔任郊社齋郎。再被選任福州閩清、洪州靖安兩縣的縣尉，有能幹的美名。

提升為饒州餘干縣的縣令。他一到餘干就拆毀那些濫祭各種鬼神的祠廟，拿那修廟的材料來修建孔子廟，率領縣裡優秀人員興起讀書求學的風氣。那些豪強大家族，都縮手不敢犯法。州的守將，吏部來巡視的使者，奏報朝廷請求授予李公京官頭銜，調去治理事務繁雜的大縣，朝廷沒有答復，卻因未察覺獄卒殺人的過失被免官。在這時，其兄工部侍郎李虛己正以南京分司官的名義回到家中。李公說：「我的兄長老了，我應當早晚陪伴他遊玩，來打掃先人的房屋墳墓，還追求什麼而出來做官？」於是停止不再談做官的事。侍郎死的時候，天子用李公代理祕書省校書郎，任江州德安縣知縣。李公推辭不肯就職。以後曾經到京師一次，大臣們人人勸說，想叫他出來做官，終於因李公不同意無法強迫。而晏元獻公替他請求，於是授給他太子洗馬的官銜准他退休。

初尚書未老，棄其官以歸。至侍郎及公之退也，亦皆未老。自尚書至公，再世皆有子，而皆以嚴治其家如吏治。江西士大夫慕其世德，稱其家法。蓋近世士多外自藩飾❶為聲名，而內實罕能治其家。及老，往往顧利冒恥❷，不知休息。公獨父子兄弟能如此。嗚呼，其可謂賢於人也已！

【章旨】本段敘李虛舟的為人，側重在他嚴於治家、不貪利祿的品德。

【注釋】❶藩飾　掩飾；做作。❷冒恥　包羞忍恥。

【語譯】當初，贈吏部尚書李寅年紀不老，便拋棄他的官職而歸家。等到李寅二子侍郎和李公退休的時候，也都還沒有老。從尚書到李公，兩代都有兒子，也都以治家嚴謹如同治理官府一樣。江西的士大夫都仰慕他家的傳統美德，讚揚他家的規矩法度。大概近代讀書人多數外表上自我遮飾做作以求取好的名聲，而骨子裡實在少有能治理好家庭的。到老了，往往貪戀利祿而包羞忍恥，不知道退休。只有李公父子兄弟能做到這樣。唉，他們可說是超過他人了。

公事親孝，比遭大喪，廬墓六年然後已。事兄與其寡姊，衣食藥物，必躬親之。及公老矣，二子就養，如公之為子弟也。寬，嘗為江、浙等路❶提點鑄錢坑冶，又嘗提點江南西路刑獄。定❷亦再為洪州官，不去左右者十二年。皆以才能為世聞人。以恩遷公官至尚書虞部郎中❸，階至朝奉郎❹，勳至護軍❺。以嘉祐四年七月某甲子，卒於豫章之第室，年八十九。

【章旨】本段主要敘述李虛舟晚年所受兒女的孝敬和朝廷的恩賞。

【注釋】❶江浙等路　江指江南路，治所在江寧。天聖八年分為東、西兩路，江南東路治江寧，江南西路治洪州。浙指兩浙路，治所在杭州。❷定　李定，北宋有兩個李定，一為揚州人，曾告發蘇軾作詩譏刺朝政，使蘇軾幾乎被殺。一是此李定，洪州人，曾揭發蘇舜欽以賣故紙公款舉行賽神宴，製造重大冤案。所以王安石只說他有才能而不提其德行。❸虞部郎中　工部的屬官，主管山林苑囿，供應百官時蔬薪炭及朝廷馬廄草料等。此處只是贈給頭銜。❹朝奉郎　正六品。❺護軍　勳級十二級中的從三品。

【語譯】李公侍奉雙親孝順，接連遇到父母亡故的喪事，築小室在墓旁守喪六年之後才停止。服事兄長同他的寡居的姐姐，所有衣食藥物方面的事，他一定親自過問。到他老了，他的兩個兒子就近奉養他，就像李公當時做兒子做弟弟一樣。李寬，曾經做過監督管理江南東西路、兩浙路鑄錢礦坑、治煉場的官，又曾任提點江南西路刑獄。李定也兩度任洪州地方的官職，不離開李公的身邊達十二年之久。兩人都憑藉才能成為當時的名人。由於恩賞而提升李公的官職到尚書省虞部郎中，官階到朝奉郎，勳級到護軍。李公在嘉祐四年七月某日，去世於豫章的府第內，享年八十九歲。

夫人長壽縣❶君趙氏，先公卒八年，既葬矣。五年某月某甲子，以公葬於夫人之墓左，曰雷岡，在新建縣❷之桃花鄉新里。夫人故衢州❸人，某官湘❹之女。湘有文行，尚書與為友，故為公娶其女。子三人：寬、定、實。實守祕書省正字，早世。於公之葬也，寬為尚書司勳員外郎❺，定為尚書庫部員外郎❻。女子二人，已嫁。孫二十有一人，曾孫十有五人，皆率公教無違者。公既葬，而二子以恩贈公衛尉卿云。銘曰：

【章　旨】本段敘李虛舟妻室及子孫的情況。

【注　釋】❶長壽縣　在今重慶市東北長壽縣。❷新建縣　洪州屬縣，今屬江西。❸衢州　治所在今浙江衢縣。❹湘　趙湘，趙抃的祖父，字叔靈，衢州人，曾中進士，任廬江尉。❺司勳員外郎　吏部第三司官員，掌管官吏的勳級。❻庫部員外郎　庫部為兵部第四司，掌管兵器儀仗。

【語　譯】夫人長壽縣君趙氏，比李公先八年去世，已經安葬過了。嘉祐五年某月某日，將李公葬在夫人墳墓的左邊，名叫雷岡，地在新建縣的桃花鄉新里。夫人本衢州人，曾任某某官的趙湘之女。趙湘有文才美德，尚書同他是朋友，所以替李公娶了他的女兒。李公的兒子三人：李寬、李定、李實。李實任祕書省正字，早死。在公葬的時候，李寬任尚書司勳員外郎，李定為尚書庫部員外郎。女兒二人，已經出嫁。孫二十一人，曾孫一十五人，都遵循李公的教誡沒有違背的。李公已安葬，而兩個兒子因逢恩賞追贈李公為衛尉寺卿。銘詩如下：

李世大家，隴西其先。於唐之季，再世光山。移遯於閩，嶺海之間。乃生尚書，節行有偉。始來江南，考室❶章水❷。繩繩二子，隱顯兼榮。孰多厚祿？其季維卿。幼壯躬孝，唯君之踐。能不盡用，止於一縣。退以德義，釐身於家。外內肅雝，人不疵嗟。亦有二子，維天子使。父曰：「往矣，致而臣身。」子曰：「歸哉，以寧吾親。」以卒其婦，左右恂恂。以官就侍，天子之仁。既具祉福，考終大耄❸。追榮於幽，乃賜卿號。伐石西山❹，作為螭龜❺。營之墓上，勒此銘詩。

【章旨】銘詩總括全文大意，主要表彰李氏的家法。

【注釋】❶考室　宮室落成時所行的祭禮。此指定居。考，成也。❷章水　贛江的西源。❸耄　八、九十歲稱為耄。❹西山　在南昌府新建縣西，一名南昌山。❺螭龜　指碑碣，古代五品以上立碑，螭首龜趺，即螭頭裝飾和龜形碑座。螭，無角的龍。

【語譯】李氏是世代的大族，隴西住著他的祖先。一直到唐代的末年，有兩代人定居光山。遷徙避亂來到閩中，在山嶺和大海之間。就在這裡誕生尚書，他的節操令人欽仰。尚書開始來到江南，築室定居章水之旁。兩個恭敬謹慎兒子，隱居貴顯同享榮光。是誰享有最多福祿？是小弟您衛尉寺卿。從小到大親行孝道，這只有您身體力行。您的才能沒全發揮，任職止於一屆縣令。遵行德義早早退休，住在家裡修養身心。由外而內恭敬和睦，旁人沒有半句譏評。李公也有兩個兒子，聽憑天子安排使用。父親說：「出去做官吧，你們身軀交給聖君。」兒子說：「我要回來啊，要使父親活得康寧。」就帶領著他的妻子，在父身邊侍奉恭順。做官身分就近養親，表現天子莫大仁心。已經得到無上幸福，又活到耄耋的高齡。追贈榮號九泉幽冥，於是賜給卿的官稱。西山採來堅牢石料，作成墓碑螭頭龜座。建在您的墓道之上，鐫刻上這敘文詩銘。

【研　析】本文明確標出序與銘，而序之前又有序，交代立碑的原由與背景，這樣把全文明白劃分為三個部分。而三部分有一個內容縱貫其間，承上啟下，這就是李氏父賢子孝的家法和世德。舉凡家世、歷官、為人及妻室子女等項，都被這一根紅線串通起來，成為一個磊磊如貫珠的整體。開頭引述制詞，就提出「勸天下之為人父」和「慰孝子之心」，以父賢子孝引起話題，接著敘家世，「贈其父大理評事，而已亦以子貴，贈至吏部尚書」一句，溝通三代，文章也氣脈不斷。敘李虛舟的做官經歷，而著重寫他因兄老而退職歸家，不復言仕。也就是銘詩中所謂「退以德義，釐身於家」。接下來的一段，作者就李氏父子兄弟未老即退休稍加發揮，稍作議論，對比一般士人的外多藩飾而內罕能治其家，以突出李氏父子的賢良，是全文的點睛之筆。文章以虛舟為中心，此前各段往往上連其父；以下各段，「及公老矣，二子就養，如公之為子弟也」，「皆率公教無違者」，「父曰：『往矣，致而臣身。』」，「子曰：『歸哉，以寧吾親。』」，都由虛舟而下及其子孫。這樣各段的內容不同，卻有共同的主旨。這種以一個主旨使全文貫通的寫法，是值得吸取的。

廣西轉運使孫君墓碑

王介甫

【題　解】廣西即廣南西路，治所設桂州，即今之桂林市。轉運使的名稱起於唐玄宗開元末，本為轉運江淮一帶的米糧錢物以供應京城而特設的官職，到了宋代，由專業理財的官變成了掌管一路的高級地方行政長官。

孫君為孫抗（西元一〇〇二—一〇五七年），字和叔，歙州黟縣人。孫抗在宋仁宗嘉祐二年死於廣西轉運使任上，同年安葬，而墓碑銘詩開頭稱「在仁宗世」，似是追敘口氣，且用諡號，因此墓碑應是英宗即位後才刻的。以英宗治平年間（西元一〇六四—一〇六七年）王安石在江寧守孝時所作最為可能。文中敘述到仁宗時僮族首領儂智高造反的歷史和歙州黟縣一帶逐漸開化的情況，有一定的認識價值。但材料全由其子孫邈提供，恐不無溢美之處。

君少學問勤苦，寄食浮屠❶山中，步行借書數百里，升樓誦之而去其階。蓋數年而具眾經，後遂博極天下之書。屬文，操筆布紙，謂為方思，而數百千言已就。

【章旨】本段敘孫抗少年時代刻苦攻讀的情況。

【注釋】❶浮屠 寺廟。

【語譯】孫君少年時期讀書求學勤奮刻苦，寄居在山中的一個寺廟裡，步行到幾百里遠的地方借書，登樓誦讀而把階梯撤掉。這樣幾年於是掌握了各種經書，後來就進一步廣泛涉獵天下所有的書籍。寫作文章，拿起筆，鋪開紙，說是正在考慮，可是幾百上千字的文章已經寫成。

以天聖❶五年，同學究出身❷，補滁州❸來安縣❹主簿，洪州右司理。再舉進士甲科，遷大理寺丞，知常州❺晉陵縣，移知潯州❻。潯當是時，人未趨學，乃改作廟學，召吏民子弟之秀者，親為據案講說，誘勸以文藝。居未幾，旁州士皆來學，學者由此遂多。以選，通判耀州❼。兵士有訟財而不直者，安撫使以為直，君爭之不得，乃奏決於大理。大理以君所爭為是，而用君議，編於敕。慶曆二年，擢為監察御史裡行❽。於是奏彈狄青❾不當沮敗劉滬水洛城事❿。又因日食言陰盛，以後宮為戒。仁宗大獵於城南，衛士不及整而歸以夜，明日將復出，有雉隕於殿中。君奏疏，即是夜有詔止獵。蠻唐和⓫寇湖南，以君安撫，奏事有所不合，因自劾。乃知復州⓬，又通判金州⓭，知漢陽軍吉州⓮。稍遷至尚書都官員外郎，提點江南西路刑獄。有言常平⓯，歲凶當稍貴其粟以利糴本者，詔從之；君言此非常平本意也，詔又從之。

【章旨】本段敘孫抗的仕宦經歷及其治理地方、議論政事的成績。

【注釋】❶天聖　宋仁宗年號。五年為西元一〇二七年。❷同學究出身　學究是宋時禮部貢舉十科之一，即「學究一經」科目的簡稱。宋代科舉成績好的稱「及第」，稍次者賜「出身」及「同出身」。❸滁州　治清流，即今安徽滁州。❹來安縣　今屬安徽。❺常州　治晉陵，即今江蘇常州。❻潯州　治所在今廣西桂平。❼耀州　治華原，今陝西耀縣。潯州是下州，耀州地位重要，所以孫抗由潯州知州升為耀州通判。❽監察御史裡行　官名，授予監察御史中資歷較淺的人。據沈欽韓《王荊公文集注》云：「此碑云慶曆二年，蓋誤。」據《續資治通鑑長編》原注，孫抗任監察御史裡行，當在慶曆四年十二月。❾狄青　宋汾州西河人，字漢臣。曾為延州指揮使，勇而有謀，范仲淹教以兵法，後多立戰功，官至樞密使，威名卓著，死諡武襄公。❿水洛城事　水洛故城在今甘肅中部。陝西四路都總管鄭戩派劉滬、董士廉在此築城，以通秦渭援兵。渭州知州尹洙以城寨多分散兵力反對築城，曾派狄青逮捕劉滬等。⓫唐和　傜族首領。唐和犯湖南在慶曆五年。這年冬天朝廷曾派孫抗為荊湖南路體量安撫。⓬復州　治景陵，今湖北天門。⓭金州　治西城，今陝西安康。⓮吉州　治廬陵，今江西吉安。⓯常平　漢宣帝時於邊郡築糧倉，穀賤時以高價糴入，貴時減價糶出，以平易糧價，稱「常平倉」，後世因之。

【語譯】天聖五年，他被賜予同學究出身，委任為滁州來安縣主簿，洪州右司理。又參加進士考試錄取高等，升任大理寺丞，常州晉陵縣知縣，又調任潯州知州。潯州在這時，人們還沒有注重讀書求學，於是便改建孔廟成為學堂，召集官民子弟中的優秀者，親自替他們坐在課桌上講說，用讀書作文的技藝誘導鼓勵他們。過了沒多久，附近州縣的讀書人都來這裡求學，上學的人因此就多了起來。經由考察選拔，孫君被升調耀州通判。耀州兵士中有因為財物而打官司判決得不公正的，可安撫使認為判決是公正的，孫君與他爭辯而沒有結果，就上報請大理寺決斷。大理寺認為孫君所爭辯的是正確的，於是採納了他的意見，並將此事編寫入律令。

慶曆二年，升任監察御史裡行。孫君於是上書彈劾狄青不應當阻撓破壞劉滬修築水洛城一事。又利用日蝕議論陰氣太盛，用後宮嬪妃太多寵幸太過告誡皇上。仁宗在城南大規模狩獵，衛士來不及列隊因而在夜間返回，第二天打算再出外，這時有野雞掉落在宮殿上。孫君上書勸諫，仁宗就在這天夜裡下詔書宣布停止射獵。南方蠻族唐和進擾湖南，任命孫君作為安撫使臣，他上奏報告事情有與實際不合之處，因此自行劾責。於是出任復州知州，又調為金州通判，遷漢陽軍吉州知州。逐步升遷到尚書都官員外郎，提點江南西路刑獄。有人提議常平倉，年成不好時應當稍微提高粟價以便有利於擴充糴入的本金，皇帝下詔聽從這種意見；孫君說這不是設立常平倉的本意，仁宗下詔又採納了他的意見。

儂智高❶反，君即出兵二千於嶺，以助英、韶❷。會除廣西轉運使，馳至所部，而智高方熾，天子出大臣部諸將兵數萬擊之。君驅散亡殘敗之吏民，轉芻米於惶擾卒❸急之間。又以餘力督守吏治城塹，修器械。屬州多完，而師飽以有功，君勞居多。以勞遷尚書司封員外郎❹。初，君請斬大將之北者，發騎軍以討賊。及後賊所以破滅，皆如君計策。軍罷而人重困，方恃君綏撫，君乘險阻，冒瘴毒，經理出入，啟居無時。以嘉祐二年❺二月七日卒於治所，年五十六。官至尚書工部郎中，散官至朝奉郎，勳至上輕車都尉。

【章旨】本段敘孫抗任廣西轉運使參與平定儂智高的功績及其死亡。

【注釋】❶儂智高　僮族首領，原居於廣源州，治所在今越南高平省廣淵，仁宗慶曆年間徙安德州（今廣西靖西境）建「南天國」政權，皇祐四年（西元一〇五二年）起兵反宋，攻陷邕州（今廣西南寧），自立為「仁惠皇帝」。第二年為狄青所敗，退走雲南大理，不知所終。❷英韶　英州治真陽，今廣東英德，韶州治曲江，今屬廣東。❸卒　同「猝」。❹司封員外郎　司封為吏部第四司，掌封官、敘贈、承襲等事。❺嘉祐二年　一作皇祐三年（西元一〇五一年）或皇祐五年。儂智高反在皇祐四年，五年正月平定，所以孫抗死於皇祐三年，則不可能參與平亂。從文中「乘險阻，冒瘴毒，經理出入，啟居無時」等語是敘述平亂之後的活動來看，以死於嘉祐二年（西元一〇五七年）可能性大。

【語譯】儂智高造反，孫君立即出兵二千到嶺南地區，以聲援英州、韶州。恰遇上被任命為廣西轉運使，騎馬奔到所管轄的地方，而儂智高的氣燄正盛，天子派出大臣統率各路將領所帶的兵數萬進剿儂智高。孫君督促著散失逃亡受傷殘廢的官民，在恐懼驚擾倉促急迫的情況下輸送草料米糧，又用剩下的精力督責守城的官吏修治城池，整理器械。他所統屬的州縣多保存完好，而且軍隊吃得飽因而作戰有功，孫君的功勞居多。憑著勞績升為尚書司封員外郎。起初，孫君請求殺掉那些打敗仗的大將，調發騎兵來征討叛賊。到後來敵人之所以被攻破消滅，都按照了他的計策。戰事雖然停止，但是老百姓陷入重重困難，正要依靠他來安定撫慰，孫君攀越險阻的山路，冒著瘴氣的毒害，經管多種收入支出，作息沒有一定的時刻。終於在嘉祐二年二月七日在治所去世，享年五十六歲。官最後做到尚書工部郎中，官階到朝奉郎，勳級到了上輕車都尉。

君所為州，整齊其大體，闊略其細故。與賓客談說，弦歌飲酒，往往終日。而能聽用佐屬盡其力，事以不廢。在御史言事，計曲直利害如何，不顧望大臣❶，以此無助。所為文，自少及終，以類集之，至百卷。天德、地業、人事之治，掇拾貫穿，無所不言，而詩為多。

【章　旨】本段敘孫抗為人與作文的特色。

【注　釋】❶大臣　如章德象等。章德象仁宗時與韓琦、富弼、范仲淹同為宰相，章在革新政治方面無所建樹，當時為御史的孫抗曾多次上書請求罷免他。事見《宋史》卷三一一〈章德象傳〉。

【語　譯】孫君治理的州郡，只整頓統一全州的重大政務，不苛求那些細微末節。他常同賓客們說話，奏樂飲酒，往往成天如此。但是能信任助手下屬而充分發揮他們的力量，政事因此也不曾荒廢。在御史臺議論政事的時候，只考慮事情的是非好壞如何，而不揣摩大臣的意向，因此沒有人支持。孫君寫的文章，從少年時到病故，按不同類別編集起來，有百卷之多。舉凡上天的變化，大地的產物，人類社會的治理，統統搜羅採摘，融會貫通，沒有什麼不討論，但以詩歌為最多。

君諱抗，字和叔，姓孫氏。得姓於衛❶，得望於富春❷。其在黟縣❸，自君之高祖棄廣陵❹以避孫儒❺之亂，至君曾大父諱師睦，以善治生致富。歲饑，賤出米穀，以斗升付糴者，得歡心於鄉里。大父諱旦，始盡棄其產，而能招士以教子。父諱遂良，當終時，君始十餘歲。後以君故，贈尚書職方員外郎❻。君初娶張氏，又娶吳氏，又娶舒氏，封太康縣君。五男子：適、邈、迪、适、遘。適嘗從予遊，年十四，論議著書，足以驚人，終永州❼軍事推官❽。邈，今潞州❾上黨縣令，亦好學能文。狀君行以求銘者，邈也。君之卒也，天子以适試祕書省校書郎。二女子，一嫁試祕書省校書郎❿李簡夫，一尚幼⓫。君以其卒之年十二月二十五日葬黟縣懷遠鄉上林村。

【章　旨】本段敘孫抗的姓氏先人及妻室子女情況。

【注　釋】❶得姓於衛　據《元和姓纂》卷四載，孫姓是周文王第八子衛康叔的後代。❷富春　今浙江富陽。《新唐書・宰相世系表》稱戰國孫武之子明「食采於富春，自是世為富春人」。孫堅、孫策、孫權皆為其後。❸黟縣　今屬安徽。❹廣陵　今江蘇揚州。❺孫儒　河南人，唐僖宗文德元年殺死主將秦宗權攻破揚州，自立為淮南節度使。❻職方員外郎　兵部第二司官員。❼永州　今湖南永州。❽軍事推官　負責軍事的僚佐。❾潞州　治上黨，今山西長治。❿校書郎　原注說：一本作「太廟齋郎」。⓫一尚幼　原注說：一本作「嫁進士鄭安平」。

【語　譯】君名抗，字和叔，姓孫。孫姓是從周朝衛康叔而來的，在富春成為望族。孫姓在黟縣，從孫君的高祖父放棄廣陵以逃避孫儒之亂起，到孫君的曾祖父名師睦，因為善於經營產業致富。年歲饑荒，他就低價拋售米穀，將斗斛升筒交給糴米的人自量，得到鄉親父老的愛戴。祖父名旦，才全都放棄自己的產業，並能夠招聘讀書人教育子弟。父親名遂良，在他死的時候，孫君才十多歲。後來因為孫君做官的原故，贈為尚書省職方員外郎。孫君首先娶妻張氏，繼娶吳氏，後娶舒氏，舒氏封為太康縣君。五個兒子：適、邈、迪、适、遘。孫適曾經跟隨我遊學，年只十四歲，議論著述，已足夠令人吃驚，最終做到永州軍事推官。孫邈現任潞州上黨縣令，也喜歡讀書，會寫文章。寫出孫君的行狀來請求撰墓誌銘的，就是孫邈。孫君死後，天子用孫适作為試用的祕書省校書郎。兩個女兒，一個嫁給試祕書省校書郎李簡夫，一個還小。孫君在他死的那年十二月二十五日葬於黟縣懷遠鄉的上林村。

歙之為州，在山嶺澗谷崎嶇之中。自去五代之亂百年，名士大夫亦往往而出，然不能多也。黟尤僻陋，中州能人賢士之所不至。君孤童子，徒步宦學❶，終以就立，為朝廷顯用。論次終始，作為銘詩，豈特以顯孫氏而慰其子孫？乃亦以詒❷其鄉里。銘曰：

【章　旨】本段就地方的僻陋論述孫抗成功的難得，以顯樹碑的意義。

【注　釋】❶宦學　指求學與應試。❷詒　通「貽」。贈。

【語　譯】歙州作為一個州，座落在曲折險阻的山嶺澗谷中間。自從脫離五代的動亂百年以來，有名望的士大夫也往往出現，但是出得不多。黟縣尤其偏僻閉塞，是中原地方的能人賢士所不到的地方。孫君作為一個孤兒，步行求學應考，終於取得成功有所建樹，被朝廷顯赫委用。論列孫君的生平事跡，寫作銘詩，難道只是為了表彰孫氏和安慰他的子孫嗎？也是為了贈送給這兒的鄉親父老。銘詩如下：

在仁宗世，蠻跳❶不制。餽師牧民，實有膚使❷。踐艱乘危，絛變畫奇。瘝毒既除，膏熨以治。方遷既隕，哀暨山夷。維此膚使，文優以仕。祿則不殖，其書滿笥。書藏於家，銘在墓前。以告黟人，孫氏之阡。

【章 旨】銘詩側重歌頌孫抗參與平亂的艱辛和貢獻，以及他清廉自潔的官品。

【注 釋】❶跳 跳踉。猶言「蠢動」。❷膚使 膚，美。使，指轉運使。

【語 譯】仁宗皇帝之時，蠻族不受節制。供軍需安百姓，有賴轉運大使。親歷艱難險阻，應變謀劃奇策。膿瘡已經除去，再用膏藥敷治。正要提拔重用，你卻突然隕墜，山夷為之哀慟。這位出色大使，文才傑出得官。不求俸祿增多。你的著書滿架。書籍珍藏家裡，碑銘刻在墓前。以此告訴黟人，這是孫君墳塋。

【研 析】王安石這篇碑文起筆突兀生動，不敘官稱姓字，也不述刻碑的緣起，直說「君少學問勤苦」，抓住步行數百里借書，升樓誦之而去其階兩個有特色的細節，為「勤苦」二字作出生動的注解，於是孫君涉獵的廣博、學問的深厚，乃至下文著述內容豐富，天德地業人事之治無所不言，銘詩中「文優以仕」的評語等等，便都有了根基。中間敘歷官、政績、為人為文、家世子女等，語言簡勁有力，往往在敘事中適當點綴著色，暗伏論述評價。如作耀州通判時對兵士訟財的判決，與安撫使意見相左，奏決於大理。固然顯示了孫抗意見正確，更暗示他具有不畏權勢、敢於堅持的精神。又如「儂智高反，君即出兵二千於嶺，以助英、韶」，可見他胸懷全局，行動果決。寫他為綏撫百姓而乘險阻、冒毒瘴，下面緊接著寫他卒於治所，雖不明言，而勞累至死的評判隱然可見。文章末尾，借歙州黟縣地方的僻陋生發議論，以見孫抗特起的艱難、對地方的鼓舞示範作用，從而說明樹碑立傳不止對孫氏一家有意義，「乃亦以詒其鄉里」，也是全篇以敘事為主的碑文中閃光生色的段落。

寶文閣待制常公墓表

王介甫

【題解】寶文閣是宋朝一處殿閣名，舊稱壽昌閣，慶曆中改名寶文閣，英宗即位，將仁宗御書御集保存於此。神宗即位才置學士、直學士、待制等恩寵侍從之臣。常公名秩（西元一〇一二—一〇七七年），字夷甫，宋汝陰（今安徽阜陽）人。曾參加進士考試不中，即隱居二十餘年，不求仕進，以經學著稱，尤長於《春秋》。他與比他年長的歐陽修、比他年小的王安石都有很好的交情。歐陽修等在仁宗時推薦他出來做官，他推辭不就，他的人品頗為士大夫所推重。直到神宗熙寧四年（西元一〇七一年），在詔書的嚴厲督責下才進京入對，神宗任為右正言直集賢院，做了幾年官才因病死去。因為和王安石的親密關係，所以《宋史》傳記及一些對王安石變法有成見的學者的記載，對常秩的人品頗有譏嘲不實的敘述，讀者應有所斟酌。

右正言❶、寶文閣待制、特贈右諫議大夫❷汝陰常公，以熙寧❸十年二月己酉卒。以五月壬申葬。臨川❹王某誌其墓曰：

【章旨】本段敘常秩的官稱籍貫卒葬年月。

【注釋】❶右正言　諫官，屬中書省。❷右諫議大夫　左右諫議大夫職責與左右正言、左右司諫同，都是掌規諫諷諭，對朝政缺失、用人不當等可以提出意見。正言、司諫為七品，諫議大夫為從四品。❸熙寧　宋神宗趙頊年號。十年為西元一〇七七年。又：此年二月無己酉，疑為乙酉，即二十八日之誤。而李承淵本則逕作「乙酉」，應予更正。此年五月壬申，即五月二十八日。❹臨川　縣名，今屬江西。

【語譯】右正言、寶文閣待制、特贈右諫議大夫汝陰常公，於熙寧十年二月乙酉日去世，於五月壬申日安葬。

臨川王某為他撰寫墓碑說：

公學不期言也，正其行而已；行不期聞也，信❶其義而已。所不取也，可使貪者矜焉，而非彫斲以為廉；所不為也，可使弱者立焉，而非矯抗以為勇。官之❷而不事，召之而不赴，或曰：「必退者也，終此而已矣。」及為今天子❸所禮，則出而應焉。於是天子悅其至，虛己而問焉。使蒞諫職，以觀其迪己也；使董學政，以觀其造士也。公所言乎上者無傳，然皆知其忠而不阿；所施乎下者無助，然皆見其正而不苟。《詩》曰：「胡不萬年❹？」惜乎既病而歸死也。自周道隱，觀學者所取舍，大抵時所好也。違俗而適己，獨行而特起，嗚呼！公賢遠矣。傳載公久，莫如以石。石可磨也，亦可泐❺也，謂公且朽，不可得也。

【章旨】碑文側重歌頌常秩高尚的人品，給予了極高的評價。

【注釋】❶信　通「伸」。❷官之　仁宗嘉祐年間，歐陽修向朝廷推薦常秩，仁宗曾授予國子監直講及大理評事、知長葛縣等官職，秩皆不就。❸今天子　指神宗。《東都事略・隱逸傳》載：「神宗聞其（指秩）名，詔有司以禮敦遣。秩入對，神宗以為右正言、直集賢院。」❹胡不萬年　《詩經・曹風・鳲鳩》中的詩句，願賢者萬壽無疆之意。❺泐　石頭依紋理裂散。

【語譯】常公讀書治學不是寄希望於得到好評，不過是借以端正自己的行為罷了；端正行為不是寄希望於獲取聲名，不過是伸張自己的道義罷了。常公所不肯獲取的東西，足以使貪婪的人有所收斂，而並非刻意修飾來表現自己的廉潔；常公所拒絕做的事情，足以使懦弱的人有以自立，而並非假作剛直來表現自己的勇敢。授予官職他不肯做，召他進京不肯往，有人說：「常公一定是退隱之士，終生就是這樣罷了。」直到被當今天子所禮待，他才出來應召。於是天子欣喜他的來到，虛心誠懇地向他請教。讓他擔任諫官的職位，考察他如何啟迪自己；讓他督察學政，考察他如何造就人才。常公對皇上進言的話沒有流傳，但人們都知道他忠貞卻不迎合；常公對下屬的施與沒人贊助，可是人們都看到他嚴正而不苟且。《詩經》裡說：「為什麼不讓他長壽萬年呢？」是痛惜他既已生病回家就死去啊。自從周代的道德衰微以來，看學者追求什麼捨棄什麼，大致都是世俗所愛好的。違抗世俗，但求自己適合，獨立行事，獨自奮起，唉！常公的賢良遠遠超出一般了。記載常公的事跡要長久流傳，沒有什麼比刻石立碑更好的了。石碑也可以磨損，也可能散裂，認為常公也會隨之朽滅，那是不可能的事啊！

【研　析】這篇碑文在王安石的碑誌中別具一格，首先，有關死者名字，家世，妻室子女等概不涉及，只對人物的品德和行為作出敘述和評價；第二，在敘述和評價兩者之中，又以評價為主，常秩在仁宗朝辭官不做，在神宗時不得已而應召等情節，都不由敘述而出，只在評讚中暗示而已，所以通篇都用虛筆。茅坤因此說：「通篇無一實事，特點綴虛景百數十言，當屬一別調。」第三，與一般碑誌不同，本文語句多用排偶，但一句之中往往曲折峻峭，因而既保留了古勁的色彩，又具有排偶的旺盛氣勢。採用這種寫法，是因為作者對常秩親近尊重，評價甚高，而常秩名氣很大，一般出處經歷眾人皆知，無需敘述。而作者所應當敘述的政績、建樹，又因常秩一生只在最後五年左右有官職，並且不斷辭官，被動任職，沒有多少內容可寫。所以作者才以虛代實，借助排偶的氣勢和峭勁的語調，使他對人物的崇高評價不至流於空泛，這體現了作者構思上的匠心獨運。至於姚鼐在本文末原注：「秩為諫臣，無所獻替，荊公以所親厚，為之飾詞，然文特峻而曲。」顯然對常秩任官的短暫和被動的心態欠了解，因而有失公允，並且不免把碑文的內容和寫法上的特點割裂開來。

處士征君墓表

王介甫

【題　解】古代稱沒有官職或不願做官的讀書人為處士，文中的征君是一個不出名的普通百姓。碑文沒有寫出他的名和字，只知他姓征，有人說他名叫征集，不知何所依據。

淮之南有善士三人，皆居於真州❶之揚子。杜君者，寓於毉❷，無貧富貴賤，請之輒往。與之財，非義輒謝而不受。時時窮空，幾不能以自存，而未嘗有不足之色。蓋善言性命之理，而其心曠然無累於物。而予嘗與之語，久之而不厭也。徐君，忠信篤實，遇人至謹，雖疾病召筮，不正衣巾不見。寓於筮，日得百數十錢則止，不更筮也。能為詩，亦好屬文，有集若干卷。兩人者，以毉筮故，多為賢士大夫所知，而征君獨不聞於世。

【章　旨】本段借杜、徐二人以醫、筮知名感嘆征君不為人所知。

【注　釋】❶真州　治所在揚子縣（今江蘇儀徵）。❷毉　同「醫」。

【語　譯】淮南地方有三個優秀的讀書人，都住在真州的揚子縣。一位是杜君，託身於醫術，不論貧富貴賤，只要請他他就去。付給他錢財，不是十分合理的他總是推辭而不肯接受。經常陷於貧窮，囊中無物，幾乎到了不能自己生活下去的地步，而他還是從來不表現出不滿足的容色。大概是因為深通天性與命運的道理，因此他的心胸廣闊沒有被外物所牽累。我曾經同他交談，談得很久很久還是不覺得厭倦呢。一位徐君，忠誠信義厚重樸實，待別人特別恭謹，即使自己生病了被人叫去占卦，不把衣服弄整齊他也不見客。他以占卜為生，每天得到百把幾十個錢就停下來，不再占卦。他能寫詩，也愛好寫文章，有詩文集若干卷。這兩個人，因為行醫和占卜的緣故，很為賢良的士大夫所知名，然而征君一個人卻不被世人所了解。

征君者，諱某，字某。事其母夫人至孝。於鄉里，恂恂恭謹，樂振人之窮急，而未嘗與人校曲直。好蓄書，能為詩。有子五人，而教其三人為進士。某今為某官，某今為某官，某亦再貢於鄉。征君與兩人者相為友，至驩而莫逆❶也。兩人者，皆先征君以死，而征君以某年某月某甲子終於家，年七十七。

【章　旨】本段敘述征君的為人、事跡以及他與杜、徐二君的關係。

【注　釋】❶莫逆　彼此同心，沒有矛盾、隔閡。《莊子・大宗師》：「四人（子杞、子輿、子犁、子來）相視而笑，莫逆於心，遂相與為友。」

【語　譯】征君，名某，字某。侍奉他的母親老夫人特別孝順。對於鄉村鄰里，也是和順恭敬毫不怠慢，樂於救助他人的窮困急迫，而且從來不曾同別人計較是是非非。喜歡收藏書籍，會寫詩。有五個兒子，他教誨其中的三個成了進士。某某現在正做著某某官，某某現在正做著某某官，某某也再次被鄉里舉薦。征君同杜、徐兩人互相成為朋友，特別歡洽而沒有隔閡。兩個人，都先於征君而死，而征君在某年某月的某一日死在家裡，享年七十七歲。

噫！古者一鄉之善士必有以貴於一鄉，一國之善士必有以貴於一國，此道亡也久矣。余獨私愛夫三人者，而樂為好事者道之。而征君之子又以請。於是書以遺之，使之鑱❶諸墓上。杜君諱嬰，字太和。徐君諱仲堅，字某。

【章旨】本段感慨善士的難得，申述樹碑的意義。

【注釋】❶鑱 刻。

【語譯】唉！古代一個鄉的優秀士人，一定有在一鄉視為寶貴的特點，一個國家的優秀士人，一定有在一國視為寶貴的特點，這一傳統喪失很久了。我因此獨獨偏愛這三個人，而喜歡給關心世事的人說起他們。並且征君的兒子又用撰寫碑文相請，於是寫了這篇碑文送給他，讓他刻碑立在墓上。杜君諱嬰，字太和。徐君諱仲堅，字某。

【研析】本文為征君立碑，卻先寫杜、徐兩人，而杜以善醫出名，徐以善筮享譽，由此而慨嘆征君的無聞，接著敘述征君的情況，然後指出：「征君與兩人者相為友，至驩而莫逆也。」王文濡評論說：「不可無此連鎖之句。」這兩句確實在文中起著重要的綰合作用。否則三人了不相涉，寫征君而連及二人，豈非蛇足？有了這兩句，則三人同聲相應，相視而笑，成為一體。既然三人為莫逆之交，那麼杜君的不貪和自足，徐君的忠信篤實和遇人至謹，征君都與他們共而有之了。這樣，寫其他兩人，對主要人物征君就起到了豐富和補充的作用。

卷四十九　碑誌類下編　八

給事中孔公墓誌銘

王介甫

【題解】給事中三字原意是在內廷服務，在唐代，給事中是門下省的要員，有權封還不適當的制敕，糾正錯誤的任命。到宋代已經徒具空名了。孔公，指孔道輔（西元九八六—一〇三九年），字原魯，初名延魯，是孔子的四十五代孫。仁宗景祐二年（西元一〇三五年）左右，孔道輔任兗州知州時進封龍圖閣直學士，提升為給事中。孔道輔在當時以不畏權貴，正直敢言著稱，是所謂「骨鯁」之臣。《宋史》卷二九七有他的傳記。本文是仁宗嘉祐七年（西元一〇六二年）安葬孔道輔時所作，距孔道輔之死已二十餘年。王安石在文中讚揚了孔道輔「剛毅諒直」的性格，以及因遭權貴所忌，屢升屢貶的遭遇，是王安石墓誌銘作品中極有名的作品。

宋故朝請大夫❶、給事中、知鄆州❷軍州事、兼管內河隄勸農同群牧使、上護軍❸、魯郡開國侯❹，食邑一千六百戶，實封二百戶，賜紫金魚袋孔公者，尚書工部侍郎、贈尚書吏部侍郎諱勗之子，兗州曲阜縣❺令，襲封文宣公❻，贈兵部尚書諱仁玉之孫，兗州泗水縣❼主簿諱光嗣之曾孫，而孔子之四十五世孫也。

其仕當今天子❽天聖寶元之間❾，以剛毅諒直名聞天下。嘗知諫院❿矣，上書請明肅太后⓫歸政天子，而廷奏樞密使曹利用⓬、上御藥羅崇勳⓭罪狀。當是時，崇勳操權利，與士大夫為市；而利用悍強不遜，內外憚之。嘗為御史中丞⓮矣，皇后郭氏廢，引諫官、御史伏閤以爭，又求見上，皆不許，而固爭之，得罪⓯然後已。蓋公事君之大節如此。此其所以名聞天下，而士大夫多以公不終於大位為天下惜者也。

【章　旨】 本段敘孔道輔的官爵、先世，並總括其事君的大節。

【注　釋】 ❶朝請大夫　文階官名，《宋史・職官志》定為從六品。❷鄆州　宋屬京東路，治所在須城縣，今山東東平治。❸上護軍　勳級十二轉中的正三品。❹開國侯　十二級爵位中的從三品。❺曲阜縣　今山東曲阜。❻文宣公　唐玄宗追封孔子為文宣王，《宋史・禮志》：「景祐二年，詔以孔子四十六代孫宗愿襲封文宣公。至和初，太常博士祖無擇言不可以祖謚而加後嗣，遂詔有司定封宗愿為衍聖公。❼泗水縣　今屬山東。❽今天子　宋仁宗。❾天聖寶元之間　西元一〇二三至一〇四〇年。❿諫院　諫官官署，其名唐代已有，宋代專設諫院，以左右諫議大夫為長官，下有司諫、正言。以其他官職兼領的稱「知諫院」。⓫明肅太后　真宗劉皇后，謚章獻明肅。仁宗即位之初，太后曾垂簾聽政。⓬曹利用　字用之。真宗時拜樞密使，同中書門下平章事。⓭羅崇勳　宦官。《續資治通鑑長編》：「曹利用未敗時，道輔嘗言利用及上御藥羅崇勳，竊弄威權，宜早斥去，以清朝廷。」上御藥，官名，主管皇帝用藥，以宦官充任。⓮御史中丞　御史臺長官，從三品。孔道輔於明道二年（西元一〇三三年）以右諫議大夫身分代理御史中丞。⓯得罪　明道二年，仁宗廢郭皇后，孔道輔率孫祖德、范仲淹等十人詣垂拱殿勸諫，道輔貶知泰州。

【語　譯】 宋朝已故的朝請大夫、給事中、知鄆州軍州事、兼管內河隄勸農同群牧使、上護軍、魯郡開國侯，食邑一千六百戶，實封二百戶，賜穿紫色官服佩金飾魚袋孔公，是尚書工部侍郎、贈尚書吏部侍郎孔勗的兒子，兗州曲阜縣令，繼承文宣公封爵，贈兵部尚書孔仁玉的孫兒，兗州泗水縣主簿孔光嗣的曾孫，並且是孔子的四十五代孫。他做官是在當今皇上天聖年間到寶元年間，以剛正不阿，誠實忠直而天下聞名。他曾經主持過諫院，上書請求明肅太后把政權交還給皇上，而且當廷上奏樞密使曹利用、上御藥羅崇勳的罪狀。在這時候，羅崇勳手握著權勢利益，同士大夫們進行交換；而曹利用蠻橫強暴，毫不謙遜，朝廷內外的人都怕他。孔公又曾做過御史中丞，皇后郭氏被廢，他率領諫官、御史跪在殿門邊勸阻，又要求進見皇上，都不被允許，但還是堅決爭論，直到最後得罪了皇帝才停止。他侍奉君主的重大表現大概就是這樣。這就是他為什麼能名聞天下，當時士大夫大多因為他沒有死在執掌大政的位置上而替天下感到可惜的緣故啊！

公諱道輔，字厚濟❶。初以進士釋褐❷，補寧州❸軍事推官。年少耳，然斷獄議事，已能使老吏憚驚。遂遷大理寺丞，知兗州仙源縣❹事，又有能名。其後嘗直史館，待制龍圖閣，判三司❺理欠憑由司❻、登聞檢院❼、吏部流內銓❽，糾察在京刑獄，知許❾、徐❿、兗⓫、鄆、泰⓬五州，留守南京。而兗、鄆、御史中丞皆再至。所至官治。數以爭職不阿，或絀或遷，而公持一節以終身，蓋未嘗自絀也。

【章　旨】本段敘孔道輔做官的經歷及其才能政績。

【注　釋】❶字厚濟　《宋史・孔道輔傳》稱其字原魯，初名延魯。❷釋褐　即出仕。脫下布衣。褐，指平民穿的粗布衣。

❸寧州　治所在定安，即今甘肅寧縣。❹仙源縣　即曲阜。宋真宗大中祥符五年改曲阜縣為仙源。❺三司　唐宋以戶部、度支、鹽鐵為三司，設三司使為國家最高財政主管。❻理欠憑由司　都理欠司，掌管在京及天下欠負官物的帳目，立限催收。憑由司，掌管京師官物支取報銷。兩司由一人兼判。❼登聞檢院　受理官民章奏表疏的機構，隸屬諫議大夫。❽吏部流內銓　唐宋時一品至九品，稱為「流內」；不入九品者稱為「流外」。流內銓專管各級地方官考察升降，由兩人判其事。❾許　許州治長社，今河南許昌。❿徐　徐州治彭城，今江蘇徐州。⓫兗　兗州治瑕丘縣，今山東兗州。⓬泰　泰州治海陵，今江蘇泰州。

【語譯】孔公名道輔，字厚濟。最初由考中進士步入仕途，任寧州軍事推官。雖然年輕，可是判決案件，議論政事，已經能讓老資格的官吏懼怕吃驚。於是升為大理寺丞，作兗州仙源縣知縣，又有能幹的名聲。此後，曾任直史館，龍圖閣待制，兼任三司的理欠憑由司、登聞檢院、吏部流內銓，糾察在京刑獄，出任許、徐、兗、鄆、泰五州知州，留守南京。而且兗州、鄆州、御史中丞都是兩次到職。所到之處官府的事都辦理得很好。多次因為堅持職守不肯迎合，或降或升，然而孔公堅持一貫的節操至死不變，從來不曾降志辱身啊。

其在兗州也，近臣有獻詩百篇者，執政請除龍圖閣直學士。上曰：「是詩雖多，不如孔某一言。」乃以公為龍圖閣直學士。於是人度公為上所思，且不久於外矣。未幾果復召以為中丞。而宰相❶使人說公稍折節以待遷，公乃告以不能。於是又度公且不得久居中，而公果出。初，開封府吏馮士元❷坐獄，語連大臣❸數人，故移其獄御史。御史劾士元罪止於杖，又多更赦❹。公見上，上固怪士元以小吏與大臣交私，汙朝廷，而所坐如此，而執政又以謂公為大臣道地❺，故出知鄆州。

【章　旨】本段敘孔道輔升御史中丞又出知鄆州的經過，讚揚他持一節以終身的態度。

【注　釋】❶宰相　高步瀛說「宰相乃張士遜」。❷馮士元　仁宗時開封府吏，曾與尚書左丞盛度、光祿卿程琳相勾結，強賣已故樞密副使張遜官第。事發，時宰相張士遜與程琳不合，又恨孔道輔不附己，特意誘使孔道輔為程琳在仁宗前說情，仁宗以為孔道輔與程琳等大臣勾結，大怒，乃將孔貶逐。馮士元也經知府鄭戩治其罪，將其流放沙門島。❸大臣　指程琳、盛度等人。❹更赦　罪行發生在赦免令之前，按法已不能再追究。❺道地　代人疏通，以留餘地。

【語　譯】他在兗州的時候，朝中近臣中有人向皇上獻詩歌百篇，宰相請求任他為龍圖閣直學士。皇上說：「這樣的詩歌雖然多，還抵不上孔某一句話。」就任命孔公作為龍圖閣直學士。於是人們猜測他被皇上所思念，將不會長久在外做地方官了。沒過多久，果真再次召回朝任御史中丞。而宰相派人來勸說公稍稍降低自己的剛直節操來等待升官，孔公卻回答他說這不可能。於是人們又猜度他將不能夠長久在朝中任職。而他果然貶出。起初，開封府的吏員馮士元犯案，供辭中牽連好幾個大臣，所以將案件轉移到御史臺審理。御史彈劾馮士元的罪行最多到受杖責的程度，又多是已經歷過赦免的。孔公晉見皇上，皇上本來就責怪馮士元以小吏的身分與大臣勾結謀私，玷汙朝廷，但判的罪卻這樣輕，而當政者又認為孔公是在為大臣疏通說情，所以將他貶出朝廷任鄆州知州。

公以寶元二年如鄆，道得疾，以十二月壬申卒於滑州❶之韋城❷驛，享年五十四。其後詔追復郭皇后位號，而近臣❸有為上言公明肅太后時事者，上亦記公平生所為，故特贈公尚書工部侍郎。

【章　旨】本段敘孔道輔之死和死後的封贈。

【注　釋】❶滑州　今河南滑縣治。❷韋城　宋時為滑州屬縣，故城在今滑縣東南。❸近臣　指王素，事見《宋史・孔道輔傳》：「已而道輔知為士遜所賣，頗憤惋，時大寒上道，行至韋城發病卒。天下莫不以直道許之。皇祐三年王素因對語及道輔，仁宗思其忠，特贈尚書工部侍郎。」

【語　譯】孔公在寶元二年往鄆州去，半路上染病，於十二月壬申日死在滑州的韋城驛站裡，享年五十四歲。後來皇上下詔追復郭皇后的地位名號，而近臣之中有人對皇上談到孔公在明肅太后聽政時期所做的事，皇上也記起他一生所作所為，所以特別追贈他為尚書工部侍郎。

公夫人金城郡君尚氏，尚書都官員外郎諱賓之女。生二男子：曰淘，今為尚書屯田員外郎❶，曰宗翰，今為太常博士❷，皆有行治，世其家。累贈公金紫光祿大夫❸、尚書兵部侍郎，而以嘉祐七年❹十月壬寅，葬公孔子墓❺之西南百步。

【章　旨】本段敘孔道輔妻室子女的情況。

【注　釋】❶屯田員外郎　工部屬官，掌屯田營田職田學田等各項公田政令。❷太常博士　太常寺屬官，掌祭祀禮儀。❸金紫光祿大夫　文階官正二品。❹嘉祐七年　西元一〇六二年。❺孔子墓　在曲阜縣北孔林內。

【語　譯】孔公的夫人金城郡君尚氏，是尚書都官員外郎尚賓的女兒。生下兩個兒子：一個叫孔淘，現任尚書屯田員外郎，一個叫孔宗翰，現任太常博士，都有好的品行與政績，能繼承孔氏家風。累積贈封孔公為金紫光祿大夫、尚書兵部侍郎，於是在嘉祐七年十月壬寅日安葬於孔子墓西南百步遠的地方。

公廉於財，樂振施，遇故人子，恩厚尤篤，而尤不好鬼神禨祥事。在寧州，道士治真武❶像，有蛇穿其前，數出近人，人傳以為神。州將欲視驗以聞，故率其屬往拜之，而蛇果出。公即舉笏擊蛇殺之，自州將以下皆大驚，已而又皆大服。公由此始知名。然余觀公數處朝廷大議，視禍福無所擇，其智勇有過人者，勝一蛇之妖，何足道哉！世多以此稱公者，故余亦不得而略也。銘曰：

【章　旨】本段總敘孔道輔的為人，特別是其過人的智勇。

【注　釋】❶真武　即玄武，古代神話中北方之神。其形為龜，或云龜蛇合體。《楚辭・遠游》洪興祖補注云：「玄武，謂龜蛇。位在北方，故曰玄；身有鱗甲，故曰武。」後為道教所尊信。宋真宗時因避聖祖趙玄朗名諱，改稱真武。

【語　譯】孔公不貪財，喜歡救濟施捨別人，遇到熟人朋友的兒子，恩遇禮待尤其真誠，而他特別不喜歡鬼神吉凶的荒誕之事。在寧州的時候，有道士製成玄武神像，有蛇從神像胸前穿出，多次出來接近人，人們傳說以為神靈。州的守將想要驗明真假以便報告朝廷，所以帶領他的下屬前去祭拜。而那蛇果然出來。孔公當即舉起奏事的手板將蛇打死，從州的守將以下官吏全都大驚，接著又都萬分佩服。孔公因此開始聞名。但是我觀察孔公幾次處在朝廷的重大爭議面前，都不去選擇哪個是福哪個是禍，他的智勇有超出常人的地方，勝一條蛇的妖邪，哪裡值得一提啊。不過世上人多半拿這件事來稱讚他，所以我也不能略而不說。銘文如下：

展❶也孔公，維志之求。行有險夷❷，不改其輈❸。權彊所忌，讒諂所讎。考終厥位，寵祿優優。維皇好直，是錫公休。序行納銘，為識諸幽。

【章　旨】銘文歌讚孔道輔的剛直而歸美於天子的愛護。

【注　釋】❶展　誠。❷夷　平。❸軔　車轅，泛指為車。

【語　譯】誠實正直的孔公道輔，只求保持高尚的志節。道路有平坦更有險惡，不會改變自己的車轍。權豪勢要之所以忌恨，諂媚之人視你為仇讎。老壽而死在自己官位，享有的寵爵如此優厚。是因為皇上喜愛直臣，因此才賜給美好福祿。敘述其生平收入墓銘，在墳前留作永久記錄。

【研　析】在本文篇末，姚鼐原注引茅坤評論本文為「荊公第一首誌銘，須看他頓挫紆徐，往往序事中伏議論，風神蕭颯處。」又云「於序事中一一點綴而風韻煥發，若順江流而看兩岸之山，古人所謂應接不暇。」茅坤的話兩層意思一貫，但說得比較抽象，不易理解，本文自始至終不離孔道輔剛直不阿、敢於堅持、不計個人利害的大節，使之成為全文的主線，其他廉潔、能幹等等品格，只是略一帶及。而對於剛直的主線，則不僅時時突顯，而且每段有不同的內容和情境，構成不同的層面，起伏頓挫，變化多端。首段先總述，以「剛毅諒直」四字為孔氏一生斷語，接著以「知諫院」「為御史中丞」兩階段大事排比成文，作為有力的證據，最後指出這是孔氏名聞天下、受世人敬重的根本原因。形為敘事，骨子裡是議論，中間「當是時」以下幾句，以權貴的氣燄、士大夫的害怕作為反襯，峭勁逆折，突出了孔道輔正氣凜然的形象。第二段本敘為官經歷，語氣稍平緩，但結尾又轉回主線，說到孔道輔因爭職不阿，多次或絀或遷，而持一節終身未嘗自絀，在高昂中收束。第三段敘從兗州入朝，又從朝廷出知鄆州，所敘的事枝節頗多，背景複雜，而用語簡省，圍繞大節不枝不蔓，突出孔氏不肯折節的意志。更妙在周圍人人看得分明，幾度猜中，難道孔道輔毫無知覺？只是不予考慮，不作規避罷了。這就是敘事中伏議論，而使人物大節光輝煥發。文章後部敘孔氏以笏擊蛇，通過州將以下先大驚後大服，渲染得有聲有色，卻又在議論中加以抹煞，以為不值一提，在起落頓挫中說明只有處大議不擇禍福才是真正的過人智勇。這樣從開頭到末尾，既主線分明，一氣流貫，又姿態各異，氣象萬千。讀這樣的文章，自然會有順江流看兩岸之山，奇峰怪石應接不暇的感覺了。

太子太傅田公墓誌銘

王介甫

【題解】田公指田況（西元一〇〇五—一〇六三年），字元均，宋仁宗嘉祐中曾官至樞密使，不久因病去職，嘉祐八年去世。《宋史》卷二九二有傳。太子太傅為東宮三師之一，位在太子太保之上，太子太師之下，但並無輔導太子的職責，只是作為宰相大臣致仕時的加官。田況在嘉祐四年（西元一〇五九年）罷樞密使，不久即以太子太傅致仕。所以王安石的文集中本文題目寫作〈太子太傅致仕田公墓誌銘〉。田況在當時被認為是具有文才武略的人物，對王安石變法思想的形成可能有一定的影響，王安石對他也很敬重，在這篇墓誌銘中以較長的篇幅全面敘述了田況在守邊、平亂、理財諸方面的業績，畫出了一個大臣形象。

田氏故京兆❶人，後遷信都❷。晉亂❸，公皇祖太傅❹入於契丹。景德❺初，契丹寇澶州❻，略得數百人，以屬皇考太師❼。太師哀憐之，悉縱去。因自脫歸中國。天子以為廷臣，積官至太子率府率❽以終。為人沉悍篤實，不苟為笑語。生八男子，多知名，而公為長子。

【章旨】本段敘田況的家世，祖父與父親的情況。

【注釋】❶京兆　唐京兆府治萬年、長安二縣，今陝西西安。❷信都　古縣名，今河北冀縣。❸晉亂　五代後晉出帝開運三年，契丹大舉入侵，攻陷都城汴京，擄出帝，晉亡。❹皇祖太傅　田況的祖父田行周，太傅是田況顯貴之後贈封的官號。❺景德　宋真宗年號，共四年（西元一〇〇四—一〇〇七年）。❻澶州　亦名澶淵郡，以郡內有澶淵而得名。州治在今河南濮陽。景德元年契丹侵入宋境，真宗至澶州督戰，次年訂立和約，史稱「澶淵之盟」。❼皇考太師　田況之父延昭，後贈封太師。❽太子率府率　宋太宗時設置，有官名無職司。

【語　譯】田姓原本是京兆人，後來遷移到信都。後晉之亂，田公的祖父淪入契丹。景德初年，契丹侵擾澶州，擄掠幾百人，將他們交給田公的父親管轄。他父親可憐那些人，全部將他們放走。趁此自己也脫身回到中原。天子把他用作朝廷的臣子，累積升官到太子率府率而去世。他父親為人深沉勇猛誠實質樸，不隨便說笑。生下八個兒子，多數成為名人，而田公是其父的大兒子。

公少卓犖有大志，好讀書，書未嘗去手，無所不讀，蓋亦無所不記。其為文章，得紙筆立成，而閎博辨麗稱天下。初舉進士，賜同學究出身，不就。後數年，遂中甲科❶，補江寧府❷觀察推官❸，以母英國太夫人喪罷去。除喪，補楚州❹團練判官❺，用舉者監轉般倉❻，遷祕書省著作佐郎。又對賢良方正❼策❽為第一，遷太常丞，通判江寧府。數上書言事，召還，將以為諫官。

【章　旨】本段敘田況早年的仕途經歷和才幹。

【注　釋】❶甲科　唐代科舉進士試時務策五道、帖一大經，經策全通為甲第；策通四、帖過四以上為乙第（《唐書・選舉志》）。宋代因之。❷江寧府　府治在今江蘇南京。❸觀察推官　州郡長官的幕僚。❹楚州　宋治山陽（今江蘇淮安）。❺團練判官　地方長官在地方武裝方面的助手。❻轉般倉　設在楚州等地的用於各地上供京師的糧食轉運的倉儲機構。❼賢良方正　科舉選人的科目之一，由皇帝下詔舉行，全稱「賢良方正能直言極諫科」。❽策　此指竹簡。考試時將經義時政等方面的問題寫在簡策上，考生隨機抽取，逐條對答，稱為對策。

【語譯】田公年輕時就特出不凡有遠大的抱負，喜愛讀書，書卷不曾離手，沒有什麼書是他不牢記的。他寫作文章，拿起紙筆就立刻寫成，而且內容深厚廣博語言明晰華美為天下人所稱頌。第一次被推舉參加進士考試，賜給同學究出身，不接受。幾年之後，終於考中高等，派為江寧府觀察推官，因給母親英國太夫人守喪罷職離去。服喪完畢，派為楚州團練判官，作為被推舉的人監管轉般倉，提升為祕書省著作佐郎。又參加賢良方正能直言極諫科考試回答策問名列第一，升太常寺丞，任江寧府通判。幾次寫信給皇上議論政事，朝廷召他回京，將要用他作為諫官。

方是時，趙元昊❶反，夏英公❷、范文正公❸經略陝西，言：「臣等才力薄，使事恐不能獨辦，請得田某自佐。」以公為其判官，直集賢院，參都總管軍事。自真宗弭兵❹，至是且四十年，諸老將盡死，為吏者不知兵法，師數陷敗，士民震恐。二公隨事鎮撫，其為世所善，多公計策。大將有欲悉數路兵出擊賊者，朝廷許之矣；公極言其不可，乃止。又言所以治邊者十四事❺，多聽用。還為右正言，判三司理欠憑由司，權修起居注，遂知制誥，判國子監。於是陝西用兵未已，人大困，以公副今宰相樞密副使韓公❻宣撫。自宣撫歸，判三班院❼，而河北告兵食闕，又以公往視。而保州❽兵士殺通判，閉城為亂，又以公為龍圖閣直學士，知成德軍真定府❾、定州❿安撫使，往執殺之。論功，遷起居舍人，又移秦鳳路⓫

都總管經略安撫使⑫，知秦州。

【章　旨】本段敘田況防守邊疆和平定內亂方面的功績。

【注　釋】❶趙元昊　西夏國主。❷夏英公　夏竦，字子喬，曾任陝西經略安撫使。❸范文正公　范仲淹。❹真宗弭兵　指澶淵之盟。❺十四事　田況反對數路出兵的意見和所論十四件事都詳載《宋史・田況傳》。❻韓公　即韓琦，字稚圭。寶元三年（西元一〇四〇年）出任陝西安撫使，與范仲淹共同防禦西夏。❼三班院　掌管低級供奉武職的官署，宋太宗雍熙四年置。❽保州　治保塞縣，即今河北清苑。慶曆四年八月，保州軍士殺官吏，據城叛，田況奉命處理此事，九月平息。❾成德軍真定府　成德本唐方鎮名，治鎮州，今河北正定。宋仁宗慶曆八年於其地置真定府路安撫使。❿定州　定州武定軍節度治安喜縣，今河北定縣。⓫秦鳳路　治秦州，今甘肅天水。⓬經略安撫使　統管一路軍政的地方重臣。

【語　譯】就在這時候，趙元昊反叛，夏英公、范文正公謀劃治理陝西事務，說：「我們才力薄弱，恐怕不能獨立辦好經略安撫使的事情，請求能讓田某來協助我們。」朝廷用公做他們的判官，直集賢院，參與都總管軍事。自從真宗停止用兵以來，到這時將近四十年，一班老將全都死了，做官的人不懂得兵法，軍隊多次吃敗仗被攻破，官民恐慌驚懼。夏、范二公遇事安定撫慰，那些被世人稱道的事情，不少是田公所出的計策。大將中有人提出要盡發幾路兵馬出擊敵人，朝廷已同意他們的主張了，田公詳盡論述這樣做不行，終於阻止了出擊。又談到如何治理好邊防的十四件事情，大多被朝廷聽從採用。從陝西回到朝廷後，田公擔任右正言，主管三司理欠憑由司，代理修起居注，於是負責起草詔書、掌管國子監事務。在這時陝西用兵還沒結束，人民非常困頓，用田公擔任現任宰相、樞密副使、陝西宣撫使韓琦的副手，即陝西宣撫副使。從宣撫副使任上回朝，便主管三班院，可河北地方告急說軍隊缺糧，又派他前去查看。而保州兵士殺死保州通判，關起城門舉行暴亂，又任命他作為龍圖閣直學士，充任成德軍真定府知府、定州安撫使，前去捕殺亂兵。計算平亂功勞，升為起居舍人，又調任秦鳳路都總管經略安撫使，秦州知州。

遭太師❶喪，辭起復❷者久之，上使中貴人❸手敕趣公，公不得已，則乞歸葬然後起。既葬，託邊事求見上，曰：「陛下以孝治天下，方邊鄙無事，朝廷不為無人，而區區犬馬之心尚不得自從，臣即死知不瞑矣。」因泫然泣數行下。上視其貌甚瘠，又聞其言，悲之，乃聽終喪。蓋帥臣得終喪，自公始。

【章旨】本段敘田況堅持為父守喪、不肯提前復職，表現其克盡孝道且淡薄利祿。

【注釋】❶太師　指田況之父。❷起復　官吏服喪未滿即起用復職。❸中貴人　有地位受寵信的宦官。

【語譯】遇上他父親亡故守喪，不肯提前起用復職，推辭了很久，皇上派得意的宦官持手諭來催促他，田公不得已，便請求回鄉安葬然後再起用。安葬已畢，借報告邊防之事求見皇上，說：「陛下用孝道治理天下，正是邊境上沒有戰事的時候，朝廷也不是沒人做事，但我這一點像犬馬般的親情，還不能夠聽從自己表達，我就是死也難以瞑目了。」於是悲傷地哭泣，淚水紛紛流下。皇上看他的樣子很瘦弱，又聽到他的話，更可憐憫他，終於聽憑他守完喪期。大概統帥一方的大臣能夠服喪滿期，是從他開始。

服除，以樞密直學士為涇原路❶兵馬都總管、經略安撫使，知渭州。遂自尚書禮部郎中遷右諫議大夫，知成都府，充蜀、梓、利、夔路❷兵馬鈐轄。西南夷侵邊，公嚴兵憚之，而誘以恩信，即皆稽顙❸。蜀自王均、李順❹再亂，遂號為易動，往者得便宜決事，而多擅殺以為威，至雖小罪，猶并妻子遷出之蜀，流離顛頓，有以故死者。公拊循教誨，兒女子畜其人，至有甚惡，然後繩以法。蜀人愛公，以繼張忠定❺，而謂公所斷治為未嘗有誤。歲大凶，寬賦減徭，發廩以救之，而無餓者。事聞，賜書獎諭，遷給事中，以守御史中丞充理檢使❻召焉。未至，以為樞密直學士，權三司使，既而又以為龍圖閣學士、翰林學士，又遷尚書禮部侍郎，正其使號。

【章　旨】本段敘述田況鎮守西南邊陲和治理蜀地的成績。

【注　釋】❶涇原路　治渭州即今甘肅平涼。❷蜀梓利夔路　蜀即成都府路，治所在成都府（今四川成都）。梓即梓州路，治所在梓州（今四川三台）。利即利州路，治所在興元府（今陝西漢中）。夔即夔州路，治所在夔州（今奉節）。❸稽顙　跪拜額頭觸地，表示請罪。❹王均李順　王均即王小波，淳化四年（西元九九三年）率佃農、茶農造反，死後李順繼之。❺張忠定　名詠，字復之。李順亂時出知益州，移文曉以恩信，使脅從之民各歸田里。死後諡為忠定。❻理檢使　即登聞院，接受上訪、反映下情的職務。

【語　譯】守喪完畢，以樞密直學士銜擔任涇原路兵馬都總管、涇原路經略安撫使，渭州知州。又從尚書禮部郎中升為右諫議大夫，成都知府，充當蜀、梓、利、夔等路兵馬鈐轄。西南的少數族侵擾邊境，田公用重兵嚴密防守威懾敵人，又用恩義信用誘導他們，即刻都拜服謝罪。蜀地從王均、李順一再動亂，於是被稱為難以治理，以前治蜀的人能夠根據情況自行決斷事情，因而多數都用擅行殺戮的辦法來建立威權，以至即使小的罪過，還是連妻室兒女一道趕出蜀地，流離顛沛，有因此而死亡的。田公關懷撫慰教誨，像對兒女一樣撫養那裡的人民，必須有特別重的罪惡，然後才用法律來制裁。蜀地的人愛戴他，把他作為張忠定公的後繼者，並且認為田公善於決斷、處理的事從未發生差錯。年歲有大災，田公放寬賦稅減輕徭役，開倉出穀來救濟百姓，因而沒有人挨餓。朝廷知道此事，賜書通報嘉獎，升他為給事中，用任御史中丞兼作理檢使名義召他回京。還沒到達，又用他為樞密直學士，代理三司使，接著又用做龍圖閣學士、翰林學士，又升為尚書禮部侍郎，正式確定田公三司使的官號。

自《景德會計》❶，至公始復鉤考財賦，盡知其出入。於是入多景德矣。歲所出，乃或多於入，公以為厚斂疾費如此，不可以持久。然欲有所埽除變更，興起法度，使百姓得完其蓄積而縣官❷亦以有餘，在上與執政所為，而主計者❸不能獨任也。故為《皇祐會計錄》上之，論其故，冀以寤上。上固恃公，欲以為大臣，居頃之，遂以為樞密副使，又以檢校太傅❹充樞密使。公自常選，數年遂任事於時，及在樞密為之使，又超其正，天下皆以為宜，顧向有恨公得之晚者。

【章　旨】本段敘田況擔任三司使為國理財方面的政績。

【注　釋】❶景德會計　宋真宗時編有《景德會計錄》，載全國賦入、在職及退休人員，作為政府定出入開支的根據。❷縣官　指朝廷。❸主計者　指三司使。❹檢校太傅　皇帝下詔授予而非正名的加官。宋時檢校官位高於正職。

【語　譯】自從景德年間有過《會計錄》，到田公才又核查財賦，完全弄清財政的收入和支出。這時的收入比景德時增加了。每年所開支的，卻有時比收入還多，田公認為加重搜刮放肆浪費到這種程度，是不可能維持長久的。但想要有所廢除有所改革，興起法規制度，使百姓能完成他們的積蓄而朝廷也因此而有盈餘，在於皇上同宰相們所做的事，而主管財政的人是不能獨力承擔的。所以田公就修成《皇祐會計錄》獻給朝廷，論述其中的情況，希望用來使皇上醒悟。皇上本就倚重田公，想用他作為大臣，過了不久，就任命他做樞密副使，又以檢校太傅的身分升樞密使。田公從常規選拔出身，幾年時間就在當朝執掌政事，到在樞密院做樞密使，又超常轉成正職，天下都認為應該如此，反而還有認為田公得到這個職位太晚而感到遺憾的。

公行內修，於諸弟尤篤。為人寬厚長者，與人語款款若恐不得當其意，至其有所守，人亦不能移也。自江寧歸，宰相私使人招之，公謝不往。及為諫官，於小事近功，有所不言，獨常從容為上言為治大方而已。范文正公等皆士大夫所望以為公卿，而其位未副。公得間，輒為上言之，故文正公等未幾皆見用。當是時，上數以天下事責大臣❶，慨然欲有所為，蓋其志多自公發。公所設施，事趣可，功期成，因能任善，不必己出，不為獨行異言，以峙聲名。故功利之在人者多，而事迹可記者止於如此。

【章旨】本段敘田況的為人性格和品德作風。

【注釋】❶以天下事責大臣　〈資政殿學士文正范公神道碑銘〉：「每進見，必以太平責之。」「既而上再賜手詔，趣使條天下事。」

【語譯】田公注意在家庭內部的修養，對幾個弟弟感情尤其深厚。他為人寬容厚道，是一位長者，同別人說話誠誠懇懇唯恐不能夠恰當表達出自己的意思，至於他所堅持的事情，別人也不能改變他。從江寧回到朝廷，宰相私下派人找他，他謝絕不去。到他做了諫官，對於那些細小事情短期效用，他有些不發表意見，只經常從容地對皇上說些治理國家的重大方略罷了。范文正公等都是士大夫們盼望用做公卿大臣的人物，但他們的官位還沒有達到。田公遇到機會，就對皇上說起這些人，所以范文正公等人沒過多久都被重用了。在這時，皇上幾次用重建太平的天下大事要求大臣，慷慨激昂地想要有所作為，皇上的想法大概很多是從田公這裡獲得的。田公所採取的一些措施，事情只求促其實現，功績只期望其完成，利用能幹之士賢良之才，不一定都要自己去做，他不做奇特的行為和怪異的言論，來樹立名聲。所以功效好處給予人們的很多，而事跡可以記載的就只有這些。

嘉祐三年❶十二月，暴得疾，不能興，上聞悼駭，敕中貴人、太醫問視，疾加損輒以聞。公即辭謝，求去位，奏至十四五，猶不許。而公求之不已，乃以為尚書右丞❷、觀文殿學士、翰林侍讀學士、提舉景靈宮事❸。而公求去位終不已，於是遂以太子少傅致仕。致仕凡五年，疾遂篤，以八年二月乙酉薨於第，享年五十九。號推誠保德功臣，階特進，勳上柱國，爵開國京兆郡公，食邑三千五百戶，實封八百戶，詔贈公太子太傅，而賻賜之甚厚。

【章　旨】本段敘田況生病、退休、去世的經過。

【注　釋】❶嘉祐三年　西元一〇五八年。❷尚書右丞　屬尚書省要職，位次於尚書令、左右僕射，通管省務，參與討論大政。❸提舉景靈宮事　宋代的祠祿官，以道教宮觀為名，給予一定俸祿，表示對大臣的優待。稱某宮使或提舉某宮。

【語　譯】嘉祐三年十二月，田公突然得病，臥床不起，皇上聽說了耽心恐懼，命中貴人和太醫探問看視，病情加重減輕都要把情況上報。田公當即婉言謝絕，請求免除樞密使職位，上奏十四五次，還是不允許。可是他求之不止，才用他做尚書右丞、觀文殿學士、翰林侍讀學士、提舉景靈宮事。但他要求脫離職位始終不止，於是就以太子少傅的名義退休。退休後五年，病終於沉重，在嘉祐八年二月乙酉日死於府中，享年五十九歲。朝廷賜田公名號為推誠保德功臣，官階為特進，勳級為上柱國，爵位是京兆郡開國公，食采邑三千五百戶，實封八百戶，詔書追贈他為太子太傅，同時為助葬賞賜財物十分豐厚。

公諱況，字元均。皇曾祖諱祐，贈太保。皇祖諱行周，贈太傅。皇考諱延昭，贈太師。妻富氏，封永嘉郡❶夫人，今宰相河南公❷之女弟也。無男子，以弟之子至安為主後。女子一人，尚幼。田氏自太師始占其家開封，而葬陽翟❸，故今以公從太師葬陽翟之三封鄉西吳里。於是公弟右贊善大夫❹洵來曰：「卜葬公利四月甲午，請所以誌其壙❺者。」蓋公自佐江寧以至守蜀，在所輒興學，數親臨之，以進諸生。某少也與公弟游，而公所進以為可教者也，知公為審。銘曰：

【章旨】本段敘田況的先人封號、妻兒子女情況，並述寫作墓誌的原委。

【注釋】❶永嘉郡　宋永嘉郡治今浙江溫州。❷河南公　指富弼。❸陽翟　今河南禹縣。❹贊善大夫　太子官屬，地位相當於朝廷之諫議大夫。❺壙　墓穴。

【語譯】田公名況，字元均。曾祖父名祐，贈太保。祖父名行周，贈太傅。父親名延昭，贈太師。妻姓富，封為永嘉郡夫人，是當今宰相河南公的妹妹。田公沒有兒子，以弟弟的兒子至安作為主持祭祀的後代。女兒一人，年紀還小。田家從其父太師開始選地安家在開封，但埋葬在陽翟，所以現將田公依隨其父太師安葬在陽翟的三封鄉西吳里。在此時田公的弟弟右贊善大夫田洵來對我說：「卜卦埋葬田公以四月甲午日為好，請求賜給放在墓穴作為記錄其生平的文字。」田公從在江寧作僚佐以來直到鎮守蜀地，所在之處便興辦學校，多次親臨學堂，來鼓勵學生進步。我少年時同田公的弟弟作朋友，是田公激勵過認為可以教育好的學子之一，了解田公的事跡是比較精確的。銘詩如下：

田室於姜❶，卒如龜祥❷。後其孫子，曠不世史。於宋繼顯，自公攸始。奮其華蕤，配實之美。乃發帝業，深宏卓煒。乃興佐時，宰飪調胹❸。文馴武克，內外隨施。亦有厚仕，孰無眾毀？公獨使彼，若榮豫己。維昔皇考，敢於活人❹，傳祉在公，不集其身。公又多譽，公宜難老。胡此殆疾？不終壽考！掩詩於幽，為告永久。

【章　旨】銘詩讚揚田況能輔佐君主宏揚帝業，受到人們愛戴。

【注　釋】❶姜　齊國之姓。指齊國。❷卒如龜祥　《左傳・莊公二十二年》載，陳國宗室陳完結婚時，以龜甲占卜，獲得吉兆，預言他的後代會在齊國昌盛。後陳完奔齊，其後人奪得齊國政權成為齊王。田氏即是陳氏。田、陳古音同相通。❸宰飪調胹　此以烹飪調煮食物比喻治理國家。胹，煮熟。❹活人　指田況之父釋放被契丹擄去的幾百人。

【語　譯】田氏祖先在姜姓齊國，終如龜卜預言的吉祥。只是後世的子子孫孫，歷代史書上空寂無聞。宋代繼起而官高位顯，是從田公才得以開端。高高揚起紛垂的鮮花，又配上以內在的質美。因能發揚皇帝的大業，廣闊深遠又卓越輝煌。於是便起來輔佐時政，烹飪調和以構建太平。文臣順從而武將拜服，京官外官都由公所用。雖然有人能官高祿厚，但誰不遭到眾人詆毀？而公獨能使那些人平靜，公的榮耀如賜給他們。先前之時田公的父親，敢於冒險去救活眾人，把福祉傳下給了田公，而不集中在父親本身。田公又獲得眾多美譽，理應難衰老長葆青春。卻為何染上危殆疾病？不到年老就終止生命！將這首詩埋進這幽宮，為了永久流傳告後人。

【研　析】本文為田況立碑，著重寫了西北防邊、西南鎮蜀、三司理財三件大事，這都是當時朝政中關係全局最感棘手的問題，這三段文章以堅確的事理樹起了田況文武全才的形象，成為全文之骨。但是只有幾塊堅硬的骨頭，也不一定能成為好的文章。本文的巧妙處之一就是在這三段之前、之中、之後，還有一些較短的段落，敘述一些過程，增添一些細節，收檢著一些零碎分散的材料。起著填空塞縫，使文章充實豐滿的作用。這是文章之肉。如「遭太師喪」一段，除了提示從西北到西南中間有一段時間距離之外，至少還有以下幾種意義：一、田況對親人盡孝，親情深厚；二、田況雖然仕途通達，並非孜孜以求，而能淡然處之，從一再不肯「起復」可知；三、暗示出仁宗與田況君臣關係融洽；四、讚揚仁宗對賢臣的愛護，仁厚的用心。可見這些並非主要事實的段落裡同樣體現著作者的匠心。又如「公行內修」一段，隻鱗片羽，內容廣泛，田況對內對外的態度，外圓內方的性格，略小事重大局的眼光，推賢進能的方法，只求事情成功，不求自己樹名的高風亮節，使田況大臣的形象更顯光彩豐滿，而且敘述中寓含論斷，認為田況對推動當時的新政，有不一般的貢獻。末尾兩句「故功利之在人者多，而事迹可記者止於如此」，周密完備，使文章無懈可擊。姚鼐在本文末原注引劉大櫆說：「直序作一氣奔瀉之勢，中有提掇起伏，故情事屈曲而氣勢直達。」從文章氣勢立論，同上面所分析的其實是一種寫法的兩種不同的效果。

荊湖北路轉運判官尚書屯田郎中劉君墓誌銘 並序

王介甫

【題解】劉君，名牧（西元一〇一一—一〇六四年），字先之，一說另號長民，曾師從孫明復學《春秋》，並寫有幾種關於《周易》的著作。但也有人認為治《春秋》和治《周易》的是兩個不同的劉牧。轉運判官協助轉運使掌管一路的財賦。屯田郎中是工部第二司的主管，掌屯田職田，兼管官莊、學田。劉牧死前正以屯田郎中的身分實際擔負轉運判官的差使。本文作於宋英宗治平三年（西元一〇六六年），王安石四十八歲，住在江寧，文中著重寫了劉牧任地方官時表現出的才幹和認真辦事的精神，惋惜他的才能未能得到進一步施展的機會。

治平元年❶五月六日，荊湖北路❷轉運判官、尚書屯田郎中劉君，年五十四，以官卒。三年，卜十月某日，葬真州揚子縣❸蜀岡。而子洙以武寧❹章望之❺狀來求銘。噫，余故人也！為序而銘焉。序曰：

【章旨】本段交代劉牧死、葬的時間、地點及撰寫墓誌銘的原由。

【注釋】❶治平元年　即西元一〇六四年。治平，宋英宗趙曙年號。❷荊湖北路　宋代行政區名，轄有今湖北西部及湖南北部一帶。治所在江陵。❸真州揚子縣　今江蘇儀徵。❹武寧　唐宋時縣名，今福建浦城。❺章望之　字表民。為文長於議論，官至光祿寺丞。

【語譯】治平元年五月六日，荊湖北路轉運判官、尚書屯田郎中劉君，五十四歲，在官位上去世。治平三年，擇定十月的某日，安葬於真州揚子縣的蜀岡。於是劉君的兒子劉洙拿著武寧人章望之所寫的行狀前來求我撰寫墓誌銘。唉，劉君是我的老朋友！因此替他作了序而且撰寫了銘詩。序是這樣說的：

君諱牧，字先之。其先杭州臨安縣人。君曾大父諱彥琛，為吳越王將，有功，刺衢州，葬西安❶，於是劉氏又為西安人。當太宗時，嘗求諸有功於吳越者錄其後，而君大父諱仁祚，辭以疾。及君父諱知禮，又不仕，而鄉人稱為君子。後以君故，贈官至尚書職方郎中❷。

【章　旨】本段敘劉牧的籍貫、家世及先代的高尚節操。

【注　釋】❶西安　今浙江衢州，宋為衢州州治所在。❷職方郎中　兵部第二司的長官。此為贈予虛銜。

【語　譯】劉君名牧，字先之。他的祖先原是杭州臨安縣人。他的曾祖父名彥琛，是吳越王的將領，有功勞，任衢州刺史，死後埋葬在西安縣，於是劉家又成為西安人。太宗的時候，曾經尋訪那些對吳越國有功的人而錄用他們的後代，可他的祖父劉仁祚，以疾病作理由推辭了。到他的父親劉知禮，又不做官，故同鄉的人稱他們為君子。父親後來因為他有官職的原故，朝廷贈給官職到尚書職方郎中。

君少則明敏，年十六，求舉進士，不中，曰：「有司豈枉我哉？」乃多買書，閉戶治之。及再舉，遂為舉首。起家饒州❶軍事推官，與州將爭公事，為所擠，幾不免。及後將范文正公至，君大喜曰：「此吾師也。」遂以為師。文正公亦數稱君，勉以學。君論議仁恕，急人之窮，於財物無所顧計，凡以慕文正公故也。弋陽❷富人為客所誣，將抵死，君得實，以告。文正公未甚信，然以君故，使吏雜治之。居數日，富人得不死。文正公由此愈知君，任以事。歲終，將舉京官，君以讓其同官有親而老者，文正公為歎息許之，曰：「吾不可以不成君之善。」

【章旨】本段敘劉牧科舉入仕，其才能為范仲淹所賞識。

【注釋】❶饒州　州治在鄱陽，今改稱波陽。❷弋陽　縣名，今屬江西。

【語譯】劉君小時候就聰明機敏，十六歲，請求推舉參加進士考試，沒有考上，便說：「主考的官府難道會委屈我嗎？」於是多多購買書籍，關起門來研讀，等到第二次被推舉，終於成為錄取的第一等。開始踏入仕途任饒州軍事推官，同饒州的長官因公事發生爭執，被長官所排擠，幾乎遭禍。到後一任長官范文正公來，劉君十分歡喜說：「這才是我的老師啊。」於是把范公作為師長。文正公也多次稱讚劉君，拿讀書治學勉勵他。劉君議論仁愛寬厚，同情別人的困難，對於財物沒有什麼顧惜計較，都是因為效法文正公為人的原故。弋陽縣一個有錢人被別人誣陷，將要判罪處死，劉君了解到實際情況，將冤情上報。文正公不十分相信，但因為是劉君報告的原故，還是派官吏共同查辦這個案子。過了幾天，那有錢人終能免除死刑。文正公由這件事更加了解他，將政事交付給他處理。一年之後，打算推舉他擔任京官，劉君把機會讓給同僚中有父母親而且年紀老大的人，文正公為此而感嘆並同意了他的請求，說：「我不能夠不成就你的美好的行為。」

及文正公安撫河東❶，乃始舉君可治劇，於是君為兗州❷觀察推官。又學《春秋》於孫復❸，與石介❹為友。州旱蝗，奏便宜十餘事。其一事，請通登、萊❺鹽商，至今以為賴。改大理寺丞，知大名府❻館陶縣。中貴人隨契丹使往來多擾縣，君視遇有理，人吏以無所苦。先是多盜，君用其黨推逐，有發輒得，後遂無為盜者。詔集強壯，刺其手為義勇❼，多惶怖，不知所為，欲走；君諭以詔意，為言利害，皆就刺，欣然曰：「劉君不吾欺也。」留守稱其能，雖府事往往咨君計策。用舉者通判廣信軍❽，以親老不行，通判建州❾。

【章　旨】本段敘劉牧任兗州觀察推官和館陶知縣時的政績。

【注　釋】❶河東　山西省境內黃河以東的地區，宋設河東路，治所在并州，今山西太原。范仲淹任河東陝西宣撫使在慶曆四年（西元一〇四四年）六月。❷兗州　州治在今山東兗州。❸孫復　字明復，北宋學者，在泰山講《春秋》之學，見歐陽修〈孫明復先生墓誌銘〉。❹石介　孫復的學生，字守道，人稱徂徠先生。見歐陽修〈徂徠先生墓誌銘〉。❺登萊　登州治所在今山東蓬萊；萊州治所在今山東掖縣。❻大名府　今河北大名地，宋建為北京，派留守治理。館陶縣在大名之北。❼義勇　指鄉兵。宋仁宗慶曆二年為防遼兵入侵，曾下詔徵集河北強壯，刺手背為義勇軍。❽廣信軍　治遂城，今河北徐水。❾建州　治建安，今福建建甌。

【語　譯】直到文正公任河東宣撫使，才始推薦劉君勝任管理政務繁重之地，於是調他作了兗州觀察推官。劉君又向孫復學習《春秋》，與石介做了朋友。兗州乾旱蝗蟲為災，劉君上奏依據情況應當變通處理的十餘件事。其中一件事，是請求允許登州、萊州的鹽商通行，兗州至今還依賴這件事獲得好處。隨後他改封大理寺丞，出任大名府館陶縣知縣。宮中受寵信的宦官陪從契丹使節來往經過，給縣裡帶來諸多騷擾，劉君看顧接待做到有理有節，館陶官民因此而不覺痛苦。在此以前這縣多盜賊，劉君利用他們的同黨互相推尋追逐，案件一發生便能抓到罪犯，最後終於沒有人再敢做強盜。曾有詔書徵集身強力壯的鄉民，在他們手背上刺上標誌充當義勇軍，鄉民大多恐懼害怕，不知道究竟幹什麼，想要逃跑；劉君向他們說明詔書的用意，給他們講清利害關係，鄉民都接受刺字，高興地說：「劉君是不會欺騙我們的。」留守稱讚劉君的才能，即使留守府的政事也往往諮詢他的計策。他因此被推舉，任命為廣信軍通判，他為父母年老辭不赴任，改做了建州通判。

當是時，今河陽宰相富公❶，以樞密副使使河北❷，奏君掌機宜文字。保州❸兵士為亂，富公請君撫視。君自長垣❹乘驛至其城下以三日，會富公罷出，君乃之建州。方并屬縣諸里，均其徭役，人大喜。而遭職方君喪以去。通判青州❺，又以母夫人喪罷。又通判廬州❻。朝廷弛茶榷❼，以君使江西，議均其稅，蓋期年而後反。客曰：「平生聞君敏而敢為，今濡滯若此，何故也？」君笑曰：「是固君之所能易也，而我則不能。且是役也，朝廷豈以為他？亦曰愛人而已。今不深知其利害，而苟簡以成之，君雖以吾為敏，而人必有不勝其弊者。」及奏，事皆聽，人果便之。除廣南西路❽轉運判官。於是修險阨，募丁壯，以減戍卒，徙倉便輸，考攝官功次，絕其行賕。居二年，凡利害無所不興廢。乃移荊湖北路，至，踰月卒。家貧無以為喪，自棺槨諸物，皆荊南❾士人為具。

【章旨】本段敘劉牧後期的經歷及其去世，側重表現他愛人的用心和清廉的生活。

【注釋】❶富公　即富弼。河陽故地在今河南孟縣，在洛陽附近，富弼是洛陽地區人，故稱河陽宰相。❷使河北　慶曆四年八月富弼由樞密副使出為河北宣撫使。❸保州　治所在清苑，今屬河北。慶曆四年八月保州軍士殺官吏據城反叛。❹長垣　縣名，今屬河北。❺青州　治所在益都，今屬山東。❻廬州　治所在合肥，今屬安徽。❼茶榷　茶葉專賣。宋仁宗嘉祐中改變茶葉由官府專賣為允許民間交易官府抽稅，曾派使者分行各產茶區考察，劉牧可能是其中之一。❽廣南西路　宋代行政區，轄今廣西一帶，治所在桂州，今廣西桂林。❾荊南　荊州以南，此指江陵一帶。

【語譯】在這時，現在擔任宰相的河陽富公，由樞密副使出任河北宣撫使，奏請由劉君協助他掌管隨機應變的文字工作。保州士兵作亂，富公請他前去巡視安撫。劉君從長垣乘驛車到保州城下已三天，正好富公罷職離京，劉君才往建州。在建州他正要合并屬縣所轄各里，使他們徭役更加平均合理，人們非常高興，卻遇上父親職方郎中去世守喪而離職。服除之後任青州通判，又因為母夫人去世守喪離職。又改任廬州通判。朝廷放寬茶葉專賣制度，將他派往江西，調查討論平均茶稅一事，大約滿一週年之後才返回。有人說：「我平時聽說你辦事敏捷而且敢作敢當，這次拖延滯留這麼久，是什麼原因呢？」劉君笑著說：「這本是你能輕易辦好的事，可我卻不能夠。而且這次差遣，朝廷難道是為了別的嗎？也不過叫我愛惜百姓罷了。如果不深刻了解其中的利弊，而隨隨便便敷衍了事，你雖然認為我辦事敏捷，但那裡的人一定會有承受不了這種馬虎所造成的弊端的。」等到上奏朝廷，所奏的事都被採納，人們果然感到方便。任命為廣南西路轉運判官。於是修整險阻難行的道路，招募青壯民夫，而減少戍守的兵卒，搬遷倉庫以方便運輸，考察代理官員的功績等第，杜絕他們行賄講情。過了兩年，所有好事沒有不辦起來的，所有為害之事沒有不廢除的。於是又調他到荊湖北路，到任以後，過一個月就病故了。家庭貧困沒有辦法辦理喪事，從棺槨到各項物事，都是荊南的讀書人替他備辦的。

君娶江氏，生五男二女。男曰洙、沂、汶，為進士。洙以君故，試將作監❶主簿。餘尚幼。初君為范富二公所知，一時士大夫爭譽其材，君亦慨然自以當得意。已而迍邅❷流落，抑沒於庸人之中。幾老矣，乃稍出為世用，若將有以為也，而既死。此愛君者所為恨惜，然士之赫赫為世所願者可睹矣，以君始終得喪相除，亦何負彼之有？銘曰：

【章旨】本段嘆惜劉牧有才而長期屈居下位，未能充分發揮。

【注釋】❶將作監　負責營造修繕土木工程的機構。主簿是其中管理文書簿籍的小官。❷迍邅　處境困難，無法前進。

【語譯】劉君娶江姓女子，生五個兒子兩個女兒。兒子名洙、沂、汶，都是進士。劉洙因為他的原故，試用為將作監的主簿。其餘的還小。當初劉君被范、富二公所賞識，一時間士大夫們爭著稱讚他的才幹，他也慨然自許，認為應當會稱心如意。但隨之而來的卻是處境艱難，飄泊失意，壓抑埋沒在平庸人之中。差不多老了，才稍微顯出一些為當時所重用的跡象，似乎將要有所作為，卻又已死了。這正是關愛劉君的人所痛恨惋惜的事，但士人中那些顯耀輝煌被世人所希望的可以看清楚了，拿劉君一生自始至終的得失相比較，又有什麼不如他們的呢？銘辭說：

嗟乎劉君！宜壽而顯。何畜❶之久，而施之淺？雖或止之，亦或使之❷。唯其有命，故止於斯。

【章　旨】銘辭同情劉牧有才不得施展，歸結為命中注定。

【注　釋】❶畜　積貯。❷雖或止之亦或使之　《孟子・梁惠王下》：「行，或使之；止，或尼之。」意思是：來，有人促使他；不來，有人阻止他。

【語　譯】唉呀劉君！應當長壽而且榮顯。為何蘊積那麼長久，卻施展得如此稀少？雖有某種力量阻止他，但也有力量促成他。正因為是命中注定，所以在這一步就停止了。

【研　析】本文敘劉牧生平，以時間先後為序寫其為官經歷，而穿插列舉劉牧的言論和作為，畫出一個才德兼優的能吏形象。可以通判建州為界分成前後兩部分，前一部分通過寫他仰慕范仲淹的為人，讓提拔的機會給同事，寫出他的高尚品德；通過館陶縣剷除盜賊，平撫義勇，以及使弋陽富人免於冤死等情節，顯示他的治理才能。後一部分主要寫他出使江西議均茶稅，卻不寫其過程，而只寫他回來之後與人談話，作深刻的內心的表白，揭出他愛人的良好用心。本來明敏敢為，卻不自恃明敏，兢兢業業，謹慎從事，都是怕人有不勝其弊者。這種愛人之心，是他一切優秀表現的深刻泉源。兩段文章一氣貫通而又愈轉愈深，層次感強烈。本文的好處還在於借賓以定主，前一部分的事都與范仲淹連著，後一部分則與富弼相關，兩個大賢都如此器重，使劉牧的形象更為可信，也更有光輝。本文的好處還在於前面寫得劉牧如此優秀，如此為兩大賢人賞識，結尾一段卻深惜其迍邅流落，抑鬱不顯，感慨淋漓，音節淒厲，使文章平添一種抑揚頓挫的美感。

泰州海陵縣主簿許君墓誌銘

王介甫

【題　解】泰州，時屬淮南東路，治所在海陵縣，即今屬江蘇泰縣。主簿負責掌管文書印信，是縣令的主要助手。許君名平，是唐代安史之亂中與張巡一同堅守睢陽的許遠的後代。許平之兄許元《宋史》卷二九九有傳，說他以聚斂刻剝為能，急於進取，多聚珍奇，以賂遺京師權貴。姚鼐據此在原注中說許平「蓋亦非君子」，故介甫語含譏刺」。在本文中王安石對許平剛出道就死去，不得一用其智能，表示惋惜，對其為人未作評價，但是否含「譏刺」，頗值得商量。一、王安石曾作〈許氏世譜〉，對許家頗為關注；二、許平初得一官即死，他如何做官，難以預知，何以同情其早死而譏刺其為人？三、受人之請，為人樹碑立傳，而暗中刺譏死者，如生者何！姚氏這種看法，恐怕是對王安石把許平歸於「智謀功名」之士作了過深的理解吧。

君諱平，字秉之，姓許氏。余嘗譜其世家，所謂今泰州海陵縣主簿者也。君既與兄元❶相友愛稱天下，而自少卓犖不羈，善辨說，與其兄俱以智略為當世大人所器。寶元❷時，朝廷開方略之選❸，以招天下異能之士，而陝西大帥范文正公❹、鄭文肅公❺爭以君所為書以薦。於是得召試為太廟齋郎❻，已而選泰州海陵縣主簿。貴人多薦君有大才，可試❼以事，不宜棄之州縣。君亦常慨然自許，欲有所為，然終不得一用其智能以卒。噫，其可哀也已！

【章　旨】本段敘許平生平大略和才能抱負，惋惜他未能大用就死了。

【注　釋】❶元　許元，字子春，歷知揚、越、泰三州，為江淮荊湖兩浙制置發運使。❷寶元　宋仁宗年號，共三年（西元一〇三八—一〇四〇年）。❸方略之選　寶元二年五月，仁宗下詔要求近臣各推舉有謀略有才幹的武勇之士二人。一些人被召到京城測試謀略而被錄用，也有一些人用錢買計謀而騙取了官職。❹范文正公　范仲淹。❺鄭文肅公　鄭戩，字天休，蘇州吳縣人，曾任陝西四路都總管兼經略招討使。文肅是他死後的諡號。❻太廟齋郎　負責宗廟祭祀事務的小官，據《續資治通鑑長編》卷一四一載，慶曆三年五月乙未，以試方略人許平為太廟齋郎。❼試　任用。

【語　譯】君名平，字秉之，姓許。我曾經為許家編寫世系譜，許君就是譜中所說的現任泰州海陵縣主簿的那位。他既同哥哥許元互相友愛而被天下人所稱讚，而又從小特出不凡不受拘束，能言善辯，同他的哥哥都憑藉智慧謀略被當代顯貴人物所器重。寶元年間，朝廷開設科目進行計謀策略的選拔，用這種方法來招攬天下具有奇特才能的人士，而鎮守陝西的主帥范文正公、鄭文肅公爭相拿著許君寫的文章來推薦他，於是他能被召到京城測試並任命為太廟齋郎，不久又選拔為泰州海陵縣主簿。許多貴人們都推薦他有大才，可以用來承擔大事，不應該棄置在州縣一級。許君也常常慷慨地自我期許，想要有所作為，可是終於沒能一展自己的智慧才能就死去了。唉！真太值得同情了啊。

士固有離世異俗，獨行其意，罵譏、笑侮、困辱而不悔。彼皆無眾人之求，而有所待於後世者也，其齟齬❶固宜。若夫智謀功名之士，窺時俯仰❷，以赴勢物之會❸，而輒不遇者，乃亦不可勝數。辨❹足以移萬物，而窮於用說❺之時；謀足以奪三軍，而辱於右❻武之國。此又何說哉？嗟乎，彼有所待而不悔者，其知之矣。

【章　旨】本段就許平不得大用發抒感慨，同情許平並及眾多懷才不遇之士。

【注　釋】❶齟齬　上下牙抵觸不合，此處比喻不合時宜。❷俯仰　喻周旋應付。❸勢物之會　權勢與物欲。一本「物」作「利」，意同。會，機遇。❹辨　通「辯」。論辯。❺說　游說。勸說別人聽從自己的主張。❻右　上；崇尚。

【語　譯】讀書人中確有超群出世、不同凡俗，只按自己的心意行事，雖遭謾罵諷刺、嘲笑侮慢，陷於窮困屈辱之境，也不後悔的人。他們是完全沒有一般俗人的追求，而對於後世的聲名影響有所期待的人。這樣的人在當世格格不入本是自然的。至於那些懷抱智謀求取功名的人士，窺探時勢的變動而周旋應付，奔走從事於權勢利祿的場合，卻總是遭遇不上的人，這樣的人竟然也多得數也數不清。論辯足以使萬物變樣，但在重視游說的時代卻遭受窮困；計謀足以降服三軍，但在崇尚武力的國度卻遭受屈辱。這又怎麼解釋呢？唉，那些有所期待而不後悔的人，大概是悟透了此中道理罷。

君年五十九。以嘉祐❶某年某月某甲子，葬真州之揚子縣❷甘露鄉某所之原。夫人李氏。子男瓌，不仕；璋，真州司戶參軍❸；琦，太廟齋郎；琳，進士。女子五人，已嫁二人，進士周奉先、泰州泰興❹令陶舜元。銘曰：

【章　旨】本段交代許平安葬時地和妻子兒女的情況。

【注　釋】❶嘉祐　宋仁宗年號。西元一〇五六至一〇六三年。❷揚子縣　今江蘇儀徵，宋為真州州治所在。❸司戶參軍　分管戶口、賦稅、倉庫的僚佐。❹泰興　縣名，今屬江蘇。

【語　譯】許君年五十九歲。於嘉祐某年某月某日，埋葬在真州的揚子縣甘露鄉某處的野外。夫人姓李。兒子瓌，沒有做官；璋，真州司戶參軍；琦，太廟齋郎；琳，被推舉參考進士。五個女兒，已嫁兩人，一嫁進士周奉先，一嫁泰州大興縣令陶舜元。銘辭說：

有拔❶而起之，莫擠而止之。嗚呼許君！而已於斯，誰或使之？

【章　旨】銘辭以為許平的遭遇無法解釋，言下之意是天命使然。

【注　釋】❶拔　提拔。

【語　譯】有人提拔而任用他，沒人排擠而阻止他。唉呀許君！卻停留在這個官位上，是什麼人使你落得這樣的結局呢？

【研　析】據《續資治通鑑長編》，許平測試方略任太廟齋郎在慶曆三年，至其埋葬之年嘉祐中，至少有十四五年，即使他死的時間更早一些，也應該有好幾年的做官經歷，而他僅僅由太廟齋郎選拔成了縣的主簿，沒有任何政績可言，遭遇卻令人哀感，所以王安石寫本文，除首尾交代一些必要的情節外，中間純以議論之筆出之。這一段議論，王安石將寫小品的長處移之於墓誌文，寫得相當精彩。開頭先不直承許平之死，卻擲筆天外，破空而來，陡起一意，寫離世異俗有待而不悔之士的難以遇合實屬必然。有人認為此是王安石夫子自道，頗有道理。王安石慶曆二年（西元一〇四二年）中進士之後，至嘉祐五年（西元一〇六〇年）以前，主要是在江蘇安徽一帶做地方官，嘉祐中先為常州知州，再任提點江東刑獄。嘉祐二年三十七歲時他在〈答王深父書〉中說：「某學未成而仕，仕又不能俛仰以赴時事之會。」所以「居非其好，任非其事。」遭讒受謗而不願媚世取容。有的句子和本文如出一轍。自己的不遇似是可以理解的，但像許平這樣的智謀功名之士，俯仰以赴勢物之會，為什麼也多不遇？「辨足以」兩句運用駢偶句式增強氣勢，顯示出既非本人辯說無能，也非本人勇武不足，也不是時代不重視謀略，不崇尚武力，其所以不遇，實在不好理解。智謀之士如此，則有待無悔之士更可知了。結尾一句，反繳上文，使整段文字連成一氣，而作者自身的感慨，對許平遭遇的惋惜，對仕途窮達難料的惆悵，種種情緒都在其中激盪。真是搖曳唱嘆，極頓挫跌岩之能事。所以劉大櫆認為王安石這類誌文，最為可愛。

王深甫墓誌銘

王介甫

【題　解】王深甫（西元一〇二三—一〇六五年），或寫作「深父」，名回，福州侯官人，中進士後派為亳州衛真縣主簿，有所不合即棄官而去，以後再沒有做官。以精通經學知名，《宋史》列入儒林傳。王回是王安石的好友，王安石的文集裡有一些詩文書信是寫給王回的，〈寄王回深甫〉詩中說：「顧我面顏衰更早，憐君身世病還多。」王回死後，王安石非常難過，〈祭王回深甫文〉稱自己「搏胸一慟，心摧志朽」，足見兩人間深厚的感情。在這篇墓誌銘中，王安石對王回的道德、學問、文章給予了很高的評價，對他在當時不被重視，而又死得過早，書未著成，後世也將無傳，深表同情，字裡行間流露著對朋友不幸一生的深沉感慨。

吾友深父，書足以致❶其言，言足以遂❷其志。志，欲以聖人之道為己任，蓋非至於命弗止也。故不為小廉曲謹❸以投眾人耳目，而取舍進退去就必度於仁義。世皆稱其學問文章行治❹，然真知其人者不多，而多見謂迂闊，不足趣❺時合變。嗟乎！是乃所以為深父也。令深父而有以合乎彼，則必無以同乎此矣。

【章　旨】本段言王回志行高潔而不求人知，世人真了解他的人也極少。

【注　釋】❶致　表達；傳達。❷遂　順暢，引申為反映。❸小廉曲謹　指不識大體，只在細微末節上廉潔謹慎。❹行治　品行和治績。❺趣　通「趨」。

【語　譯】我的朋友王深父，所寫的著作足以用來傳達自己的言論，言論足以用來反映自己的志向。他的志向就是要把恢弘聖人之道作為自己的職責，不到生命的終結是不會停止的。所以他不在細微末節處做出廉潔謹慎的樣子來投合一般人的賞識，而是在取捨、進退、去留等方面，都一定要符合仁義的標準。世人都稱讚他的學問文章和品行治績，但真正能了解他這個人的不多。反而往往被認為迂腐疏闊，不能夠跟上時代潮流和適應社會變化。唉！這才是深父之所以成為深父的原因。假使讓深父去迎合那些人與之相同，那就一定不會像今日的這個樣子了。

嘗獨以謂天之生夫人也，殆將以壽考成其才，使有待而後顯，以施澤於天下。或者誘其言，以明先王之道，覺後世之民。嗚呼！孰以為道不任於天❶，德不酬❷於人，而今死矣。甚哉，聖人君子之難知也！以孟軻之聖，而弟子所願，止於管仲、晏嬰❸，況餘人乎？至於揚雄❹，尤當世之所賤簡，其為門人者，一侯芭❺而已。芭稱雄書以為勝《周易》，《易》不可勝也，芭尚不為知雄者。而人皆曰：古之人生無所遇合，至其沒久而後世莫不知。若軻、雄者，其沒皆過千歲，讀其書，知其意者甚少。則後世所謂知者，未必真也。夫此兩人以老而終，幸能著書，書具❻在，然尚如此。嗟乎深父！其智雖能知軻，其於為雄，雖幾可以無悔，然其志未就，其書未具❼，而既早死，豈特無所遇於今，又將無所傳於後。天之生夫人也，而命之如此，蓋非余所能知也。

【章　旨】本段感嘆王回不被人了解，更痛惜他的早死而無所傳於後世。

【注　釋】❶道不任於天　指上天賦予他在道義方面的責任他還沒有履行。任，擔負；履行。❷酬　報答。❸管仲晏嬰　都是春秋時齊國的宰相，管仲相齊桓公稱霸天下，晏嬰相齊景公名顯諸侯。孟子的學生公孫丑曾問孟子，你如果在齊國掌了權，還可以建立管仲、晏嬰那樣的功業嗎？孟子覺得低估了自己的抱負，說你真是個齊國人，只知道管仲、晏嬰而已。❹揚雄　字子雲，漢代哲學家、文學家，著有《太玄》《法言》等。❺侯芭　《漢書・揚雄傳》說：「鉅鹿侯芭，常從雄居，受其《太玄》《法言》焉。」韓愈〈與馮宿論文書〉說：「昔揚子雲著《太玄》，人皆笑之……其弟子侯芭頗知之，以為其師之書勝《周易》。」❻具　通「俱」。都。❼未具　沒有寫完；沒有寫出。具，完備。

【語　譯】我曾經自認為上天生下這個人，大概準備用年老高壽來成就他的才能，使他有所等待然後顯達，以便施加恩惠給天下的人。或者引導他發表言論，來闡明先王的道義，喚醒後代的民眾。唉！哪裡知道他還沒有履行上天賦予道義的責任，他的德澤還沒有布施給人們的時候，而今天卻死去了。聖人君子的難以為人們所了解，真是太困難了。憑仗孟軻的聖明，而他的學生所期望於他的，只到管仲、晏嬰為止，何況其他的人呢？至於揚雄，更是在當時被輕視忽略，做他的學生的，不過一個侯芭罷了。侯芭稱讚揚雄的著作以為超過了《周易》，而《周易》是不能超過的，侯芭還算不上理解揚雄的人。但別人都說：古代的人生前沒有機會得到重視遇到知音，到他死後很久，後代的人沒有不知道的。像孟軻、揚雄，他們死去都已過了千年，可讀他們的書，懂得其中深意的人很少。那麼後代所謂了解，未見得一定是真的呢。這兩個人因為活到老才死，有幸能夠著書，書都還在，然而還是這樣難於為人所知。唉，深父！他的智慧雖然能夠懂得孟軻的深意，他對於成為揚雄那樣的人，雖然幾乎可以不後悔，但他的理想沒有成就，他的書沒有寫出，就已經早早死去，豈只是在今天無所遇合，又將要沒有什麼流傳到後代。上天生下這個人，卻給他這樣的命運，這不是我所能理解的啊。

深父諱回，本河南王氏，其後自光州❶之固始❷遷福州❸之侯官❹，為侯官人者三世❺。曾祖諱某❻，某官。祖諱某，某官。考諱某，尚書兵部員外郎。兵部葬潁州之汝陰❼，故今為汝陰人。深父嘗以進士補亳州❽衛真縣❾主簿，歲餘自免去。有勸之仕者，輒辭以養母。其卒以治平❿二年七月二十八日，年四十三。於是朝廷用薦者以為某軍⓫節度推官，知陳州南頓縣⓬事，書下而深父死矣。夫人曾氏，先若干日卒。子男一人，某。女二人，皆尚幼。諸弟以某年某月某日葬深父某縣某鄉某里，以曾氏祔。銘曰：

【章旨】本段交代王回的死葬時地及父祖妻室子女情況。

【注釋】❶光州　宋時治所在定城，今河南潢川。❷固始　縣名，今屬河南。❸福州　宋時治所在閩縣，今屬福建。❹侯官　宋時與閩縣同為福州治所。❺三世　據王安石、曾鞏所寫王回其他親人的墓誌，當為五世。❻曾祖諱某　王回曾祖名延簡，五代十國時為閩王王審知的安遠使。祖父名居政，贈祕書丞。父名平。❼汝陰　今安徽阜陽，宋為潁州治所。❽亳州　治所在譙縣，今安徽亳州。❾衛真縣　舊縣名，在今河南鹿邑東。❿治平　宋英宗趙曙年號。治平二年為西元一〇六五年。⓫某軍　指忠武軍。忠武軍節度治所在長社縣。⓬陳州南頓縣　在今河南項城北。《續資治通鑑長編》卷二〇五：「治平二年六月，前亳州衛真縣主簿王回為忠武軍節度推官知南頓縣，為知制誥沈遘、王陶等所薦，命下而回卒。」

【語譯】深父名回，本來是河南的王氏，後來祖先從光州的固始遷到福州的侯官，成為侯官人已有五代了。曾祖父名某，任某官。祖父名某，任某官。父親名某，任尚書兵部員外郎。兵部員外郎葬在潁州的汝陰，所以現在成了汝陰人。深父曾因為中進士授予亳州衛真縣主簿，一年多便自動辭職離開。有人勸他做官，就用奉養母親作理由謝絕。他死在治平二年七月二十八日，享年四十三歲。在這時朝廷因有人推薦用他做某軍節度推官，知陳州南頓縣，詔書下達時，可是深父卻死了。夫人姓曾，比他早若干日死。兒子一人，名某。女兒二人，都還小。幾個弟弟在某年某月某日安葬深父於某縣某鄉某里，和曾氏合葬在一起。銘文說：

嗚呼深父！維德之仔肩❶，以迪❷祖武❸。厥艱荒遐，力必踐取。莫吾知庸❹，亦莫吾侮❺。神則尚❻反，歸形此土。

【章　旨】銘文讚揚王回堅持德義，身體力行，嘆息他不被了解，不被重用。

【注　釋】❶仔肩　擔負；擔當。「維德之仔肩」即以聖人之道為己任之意。❷迪　追隨；繼承。❸武　足跡。❹庸　用。❺侮　輕慢。❻尚　上。

【語　譯】唉呀深父，只把德義來擔當，踏著祖先足跡向前。儘管那旅途艱難荒遠，也身體力行努力去實現。沒有人像我一樣了解您的善行，也沒有人像我一樣對您不敢輕慢。您的神靈將返歸上天，您的形體回歸這土地之上。

【研　析】王安石對王回十分敬重，感情深篤，但王回做了一年多的縣主簿後便不再做官，志向未成，著書未就，而過早死去，可記的事跡無多，所以本文在寫法上避實就虛，以議論評述為主。首段雖是敘述，卻不涉及具體事實，只作概括的結論，突出深父為人的特點。以聖人之道為己任，不投合世俗喜好，人多以為迂闊，作者則指出，這正是深父之所以成為深父的特色，以跌宕的筆勢對王深父作出了高度的評價。第二段純為議論，首先宕開，從「天厄通人」的一般現象切入，說上天對於賢者，或壽考以成其才，使有待而後顯；或誘其言，以明先王之道，字裡行間暗暗為王深父「志未就」「書未具」伏筆，以見其身世可悲。接著舉孟軻、揚雄兩位古人作比，說兩位聖人君子生前不被人知，死後也知之者少，慨嘆被人了解之難。這些文字正如林紓所說，「初讀之疑其不倫」，其實，第一，以孟軻、揚雄作比，大大提高了王回深父的身價地位；第二，孟子、揚雄還能「以老而終」著書具在，而王深父則志未就、書未成，比軻、雄更不如，不僅不遇於今，且無傳於後，終將淹沒不被人知。作者傷感之情溢於言表。行文吞吐跌宕，感情沉郁悲涼，所以雖通篇議論，而讀者不覺其虛泛也。

建安章君墓誌銘

王介甫

【題解】 建安，今福建建甌，宋時為建州州治。章君，名友直（西元一〇〇六—一〇六五年），字伯益，是宋仁宗時宰相章得象的堂侄，知名的書法家、畫家，他的篆書尤為人所稱道。本文除了讚揚章友直傑出的藝術才能以外，還突出地表現了他自放不羈、淡泊功名富貴的獨特個性。

君諱友直，姓章氏。少則卓越自放不羈，不肯求選舉，然有高節大度過人之材。其族人郇公❶為宰相，欲奏而官之，非其好，不就也。自江淮之上、海嶺之間，以至京師，無不游。將相大人豪傑之士，以至閭巷庸人小子，皆與之交際，未嘗有所忤，莫不得其歡心。卒❷然以是非利害加之，而莫能見其喜慍，視其心，若不知富貴貧賤之可以擇而取也，頹然❸而已矣。昔列御寇❹、莊周❺當文武❻末世，哀天下之士沉於得喪，陷於毀譽，離性命❼之情，而自託於人偽❽以爭須臾之欲，故其所稱述，多所謂天之君子❾。若君者，似之矣。

【章旨】本段敘述章友直淡漠功名富貴而樂與普通人交往的高節大度。

【注釋】❶郇公 指章得象，字希言，宋仁宗時多次拜同中書門下平章事，封郇國公。❷卒 突然。❸頹然 疏慢不拘的樣子。❹列禦寇 即列子，相傳為戰國時鄭人，能御風而行，是道家人物。❺莊周 即莊子。❻文武 周文王武王，代指周代。❼性命 指受之於天的本性特點及壽夭禍福的命運。❽人偽 後天人為形成的。《荀子・性惡》說：「不可學不可事而在人者謂之性，可學而能可事而成之在人者謂之偽。」❾天之君子 指存養自然天性蔑視世俗利祿的掌握了「道」的人。即《莊子・大宗師》中所說的「畸於人而侔於天」的畸人。

【語譯】君名友直，姓章。少年時代就特出不凡，自我放任，不受拘束，不肯追求科舉功名，然而卻有高尚的節操、闊大的胸襟、過人的才智。他的同族人郇國公做宰相，想上奏朝廷派他做官，不是他的愛好，他不肯去。從長江、淮河向北、近海多山的地方，以至京城，沒有他不遊歷到的。從將相大人英雄豪傑，直到街市上的普通民眾小人物，都同他來往接觸，從來沒有過抵觸不順意的情況，沒有人不得到他的歡心。突然把是非得失加在他的身上，也看不出他的喜怒，觀察他的內心，似乎是不懂得富貴和貧賤是可以通過選擇來獲取的，完全是一幅疏慢不拘、毫無所謂的樣子。過去列禦寇、莊周在周朝的末年，哀嘆天下的讀書人沉溺於得失之中，陷身在讚揚和毀謗中不能自拔，脫離了自然的本性和命運，而把自己寄託於人為的做作來爭奪片刻欲望的滿足，所以他們所稱道所闡述的，大多是被稱為順應天命的君子，像章君這樣的人，就有點像這類君子了。

君讀書通大指，尤善相人，然諱其術，不多為人道之。知音樂、書畫、弈碁❶，皆以知名於一時。皇祐❷中，近臣言君文章善篆，有旨召試，君辭焉。於是太學篆石經，又言君善篆，與李斯❸、陽冰❹相上下，又召君，君即往。經成，除試將作監主簿❺，不就也。嘉祐❻七年十一月甲子，以疾卒於京師，年五十七。娶辛氏，生二男，存、孺，為進士。五女子，其長嫁常州❼晉陵縣主簿侍其❽璹，早卒，璹又娶其中女；次適蘇州❾吳縣黃元；二人未嫁。

【章　旨】本段敘章友直的才藝、生平和家室子女。

【注　釋】❶棊　棋的異體字。❷皇祐　宋仁宗年號，共六年（西元一〇四九—一〇五四年）。❸李斯　秦始皇的丞相，工篆書，被譽為小篆之祖，相傳秦代碑刻，多為他所寫。❹陽冰　唐代書家，姓李，字少溫，唐趙郡（今河北趙縣）人，篆書得法於秦〈嶧山刻石〉，對後世書家影響頗大。❺將作監主簿　將作監是主管京城土木營造的機構，主簿是其中負責文書簿籍印信的官吏。❻嘉祐　宋仁宗年號。七年為西元一〇六二年。❼常州　治所在晉陵，今江蘇常州。❽侍其　複姓。相傳為漢代酈食其後人的一支。❾蘇州　治所在吳縣，今江蘇蘇州。

【語　譯】章君讀書能通曉其中的大意，尤其長於為人看相，但忌諱這種方術，不多向人說起它。懂音樂、書畫、下碁，都能憑技藝在當時出名。皇祐年間，皇帝身邊的大臣談到他的文才和篆書，下了聖旨召他入京測試，章君推辭了。在這時太學要在石上篆刻經書，又有人提出他會篆書，同李斯、李陽冰水平接近，又召見他，章君就去了。經書寫成，封他為試用將作監主簿，他卻不去赴任。嘉祐七年十一月甲子日，因病死於京城，享年五十七歲。章君娶辛姓女為妻，生兩個兒子，章存、章孺，都是進士。五個女兒，長女嫁給常州晉陵縣主簿侍其璹，很早就死了，侍其璹又娶了他的二女兒；第三女嫁給蘇州吳縣黃元；另兩個沒有出嫁。

君家建安者五世，其先則豫章❶人也。君曾祖考諱某，仕江南李氏❷，為建州軍事推官。祖考諱某，皇著作佐郎，贈工部尚書。考諱某，京兆府❸節度判官。君以某年某月某甲子葬潤州❹丹陽縣❺金山❻之東園。銘曰：

【章　旨】本段敘章友直的家世先人以及友直埋葬的時地。

【注　釋】❶豫章　郡名，治所在今江西南昌。❷江南李氏　指五代十國的南唐。❸京兆府　屬陝西路，永興軍節度，治長安、萬年兩縣。❹潤州　治所在丹徒，今江蘇鎮江。❺丹陽縣　今屬江蘇。❻金山　在丹陽縣西北大江中。

【語　譯】章君的家族在建安已經五代，他的祖先卻是豫章人。他的曾祖父名某，在南唐李氏政權做官，擔任建州軍事推官。祖父名某，是本朝的著作佐郎，死後贈為工部尚書。父親名某，是京兆府節度判官。章君於某年某月某日葬在潤州丹陽縣金山的東園。銘文說：

弗繢❶弗雕❷，弗跂❸以為高。俯以狎❹於野，仰以游於朝。中則有實，視銘其昭。

【章　旨】銘文讚揚章友直不做作，不抬高自己，不以與普通人交往為恥。

【注　釋】❶繢　同「繪」。描繪；塗飾。❷雕　雕飾。「弗繢弗雕」意謂不自我炫耀。❸跂　通「企」。《說文》曰：「企，舉踵也。」即踮起腳跟。❹狎　遊。

【語　譯】不自我描繪，不自我雕飾，不踮起腳跟來顯示自己的清高。在下能與山野小人相來往，在上也能與朝臣相交。胸中懷著真實的才智，讀讀墓銘就可以明瞭。

【研　析】本文寫章友直，介紹姓名之後，立即抓住他為人的獨特性格特徵展開敘述，寫他材器不凡而不受拘束，淡於名利而不傲視民眾，不以利害而動其心，寫出了一個富於傳奇色彩的人物形象。前人從不同角度總結了本文的寫法特點。張裕釗說本文「意格從史遷〈淮南王安傳〉首及韓退之〈鄭群墓銘〉中段融化而出」，這是從淵源方面說的。韓愈寫鄭群，「與之游者，自少及老，未嘗見其言色若有憂嘆者。豈列禦寇、莊周所謂近於道者耶？」從本文不難看出王安石的確受到韓愈的這些敘述的啟示。但王安石沒有將這些意思置於文章中間，而是開門見山，入手即扣住人物的這些特點，正如司馬遷寫淮南王劉安，劈頭一句即是「淮南王安為人好讀書鼓琴，不喜弋獵狗馬馳騁……」這種寫法使讀者感覺「忽然而至」，立即被文章中不平凡的性格所吸引。劉大櫆稱本文「其來如春水之驟至，故佳」，正是從藝術效果方面對本文寫法作出的中肯評價。

孔處士墓誌銘

王介甫

【題　解】「處士」指沒有做官或不做官的讀書人。孔處士（西元九九四—一〇六〇年），指孔旼，字寧極，是孔子的第四十六代孫。《宋史・隱逸傳》上有孔旼的傳記，說他性孤潔，喜讀書，隱居汝州龍興縣龍山之滍陽城，說他對鄉民十分友善，遇歲饑分所餘以賙不足，未嘗計有無，聞人之善，若出於己，動止必依禮法，所以頗為鄉里所尊重，「環所居百餘里人皆愛慕之」。本文是宋仁宗嘉祐七年（西元一〇六二年）王安石在朝廷知制誥時所作。王安石揚棄了當時社會上關於孔旼的一些頗為怪異的傳說，而比較全面地記述了他淡於利祿，屢辭官職，好施樂助，友善鄉鄰，及為鄉人所敬愛的事跡。

先生諱旼，字寧極，睦州❶桐廬縣❷尉諱詢之曾孫，贈國子博士諱延滔之孫，尚書都官員外郎❸諱昭亮之子。自都官而上至孔子四十五世。先生嘗欲舉進士，已而悔曰：「吾豈有不得已於此邪？」遂居於汝州❹之龍興❺山，而上葬其親於汝。汝人爭訟之不可平者，不聽有司而聽先生之一言，不羞犯有司之刑，而以不得於先生為恥。慶曆七年，詔求天下行義❻之士，而守臣以先生應詔。於是朝廷賜之米帛，又敕州縣除其雜賦。

【章　旨】本段敘孔旼的家世出身及隱居受人敬愛的情況。

【注　釋】❶睦州　治所在建德，今屬浙江。❷桐廬縣　今屬浙江。❸都官員外郎　刑部的屬官，管理獄囚兼及吏役的事務。❹汝州　治所在梁縣，今河南臨汝。❺龍興　縣名，今河南寶豐。《宋史・孔旼傳》載「旼隱居汝州龍興縣龍山之滍陽城」。❻行義　操守與道義。

【語　譯】先生名旼，字寧極，是睦州桐廬縣尉名詢的曾孫，贈國子博士名延滔的孫子，尚書都官員外郎名昭亮的兒子。從都官員外郎往上推到孔子是四十五代。先生曾經想要推舉考進士，接著後悔道：「我難道有什麼事情不得不走這條路嗎？」於是就隱居在汝州的龍興山，而安葬上代的先人在汝州。汝州地方的人互相爭執訴訟無法解決的，不聽從有關衙門的裁決而願聽從先生的一句話決斷，人們不以觸犯有關部門的刑法感到羞愧，而把得不到先生的肯定作為可恥的事。慶曆七年，朝廷下詔訪求天下有節操蓄道義的人士，於是鎮守本州的臣子提出先生之名以應付朝廷詔書，在這種情況下朝廷賜給先生糧食布帛，又命令州縣免除先生的各種捐稅。

嘉祐❶二年，近臣多言先生有道德可用，而執政度以為不肯屈，除守❷祕書省校書郎致仕。四年，近臣又多以為言，乃召以為國子監直講❸，先生辭，乃除守光祿寺丞❹致仕。五年，大臣❺有請先生為其屬縣者，於是天子以知汝州龍興縣事，先生又辭，未聽，而六月某日，先生終於家，年六十七。大臣有為之請命❻者，乃特贈太常丞❼。至七年月日，弟暐❽葬先生於堯山❾都官之兆❿，而以夫人李氏祔。李氏，故大理評事昌符之女。生一女，嫁為士人妻，而先物故。

【章　旨】本段敘述孔旼生平事跡，側重在朝廷的禮敬和他兩次辭官的情況。

【注　釋】❶嘉祐　宋仁宗年號。二年為西元一〇五七年。❷守　署理的意思，官階低而所署官高叫守。❸直講　國子監的教官，掌以經術教授諸生。❹光祿寺丞　光祿寺是朝廷負責祭祀朝會的宴會酒席等事的機構，丞協助卿、少卿履行職責。❺大臣　一說指當時的許州知州賈昌朝。❻請命　此指請求贈官。❼太常丞　太常寺的官員，位在卿、少卿之下。太常寺是掌管禮樂郊廟社稷陵墓的機構。❽暐　同「瑋」。孔旼弟孔暐曾任順陽令。❾堯山　位於河南魯山縣境內，相傳夏孔甲立堯祠於此，故稱堯山。❿兆　墓地的界域。

【語　譯】嘉祐二年，皇帝身邊的大臣們不少說起先生有道德可以重用，但宰相估量認為先生將不肯屈從，就封先生為署理祕書省校書郎的名義退休。嘉祐四年，近侍大臣又有多人把重用先生這件事作為建議提出，於是召見先生任用為國子監直講，先生謝絕了，就任命先生署理光祿寺丞的名義退休。嘉祐五年，大臣中有人請求調先生治理他的屬縣的，於是天子用先生知汝州龍興縣事，先生又辭謝，天子不許，可六月某日，先生死在家中，享年六十七歲。大臣中有替先生向朝廷請求封贈的，於是特贈先生為太常丞。到嘉祐七年的某月某日，先生的弟弟孔嗚將先生安葬在堯山他父親都官員外郎的墓地附近，並把夫人李氏合葬在一起。李氏是已故大理評事李昌符的女兒。生有一個女兒，嫁給讀書人為妻，可是已先死了。

先生事父母至孝，居喪如禮，遇人恂恂❶，雖僕奴不忍以辭氣加焉。衣食與田桑有餘，輒以賙其鄉里，貸而後不能償者，未嘗問也。未嘗疑人，人亦以故不忍欺之。而世之傳先生者多異，學士大夫有知而能言者。蓋先生孝弟忠信，無求於世，足以使其鄉人畏服之如此，而先生未嘗為異也。先生博學，尤喜《易》，未嘗著書，獨〈大衍〉❷一篇傳於世。考其行治，非有得於內，其孰能致此耶？

【章旨】本段敘孔旼的為人，並分析他受人敬畏的原因。

【注釋】❶恂恂　恭順的樣子。❷大衍　文章名。宋代的各類文集均失載，估計失傳已久。

【語譯】先生侍奉父母非常孝順，守喪嚴格按照禮節的規定，對待別人恭敬又和順，即使是僕人奴婢也不忍心把疾言厲色加在他們身上。衣服飲食田土蠶桑有剩餘，就拿來賙濟同鄉的百姓，借了以後不能償還的，先生也不曾追問。先生不曾疑心別人，別人也因為這個緣故不忍心欺騙他。社會上傳頌先生的事跡有許多怪異的說法，有的學士大夫知道並且能說出來。先生孝順友愛忠誠信義，對世上沒有什麼慾求，足夠讓他的同鄉人畏服他到這種程度，可先生並沒有故作怪異的表現。先生學問廣博，尤其喜歡讀《易》，不曾著書，只有〈大衍〉一篇在社會上流傳。考察先生的行為事跡，如果不是在內心對道義確有體會，會有誰能夠達到這種境界呢？

當漢之東徙❶，高守節之士，而亦以故成俗，故當世處士❷之聞，獨多於後世。乃至於今，知名為賢而處者，蓋亦無有幾人，豈世之所不尚，遂湮沒而無聞，抑士之趨操，亦有待於世邪？若先生固不為有待於世，而卓然自見於時，豈非所謂豪傑之士者哉！其可銘也已。銘曰：

【章旨】本段聯繫歷史作出評論，讚揚孔處士節操品德超乎一般。

【注釋】❶漢之東徙　西漢變成東漢，都城從長安遷徙到洛陽。洛陽在長安之東，所以說東徙。❷當世處士　主要指東漢末年黨錮之獄所牽連的下層人士及太學生，如張儉、范滂，太學生郭泰、賈彪，以及此外的著名處士徐穉等人。

【語譯】在東漢時期，重視堅持節操的讀書人，並且也因這個緣故形成風俗，所以當時處士聞名的情況，特別比後代多。但是到了現在，作為賢者而聞名又沒有出仕的，大概也就沒有多少人了，難道是社會上並不推崇，於是他們都被埋沒了而不能出名，或者是士人的志向、操守，也要依附於整個社會呢？像先生當然不是對社會有所依賴，所以自能在當代特異地顯露出來，這難道不是平常所說的豪傑之士嗎！真是值得銘記的了啊。銘文說：

有入❶而不出，以身易物❷；有往而不反，以私其佚❸。嗚呼先生，好潔而無尤❹，匪佚之為私，維志之求。

【章旨】銘文稱讚孔旼與追求利祿的人和只求自己安樂者都不相同。

【注釋】❶入　指入仕做官。❷物　外物，指功名利祿。❸佚　安樂。❹尤　過失。

【語譯】有的人一入仕便不肯退出，將生命來換取利祿；有的人高飛遠走而不返回，來滿足自己的安逸。唉！先生，喜歡高潔而且沒有過失，不是為一己之私的安樂，是為了實現理想的追求。

【研析】本文開頭首先點明孔旼的處士身分，接著標出：「汝人爭訟之不可平者，不聽有司而聽先生之一言，不羞犯有司之刑，而以不得於先生為恥。」以簡潔的語言高度概括了孔處士的高風亮節及其深受民眾尊重的情況。接著兩段文章，一段敘寫孔處士的生平，側重在朝廷對他的封贈和孔處士多次推辭不願入仕，直到老死。既反映了孔處士淡泊功名富貴的品德，又反映了他的人格在朝廷內外產生的廣泛影響，言語不多而含意深至。一段敘寫孔處士的為人，作者捨棄了一些離奇不實的怪異傳說，平實地寫出了孔處士事親居喪待人接物方面的一些表現。這一段在前段的基礎上更深入一層，揭示孔處士為人尊重的深刻的內在原因。作者在本段末斷言：「考其行治，非有得於內，其孰能致此耶？」說明這個「內」字，是作者在本文的注目之處。誌文的末段上溯東漢，擴展了文章的境界和讀者的視野，在更為廣闊的歷史文化背景下評論孔處士的行為，一方面進一步揭示出孔旼人品之可貴，一方面流露出作者對時代歷史的感慨之情，使文章更覺含意深遠，耐人尋味。所以本文雖然簡潔明瞭，意思卻有愈轉愈深的效果。

祕閣校理丁君墓誌銘

王介甫

【題解】祕閣是宋太宗時建的一處殿閣，用來保存三館中的珍品書畫典籍。校理為整理校正書籍的官員，已見歐陽修〈集賢校理丁君墓表〉。「墓表」與「墓誌」所指之丁君均為丁寶臣（西元一〇一〇—一〇六七年），字元珍。丁氏是歐陽修的朋友，同王安石的交情也不薄。王安石慶曆二年（西元一〇四二年）中進士出任簽書淮南判官，丁寶臣為淮南節度掌書記，兩人同在揚州供職，所以王安石在〈寄丁中允〉詩中說「始我與夫子，得官同一州」，在墓誌中稱丁氏為同僚。六年以後，王安石調知鄞縣，丁寶臣為剡縣知縣，兩地相去不遠，時有詩文書信往還。王安石對丁氏早年給自己的幫助和影響，曾一再致意，表示永遠難以忘懷。所以丁氏死後，王安石不僅根據丁寶臣女婿提供的行狀寫了這篇墓誌，還寫了〈祭丁元珍學士文〉，抒發了對老友的深厚感情。

朝奉郎❶、尚書司封員外郎❷，充祕閣校理，新差通判❸永州❹軍州，兼管內勸農❺事，上輕車都尉❻，賜緋魚袋，晉陵❼丁君卒，臨川王某曰：「噫！吾僚❽也。方吾少時，輔我以仁義者。」乃發哭弔其孤，祭焉而許以銘。越三月，君壻以狀❾至，乃敘銘赴其葬。

【章　旨】本段交代與死者的交誼，以明寫作墓誌的原由。

【注　釋】❶朝奉郎　文階官正六品。❷司封員外郎　吏部第四司官員，掌管官爵的封贈繼承等事。❸通判　宋代設置的地方官，與知州、知府共同管理當地政務軍務。❹永州　今湖南永州。❺勸農　勉勵農耕，唐宋都設有勸農使，地方官則兼所管地區的勸農事務。❻上輕車都尉　勳級的第四品。❼晉陵　古郡名，治所在今江蘇常州。❽僚　指同僚，即同在一起做官的人。❾狀　行狀。列述生平事跡的文字材料。

【語　譯】朝奉郎、尚書司封員外郎，充任祕閣校理，新近派任通判永州軍政州務，兼任管區內勸農事宜，上輕車都尉，賜著紅色官服，佩銀魚袋，晉陵人丁君亡故，臨川王某說：「唉！這是我的僚友呢。是當我年輕的時候，拿仁義來輔導我的人。」於是舉哀哭弔慰問他的孤兒，祭奠他又答應為他撰寫墓誌銘。過了三個月，丁君的女婿把丁君的行狀送來，我就寫成散序銘詩趕赴丁君的葬禮。

敘曰：君諱寶臣，字元珍，少與其兄宗臣皆以文行稱鄉里，號為「二丁」。又景祐❶中，皆以進士起家。君為峽州❷軍事判官，與廬陵歐陽公游，相好也。又為淮南節度❸掌書記。或誣富人以博，州將，貴人也，猜而專，吏莫敢議，君獨力爭正其獄。又為杭州觀察判官，用舉者兼州學教授。又用舉者遷太子中允，知越州剡縣❹。蓋其始至，流大姓一人，而縣遂治。卒除弊興利甚眾，人至今言之。於是再遷為太常博士❺，移知端州❻。儂智高❼反，攻至其治所，君出戰，能有所捕斬，然卒不勝，乃與其州人皆去而避之，坐免一官，徙黃州❽。會恩除太常丞，監湖州❾酒。又以大臣有解舉者，遷博士。就差知越州諸暨縣❿。其治諸暨如剡，越人滋以君為循吏也。

【章　旨】本段敘丁寶臣的經歷和政績，側重在他作為循吏的表現。

【注　釋】❶景祐　宋仁宗年號。丁寶臣中進士在景祐元年（西元一〇三四年）。❷峽州　治所在夷陵縣，今湖北宜昌。❸淮南節度　治所在江都縣，今江蘇揚州。❹越州剡縣　越州州治在浙江紹興，剡縣即今浙江嵊縣。❺太常博士　太常寺設博士四人，講定禮儀，討論謚號。❻端州　今廣東高要。❼儂智高　廣源州（今越南諒山附近）酋長，曾據有廣西一帶，後為狄青所敗。❽黃州　治所在黃崗縣，今屬湖北。❾湖州　治所在烏程（今浙江湖州）。❿越州諸暨縣　諸暨為越州屬縣，今屬浙江。

【語　譯】敘文如下：丁君名寶臣，字元珍，少年時代同他的哥哥宗臣都因為文才出眾品行優異被家鄉父老所稱道，號稱「二丁」。景祐年間，兄弟二人都由考中進士步入仕途。丁君任峽州軍事判官，與廬陵歐陽公交往，十分要好。又任淮南節度掌書記。有人誣告某富人賭博，那個州的守將，是地位尊貴的人，猜忌又專斷，下屬沒有誰敢有不同意見，丁君一個人卻力爭而糾正了那個案件。又曾任杭州觀察判官，因被推舉而兼任州學的教授。又因有人推舉升任太子中允，實任越州剡縣知縣。他開始到任，就將一個豪強家族的人處以流放，於是全縣就治理好了。到最後除弊興利很多，人們到現在還在傳頌。於是再次提升任太常博士，調任端州知州。儂智高造反，攻打到他的州衙所在地，丁君出兵迎戰，能俘獲斬殺一些敵兵，可是終於未能取勝，就同他那一州的吏民都離開來躲避叛亂軍隊，論罪而被免去一級官職，移到黃州安置。遇上恩賞封為太常丞，監管湖州酒稅。又因為大臣中有替他解脫推舉他的人，升為太常博士，就近派往越州諸暨縣任知縣。他治理諸暨如同治理剡縣一樣，越州人更加把丁君看作一位奉職守法的好官。

英宗❶即位，以尚書屯田員外郎❷編校祕閣書籍，遂為校理，同知太常禮院❸。君直質❹自守，接上下以恕，雖貧困，未嘗言利，於朋友故舊，無所不盡。故其不幸廢退，則人莫不憐；少❺進也，則皆為之喜。居無何，御史論君嘗廢矣，不當復用，遂出通判永州。世皆以咎❻言者，謂為不宜。夫毆❼未嘗教之卒，臨不可守之城，以戰虎狼百倍之賊，議今之法，則獨可守死爾；論古之道，則有不去以死，有去之以生。吏方操法以責士，則君之流離窮困，幾至老死尚以得罪於言者，亦其理也。

【章　旨】本段敘丁寶臣的為人，對其晚年仍受攻擊被廢棄深表同情。

【注　釋】❶英宗　名趙曙，在位四年。❷屯田員外郎　屬工部第二司，掌天下屯田及文武官職田等。❸太常禮院　太常寺中一個相對獨立的機構，設判院和同知院等官。❹直質　正直。❺少　稍。❻咎　指責。❼毆　古「驅」字。

【語　譯】英宗登上皇位，丁君用尚書省屯田員外郎的身分編輯校正祕閣的書籍，於是作了祕閣校理，還兼太常禮院的同知院。丁君自己堅持正直的品德，而用寬容的態度同上司下屬打交道，即使貧窮困苦，也從不談論為個人謀取利益，對於親戚朋友，沒有什麼事不盡心竭力的。所以他不幸遭到罷職降官，人們就沒有不同情他的；他稍稍受到提拔，就大家都替他高興。過了沒有多久，御史提出意見認為丁君曾被免職，不應當又加重用，就把他派出京城到永州做通判。社會上都因此責備發表意見的人，認為不恰當。一個人驅使一些沒有訓練過的士兵，靠著不可能守住的城池，而同上百倍的如狼似虎的叛軍作戰，討論今時的法令，那就只可以守城而死罷了；按照古代的規則，就既有不離開而戰死，又有脫離危城而求生的選擇。官吏正拿著今天的法令來要求人們，那麼丁君的流離顛沛，貧窮困苦，差不多一直到老死還要得罪那些愛發表議論的御史，也就是情理中的事了。

君以治平❶三年待闕❷於常州❸，於是再遷尚書司封員外郎，以四年四月四日卒，年五十八。有文集四十卷。明年二月二十九日，葬於武進縣❹懷德北鄉郭莊之原。

【章　旨】本段敘丁寶臣卒葬時地。

【注　釋】❶治平　宋英宗年號。治平三年為西元一〇六六年。❷闕　官員的空位。待闕即等候出現空位而有被任命的機會。

❸常州　今江蘇常州。❹武進縣　今常州郊縣，宋時為常州州治。

【語　譯】丁君於治平三年在常州等候空闕，在這時候再次提升為尚書省司封員外郎，在四年四月四日去世，年五十八。丁君留有文集四十卷。次年二月二十九日，葬在武進縣懷德北鄉郭莊的原野。

君曾祖諱輝❶，祖諱諒，皆弗仕。考諱柬之，贈尚書工部侍郎。夫人饒氏，封晉陵縣君，前死。子男：隅，太廟齋郎；除、隮為進士；其季恩兒尚幼。女嫁祕書省著作佐郎、集賢校理同縣胡宗愈❷；其季未嫁，嫁胡氏者亦又死矣。銘曰：

【章　旨】本段敘丁寶臣的先人、妻室、子女。

【注　釋】❶輝　一本作「耀」。❷胡宗愈　後為尚書右丞。

【語　譯】丁君的曾祖父名輝，祖父名諒，都沒有做官。父親名柬之，死後贈為尚書工部侍郎。丁君的夫人姓饒，封為晉陵縣君，在他死之前已去世。兒子：丁隅，任太廟齋郎；丁除、丁隮都是進士；小兒子恩兒還年幼。女兒嫁給祕書省著作佐郎、集賢校理同縣的胡宗愈，小女兒沒有出嫁，嫁給胡家的那位也已死了。銘文如下：

文於辭為達，行於德為充❶，道於古為可，命於今為窮。嗚呼！已矣！卜此新宮。

【章旨】銘文慨嘆丁寶臣才德兼優卻不幸遭遇窮困。

【注釋】❶充　充實。

【語譯】文章在言辭方面稱得上通達，品行在道德上可謂充實，道路在古人看來也是正確的，而命運在當代卻是坎坷貧窮。唉！您的路走完了！選擇這裡作為地下的新宮。

【研析】丁寶臣生前雖仕途不順，但死後卻得「唐宋八大家」之兩大家為他撰寫墓表、墓誌，可算有幸。歐陽修的〈墓表〉和王安石〈墓誌〉，都針對丁氏失守端州被議處一事發表意見，維護丁氏，對其晚年的不幸深表同情，對丁氏的為人和政績都有肯定的評價。但兩文在寫法上也有明顯的不同：第一，兩人同丁寶臣都有交情，歐陽修在文中沒有提及，王安石不僅明指丁氏為同僚，而且稱丁為少年時代輔己以仁義的引路之人，明白直切，顯出兩人年齡的不同，同丁氏關係深淺也不盡相同。第二，兩文都肯定丁寶臣在州縣的治績，而歐文用筆較虛，王安石則寫得較為具體，如為富人辨誣、流大姓一人等節，歐文均未提及，這與王安石為官地與丁相同或轄區相近，感受更為具體不無關係。第三，同樣說端州失守、晚年再遭物議，但歐文含蓄婉轉，遠從背景說起，細節曲折，從容盡情，語言極有分寸，皇帝御史都不得罪。王文則言語極少，不展開說，而態度卻更直切，不平之意反更明顯，這又典型地反映出歐、王文章風格的差異。細加比較，必能受益。

叔父臨川王君墓誌銘

王介甫

【題解】臨川，郡名，宋屬江南西路，治所在今江西臨川，是王安石家族聚居之地。臨川王君為王安石的堂叔王師錫（西元一〇二〇—一〇五六年）。墓誌中說王師錫至和四年祔於真州某縣某鄉銅山之原皇考諫議公之兆，而王安石為他的叔祖父王貫之所寫的墓誌說到貫之死後贈右諫議大夫，又說到他改葬於真州揚子縣萬寧鄉銅山之原，還說到他有六個兒子，其中四人都早死，這些都同本文所敘的情景相合，據此疑王師錫即是安石叔祖父王貫之的一個兒子。又本文說王師錫葬於「至和四年」，至和為宋仁宗年號，但並不存在至和四年，至和三年（西元一〇五六年）九月已經改元為嘉祐元年，所以本文應當是至和三年九月以前寫好預備第二年安葬時用的，還不知將會改元的信息，所以有「至和四年」的說法。

孔子論天子、諸侯、卿大夫、士、庶人之孝，固有等❶矣。至其以事親❷為始而能竭吾才，則自聖人至於士，其可以無憾焉一也。

【章旨】本段隱括《孝經》所載孔子的論述，作為下文立論的依據。

【注釋】❶等　等差。《孝經》載孔子對曾子說到天子、諸侯以至庶人孝的不同標準，如說竭盡愛和敬來侍奉父母，功德和教化便可廣被於百姓，從而使自己成為天下的榜樣，這是天子的孝道；謹慎處世，節省開支，以此來供養父母，這是普通民眾的孝道。❷事親　侍奉父母。孔子認為孝道從侍奉父母開始，繼之以侍奉君主，最終在樹立本人美德。

【語譯】孔子論述天子、諸侯、卿大夫、士、庶人的孝道，本有不同的標準，至於行孝以侍奉父母為開端並能竭盡自己的才力，那麼從聖人到一般讀書人，他們可以不感到遺憾的情況是一樣的。

余叔父諱師錫，字某。少孤，則致孝於其母，憂悲愉樂不主於己，以其母而已。學於他州，凡被服、飲食、玩好之物，苟可以慊❶吾母而力能有之者，皆聚以歸，雖甚勞窘❷，終不廢。豐其母以及其昆弟、姑姊妹❸，不敢愛其力之所能得。約❹其身以及其妻子，不敢慊❺其意之所欲為。其外行，則自鄉黨、鄰里及其嘗所與遊之人，莫不得其歡心。其不幸而蚤❻死也，則莫不為之悲傷歎息。夫其所以事親能如此，雖有不至❼，其亦可以無憾矣。

【章　旨】本段敘叔父能盡心竭力孝敬母親，即使達不到士的標準，也可無愧於心。

【注　釋】❶愜　快心；滿意。❷勞窘　勞苦困窘。❸姑姊妹　父親的姐姐為姑姊，父親的妹妹為姑妹。❹約　節儉。❺慊　滿足；快意。❻蚤　通「早」。❼不至　孔子認為士的孝道應能忠順事上，長保祿位，永守先人祭祀，王師錫未能得到一官半職以顯親揚名，所以說有「不至」。

【語　譯】我的叔父名師錫，字某。少年時代死了父親，於是就奉獻孝心在他的母親身上，痛苦快樂都不以自己的心情為主，而以他的母親為轉移罷了。在別的州郡求學，凡屬蓋的穿的、吃的喝的以及好玩的東西，只要能使自己的母親快意而且他的能力能夠獲得的，都集中起來帶回去，即使十分勞苦困窘，始終不肯停止。厚待自己的母親而連帶優待兄弟們和大小姑媽，不敢吝惜自己費力氣才得來的東西。自己省吃儉用而連帶自己的妻子兒女，不敢為滿足個人意願去做想要做的事情。他出門在外，從鄉親、鄰居到那些曾經同他有所交往的人，沒有不得到他們的好感的。他不幸地太早死亡，沒有人不為他而傷心歎息。他侍奉母親的態度能做到這樣，即使還有做得不夠的地方，那也可以沒有遺憾了。

自庠序❶聘舉之法壞，而國論不及乎閨門❷之隱；士之務本❸者，常詘❹於浮華淺薄之材。故余叔父之卒，年三十七，數以進士試於有司，而猶不得祿賜以寬一日之養焉。而世之論士也，以苟難❺為賢，而余叔父之孝，又未有以過古之中制也，以故世之稱其行者亦少焉。蓋以叔父自為，則由外至者❻，吾無意於其間可也；自君子之在勢者觀之，使為善者不得職而無以成名，則中材何以勉焉？悲夫！

【章　旨】本段通過評論對叔父既未考中進士又未獲得賢名深表同情。

【注　釋】❶庠序　古代地方所設的學校。殷代稱序，周代稱庠。❷閨門　內室之門，此指家庭內部。❸務本　此指追求品德修養，實踐仁孝等美德。❹詘　通「屈」。❺苟難　指苟且敷衍，實為沽名釣譽而做難為之事，如以割股療親為至孝之類。《韓詩外傳》：「君子行不貴苟難，說不貴苟察，名不貴苟傳，惟其當之為貴。」❻外至者　外加的，指官祿、賢名及旁人的讚譽等。

【語　譯】自從經由地方學校禮聘選拔人才的制度被破壞，於是國家的評論不涉及到家門內部不為外人所知的事情；讀書人中的那些追求根本重德篤行的人，往往被浮華淺薄的人物壓抑著不得伸展。所以我叔父死時，年紀三十七歲，多次按進士的要求到有關部門應試，卻還是得不到俸祿的賞賜來使一天的供養變得寬鬆。而且社會上評論讀書人的時候，拿沽名釣譽而做出別人難以做出的事當成賢良的標準，但是我叔父的孝道，又沒有什麼超過古代一般規定的地方，因此世上稱頌他的品行的也不多。也許從叔父自己行事看，那麼由外人所加的謗譽等等，我不在這上面考慮計較是可以的；而從君子中那些處於有權有勢地位的人看來，使做好事的人得不到職位而沒有辦法成名，那麼中等材質的人靠什麼來自勉呢？可悲啊！

叔父娶朱氏。子男一人，某，女子一人，皆尚幼。其葬也，以至和❶四年，祔於真州❷某縣❸某鄉銅山之原皇考諫議公之兆❹。為銘。銘曰：

【章旨】本段敘王師錫妻室子女情況及卒葬的時地。

【注釋】❶至和　宋仁宗年號。至和只三年，所謂至和四年實應為嘉祐二年，即西元一〇五七年。❷真州　治所在今江蘇儀徵。❸某縣　指揚子縣，今江蘇儀徵，銅山在縣西北。❹兆　此指墓地的界域。

【語譯】叔父娶了朱姓女子為妻。有一個兒子，名某，女兒一個，兩人都還年幼。叔父葬的時候，是在至和四年，是合葬在真州某縣某鄉銅山的原野他父親諫議大夫的墓地疆界內。寫了銘文，銘文是這樣說的：

夭❶孰為之？窮孰為之？為吾能為，已矣無悲。

【章旨】銘文同情王師錫的窮困和早死，肯定他能盡自己能力實踐美好品德。

【注釋】❶夭　短命早死。

【語譯】他短命早死是誰造成？他貧窮困頓是誰造成？他做了他能夠做的事情，算了吧請不用為他傷心。

【研析】以議論寫敘事之文，而且語言深刻，見解尖銳，這是王安石許多墓誌銘突出的寫作特色。本文開頭即概括孔子的言論提出一個判斷，作為下文肯定叔父孝行的基礎。接著寫叔父如何孝順母親，本是敘述的文字，但是結尾「雖有不至，其亦可以無憾矣」一句，承接上文「孝有等差」和可以「無憾」的意思，以論斷作結，就把敘述之文納入了議論的框架。下面「自庠序聘舉之法壞」一段，則純為議論，他指出務本之士常詘於浮華淺薄之才；批評社會上評價士人，往往以苟難為賢，對當時考試制度中的毛病和評價人物的偏頗，作了深刻而尖銳的批評，茅坤說：「曾、王墓誌數以議論行敘事之文，而王為甚，多鑱思刻劃處，然非《史》《漢》法矣。」聯繫本文，可知這一評論是相當中肯的。所謂非《史》《漢》法，則是對以議論為主的寫法，作者的傾向性過於外露，使碑誌之文作為歷史的客觀性有所削弱，略有不滿了。

兵部員外郎馬君墓誌銘

王介甫

【題解】唐宋兵部下屬的四司之一也稱兵部，設有員外郎二人分掌武官的貢舉和選院。馬君指馬遵（西元一〇一一—一〇五七年），《宋史》卷三〇二〈呂景初傳〉附有馬遵的傳記，因為呂、馬二人曾一道彈劾宰相梁適循私枉法並因此而同時貶出京城。王安石同馬遵有通家之好，馬遵任發運判官時，王安石曾寫信給他討論財政和軍糧問題。馬遵死後，王安石在祭文中稱他智邁而才超，在這篇墓誌銘裡也說「余嘗愛其智略」，對朋友英年早逝，不能盡其才能表示深深的惋惜。馬遵死於仁宗嘉祐二年，這時王安石任常州知州，後改為提點江東刑獄，本文是在這一段時間內所寫的。

馬君諱遵，字仲塗，世家饒州❶之樂平❷。舉進士，自禮部至於廷，書其等皆第一。守❸祕書省校書郎，知洪州❹之奉新縣❺，移知康州❻。當是時，天子更置大臣，欲有所為，求才能之士，以察諸路。而君自大理寺丞除太子中允、福建路轉運判官❼，以憂❽不赴。憂除，知開封縣，為江、淮、荊湖、兩浙制置發運判官❾。於是君為太常博士，朝廷方尊寵其使事以監六路❿，乃以君為監察御史，又以為殿中侍御史，遂為副使。已而還之臺⓫，以為言事御史。至則彈宰相⓬之為不法者，宰相用此罷，而君亦以此出知宣州⓭。至宣州一日，移京東路⓮轉運使。又還臺為右司諫⑮，知諫院⑯。又為尚書禮部員外郎，兼侍御史，知雜事⑰，同判流內詮⑱。數言時政，多聽用。

【章　旨】本段交代馬遵的姓氏籍貫，敘述其為官經歷。

【注　釋】①饒州　今江西波陽。②樂平　縣名，今屬江西。③守　此處是試用的意思。④洪州　治所在南昌。⑤奉新縣　縣名，今屬江西。⑥康州　治所在端溪（今廣東德慶）。⑦轉運判官　宋代的轉運使掌管一路或數路軍需糧餉並兼軍事、刑名和巡視地方的大權，轉運判官為其助手。⑧憂　指為父母守喪。⑨制置發運判官　宋代在江南、淮南、兩浙、荊湖等路置發運使，總管鹽運茶務，判官為其助手。⑩六路　即上述江南東路、江南西路、淮南路、兩浙路、荊湖南路、荊湖北路。⑪臺　此指御史臺。⑫宰相　指梁適。據《續資治通鑑長編》卷一七六載：至和元年（西元一〇五四年）馬遵彈劾禮部侍郎平章事梁適「奸邪貪黷，任情循私，且弗戢子弟，不宜久居重位」。梁適被罷相，馬遵也因所劾事實未盡準確而貶官，出京作宣州知州。⑬宣州　治所在今安徽宣城。⑭京東路　治所在宋州（今河南商丘南）。⑮右司諫　諫官，屬中書省。⑯諫院　諫官的官署。諫議大夫、司諫、正言等為其屬官。⑰雜事　御史掌諫諍彈劾，此外的事務稱雜務。⑱流內詮　吏部的機構，負責九品以內官員的考察選拔任命等事，往往以御史知雜充任。

【語　譯】馬君名遵，字仲塗，世代家住饒州的樂平縣。被推舉參加進士考試，從禮部考試到廷試，發榜時的名次都是第一。試用為祕書省校書郎，洪州奉新縣的知縣，升調為康州知州。這時候，天子換用新的大臣，想要有所作為，物色有才能的人士，用來巡視督察各路，因此馬君從大理寺丞任命為太子中允、福建路轉運判官，馬君因為給父母守喪的緣故沒有到任。守喪結束，做開封知縣，又任江南、淮南、荊湖、兩浙等路制置發運判官。這時馬君是太常博士，朝廷正要推崇提高發運使的職務來監察六路，就用馬君作為監察御史，又用做殿中侍御史，於是擔任發運副使。不久回到御史臺，擔任言事御史。馬君到任就彈劾宰相所做的循私枉法的事，宰相因此被罷免，但馬君也因此離開京城出任宣州知州。到宣州只一天，就升任京東路轉運使。

又回御史臺做右司諫，主持諫院。又任尚書省禮部員外郎，兼侍御史，主管諫諍彈劾以外事務，參加掌管吏部流內銓。馬君多次發表對當時政事的言論，很多意見被皇上採用。

始，君讀書，即以文辭辨❶麗稱天下。及出仕，所至號為辦治。論議條鬯❷，人反覆之而不能窮。平居頹然❸，若與人無所諧。及遇事有所建，則必得其所守❹。開封常以權豪請託不可治，客至有所請，君輒善遇之，無所拒；客退，視其事，一斷以法。居久之，人知君之不可以私屬❺也，縣遂無事。及為諫官御史，又能如此。於是士大夫歎曰：「馬君之智，蓋能時❻其柔剛以有為也。」

【章旨】本段敘述馬遵的治績和才能，以及不循私情的法治精神。

【注釋】❶辨　通「辯」。❷鬯　通「暢」。❸頹然　疏放不拘禮法的樣子。❹守　操守。❺屬　通「囑」。請託。❻時　適時。

【語譯】當初，馬君讀書的時候，就因為文章論辯有力詞藻華美為天下人所稱讚。之後出來做官，所到之處都被稱為治理得好。馬君的議論條理分明，文辭通暢，旁人的反問責難也不能使他辭窮。平常生活疏放不拘禮節，似乎同別人沒有什麼合得來的，但到遇上事情需要有所創建，卻一定能夠堅持自己的操守。開封縣經常因為有權有勢的人多，私下請託，難於治理，客人來找他有請託的事，他總是很好地接待他們，不拒絕他們；客人走了，處理請託的事件，一律按法令判斷。過的時間長了，人們知道他是不能用私情來請託的，開封縣於是太平安靜。等到做諫官御史，又能做到上文所說的這樣。於是士大夫感嘆道：「馬君的智慧，大概是能夠隨著時機的不同或剛或柔而有所作為的啊！」

嘉祐二年，君以疾求罷職以出，至五六，乃以為尚書吏部員外郎，直龍圖閣❶，猶不許其出。某月某甲子，君卒，年四十七。天子以其子某官某為某官，又官其兄子持國某官。夫人某縣君鄭氏以某年某月某甲子葬君信州❷之弋陽縣歸仁鄉襄沙之原。君故與余善，余嘗愛其智略，以為今士大夫多不能如，惜其不得盡用，亦其不幸早世，不終於貴富也。然世方懲尚賢任智之弊，而操成法以一天下之士，則君雖壽考，且終於貴富，其所畜亦豈能盡用哉？嗚呼，可悲也已！既葬，夫人與其家人謀，而使持國來以請曰：願有紀❸也，使君為死而不朽。乃為之論次，而繫❹之以辭曰：

【章旨】本段敘馬遵卒葬時地，兼述交誼和寫作墓誌銘的原由。

【注釋】❶直龍圖閣　龍圖閣是宋時殿閣，內藏宋太宗御書、御製文集及其他珍貴文物，有學士、直學士、待制、直閣等官。❷信州　治所在上饒（今屬江西）。❸紀　通「記」。記載；記錄。❹繫　聯屬；依附。

【語譯】嘉祐二年，馬君因患病，請求免去職務離開京城，上書到五六次之多，於是讓他任尚書省吏部員外郎，龍圖閣直閣，還是不允許馬君離開京師。某月某日，馬君去世，終年才四十七歲。天子將他的兒子現任某職的升任某官，又錄用他兄長的兒子馬持國做某官。夫人某縣君鄭氏於某年某月某日安葬馬君在信州弋陽縣歸仁鄉襄沙地方的野外。馬君過去同我相好，我曾經愛慕他的智慧謀略，認為現今讀書當官的人多數比不上他，可惜他的才智不能夠完全發揮，也可惜他不幸早死，沒有等獲得富貴以後才去世。但世上正在糾正崇尚賢人、重用智謀之士的弊端，而拿著一成不變的辦法來統一要求天下的士人，那麼馬君即便活到年老高壽，並且死在既貴且富的時候，他胸中所蓄積的智謀，又難道能充分發揮嗎？唉，令人悲嘆啊！安葬完畢，夫人與他家中的人商量，於是派馬持國來我這裡請求說：希望能有文字記載，能讓馬君死了卻能永垂不朽。我於是替他論列敘述，並且附上銘辭說：

歸❶以才能兮，又予以時。投之遠塗兮，使驟而馳。前無禦者兮，後有推之。

忽稅❷不駕兮，其然奚為？哀哀煢婦❸兮，孰慰其思？墓門有石兮，書以余辭。

【章旨】銘辭認為馬遵才能突出，仕途也非不順，深惜其早死。

【注釋】❶歸 通「饋」。饋贈。❷稅 通「脫」。解；釋。稅駕即解馬停車，不再前進之意。❸煢婦 寡婦。煢，孤獨。

【語譯】把非凡的才能給了他啊，又給他有利時機。把他放置在漫長的征途啊，讓他飛快地奔馳。前面沒有人阻擋啊，後面還有人推動。忽然間停車不再往前啊，何以會出現這種情形？悲傷哀痛的寡婦啊，誰能安慰她的哀思？墓門前幸有石碑啊，可以寫上我的銘辭。

【研析】本文寫馬遵，文章辭彩、忠正廉潔幾方面均有提及，而貫穿全文始終的紅線則是表彰他的智略才能。開頭就說考進士名列第一，朝廷求才能之士，他的官職就得到提升；中間通過士大夫之口讚嘆馬遵：「馬君之智，蓋能時其柔剛以有為也。」本說其不受請託，卻歸到「智略」作結，使文章不離主線；再通過敘述交情，自吐心聲：「余嘗愛其智略，以為今士大夫多不能如。」最後在銘辭中又一次點明「才能」，一篇之中，可說四致意焉，這使文章顯得內容集中，主線突出。這種寫法不僅使人物在讀者心中留下鮮明印象，而且讓作者對朋友的悲情得到淋漓盡致的抒發。正因反覆讚揚了馬遵的才能，給人的印象強烈，所以當作者追敘交情，嘆惜馬遵不能盡展其才時，也就有著沉甸甸的分量。前人稱這段文字「悲憤欲絕」，實不過分。不過這種效果與作者在表達時有意分兩層吐訴，先說惜其早逝，不終於富貴，再說即令壽考貴富，亦豈能盡其所蓄，造成強有力的頓挫，有著一定的關係。所以在這裡附帶提及。

贈光祿少卿趙君墓誌銘

王介甫

【題解】 光祿少卿是光祿寺的副長官，光祿寺為朝廷舉行祭祀、朝會時承辦祭品、宴席、提供酒食的機構。趙君指趙師旦（西元一〇一一—一〇五二年），在他任康州知州時恰逢儂智高叛亂，他能堅持職守，不棄城逃避，兵敗被俘，不屈被殺。事後朝廷贈給他光祿寺少卿的頭銜。《宋史》將他的事情編入〈忠義傳〉。王安石在這篇墓誌銘裡也著重表彰了他英勇無畏視死如歸的精神。趙師旦死後八年，即嘉祐五年（西元一〇六〇年）正月正式安葬，墓誌當作於此時。王安石嘉祐五年五月入朝為三司度支判官，正月以前應仍在提點江東刑獄任上。有人說是王安石任宰相時所作，非是。

儂智高❶反廣南❷，攻破諸州，州將之以義死者二人，而康州❸趙君，余嘗知其為賢者也。君用叔祖❹蔭試將作監❺主簿，選許州❻陽翟縣主簿、潭州❼司法參軍。數以公事抗轉運使，連劾奏君，而州將為君訟於朝，以故得無坐。用舉者為溫州❽樂清縣令。又用舉者就除寧海軍❾節度推官，知衢州❿江山縣。斷治出己，當於民心，而吏不能得民一錢，棄物道上，人無敢取者。余嘗至衢州，而君之去江山蓋已久矣，衢人尚思君之所為而稱說之不容口。又用舉者改大理寺丞，知徐州彭城縣。祀明堂恩⓫，改太子右贊善大夫，移知康州。

【章　旨】本段敘趙師旦的為官經歷和政績。

【注　釋】❶儂智高　本僮（今改作「壯」）族首領，先居今越南境，宋仁宗慶曆年間徙安德州（今廣西靖西境），建南天國政權。皇祐四年（西元一〇五二年）起兵反宋，自立為「仁惠皇帝」。次年為狄青所敗，退走雲南不知所終。已見前〈廣西轉運使孫君墓碑〉。❷廣南　路名。宋分唐之嶺南道為廣南東路、廣南西路。包括今廣東、廣西地區。❸康州　治所設端溪（今廣東德慶）。❹叔祖　指趙稹，曾任樞密副使。❺將作監　管理土木工匠負責修繕營造的官署。主簿是其中負責具體事務的低級官員。❻許州　今河南許昌。陽翟為許州屬縣，今為河南禹縣。❼潭州　治所在長沙，今屬湖南。❽溫州　治所設永嘉（今浙江溫州）。❾寧海軍　宋太宗淳化五年改杭州為寧海軍。❿衢州　今浙江衢縣。江山縣在衢縣西南，接近江西。⓫祀明堂恩　史載仁宗皇祐二年於明堂大祭天地，以太祖、太宗、真宗配祭。大赦百官，進秩一等。

【語　譯】儂智高在廣南起兵造反，攻破了許多州郡，州的守將中因為堅持節操而死的有兩個人，而康州知州趙君，我原來就了解他是一位賢良的官吏。趙君由於叔祖父恩蔭試用為將作監的主簿，選派到許州陽翟縣任主簿、潭州任司法參軍。幾次因為處理公事抵觸了轉運使，轉運使連續上奏朝廷彈劾他，幸而州郡的長官替他向朝廷申辯，所以能夠不被論罪。因有人推舉做了溫州樂清縣令。又因被舉薦就近任命為寧海軍節度推官，改任衢州江山縣知縣。決策治理由自己作主，合於民眾的心意，而且吏役們不能夠要百姓一分錢，丟棄東西在路上，沒有人敢私自拾取。我曾經去到衢州，而趙君離開江山大概已經很久了，衢州的人還是想念他的所作所為而讚頌不絕於口。又因為被人推舉改任大理寺丞，又任徐州彭城縣知縣，遇上天子在明堂大祭天地推恩加賞，改任為太子右贊善大夫，調任康州知州。

至二月❶，而儂智高來攻，君悉其卒三百以戰，智高為之少❷卻。至夜，君顧夫人取州印佩之，使負其子以匿，曰：「明日賊必大至，吾知不敵，然不可以去，汝留死無為也。」明日戰不勝，遂抗賊以死，於是君年四十二。兵馬監押❸馬貴者，與卒三百人亦皆死，而無一人亡者。初，君戰時，馬貴惶擾，至不能食飲，君獨飽如平時。至夜，貴臥不能著寢，君即大鼾，比明而後寤。夫死生之故亦大矣，而君所以處之如此。嗚呼，其於義與命可謂能安之矣。

【章旨】本段集中敘述趙師旦在康州抗擊叛軍不屈被殺的經過。

【注釋】❶二月　指皇祐四年（西元一〇五二年）二月。❷少　稍。❸兵馬監押　掌管本州屯駐兵甲訓練差使的武官，資深者稱都監，資淺者為監押。

【語譯】到了二月，儂智高前來進攻，趙君用他的全部士卒三百人來同叛軍戰鬥，智高為此而稍稍退卻。到夜晚，趙君看著夫人取出知州的印信佩在身上，讓夫人背著他們的兒子去躲藏，說：「明天敵軍一定大舉來攻，我知道抵擋不住，但是不能夠離開，你們留在這裡送死沒有用。」第二天戰鬥不勝，於是不屈而死，這時趙君四十二歲。兵馬監押馬貴，同士卒三百人也都死去，卻沒有一個人逃走。起初，趙君作戰的時候，馬貴惶恐不安到不能進飲食，而趙君卻像平時一樣吃得飽飽的。到夜晚，馬貴躺在床上不能入睡，而趙君則鼾聲如雷，挨近天明以後才醒來。那生死攸關的變故也算大變故了，可趙君對待它的態度依然如此平靜。唉，趙君在正義與生命的問題上可說是能安然對待的了。

君死之後二日，而州司理❶譚必始為之棺斂。又百日而君弟至，遂護其喪歸葬。至江山，江山之人老幼相攜扶祭哭，其迎君喪有數百里者。而康州之人，亦請於安撫使❷，而為君置屋以祠。安撫使以君之事聞天子，贈君光祿少卿，官其一子覲右侍禁❸，官其弟子試將作監主簿，又以其弟潤州錄事參軍師陟為大理寺丞，簽書泰州軍事判官廳公事❹。

【章旨】本段敘趙師旦死後受到民眾的懷念和朝廷的褒獎。

【注釋】❶司理　司理參軍，負責本州的獄訟，也寫作「司李」。由宋初的司寇參軍改名而來。❷安撫使　負責一路軍政的長官，或稱經略安撫使。❸右侍禁　宋代內侍官有左、右侍禁，都是在皇帝宮禁中侍奉的人。❹簽書句　宋代選派京官到各州府任判官，掌文案，稱簽署判官廳公事，後避英宗名改署為「書」。

【語譯】趙君死了兩天之後，康州的司理參軍譚必才為他辦置棺木裝斂入棺。又過了一百天他的弟弟到來，就料理他的靈柩回鄉安葬。到達江山縣，江山縣的人老的小的都互相扶持著攀著他的喪車祭弔哭泣，其中有為迎接喪車遠到幾百里外的。而康州的百姓，也向安撫使請求，要給他修祠廟以便祭祀。安撫使把趙君的事跡報告天子，贈給他光祿寺少卿的榮銜，錄用他的一個兒子趙覲任官為右侍禁，錄用他弟弟的兒子試用為將作監主簿，又用他的弟弟潤州錄事參軍趙師陟任大理寺丞，簽書泰州軍事判官廳公事。

君諱師旦，字潛叔，其先單州❶之成武❷人。曾祖諱晟，贈太師。祖諱和，尚書比部郎中，贈光祿少卿。考諱應言，太常博士，贈尚書屯田郎中。自君之祖，始去成武而葬楚州之山陽❸，故今為山陽人。而君弟以嘉祐五年正月十六日葬君山陽上鄉仁和之原。於是夫人王氏亦卒矣，遂舉其喪以祔。銘曰：

【章旨】本段補敘趙師旦的先人和他本人安葬的時地。

【注釋】❶單州　治所在單父（今山東單縣）。❷成武　縣名，今屬山東。❸楚州之山陽　楚州在今江蘇北部一帶，治所在山陽，即今江蘇淮安。

【語譯】趙君名師旦，字潛叔，他的祖先本是單州的成武人。曾祖父名晟，贈為太師。祖父名和，任尚書省比部郎中，死後贈為光祿少卿。父親名應言，任太常博士，死贈尚書省屯田郎中。從他的祖父起，離開成武而葬在楚州的山陽縣，所以現在成了山陽人。因此他的弟弟在嘉祐五年正月十六日將他安葬於山陽縣上鄉仁和的野外，這時夫人王氏也死去了，於是起出她的棺槨同他合葬一處。銘文說：

可以無禍，有功於時。玩❶君安榮，相顧莫為。誰其視死，高蹈❷不疑？嗚呼康州！銘以昭之。

【章旨】銘詩對比一般官僚貪祿保位不肯作為高度評價趙師旦視死如歸的精神。

【注釋】❶玩　貪。❷高蹈　《左傳・哀公二十一年》杜注：「高蹈，猶遠行也。」此借用為遠赴幽冥。

【語譯】可以不遭遇禍害，卻能有功於時，貪戀君主賜予的安樂，相互顧視無人去做。有誰敢於直面死亡，毫不猶疑視死如歸？啊呀康州趙君！這則銘文以表彰你。

【研析】本文第一段敘趙師旦知康州以前的經歷，卻以「儂智高反廣南，攻破諸州」等數語為起筆，極具匠心。一方面，趙師旦大節可欽之處，在第二段所寫抗擊儂智高以身殉國，這樣起筆，就高屋建瓴，籠蓋全文，使以下幾段文字形成一個整體，其氣脈直貫到結尾的「誰其視死，高蹈不疑」，全文便都有了靈氣，而且有此數語，第二段開始便說「至二月，而儂智高來攻」，節省了多少交代。另一方面，「而康州趙君，余嘗知其為賢者也」，提出一個「賢」字，作為本段的綱領，以下敘其數以公事抗轉運使，治理江山縣深得民心，便都是「賢者」的具體表現，使讀者知道趙師旦之視死如歸，決不是逞一時的血氣。第二段敘趙師旦「抗賊以死」，話語不多而人物從容鎮定之情畢現。尤其妙在說部下多人皆死時，似全不經意帶出「兵馬監押馬貴」，下文則專以同樣死於抗賊的馬貴作為陪襯，以見精神境界自有高下之別。第三段敘歸葬過程，又借江山之人哭祭著意渲染趙師旦深為民眾所愛戴，與前之「稱說之不容口」首尾相顧，使文章氣固神完。本篇末姚鼐原注引茅坤說：「王公文斂散曲折處有法，皆得之天授，非人力所及。」對本文的行文給予了極高的評價。

大理丞楊君墓誌銘

王介甫

【題解】大理丞為大理寺的屬官，參與審核獄訟案件。楊君（西元一〇二四—一〇六二年），名忱，字明叔。其父楊偕曾任右諫議大夫，後以工部侍郎致仕。《宋史》卷三〇〇有〈楊偕傳〉，傳末云：「子忱、慥皆有雋才，蚤卒。」這是正史關於楊忱僅有的記載。王安石這篇墓誌銘較詳盡地記載了楊忱的才幹經歷，可補正史的不足。

君諱忱，字明叔，華陰❶楊氏子。少卓犖，以文章稱天下。治《春秋》，不守先儒傳注，資他經以佐其說，其說超厲卓越，世儒莫能難也。及為吏，披姦發伏❷，振擿利害❸，大人之以聲名權勢驕士者，常逆❹為君自絀❺。蓋君有以過人如此。然峙❻其能，奮其氣，不治防畛❼以取通於世，故終於無所就以窮。

【章　旨】本段敘楊忱的才學和為人的特點，說明他未能取得更大成就的原因。

【注　釋】❶華陰　今屬陝西。楊氏據傳為春秋晉國大夫羊舌氏之後。晉滅羊舌氏，其子孫逃於華山，居華陰。華陰楊氏漢有太尉楊震，唐有左僕射楊於陵。楊忱為於陵的七代孫。❷披姦發伏　披露揭發奸邪隱祕的事情。披，披露。發，揭發。伏，隱祕的案情。❸振擿利害　興利除害。振，振興。擿，投棄，即剔除之意。❹逆　預先。❺絀　通「黜」。退。❻峙　高聳。一本作「恃」。❼防畛　防為堤防，畛為界限。

【語　譯】君名忱，字明叔，華陰楊家的子孫。少年時期就卓絕出眾，憑藉文學才華被天下所稱頌。研究《春秋》經學，不拘守前輩學者的解釋，而借助其他經典來輔佐自己的學說，他的學說超邁飛揚，特出不凡，當時的儒者沒有人能難倒他。到他擔任官職以後，檢舉姦邪的行為，揭發隱祕的罪惡，興利除害，連那些聲名顯赫有權有勢不把一般讀書人放在眼裡的大人物，由於顧忌楊君都預先自己退避。他的過人之處已經到了這種程度。但他自負才能高超，意氣奮發，不設置任何防範，一切都向社會敞露，所以最終沒有什麼成就而陷於窮困。

初，君以父蔭守❶將作監主簿，數舉進士不中。數上書言事，其言有眾人所不敢言者。丁文簡公❷且死，為君求職，君辭焉。復用大臣薦，召君試學士院，又久之不就。積官至朝奉郎，行❸大理寺丞，通判河中府❹事，飛騎尉❺，而坐小法，絀監蘄州❻酒稅，未赴，而以嘉祐❼七年四月辛巳，卒於河南❽，享年三十九。顧言❾曰：「焚吾所為書，無留也。以柩從先人葬。」八年四月辛卯，從其父葬河南府洛陽縣平樂鄉張封村。

【章　旨】本段敘楊忱生平經歷及卒葬時地。

【注　釋】❶守　此指試用為官。❷丁文簡公　即丁度，字公雅。宋仁宗時為翰林學士、參知政事，卒贈吏部尚書，諡文簡。❸行　官階高而所任官職低。楊忱官階為朝奉郎，為正七品，大理寺丞為正八品，故說「行大理寺丞」。❹河中府　治所在河東（今山西永濟）。❺飛騎尉　《宋史・職官志》所載十二勳級其第十級為「飛騎尉」。❻蘄州　治所在蘄春，今屬湖北。❼嘉祐　宋仁宗年號。七年為西元一〇六二年。❽河南　府名，治所設洛陽。❾顧言　遺囑。

【語　譯】當初，楊君憑著父親官爵的庇蔭試用為將作監的主簿，幾次參加進士考試都不中。多次向朝廷寫信議論時事，他說的話有些是一般人所不敢說的。丁文簡公將要死時，舉薦他以求升職，他謝絕了。又由於大臣的推薦，通知他到學士院接受測試，他又很久不曾前去。累積官階到了朝奉郎，做著大理寺丞的職事，出任河中府的通判，勳級為飛騎尉，卻由於觸犯細微法規，降職到蘄州監理酒稅，沒有去，就在嘉祐七年四月辛巳日，死於河南府，享年三十九歲。死前留下遺囑說：「燒掉我所著的那些書，不要留下。將我的靈柩依隨先人安葬。」八年四月辛卯這天，挨著他的父親埋葬在河南府洛陽縣平樂鄉的張封村。

君曾祖諱津。祖諱守慶，坊州❶司馬，贈尚書左丞。父諱偕，翰林侍讀學士，以尚書工部侍郎致仕，特贈尚書兵部侍郎。娶丁氏，清河❷縣君，尚書右丞度之女。子男兩人：景略❸守太常寺太祝，好書，學能自立；景彥早卒。君有文集十卷，又別為《春秋正論》十卷，《微言》十卷，《通例》❹二十卷。銘曰：

【章旨】本段敘楊忱的先人、妻室、子女的情況。

【注釋】❶坊州　宋陝西路坊州治中部縣，今陝西黃陵東南。❷清河　今屬河北。❸景略　楊景略，字康功，為官頗有能名，後任揚州、蘇州知州等。❹通例　楊忱文集及關於《春秋》的幾種著作，史志和各家書目都不載。

【語譯】楊君的曾祖父名津。祖父名守慶，任坊州司馬，死後贈為尚書左丞。父名偕，任翰林侍讀學士，按尚書省工部侍郎官職退休，特別贈封為尚書省兵部侍郎。楊君娶丁氏為妻，封清河縣君，是尚書右丞丁度的女兒。他有兒子兩人：楊景略試用為太常寺太祝，愛好書法，學問能夠自立；楊景彥早死。他有文集十卷，又另外著有《春秋正論》十卷，《微言》十卷，《通例》二十卷。銘文如下：

芒❶乎其孰始，以有厥美？昧乎其孰止，以終於此？納銘幽宮，以慰其子。

【章旨】銘文對楊忱未能長壽取得更大成就頗有惋惜之情。

【注釋】❶芒　通「茫」。與「昧」意同。

【語譯】不清楚從何時開始，而使他有如此美質？不清楚是什麼讓他停止，而終結在這裡？把銘文納入墓穴，來安慰他的兒子。

【研析】楊忱死得早，經歷頗為簡單，也沒有足以聳動視聽的事跡，質實寫來，文章容易平弱。本文開頭特以一段總敘楊忱為人特點，起筆就為全文帶來無限精神。這段文字夾敘夾議，首述其文才，則「超厲卓越，世儒莫能難也」，次言其吏略，則「披姦發伏，振擿利害」而豪強避退。語言雄健挺拔，使人物精光四溢。而一個「然」字轉折，以「終於無所就以窮」作結，頓挫跌宕，傳出幾許惋惜深情。文章有精神，有情感，所以前人以為有「龍門神味」(王文濡語)，可以見出《史記》人物傳記對王安石誌傳文的影響。

卷五十　碑誌類下編　九

尚書屯田員外郎仲君墓誌銘

王介甫

【題解】屯田員外郎在宋代為工部第二司官員，但已不負責軍事區域的屯田農墾，只管學田和官莊的政令。仲君指仲訥（西元九九九—一〇五三年），字樸翁。仲訥同王安石、歐陽修等都有交情。歐陽修晚年曾為仲訥的文集作序，稱讚仲訥「其氣剛，其學古，其材敏，其為文抑揚感激，勁正豪邁，似其為人。」王安石這篇墓誌銘同歐陽修的〈仲氏文集序〉都寫於宋神宗熙寧元年（西元一〇六八年），而墓誌銘略早一些，王安石說仲訥「直道自信，於權貴人不肯有所屈」，對仲氏的困躓於時寄予同情，同歐陽修的看法是完全一致的。

君仲氏，諱訥，字樸翁，廣濟軍❶定陶人。曾祖諱環，祖諱祚，皆弗仕，而至君父諱尹，始仕至曹州❷觀察支使❸，贈右贊善大夫❹。

【章旨】本段敘仲訥的名字籍貫和先人的情況。

【注釋】❶廣濟軍　宋太宗太平興國二年（西元九七七年）置，領定陶縣（今屬山東）。神宗熙寧四年（西元一〇七一年）廢，以定陶屬曹州。❷曹州　治曹縣，今屬山東。❸觀察支使　節度使的下屬，地位和職責都和掌書記相近。❹贊善大夫太子官屬，以比朝廷之諫議大夫。

【語　譯】君姓仲，名訥，字樸翁，廣濟軍定陶縣人。曾祖父名環，祖父名祚，都沒有做官，但到了仲君的父親名尹，開始做官到曹州觀察支使，死後贈為右贊善大夫。

君景祐❶元年進士，起家莫州❷防禦推官❸，年少初官，然上下無敢易❹者。時傳契丹且大擾邊，朝廷使中貴人❺來問，知州張崇俊未知所對，君策❻契丹無他，為具奏論之。崇俊喜曰：「朝廷必知非吾能為此，然亦當善我能聽用君也。」又權博州❼防禦判官，以母夫人喪去。去三年，復權明州❽節度推官。縣送海賊數十人，獄具❾矣，君獨疑而辨之，數十人者皆得雪。用舉者改大理寺丞，知大名府清平❿、邛州臨溪⓫兩縣，又通判解州⓬。於是三遷⓭為尚書屯田員外郎，而以皇祐⓮五年十二月二十一日卒，年五十五。

【章　旨】本段敘仲訥的仕宦經歷和政績。

【注　釋】❶景祐　宋仁宗年號。景祐元年為西元一〇三四年。❷莫州　宋治任丘縣（今屬河北）。❸防禦推官　與防禦判官、觀察支使等都是節度使的幕僚。❹易　輕視。❺中貴人　帝王所寵信的宦官。❻策　謀；論斷。❼博州　治所在聊城（今屬山東）。❽明州　治所在鄞縣（今為浙江寧波屬縣）。❾具　定案。❿清平　今山東臨清清平鎮。⓫邛州臨溪　邛州治臨邛即今四川邛崍，臨溪為其屬縣，即今之四川蒲江。⓬解州　治解縣（今山西運城解州鎮）。⓭三遷　指由大理寺丞經殿中丞、太常博士再轉為屯田員外郎。⓮皇祐　宋仁宗年號。皇祐五年為西元一〇五三年。

【語　譯】仲君在景祐元年考中進士，由任莫州防禦推官開始進入仕途，年紀尚輕，初任官職，但上司下屬沒有誰敢於輕視他。當時傳說契丹將要大舉進擾邊境，朝廷派遣親信宦官前來詢問，知州張崇俊不知道用什麼話回答，仲君斷定契丹沒有別的企圖，替張崇俊寫好奏章論述了這種看法。張崇俊高興地說：「朝廷肯定知道不是我能作出此等論述，但也會讚賞我能夠聽信採納你的見解。」又代理博州防禦判官，因為母親去世守喪離職。離職三年，又代理明州節度推官。縣裡解送來海盜幾十人，已經定了案，仲君一個人提出疑點並替他們辨析明白，幾十個人都得到昭雪。因被推薦改任大理寺丞，任大名府清平縣、邛州臨溪縣兩個縣的知縣，又任解州通判。由此經三次升遷成為尚書屯田員外郎，而在皇祐五年十二月二十一日去世，享年五十五歲。

君厚重❶有大志，不妄言笑，喜讀書，為古文章，晚而尤好為詩，詩尤稱於世。所在有聲績，然直道自信，於權貴人不肯有所屈，故好者少，然亦多知其非常人也。其在越、蜀，士多從之學。當寶元、康定❷間，言者喜論兵，然計不過攻守而已，君獨推《書》所謂「食哉惟時❸，柔❹遠能邇❺，惇德❻允元❼，而難❽任人❾，蠻夷率服」，為〈禦戎議〉二篇。嗟乎！此流俗所羞以為迂而弗言者也，非明於先王之義，則孰知夫中國安富尊強之為必出於此？君知此矣，則其自信不屈，宜以有所負而然，惜乎其未試也！

【章　旨】本段敘仲訥的為人特點，正直品德和高超見識。

【注　釋】❶厚重　敦厚持重。❷寶元康定　均宋仁宗年號。寶元康定間指西元一〇三八至一〇四一年。❸時　農時；節氣。

引語出《尚書・舜典》。❹柔　安撫。❺能邇　能；善，愛護。邇，近。指近處的人民。❻惇德　親厚有德者。惇，厚。❼允元　信任善良的人。允，信。元，善。❽難　拒絕；斥退。❾任人　即壬人、佞人。指奸邪之人。任，通「壬」。

【語　譯】仲君敦厚穩重，具有遠大理想，不隨便說笑，喜歡讀書，寫作古文，晚年還特別喜歡寫詩，詩特別被世人所稱頌。他所任職的地方都有名聲政績，但他按正直之道行事，自己信得過自己，對於有權有勢的大人物不肯有所屈服，所以喜歡他、愛護他的大人物很少，可也大多知道他不是一般的人才。他在浙江、四川時，讀書人多跟隨他學習。在寶元、康定年間，發表意見的人喜歡議論軍事，可是他們的計策不過是關於進攻、防守的意見罷了。只有仲君一人推重《尚書》所說的「生產民食必須不違農時，安撫遠方百姓，愛護近處人民，親厚有德之人，信任善良之人，而拒斥邪佞之徒，這樣遠方的外族都會歸服」的見解，寫成〈禦戎議〉二篇。唉！這是社會上一般人不願提起，認為是迂腐之論而不肯說的啊，不是對古代聖王的原則深切了解，誰能知道中國安定富強、地位尊高國力強盛的造成必須從這裡起步？仲君懂得了這個道理，那麼他的相信自己不屈從流俗，應該是因為有所倚仗而這樣的，可惜他未能親自實行啊！

君初娶王氏，尚書駕部郎中❶蘭之女。又娶李氏，尚書虞部員外郎❷宋卿之女。三男子：伯達為太常博士；次伯适、伯同❸為進士。三女子，嫁殿中丞任庚、并州❹交城縣❺尉崔絳、興元府❻戶曹參軍任膺。博士以熙寧❼元年十一月二十一日葬君於定陶之閔邱鄉❽，而以余之聞君也，來求銘。銘曰：

【章　旨】本段敘仲訥妻室子女及安葬時地。

【注　釋】❶駕部郎中　唐宋為兵部第三司長官，掌車輿、驛傳、馬政。❷虞部員外郎　工部第三司官員，協助郎中掌京都衢巷苑囿山澤草木及百官時蔬薪炭供應等事。❸同　《臨川先生文集》作「冏」。❹并州　治所在今山西太原。❺交城縣　今屬山西。❻興元府　治所在南鄭（今屬陝西）。❼熙寧　宋神宗年號。熙寧元年為西元一〇六八年。❽閔邱鄉　原本「鄉」誤為「縣」，依《文集》改正。

【語　譯】仲君最初娶王氏為妻，是尚書省駕部郎中王蘭的女兒。後又娶了李氏，是尚書省虞部員外郎李宋卿的女兒。仲君有三個兒子：伯達作了太常博士；老二老三名伯适、伯同，都是進士。三個女兒，嫁給了殿中丞任庾、并州交城縣尉崔絳、興元府戶曹參軍任膺。太常博士伯達在熙寧元年十一月二十一日將仲君安葬於定陶縣的閔邱鄉，而因為我了解他的緣故，前來請求我寫作墓誌銘。銘文如下：

於戲❶樸翁，天偶❷人觭❸，翔❹其德音❺，而躓❻於時。

【章　旨】銘文稱讚仲訥的為人而同情其不被重用的遭遇。

【注　釋】❶於戲　同「嗚呼」。❷偶　遇；好運。此處意指豐厚。❸觭　通「奇」。與偶相對，不遇。此處的意思是窮困。❹翔　意為遠揚。❺德音　此指美好的聲譽。❻躓　困頓；挫折。

【語　譯】真可嘆啊仲君樸翁，得天獨厚人世受窮，美好名聲到處傳揚，當時挫折陷於困頓。

【研　析】本文寫仲訥，首尾兩段介紹其家世出身和妻兒子女情況，十分簡峻，可謂惜墨如金。中間兩段，一段敘其仕宦經歷，而用替張崇俊奏論邊事和為被誣為海盜的百姓昭雪兩件事情，說明了仲訥不平常的才幹。一段敘其為人特點，而突出他正直不阿，不為權貴所喜的性格，突出他對軍事問題的見解。既表彰了仲訥，也體現了王安石本人改革時政的觀點。「嗟乎」以下一段感慨，是本文生色之處，用語無多，在高度評價仲訥的主張的基礎上，將其見識與其直道自信的為人特點和不被重用的遭際都綰合在一起，而表達了作者對他的深切同情。所有這些，可以說都是為銘文中「天偶人觭」四個字的斷語作鋪墊。讀了這些敘述和感慨，再讀

「天偶人騎」四字，就會覺得用語雖十分簡潔，內容卻是頗多深意的。

廣西轉運使蘇君墓誌銘

王介甫

【題解】轉運使在宋代又稱漕司，實際已成為高級地方行政長官，不限於管理經濟。廣西轉運使蘇君指蘇安世（西元九九六—一〇五四年），主要生活在宋仁宗時期，慶曆年間因不畏權勢，正確審理有關歐陽修的案件，辨明歐陽修無罪，而名動一時。慶曆三年（西元一〇四三年）七月范仲淹任參知政事，和他政治主張接近的韓琦、富弼、余靖等也先後回朝廷任要職，范仲淹奏陳十項革新政治的措施，由仁宗下詔頒行，號稱「慶曆新政」。范仲淹的新政遭到守舊官員的強烈反對，他們誹謗范仲淹結引朋黨。慶曆四年六月，范仲淹、韓琦、富弼等均被迫離京外任。這時歐陽修任龍圖閣直學士、河北都轉運使，他堅決支持范仲淹，上書仁宗，給當權的守舊派以有力回擊。於是守舊派利用歐陽修的外甥女張氏犯法的機會，要張氏攀引歐陽修，誣歐陽修霸占了張氏錢財並與張氏有不正當關係。朝廷派蘇安世、王昭明審問，蘇安世不顧當權者的意旨，向仁宗報告歐陽修沒有問題。蘇安世、王昭明都因此而遭受貶謫。這一事實表明在當時革新與守舊兩種勢力的鬥爭中，蘇安世是站在革新派一邊的。王安石為蘇安世寫墓誌，開頭就從歐陽修的事寫起，並高度評價了蘇安世的行為，也是借此表明自己堅決支持革新的立場和態度。

慶曆五年，河北❶都轉運使、龍圖閣直學士信都❷歐陽修以言事切直，為權貴人❸所怒，因其孤甥❹女子有獄，誣以姦利事。天子使三司❺戶部判官、太常博士武功❻蘇君與中貴人❼雜治❽。當是時，權貴人連內外諸怨惡修者，為惡言，欲傾修銳甚，天下洶洶❾，必❿修不能自脫。蘇君卒白上曰：「修無罪，言者誣之耳。」於是權貴人大怒，誣君以不直，絀使為殿中丞，泰州⓫監稅。然天子遂寤，言者不得意，而修等皆無恙，蘇君以此名聞天下。嗟乎！以忠為不忠，而誅不當於有罪，人主之大戒。然古之陷此者相隨屬⓬，以有左右之讒，而無如蘇君之救，是以卒至於敗亡而不寤。然則蘇君一動，其功於天下豈小也哉？蘇君既出逐，權貴人更⓭用事。凡五年之間再赦而君六徙，東西南北，水陸奔走輒萬里。其心恬然，無有怨悔，遇事強果，未嘗少屈。蓋孔子所謂剛者⓮，殆蘇君矣。

【章　旨】本段敘蘇安世在審理歐陽修案時的表現，表彰其正直不阿的品格。

【注　釋】❶河北　路名，治所設大名府（今河北大名）。❷信都　縣名，故城在今河北棗強東北。歐陽氏祖先有在信都居住的；慶曆四年八月，歐陽修被授為龍圖閣直學士、河北都轉運使，並封信都縣開國子，所以稱信都歐陽修。❸權貴人　指當時宰相章得象、賈昌朝、陳執中等。❹孤甥　即張氏。本歐陽修妹夫前妻之女，由歐陽修的妹夫撫養，妹夫死後，由繼母帶回歐陽修家養大，嫁給歐陽修的堂侄歐陽晟。後因與僕人私通事發，交由開封府處治。❺三司　宋代以戶部、度支、鹽鐵使為三司，三司使為國家最高財務主管。戶部判官為其下屬官員。❻武功　今屬陝西。❼中貴人　皇帝寵信的宦官。此指王昭明，時為內侍供奉。❽雜治　共治。❾洶洶　指議論紛紛，人情危懼。❿必　料定。估量之詞。⓫泰州　治所設海陵（今江蘇泰州）。⓬隨屬　接連相繼。⓭更　迭；輪番。⓮剛者　剛毅不屈的人。《論語・公冶長》：「子曰：『吾未見剛者。』」

【語　譯】慶曆五年，河北都轉運使、龍圖閣直學士信都歐陽修因為議論時事言詞急切直率，為有權勢的大官所惱怒，利用歐陽修的失去父親的外甥女犯有案件，把非法謀利的事情栽誣到歐陽修頭上。天子派三司戶部判官、太常博士武功蘇君同受信任的宦官共同審理。在這時，掌權的大官連結朝廷和地方一些仇恨不滿歐陽修的人，發出惡毒的言論，想要扳倒歐陽修，態度尖銳得很，社會上議論紛紛，群情危懼，料定歐陽修不可能自己解脫。蘇君終於報告皇上說：「歐陽修其實並沒有犯罪，是議論者誣蔑他罷了。」這樣，掌權的大官十分震怒，誣蔑蘇君不公正執法，降他的官職作殿中丞，派往泰州監管稅務。然而天子終於醒悟，議論者並未實現他們的願望，而歐陽修等都沒有遭禍，蘇君卻因這事而天下聞名。唉！把忠誠當作不忠，而使懲罰不準確加給有罪的人，是君主特別應該警惕的事。可是自古以來陷入這種錯誤的君主可說接連不斷，這是因為有身邊的人進讒言，卻沒有像蘇君這樣的人來糾正，因此最終弄到失敗滅亡還不醒悟。這樣看來，蘇君這一行為，對天下有功難道還小嗎？蘇君排斥出朝廷之後，權貴們輪番掌權，五年中間共兩次大赦，但是蘇君調動六次，東西南北來往奔忙，跋山涉水動輒長驅萬里。他的內心卻安然自得，沒有埋怨沒有懊悔，遇到事情仍然堅決果斷，從來不曾稍稍屈從權勢。大概孔子所說的那種剛毅之人，可能就是指蘇君這樣的人了。

君又嘗通判陝府❶。當葛懷敏❷之敗，邊告急，樞密使使取道路戍還之卒再戍儀、渭❸。於是延州❹還者千人，至陝，聞再戍，大恐，即讙❺聚，謀為變。吏白閉城，城中無一人敢出。君徐以一騎出卒間，諭慰止之，而以便宜❻還使者。戍卒喜曰：「微❼蘇君，吾不得生。」陝人曰：「微蘇君，吾其掠死矣。」有令刺❽陝西之民以為兵，敢亡者死。既而亡者得，有司治之以死，而君輒縱去，言上曰：「今民以死者，為事不集❾也。事集矣，而亡者猶不赦，恐其眾相聚而為盜。惟朝廷幸哀憐愚民，使得自反❿。」天子以君言為然，而三十州⓫之亡者皆不死。其後知坊州⑫，州稅賦之無歸者，里正代為之輸，歲弊大家數十，君悉鉤治使歸其主。坊人不憂為里正，自蘇君始也。

【章　旨】本段通過在陝州等地處理政事表現蘇安世的政治才幹。

【注　釋】❶陝府　宋代在陝州設大都督府，治所設陝縣（今屬河南）。此句《臨川先生文集》原作「蘇君之仁與智又有足稱者，嘗通判陝府」兩句，此為姚鼐所刪改，吳汝綸以為遠勝於原文。❷葛懷敏　宋朝將領，宋仁宗慶曆二年（西元一〇四二年）西夏大舉攻宋，宋涇原路兼招討經略安撫副使葛懷敏迎戰，宋軍慘敗，懷敏戰死。事已見歐陽修〈太常博士尹君墓誌銘〉。❸儀渭　均為州名。儀州治所在華亭（今屬甘肅）；渭州治所在平涼（今屬甘肅）。熙寧五年廢儀州，隸屬渭州。❹延州　治所在延安（今屬陝西）。❺讙　喧譁。❻便宜　按對事機如何有利靈活處理。❼微　若不是。❽刺　在手背上刺字作標記以防其逃亡。❾集　就；成就。❿反　同「返」。⓫三十州　據《宋史・地理志》陝西路當時轄有府三、州二十五、軍五、監二。這裡是舉整數而言。⓬坊州　治中部（今陝西黃陵東南）。

【語　譯】蘇君還曾經作過陝州府通判，在葛懷敏打敗仗的時候，邊防告急，樞密使命令派戍邊期滿還鄉正在路上往回走的士卒再去戍守儀、渭兩州。這時從戍守延州返回的士兵千人，回到陝州，聽說要再次戍守，非常恐慌，就聚集在一起喧譁，打算舉行兵變。有關官吏報告關閉城門，城裡面的官員沒有一個人敢出城處理。蘇君從容地一個人騎著馬出城來到士卒中間，開導勸慰阻止他們動亂，又用根據實際情況靈活機動處理的意思打發使者回去。戍卒高興地說：「要是沒有蘇君，我們就不可能活下去。」陝州的百姓說：「若不是蘇君，我們將要被搶掠喪命了。」朝廷有命令徵調陝西百姓在手背上刺上字來充作鄉兵，敢於逃跑的，就處死。接著那些逃跑的都被捉到，有關官員按規定判他們死罪，可是蘇君卻一次次將他們放走，並對皇上說：「用處死來命令百姓，是擔心事情辦不成。事情已經辦成了，而逃走的人仍不寬恕，擔心那些人會相互糾集一起去做強盜。希望朝廷可憐愚昧的百姓，讓他們能夠自行返回。」天子認為他的話說得對，於是陝西三十州的逃亡者都沒有被處死。後來他任坊州知州，該州賦稅中那些沒有著落的，全要里正代替他們繳納，每年逼得幾十個大戶人家破產，蘇君全都查對清楚各歸其主。坊州人不擔心被選為里正，是從蘇君任知州才開始的。

蘇君諱安世，字夢得。其先武功❶人，後徙蜀❷，蜀亡，歸於京師。今為開封人也。曾大考諱進之，率府❸副率，大考諱繼，殿直❹。考諱咸熙，贈都官郎中❺。君以進士起家❻三十二年，其卒年五十九。為廣西轉運使，而官止於屯田員外郎者，以君十五年不求磨勘❼也。君娶南陽❽郭氏，又娶清河❾某氏。子四人：台文，永州❿推官；祥文，太廟齋郎；炳文，試將作監主簿；彥文，未仕。女子五人，適進士會稽⓫江松、單州⓬魚臺⓭縣尉江山⓮趙揚，三人尚幼。君既卒之三年，嘉祐二年十月庚午，其子葬君揚州⓯之江都⓰東興寧鄉馬坊村，而太常博士知常州⓱軍州事臨川王安石為之銘，曰：

【章　旨】本段交代蘇安世家世出身妻室子女情況及卒葬時地。

【注　釋】❶武功　今陝西武功。❷蜀　指五代十國之後蜀國。❸率府　官名，唐有十率府，皆太子屬官，掌東宮兵仗、儀衛及門禁、徼巡等事。❹殿直　即三班殿直，宮廷低級侍衛武官。❺都官郎中　刑部第二司長官。❻起家　開始為官任職。姚鼐原注引方侍郎云：「起家自家起而尊用也，自荊公誤用而明代人遂有云以《尚書》起家、以《毛詩》起家者。」認為「起家」一詞為王安石誤用。姚鼐認為：「在家曰居，出仕曰起，非必尊用也。曰起家三十二年，猶言仕三十二年爾。義自通，不可以明人之誤而追貶荊公也。」❼磨勘　唐、宋時定期勘驗官員政績以定升遷，稱為「磨勘」。蘇安世職務為轉運使，位高權重，而官級只是屯田員外郎，工部第二司下屬官員。職高官卑，故有此說。❽南陽　今屬河南。❾清河　今屬河北。❿永州　今湖南永州。⓫會稽　今浙江紹興。⓬單州　治所在單父（今山東單縣）。⓭魚臺　單州屬縣，今屬山東。⓮江山　縣名，今屬浙江。⓯揚州　今江蘇揚州。⓰江都　即今揚州。宋為揚州治所。⓱常州　今江蘇常州。

【語　譯】蘇君名安世，字夢得。他的祖先本是武功人，後來遷徙到西蜀，西蜀滅亡後，回到京城，現在是開封人了。曾祖父名進之，任率府的副率，祖父名繼，曾作殿直，父親名咸熙，贈為都官郎中。蘇君由考中進士開始做官任職三十二年，死時年紀五十九歲。任廣西轉運使之職，然而官銜只到屯田員外郎為止的緣故，是因為蘇君十五年不去追求通過磨勘獲取升遷啊。蘇君娶了南陽郭姓之女，又娶了清河某姓女子。有兒子四人：台文，任永州推官；祥文，任太廟齋郎；炳文，試用為將作監主簿；彥文，沒有做官。五個女兒，嫁給了進士會稽人江松、單州魚臺縣尉江山人趙揚，其餘三個還小。蘇君死後三年，嘉祐二年十月庚午，蘇君的兒子將君安葬在揚州江都縣東興寧鄉的馬坊村，而由太常博士常州知州臨川王安石替君撰寫墓誌銘，銘文說：

皇❶有四極❷，周綏❸以福❹。使維蘇君，奠❺我南服❻。亢亢❼蘇君，不圓其方，不晦其明，君子之剛。其枉在人，我得吾直；誰對誰慍，祇❽天之役❾。日月有邱❿，其下冥冥。昭君無窮，安石之銘。

【章　旨】銘文讚揚蘇安世剛毅正直，能任天而行。

【注　釋】❶皇　皇天。《廣韻》：「皇，天也。」❷四極　四方極遠之地，此處即四方廣大土地之意。❸綏　安撫。❹福　福澤；福祉恩澤。❺奠　安定。❻南服　南方。古稱王畿以外之地為服。❼亢亢　剛直不阿的樣子。❽祇　敬。❾役　役使。❿邱　墳墓。日月有邱，言邱墓上有日或月。

【語譯】皇天覆蓋四方國土，遍以恩惠福澤安撫。派來的使者是蘇君，使我南方獲得安定。正直不阿的蘇君啊，不用圓滑代替方正，不讓昏昧遮擋聰明，稱得上是剛毅君子。不論別人圓滑邪曲，而我一心堅持正直；不問有誰痛恨惱怒，我卻敬遵天意行事。邱墓之上日月光明，邱墓之下黑暗幽深。埋下安石這篇墓銘，把蘇君永遠永遠稱頌。

【研析】本文寫蘇安世，側重表彰他的人品，對他的做官經歷及政績，只在敘述其人品過程中穿插交代，至於他的家世出身、妻室子女、卒葬時地等具體問題，則乾脆全部集中放在一段簡明介紹。敘人品，一段言其剛直，一段寫其仁明。因言歐陽修無罪而觸忤權貴遭受貶責是蘇安世一生最重大的情節，所以文章起筆就直點歐陽修，而且具載歐陽修的官稱爵里，語氣莊重以加重其歷史真實性，顯示其重大意義。接著敘述權貴人內外勾結，天下洶洶以為歐陽修必不能自脫的背景，反襯出蘇安世說真話要有多大的勇氣。又以感嘆的語氣對蘇安世的行為進行評價。這一段議論極為高遠，從歷史的廣闊背景，社稷存亡的角度，揭示人物行為的價值。「然則蘇君一動，其功於天下豈小也哉？」以反詰語出之，自有千鈞筆力。然而作者並不到此止步，他又用簡潔的語言，寫出此後一段時間蘇安世所受排擠，「東西南北，水陸奔走輒萬里」的情況，蘇安世「其心恬然」，不改初心、無怨無悔的態度，這樣，蘇君前此的言行，就不是一時的血氣，而是一貫本性如此，更顯出他人品的高尚。最後引用孔子的話，以孔子感慨難以見到的「剛者」歸蘇安世，對蘇安世進行了高度讚頌。這樣以揭示蘇君人品為綱而蘇君由太常博士而泰州監稅而五年之間六徙的經歷遭遇也穿插敘出。第二段也是如此，選取使士卒免於再戍、免逃民死罪，免里正無端破產幾件事寫出蘇君之仁惠愛民，明智達理，同時通判陝府，知坊州等經歷也隨帶而出。總之以人品為綱雜敘生平是本文的寫法，而「敘次簡潔，議論高遠」（劉大櫆語）則是寫作過程中所顯示出來的好處和特色。

臨川吳子善墓誌銘

王介甫

【題　解】吳子善名興宗，是王安石的從表兄弟。王安石的母親仁壽縣太君吳氏夫人出金谿吳氏。金谿縣宋代屬江南西路撫州臨川郡，所以稱臨川吳子善。臨川今屬江西撫州。這篇墓誌銘是英宗治平四年（西元一〇六七年）王安石為翰林學士時所寫，文中讚揚了吳子善關愛親人先人後己的美德及為鄉里所敬重的情況，是應吳子善之弟吳孝宗字子經的請求而寫的。吳孝宗早年行為不很檢點，後來中了進士，著有《法語》、《先志》、《巷議》等書。歐陽修有〈送吳生南歸詩〉是給吳孝宗的，詩中勉勵他改過自新。王安石也給吳孝宗寫過兩封信，對他的言行和《先志》等書有所批評。本文中也寫到吳子善對其弟循循善誘，「其弟終感悟悔改為善士，以文學名於世」。從歐、王的詩文來看，「善士」之稱也許並非王安石的真實看法，而是為其兄寫墓誌銘，為表彰其兄的德行不得不如是說罷了。

臨川吳氏，有子興宗，字子善。年二十喪母，而其父以生事付之，則先日出以作，後日入以息。日午矣，家一人未飯，其夫婦必尚空腹；天寒矣，家一人未纊❶，其夫婦必尚單衣。蓋如此者二十年而父終，三十年而己死。凡嫁五妹，辦數喪。又以其筋力之餘，及於鄉黨。苟有故❷，必我勞人佚❸，先往後歸。而尤篤於友愛，見弟有過，則顏色愈溫，須飲酒歡極之間，乃微示以意。既而即泣下曰：「吾親屬我以汝，吾所以不避艱險者，保汝而已。」其弟終感悟悔改為善士，以文學名於世。此待其弟乃爾❹，若於他人，則絕口不涉其非。然里中少年聞其謦欬❺之音，往往逃匿；若匿不及，則俛❻首恐愧。而嘗有所絓❼，一至訟庭❽，及著械❾，同絓數十人為之皆哭。掌獄者驚起白守❿，守立免焉。其見畏愛多此類。

【章旨】本段敘吳子善的為人，通過他對家人對鄉里對弟弟的態度寫出他克己為人的美德。

【注釋】❶纊　絲綿絮，古人納之衣中以禦寒。❷故　事；變故。❸佚　通「逸」。❹爾　如此；這樣。❺謦欬　咳嗽。❻俛　同「俯」。❼絓　牽連。此指被人牽扯而捲入罪案。❽訟庭　訴訟案件的地方，猶今之法庭。❾械　指枷鎖、手銬之類刑具。❿守　指州郡長官。

【語譯】臨川吳家，出了個好兒子名興宗，字子善。二十歲時死了母親，於是他的父親把家庭生活的重擔交給他，他就在太陽還沒有出來就開始作事，要到太陽下山之後才肯休息。到中午了，家裡只要還有一個人沒有吃飯，他們夫婦一定是還空著肚皮的；天冷了，家裡只要還有一個人尚未穿上棉衣，他們夫婦一定是還穿著單衣。像這樣過了二十年，父親去世了，三十年後自己死去。總計他主持嫁過五個妹妹，辦理過幾次喪事。還用他剩餘的力量，幫忙到鄉親鄰里。只要有什麼大的事故，他一定是自己勞苦讓別人輕鬆，最先去最後才回。他還特別對兄弟友愛情深，看見兄弟有過錯，就臉色更加溫和，要在喝酒喝得特別高興的時刻，才會稍稍向他示意。接著就流下眼淚說道：「我們的父親把你託付給我，我之所以不避艱險的原因，只是要保護你罷了。」他的弟弟終於感動悔悟，改過自新成為好人，憑文章學術知名於當代。這是對待他的弟弟他才這樣，至於對其他人，他就絕口不涉及他們的過錯。但是同村的青年聽到他咳嗽的聲音，往往就逃避躲藏起來，如果躲藏來不及，就低頭站立顯得惶恐慚愧。他又曾經有過被牽連犯法的事，上過一次法庭，到戴上刑具的時候，同時被牽連的幾十個人都替他難過哭泣。主管案件的官吏感到驚異，起身報告守宰，守宰立即免除了他的刑具。他被人敬畏愛戴大多像這樣。

某謂其父為諸舅❶，甚知其所為，故於其弟子經孝宗❷之求誌以葬也，為道❸而不辭。子善嘗應進士舉，後專於耕養，遂不復應。其死以治平四年八月九日，而十二月十五日，與其母黃氏共葬於靈源村父墓之域中。

【章旨】本段敘撰寫墓誌的原由及吳子善卒葬時地。

【注釋】❶諸舅　此指從舅。❷子經孝宗　子善之弟名孝宗，字子經。詳見題解。❸道　稱說。指寫作本文。

【語譯】我稱子善的父親為堂舅，非常了解他的所作所為，因此在他弟弟子經孝宗來求寫墓誌以便安葬他的時候，就替他撰述而沒有推辭。子善曾經參加過進士考試，後來專心耕種養家，就不再應舉。子善死在治平四年八月九日，而十二月十五日，同他的母親黃氏一起葬在靈源村他父親的墓地裡。

父諱偃，亦有行義❶，用疾弗仕。祖諱表微，尚書屯田員外郎。曾祖諱英，殿中丞。初妻姓王氏，一男良弼，皆前卒。再娶楊氏，生蕘、适、枉。蕘始九歲。而四女，幼者一歲云。

【章旨】本段補敘吳子善的先人及妻室子女情況。

【注　釋】❶行義　同「行誼」。操修和道義。

【語　譯】子善父親名偃，也有修養有道義，因為有病沒有做官。祖父名表微，尚書屯田員外郎。曾祖父名英，殿中丞。子善起初娶妻王姓之女，生有一個兒子名良弼，母子都已早死。再婚楊氏，生下蕘、适、杇。蕘才九歲。還有四個女兒，小的還只一歲。

【研　析】吳子善是一個普通人，沒有重大的事件和複雜的經歷，他的事跡只是對家庭親人的孝友，與鄉黨鄰里之間的周旋，作者卻能將這些小事簡明親切地一一道出，寫出一個品德高尚受人尊敬的人物。首先寫他對親人的孝友，有具體的細節也有概括的介紹，先人後己，勤勞不息是其特點。接著寫他如何對待鄉黨，用「我勞人佚」「先往後歸」八個字作了高度的概括。言語不多而印象突出。再寫他對有過失的弟弟的態度，友愛情篤，循循善誘，終於使弟弟感悟悔改。最後寫他在鄉黨中受到的尊敬，先以青少年作一般的敘述，再舉訟庭上的情況作為典型。全文條理分明，層次清晰，而語言則簡潔概括富於表現力，「俛首恐愧」、「我勞人佚」、「先往後歸」以及「先日出以作，後日入以息」等，都刪盡一切枝蔓，顯示了王安石文瘦硬通神的本色。

葛興祖墓誌銘

王介甫

【題　解】葛興祖（西元一〇一三—一〇六五年），名良嗣，比王安石大八歲，但從王安石的詩文可以看出兩人之間有一定的交情。葛興祖的父親葛源死後，葛興祖曾請王安石為父親撰寫墓誌，今王安石的文集中〈尚書度支郎中葛公墓誌銘〉即是。宋英宗治平二年葛興祖去世，王安石正在江寧守孝，他不僅寫了這篇墓誌銘，還寫了一篇〈葛興祖挽辭〉，傾吐了自己不盡的哀思。挽辭開頭就說：「憶隨諸彥附青雲，場屋聲名看出群。」意思是自己青年時期就曾追隨優秀的葛氏兄弟一同博取進士，葛氏兄弟在考場中文名顯赫，亦即本文中的「以文有聲，赫然進士中」。這篇墓誌雖沒有提及兩人的交情，但對葛興祖仕途不順，卒窮於無所遇而死，深致感慨，並用自己的話，特別對葛興祖年已老大困於州縣卻能盡職盡責毫不懈怠的精神作出高度的評價，也可以窺見兩人之間的交誼。

許州❶長社縣主簿葛君，諱良嗣，字興祖。其先處州❷之麗水人，而興祖之父，徙居明州❸之鄞，興祖葬其父潤州❹之丹徒，故今又為丹徒人矣。曾大父諱遇，不仕。大父諱旴❺，贈尚書都官郎中❻。父諱源，以尚書度支郎中❼終仁宗時。度支君三子，當天聖、景祐❽之間，以文有聲，赫然進士中。先人嘗受其摯❾，閱之終篇，而屢歎葛氏之多子也。既而三子者，伯仲皆蚤死❿，獨其季在，即興祖。

【章　旨】本段敘葛興祖的家世出身。

【注　釋】❶許州　治所在長社縣，今河南許昌。❷處州　治所在麗水，故城在今浙江麗水西。❸明州　治所在鄞縣，今為浙江寧波轄縣。❹潤州　治所在丹徒，今江蘇鎮江。❺旴　《臨川先生文集‧葛興祖墓誌》作「盱」，〈尚書度支郎中葛公墓誌銘〉作「旺」，不知孰是。❻都官郎中　刑部第二司長官，主管獄囚旁及吏役。❼度支郎中　戶部第二司長官，掌計度軍國之用，量貢賦稅租之入以為出。❽天聖景祐　均為宋仁宗年號。西元一〇二三至一〇三八年之間。❾摯　同「贄」。見面禮。唐宋以後文人以詩文投獻也稱為贄。「受其摯」即得過他投獻的詩文。❿蚤死　即「早死」。

【語　譯】許州長社縣主簿葛君，名良嗣，字興祖。他的先輩本是處州麗水縣的人，但興祖的父親遷徙居住在明州的鄞縣，興祖又將他的父親安葬在潤州的丹徒縣，所以現在又成為丹徒人了。他的曾祖父名遇，沒做過官。祖父名旴，贈封為尚書都官郎中。父親名源，在尚書度支郎中任上死於仁宗時。度支郎中君有三個兒子，在天聖、景祐年間，憑藉文學而享有聲譽，在當時的進士中十分顯赫。我的父親曾接受他們投獻的詩文，全都看完了，而多次感嘆葛家擁有眾多的好兒子。可是不久三個兒子中，老大老二都早早死去，只有那老三活著，就是興祖。

興祖博知多能，數舉進士，角❶出其上。而刻勵修潔❷，篤於親友，慨然欲有所為以效於世者也。年四十餘，始以進士出仕州縣。餘十年，而卒窮於無所遇以死。嗟乎！命不可控引❸，而才之難恃以自見，蓋久矣。然興祖於仕未嘗苟，聞人疾苦，欲去之如在己。其臨視❹雖細故❺，人不以屬耳目❻者，必皆致❼其心。論者多怪之，曰：「興祖且老矣，弊❽於州縣，而服勤❾如此。」余曰：「是乃吾所欲於興祖。夫大仕之則奮，小仕之則怠忽❿以不治，非知德者也。」興祖聞之，以余之言為然。

【章　旨】本段敘葛興祖的為人和政績。

【注　釋】❶角　拼搏。此指較量學問和文才。❷刻勵修潔　刻苦勤奮，修身潔行。❸控引　控制。❹臨視　指蒞官治民。❺細故　小事情。❻屬耳目　意思是耳目所注。即注意、留意。屬，通「注」。專注。❼致　竭盡。❽弊　困；不得意。❾服勤　服務勤謹。服，事；從事。❿怠忽　怠惰玩忽。

【語　譯】興祖知識廣博能力高強，幾次被推舉參加進士考試，較量拼搏達到上等。而且他刻苦勤勉注意品德修養行為端潔，篤誠對待親友，慷慨地想要作出一番事業來效力於當代啊。四十多歲，才憑進士的資格在州縣做官。十年有餘，最終因為得不到什麼機會而窮困至死。唉！命運無法控制，而才能難以依靠使自己被世人所認識，這種情況大概由來已久了。但是興祖對於做官從不曾馬虎，聽到別人有疾苦，想替人解除就像這疾苦是在自己身上一樣。他到職處理問題，即使是細小的事情，旁人不肯用耳目來注意的，他都一定要盡心竭力。評論者大多覺得奇怪，說：「興祖都快要老了，被困在州縣的低級官位上，卻這樣勤謹辦事。」我說：「這是我所希望於興祖的。如果做大官就奮發，做小官就怠惰玩忽而不能治理好，這就不是有道德的人。」興祖聽了，認為我的話是正確的。

興祖娶胡氏，又娶鄭氏。其卒年五十三，實治平二年三月辛巳。其葬以胡氏祔，在丹徒之長樂鄉顯揚村，即其年十一月某甲子也。興祖三❶男子：繫、蘊皆有文學。繫，許州臨潁縣❷主簿；蘊，鄧州❸穰縣主簿；蘋尚幼也。四女子，皆未嫁云。銘曰：

【章旨】本段敘葛興祖卒葬時地及妻室子女。

【注釋】❶三　一本作「四」，除繫、蘊、蘋之外尚有「藻」亦年幼。❷臨潁縣　今屬河南。❸鄧州　治所在穰縣，即今河南鄧縣。

【語譯】興祖娶胡家女，又娶了鄭家女。興祖死時年五十三歲，是治平二年三月的辛巳日。他安葬時與胡氏合葬在一起，葬在丹徒縣的長樂鄉顯揚村，就在這年十一月的某一天。興祖有三個兒子：繫、蘊都有文才學問。繫是許州臨潁縣的主簿；蘊為鄧州穰縣主簿；蘋還幼小。四個女兒，都還沒有出嫁。銘文是這樣說的：

蹇❶於仕，以為人尤❷；不憖❸施以年❹，孰主孰謀？無大憾於德，又將何求！

【章旨】銘文同情葛興祖的困窮早死而肯定他的品德高尚。

【注釋】❶蹇　不順利。❷尤　《廣韻》：「怨也。」引申為抱恨。❸不憖　何不；怎不。❹年　年壽。

【語譯】仕宦不順利，人們為之感到抱恨；何不賜給他以高壽，又是誰決定誰的主意？道德上沒有大的遺憾，又還有什麼要求！

【研析】本文所寫的葛興祖，是一個小官吏，在最初的低級職務上一直幹到死，既沒有曲折的經歷，也沒有重大的政績，所以文章極為簡短。但簡短卻不單薄，仍使人覺得它內容充實而且富於感情。首段敘家世出身，由回顧先輩漸次落到興祖兄弟，用回憶的口氣說度支君三子，當天聖、景祐間，以文有聲，赫然進士中，特別回憶起自己的父親曾屢嘆葛氏的多子。不僅暗示了兩家的關係，使葛興祖的文才真實可信，而且賦予文章的敘述以歷史的厚度。也因為帶進了自己對先人的追思懷想而情意盎然。第二段寫葛興祖的為人和政績，除了概括地介紹一下葛興祖的為人和早年志向外，於其政績，幾乎無可落筆處。即使有些事情，大約也會是極為瑣細而不值得樹碑立傳。但王安石從「無」處開掘出「有」，抓住葛興祖做官的「態度」立言，寫出他一顆盡職盡責的心。拿旁人的不以屬耳目來襯托他的用心，拿旁人的不理解來襯托他的高潔。又用自己的論斷來提升問題的層次，把葛興祖的盡職提升到「德」的層面來加以肯定，從而使死者獲得了不朽的價值。這正如王文濡所言：「其人無卓卓可表之事，第就其弊於州縣而能服勤以概其政績，是亦於枯寂中求文者。知此自目無難題矣。」

金溪吳君墓誌銘

王介甫

【題解】金溪或寫作金谿，縣名，今屬江西。本為王安石老家臨川縣地，宋初分出成為鄰縣，同屬於撫州。金溪吳氏是王安石外祖家。本文所寫吳君名蕃字彥弼（西元一〇一二—一〇五四年），其父吳敏是王安石外祖父吳畋的哥哥，所以吳蕃實為王安石的堂舅。文中說他葬於皇祐六年，活了四十三歲，則他比王安石差不多大十歲。王安石在這篇墓誌中通過反覆論說，表達了對吳蕃博古好學卻得不到祿位的惋惜與同情。

君和易❶罕言，外如其中，言未嘗極❷人過失；至論前世善惡，其國家存亡治亂成敗所繇❸，甚可聽也。嘗所讀書甚眾，尤好古而學其辭，其辭又能盡其議論。年四十三，四以進士試於有司，而卒困於無所就。其葬也，以皇祐❹六年某月日，撫州之金溪縣歸德鄉石廩之原，在其舍南五里。當是時，君母夫人既老，而子世隆、世範皆尚幼。三女子，其一卒，其二未嫁云。

【章旨】本段敘吳蕃的為人及其不幸結局。

【注釋】❶和易　謙和平易。❷極　窮究。❸繇　通「由」。❹皇祐　宋仁宗年號，共六年（西元一〇四九—一〇五四年）。

【語譯】吳君謙和平易，說話不多，表裡如一，言語不曾窮究別人的過失；至於評論前代的是非善惡，前代國家存亡治亂成功失敗的緣由，卻是很值得聽取的。他平時所讀過的書很多，尤其喜歡古代而學習古代的文辭，他的文辭又能充分表達他的議論。四十三歲，曾四次以進士身分參加有關部門的考試，但最終由於沒有成功而陷入困境。他安葬入土，是在皇祐六年某月某日，葬於撫州金溪縣歸德鄉石廩村的野外，在他自己房舍南邊相去五里的地方。在這時候，吳君的母夫人已經年老，而吳君的兒子世隆、世範都還小。三個女兒，其中一個已死，另兩個還沒有出嫁。

嗚呼！以君之有，與夫世之貴富而名聞天下者計❶焉，其獨歉❷彼耶？然而不得祿以行其意，以祭以養，以遺其子孫以卒，此其士友之所以悲也。夫學者將以盡其性❸，盡性而命❹可知也。知命矣，於君之不得意，其又何悲耶？銘曰：

【章　旨】本段表達對吳蕃的讚美和同情。

【注　釋】❶計　比較。❷歉　不足的意思。❸性　人的天性、本性，天生之質，如剛強柔弱、靈敏遲鈍之類。盡性即是在自己主觀方面盡到了努力。❹命　命運。孟子認為命是「莫之致而致者」，即個人力量無可奈何的外在必然性，如富貴、貧賤和長壽、短命之類。只要天所賦予的本性得到充分發揮，然後順從非人力所及的命運，這就叫「知命」，意思是能正確地看待富貴窮通，只求盡自己心性而不去計較功名富貴的得失。

【語　譯】唉！拿吳君所擁有的，同世上那些富貴而名聞天下的人去比較，他難道比不上他們嗎？可是他得不到俸祿來實行自己的心願，來祭祀祖先，孝養雙親，來遺留給他的子孫就死去了，這是他的同學朋友們感到哀痛傷懷的原因。可學者將會力求充分發揮自己的本性，只要充分發揮了自己的本性就會知道怎樣順應所遭受的命運，知道怎樣順應命運了，對於吳君的不得意，那又何必哀痛呢？銘文如下：

蕃君名，字彥弼，氏吳其先自姬出❶。以儒起家世冕黻❷，獨成❸之難幽以折，厥銘維甥訂❹君實。

【章旨】銘辭補充交代吳蕃的姓字家世和與自己的關係。

【注釋】❶自姬出　吳氏以太伯作為始祖，太伯為周之先祖太王的長子，文王的伯父。相傳太王想要傳位給文王之父，太伯同弟仲雍避居江南，開發吳地，成為吳國統治家族的始祖，所以說吳氏出自姬姓。❷冕黻　古代大夫以上人的禮服禮帽，代指做官的人。❸成　指功成名就。❹訂　考查訂正之意。

【語譯】蕃是君的名，彥弼是其字，吳氏祖先本出姬姓，儒學興家世代官宦。只君成名艱難埋沒早逝，此銘是外甥我考訂行實寫成。

【研析】本文的寫法，獨特之處一是死者姓名家世及與作者的關係都在銘文中最後才補出，讀者讀到最後，才知道這英年早逝的名叫吳蕃，原為作者的舅氏。可見古人寫作墓誌，本沒有一成不變的程式，而可以千變萬化，匠心獨運。二是有關死者為人性格，才情議論，生平經歷，卒葬時地等等，全都集中在一段中敘明，簡潔而明晰，結尾處點明其母老子幼，三女待嫁，死後景況令人同情，為下文感慨、議論預先作出了很好的鋪墊。然而本文高妙之處還不在此，還在「嗚呼」以下數句。這幾句作者採用「自說自解」的方法，首先指出死者與富貴而名聞天下的人比較毫無遜色之處，這似乎是說人們不必為死者感到難過，然而人們仍不能不為之傷懷，原因何在？作者又自行解釋，可是不能得到俸祿祭祖養親，遺留子孫，終究是令人惋惜之事。但立在更高的高度來看待死者，死者既是一個學者，自然他只在盡性上下力，盡性便能知命；既能知命，那麼他當然只求盡其在我，至於身外之功名利祿，本不在他計較的範圍。這樣看來，生者又似不必違反死者心意反去過分悲傷了。否定了又肯定，肯定了又否定，曲折盡意，而內容愈轉愈深。生者的深情，死者的高潔，同時寫得淋漓盡致。王文濡評曰：「後幅自說自解，機軸之圓，語言之妙，無以過此。」

僊源縣太君夏侯氏墓碣

王介甫

【題解】僊源縣，今山東曲阜，僊同「仙」。宋真宗信奉道教，祥符元年（西元一〇〇八年），將曲阜改名仙源。僊源縣太君是夏侯氏（西元九九九—一〇二一年）的封號。夏侯氏為謝絳之妻。謝絳字希深，是宋真宗、仁宗時期一個廉潔正直敢於發表意見的官吏，與王安石的父親王益為同榜進士。本書卷三十八收有王安石〈兵部員外郎知制誥謝公行狀〉，可參看。夏侯氏二十三歲就死了，沒有什麼事跡可言，但她有一個做了官的兒子，所以本文在稱頌夫人賢德的同時，也對謝絳及其兒子謝景初進行了表彰。本文以墓碣為題，碣即碑之一體，而形狀與墓碑有區別，古代有人說「方者謂之碑，圓者謂之碣」。墓碣與墓誌銘不同之處是，碣不埋入墓穴之中，而是樹立在墓道的地面。

僊源縣太君夏侯氏，濟州❶鉅野人，尚書駕部員外郎諱晟之子，翰林侍讀學士、尚書戶部侍郎譙公諱嶠之孫，贈太子太師諱浦之曾孫，尚書兵部員外郎知制誥、知鄧州❷軍州事陽夏公謝氏諱絳之夫人，太常博士通判汾州❸軍州事景初之母。年二十三卒，後五年，葬杭州之富陽❹。於是時，陽夏公為太常丞祕閣校理，博士生五歲矣。而其女兄一人，亦幼。又十五年，康定❺二年，博士舉夫人如鄧，以合於陽夏公之墓。而臨川王某書其碣曰：

【章　旨】本段敘夏侯氏生平，包括家世、卒葬時地及子女等。

【注　釋】❶濟州　宋代濟州治鉅野，在今山東巨野南。❷鄧州　今河南鄧縣。❸汾州　治所在西河（今山西汾陽）。❹富陽　今浙江富陽。❺康定　宋仁宗年號。二年為西元一〇四一年。

【語　譯】僊源縣太君夏侯氏，是濟州鉅野縣人，尚書駕部員外郎夏侯晟的女兒，翰林侍讀學士、尚書戶部侍郎譙公夏侯嶠的孫女，贈太子太師夏侯浦的曾孫女，尚書兵部員外郎知制誥、鄧州知州陽夏公謝氏名絳的夫人，太常博士汾州通判謝景初的生母。年只二十三歲就死了，五年以後，葬在杭州的富陽縣境。這時候，陽夏公謝絳任太常丞祕閣校理，博士謝景初生下來五歲了。還有他的一個姐姐，也還幼小。又過了十五年，即康定二年，博士起出夫人靈柩遷往鄧州，來合葬在陽夏公謝絳的墳墓。並由臨川王某寫成夫人的墓碣說：

　　夫人以順為婦，而交族親以謹；以嚴為母，而撫媵御❶以寬。陽夏公❷之名，天下莫不聞，而曰：「吾不以家為恤，六年於此者，夫人之相我也。」故於其卒，聞者欲其有後，而夫人之子，果以才稱於世。嗚呼！陽夏公之事在太史，雖無刻石❸，吾知其不朽矣。若夫夫人之善，不有以表之隧❹上，其能與公之烈❺相久而傳乎？此博士所以屬予之意也。

【章　旨】本段敘述夏侯氏的為人，讚揚她的賢德。

【注　釋】❶媵御　媵指妻陪嫁的婢女，御指夫家奴僕。此處泛指奴婢。❷陽夏公　尊稱謝絳。謝絳為陳郡陽夏人。❸刻石　指墓表墓誌之類。謝絳實有歐陽修所寫的墓誌銘，此處說「無刻石」，有錯。❹隧　地下通道。此指墓道。❺烈　功業。

【語　譯】夫人按溫順的標準作妻子，而用恭謹的態度交接宗族和親戚；用嚴格的原則作母親，但體恤奴僕卻很寬仁。陽夏公的名聲，天下人沒有不知道的，而他說：「我能不把家庭之事作為顧慮，六年一直到現在，是夫人幫助我啊。」所以當夫人死時，聽說的人都希望夫人有好的後代，而夫人的兒子，果然因為才華出眾被世人所稱頌。唉！陽夏公的事跡保存在史官，即使沒有碑誌，我也知道他將會永垂不朽了。至於夫人的美德，如果沒有文字表彰在墓道上，怎能夠同陽夏公的功業一樣傳揚久遠呢？這就是博士為什麼要託我寫作墓碣的深意吧。

予讀《詩》❶，惟周士大夫侯公之妃❷修身飭❸行，動止以禮，能輔佐勸勉其君子❹，而王道❺賴以成。蓋其法度之教非一日，而其習俗不得不然也。及至後世，自當世所謂賢者，於其家不能以獨化，而夫人卓然如此。惜乎其蚤世❻也！願❼其行治，雖列之於〈風〉❽以為後世觀，豈愧也哉！

【章　旨】本段論述夏侯氏的賢德，認為可作後世的楷模。

【注　釋】❶詩　指《詩經》。❷周士大夫侯公之妃　古人認為《詩經》中〈關雎〉、〈鵲巢〉、〈采蘩〉、〈草蟲〉、〈采蘋〉等許多篇章都是讚揚后妃或士大夫之妻遵循禮法的美德的。❸飭　謹慎。❹君子　此指丈夫。❺王道　指先王所推行的正道。❻蚤世　早死。蚤，同「早」。❼願　一本作「顧」，於文義更順。❽風　指〈國風〉。

【語　譯】我讀《詩經》，只感到周朝的士大夫、公侯的妃子，修養身心，謹慎行動，一舉一動都按禮法而行，能夠輔佐鼓勵她們的丈夫，於是先王提倡的正道，靠著她們的賢德而得以完成。料想那時關於法度的教化不是一朝一夕的工夫，因而當時的習俗不可能不是這樣呢。到了後代，從當今的所謂賢者起，對於他們的家庭都不能用他們個人的美德去感化，但是夏侯夫人卻能夠這樣卓絕特出。可惜她死得太早啊！但是她的德行事跡，即使放在〈國風〉之中來作為後代效法的對象，難道會覺得有愧了嗎！

【研 析】夏侯夫人婚後六年，年只二十三歲就死了，而且作者寫作此碣時，距離夫人之死已經二十年之久，除了嚴謹寬仁等較抽象的評語外，不可能有很多具體的事跡可記。王安石在交代過夫人的家世及生平簡概之後的兩段文章，一段從其丈夫和兒子著筆，丈夫謝絳的深情追念的話語，可以有力地證實夫人的賢德，而兒子也「果以才稱於世」，能使母親的善行得以刻石流傳，也可說是夫人德緣早種的結果。從丈夫兒子著筆而旨歸都在夫人身上。一段由夫人的事跡生發開去，評說議論，借古概今，也是從側面托出夫人的難能可貴。如此用心，也真可說是「慘淡經營」了。

曾公夫人萬年縣太君黃氏墓誌銘

王介甫

【題 解】萬年縣故地在今西安。縣君、縣太君是古時婦女封號。唐制：五品官之妻封縣君，母封縣太君。北宋因之。黃氏（西元九五三—一〇四四年）是曾仁旺的兒媳，曾致堯之妻，北宋著名散文家曾鞏的祖母。曾致堯字正臣，宋真宗時曾任戶部郎中。歐陽修曾為曾致堯撰寫神道碑，王安石曾為曾致堯撰寫墓誌銘，兩人的文中都說是應曾鞏的請求而寫。本書卷三十一曾子固〈寄歐陽舍人書〉談及此事，可參讀。王安石並在文中說自己對曾致堯，猶如祖父一樣，少年時代就了解得很詳細。那麼，對比曾致堯晚死三十餘年的黃氏，也應如同自己的祖母一樣敬重和了解。本文盛讚黃氏的美德感人，字裡行間流注著作者的愛敬之情。

夫人江寧❶黃氏，兼侍御史知永安場❷諱某之子，南豐❸曾氏贈尚書水部員外郎諱某之婦❹，贈諫議大夫諱某之妻。凡受縣君封者四：蕭山❺、江夏❻、遂昌❼、雒陽❽；受縣太君封者二：會稽❾、萬年。男子四，女子三。以慶曆四年某月日卒於撫州❿，壽九十有二。明年某月，葬於南豐之某地。

【章旨】本段敘黃氏的家世和生平簡概。

【注釋】❶江寧　府名，治所在上元、江寧（今南京）。❷永安場　即今福建建寧西之里心。❸南豐　縣名，屬江西。❹婦　此指兒媳。❺蕭山　今屬浙江。❻江夏　今湖北武漢武昌。❼遂昌　今屬浙江。❽雒陽　即洛陽。❾會稽　今浙江紹興。❿撫州　舊治在今江西撫州。王安石的老家臨川屬撫州，曾鞏家鄉南豐屬建昌軍，兩地相去不遠。

【語譯】夫人出自江寧黃姓，是兼侍御史知永安場名某某的女兒，南豐曾家贈尚書水部員外郎名某的兒媳，贈諫議大夫名某的妻子。夫人一共受縣君封號四次，那四縣是：蕭山、江夏、遂昌、雒陽；受縣太君封號兩次：會稽、萬年。生有四個兒子，三個女兒。夫人於慶曆四年某月某日死在撫州，享年九十二歲。第二年某月，葬在南豐縣的某處地方。

夫人十四歲無母，事永安府君❶至孝，修❷家事有法。二十三歲歸曾氏，不及舅❸水部府君之養，以事永安之孝事姑陳留❹縣君，以治父母之家治夫家。事姑之黨❺，稱❻其所以事姑之禮；事夫與夫之黨，若嚴❼上然；眎❽子慈，眎子之黨若子然。每自戒不處白❾人善否，有問之，曰：「順為正❿，婦道也，吾勤此而已。處白人善否，靡靡⑪然為聰明，非婦人宜也。」以此為女與婦，其傳而至於沒，與為女婦時弗差也。故內外親無老幼疎近，無智不能，尊者皆愛，輩者⑫皆附，卑者皆慕之。為女婦在其前者，多自歎不及；後來者皆曰：「可矜法⑬也。」其言色，在視聽則皆得所欲；其離別，則涕洟⑭不能捨。有疾皆憂，及喪來弔，哭皆哀有餘。於戲⑮！夫人之德如是，是宜有銘者。銘曰：

【章　旨】本段敘黃氏堅守婦道，受人敬愛。

【注　釋】❶府君　漢魏尊稱州郡太守為府君，到唐代以後，則不論爵位等級，碑版通稱死者為府君。❷修　整治。❸舅古代婦女以丈夫的父母為舅姑。❹陳留　今河南開封東南。❺黨　類也。此處為姑嫂的意思。下文「夫之黨」，指兄弟。❻稱適當。❼嚴　尊。❽眂　古「視」字。❾處白　猶言判斷、分辨。❿順為正　以溫順作為正道。語見《孟子・滕文公下》：「以順為正者，妾婦之道也。」⓫靡靡　此指口舌伶俐華而不實的樣子。⓬輩者　同輩的人。⓭矜法　效法。⓮涕洟　眼淚鼻涕。從眼中流出為涕，從鼻中流出為洟。⓯於戲　即嗚呼。於，古「烏」字。戲，通「呼」。

【語　譯】夫人十四歲沒有了母親，侍奉知永安場的父親特別孝順，治理家事有規矩法度。二十三歲嫁到曾家，沒能趕上對公公水部府君的供養，她用侍奉永安府君的孝心侍奉婆婆陳留縣君，以治理父母家的法度來治理丈夫家的事務。侍奉婆婆的姑嫂們，同她用來侍奉婆婆的禮節相適合；侍奉丈夫及丈夫的兄弟，就像尊禮長輩一樣；看待子女很慈愛，看待兒子的堂兄弟，就像自己的兒子一樣。每每自己告誡自己不要去評論旁人的好壞，有人問她，她說：「以溫順作為正道，是女子應堅持的原則，我只在這方面努力罷了。」評論別人的好壞，把伶牙俐嘴的樣子當作聰明，不是女子所應當的啊。」用這種態度作女兒和媳婦，一直保持到她死，同她在作女兒和媳婦的時候沒有差別。所以內外的親戚不論年紀大小關係親疏，不論聰明智慧還是笨拙無能，長輩的都愛護她，同輩的都親近她，晚輩的都敬慕她。做女兒媳婦在她之前的，大多自己感嘆趕不上她；做女兒媳婦比她晚的都說：「值得我們效法啊。」她的言語面色，凡看得見聽得到的，就都能得到自己所想要的；離別她的時候，就都涕淚交流無法割捨。她有了病，大家都擔憂，到她死時來弔唁，都萬分哀痛地哭泣。唉！夫人的大德達到了這種境界，這是應當有銘辭來昭示的。銘辭說：

女子之德，煦嫗愉愉❶。教墮❷弗行，婦妾乘❸夫，趨為亢厲❹，勵之顓愚❺。猗嗟❻夫人，惟德之經，媚❼於族姻，柔色淑聲。其究❽女初❾，不傾不盈❿，誰疑不信，來監⓫於⓬銘。

【章　旨】銘文盛讚黃氏在女教破壞的情況下能堅持婦道。

【注　釋】❶煦嫗愉愉　溫和愉悅的樣子。姚鼐原注「嫗」疑為「愿」。愿，樸實；善良。❷墮　通「隳」。毀壞。❸乘　凌駕。❹亢厲　強硬。❺顓愚　專斷而愚昧。❻猗嗟　嘆美之辭。❼媚　愛戴。❽究　窮盡。❾女初　指女子應有的德行。❿不傾不盈　猶言不卑不亢，不過分也無不足。⓫監　視。⓬於　吳汝綸疑為「予」。

【語　譯】女子應有美德，溫和善良愉悅。女教敗壞不行，妻妾凌駕夫君，漸漸變得強硬，使之愚鈍專橫。可讚美呀夫人，你是婦德準繩，族人姻親愛敬，柔和美好音容。具備女子德行，無偏斜不過分，誰疑所聞不實，請來審視此銘。

【研　析】本文讚揚黃氏夫人婦德，以柔順為正道，提倡侍奉丈夫「若嚴上然」，主張女子應「不處白人善否」，這些主張，就是在當時也未免陳腐。但在寫法上仍有兩點值得注意。一是寫黃氏品德一段，完全沒有實際事例，都是作者的評述，正如茅坤所說的通篇是「虛景語」，然而讀者並不覺得空洞，這是因為一方面作者盡可能虛中求實，如說黃氏治家事有法，分事姑之黨、夫與夫之黨、子與子之黨幾方面敘述，使各有面目，便增加了具體實在的感覺。說黃氏受人愛戴，分出「尊者」、「輩者」、「卑者」，各述其情，也有同樣的效果。另一方面，作者在一般敘述的基礎上，引用人物自己的語言，揭示人物對婦道的看法，雖說這些話並不知何時何地所說，在行文上仍然起了增強真實性的作用。第二點是本文引文隨著對事物各方面的敘述而時見排比，整齊中有變化，在王安石的墓誌中有自己的特色。

僊居縣太君魏氏墓誌銘

王介甫

【題解】僊居縣宋屬台州，今屬浙江。僊居縣太君是魏氏（西元九八七—一〇五〇年）的封號，是因為兒子的官職而得，所以為太君。魏氏的父親退居常州，魏氏的夫家在江陰，兩地相距不遠。寫這篇墓誌的時候，即宋仁宗嘉祐二年（西元一〇五七年），王安石正在常州任知州，在這篇墓誌銘裡，王安石特別讚揚了魏氏能終其節，不改變志向，終於教子成才，得到榮耀的結局，作者選擇這一主題，似乎包含針砭當時士大夫的深意。因此文章開頭就感嘆：「俗之壞久矣！自學士大夫多不能終其節，況女子乎？」這就與一般宣揚禮教的文字不同了。

臨川王某曰：「俗之壞久矣！自學士大夫多不能終其節，況女子乎？」當是時，僊居縣太君魏氏抱數歲之孤，專屋而閒居❶，躬為桑麻以取衣食，窮苦困阨久矣，而無變志。卒就其子以能有家❷，受封於朝，而為里賢母。嗚呼！其可銘也。於其葬，為序而銘焉。序曰：

【章旨】本段就魏氏的事跡作出論斷，肯定她雖遭窮苦困阨而不變志的精神。

【注釋】❶閒居 指避人獨處。❷有家 古代以有室或有家作成為卿大夫的標誌，有家即是卿大夫。

【語譯】臨川王某說：「風俗的敗壞已經很久了！從學士大夫起，大多不能保持其節操到最後，何況是女子呢？」在這種時候，僊居縣太君魏氏懷抱著還只幾歲的孤兒，避開人單獨居住，親自採桑績麻來獲取衣食的費用，長期過著貧窮困苦的生活，卻不改變志節，終於使自己的兒子有所成就，能成為卿大夫，受到朝廷的封贈，成為里中的賢母。唉，這真值得刻銘表彰啊。因此在她安葬的時候，給她撰寫了序言和銘辭。序言是這樣說的：

魏氏其先江寧人。太君之曾祖諱某，光祿寺卿。祖諱某，池州❶刺史。考諱某，太子諭德。皆江南李氏❷時也。李氏國除，而諭德易名居中，退居於常州❸。以太君為賢，而選所嫁，得江陰❹沈君諱某，曰：「此可以與吾女矣。」於是時，太君年十九，歸沈氏。歸十年，生兩子。而沈君以進士甲科❺為廣德軍❻判官以卒。太君親以《詩》《論語》《孝經》教兩子。兩子就外學時，數歲耳，則已能誦此三經矣。其後子迥為進士，子遵為殿中丞，知連州❼軍州。而太君年六十有四，以終於州之正寢，時皇祐二年❽六月庚辰也。嘉祐二年十二月庚申，兩子葬太君江陰申港之西懷仁里。於是遵為太常博士，通判建州❾軍州事，而沈君贈官至太常博士。銘曰：

【章　旨】本段敘魏氏生平經歷卒葬時地，及其守節教子的經過。

【注　釋】❶池州　治所在秋浦（今安徽貴池）。❷江南李氏　指五代時南唐政權。❸常州　治所在晉陵（今江蘇常州）。❹江陰　今屬江蘇。❺甲科　唐宋時錄取進士分甲乙兩科。❻廣德軍　太宗太平興國四年（西元九七九年）由宣州分出設置，治所在廣德（今屬安徽）。❼連州　治所在桂陽（今廣東連州）。❽皇祐二年　與下句嘉祐皆仁宗年號。皇祐二年即西元一〇五〇年。嘉祐二年即西元一〇五七年。❾建州　治所在建安（今福建建甌）。

【語　譯】魏氏的祖先是江寧人。她的曾祖父名某，曾作光祿寺卿。祖父名某，任池州刺史。父親名某，作太子諭德。都是在南唐李氏的時候。李氏國家滅亡，諭德於是改名為居中，退職在常州閒居。他認為太君是賢女，於是要選擇嫁女的對象，得到江陰沈君名某的，便說：「這就可以將我的女兒嫁給他了。」在這時候，太君年紀十九歲，嫁到沈氏。婚後十年，生下兩個兒子。可沈君憑藉考中進士高等充任廣德軍判官，卻早早去世。太君親自把《詩經》《論語》《孝經》教給兩個兒子。兩個兒子到外間學堂就學時，才幾歲而已，就已經能夠背誦這三本經書了。以後子迥成了進士，子遵任殿中丞，連州知州。太君六十四歲，因壽終於州衙的正寢，時間是皇祐二年六月庚辰日。嘉祐二年十二月庚申日，兩個兒子安葬太君在江陰申港之西的懷仁里。在這時沈遵已是太常博士，建州通判，其父沈君因而追贈官職到太常博士。銘辭是這樣說的：

山朝於蹟❶，其下惟谷。纘❷我博士，夫人之淑❸。其淑維何？博士其家，二字翼翼❹，萼跗其華❺。詵詵❻諸孫，其實其葩❼。孰云其昌？其始萌芽。皇❽有顯報，曰維在後，碩大蕃衍，封❾牲以告。視銘考施❿，夫人之效。

【章　旨】銘文讚揚魏氏夫人的賢德招致子孫後代的繁榮。

【注　釋】❶山朝於躋　《詩經・曹風・候人》有「南山朝隮」的詩句，毛亨說：「隮，升雲也。」句意為南山清晨雲氣蒸騰。躋，同「隮」。登；升。此特指雲升。❷纘　繼承。❸淑　美好善良。❹翼翼　恭敬的樣子。❺萼跗其華　《詩經・小雅・常棣》：「常棣之華，鄂不韡韡，凡今之人，莫如兄弟。」鄂，通「萼」。不，通「柎」（跗）。是花萼的基部。萼柎相依而有光華。比喻兄弟之親密和特出。❻詵詵　眾多的樣子。❼葩　花。❽皇　上天。❾刲　割。❿施　給予。

【語　譯】大山早晨升起雲霧，山下便是深的山谷。繼承我博士的遺願，便有他夫人的賢淑。夫人賢淑究竟如何？太常博士家室之中，兩個兒子和睦恭敬，花萼花跗光華照映。紛紛眾多孫兒孫女，有如碩果有如鮮花。誰說這是發達昌盛？實乃萌芽開始發生。上天將有顯著回報，降臨到他後代子孫。豐碩無比發達繁榮，殺牛宰羊祝告蒼旻。看此銘文何人所賜，魏氏夫人賢淑驗證。

【研　析】墓誌銘一般前有序，後有銘，序用散文，銘為韻語，但多數篇章序字並不明白標示出來。本文則不但明白寫出「序曰」，而且序之前又有一段，交代為序為銘的原由，似是序前之序。這是本文獨特之處。這段文字以議論起筆，高屋建瓴，發端即以不能堅持志節的士大夫作反襯，從而揭示了魏氏夫人志節的可貴，點明了文章的主題，使一個普通女子的行為具有了鮮明的社會意義。讀者還沒有了解人物的生平，就已強烈感受到其賢淑非比一般。第二段敘魏氏生平，正面寫其賢淑的只丈夫死後親以經書教子一節，但前面通過父親擇婿的慎重，從其父眼中看出女兒的分量；後面以兩個兒子成才，使先人蒙受榮光，反照夫人賢淑所產生的教化效果，這樣一前一後的烘托，使魏氏的形象豐滿而且完整，同前面慷慨淋漓的評述頗能相得益彰。

鄭公夫人李氏墓誌銘

王介甫

【題　解】鄭公名鄭紓，字武仲，宋仁宗天聖八年（西元一〇三〇年）進士，初授安州應城縣主簿，後遷祠部郎中，仁宗嘉祐元年（西元一○五六年）卒。死後追贈為戶部侍郎，一說追贈為禮部侍郎。李氏（西元一○○○—一○三一年）為鄭紓的前妻。本文作於宋神宗即位之初的熙寧元年（西元一○六八年），距李氏之死已三十七年。這時王安石任翰林學士，李氏和鄭紓的兒子鄭獬此時也被提拔為翰林學士，兩人為同僚，可能在遷葬母親的時候就請王安石寫了這篇墓誌銘。鄭獬後來不滿王安石新法，兩人之間有了矛盾。如果李氏之葬在此之後，恐怕就不會有這篇墓誌了。

尚書祠部郎中❶、贈戶部侍郎安陸❷鄭公諱紓之夫人，追封汝南郡❸太君李氏者，尚書駕部郎中❹、贈衛尉卿❺文蔚之子也，光州僊居縣❻令、贈工部員外郎諱岵之孫。以祥符❼九年嫁，至天聖❽九年，年三十二，以八月壬辰卒於其夫為安州❾應城縣❿主簿之時。後三十七年，為熙寧元年八月庚申，祔於其夫安陸太平鄉進賢里之墓。於是夫人兩子，獮為祕書丞、知潭州⓫攸縣⓬；獬為翰林學士，尚書兵部員外郎，知制誥。一女子，嫁郊社齋郎張蒙山。

【章旨】本段敘李氏的家世出身和生平簡歷。

【注釋】❶祠部郎中　祠部為禮部下的一個司，主管祠祀祭享宗教醫藥等事，郎中為其長官。❷安陸　今屬湖北。❸汝南郡　治所在汝陽（今河南汝南）。❹駕部郎中　駕部為兵部之第三司，名義上掌管車輿、驛傳、馬政等，郎中為其長官。❺衛尉卿　衛尉寺的長官，掌器械文物宮廷帷幕等。❻光州僊居縣　今河南光山，同浙江之仙居非一地。❼祥符　宋真宗年號，全稱為大中祥符。祥符九年為西元一○一六年。❽天聖　宋仁宗年號。天聖九年為西元一○三一年。❾安州　治所在今湖北安陸。⑩應城縣　今屬湖北。⑪潭州　治所在長沙。⑫攸縣　今屬湖南。

【語譯】尚書祠部郎中、贈戶部侍郎安陸鄭公名紓的夫人，追封為汝南郡太君的李氏，是尚書駕部郎中、贈衛尉卿李文蔚的女兒，光州仙居縣令、贈封為工部員外郎名岵的孫女。於祥符九年出嫁，到天聖九年，三十二歲，在八月壬辰日死於她丈夫正擔任安州應城縣主簿的時候。過後三十七年，即熙寧元年八月庚申日，合葬到她丈夫安陸太平鄉進賢里的墓中。這時夫人的兩個兒子，鄭獮作了祕書丞、潭州攸縣知縣，鄭獬官至翰林學士，尚書省兵部員外郎，負責起草皇帝的詔令。一個女兒，嫁給了郊社齋郎張蒙山。

夫人敏於德，詳於禮，事皇姑❶稱孝，內諧外附，上下裕如。鄭公大姓，嘗以其富主四方之游士。至侍郎則始貧而專於學。夫人又故富家，盡其資以助賓祭❷，補紉澣濯❸，饎爨❹朝夕。人有不任❺其勞苦，夫人歡終日，如未嘗貧。故侍郎亦以自安於困約❻之時，如未嘗富。鄭氏蓋將日顯矣，而夫人不及其顯祿。嗚呼！良可悲也。於其葬，臨川人王某為銘曰：

【章旨】本段敘李氏賢德，特別稱讚她能享富貴也能安貧窮的品格。

【注釋】❶皇姑　女子稱丈夫已故的母親。《儀禮・士昏禮》鄭注：「皇，君也。」❷賓祭　指招待賓客和供奉祭祀。❸澣濯　洗滌。❹饎爨　燒火做飯。兩字都有「炊」的意思。❺任　堪；勝。❻困約　貧困拘迫。

【語譯】夫人在修養婦德方面很勤勉，在講究禮儀方面很周全，侍奉婆婆稱得上盡孝，家庭內部相處和諧，外面的親友也很親附，上上下下都顯得寬鬆從容。鄭公之家是個大家族，曾經憑藉他的豪富成為四方遊歷之士的東道主。到侍郎鄭紓之時就開始貧窮而專心在求學上了。夫人又原本出身於富貴之家，盡量拿出自己陪嫁的錢財來協助招待賓客和安排祭祀，縫補漿洗不停，不分早晚燒火做飯。旁人會有無法忍受這種勞苦的，夫人卻整天歡歡喜喜，似乎沒有遭受貧窮。所以鄭紓也因而能自己安心生活在貧困窘迫之中，好像並不曾享受過富貴。鄭氏即將一天比一天顯貴了，可是夫人卻趕不上鄭氏榮顯的福祿。唉！真是令人傷感啊。在她合葬的時候，臨川人王某替她撰寫墓銘說：

於嗟夫人，歸孔時❶兮。窈❷其為德，婉❸有儀❹兮。命云如何，壯則萎兮。

烝烝❺令子，悲慕思兮。有嚴葬祔，祭配祇❻兮。告哀無窮，銘此詩兮。

【章旨】銘辭感嘆李氏幽閑貞靜儀容溫婉卻不長壽，令兒子悲思。

【注釋】❶孔時　《詩經・楚茨》：「孔惠孔時。」注：「甚順於禮，甚得其時。」❷窈　窈窕。這裡是幽閑貞靜的意思。❸婉　美好；和順。❹儀　儀容。❺烝烝　淳厚的樣子。《尚書・堯典》：「克諧，以孝烝烝。」言舜孝德淳厚，能使家人和諧。❻祇　神。《文選・海賦》李善注：「神、祇，眾靈之通稱，非唯天地而已。」

【語譯】真可嘆啊李氏夫人，出嫁正當美好時光。幽閑貞靜作為美德，儀容多麼溫順和悅啊。可是你的命運如何，盛開季節就已凋落啊。孝德淳厚好兒子們，長久悲涼思念眷慕啊。隆重恭敬將你合葬，配合神靈祭祀啊。傾訴他們無窮哀思，墓穴埋下這首銘詩啊。

【研　析】本文首段敘生平及卒葬時地，行文簡而有法，只從李氏落筆，不橫生枝節，但如「以八月壬辰卒於其夫為安州應城縣主薄之時」，「祔於其夫安陸太平鄉進賢里之墓」等語，在敘述李氏卒時、葬地的同時，卻順帶點明有關丈夫鄭紓的情況。用語極簡，卻沒有缺失必要補充的內容。簡淨嚴整，這是王安石多數墓誌銘具有的品格。同樣第二段述李氏之德，也只就「敏德詳禮」四字發揮，除一般地概述其能使「內諧外附，上下裕如」外，只突出特色，集中寫她出自富貴而能安於貧窮，「人有不任其勞苦，夫人歡終日，如未嘗貧」，寫得相當精彩，末尾預計鄭氏將日顯，而感嘆夫人早死，用語不多卻深情流注，也是值得效法吸取的地方。

卷五十一　碑誌類下編　十

亡友方思曾墓表

歸熙甫

【題　解】方思曾（約西元一五一四—一五五三年），名元儒，是作者的摯友，又同為崑山（今江蘇崑山）人。明世宗嘉靖十九年庚子（西元一五四〇年），歸有光三十五歲，方思曾二十七、八歲，同被推舉參加南京鄉試，都以通曉經書而名列前茅。作者在文章開頭說方思曾死時正值倭寇侵擾崑山，所以來不及安葬。據歷史記載推之，方思曾之死當在嘉靖三十二年（西元一五五三年）左右，本文則在此後若干年所作。文中敘述方思曾以少年才俊，鄉試奪魁之後，會試居然屢試不中，由奮發而至於憤懣，在學佛中尋求解脫，四十歲就抑鬱早死，對友人有才不得施展寄予深切同情，反覆慨嘆天之生才甚難，其所以成就之尤難，雖沒有明言，實質上是表達了對當時考試用人制度的不滿。歸有光與方思曾有些遭遇是共同的。歸有光三十五歲時以第二名中舉，並深得主考官賞識，但此後連續八次到北京參加會試，都不被錄取，直到六十歲才勉強中了進士三甲，得到一個縣令的官職。寫此文時，他仍然奔波於「八上春官」之際。明乎此，則歸有光在本文的深切感慨，就是不難理解的了。

余友方思曾之歿，適島夷❶來寇，權厝❷於某地。已而其父長史❸公官四方，子昇幼，不克葬。某年月日，始祔於其祖侍御府君之墓，來請其墓上之文，亦以葬未有期，不果為。至是始畀❹其子昇，俾勒❺之於石。

【章　旨】本段敘方思曾死後因何遲葬，交代寫作墓表的原由。

【注　釋】❶島夷　指日本。明朝中葉，江、浙、閩、魯、粵等東部沿海地區，不斷有倭寇即日本海盜的侵擾。《明史‧世宗紀》載：「嘉靖三十一年夏四月倭寇浙江，三十二年閏三月海賊汪直糾倭寇瀕海諸郡，至六月始去。」❷權厝　暫時停柩待葬。❸長史　官名，明代朝廷派往諸王府的長史負責王府政事兼有監督諷規的作用。此指方思曾的父親方築，為唐王府長史。❹畀　給予。❺勒　刻。

【語　譯】我的朋友方思曾死的時候，恰遇上日本海盜來侵擾，只好暫且安放在某地等候埋葬。過後他的父親長史公在四處做官，兒子方昇年幼，不能夠安葬。某年某月某日，才能合葬在他祖父侍御府君的墓地，來請求撰寫他墓道上的碑文，又因為安葬沒定下具體日期，沒有寫成。到今天才寫好給他的兒子方昇，讓他刻在石上。

蓋天之生材甚難，其所以成就之尤難。夫其生之者，率數千百人之中得一人而已耳。其一人者果出於數千百人之中，則其所處必有以自異，而不肯同於數千百人之為，而其所值❶又有以激之，是以不克安居徐行，以遽❷入於中庸❸之道。則天之所以成材者，其果尤難也。思曾少負奇逸之姿，年二十餘，以禮經❹為經闈❺首薦❻。既一再試春官❼不利，則自叱而疑曰：「吾所為以為至矣，而又不得。

彼必有出於吾術之外者。」則使人具書幣❽走四方，求嘗已得高第者，與夫邑里之彥❾，悉致之於家而館餼❿之。其人亦有為顯官以去者。然思曾自負其才，顧彼之術，實不能有加於吾，亦遂厭棄不能以久。方其試而未得也，則憤憾而有不屑之志。其後每偕計吏行⓫，時時絕⓬大江，徘徊北岸，輒返棹登金、焦二山⓭，徜徉以歸。與其客飲酒放歌，絕不與豪貴人通。間與之相涉，視其齷齪⓮，必以氣陵⓯之。聞為佛之學於臨安⓰者，思曾往師之，作禮讚歎，求其解說。自是遇禪者⓱，雖其徒所謂墮龍、啞羊⓲之流，即跪拜施舍，冀得真乘⓳焉。而人遂以思曾果溺於佛之說，不知其有所不得志而肆意於此。以是知古之毀服童髮⓴，逃山林而不處㉑，未必皆積志㉒於其教，亦有所憤而為之者耶！以思曾之材，有以置之，使之無憤憾之氣，其果出於是耶？然使假㉓之以年，以至於今，又安知憤憾不益甚，而將不出於是耶？抑彼其道空蕩，倏然㉔不與世競，而足以消其憤憾之氣耶？抑將平其氣，無待於外，安居徐行，而至於中庸之塗也？此吾所以歎天之成材為難也。

【章旨】本段敘方思曾的遭遇，對他懷才不遇寄予深切同情。

【注　釋】❶值　遭遇。❷遽　立即。❸中庸　不偏叫中，不變叫庸，儒家以中庸為最高道德標準。《論語・雍也》：「中庸之為德也，其至矣乎！」❹禮經　指《儀禮》和《周禮》。❺經闈　此指考試經學的考場。一本作「京闈」，則指北京或南京鄉試的考場。科舉考試的考場關防嚴密，稱為「鎖闈」，省稱為「闈」，鄉試曰「秋闈」，會試曰「春闈」。❻首薦　第一名舉人。❼春官　禮部的別稱，此指禮部主持的考試，即京師「會試」，也叫「春闈」，在每三年春季進行。❽書幣　書信和禮物。❾彥　才德傑出之士。❿館餼　館之於家而用飲食供養之。館，留住在家。⓫偕計吏行　指入京會試。漢代制度，郡守每年底派吏入京上計，即呈報結算，貢舉之士隨計吏偕行，故後世稱舉人入京會試為「計偕」。⓬絕　橫渡。⓭金焦二山　在今江蘇鎮江長江中，兩山相距十餘里，遙遙相對。⓮齷齪　此指拘謹、局促。⓯陵　嘲笑玩弄。⓰臨安　今浙江杭州。⓱禪者　僧人。⓲墮龍啞羊　墮龍，墮入地獄之龍。啞羊，聲音暗啞的羊。都是指平庸的僧人。⓳真乘　乘，梵文音譯，意為運載。佛教稱能運載眾生到達解脫的彼岸為乘，實指修行方法或途徑。真乘為真實的修行方法。⓴毀服童髮　拋棄儒服改穿僧服，剃光頭髮。童指禿頂。㉑處　家居。㉒積志　長期培養了興趣愛好，猶言蓄意已久。㉓假　給予，假年即多活幾年。㉔翛然　超脫的樣子。

【語　譯】天降生傑出人才很難，用來成就這類人才的過程就更難。天降生這類人才的時候，大多在幾千幾百個人中才出現一個罷了。這一個人才果真能從數千百個人中湧現出來，那麼他處理事物的態度一定有自己獨特之處，並不肯與那幾千幾百人的表現雷同，而且他的遭遇又有能刺激他的地方，所以他不能夠安靜地生活，緩慢地前進，使其很快地進入不偏不倚的中庸境界。那麼天用來成就人才的過程就真的更難了。思曾少年時代憑藉著奇特超邁的姿質，二十多歲，就因為精通禮經成為經學考場的第一名舉人，可是接下來一再到禮部參加會試都受挫，就自己呵斥自己並且懷疑道：「我所寫的東西自認為已經相當成熟了，可是又不能考中。他們想必有超出我的技藝之外的東西。」就派人帶著書信和禮品到四面八方，尋訪那些曾經已錄取高等的人，以及地方上的賢俊之士，全都把他們請到家裡來招待。那些人中也有得了顯要官職而離開他家的。但思曾依仗著自己的才能，看到那些人的本事，實在並不能超過自己，也就終於厭棄他們不能長久禮待。這時當他考試而不能考中，就憤懣憾恨起來並有輕蔑的意思。以後每次上京會試，往往在橫渡大江之後，在北岸徘徊不前，然後掉轉船頭登上金山、焦山，徘徊徬徨然後回來。同他的客人飲酒高歌，絕不同權豪勢要的人來往。間或同那些人互相接觸，看見他們那惡濁骯髒的樣子，一定要憑藉氣勢侮弄他們。思曾聽說在杭州有研究佛教學說的人，就去向他學習佛法，舉行儀式，唱讚詠歎，求那人解釋說明。從此只要是遇見僧人，即使是那些和尚們所說的墮龍、啞羊一類平庸之輩，他就跪拜施捨財物，希望得到真正的修行之法。而人們於是以為思曾果真陶醉於佛教的學說，不知道他是有不得志的遭遇才在這方面任意而行。由此可以知道古代那些拋棄儒服，剃光頭髮，逃進山林而不過家庭生活的人，未必都是蓄意已久傾向於佛教，也有心情怨憤而這樣做的人呢！憑著思曾的才能，有地方安置他，使他沒有憾恨的情緒，難道他真的會走上這條路嗎？如若讓他多活若干年，一直到現在，又怎能知道他憤憾之情不更加嚴重，而會不走上這條路呢？還是那佛教的主張寂滅空無，超然物外不與世人爭競，並能夠消除他心中的憤憾之情呢？還是會舒緩他的憤憾，不需要借助外物，就能安定地生活，從容地行動，從而達到中正平和的道路呢？這就是我為什麼慨嘆天成就人才更難的緣故啊。

思曾諱元儒，後更曰欽儒。曾祖曰麟❶，贈承德郎❷，禮部主事❸。祖曰鳳❹，朝列大夫❺，廣東僉事❻，前監察御史。父曰築❼，今為唐府❽長史❾。侍御❿與兄鵬，同年舉進士。侍御以忤權貴出，而兄為翰林、春坊⓫，至太常卿⓬，亦罷歸。思曾後起，謂必光顯於前之人，而竟不得位以歿。時嘉靖某年月日也。春秋四十。娶朱氏，福建都轉運鹽使司判官希陽之女。男一人，昇；女三人，皆側出⓭。

【章　旨】本段敘方思曾家世及妻室子女情況。

【注　釋】❶麟　號節庵，因大兒子方鵬任官贈為禮部主事。❷承德郎　文階官名，明代正六品的官吏初授承直郎，升授承德郎。❸禮部主事　禮部主管文牘雜務的司官，正六品，與郎中、員外郎並列。❹鳳　方鳳，字時鳴，與兄方鵬同中進士，做過四任御史，嘉靖初年觸犯權貴，出為廣東提學僉事。❺朝列大夫　明代文階官，從四品初授朝列大夫。❻僉事　即宋代之簽書判官廳公事。明代地方各司都設僉事，協理政事，總管文案。❼築　方築，字居道，舉人。❽唐府　唐王府，明太祖分封諸子為藩王，二十三子朱桱封為唐王，以後子孫世襲。❾長史　明代諸王府有長史司，設左右長史各一人，管理王府事務，兼有監督輔導的責任。❿侍御　指方思曾的祖父方鳳，曾為監察御史。⓫翰林春坊　方鵬曾為右春坊右庶子兼翰林院修撰。太子宮稱春坊，左右春坊即太子下屬官府。⓬太常卿　太常寺長官，掌宗廟祭祀之事，地位次於六部尚書。⓭側出　妾所生。

【語譯】思曾名元儒，後來改為欽儒。曾祖父方麟，贈為承德郎，禮部主事。祖父為方鳳，朝列大夫，廣東僉事，前監察御史。父名方築，現任唐王府長史。侍御同兄長方鵬同一年考中進士。侍御因為觸忤了權貴大臣離開京城，而兄長任翰林院修撰、春坊右庶子，做到太常寺卿，也被罷職歸家。思曾為後起之士，以為一定會光輝顯赫超過前代的人，卻終於得不到一官半職便死去。死時是嘉靖某年某月某日。享年四十歲。思曾娶朱氏女為妻，是福建都轉運鹽使司判官朱希陽的女兒。生了一個兒子，名方昇；有三個女兒，都是小妾所生的。

思曾少善余，余與今李中丞廉甫❶晚步城外隍橋，每望其廬，悵然而返。其相愛慕如此。後余同為文會❷，又同舉於鄉。思曾治園亭田野中，至梅花開時，輒使人相召，予多不至。而思曾時乘肩輿❸過安亭江❹上，必盡醉而歸。嘗以余文示上海陸詹事子淵❺，有過獎之語，思曾陵曉乘船來告。余非求知於世者，而亦有以見思曾愛余之深也。思曾之葬也，陳吉甫❻既為銘，余獨痛思曾之材，使不得盡其所至，亦為之致憾於天而已矣！

【章　旨】本段回顧兩人的交情，點明撰碑的深意。

【注　釋】❶李中丞廉甫　名憲卿，也是崑山人，廉甫是其字，曾任都察院左副都御史。副都御史相當古之御史中丞，故稱李中丞。❷文會　朋友會集作文。明代江南有文人結社，定期會課之風。❸肩輿　用人力扛抬的代步工具，為二長竹桿，中設椅坐人，二人扛抬。❹安亭江　歸有光中舉以後，連續參加會試不中，便遷居嘉定縣安亭江畔授徒講學。❺陸詹事子淵　名深，上海人，官至詹事府詹事。明代詹事府名義上為東宮官署，實際與翰林院無異，用以安置文學侍從之臣。❻陳吉甫　名敬純。

【語　譯】思曾少年時期就和我要好，我同現在的李中丞廉甫晚上散步到城外隍橋，每次望見思曾的居屋，就要難過地不情願返回，之間互相愛慕到這種程度。後來我同思曾一起參加文會，又一同在鄉試中舉。思曾在野外修建園亭，到梅花開放的時節，就派人來叫我去，我多半沒有到。但思曾時常坐著竹轎到安亭江上拜訪，一定要盡情喝醉才回去。他曾經拿我的文章給上海的陸詹事子淵看，陸詹事有過獎的話語，思曾天剛亮就坐船來告訴我。我並不是追求被世人所了解，但也由此可以見到思曾愛我的深厚啊。在思曾安葬的時候，陳吉甫已經撰寫了墓誌銘，我只痛惜思曾有如此之才，卻讓他不能夠完全達到他應到的高度，也為他向天表示憾恨罷了。

【研　析】本文末姚鼐原有自注引劉大櫆的話，說歸有光這篇墓表有意學王安石為文，所以文章「旋折有氣」。這一特點，在文章第二段表現得甚為鮮明。文章首先以議論起筆，先肯定天生才甚難，而進一步斷言其所以成就人才更難，是一折；接著敘述方思曾二十多歲勇奪經魁，卻又一再試春官不利，又是一折；遭受挫折之後，方思曾先是檢討自己，虛心求教，而終於憤憾而不屑為之，肆意於佛學，又是一折。特別是最後，作者懷著深厚同情，反覆揣問，思曾是精志於佛學呢，還是內心憤懣的結果？如果他能施展才幹，他會這樣嗎？

如果他再活下去，內心憤懣更甚，他還會止於學佛這種表現嗎？是佛學空寂的理論能消融人的憤憾之氣，還是他能幫助人自我調節，不靠外力便能走上中庸的道路呢？文章如有一股勃郁不平之氣，左旋右突，確實與王安石一些墓誌中的感慨議論有相同的效果。本文最後一段敘兩人交情，也能通過某些細節的回顧，寫出真情實感，這方面的特色，在歸有光一些抒寫親情的小品和墓誌中更為突出。歸有光自己認為「思曾墓表描寫近真」，是否就指這些生活細節的回憶呢？

趙汝淵墓誌銘

歸熙甫

【題　解】趙汝淵（西元一四九七—一五六二年），他是趙宋王朝宗室的後代，經過四五百年的歷史變遷，已經成了普通的老百姓。本文詳盡地記載了趙汝淵的家族世系及聚居地改變的情況，來龍去脈十分清楚，這不僅是為了顯示碑主身分的高貴，也是為了反映時代的發展，人們社會地位的變遷。從銘文來看，作者之意是強調人們不可能永遠依靠祖宗的身分，而要靠讀書修身來振興家業，故本文亦有它的啟迪意義。

宋熙陵❶九王子，其八為周恭肅王元儼。恭肅王生定王允良；定王生安康郡王宗絳；安康郡王生南陽侯仲纊；南陽侯生處州❷兵馬鈐轄❸士翮，士翮始遷嚴陵❹；士翮生保義郎❺不玷，又自嚴陵徙浦江❻，不玷生三觀使武經郎善近；善近生武翼郎汝湼；汝湼生崇傒。自定王以後至崇傒，始失其官為士庶。崇傒生必俊；必俊生良仁，始自浦江徙吳，今長洲❼之金莊也。良仁生友端；友端生季永；

季永生同芳；同芳生巘；巘生四子：濂、潛、深、濱。潛者，汝淵諱也。

【章　旨】本段詳敘趙汝淵的家世，說明他是趙宋王室的後代。

【注　釋】❶熙陵　宋太宗趙光義的陵墓，此處代指太宗。❷處州　治所在麗水（今屬浙江）。❸兵馬鈐轄　州府或某些重要地區主管軍事的官員。❹嚴陵　在浙江桐廬西，東漢嚴子陵隱居垂釣於此，有嚴陵釣臺，故名。❺保義郎　與以下之武經郎、武翼郎均為低級武官官階。❻浦江　今屬浙江，在桐廬之南。❼長洲　今江蘇蘇州。

【語　譯】宋太宗有九個王子，其中第八個是周恭肅王元儼。恭肅王生定王允良，定王生安康郡王宗絳；安康郡王生南陽侯仲纘；南陽侯生處州兵馬鈐轄士翢，士翢開始遷徙到嚴陵；士翢生保義郎不玷，又從嚴陵遷徙到浦江；不玷生三觀使武經郎善近；善近生武翼郎汝浧；汝浧生崇傒。從定王以來直到崇傒，才喪失這一家族的官員身分成為普通百姓。崇傒生必俊；必俊生良仁，才從浦江遷居到吳地，就是今天長洲的金莊。良仁生友端；友端生季永；季永生同芳；同芳生巘；趙巘生有四個兒子：趙濂、趙潛、趙深、趙濱。趙潛就是汝淵的名諱。

汝淵於兄弟次在二；授室❶於崑山真義里❷朱氏。汝淵年六十有六，卒嘉靖❸四十二年十二月某日；朱孺人年五十五，卒嘉靖三十八年正月某日。生子男一人，世貞。孫男四人：和平、和順、和德皆夭，最後生和敬。孫女一人。其葬以隆慶❹二年十二月某日，墓在長洲之某鄉。

【章　旨】本段敘趙汝淵生平，即其卒葬時地及妻室子女情況。

【注釋】❶授室　娶妻。❷崑山真義里　今江蘇崑山真義鎮。❸嘉靖　明世宗朱厚熜年號。四十二年為西元一五六三年。❹隆慶　明穆宗朱載垕年號。二年為西元一五六八年。

【語譯】汝淵在兄弟中次序排第二；娶崑山真義里朱家的女為妻。汝淵年紀六十有六，死在嘉靖四十二年十二月的某一天；朱夫人年五十五歲，死在嘉靖三十八年正月的某一天。生有男孩一人，名世貞。四個孫兒：和平、和順、和德都夭折了，最後生下了和敬。一個孫女。汝淵葬在隆慶二年十二月的某一天，墳墓在長洲的某某鄉村。

宋自青城之難❶，王子三千餘人，盡為北俘。其散處四方，僅僅有存者。若周王之後，以詩書世其家，故譜系頗可考。其在長洲，同魯❷其賢者也。同魯於汝淵為再從父❸。汝淵夫婦孝敬，修士人之行。世貞方將以進士起其家。世貞於余先妻魏氏，內外兄弟❹也，故屬余銘。銘曰：

【章旨】本段讚揚趙汝淵家族能以詩禮傳家，所以譜系不墜且振興有望。

【注釋】❶青城之難　即靖康之難。青城在開封南薰門外，是宋朝祭天的齋宮名稱。宋欽宗靖康二年（西元一一二七年），金人圍開封，粘沒喝屯兵青城，受徽、欽二帝降，故也稱青城之難。❷同魯　據朱彝尊《靜志居詩話》說：「趙同魯字與哲，長洲布衣，有《仙華集》。」❸再從父　堂伯或堂叔。❹內外兄弟　姑表或姨表兄弟。歸有光前妻魏氏的祖母趙氏為世貞的祖姑。

【語譯】宋朝自從青城之難，王子三千多人，都被北兵俘擄而去。那些分散居住在京城以外各地的，有少量的能保存下來。像周恭肅王的後代，憑詩書使家族世代相傳，所以家譜系統比較容易考定。其中在長洲居住的，趙同魯是其中的賢者了。同魯對於汝淵是堂叔伯。汝淵夫妻孝敬長輩，修養讀書人的品行。世貞正要通過考進士來振興趙氏家業。世貞與我的前妻魏氏，是姑表兄弟，所以託我來撰寫墓誌銘。銘文如下：

宋失維城❶，宗淪於朔。哀哉重昏❷，鼎折覆餗❸。不仁之殃，迨其九族。存者孑遺❹，逃竇❺而延。惟恭肅王，當世稱賢。宜其孫子，百葉以傳。宜君宜王，今為士庶。亦修於家，魚菽以祭。曷以銘之，不愧其世。

【章　旨】銘文承上稱讚周恭肅王賢良，所以子孫不斷絕。

【注　釋】❶維城　指宗子。《詩經・大雅・板》：「宗子維城」。意思是：王之嫡子，有如國之城牆。❷重昏　指宋徽宗和欽宗兩個昏君。二人被擄到北方，金人封其父子為昏德公和重昏侯。❸餗　鼎中食物。《周易・鼎卦》：「鼎折足，覆公餗」。意思是折了足的鼎，一定會傾倒掉裡面的食物。❹子遺　殘存；剩餘。《詩經・大雅・雲漢》：「周餘黎民，靡有子遺。」❺逃竇　從地穴中逃出。竇，地穴。相傳澆滅了夏后相，相的妻子從竇中逃出，生下少康。少康長大後滅澆復國。此指趙宋子孫僅有僥倖逃脫而存留的。

【語　譯】宋朝喪失衛國之城，趙氏宗族淪陷北郡。真可哀啊徽欽兩帝，鼎足折斷食物倒傾。二帝不仁引起禍殃，連累到了王室九族。保存下者極少殘餘，如從地穴逃脫延續。只有我們恭肅周王，當時號稱賢德善良，合當他的後代子孫，百代仍能不絕傳承。過去適宜為王為君，今天作了平民百姓。也能修治自己家庭，魚豆祭祀歷代先人。為何撰寫這則墓銘，是要無愧家世出身。

【研　析】本文所敘的趙汝淵只是一個普通百姓，並且無可見的事跡，說他夫婦孝敬，修士人之行，只不過空洞的結論，說世貞以進士起其家，又還沒有成為現實。作者可以說是煞費苦心，轉而詳盡地敘述趙汝淵的家族變遷歷史。文章首段由遠而近，以時代為經，以地域為緯，將幾百年間的世系傳承、籍貫變改交代得清清楚楚，讀者可以看到一個家庭怎樣由帝王子孫王侯身分逐漸淪入普通百姓的過程。作者這樣敘述，並非只是為滿足碑主親人的光榮感，而是為告訴人們：高貴的出身不能永遠依靠，只有詩書才能世代相承。為了證明這個道理，作者沒有孤立地記述趙汝淵，而是將趙宋王室的其他子孫同周王一支作對比。文章的後部寫宋朝青城之難，子孫盡為北俘，僅存孑遺，而周恭肅王在當世有賢名，子孫都能修士人之行，故能傳承不絕，保其祭祀，而且以「世貞方將以進士起其家」這種將然的語氣，暗示其興旺的前景，使人覺得可信。總之本文的內容能達到一定的深度，運用對比方法的作用是十分明顯的。

沈貞甫墓誌銘

歸熙甫

【題　解】沈貞甫（西元一五一四—一五五五年），乃是作者的朋友、連襟。其妻與歸有光第二任妻子王氏為姐妹。歸有光娶王氏在明世宗嘉靖十四年（西元一五三五年），沈貞甫死在嘉靖三十四年，此時歸有光已五十歲。他們之間有二十年親戚加朋友的深厚情誼，回憶起交往中種種難忘的細節，自然不能不心痛神傷。而且作者自三十五歲中舉之後，至今十五年，幾次應進士試都落第，不免有失意落寞之感。在這樣的處境中，對沈貞甫給予自己的信任、肯定，不能不尤其視為珍貴。本文敘說往事特別側重於這方面的內容，而且說得情深意厚，沉痛感人。沈貞甫耿介自持、不趨炎附勢的品格也躍然紙上。這些都是作者當時心境的真實反映。

自余初識貞甫時，貞甫年甚少，讀書馬鞍山❶浮屠❷之偏。及余娶王氏，與貞甫之妻為兄弟❸，時時過內家❹相從也。余嘗入鄧尉山❺中，貞甫來共居，日遊虎山、西崦❻，上下諸山，觀太湖七十二峰❼之勝。嘉靖二十年，余卜居安亭❽。安亭在吳淞江❾上，界崑山、嘉定之壤，沈氏世居於此。貞甫是以益親善，以文字往來無虛日。以余之窮於世❿，貞甫獨相信，雖一字之疑，必過余考訂，而卒以余之言為然。蓋余屏居⓫江海之濱⓬，二十年間，死喪憂患，顛頓⓭狼狽，世人之所嗤笑。貞甫了不以⓮人之說而有動於心，以與之上下。至於一時富貴翕赫⓯，眾所觀駭，而貞甫不余易⓰也。嗟夫！士當不遇時，得人一言之善，不能忘於心。余何以得此於貞甫邪？此貞甫之歿，不能不為之慟⓱也！

【章　旨】本段敘與沈貞甫的交誼，表現沈貞甫的超群脫俗。

【注　釋】❶馬鞍山　也稱崑山，在江蘇崑山市西北，形如馬鞍，故又稱馬鞍山。❷浮屠　指佛寺。❸兄弟　此指姐妹。❹內家　妻的娘家。❺鄧尉山　在江蘇蘇州西南七十里，漢朝鄧尉在此隱居，故名，又稱玄墓山、光福山。❻虎山西崦　皆為鄧尉山支峰，或以為虎山即虎丘山，恐非。❼太湖七十二峰　太湖跨江浙兩省，周圍六百八十餘里。湖中多山，以東西二洞庭山最著名。說「七十二」是形容多，並非確指。❽安亭　鎮名，今屬上海嘉定。崑山在其西北。❾吳淞江　源出太湖，為黃浦江支流，流經上海由吳淞口入海。❿窮於世　歸有光在嘉靖十九年三十五歲時中舉，以後八次考進士都不中，直到嘉靖四十四年六十歲時才中進士，已是寫作本文之後十年的事。此時自稱窮於世，是年紀漸老，失意感最重的時期。⓫屏居　隱居。⓬江海之濱　崑山嘉定在長江之南、東海之西，靠近江海匯合之處。⓭顛頓　跌倒困頓的意思。「頓」一本作「倒」。⓮了不以　全不以。⓯翕赫　聲勢煊赫。⓰易　移易；改變。⓱慟　悲痛。

【語　譯】從我最初認識貞甫的時候，貞甫還很年輕，在馬鞍山一座佛寺的偏房裡讀書。到我娶王氏為妻，同貞甫的妻子是姐妹，經常在到妻子娘家作客時在一起相處。我曾經進入鄧尉山中居住，貞甫來和我同住，每天遊歷虎山、西崦，上下各個山峰，觀賞太湖七十二峰的美景。嘉靖二十年，我擇地寄居在安亭。安亭在吳淞江岸旁，崑山、嘉定兩縣交界的地方，沈家世代居住在這裡。貞甫因此和我更加親密友好，用詩文書信往來沒有空閒的日子。因為我在當時遭受窮厄，貞甫卻偏偏信任我，即使是一個字的疑惑，也一定造訪我來一起考訂，而且最終把我的意見當作正確結論。可我隱居在長江大海的邊沿上，二十年間，歷經親人死喪種種憂患，跌倒困頓處境維艱，是世人嗤笑的對象。貞甫完全不因為別人的說法而在心裡有所動搖，去苟同世人褒貶相一致。至於那些一時間富貴，聲勢煊赫，一般人望而生畏的人物，而貞甫更不因他們富貴來改變對我的尊重。唉！讀書人在不得意的時候，得到別人一句話的好處，在心裡也不會忘記。我憑什麼能從貞甫那兒得到如此的信任尊重呢？這就是貞甫的死，我不能不為他感到悲痛的原因啊！

貞甫為人伉厲❶，喜自修飭。介介❷自持，非其人未嘗假❸以辭色。遇事激昂，僵仆❹無所避。尤好觀古書，必之名山及浮屠老子之宮。所至埽地焚香，圖書充几。聞人有書，多方求之，手自抄寫，至數百卷。今世有科舉速化之學❺，皆以通經學古為迂。貞甫獨於書知好之如此，蓋方進於古而未已也。不幸而病，病已數年，而為書❻益勤。余甚畏❼其志，而憂其力之不繼；而竟以病死，悲夫！

【章旨】本段敘沈貞甫剛直耿介的性格和好古勤學的態度。

【注釋】❶伉厲 剛直；嚴正。❷介介 孤高耿直。❸假 給予。❹僵仆 跌倒。❺今世有科舉速化之學 指八股時文快速獲取功名的方法。❻為書 指讀書、抄書。❼畏 敬服。

【語　譯】貞甫為人剛直嚴正，特別注意對自己儀表和品德的修飾整治。孤高耿介，自我矜持，不是那樣的人物，他是從來不輕易給予好的言辭和臉色的。遇到事情他態度激昂慷慨，即使要因之受挫跌倒也不害怕躲避。他尤其喜歡閱讀古書，一定要尋找名山和佛教道教的宮觀作為讀書場所。所到之處就掃乾淨地焚上香，在几案上擺滿圖書。聽到旁人有好書，就千方百計訪求到手，自己親手抄寫，多到幾百卷。現在社會上有所謂通過科舉考試快速改變身分的學問，人們都把通曉經書學習古道當作迂腐。貞甫獨獨對於書的了解和愛好達到這種程度，大概將要深入古學而不會停步啊。不幸卻病倒了，得病已經幾年，可他讀書抄書愈加勤苦。我深深敬服他的理想、意志，卻擔心他體力不能跟上，而他竟然因病死去，可悲啊！

初，余在安亭無事，每過其精廬❶，啜茗論文，或至竟日。及貞甫歿，而余復往，又經兵燹❷之後，獨徘徊無所之，益使人有荒江寂寞之歎矣。

【章　旨】本段回憶往事，抒發對沈貞甫的深切懷念。

【注　釋】❶精廬　或稱精舍，讀書講習的場所。❷兵燹　因戰爭所遭受的焚燒破壞，此指倭寇侵擾。

【語　譯】當初，我在安亭沒多少事，每每造訪他讀書講學的廬舍，飲茶論文，有時甚至整天這樣。到貞甫死後，而我再去，又經戰爭焚燒毀壞之後，一個人在那裡徘徊，沒有地方可去，愈加使人有一種江景荒涼孤獨寂寞的感嘆了。

貞甫諱果，字貞甫。娶王氏，無子，養女一人。有弟曰善繼、善述。其歿以嘉靖❶三十四年七月日，年四十有二。即以是年某月日，葬於某原之先塋。可悲也已。銘曰：天乎，命乎，不可知，其志之勤，而止於斯！

【章　旨】本段敘沈貞甫家室子女及卒葬時地，深嘆其志勤而早亡。

【注　釋】❶嘉靖　明世宗朱厚熜年號。三十四年為西元一五五五年。

【語　譯】貞甫名果，貞甫是他的字。娶妻王氏，沒有兒子，撫養了一個女兒。有弟弟名叫善繼、善述。貞甫死在嘉靖三十四年七月某日，年四十二歲。就在這年的某月某日，安葬在某處原野的先人的墓地。令人悲傷啊。銘文說：這是天意嗎，還是命運嗎，不能夠考知，他的用心這樣勤苦，卻讓他在這時止步！

【研　析】本文敘沈貞甫為人事跡，字裡行間處處見到作者身影、情態，即處處有「我」在。貞甫的種種，都是從一個朋友加親戚的深情回顧和感嘆中表現出來的。首段敘兩人交往的過程，從少年時期馬鞍山讀書，到結婚王氏，到鄧尉山中，安亭江上，從容細數，由遠而近，如泣如訴。敘述自己失意屏居的處境，感懷貞甫的無限信任，身世之感與弔亡之情，交織激盪，酣暢恣肆，感慨淋漓。二段敘貞甫耿介好古，雖稍超脫，但其中抨擊「科舉速化之學」，也可想見作者的辛酸遭遇。特別是末尾「余甚畏其志，而憂其力之不繼」數語，情深而語摯，讀之令人墮淚！後段不禁又回顧當初，貞甫死前之竟日品茶論文，何等快樂，貞甫死後之荒江寂寞，不知所之，又何等淒涼，兩相對比，頓挫跌宕，感慨不盡，餘味深長。與其說這是一篇碑誌，還不如說是一篇回憶文字。歐陽修給張子野、黃夢升、張汝士等人寫的墓誌，追懷身世，俯仰今昔，以感慨多姿見長。更遠則可以追溯到韓愈的〈殿中少監馬君墓誌銘〉。歸有光可以說是繼承了韓愈、歐陽修的寫法，而且走得更遠了。前人評此文說是「六一風流，辦香未墜」，真是一語破的之論。

歸府君墓誌銘

歸熙甫

【題　解】府君是對死者的尊稱，文中的歸府君歸椿（西元一四六六—一五三六年），是作者歸有光的遠房叔伯曾祖，同歸有光的曾祖歸鳳為兄弟輩。歸椿務農而略有文化，比一般鄉民具有見識。文中著重表彰了他修渠置閘，以通灌溉，改造鹽鹼地，開發海濱旱土的成績，並對國家拓展耕地，發展農業的辦法發表了自己的見解。認為像歸府君就是可以任用來搞好農業的人才，對他局於一鄉，不能發揮更大的作用表示惋惜。這樣的題材和內容，在歐陽修、王安石的墓誌銘中少有，因而具有新意，是對墓誌銘內容的新拓展。

府君姓歸氏，諱椿，字天秀。大父諱仁，父諱祚，母徐氏。嘉靖十五年正月初八日卒，年七十一。娶曹氏，父諱永太，母高氏，嘉靖十年三月十九日卒，年六十八。子男三：雷、霆、電。女一，適錢操。孫男五❶：諫，縣學生❷；謨、訓，皆國學生；讓，幼。女三。曾孫男六。以嘉靖二十六年十二月庚申日合葬於馬涇❸實瀆涇。

【章　旨】本段述歸椿生平概略，包括先人、妻室、子女及卒葬之時地。

【注　釋】❶五　一本作「四」。❷縣學生　明代學校有兩種，一是設於京師的國學，入國學的稱為監生，二是地方府州縣學，學生稱為生員。❸馬涇　地名，在崑山縣境內。

【語　譯】府君姓歸，名椿，字天秀。祖父名仁，父親名祚，母親徐氏。府君於嘉靖十五年正月初八日去世，享年七十一歲。府君娶妻曹氏之女，曹氏父親名永太，母親高氏，曹氏於嘉靖十年三月十九日已亡故，享年六十八歲。三個兒子：歸雷、歸霆、歸電。一個女兒，嫁給了錢操。五個孫兒：歸諫，是縣學生員；歸謨、歸訓，都是國學監生；歸讓，年紀還小。有三個孫女。六個曾孫。府君夫婦在嘉靖二十六年十二月庚申日合葬在馬涇的實瀆涇。

按歸氏出春秋胡子❶。後滅於楚。其子孫在吳，世為吳中著姓。至唐宣公❷，仍世❸貴顯，封爵官序，具載唐史。宋湖州❹判官罕仁，居太倉❺。其別子居常熟之白茆❻。居白茆已數世矣。由湖州而下，差以昭穆❼。府君，我曾大父城武公❽兄弟行也。

【章　旨】本段追溯歸氏的淵源，並點明死者與作者的關係。

【注　釋】❶胡子　春秋時期的小國，歸姓，子爵，其封地在今安徽阜陽一帶。西元前四九五年胡國被楚所滅，子孫世居吳郡。❷宣公　歸崇敬，字正禮。唐玄宗天寶年間授左拾遺。曾勸代宗以儉德感化天下。後以兵部尚書致仕。封餘姚郡公。宣公是他死後的諡號。❸仍世　累世；歷代。歸崇敬之子歸登官至工部尚書，封長洲縣男；孫子歸融官至兵部尚書，封晉陵郡公，所以說是累世貴顯。❹湖州　治所在烏程（今浙江湖州）。❺太倉　今江蘇太倉，本為崑山、常熟、嘉定三縣之地，明代在此設太倉州。❻白茆　白茆浦，在常熟東。❼昭穆　古代宗法制度，宗廟或墓地的位次排列，以始祖居中，二世、四世、六世位於始祖左方，稱為昭，三世、五世、七世在始祖右方，稱為穆，用來區別宗族內部的長幼、親疏、遠近，後來泛指家族的輩分。❽城武公　歸鳳，字應韶，明憲宗成化十年（西元一四七四年）任城武知縣。城武，今山東成武。

【語　譯】據查歸姓從春秋時的胡子國起源。胡子後來被楚國滅了，他的子孫在吳地，世代是吳地的顯赫家族。到唐朝宣公歸崇敬，累世貴顯，所封的爵位，官位的品級，詳細地記載在唐史裡。宋代有湖州判官歸罕仁，居住在太倉，他的庶子住在常熟的白茆浦。聚居白茆已有幾代了。由湖州判官以下，區分出長幼親疏。歸府君，是我曾祖父城武公歸鳳兄弟輩的人。

府君初為農，已乃延禮師儒，教訓諸孫，彬彬❶向文學矣。府君少時，亦嘗學書，後棄之，夫婦晨夜力作。白茆在江海之壖❷，高仰瘠鹵，浦水時浚時淤，無善田。府君相水遠近，通溪置閘，用以灌溉。其始居民鮮少，茅舍歷落❸，數家而已。府君長身古貌，為人倜儻好施舍，田又日墾，人稍稍就居之，遂為廬舍市肆，如邑居云。晚年，諸子悉用其法，其治數千畝，如數十畝，役屬百人如數人。吳中多利水田，府君家獨以旱田。諸富室爭逐肥美，府君選取其磽❹者，曰：「顧我力可不可，田無不可耕者。」人以此服府君之精。

【章　旨】本段敘歸椿在耕種方面的作法和成就，表現他的精明和見識。

【注　釋】❶彬彬　文質兼備的樣子，《論語》：「文質彬彬，然後君子。」❷壖　此指水邊之地。❸歷落　疏落。❹磽　土質堅硬瘠薄之地。

【語　譯】府君最初從事農耕，後來卻延請禮聘讀書之人為師，教訓孫子們，文質彬彬地轉而向文化學術了。府君年輕時，也曾經學過書本，後來放棄了書本，夫婦不分白天黑夜地努力耕種田地。白茆浦在江海邊沿之地，高岸敞露，貧瘠鹽鹼，近岸的水流隨時疏浚隨時淤塞，沒有很好的田。府君看水的遠近，開通渠道，安設閘門，用它來灌溉。才開始的時候在這裡居住的百姓很少，茅屋稀稀疏疏，僅有幾家罷了。府君身材高大，相貌古樸，性格豪邁爽快，喜歡拿錢物支援救濟別人，而他的田土又一天比一天開闢得寬廣，人們漸漸地靠近他居住下來，於是修建了房屋街市鋪面，好像聚居在都市一樣了。晚年，他的兒子們全都運用他的方法，他們整治幾千畝田如同整治幾十畝，僱傭使用上百人如同用幾個人一樣。吳中地方的人大多看好水田，府君家偏偏依靠旱田。那些富裕人家爭相搶占肥美田地，府君卻選擇利用那些土質堅硬貧瘠的旱土，說：「只看我的力量行不行，田沒有不能夠耕種的。」人們由此而佩服府君的精明。

蓋古之王者之於田功勤矣。下至保介❶、田畯❷、遂師❸、遂大夫❹、縣正、里宰、司稼❺，設官用人，如是悉❻也。漢二千石❼遣令、長、三老❽力田及里父老善田者，受田器，學耕種養苗狀。時趙過❾、蔡癸❿之徒，皆以好農為大官。今天下田，獨江南治耳。中原數千里，三代畎澮⓫之迹，未有復也。議者又欲放⓬前元海口萬戶之法⓭，治京師瀕海萑葦⓮之田，以省漕⓯，壯國本。茲事行之實便，而久不行，豈不以任事者難其人邪？或往往歎事功之不立，謂世無其人。若府君，豈非世之所須也？銘曰：

【章　旨】本段通過對重視農事的歷史回顧，肯定歸椿實時代所需要的治國能人。

【注　釋】❶保介　副職官屬，一說是古代天子舉行藉田儀式時充當車右的勇力之士，一說即指古代農官的副職。❷田畯周代勸農的官員。❸遂師　「遂」是古代行政區名，《周禮・地官・遂人》：「五鄙為縣，五縣為遂。」遂師協助遂人管理幾遂之地。❹遂大夫　掌管一遂政令，為一遂之長。❺司稼　縣以下具體檢查和指導耕種的人員。❻悉　周備。❼二千石　漢代郡守、知府的俸祿等級都是二千石，後因稱郡守、知府為二千石。❽三老　漢代郡、縣、鄉都設有三老，由民眾中年老望尊的人充任，協助縣令丞尉推行政令。❾趙過　漢武帝時人。首創代田法（一種輪作制度），官搜粟都尉。❿蔡癸　漢昭帝時人，「以好農使勸郡國，至大官。」（《漢書・食貨志上》）⓫畎澮　田間排水的溝渠。⓬放　同「仿」。⓭萬戶之法　元泰定帝時，虞集上書言京師之東瀕海數千里，海潮日至，淤為沃壤。建議因其勢築堤為田，使富民欲得官者合其眾耕之。凡能以萬夫耕者，授以萬夫之田，為萬夫之長。⓮萑葦　蘆葦。⓯漕　水路轉運糧食。

【語　譯】古代的帝王們對於種田的事是很勤勉的啊。下到保介、田畯、遂師、遂大夫、縣正、里宰、司稼，設置官位，任用人員，是這樣周全完備呢。漢代的郡守、知府派遣縣令、縣長、三老中努力種田的以及鄉里父老中善於種田的，接受種田的器具，學習耕種培育禾苗的情況。當時趙過、蔡癸一類人物，都因為喜好農業而成為大官。現今天下的田地，只有長江以南的管理得好罷了。中原幾千里，夏商周時期溝渠交通的舊貌，沒有能夠恢復。發表議論的人又想要仿效前朝元代在濱海地帶推行的萬戶之法，來治理京城以東靠近大海的蘆葦滋生的田土，用這種辦法來節省船運糧食的開支，壯大國家的根本。這事實行起來確有好處，但很久沒有推行，難道不是因為承擔這件事的難以找到那合適的人才嗎？有的人往往感嘆事情的成就難以確立，認為世上沒有那樣的人才。像歸府君，難道不是社會所需要的那種人才嗎？銘文如下：

昔在顓頊❶，曰惟我祖。綿綿汝潁❷，蹙❸於荊楚。迄唐而昌，鳴玉❹接武❺。

湖州❻來東，海魚為伍。亦有別子，居白茆浦。曠肰❼江海，寂無煙火。孰生聚之，府君之撫。府君傾傾❽，才無不可。實甽畮❾之，終古瀉鹵❿。黍稷薿薿⓫，有萬斯畝。曷不虎符⑫，藏於茲土？

【章　旨】銘文追述歸氏如何來到海濱，表彰歸椿在海濱推進農業的功績。

【注　釋】❶顓頊　古代傳說中的五帝之一，相傳歸氏的祖先出自帝高陽即顓頊。❷汝潁　汝水和潁水，都流經安徽阜陽，其地春秋時為胡國，胡為歸姓國家。❸蹙　窘迫，此指被欺淩滅亡。❹鳴玉　古人行走時腰間佩玉撞擊有聲。而佩玉者多為達官貴人，故此借指歸姓中封官受爵的人。❺接武　足跡相接，後用來指人或事物前後相繼。❻湖州　即指宋湖州判官歸罕仁。❼肰　同「然」。❽頎頎　修長的樣子。❾甽畮　即「畎畝」。田地。甽為畎之本字，畮為畝之本字。此處為墾闢為田之意。❿瀉鹵　不長作物的鹽鹼地。⓫薿薿　茂盛的樣子。⓬虎符　古代調兵遣將的信物，銅鑄，虎形，背有銘文，分兩半，國君與統兵將各執一半，調兵時須使臣持符驗合。此處惋惜歸椿未能剖符受封，發號施令，而棄隱於濱海之地。

【語　譯】遠古時有顓頊，是我歸氏始祖。汝潁二水流域，子孫綿延不絕，曾為楚國所滅。至唐繁榮昌盛，高官顯爵連接。湖州判官來東土，同海魚做上朋友。另有他的庶子，定居常熟白茆浦。遼闊江濱海隅，荒涼冷落無人住。誰讓他孳生蓄積，歸府君辛勤撫育。府君高高身材，才幹無所不能。自古以來鹽鹼地，開墾成可耕之土。小米高粱茂盛，良田成千上萬畝。何不給剖符封爵，卻讓他埋沒此土？

【研　析】本文所寫是作者家族的先輩，所以作者頗為注意家族歷史淵源的敘述，但並非為考證而考證，他的著眼點在白茆浦這個地方，他認為白茆浦這個濱海的鹽鹼之地的開發，與歸氏的經營分不開。文章接著敘述歸椿夫婦晨夜力作，通溪置閘，以及耕種不避瘠土的態度，寫到白茆浦這個地方如何由荒涼冷落，逐漸變得繁榮興旺。於是一個對地方有功的能人形象漸漸浮現出來，他的胸襟、氣魄，人格魅力，辦事才幹，都不同凡響。文章至此，已經有了不一般的意義。但作者並不到此止步，「蓋古之王者之於田功勤矣」一語振起，使歸椿的為田，上與千百年重農的歷史關聯，下與當代利國富民的方針大計相聯繫，進而認定歸椿實為濟世安民所急需之人物。於是文章的意義又提升到一個新的高度。顯然，如果作者根本不知什麼是國計民生，沒有這種胸襟見識，文章就不能達到這個高度。姚鼐說「作文如小兒放紙鳶，只要線堅牢耳，雖放至數百丈，無傷也。若本無線，雖數尺之高亦不可得」，細讀本文，不難體會這個道理。

女二二壙志

歸熙甫

【題　解】壙，墓穴。壙志即墓誌。女二二是歸有光繼妻王氏所生之女。本文為歸有光中舉前一年所作，文中抒寫了因離家讀書而與女兒接觸甚少的沉痛，洋溢著濃厚的親情。

女二二，生之年月，戊戌戊午❶，其日時又戊戌戊午❷，予以為奇。今年❸予在光福山❹中，二二不見予，輒常呼予。一日予自山中還，見長女❺能抱其妹，心甚喜。及予出門，二二尚躍入予懷中也。

【章　旨】本段敘二二的出生年月，回憶二二活著的時候與自己的親近。

【注　釋】❶戊戌戊午　戊戌，明世宗嘉靖十七年（西元一五三八年）。戊午，五月。❷戊戌戊午　即二十七日午時。❸今年　嘉靖十八年。❹光福山　在江蘇吳縣西南，臨近太湖。又稱鄧尉山，參見本卷〈沈貞甫墓誌銘〉。❺長女　原配魏夫人嘉靖八年所生，時十一歲。

【語　譯】女兒二二，出生的年和月，恰逢戊戌戊午，出生的日子和時辰，又在戊戌戊午，我覺得很奇特。今年我在光福山中，二二見不到我，總是常常喊著要我。一天，我從山中回到家裡，看見大女兒能抱她的妹妹了，心裡很是高興。到我離家出門的時候，二二還撲入我的懷裡呢。

既到山數日，日將晡❶，予方讀《尚書》，舉首忽見家奴在前，驚問曰：「有事乎？」奴不即言，第❷言他事。徐卻立❸曰：「二二今日四鼓時已死矣。」蓋生三百日而死。時為嘉靖己亥❹三月丁酉。予既歸為棺斂，以某月日瘞❺於城武公❻之墓陰。

【章　旨】本段敘二二的死葬，寫自己突然聽到二二死訊時的震驚。

【注　釋】❶晡　申時，即下午三點至五點。❷第　只。❸卻立　後退站立。❹嘉靖己亥　即嘉靖十八年（西元一五三九年）。三月丁酉，即三月二十九日。❺瘞　埋葬。❻城武公　歸有光的曾祖父曾任城武縣知縣的歸鳳。

【語　譯】回到山中之後幾天，日近申時，我正在閱讀《尚書》，抬頭忽然看見家奴在面前，吃驚地問道：「有事嗎？」家奴不立即說起，只談別的事情。緩慢地後退站立，說：「二二今天四更時已經死了。」總共活了三百天便死了。死時是嘉靖己亥年三月二十九日丁酉。我回家將她用棺木收斂之後，在某月某日將她埋在城武公墳墓的背後。

嗚呼！予自乙未❶以來多在外，吾女生既不知，而死又不及見，可哀也已！

【章　旨】本段抒發對女兒夭折的哀痛，表達了因未盡到父職而產生的愧憾。

【注　釋】❶乙未　指嘉靖十四年（西元一五三五年）。

【語　譯】唉！我自乙未年以來多半時間離家在外，我的女兒出生我不知道，而她死我又來不及見上一面，真是令人哀痛啊！

【研　析】本文寫突然失去一個活潑生長了三百天的小生命，字裡行間，流注著濃烈的親情。文中寫二二不見余，輒常常呼余，寫離家出門時，二二躍入余懷中，用一個「躍」字寫出小二二的活潑可愛和親近父親，更讓人感到作父親的人已經心碎。正如王文濡先生所評：「隨筆寫去，淚痕溢於紙上，欲增減一字不得。」其實作者也並非真是隨筆寫去，三個小段，第一段是記二二之生，回憶二二活著的情景，二段是記二二之死，回憶二二死後的情景，第三段一句說「女生既不知」，一句說「死又不及見」，合上兩段之意而言之，而使文中的骨肉親情又添幾許重量。層次脈絡清晰可見。

女如蘭壙志

歸熙甫

【題　解】文中說死而埋之者，嘉靖乙未中秋日也。乙未為嘉靖十四年。文中又說如蘭已過周歲，可知是嘉靖十三年所生。而嘉靖十二年歸有光原配魏氏夫人死，繼室王氏則在十四年才成親，所以可推知如蘭是歸有光的小妾所生。文中稱其母「微」，就是指其妾的身分。文章就從這一點立意，生發出無限的悲慨。

須浦❶先塋之北，纍纍❷者，故諸殤❸冢也。坎方❹封❺有新土者，吾女如蘭也。死而埋之者，嘉靖乙未中秋日也。女生踰周❻，能呼予矣。嗚呼，母微❼，而生之又艱。予以其有母❽也，弗甚加撫，臨死，乃一抱焉。天果知其如是，而生之奚為也？

【注　釋】❶須浦　其地不詳。一說在崑山縣積善鄉城外。一說即今江蘇常熟東北之滸浦鎮。❷纍纍　墳堆重疊堆積的樣子。古樂府有「松柏冢纍纍」的句子。❸殤　沒有成年就死去的人。❹坎方　北方。❺封　堆土成墳。❻周　指一周年。❼微　卑微，指其母乃婢妾。❽有母　此相對其他子女而言，其時魏夫人新死，其他子女失去了母愛，故作父親的不得不多加注意。此亦歸有光痛心之語。

【語　譯】須浦地方歸氏先人墳墓的北面，墳堆重疊聚集，是已死的那些未成年人的墳冢。在北方有處新土堆積的墳堆，就是我的女兒如蘭之墓。女兒死，埋葬她，是在嘉靖乙未年的中秋這一天。女兒出生過了周歲，能叫我了。唉，她的母親地位卑微，而生她的時候又十分難產。我因為她還有母親照料，沒有特別施加愛撫，只在她快死的時候，才抱過她一次。天如果知道她生下來如此可悲，卻又生下她幹什麼呢？

【研　析】二二壙志先寫其生，再敘其死，本篇反之，先寫其死，纍纍諸殤冢中之新墳即是其女，再敘說其生的卑微艱難，缺少關愛。歸氏這類抒寫親情的墓誌都篇幅短小，本篇尤為突出，只八十多字，卻依然悲慨無窮，絕不因短小而有損其深厚。姚鼐評曰：「此等小文，無依傍，絕高古。」這幾篇墓誌及〈項脊軒志〉、〈先妣事略〉等文，確是歸有光作品中最有情意的部分。

寒花葬志

歸熙甫

【題　解】寒花是歸有光的原配夫人魏氏從娘家帶來陪嫁的一名婢女，自然不可能進入歸氏家族的墓地安葬，也用不著樹碑埋壙，所以本文題目不說是墓誌，也不說是壙志，只以葬志為名，實質是一篇回憶、紀念性的文字；說是墓誌，也是一篇別具一格的墓誌。歸有光作為一個封建文人，對於這樣一個婢女，也能滿含深情，憶念不忘，讓我們看到他人性中有光輝的一面。

婢，魏孺人❶媵❷也。嘉靖丁酉❸五月四日死。葬虛邱。事我而不卒，命也夫！

【章旨】本段交代寒花的身分和死葬時地。

【注釋】❶魏孺人　指歸有光的原配魏氏。孺人是古代貴族和官吏的母或妻的封號，也用來稱妻子。❷媵　此為隨嫁的婢女。❸嘉靖丁酉　即嘉靖十六年（西元一五三七年）。

【語譯】丫鬟，是夫人魏氏隨嫁的婢女。嘉靖丁酉年五月四日死。埋葬在虛邱。侍奉我而不能到頭，這大約是命吧！

婢初媵時，年十歲，垂雙鬟，曳深綠布裳。一日天寒，爇❶火煮荸薺熟，婢削之盈甌❷。余入自外，取食之，婢持去不與，魏孺人笑之。孺人每令婢倚几旁飯，即飯，目眶冉冉❸動，孺人又指余以為笑。

【章旨】本段回憶寒花初媵時的情景，表現寒花的單純可愛。

【注釋】❶爇　燒。❷甌　小盆。❸冉冉　閃動的樣子。

【語譯】丫鬟當初陪嫁來時，年紀只有十歲，垂著兩個環形的髮髻，拖著深綠色的布裙。一天天氣寒冷，燒火煮荸薺已經熟了，丫鬟削了滿滿一小盆。我從外面進來，拿起來吃，丫鬟拿走不給我吃，魏孺人笑她。孺人往往讓丫鬟靠著几案吃飯，當吃飯時，丫鬟的眼眶不停閃動，孺人又指給我看並且作為好笑的事。

回思是時，奄忽❶便已十年❷，吁！可悲也已！

【章　旨】本段由追憶往事回到眼前，感慨時光易逝，抒寫妻死婢亡的哀痛。

【注　釋】❶奄忽　迅疾的樣子。❷十年　歸有光與魏夫人成婚在嘉靖七年，魏氏死在嘉靖十二年冬，寒花死在嘉靖十六年，從初媵到死恰是十年。

【語　譯】回想起這個時候，飛快一下子便已經十年，唉，可悲啊。

【研　析】同一般的墓誌不同，這篇葬志對死者的姓名，家世，鄉里等等，一概不記，只選擇「削葧薺」和「倚几旁飯」兩個往日生活的細節，把寒花天真可愛，單純不懂世故的形象活靈活現鉤畫了出來。全文只百多字，筆墨何等經濟，技巧何等純熟。從小事點綴著色，而字字含情，涉筆成趣，是歸有光擅長的絕活。本文回憶寒花，又都與魏孺人相映相襯，「魏孺人笑之」，「孺人又指余以為笑」，對寒花的印象，成為作者與孺人新婚幸福美好感受的一部分，孺人的和藹可親與寒花的天真爛漫，同樣令作者永遠懷念。於是「奄忽便已十年」的感嘆，就不僅悲弔寒花，也包含對亡妻的刻骨思念。這又是本文情意較其他墓誌更為豐富的地方。沈伯經評曰：「從小事點綴生色，字字帶悽惋之氣，是震川之所獨絕也。」

杜蒼略先生墓誌銘

方靈皋

【題　解】杜蒼略（西元一六一七—一六九三年），名岕，字蒼略，號些山，湖北黃岡人，明朝末年的秀才。因避張獻忠亂，與兄杜濬同移居金陵，兄弟都有文名。杜蒼略與方苞祖孫三代都有交往，與其父方仲舒詩歌唱和尤多。本文描寫了杜蒼略清貧艱苦的生活，表現了他恬退沖淡的性格。本文作於清康熙三十三年（西元一六九四年）或稍後，文中可以看到一些尚未入仕清朝的知識分子遺民的處境和心情。如「辛未、壬申（即康熙三十、三十一年）間，苞兄弟客游燕、齊，先生悄然不怡，每語先君子曰：『吾思二子，亦為君惜之。』等語，即透露此中消息。題目一本作〈杜蒼略先生墓表〉。

先生姓杜氏，諱岕，字蒼略，號些山，湖廣❶黃岡人。明季為諸生❷，與兄濬❸避亂居金陵❹，即世所稱茶村先生也。二先生行身❺略同而趣各異：茶村先生峻廉隅❻，孤特自遂❼，遇名貴人，必以氣折之。於眾人，未常接語言，用此叢❽忌嫉。然名在天下，詩每出，遠近爭傳誦之。先生則退然❾一同於眾人，所著詩歌古文，雖子弟弗示也。方壯喪妻，遂不復娶。所居室漏且穿，木榻敝帷，數十年未嘗易，室中終歲不掃除。有子教授里巷間，窶艱❿，每日中不得食，男女嗁號，客至無水漿，意色間無幾微不自適者。間⓫過戚友，坐有盛衣冠者，即默默去之。行於途，嘗⓬避人，不中道與人語，雖兒童廝輿⓭，惟恐有傷也。

【章　旨】本段敘杜蒼略退然一同於眾人，表現他和光同塵的一面。

【注　釋】❶湖廣　今湖南湖北兩省地，元朝設置湖廣行省，明及清初都稱湖廣省，康熙三年分置湖南湖北。黃岡今屬湖北。❷諸生　生員，俗稱秀才。❸濬　杜濬（西元一六一一—一六七八年），字于皇，號茶村，明朝遺民，善詩，有《變雅堂集》二十卷。❹金陵　今江蘇南京。❺行身　猶言處己，立身處世之意。❻峻廉隅　讓棱角鮮明突出。峻，高峭。廉隅，棱角，比喻品性行為端方不苟。《漢書・揚雄傳》：「不汲汲於富貴，不戚戚於貧賤，不修廉隅以徼名當世。」❼孤特自遂　孤特，孤高怪特。自遂，自適。❽叢　眾多。聚木為叢，這裡引申為人多。❾退然　柔和的樣子。❿窶艱　貧困；窘迫。⓫間　有空。⑫嘗 通「常」。⑬廝輿 猶廝役，從事雜役的奴僕。

【語譯】先生姓杜，名岕，字蒼略，號些山，湖廣省黃岡縣人。明朝末年的秀才，同兄長杜濬一起避亂住在金陵，他就是世上稱呼為茶村先生的。兩位先生立身處世大略相同而情趣各不一樣：茶村先生棱角鮮明突出，孤高怪特，只求自己適意，遇到有名的尊貴人物，先生一定要用氣勢去壓倒他。對於一般人，不常同他們接觸交談，因此忌憚嫉妒他的人很多。但是名聲已經天下傳揚，每寫一首詩出來，遠近四方人們便爭相傳抄誦讀。蒼略先生卻柔和謙退，完全與一般人相同，所寫的詩歌古文，即使子弟也不拿給他們看。正在壯年死了妻子，竟不再結婚。所住的房屋漏水穿孔，木板床榻，破舊帷帳，幾十年不曾改換，屋子裡整年不打掃。有個兒子在村巷裡教書，貧困窘迫得很，每天中午弄不到食物，男男女女啼哭號啕，客人來了沒有茶水，先生的態度臉色上看不到絲毫自己感到不快意的地方。有空到親戚朋友家拜訪，如果在座有人穿著華貴衣帽，先生就會不聲不響地離開。走在路上，常常避開來人，不在半路上同人說話，即使是小孩子、幹雜役的奴僕，也只怕對他們有所傷害。

初，余大父❶與先生善，先君子❷嗣從遊，苞與兄百川❸亦獲侍焉。先生中歲道仆，遂跛，而好遊，非雨雪常獨行，徘徊墟莽間。先君子暨苞兄弟暇則追隨，尋花蒔❹，玩景光，藉草而坐，相視而嘻，沖然❺若有以自得，而忘身世之有係牽也。辛未、壬申❻間，苞兄弟客遊燕、齊，先生悄然不怡❼，每語先君子曰：「吾思二子，亦為君惜之。」

【章旨】本段敘杜蒼略與方氏三代交好，表現杜蒼略高遠淡泊的心胸。

【注　釋】❶大父　祖父。方苞的祖父名幟，字漢樹，號馬溪，有文名，官興化縣教諭。❷先君子　兒子稱死去的父親為先君子。方苞的父親名仲舒，字南董，號逸巢，也有詩名。❸百川　方苞之兄名舟字百川，以善寫八股文和古文出名。三十七歲死。❹花蒔　花草。❺沖然　虛靜淡泊無所拘牽。❻辛未壬申　指康熙三十年、三十一年，即西元一六九一、一六九二年。辛未年末，方苞為學使高素侯邀到了北京，進入國子監。❼悄然不怡　悄然，惆悵貌。不怡，不樂。方苞此次進北京，無論從政治上和學術上都漸遠離明遺民的圈子，而和清廷大臣李光地等人有機會接近，所以杜蒼略有所不樂，並有「惜之」之語。

【語　譯】當初，我的祖父同先生要好，後來我已故的父親接著跟隨先生活動，方苞和兄長百川也獲得機會侍從先生。先生中年時在路上跌傷，於是跛了腳，可是仍喜歡遊歷，只要不是下雨落雪的天氣，常常一個人行走，徘徊在那廢墟叢莽中間。先父及方苞兄弟有空就跟隨先生同遊，尋找奇花異草，玩賞景物風光，墊著草地坐下，互相看著笑樂，虛靜淡泊的樣子，好像自己心有所得，而忘記了自身和時世還有什麼關係和牽連呢。辛未、壬申兩年之間，方苞兄弟倆離家遊歷北京、山東一帶，先生感到悵然不樂，每每對先父說：「我想念那兄弟倆，也替你可惜他們。」

先生生於明萬曆丁巳❶四月初九日，卒於康熙癸酉❷七月十九日，年七十有七。後茶村先生凡七年，而得年同。所著《些山集》藏於家。其子掞以某年月日卜葬❸某鄉某原，來徵辭。銘曰：

【章　旨】本段敘杜蒼略生卒時間和葬地，及其著作。

【注　釋】❶萬曆丁巳　萬曆為明神宗年號，丁巳年指萬曆四十五年，西元一六一七年。❷康熙癸酉　即康熙三十二年，西元一六九三年。❸卜葬　選擇時間地點安葬。

【語　譯】先生出生在明萬曆丁巳年四月初九日，死在康熙癸酉年七月十九日，享年七十七歲。比茶村先生共晚生七年，而活的年數相同。先生所著的《些山集》收藏在家裡。他的兒子杜掞在某年某月某日擇地葬於某鄉的野外，來求文辭，我於是題寫了下面的銘文：

蔽其光，中不息也。虛而委蛇❶，與時適也。古之人與？此其的❷也。

【章　旨】銘文稱揚杜蒼略隨順適時而光芒難掩，是人倫的楷模。

【注　釋】❶虛而委蛇　委蛇為隨順的樣子。「虛而委蛇」出自《莊子·應帝王》，是無心而順隨外物變化之意。後來稱假意敷衍應酬為「虛與委蛇」。此處仍用前義。❷的　標的；楷模。

【語　譯】遮住自己的光芒，而內心光輝不滅。他無心順隨外物，來與時世相適應。他是古代的賢人嗎？這才是人倫的楷模！

【研　析】本文寫杜蒼略，兩段主要文字，一段寫他退然同於眾人，一段寫他的沖淡曠遠，都運用了借賓定主，烘托陪襯的手法。寫他的同眾，首先盛稱茶村先生的孤特。茶村遇名貴人，必以氣折之，蒼略則是「雖兒童廝輿，惟恐有傷」；茶村名在天下，詩每出，天下爭傳誦之，蒼略則是所著詩歌古文，雖子弟弗示；茶村是棱角高峻，蒼略則行於途，常避人，坐有盛衣冠者，即默默去之，兩相比照，兩人的性格都更突出，形象都更鮮明。寫他的沖淡，卻插入自家祖、父和兄弟三代的交情。蒼略跛而好遊，則有先君子和苞兄弟追隨參入，共同領略其沖然自得的情境，這樣蒼略的沖淡不僅鮮明突出，而且使人覺得親切可信。因為他一個人的心得，已經成了幾個人的共同感受。

李抑亭墓誌銘

方靈皋

【題　解】李抑亭（西元一六七九—一七三二年），名鍾僑，字世邠，福建泉州安溪人，抑亭是他的號。他是李光地的侄兒。方苞自政治上和學術上接近李光地之後，和李氏家族以至福建泉州、漳州一帶的士大夫都有較深的關係，其中和李抑亭共事接觸尤多，私交極深。所以在本文中方苞極為詳盡地敘寫了兩人交往的經歷，對朋友的早逝，自己失去一位得力的幫手，表現了深沉的悲痛。王文濡先生稱此文「情至文生」，是《方望溪文集》中不可多見的作品。

雍正十年❶冬十月朔後九日❷，過吾友抑亭，遂赴海淀❸。次日歸，聞抑亭蹶❹而瘖❺，日再往視，越六日而死。

【章　旨】本段敘李抑亭突然生病去世。

【注　釋】❶雍正十年　西元一七三二年。❷朔後九日　指農曆初十日。農曆初一月亮運行到地球與太陽之間，地面上看不見月光，這種現象叫做朔。因出現在農曆每月初一，所以稱初一為朔或朔日。❸海淀　也寫作海甸，在北京西直門外。❹蹶　突然暈倒。❺瘖　啞；不能言語。

【語　譯】雍正十年冬十月十日，拜訪我的朋友抑亭，於是到了海淀。第二天回家，聽說抑亭突然暈倒已不能說話，當天再趕去探視，過了六天抑亭就死了。

始余見君於其世父❶文貞公❷所，終日溫溫❸，非有問不言。及供事蒙養齋❹，始習❺而慕❻焉。期月❼而後，無貴賤老少，背面❽皆曰：「李君，君子人也。」其後，余移武英殿❾，領修書事，首舉君自助。殿中無貴賤老少，稱之如蒙養齋。君自入翰林❿，再充順天⓫鄉試⓬同考官⓭，典試⓮雲南，士論翕然⓯。視學⓰江西，高安朱相國⓱每曰：「百年中無或並⓲也。」按察司⓳李蘭以咨⓴革諸生㉑，君常難之㉒，劾君牽制有司之法，而彈章亦具列其廉明。余自獲交文貞，習於李氏族姻，及泉、漳㉓間士大夫。其私論鄉人各有嚮背，而信君無異辭。君被劾，當㉔降補國子監丞，群士日夜望君之至，既受職，長官相慶，而蒞事未彌㉕月，用此六館㉖之士尤深痛焉。

【章旨】本段敘李抑亭的為人和政績。

【注釋】❶世父　伯父。❷文貞公　即李光地（西元一六四二—一七一八年）。李光地字晉卿，號厚庵，福建安溪人。康熙進士，累官直隸巡府、文淵閣大學士，卒謚文貞。治程朱理學，兼通曆算。著有《榕村全集》。❸溫溫　柔和的樣子。❹蒙養齋　清朝內廷齋名。康熙時開蒙養齋，編樂律曆算諸書。方苞在康熙五十二年八月入直蒙養齋，參與編書。❺習　多次接觸；熟悉。❻慕　愛重。❼期月　一整月。❽背面　背後與當面。❾武英殿　清宮殿名，在熙和門之西，殿內貯藏書籍，欽命修書都在此處，設總裁統之。方苞於康熙六十一年（西元一七二二年）六月充任武英殿修書總裁。❿翰林　清代翰林院掌編修國史草擬制誥，屬官有侍讀、侍講、修撰、編修、檢討和庶吉士等，這些官員也通稱翰林。⓫順天　府名，治北京市。⓬鄉試　科舉時代每三年各省在省城舉行的考試，中試者稱舉人。順天地位與省同，故亦有鄉試。⓭同考官　協同主考分閱試卷之官。⑭典試　指充任主考。⑮翕然　信服的樣子。⑯視學　指擔任學政。學政掌握省學校生員考課升降之事。⑰高安朱相國　名軾，字若瞻，一字可亭，江西高安人。康熙進士，累官至文華殿大學士，卒謚文端。⑱無或並　沒有什麼人可與之相比。⑲按察司　清代一省的司法長官，又名臬司。⑳咨　用於平行官署和平行官階間的一種公文。㉑革諸生　開除秀才。革，開除。㉒難之　謂不同意。清制，革去秀才的處分，須得學政的同意。㉓泉漳　指泉州府和漳州府。㉔當　指受處罰。㉕彌　滿。㉖六館　國子監的別稱。因國子監分六堂教習諸生。

【語譯】起初我見到李君是在他的伯父文貞公那兒，整天柔和文靜的樣子，不是有人問他，不會說話。等到我在蒙養齋供職的時候，才熟悉他並且愛重他。一個月之後，不論地位高低年紀大小的人，背後當面都說：「李君，是有道德有學問的人。」後來，我調到武英殿，掌管修書的事，第一個就推薦他來作自己的助手。武英殿裡不論地位高低年齡大小，稱頌他同在蒙養齋時一樣。李君自從進入翰林院以後，兩次充任順天府鄉試的同考官，主持雲南省的鄉試，讀書人的評論是一派信服的聲音。擔任江西省的學政，高安朱相國每每說：「百年來沒有什麼人可與之相比。」按察司李蘭用咨文革除秀才，李君常常表示不同意。按察司彈劾李君阻撓有關部門執行法令，可是彈劾的奏章裡也不得不詳細陳述他廉明的事實。我自從有機會結識文貞公，熟悉李氏的同族和姻親，以及泉州、漳州兩府中的士大夫。他們私下議論同鄉人物的時候各有不同傾向，然而信任李君是完全一致的。李君被彈劾，受處罰降職充任國子監丞，士子們日夜盼望李君的到來，接受職務之後，長官們互相祝賀，可是到任理事還沒滿月就死去，因此國子監的士子們尤其深深感到悲痛啊。

往者歲在戊申❶，君弟鍾旺❷蹶而瘖，卒於君寓，余既哭而銘之。君在江西，喪其良子清江❸，又為之銘，以塞君悲。而今復見君之死。古者親舊相與宴樂，而樂歌之辭乃曰：「死喪無日，無幾❹相見。」有以也！君在蒙養齋及殿中，與余共晨夕各一二年；返自江西，無兼旬❺不再三見者。辛亥❻春，余益病衰，凡公事必私引君自助，無旬日不再三見者。一日不見而君疾，一言不接而君死，故每欲銘君，則愴然不能舉其辭。喪歸有日矣，乃力疾而就之。

【章旨】本段細說兩人的親密往來，抒發突喪良友的哀痛。

【注釋】❶戊申　為雍正六年，西元一七二八年。❷鍾旺　字世贊，康熙舉人。著有《周官說》、《詩古文雜錄》等。方苞寫有〈李世贊墓誌銘〉。該文敘李世贊死於雍正七年。❸清江　字臯侯，李抑亭之第三子，死時年二十六，方苞有〈李臯侯墓誌銘〉。❹無幾　很少。兩句詩見《詩經・小雅・頍弁》。❺兼旬　二十天。❻辛亥　為雍正九年，西元一七三一年。

【語譯】以前在戊申年，李君的弟弟鍾旺突然暈倒而不能言語，死在你的寓所內，我已經哭弔了他並且為他寫了墓誌銘。你在江西時喪失了你的優秀的兒子清江，我又給他寫了墓誌銘，用它來阻住你的深悲。現在又看見你的死亡。古代親戚朋友在一起宴會取樂，但那樂歌的歌辭卻說：「說不定那天死去，相見的機會太少。」有道理啊！君在蒙養齋和殿中，與我朝夕相處各有一、二年；從江西回來，沒有二十天內不相見兩到三次的。辛亥年春天，我更加病體衰弱，所有公事必須私下請李君協助自己，沒有哪個十天內不見兩三次的。一天不見君就病倒，一句話沒接上君就死了，所以每次想要為君撰寫墓銘，就難過地無法寫完那些文辭。歸鄉安葬已經定下日子了，才努力扶病來寫成它。

君諱鍾僑，字世邠，福建泉州安溪縣人。康熙壬午❶舉於鄉，壬辰❷成進士，年五十有四。所著《論語孟子講蒙》十卷，《詩經測義》十卷，《易解》八卷，藏於家。《尚書》、《周官》皆有說未就。父諱鼎徵，康熙庚申❸舉人，戶部主事，誥授❹奉直大夫。母莊氏，贈宜人❺。兄弟五人，四舉甲乙科❻。兄天寵自入翰林，十餘年與君相依，皆不取室人❼自隨。痛兩弟羇死❽，乃引疾❾送君之喪以歸。君娶黃氏，敕封❿孺人。子五人，四舉甲乙科：長清載，庚戌⓫進士，兵部武選司額外主事；次清芳，癸卯⓬舉人，揀選⓭知縣；次清江，癸卯舉人，揀選知縣；次清愷，壬子⓮副榜貢生⓯；次清時，壬子舉人，世父撫為己子。女一，適士族⓰。以某年月日葬於某鄉某原。銘曰：

【章　旨】本段交代李抑亭姓名籍貫著述及家庭情況。

【注　釋】❶壬午　指康熙四十一年（西元一七〇二年）。❷壬辰　指康熙五十一年（西元一七一二年）。❸庚申　指康熙十九年（西元一六八〇年）。❹誥授　誥為帝王任命或封贈官吏的文書。清制五品以上官逢恩封賞，本人稱誥授，父母及妻尚在的稱誥封，已死稱誥贈。❺宜人　與下文之「孺人」均古時婦女的封號。❻甲乙科　明清通稱進士為甲科、舉人為乙科。❼室人　指妻妾。❽羇死　客死他鄉。❾引疾　拿疾病作理由請假。❿敕封　對六品以下官員及妻子封贈稱敕封。⓫庚戌　指雍正八年（西元一七三〇年）。⓬癸卯　雍正元年（西元一七二三年）。⓭揀選　清制，凡舉人會試三科或一科不中者，經大挑合格，可以銓補知縣或教職。⓮壬子　雍正十年（西元一七三二年）。⓯副榜貢生　鄉試榜外另取若干名，稱「副貢」。⓰士族　指世家大族。

【語　譯】李君名鍾僑，字世邠，福建泉州安溪縣人。康熙壬午年在本省鄉試中舉，壬辰年會試成為進士，享年五十四歲。君所著有《論語孟子講蒙》十卷，《詩經測義》十卷，《易解》八卷，藏在家裡。《尚書》、《周官》

他都有見解還沒能寫成書。抑亭的父親名鼎徵，康熙庚申年舉人，任戶部主事，逢恩賞授予奉直大夫。母親莊氏，贈封為宜人。五個兄弟，四個中了進士和舉人。哥哥天寵自從進入翰林院，十多年來同君互相依倚，都不接來妻妾跟隨自己。天寵痛心兩個弟弟客死他鄉，於是托稱有病請假送抑亭的靈柩而回到家鄉。抑亭娶黃氏為妻，封為孺人。五個兒子，四個中了進士和舉人：長子清載，庚戌年進士，任兵部武選司的額外主事；二兒清芳，癸卯年舉人，經過大挑考試擔任知縣；三子清江，也是癸卯年舉人，經考試任為知縣；四子清愷，壬子年鄉試的副榜貢生；小兒子清時，壬子年舉人，伯父撫育為自己的兒子。一個女兒，嫁給了名門望族。李君在某年某月某日安葬於某某鄉的郊野。銘文是這樣說的：

蓄之也深而施者微，將踵武❶於儒先❷而年命摧。悼余生之無成，猶有望者夫人，而今誰與歸？

【章旨】銘文痛惜李抑亭早死而才學未能完全施展。

【注釋】❶踵武 譬喻繼承前人的事業。踵，跟隨。武，足跡。❷儒先 儒家的先賢。

【語譯】蓄積得那麼深厚施展出來的卻很少，將要繼承儒家先賢的事業但壽命摧逼。我感傷自己的事業毫無所成，還寄予希望的就是這個人，如今他死我的心歸向何人？

【研析】本文在方苞的作品中屬於感情深摯濃郁的篇章。根據前人的評析，一個重要的原因，就是他不是純客觀地為死者樹碑立傳，而是在文中處處插入自己，通過自己的感受體驗去寫李抑亭的死亡及其為人性格。這樣一方面顯示了兩人的親密關係，一方面傾訴了李抑亭的死在自己心靈上引起的振顫，讓讀者感覺到真實深刻的哀痛。全文除交代李抑亭姓名籍貫著述及家庭情況的一段外，其餘各段都有作者自己的音容在。開頭寫探望李抑亭第二天回來突然聽說李抑亭暈倒失語，六天後就死了，一種出乎意料，頓失良友的哀痛溢於言表。接著寫李抑亭的為人和為官經歷政績，卻從自己在李光地處初見到李抑亭寫起。回憶性的筆調，使李抑亭的種種事跡都從作者深情傾訴中寫出，文章也如泣如訴，真切動人。第三段作者的哀痛達於極點，作者歷數三次為李氏兄弟父子寫作墓誌，歷數自己和李抑亭相聚的歲月，相見的次數，短短的一段文字，十個「君」字，似是作者在靈前不斷哭喊著自己的摯友，文也跌宕起伏，讀之似覺有撕心裂肺之痛。最後的銘文也不例外，前兩句概括李抑亭的才識學問及其早死的命運，後三句又轉而寫自己，「悼余生之無成，猶有望者夫人，而今誰與歸？」是對亡友的高度評價，更是自吐喪友後的寂寞與孤單。文章處處插入自己，因而處處有作者自己的哀感與悲思，這是本文具有藝術感染力的重要源泉。這正如沈伯經所評：「中間處處插入自己，以見親密故舊，一旦撒手，情既不堪，文亦哀響淒節，酷似盧陵。」

舅氏楊君權厝誌

劉才甫

【題解】厝，停柩待葬。不正式安葬，暫時將靈柩安置在某地稱權厝。劉大櫆的舅父楊紹裒是一個不得志的讀書人。文中寫出他為人剛正不阿和好讀書的性格，以及他對劉大櫆的殷切期望。本文作於康熙六十年即西元一七二一年，這時劉大櫆二十四歲。

舅氏楊君諱紹裒，字稱棠，於書無所不讀。少工為科舉之文❶，而鬱不得志。既困無所合，而讀書益奮發不衰。年已老，頭白且禿，猶依燈火坐讀禮經❷，至城上三鼓不輟。蓋君之於書，自其天性，而非以求名聲利祿也。舅氏性剛直，於尋常人未嘗苟❸有所酬答。與鄉人處，雖貴顯，有不善即面責，無少依阿❹。臨財❺廉，執事❻果。可謂好學有道君子者也。娶邱氏，累生男不育❼，而舅氏遂無子。以康熙六十年六月二十七日病癰❽而卒。嗚呼，可痛也！

【章　旨】本段敘楊紹奭的生平事實與為人性格。

【注　釋】❶科舉之文　即八股文。❷禮經　通常指《儀禮》，也指《周禮》。清代科舉，不試《儀禮》、《周禮》，所以下文說舅氏讀書非以求名聲利祿。❸苟　輕易；隨便。❹依阿　曲意順從。❺臨財　面對財物的取予。語出司馬遷〈報任安書〉。❻執事　辦事。❼不育　養不大，指夭折。❽癰　惡性膿瘡，即癌症。

【語　譯】舅舅姓楊名紹奭，字稺棠，對於書，沒有什麼書是他所不曾讀過的。少年時擅長寫八股文，然而抑鬱埋沒不能實現自己的理想。已經困厄遇不上什麼機會，可是讀書更加努力不放鬆。年紀老了，頭髮白而且禿了，還就著燈火坐著讀禮經，到城樓上打了三更還不停止。大概因為他的愛讀書，是發自天生本性，而不是用來獲取功名利祿的手段。舅舅性情剛強正直，對於一般人從來不曾輕易有所應酬唱和。同家鄉人相處，即便是高貴顯赫的人物，有什麼不好的事，他就會當面指責，沒有絲毫的曲意附和。面對財物的取予，他廉潔不貪，辦起事來，他堅決果斷。舅父可說是個好學有道德的君子了啊。舅父娶妻邱氏，多次生下男孩全夭折了，於是舅父最終沒有子嗣。在康熙六十年六月二十七日惡性膿瘡病發而死。唉，令人痛心啊。

舅氏於諸甥中尤愛憐櫆，嘗撫予指吾父而言曰：「此子殆❶能大劉氏之門，然未知吾及見之否。」平居設酒食，召櫆與飲。舅氏自提觴行❷趣❸令醉，櫆謝已醉不能飲，舅氏笑曰：「予性嗜飲，每過從人家飲酒，主飲者不趣予飲，吾意輒不樂。以此度人意皆然。乃者❹舅氏實❺飲汝酒，當不使甥意不樂也。」酒半，仰首歔欷，徐顧謂槐曰：「予窮於世，今老，旦暮且死，然未有子息❻。汝讀書能為古文辭❼，其傳於後世無疑，當為我作傳，則吾雖無子，猶有子焉。」槐受命而退，未及為，而舅氏遂舍予以卒，悲夫！

【章　旨】本段敘楊紹奭對劉大槐的愛憐和殷切期望，以及他晚年內心的苦悶。

【注　釋】❶殆　大概；庶幾。此處含肯定之意。❷行　行酒；勸酒。❸趣　同「促」。❹乃者　此猶言「適才」。❺實　就是。❻子息　子孫。此處指兒子。❼古文辭　指先秦兩漢散文到唐宋八大家一派的散體文章。

【語　譯】舅父在外甥中特別憐愛大槐，曾經撫摸著我指給我的父親而說道：「這個孩子定能使劉氏家族發揚光大，但不知我能不能趕上見到。」平時備辦酒菜，召大槐和他一同喝酒。舅父親自提壺勸酒督促我喝讓我喝醉。大槐推辭已經醉了不能再喝，舅父笑著說：「我天性愛好喝酒，每到別人家作客飲酒，主持酒宴的人不勸我喝酒，我心裡每每不高興。拿這種心情估量別人的心意恐怕都是如此。適才舅舅真是請你喝酒，應當不讓外甥心下不高興呀。」酒喝到一半，仰起頭哽咽抽噎，緩慢地望著我對我說：「我在當代窮困潦倒，現在老了，早晚將要死去，但是沒有兒子。你讀了書能寫作古文，將會流傳到後世是無疑的，你要替我寫篇傳記，那麼我雖然沒有兒子，還是跟有兒子一樣啊。」大槐接受了使命退下，還沒來得及做，可舅父就拋棄我而死了，悲痛啊。

君既卒之七日，其兄子某以君之櫃❶權厝於縣城❷北月山❸之麓，櫆涕泣而為之誌。

【章 旨】本段交代楊紹奭靈柩權厝的時間地點及主辦者。

【注 釋】❶櫃 同「柩」。❷縣城 劉大櫆為安徽桐城縣人。❸月山 劉大櫆〈祭舅氏文〉曰：「以君之毅然直方長者而天乃絕其嗣續，使煢煢之孤魄依於月山之址。」

【語 譯】楊君死後的第七天，他兄長的兒子某某將他的靈柩暫且安置在縣城北邊的月山山腳，大櫆流著眼淚而給他寫了這篇誌文。

【研 析】這篇權厝誌比較生動地描繪了作者舅父好學有道而窮困失意的形象。第一段以點面結合的寫法展現舅氏的好學有道。所謂點就是好讀書，作者對此描述充分，先寫他無書不讀，再寫他科場失利反而更加奮發讀書，再寫他年老頭白還讀禮至三鼓，明標出讀禮，與科舉求功名利祿無關，最後肯定他好讀書是天性。在這樣的基礎上，再概括地介紹一些舅父待人接物，廉潔果斷的性格特點。用語不多，舅氏的形象卻能鮮活起來。文章的第二段則更多地寫到了舅氏失意的內心世界。作者借飲酒來使文章增色，用筆極為曲折，文章明裡都是寫舅氏對作者的器重，舅父勸酒，甥舅歡飲，而飲至一半，舅父歔欷流涕，口吐真言，科場失利、老而無子兩憾事造成的內心痛楚才渲泄出來。以求作者為之寫傳來權為有子的安慰，說者似乎輕鬆，讀者則當辛酸落淚。

◎新譯唐人絕句選

卞孝萱、朱崇才／注譯　齊益壽／校閱

唐代詩歌比較全面地反映了唐代的社會生活，表達了唐人特別是讀書人的種種心態。我們今天閱讀欣賞唐詩，不但可以從中得到美的享受，而且還可以藉以了解古人的生活和心靈。而唐人絕句，以其輕薄短小而精鍊的特色，更是進入唐詩世界的捷徑。

◎新譯宋詞三百首

汪中／注譯

詞是宋代文學的代表，與唐詩並稱中國詩歌之雙璧。清末民初詞學名家朱祖謀所編選之《宋詞三百首》，精選大家名篇，篇篇可頌。本書採用其善本重新編輯，除了語譯外，特別再加賞析部分，對作品背景和詞語前後的結構融合，闡釋評說，讓讀者對宋詞的格式和意境都能有更深刻的認識與領會。

◎新譯千家詩

邱燮友、劉正浩／注譯

《千家詩》匯集唐宋兩代淺顯易懂的詩歌於一冊，是舊時民間教導兒童讀詩的課本，也是詩學入門的第一本書。自南宋成書以來，便廣受人們喜愛，可說是一本家弦戶誦的詩歌讀本。本書每首詩都標有注音，字旁再加平仄符號，以利讀者誦讀。並在每首詩後分「作者」、「韻律」、「注釋」、「語譯」、「賞析」等五項，幫助讀者瞭解，可說是現代人最佳的精神食糧。

◎新譯詩品讀本

成林、程章燦／注譯

黃志民、酈采芸／校閱

《詩品》是中國文學史上第一部專論五言詩的理論批評著作。鍾嶸有系統地表達了他的詩學觀點，論述詩歌的產生及其功能。本書有別於一般譯本之處，在於每一條品評文字之後，都附錄有一些本條所論列的作品。部分是品評文字中所提及，部分是較能代表所論詩人的風格之作，更有的是所論詩人的名篇。讀者可以藉此進行比照，觸類旁通。

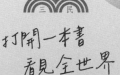